幽斎 源氏物語聞書

凡例

一、本書は、永青文庫所蔵伝細川幽斎筆『源氏物語』（戌十）に書き入れられた注釈部分の翻刻である。

一、翻刻にあたっては、次のような処置を講じた。

⑴各帖名は内題によった。内題を欠くものは外題による。

⑵物語本文から該当する部分を抽出して掲げた。その際、異本の校異については注解内容にかかわるもののみを採り、本文に訂正のあるものはそれに従った。

⑶注記項目には参照の便宜を考え、『源氏物語大成 校異編』の頁・行数を示し、また『新編日本古典文学全集』（小学館）の頁数を「集」と記して示した。

⑷本書にはいわゆる異体字が多く用いられているが、対応する活字の存するものについてはなるべくそれを用いた。

⑸本書にはいわゆる宛字の類いが多く見られるが、当時の用字法や聞書としての性格を示すものとも見られるので、すべてそのままにした。ただし誤植と誤認されるおそれのあるものについては最小限（マヽ）と傍記した。脱字の疑われるものについても同様にした。

(6)朱書は、少なくとも二種類のものが含まれるが、判別困難なものが多いので、すべて（　）に括って表示した。

(7)詳細な注が別紙に記されて貼付されているが、その部分は『　』を付して該当する本文の下に挿入した。

(8)いったん書かれながら擦り消された箇所がまま見られるが、明らかな誤記については無視し、他に所見がなく、注解として意味をもつものについては、□として保存したものがある。

(9)判読困難な文字の箇所は□とし、推測の文字は□の中に示した。

(10)「世」「又」など特に問題のない箇所に頻出する場合、繁雑を避けて取り上げなかったものがある。

一、注解利用の便をはかり事項索引を付した。排列は歴史的仮名づかいの五十音順である。

一、本書の翻刻にあたり、永青文庫及び熊本大学附属図書館は、種々格別の便宜を与えられた。特に記して、厚く謝意を表したい。

目次

目　次

きりつほ

一　号源氏叓　一　源姓叓（水源叓）
一　准拠叓（不一様事）　一　作意叓　一　作者叓
一　四教喩叓　一　古来咲美叓
一　本不同叓

光源氏物語聞書第一

源氏題号ノ心源ハ水ノ源也源ハ盃ヲウカフル程ナレト末ヒロコリ大海トナレリ流タエサル心男女ノ物語ナレト哥道ノ根源ト末代マテナラン叓也古今ニ山シタ水ノタエスナトイヘルニ同シ神道ニモ源ヲ専ニス河海ニ云此物語ノヲコリニ説〻アリトイヘトモ西宮左大臣安和二年大宰権帥ニ左遷セラレ玉ヒシカハ藤式部ヲサナクヨリナレ奉リテ思ナケキケル比大斉院（選子内親王村上女十宮）ヨリ上東門院ヘメツラカナル草子ヤ侍ト尋申サセ玉ヒケルニウツホクケトリヤウノフルキ物語ハ目ナレタレハアタラシクツクリ出シテ奉ルヘキ由式部ニ仰ラレケルニ石山ニ通夜シテ此叓ヲ祈リ申スニ折シモ八月十五夜ノ月湖水ニウツリテ心ノスミワタルマヽニ物語ノ風情空ニウカヒケルヲ忘レヌサキニトテ仏前ニ有ケル大般若ノ料帋ヲ本尊ニ申ウケテ先須磨明石ノ両巻ヲ書トヽメケリ是ニヨリテスマノ巻ニ今夜ハ十五夜ナリケリトヲホシイテヽトハ侍ルトカヤ後ニ罪障懺悔ノタメニ大般若一部六百巻ヲ白《ミ》ラカキテ奉納シケル

今ニ彼寺ニアリト云〻光源氏ヲ左大臣ニナソラヘ紫ノ上ヲ式部カ身ニヨソヘテ周公旦白居易ノ古ヘヲカンカヘ在納言菅丞相ノタメシヲヒキテ書イタシタルナルヘシ其後次第ニ書加ヘテ五十四帖ニナシテ奉リシヲ権大納言行成卿ニ清書サセラレテ斉院ヘマイラセラレケルニヤ一部ノ内ニ紫ノ上ノ叓ヲスクレテ書イタシタルユヘニ藤式部ノ名ヲアラタメテ紫式アト号セラレケリ清輔説云藤式アノ名幽玄ナラストテ後ニ藤ノ花ノ色ノユカリニ紫ノ字ニアラタメラルト云〻或説云一条院ノ御メノトノ子ナリ上東門院ヘマイラセラルヽトテワカユカリノモノ也哀ト思召セト申サセ給ケルニヨリテ此名アリ武蔵野ノ義也トモ云ヘリ或又作者（『』内押紙）『観音ノ化身也ト云〻　一嵯峨天皇男女三十人アリ源氏ノ姓ヲタマハレリ源氏一人ニ比セリ　一河海ニ云物語ノ時代ハ醍醐朱雀村上三代ニ准スルカ桐壷御門ハ延喜朱雀院ハ天慶冷泉院ハ天暦光源氏ハ西宮左大臣如此相當スル也　一紫式アハ越後守為時カムスメ母ハ常陸介為信女也先祖ハ閑院左大臣冬嗣公也七代メ也父大才ノ人ナリ父此物語ノ大綱ヲ書テ紫式ア詞ヲ加ヘタルトモ云ヘリ大斉院ハ天暦第十番メノ御女　一松風薄雲ノ巻ニ延喜御代叓不當叓アリ作物語ナレハ也難云昔ノアリ叓ハカリヲカケル物ナレハ我意地ハナシト云ヘリ昔ノ叓ヲ用捨シテ書出セル所寄特也　一光源氏物語ハ寛弘ノハシメニ出来』テ康和ノ比ニヒロマリニケル百年ハカリ後也俊成ナト幼少ノ時也

1 イツレノ御時ニカ（五1 集17）　延喜ノ御時トカヽントスレハ打ヒラメナレハ也又作物語ナレハ彼是ヲ取合テ書程ニイツレノ御時トカケリ　河海云伊勢集始云イツレノ御時ニカ有ケン大宮ス所ト聞エケルト云〻是等ノ例也ト云〻花鳥ニ云キリツホ凡五十四帖ノ巻ノ名ニ四ノ意アリ一ニハ詞ヲトリ二ニハ哥ヲトル三ニハ詞ト哥トノ二ヲトル四ニハ哥ニモ詞ニモナキ叓ヲ名トセリ天台ノ教ニ四諦ノ法門アリ一ニハ有門二ハ空門三ニハ亦有亦空門四ニハ非有非空門也一切ノ言教此四諦ニ出ス此桐壷ハ詞ヲトリテツケタリ源氏ノ君誕生ヨリ十二歳マテノ叓アリ大唐ニハ更衣ノ数サタマレリ八十一女アリ周礼後漢書等ニ見エタリ女御ハ雄略天皇ノ時ヨリ初レリ更衣叓仁明天皇ノ時ハシマレリ更衣ハ便殿也主上御衣ナト着シカヘ給所也故号更衣欤又寢側ノ別殿ナル故ニ更衣ヲ御息所トモ稱スル欤休息ノ義也更衣ハ按察大納言ノムスメ也

2 女御（五1 集17）　后ヨリ次也

3 更衣（五1 集17）　御息所トヲナシ

4 いとやむことなきゝはに（五1 集17）　シナタカキ人ヲ云也
無止叓無停叓

5 ときめき給ふ（五2 集17）　時ニアフ也

6 めさましきものに（五3 集17）　日ノスサマシキ也　詩ニハ冷眼ト作

7 をとしめ（五3 集17）　落陥心也

8 おなしほとそれより下らうの更衣たちはましてやすからす（五4 集17）　上臈ハ物フ大ヤウニスル下臈ハ恨ナト火急ナル也

9 いとあつしくなり行（五5 集17）　病ノ叓也

10 さとかちなるを（五5 集17）　母君ノ里ヘイテ給也

11 かむたちめ（五7 集17）　公卿也

12 うへ人（五7 集17）　殿上人

13 めをそはめつゝ（五8 集17）　側目　人ヲ直ニ見ヌ叓也

14 もろこしにもかゝる事のおこりにこそ（五8 集17）　殷ノ紂《タウ》

ハ妲己《タツキ》ヲ愛シ周ノ幽王ハ褒姒《ハウジ》ヲ愛シテ天下ヲ乱ル

15 あめのしたにも（五9 集18）　御宇《アメノシタ》日本記　宇内同　率土周礼
天表遊仙屈

16 あちきなう（五9 集18）　センカタナキ也

17 いとはしたなき事（五10 集18）　コハ〳〵シキ心也

18 たくひなきを（五11 集18）　無比

19 ましらひ（五11 集18）　交

20 はゝの北のかたなむ（五12 集18）　男ハ南女ハ北向ニスムヘ
キイハレ也

21 いにしへの人のよしあるにて（五12 集18）　母君ノ叓

22 おやうちくして（五12 集18）　餘人ノ叓也　二親ヲ具シタル
更衣女御ノ叓也

23 ことあるときは（六1 集18）　子細アル時ハ也

24 より所なく（六1 集18）　拠　依処　又無頼

25 きよらなる（六2 集18）　キヨクウツクシキコト也

26 たまのおのこみこ（六2 集18）　玉ハホメタルコト也

27 めつらかなる（六3 集18）　奇物日本記　非常遊仙屈

28 ちこの御かたちなり（六3 集18）　児トハ七才ヨリウチヲイ
ヘリ

29 一のみこは（六4 集18）　朱雀院ノ御叓也

30 よせおもく（六4 集18）　寄重　縁《ヨセ》日本記

31 まうけの君と（六4 集18）　儲君

32 よに（世）（六4 集18）

33 おほかたのやむことなき御思ひにて（六5 集19）　女御ノ腹
ノ御子ハ公廳ムキノ叓ニテ源氏ノ君ヲ一段イトヲ
シミ御テウアイ也

34 上すめかしけれと（六8 集19）　シタリカホナルヲ云也　上
ラウカマシキ叓ヲ云

35 まうのほらせ給ふ（六9 集19）　石上乙丸卿作哥参上《マウノホル》八十
氏人ノ手向スト恐坂《カシコキサカニ》ヌサタテマツル　マイリ
ノホル也　参進日本記　参上

36 おほとのこもりすくして（六10 集19）　夜者専レ夜昼同レ輦長
恨哥

37 坊にも（六12 集19）　東宮

38ようせすは（六12 集19）　アシウセハ也

39人よりさきにまいり給て（六13 集19）　右大臣ノムスメアシ
后ノ叓也

40きすをもとめ（七2 集20）　吹毛求疵

41なか〳〵なるもの思ひをそ（七3 集20）　中〳〵世俗ニイフ
ニハカワレリ深カルヘキ叓ノ還而浅クナルヤウノ
叓也

42きりつほなり（七4 集20）　是ヨリ巻ノ名ニセリ此壷ハ御殿
ノウシトラノハテニ當リテ弘徽殿麗京殿宣耀殿ナ
トヲスキテ行馬道ツヽキナレハ御方〳〵ヲスキサ
セト云也

43あやしきわさをしつゝ（七6 集20）　天暦ノ御時センヨウテ
ンノ女御トアンシノ中宮ト御モノネタミニテソノ
方〳〵ノ女房共互ニマサナキ叓トモヲセシコト也

44えさらぬ（七7 集20）　聊不去

45めたうのとをさしこめ（七8 集20）　馬道トハ馬トオサンタ
メノ路ナリ板シカヌ所ナリ

46後涼殿《コウリヤウテン》に（七10 集20）　後涼殿ハ清涼殿ノウシロ西ニアタレ
ル殿ナレハ常ノ御所ニ近キナリ清涼殿ニ主上ハツ
ネニ御座アル也

47くらつかさ（七12 集21）　内蔵寮

48おさめとの（七13 集21）　納殿在後涼殿

49このみこのをよすけもておはする（七14 集21）　ヲトナヒタ
ル也

50まかてなむと（八3 集21）　退出也　禁中ヲ也

51五〇六日のほとに（八5 集21）　イツカムイカ

52御らんしたにをくらぬおほつかなさを（八8 集22）　后退出
ノ時ハ帳ノモト迠ノ礼アリーソノ下ノ人ハ礼ナケ
レハ也

53いとにほひやかに（八9 集22）　古今ノ序ニヨキ女ノナヤメ
ル所アルナトヽカケル同美人ノ病躰猶ヨハケニウ
ツクシキサマ也

54われかのけしきにて（八13 集22）　我耶人耶ナトウタカウホ
トヨハキ心也

55 てくるまのせんしなとの給はせても（八14 集22）　コシニワヲカケテ手シテ引車ヲ云大裏ノ門ノ内ナトヲノル也　昔女御ノアリケルカ病シテ内ヲマカテ侍ル時手車ヲユルサレタルアリ

56 さらにえゆるさせ給はす（八14 集22）　禁中退出ノ叓仰付ラレテモ更衣ノ局ヘイラセ給テサヤウニモナキ也名残ヲシキ心也

57 いかまほしきは（九3 集23）　イキタキ也

58 いとかくおもふたまへましかは（九3 集23）　カヤウニ命ノ程《ホト》ナキヲ兼テシル叓ナラハ何叓ヲモカネテ云ヘキヲト也又説カホトハカナキチキリニウチトケ申セシ叓ノアタナルト也イニ更衣ノ心中也

59 いとあへなくて（九10 集24）　最無レ敢　専《イト》　甚《イト》

60 （〱）れいなき事なれは（九12 集24）　七才マテハ服ハナキ也自然ケカレナトニ當テハト思食退出アルカツヨクイタハリ給アマリ也

61 よろしきことにたに（九14 集24）　コヽニテハ大概ノ叓也暦道ニ中品ノ日ヲヨロシキ日ト云　万葉物ハミナアタラシキヨシ人ハタヽフリヌルノミソヨロシカリケル此ヨロシキハ善義也可随処也　尚書ニ器貴新人貴舊

62 おたきといふ所に（一〇3 集24）　愛宕《ヲタキ》　弥皇寺ト云寺アリ本哥古今　ウツセミハカラヲ見ツヽモナクサメツ深草ノ山煙タニタテ

63 はひになり給はんを（一〇6 集25）　本哥後撰　モエハテヽハヰニナリナントキニコソ人ヲモヒノヤマンコニセン

64 ひたふるに思なりなむと（一〇6 集25）　永日本記　ナカクト云心也一向ニト云心也

65 心はせのなたらかに（一〇12 集25）　平日本記

66 すけなう（一〇13 集25）　無人望《スケナウ》日本記

67 （〱）なくてそとは（一〇14 集25）　本哥アルトキハアリノスサミニニクカリキナクテソ人ハ恋シカリケル

68 はかなく日ころすきて（一一1 集26）　無常日本記　無基

69御かたくの御とのゐなともたえてし給はす（二2 集26）

栄花物語ニ宮ウセ給テ後何叓モヲホシメサレス

ユヽシキ迠ニ見エサセ給コノ程ハ女御宮ス所ノ御

殿ヰ絶タリ

70涙にひちて（二3 集26）　袖ヲヒタシタル也

71野分たちて（二7 集26）　野分メキ也

72ゆけいの命婦といふを（二8 集26）　ユゲイ命婦トハ左衛門

右衛門ノコトヲ云命婦ハ内裏ニ中臈フセヰノ女房

ヲ云昔ユケイノ命婦ト云女モアリケリ　靫負《ユキヲフ》トカ

キテユケイトヨメリ　靫ハ矢ヲイルヽシツコヲ云

左右衛門ハ弓箭ヲ帯スルツカサニヨリテイヘリ

命婦ハ五位也

73（＼）やみのうつゝには（二12 集27）　本哥　ムハ玉ノ闇ノウ

ツヽハサタカナル夢ニイクラモマサラサリケリ

本哥一重ヲトレリ

74やもめすみなれと（二13 集27）　母宮ノ叓也

75やへむくらにもさはらすさし入たる（三13 集27）　八重葎シ

ケレル宿ノサヒシキニ人コソ見エネ秋ハキ一ケ

リ　此哥當李ナレハ叶ヘキト云説モアリ　又トウ

人モナキ宿ナレトクル春ハ八重葎ニモサハラサリ

ケリ

76けにえたふましく（三4 集27）　タヘカタク也　一眉《ノマユ》猶《モナヲ》

巨耐《タウマシキニナテヘル》双 眼定《テ》 傷《ソコナウラン》レ人 遊仙屈

77内侍のすけのそうし給しを（三5 集27）　尚侍《ナイシノカミ》　典侍《ナイシノスケ》　已

前ノ勅使ニ内侍ノスケマイレリ

78しはしは夢かとのみ（三7 集28）　勅定ノ詞也

79ほとへは（三14 集28）　勅書ノ御文躰也

80いはけなき人も（三2 集28）　稚幼《イワケナキ》

81むかしのかたみに（三3 集29）　若君ヲ更衣ノ御カタミノ心

也

82宮きのゝ（三5 集29）　禁中ニヨソヘ

83こはきかもとを（三5 集29）　ワカ宮ノコトニヨソヘタル哥

也

84いのちなかさの（三6 集29）　荘子曰寿長《イノチナカキモノハ》則 多辱《ハヂヲオシ》

85 （）松の思はん（一三6 集29）　本哥　イカニシテアリトシラレシ高砂ノ松ノヲモハンコトモハツカシ

86 もゝしきに（一三7 集29）　大裏也

87 ゆゝしき身に侍れは（一三11 集29）　イマ〱シキ叓也又花麗ナルコトニモイヘリ

88 わたくしにも心のとかにまかて給へ（一四1 集30）　御使ニタイシテイヘリ只今ハ勅使也　私ニモ心シツカニトフライ玉ヘト也

89 おもたゝしきつゐてにて（一四1 集30）　メンホクラシキ也面立

90 よこさまなるやうにて（一四9 集31）　経文ニ九横死アリ其中八者横為毒薬厭《エン》禱咒咀之所中害薬師経

91 うへもしかなむ（一四11 集31）　命婦ノ返答主上モサヤウニ思召ト也

92 いさゝかも人の心を（一四13 集31）　諸人ノ心ヲヤフリタマハヌ延喜聖代ノ叓サレトレンホノ道ニハマトウト也

93 月は入かたの空きようすみわたれるに（一五4 集32）　夕月夜ト始ニカキシヲモシロキ詞ツカイナリ

94 虫のこゑ〱（一五5 集32）　虫ノ声モアハレヲモヨホシカホ也

95 えものりやらす（一五7 集32）　車ニノリヤラヌ也

96 かことも聞えつへくなむと（一五9 集32）　カコツ也―恨ノ叓也雲ノ上人男女トモニ殿上人ノ叓也

97 御さうそくひとくたり（一五11 集33）　女房ノキヌ一クタリ也

98 御《ミ》くしあけの（一五12 集32）　カミアケノクソク也

99 わかき人ゝかなしき事は（一五12 集32）　御子カイシヤクノ人ゝ也禁中ヘトクカヘリタク思也

100 さう〱しく（一五13 集32）　サヒ〱シキ也　寂莫和名或閑徒然叓也

101 すか〱とも（一六2 集33）　ハヤ〱ト也　速急心也

102 おまへのつほせんさい（一六4 集33）　御庭ノツホニ草花ウエラレタル也

103 御らんするやうにて（一六4 集33）　前栽ヲ御ランスルヤウニテ御使ノカヘリマイルヲ待玉ヘル也

104 亭子院（一六6 集33）　宇多ノ御門ノ御事也

105 やまとのことのはをも（一六7 集33）　紅葉ハノ色ニワカレテフルモノハモノヲモウ秋ノ泪ナリケリ　御門ノ御手ニテカヽセタマヘルトアレハ亭子院ノ御製ニテアルヘキカ　玉篇（マヽ）アクルモシラテネシ物ヲ夢ニモ人ヲモヒカケキヤ是ハ伊勢カ哥也

106 まくらことに（一六8 集33）　枕草子ナト云カコトシ

107 かくても月日はへにけりと（一六14 集34）　本哥　身ヲウシト思フニキエヌモノナレハカクテモヘヌル世ニコソアリケレ

108 古大納言のゆいこん（一七1 集34）　母君ノ心中ヲ主上ノタマウ御詞也

109 いのちなかくとこそ（一七4 集34）　命ナカク思ヒ念シ若君ノ行末ヲモ見ヨカシト也

110 かのをくり物御らんせさす（一七5 集35）　母君ノヲクリ物エイランニ備ル也

111 しるしのかんさしならましかはと（一七6 集35）　女房ノカミアケノ具也貴妃ノカタミノカンサシ也

112 まほろしもかな（一七7 集35）　貴妃ヲ蓬萊山ヘタツネユキシコトヲマホロシトハ云　臨邛《リンケフノ》 道士幻術ヲ以テ蓬萊山ニイタリテ貴妃ニアイテ玄宗ノ心サシヲツクヘシトキ貴妃ソノカタミノ物ヲ使者ニサツケシ也　金釵《キンサイ》カンサシ也　鈿《ハサミ》合也コノ二ノ物ヲ各半ヲ引ワリテタマヒシヨシ長恨哥ニアリ　命婦ノ御使ニテ更衣ノ母ノモトヘムカヒシトキ形見ノ物ヲトリテ奉リシカハヲナシヤウノ叓ナレトソノ人ニ直ニアハヌハカヒナキ也

113 太液（一七9 集35）　池ノ名

114 芙蓉（一七9 集35）　蓮也

115 （ ）未央の柳もけにかよひたりしかたちを（一七9 集35）　宮ノ名也　芙蓉ノ花柳ノ糸ノヤウニ貴妃ノ形ハアリシ也

116 からめいたるよそひは（一七9 集35）　カラヤウヲ云

117 なつかしう（一七10 集35）　假借《ナツカシ》貞観政要

118 らうたけなりしを（一七10 集35）　ボケ〳〵トシタル叓也

119 いとおしたちかと〳〵しき（一八2 集36）　弘徽殿ハ心アシキ人ニテ物ノ不便ヲモシラス愁歎ヲモ何トモヲモハス遊覧シタマウ

120 月も入ぬ（一八3 集36）　更衣ノ哀ヲイハヽハテモナケレハ筆ヲウツシテ月モ入ヌトカケリ月ハ落ノ心也　送三蔵皈西域　十万里程多少難　沙中弾舌授降竜　五天到日頭應白　月落長安半夜鐘

121 ともし火をかゝけつくして（一八5 集36）　夕殿螢飛思悄然　秋灯挑尽未能眠

122 右近のつかさのとのゐ申のこゑ（一八5 集36）　トノヰトハヤキヤウトテ大内ヲマワリテ名ノリスルコト也イネノ𣅿ハ左近ノツカサマワル也ウシトラハ右近ノツカサマワルサテウシニナリヌルト也

123 よるのおとゝにいらせ給ても（一八6 集36）　夜御殿清涼殿ニアリ御帳ノ四角ニ灯樓アリ掻灯《カイトモシ》トテ夜火ヲケタヌ也是ハ神璽宝釼守護ノ為ナリ御帳ノ南北ニ畳ヲシキテ女房座トス

124 あくるもしらて（一八7 集36）　王スタレアクルモノ本哥也

125 なをあさまつりことは（一八7 集36）　国ノ政ヲ云　春宵《ノヨ》苦《イト》短《ノ》日高《タケテ》起《ク》　従是君王不早朝《アサマツリコトシタマワス》　猶トカケルハ前ハ更衣御寵愛今ハ御愁歎故也マツリコト御懈怠ナリ

126 あさかれゐのけしきはかり（一八9 集36）　大裏ニ御センマイラスル所ヲ云　朝餉ノ間二間也於此所ニ朝夕供之女房ノ陪膳也

127 大床子の御物なとは（一八9 集36）　大床子イフ物ヲ立テ其上ニテ御膳奉叓也

128 たうりをもうしなはせ給ひ（一八13 集37）　聖代ナレト更衣故ハ無理モアリシ也

129 たいたいしきわさなりと（一九1 集37）　タエ〳〵シキト云也　無勿躰也

130 さゝめきなけきけり（一九1 集37）　サヽヤク也　耳言又私言長恨哥ニアリ

131 ゆゝしう（一九3 集37）　コト〳〵シキ也

132（　）坊さたまり給ふ（一九3 集37）　朱雀院ノ東宮ニ立給叓

133かの御おはきたのかた（一九6 集37）　ウバ也

134ふみはしめなとせさせ給て（一九11 集38）　皇子七才御書始例アリ　読書始ニハ御注孝経玄宗ノ注也サテ御注トイヘリ貞観政要ヲヨミハシメ給フ也

135女みこたちふた所（二〇1 集39）　弘徽殿ノ御腹ニ朱雀院ノ御姓《マヽ》二人マシマスナリ　嵯峨天皇御子源氏ニマコト公大才ノ人也ソレニナソラヘテ書リ

136こまうとの（二〇6 集39）　高麗人也

137宇多の御門の御いましめあれは（二〇7 集39）　宇多ノ院ノ御ユイカイニ異国ノ人ヲハ内裏ヘメサルマシキヨシヲアソハシヲケル也　寛平遺誡云外蕃之人必可召見在ニ簾中一見レ之不レ可ニ直對一耳《ス》　李環《リクワン》朕已《チンステニ》失《シツス》レ之　慎《ツヽシメ》レ之　花鳥ニ云必ノ字ノ心ハメサレテ°°ハ叶マシキ時ノ叓也

138鴻臚館に（二〇8 集39）　七条シユシヤカ《マヽ》ニモロコシヨリ来レル使ヲヤトス也　鴻臚館ハ玄蕃寮ニアリ玄蕃寮ヲ訓ニ法師マラウトノツカサトヨメリ玄ハ僧蕃ハ客也

139かたふきあやしふ（二〇10 集39）　物ヲ不審スルヤウ也

140弁もいとさえかしこきはかせにて（二〇12 集40）　弁モ儒者也ハカセ何ニテモ物ヲヲシフル叓也

141いひかはしたることゝも（二〇14 集40）　前途程遠馳ニ思ヲ於雁山之暮雲一後會期遥ニノ 霑《ウルオス》一 纓《エイヲ》 鴻臚之暁涙一ニ 江相公

142ふみなとつくりかはして（二〇14 集40）　詩也

143やまとさうを（二一6 集40）　ワカ国ニナライ傳ヘテ人ヲ相スル叓ヲ云　ヤマト相　藤原仲直カ光孝天皇ヲ相シ奉リ廉平カ高明公ヲ相セシハミナヤマト相也

144みこにも（二一6 集40）　親王也

145無品親王の（二一7 集41）　親王ハ一品ヨリ四品迠ハ有品也五品ニアタルヲハ五品トイハス無品トイヘリ

146外《ゲ》尺《サク》（戚）のよせなきにて（二一7 集41）　母方ノ人也　童躰ノ時親王宣下アルハ必無品也源氏イマタ元服シタマハス是ニヨリテ無品親王トハノ玉ヘリ親王ニナシ玉

ハヽ天位ニツケタマハンタメ也シカルヲ御門ヤマト相ヲヲホシメシ此君ヲハミコニナシ給ハヌ也一ノミコハ右大臣ノ女御ノ御腹ニテヨセヲモクウタカイナキ儲君トイヘルニ對シテ源氏君ヲ外尺ノヨセナキトハイヘリ母方ニヨセヲモキ人ナケレハミコニモナシ玉ハスカシコキ御ヲキテ也

147 みちく〵のさえなとをならはさせ給ふ（三10 集41）　無《メ》レ才行《ヲコナフ》レ政《ヲ》　無灯如二夜行一

148 すくえうのかしこきみちの人に（三12 集41）　宿曜堂（マヽ）トテアリシ也ホクトタウノ法師也　スクヨウ経トテ六十巻アリ廿八宿ノ叓智証大師ソレヲツヽメテ作セリソノウラナイ也

149 源氏になし奉るへく（三12 集41）　嵯峨天皇弘仁五年ニ男女スヘテ三十人ニ源ノ姓ヲ玉フ是源家ノ始也醍醐天王ノ御子高明親王ハ元服以前ニ源氏ノ姓ヲ玉フ也御門ノ御子ノタヽ人ニナリテ源トイウ姓ヲ給ヘルヲ云サカノ天皇ノ御時ヨリハシマル　平人ニナシ玉フハ源氏ノ姓ヲ玉フ也

150 （　）先帝《ダイ》の四の宮の（三2 集41）　光孝天皇ノ御叓也

151 三代のみやつかへに（三6 集42）　光孝宇多醍醐

152 御せうとの兵ア卿のみこ（三13 集42）　兄ノ叓藤壷ノ兄後ニ式ア卿ト申セシ人也紫ノ上ノ父

153 これは人の御きはまさりて（三2 集43）　是ハ藤壷ノ叓　カレハ人ノ更衣ノ叓

154 うけはりて（三3 集43）　承諾《ウケハリ》　ウケヒク叓　モツテヒラク叓心也

155 こよなく（三4 集43）　コトノホカト云心也又ミヤヒカナル心ヲモコヨナキト云　コヨナウ　無此世　無越 奥入　八雲御抄ニハウルセクモノヽマサリタルナトイフ躰也

156 哀なるわさ也けり（三5 集43）　草子ノ地也

157 なつさひ（三11 集43）　ナルヽ也

158 うへもかきりなき（三11 集44）　主上ノ御叓　ナウトミ玉イソト藤壷ニノ玉フ叓也

159 なめしと（二三12 集44）　無礼　ブレイナルヲ云　軽《ナメシ》日本記カロンス
160 らうたくし給へ（二三12 集44）　イトヲシクシ玉ヘノ心也
161 にけなからす（二三13 集44）　似気　似タル所アル也
162 もとよりのにくさも（二四2 集44）　更衣故ニクミ玉ヒシ叓也
163 名たかうおはする宮の御かたちにも（二四3 集44）　藤壷ノ叓
164 ひかる君ときこゆ（二四4 集44）　西宮左大臣ヲ光源氏トイヒシナリソレニ比シテイヘリ延喜ノ末子也
165 〳〵かゝやくひ《（日）》の宮ときこゆ（二四5 集44）　一条院后上東門院ノ十二ニテ入内シ給シヲ時ノ人カヽヤク藤ツホト申侍キ
166 十二にて御元服し給（二四6 集44）　人生十二ヲ一周ト云此年冠礼スルコト和漢ノ例也
167 ゐたちおほしいとなみて（二四6 集44）　タチイ也　居起奥入
168 春宮の御元服（二四7 集45）　朱雀院元服也
169 饗（二四8 集45）　モテナシ也
170 いしたてゝ（二四11 集45）　（倚子）主上ノ御腰ヲカケ給物也
171 〳〵くはんさ（二四11 集45）　（冠者）
172 ひきいれの大臣（二四11 集45）　加冠ノ人也　烏帽子ヲヤ也
173 くら人つかうまつる（二四13 集45）　蔵人ノ兼大蔵卿ナリ代〻理髪蔵人ノ例ナリ
174 おりてはいしたてまつり給ふ（二五2 集45）　ハイシ奉リ　春宮ハ堂上ノ拝エンニテハイスルヿ平人ハ地上ノ拝《ハイスル》也
175 さまにみな人涙おとしたまふ（二六2 集45）　ウツクシキサマニ感涙也
176 いとかうきひは（二五4 集46）　イトキナキ也
177 あけおとりやと（二五5 集46）　ワラハ　一テヨキ人ノケンフクシテワロクナルヲ云
178 うつくしけ（二五5 集46）　愛常万葉
179 ひきいれの大臣のみこはらに（二五6 集46）　桐壷ノ御門ノ御妹ノ腹ノ御ムスメ也
180 春宮よりも（二五6 集46）　アシ后此遺恨ユヘ右《（マヽ）》大臣カタト中ハロキ也
181 そひふしにも（二五9 集46）　御カイシヤクナト云心也

182 さふらひにまかて給て（二五9 集46）　内裏ノ殿上ヲ云　亭ノ
亊也殿上人ヲハミサフライトイヘリ

183 おとゝ（二五10 集46）　大臣也日本記

184 おほうちき（二五13 集47）　キヌノウエニキル物也

185 れ（例）いのことなり（二五14 集47）

186 こき紫の（二六3 集47）　ムラサキハモトユイノ色ソコノ心ハ
紫ヲハ女ニタトウ故也

187 色しあせすは（二六3 集47）　色ノカハルヲ云也

188 なか（長）はしより（二六4 集47）　御殿ヨリ南殿エ行アハイノハシ
也　紫宸殿ヨリ南殿ヘカヨウ廊ナリ

189 ふた（舞踏）うし給ふ（二六4 集47）　ハイス亊也サユウサト云亊アリ
舞踏手ノマイアシノフミ所也

190 ひたりのつかさの御む（馬）ま（二六4 集47）　左馬寮ノ御馬也

191 （　）くら人所のたか（鷹）すへて（二六4 集47）　春宮御元服ノ時ハ
馬鷹ノ亊ハナシ別シテノ義也

192 おりひつもの（二六6 集47）　櫃物　ヲリヒツニ入タルクヰ物
也

193 （　）こ物なと（二六6 集47）　コニ入タル菓子也

194 どんじき（二六7 集47）　屯食《トンシキ》ツヽミイヰトテキシキノ時下ラ
ウニクワスルクイ物也

195 （　）ろくのからひつとも（二六7 集47）　櫃

196 所せきまて（二六7 集47）　所モナキマテ也

197 なか（中）〱かきりも（二六8 集47）

198 ゆゝしう（二六10 集48）　コヽニテハ花麗ノ亊也

199 女君はすこし（二六10 集48）　源氏ノ君十二葵上十六也

200 に（似）けなく（二六11 集48）　似ツカハシカラヌヲ云

201 内のひとつきさいはらに（二六12 集48）　桐壷ノ御門ノ御妹ノ
腹ナレハイヘリ

202 御子ともあまた（二七1 集48）　ミコトハ天子ノヲ云ヲヽン子
トハタヽノ人ヲ云

203 みやの御はらは蔵人の少将にて（二七2 集48）　後致仕大臣ト
イヒシ人四ノ君柏木ノ衛門督ノ母ナリ

204 おとなになり給て後は（二七9 集49）　此巻ニハ源氏ノ君十二
マテノ亊ヲ書タレ𪜈十五六マテト心得ヘシ此詞ニ

フクメリ帚木巻ニハ十六才ノ叓ヲノセタリ
205 御かた〳〵の人〻（二七13 集49）　葵上カタノ人〻也
206 おほな〳〵（二七14 集49）　懇ナル心也
207 いたつく（二七14 集49）　イトナム心也
208 しけいさ（淑景舎）（二八1 集50）　桐壺ノヿ也
209 （〳〵）さとの殿は修理職《シキ》（二八2 集50）　祖母君ノ居所也河内本
ニハ木工スリトアリ後ニハ二条院トイヒシ也紫上
住玉ヒシ所也
210 木たち（二八3 集50）　ウヘ木也
211 いけの心ひろくしなして（二八3 集50）　蓮ハ池心ヨリ出テ小
蓋ヲロソカナリ

（近衛殿様御真筆ニテ両度校合畢）
（紙数三十二丁）
二校了

はゝきゝ

箒木　巻ノ名哥ヲ以付侍リハヽキヽノ心ヲシラテノ哥坂上是則カ哥ニソノ原ヤフセヤニヲウル箒木ノアリトモシラテアワヌ君哉此哥ノ心アリ一部ノ惣体ソリ有叓ヲ表シテサスカ又ツクリ物語ナレハアリ叓ニテ又アタナル叓也荘子ノ寓言《クウケン》トヲナシ五経六経ヲモトヽシテ作シテ又百年夢トナリシハカナキ叓也此世ノ教也巻軸ヲ夢ノ浮橋ト号スル叓同シ女ノ叓ヲモテニシテ人ノ性ヲカケリ毛詩ニ関雎《クワンガ》ノ篇トヲナシ関雎ノ篇ニハ女ノ叓ヲサタスル也此巻大綱也源氏ハ天下ヲマツリコトスヘキ人ナレハ女ニヨソヘ人ノ心タテ品ヲシラセ申サンタメ也花鳥ニハ六月ノ叓トアリ相違ス源氏十六才五月ノ末ナルヘシ

(名事あるにもあらすきゆる意也)
(此物語大意也有無也序分也一部にかうふる心也夢浮橋同也)

1光源氏なのみこと〳〵しう(云1 集53)　此発端ノ詞ハヤリツホノ末ニヒカル君トハコマ人ノツケタマヘリトイヘル叓ヲウケテカケリ

2とかおほかなるに(云1 集53)　吹毛求疵　右大臣カタヨリイヒケツ

3さるは(云3 集53)　サルハサルホトニ也

4なよひかに(云4 集53)　ナヨヒ風流ナル叓　麗《ナヨヒ》

5(〳〵)かたのゝ少将に(云5 集53)　カタノヽ少将當代ノ人ニハナシ昔ノ叓也英明《フサアキラ》中将トイヒシ人也好色ノ人也清少納言枕双帋ニコマノヽ少将カタノヽ少将トアリ少将ハマコトスクナク好色ヲタテタル人ナレハ源氏ノマメタチ給ヲハ今有人ナラハワラハント

ナリ批判シテ草子地カケリ

6（＼）また中将なとに（十六）（三五 5 集53）

7さふらひようし給ひて（三五 6 集53）　御座アリヨキ也

8まかて給ふ（三五 6 集53）　マカンテトヨムヘシ

9しのふのみたれやと（三五 6 集53）　別人ニ心ヲ乱シ給カト疑也　本哥ミチノクノ忍文字摺タレユヘニ

10御本上にて（三五 8 集53）　御本上ニテ句ヲキリテミヘシ是ニテ源氏本性ヲカケリ

11ひきたかへ心つくしなることを（三五 8 集53）　スキ〳〵シキ叓ハコノマシカラヌ本上トカキタレハトキ〳〵ハ相違シテスキ〳〵シキ叓モマシルト也

12なか雨はれまなきころ（三五 10 集54）　五月ノ時分也三日已上ヲ曰レ霖ト

13御物忌さしつゝきて（三五 10 集54）　物忌ト云字ヲ書テ簾ナトヘツケ人ヲモヨセス又居タル人ヲモ外ヘイタサヌ也　昔ハ忍草ニ書テツケシト也コトナシ草ト云一名アレハ也　後撰ニツマニヲウルコトナシ草ヲ見ルカラニタノム心ソイヤマサリケル

14この君もいと物うくして（三六 1 集54）　此君モ物ウクシテ久中将モ右大臣四ノ君ヲ心ニ入ヌ叓也源氏ノ葵上ヲ心ニ入給ハヌニヨリ此君モトイヘリ

15しつらひ（三六 2 集54）　料理《シツライ》遊仙屈

16をさ〳〵（三六 3 集54）（漸頗）

17かしこまりもをかす（三六 4 集54）　源氏皇子ニテヲハスレトモフカキ知音ニテ隔心ナキ也

18心のうちに（三六 5 集55）　心ノウチニヲモフ叓ヲモ　品サタノ序也

19むつれきこえ給ける（三六 5 集55）　本哥　思フトテ何シニ人ニムツレケンシカナライテカミネハ恋シキ

20おほとなふら（三六 7 集55）　寝所ノ灯也

21ふみともなと（三六 7 集55）　文書

22色〳〵のかみなるふみとも（三六 8 集55）　艶書也

23さりぬへき（三六 9 集55）　源氏ノ詞　何トモナキ文ヲハ見セント也

24かたはなる（三六9 集55）　頑也　片輪　カタクナシキ叓也
25そのうちとけて（三六10 集55 10）　中将ノ詞
26をのかじゝ（三六10 集55）　八雲御抄ワレ〳〵アル心也　各
競日本記　或各自恣
27ゐむすれは（三六12 集55）　怨《ウラム也》　エンスレハトイヒテシタニ源
氏ノ返答アリサウ也筆ヲウツシテカケリ
28おほそうなる（三六13 集56）　大惣《ヲオソウ》　大都　大カイノ心也
29二の《ニノ》まちの（三六14 集56）　次ノ叓也
30（乃）女のこれはしもと（三七6 集56）　シヤスメ字也　品定ノ序起
也源氏ト中将ト問答四段也右馬乃式ア丞十八段也
中将ハ源氏ニ年齢五ハカリノマシナリト
31てはしりかき（三七7 集56）　手ハシリカキト云説不用　河海
ニモ草書ノ躰也真ノ字ハ人ノ衣冠タヽシキ躰草ノ
字ハ人ノ走姿行ノ字ハアリクスカタ也第一段ノ中
将ノ詞也
32そもまことにそのかたを（三七8 集56）　ソモハソレモ也ヨキ
トエラヒイタサンニハ不足ナラントト也

33こもれるまとの（三七11 集56）　深窓也　人ノムスメナト物フ
カク養育スル叓也長恨哥ニ楊家ノ深窓ニヤシナハ
レトアリ
34おほどき（三七13 集57）　穏　此字ヲタヤカ也
35わかやかにて（三七13 集57）　ワカキ時ハ物ヲカサラスメアリ
ノマヽノ心也　花鳥説
36ひとつゆへつけて（三七14 集57）　由付　何ニモ不叶心ナレト
モ其中ニ一ハニツカワシキ所作ノ叓也末ツム花管
弦ノヨクヲハセシ也
37思くたさむ（三八2 集57）　河海ニム腐欤ト云ヘリ
38うめきたる（三八3 集57）　ウチナゲクコシ也
39（源）いとなへてはあらねと（三八4 集57）　第二段源氏ノ心詞也
40そのかたかともなき人は（三八5 集57）　一向ニトリ所ナキ人
ノ有ヘキカハト也
41（乃）いとさはかりならん（三八5 集57）
42とるかたなく（三八6 集57）　一向ニワロキトイタリテスクレ
タ人ハ世ニマレナル也

43 人のしなたかく（三八7 集58）　女三ノ宮ナトニアタレリ
44 けはひこよなかるへし（三八8 集58）　気《ケハイ》日本記　形勢新猿楽記
45 中のしなに（三八8 集58）　中品ニ人ノ品モ見エント也仏道諸
道トモニ中道ヲ本トセリ
46 いとくまなけなる（三八11 集58）　ヨク人ノ心中ヲモクマナク
見トオサン人ト也
47 （源）そのしな〳〵やいかに（三八11 集58）
48 もとのしなたかく（三八12 集58）　末ツムニアタル
49 なを人のかむたちめなとまて（三八13 集58）　諸大夫也上ラウ
ニアラサル心也
50 （世）よのすきものにて（三九1 集58）
51 中将まちとりてこのしな〳〵を（三九2 集58）　人ノ品ヲト
ヒ玉フ時分両人キタレハソレニユツリテイハセラ
ルヽ也右馬乃式ア系図ニ見エヌ人也
52 （馬）なりのほれとも（三九3 集59）　是ヨリ右馬乃ノコトハ也
53 さはいへとなをこと也（三九4 集59）　花ショクノヤウナレト
根本位ナキ人ハ心タテ別ナルト也

54 とり〳〵にことはりて（三九6 集59）　イツレモ上品ニハ置カ
タキ叓皆中品ナラント也花鳥ニ云儒道ニハ過猶不
及トイヒテ中庸ノ道ヲ至極トス仏教ニハ又非有非
空ヲ中道ト云
55 又きさみ〳〵ありて（三九8 集59）　キサミ〳〵　分際〳〵也
エリイテツヘキコロオヒ也
56 なま〳〵の（三九9 集59）　ナマナリナル心也
57 非参議の四ゐともの（三九9 集59）　参議トハ天下ノマツリコ
トニマシハリハカル司也八座ヨリ已上大納言迠ヲ
参議ト云非参議トハイマタ宰相ニナラヌ三位四位
ナトノ叓也
58 もとのねさし（三九10 集59）　人ノ根本種姓也
59 かはらかなりや（三九11 集59）　サリヤカナル也
60 家のうちにたらぬことなとはたなかめる（三九11 集59）　伊与
介ナトニアタル
61 宮つかへに（三九13 集59）　更衣ナトニアタル
62 （源）すへてにきはゝしきに（三九14 集60）　源氏詞　物ノジユンタ

クナルコトハカリカヨキ叓カトワライ玉フ也富饒
63こと人のいはんやうに（四〇1 集60）　コト人ノイハンヤウニ
色コノミナラヌ人ノイハンヤウニ也カヤウナルウ
チニモヲモシロキコトハアラン物ヲト也
64(馬)もとのしな（四〇1 集60）
65ときよのおほえ（四〇1 集60）　時世ノ人ナラフ人ナキヲ云鬼
ニカナサイハウト云カコトシ花鳥説
66うちくのもてなしけはひ（四〇2 集60）　内ゝニ不足ノ叓也
女三宮柏木ノ衛門督ニ密通ノ叓ニアタレリ
67なにをしてかくおひいてけむ（四〇3 集60）　イカナル前生ニ
テ此コトク時世ニアヒスクレタル人トハ生出ラン
ト也心モヲトロクマシトハ人ノ及ハス手ノツカヌ
叓也
68思よりたかへることなむ（四〇8 集60）　案ニ相違ノ叓也
69ねやのうちに（四〇10 集61）　深閨也　中比深窓トナヲサレタ
リ
70(源)いてやかみのしなと（四〇14 集61）　葵上ノ心ニカナハヌ叓ヲ
源氏フクミテノ給叓也
71しろき御ぞとも（四一1 集61）　内衣也ナオシハウラヲツクル
物也内ゝノ叓ナレハヒトヘノナヲシナルヘシ
72そひふし給へる御ほかけ（四一2 集61）　ヌル時ハ物ニソリ物
也休息ナトニヨリカヽリタマウサマ也
73女にて見たてまつらまほし（四一3 集61）　女ニテ見奉ハヤ
トワカ女ニ成テ見タキ也
74えりいてゝも(出)（四一3 集61）
75(馬)おほかたのよにつけて（四一5 集61）　第五段又馬乃ノ詞也惣
体ノ世ノ叓也
76かみはしもにたすけられ（四一9 集62）　カミハ下ニタスケラ
レ　史記云上含二淳徳一以遇二其下一ゝ《ニハ》懐《イダイテ》二忠信一《ヲ》以
事《ツカフ》二其上一
77人ひとりを思めくらすに（四一10 集62）　世ヲヽリムル叓ハ
一人シテノ叓ニナシアマタニユツルホトニ安キト
也　家一ノアルシトタノマン女ナトノカタキ叓ト
也　河海ニ国ヲヽサメントワモハヽ先家ヲヽサメ

家ヲヽサメントヲモハヽ先身ヲヽサメンノ心也

78なのめに（四二12 集62）　斜　ヲオカタノ心也

79すき〳〵しき心のすさひにて（四二12 集62）　一人ニサタメヌハスキ〳〵シキ心ニテハナシワカ妻トウチタノマン人ノカタキ心也

80さてたもたるゝ女のためも（四二3 集62）　真実心ニカナハネトモサスカステカタク夫婦ノマシライニナレハソノ女心ニクヽ人ニヲモハルヽト也

81所せく思ふ給へぬにたに（四二ナシ 集ナシ）　所セクヲモウ玉ヘヌニタニ　句ヲキリテ見ヘシ下ニツヽカヌ詞ナリタニト云ニ心ヲフクメリ所セキ身ナラネト心ニアウ叓ハカタキナリイハンヤ源氏ナトノ御心ニハト云義也　カタチキタナケナクト云ヨリ又一段ナリ

82ことえりをし（四三7 集63）　言撰　六条ノ宮ス所ナトニアタレリ

83すへ°°なくまたせ（四三8 集63）　無便　無為　心モトナキ義也

84なむとすへし（四三11 集63）　第一ノ難ト也

85ことか中に（四三11 集63）　殊中　トリハキテト云心ニ通スマヘハタヽ女房ノ品ノ叓是ヨリハワカ本臺ニセン人ノ性ヲイヘリ

86物のあはれしりすくし（四三12 集63）　物ノ哀シリスクシ　ワカ本臺ニナラン人ハアタナル所ナクイカニモツヨカラン人ノヨカラントヲモヘト餘ニ後見ノカタハカリニテハイカヽヲモウ義也

87又まめ〳〵しきすちをたてゝ（四三13 集63）　是ハマコトシキ後見ノカタハカリヲシリテ其《ソノ》外ノ叓ニハ心ヲクレタル叓也

88ひさうなき（四三14 集63）　無貧相　美相是ヲ用

89家とうしの（四三14 集63）　主人妻《イヘドウジ》遊仙屈　家童子伊勢物語真名本也

90あさゆふのいていりに（四三1 集63）　男ノ女ノ家ヘ出入ノ叓

91うとき人に（四三2 集64）　見聞叓フモ他人トシテハイカヽカタランワカ妻トカタラマホシキ叓也

92ちかくてみむ人の（四三3 集64）　妻ノ叓也

93 涙もさしくみ（四三4 集64）　泪ノサシイツル叓也哥ニモサシクム物ハ泪ナリケリトヨメリ　若紫ノ巻ニサシクミニ袖ヌラシケリトアルハサシヨリ初ノ叓也所ニヨリテ替《カワル》ヘシ

94 おほやけばらたゝしく（四三4 集64）　公方叓ニツキテ腹ノタツ叓也

95 あはつかに（四三7 集64）　淡〳〵シキ叓也カロ〳〵シキ心也

96 さしあふきゐたらんは（四三7 集64）　此ウシロミノ女ワツカニ何叓ヲ云ソナトハカリニテ心ニイレテモキカヌ叓也　サシアウキトハ扇ナトサシカサシ居タル躰也餘ニ賢女タテシタル女ノ躰也只一方向《ムキ》ノ人ノ心也

97 たゝひたふるにこめきて（四三7 集64）　永《ヒタフル》巨《コメク》　ヒタフルニコメク　一説フルメカシキ心トモ色〻イヘトヲサナカマシキ叓ヨクカナヘリ紫上ヲ源氏ヨクヤシナヒタテ玉ヒシ叓也

98 たちはなれて（四三10 集64）　他国ナトヘ行シ時ノ叓也源氏ノスマヘ左遷ノトキ紫ノ上装束《シヤウ》其外ナトノ叓ヲモト丶ノヘツカハシ又悪名ナキ叓アタレリ打ソイテヨリタチハナレテヨク心中ノ見エント也

99 しい（出）てんわさの（四三11 集65）

100 我心と思うることなく（四三11 集65）　人ノ本ノ心也ワカ心チヨリ一切ノ叓サトリ得ル叓也

101 つねはすこし（四三12 集65）　同シツヽキナレト又別ノ心ナリ

102 そは〳〵しく（四三12 集65）　側　花散里ニアタレリ　ミメカタチスクレタル人ニハナケレト花散里心ハエノヨキ人也　花鳥ニツネハソハ〳〵シク是ハワロキ中ニヨキ叓ノアルヲ云躰也

103 いまはたゝしなにもよらし（四三14 集65）　花鳥ニモ人ハタヽ心ムケヲ本トシテ品モ形モイラヌト云心也　三界唯心万法唯識ノ心也　源氏一部ノ肝心コヽニアリ今ハ只所詮只ト云心也畢竟シテイヘリ

104 ねちけかましきおほえたになくは（四四1 集65）　口聞カマシクナリ　倿ハ口才也　万葉ノラ山ノコノ手柏ノ二

ヲモテトニモカクニモネチケ人カナ此哥ノ心ハコ
ノテ柏ハ大トチト云木也此木風ニフカレテアナタ
コナタヘムク也ソレヲ二ヲモテト云也　河海説　倭《ネチケ》
人《ヒト》

105 あまりのゆへよし心はせ（四3 集65）　故由也　アマリノユ
ヘヨシ　ソノ餘リ也世俗ニアマリノ叓ナトイヘル
ニ同ソノ上ニ能叓ヲソイタラン人ヲモ悦㐂トヲモ
ハントナリ故由《ユヘヨシ》也　ユヘツキヨシハミタル心ナリ

106 すこしをくれたるかたあらんをも（四4 集65）　ソノ中ニヲ
クルヽ叓アリトモ求イハシト也

107 のとけき所たにつよくは（四5 集65）　本臺ノフテウナル所
タニナクハトナリ葵上ナトノ心タテ也本上タヽシ
キ人也

108 えんに物はちして（四6 集65）　夕顔ノ上ニアタレリ深ク物
ツヽミセシ人也

109 見しらぬさま《様》に忍て（四6 集65）

110 みさほつくり（四7 集66）　花鳥ニ云今案ミサオツクルトハ

シラスカホナル心也松ノミサオト云モ霜雪ヲモシ
ラス常葉ニ常アル叓ヲ云下ノ詞ニミサオニモテツ
ケテト云ハツネニカハラヌ心也

111 あはれなる哥をよみをき（四8 集66）　哥ヲ読ヲキ　夕顔ノ
上山カツノカキホアルトモト云哥カタミトヽメテ
トハ玉葛ノ君ノ叓アタレル山里トハ夕顔ノ宿ヘカ
クレシ叓也

112 わらはに侍し時（四9 集66）　ワフハニ侍シ時　若年ノ時ハ
此ヤウナル叓ヲ聞テハ哀ニ思シカ今思ヘハハカナ
キ叓ナリト馬乃我心中ヲイヘリ

113 ことさらぴ°たること也（四11 集66）　ワサトメク叓也花鳥ニ
モコトサラツクリ出タル心也

114 心さしふかゝらん（四12 集66）　小町業平ノフカクヲモハレ
シヲヽキテ家出シテサシモナキ人ノ妻ナトニ成シ
叓也

115 ほめたてられて（四14 集66）　道里ノ叓ナトヽ人ニイハレテ
ソレニナル叓ヲイヘリ

116 尼に成ぬかし（四五1 集66） 古今ニモ此ヤウノ叓アリ

117 うちひそみぬかし（四五5 集67） ウチヒソム 顰《ヒソム》レ眉《マユヲ》 又竊眉 是モナク躰也又年老ヌレハ口《クチ》ノスケム《ユカム》ヲモ云也 万葉四 百年ニ老クチヒソミヨトムトモワレハイトハシ恋ハマストモ家持

118 にこりにしめるほとよりも（四五7 集67） 本哥 蓮葉ノニコリニシマヌ心モテ何カハ露ヲ玉トアサムク 尼ニナルハニコリヲ出タル也

119 我も人も（四五11 集67） 我モ人モウシロメタク心ヲカレシヤハ スコシノコトナト堪忍シタラハ互ニ隔心ハアラシト也又タチカヘリテ夫婦ニ成タリトモ隔心シ恨ハノコランヲト也

120 又なのめにうつろふかたあらむ人を（四五12 集67） 又ナノメニウツロウカタアリトモ 是ハ又男ノアタナル心アリトモ也

121 たへぬへきわさなり（四六1 集67） 西殿ノ御説ニハ絶ノ字也 サヤウニテ絶ハテントナリ宗祇ノ説ニハ堪忍也堪忍センヲト也

122 すへてよろつのこと（四六1 集67） 紫上ノ本性ニアタレリ恨ムヘキ叓ナトアラハアラハスヘキヲト也 見ル人カラニヲサマリモ妻ユヘ男ノ心モヲサマラント也

123 あまりむけに（四六3 集68） 一向ニ物ネタミセス恨ヘキ叓ヲモ色ニ出サヌハカヘツテワロキ也

124 かろきかたにそ（四六5 集68） 男ヲ大切トモヲモハヌ義也

125 （〳〵）つなかぬ舟の（四六5 集68） 観身岸額離根艸論命江頭不繫舩是ヲ宗祇ハ引玉フ 泛乎《ハンコ》若不繫之舟此本文ヨクアタレリ

126 うなつく（四六6 集68） 點頭《ウナツク》 或頷状 漢書

127 （〳〵）さしあたりて（四六6 集68） サシアタリテ見ン人ノウタカイアランコソ大叓女三宮朧月夜ナトニアタル本妻トタノミテ別人ニ蜜通大叓ト也

128 （〳〵）ともかくも（四六8 集68） トモカクモ 又別ノ叓也葵上ニアタル 花鳥ニイハク是ハ女ノ男ノタカイタル叓アルヲ腹立恨ナトセスシテ堪忍スルヲ云也葵上

心タテニ叶侍レハ中将君ワカイモウトノヒメ君ハ此定ニ叶玉ヘリトヲモヘル也紫上ハエンスヘキ叓ヲハ見シレルサマニニクカラヌサマニカスメノ玉ヘハ男ノ心マテモヲサマルヨシ也是ヲ女ノ本様トスヘシソノツキハタカウフシアレトノトヤカニ見シノヒテカルく〵シク腹立エンシナトモセヌ也是ハ上﨟ノマコトシキタメシニスヘシ紫上ト葵上トヲ女ノ本様ニシテホメタル心也

129 物のさためのはかせになりて（四六12 集69）　一切ノ叓ニハカセト云コトアリソレカ云叓ノ本ニナル也博士ハ博達ノ士ト云心也

130 ひゝらきゐたり（四六12 集69）　ヒヽラキハ随分カホスル躰也　一説云　鵯《ヒエトリ》ノウソヲカマフル時ホコリテ羽ヲタヽクカタチナリト云〻

131 木のみちのたくみの（四六13 集69）　木ノ道ノタクミノ　ヒタヽクミ番匠ノ惣名也コヽマテハ女ノシナヲカキ是ヨリハ諸藝ノ叓ニヨソヘテイヘリ

132 そはつきされはみたるも（四七1 集69）　ソハユカミタル体也虚左《ソラサ》礼《レ》トアリ右礼ハヨキ礼ノ義也

133 うるはしき人の（四七3 集69）　美麗

134 てうとの（四七3 集69）　調度

135 すみかきにえらはれて（四七5 集69）　墨絵ノ叓也　又下書ヲ墨ニテカキウヘヲタムヲモ云色トリ絵ハ上手ナラテハカキエヌ也

136 けちめふとしも見えわかれす（四七5 集69）　上手トモヲオケレハケチメモ見エヌト也カヽレトヽハカウアレトナリ　畫《エカクニ》二鬼魅《キミヲ》一易レ成二好画《カウクワ》一狗《ク》馬《メハ》難レ為《ナシ》レ好《ヨク》　文選ノ文也

137 こ《木》ふかくよ《世》はなれてたゝみなし（四七11 集70）　花鳥ニ云金岡畳《タヽム》レ山十五重高《（マヽ）》ハ五重也　今案墨ノ濃淡ヲモツテ山ノ遠近ヲアラハス叓也

138 その心しらいをきて（四七12 集70）　心シリ也心知心ツカイ也

139 （手）てをかきたるにも（四七13 集70）

140 はかなき事たに（四八2 集70）　諸藝ノハカナキコトサヘ大叓

也イハンヤ身ヲヽサメ心ヲヽサメン人ナトハカタ
キ叓トイヘリ
141 まして人の心のとき(時)にあたりて（四八3 集70）
142 つらつえをつきて（四八5 集71） 支頤
143 （＼）のりの師の（四八6 集71） ノリノ師ノ世ノコトハリト
キヽカセン　花鳥ニ云雨夜ノ物語ハシメハ女ノ品
心ムケノヨシアシキヲ物ニモタトヘスアリノ侭ニ
書タリ　此一段ヨリハ又木ノ道絵所手書此三ノ藝
ニタトヘテ人ノマコトアリ偽アル叓ヲノフ此下ノ
段ニハソノ初ノ叓スキ〳〵シクトモ聞エントテヲ
ノ〳〵昔アリシ叓トモヲ互ニ語出ス　カクノコト
ク三段ニ書ワケタル詞ノツヽキ偏ニ法花経ノ三周
説法ノスカタヲカタトレリ三周トハ法説一周喩説
一周因縁説一周也法説一周ハ方便品ナリ此品ハ直
ニ妙法ノ道理ヲ説玉ヒテ上根ノ声聞舎利弗ニ對シ
テサトラシム是ヲ法説ト云次喩説一周ハ譬喩品也
此品ノハシメニハ法説ノ述成授記アリ是迠モ舎利
弗ニ對シテノ説法ナリ其次ノ段ニ三車一門ノタト
ヘヲカリテ三乗ツヰニ一乗ニ帰スル趣ヲノヘテ中
根ノ声聞須菩提迦旃延迦葉目連ニサトラシム信解
品薬草喩品マテモ喩説ノ述成授記也次因縁説一周
ハ化城喩品也此品ハ過去久遠劫ニ大通智勝佛ト云
如来ノ法花ヲ説玉フヲ聞シ人ノ中比退屈ノ思ヲナ
シテ小乗ヲ修行セシカ今又尺尊ノ説法ヲ聞テ回心
向大ノ声聞トナレル因縁ヲトキテ下根ノ千二百人
ニ次第ニ授記シ玉フカノ法理ヲ直ニトクトタトヘ
ヲカリテイフト過ニシカタノ因縁ヲ説ト此三周ノ
スカタ今ノ物語ノツクリサマニ相似タルナリ世俗
ノ文字ノ業狂言綺語ノ誤ヲアラタメテ讃佛乗ノ因
轉法輪ノ縁トセル心也下ノ詞ニ中将イミシクシン
シテ法ノ師ノ世ノコトハリトキヽカセン所ノ心地
ストイヘルコノコトハリヲ思テカケルナルヘシ
144 （＼）(馬)はやうまたけらうに（四八8 集71） ハヤウハ昔ノヿトラ
ウハ官位ノ卑也

145 いとまほにも（四八9 集71）　マヲニモ　無正躰心也

146 この人をとまりにと（四八9 集71）　此人ヲトマリニモ　此人ヲ本臺トサタムルニハナシト也

147 おひらかならましかはと（四八11 集71）　ヲイラカ　大ヤウナル叓

148 かくかすならぬ身を（四八11 集71）　カクカスナラヌ　若クカスナラヌ身ヲイカテコレホトハヲモウト也

149 此女のあるやう（四八14 集72）　此女ノヤウタイ也

150 すゝめるかたと思しかと（四九4 集72）　スヽメルカタト思シカト後見ノカタ餘ニ過タルヤウ也

151 契ふかくとも（四九12 集73）　イカニ契深クトモイツモノ心ウセスハ絶テ又見ジト也此侭ニタエントヲモハヽ物ウタカイハセヨト也

152 又ならふ人なく（五〇2 集73）　ワカ本妻ニセント云心也

153 いひそし侍に（五〇3 集73）　イヽソシ侍　言殺　イヒコロスホト也

154 よろつにみたてなく（五〇3 集73）　女房ノ詞也モノケナクハ官位ノ卑叓也

155 つらき心を忍て（五〇5 集73）　ソナタノよそ心アランヲミシノハン叓ハ心クルシカラント也

156 はらたゝしく成て（五〇7 集73）　以前ハ空腹也今ハマコトニ腹立ノ叓也

157 ましらひをすへきにもあらす（五〇9 集73）　禁中ノマシライ也

158 人めかむ（五〇10 集74）　人メカン　句ヲキリテミルヘシ　人マネヲモセンノ心也

159 これひとつやは（五〇13 集74）　是一ニカキラスツラキ叓ノヲオキト也

160 えうらみじなと（五〇13 集74）　ワカタチ出ルコトヲモウラムマシキト也二首ナカラユヒクヒシ叓ヲヨミカワスホトニ手ノ叓ヲヨメリ

161 りんしの祭のてうかくに（五一3 集74）　祭ノテウカク　賀茂ノ祭十一月午日調楽ハヨイノ日禁中ニテノ叓也試楽ノ叓ナリ

162 あがる所にて（五一4 集74） 八雲御抄ニハアチコチ行躰也

163 またなかりけり（五一5 集74） 又マダ両説ナリ

164 うち（内）わたり（五一5 集74）

165 けしきばめるあたりは（五一5 集75） 木枯ノ女ノ叓也

166 あつごえたる（五一9 集75）

167 物のかたひらなと（五一9 集75） 几帳ノカタヒフ也

168 さうじみはなし（五一10 集75） サウジミハ本ノ女房也ソノ身ト云心ナルヘシ

169 このよさりなむ（五一11 集75） ヨサリノ心得アリ是ハ昨日ノ夜也又今夜ノ叓ヲモイヘリ

170 えんなる哥もよます（五一12 集75） スコキコトノハ哀ナル哥ヲヨミヲキテトマヘニアル詞ノ首尾也

171 ひたやこもりに（五一12 集75） ヒタヤコモリ　何ノ意趣モナクコモル叓ナリ

172 我をうとみねと（五一13 集75） アマリニ物エンシセシハアキラレン料簡カト今右馬乃思叓ナリ

173 さしも見給へさりし事なれと（五一14 集75） サシモ見玉ヘサリシトハ又サヤウニハ見エヌ人也ト也白問自答也

174 きるへき物（五二1 集75） 中絶シテモワカタメノ装束ナト女ノ用意セシナリ

175 かゝやかしからす（五二4 集76） カヽヤカシカラス　ハナヌ也義絶シテモ一向ニカクレハテスコナタヨリセウソコスレハ返答ナトセシ叓也

176 つなびきて（五二7 集76） 互ニアラソウ心也　本哥　引ヨセハタヽニハヨラテ春駒のつなひキスルソ名ハタツトキク

177 たはふれにくゝなむ（五二8 集76） タハフレニクヽナン　本哥　アリヌヤト心見カテラ逢ミネハタハフレニクキマテソ恋シキ

178 たつたひめといはんにも（五二11 集76） 本哥　見ルカラニ秋ニモナルカ立田姫紅葉ソムトヤ山ノテルラン　十夕ハ帝尺天ノ御衣ヲリスウヌシナリ彼女房物ヲヨク染出シヲリヌウ叓ヲカクコソヘイヘリ

179 うるさくなむ侍しとて（五二12 集76） コヽニテハウルハシキ

叓ニイヘリ

180 たちぬふかたを（五二13 集76 13）　ソノタチヌウ叓ハ不足アリトモ星ノ契ヲアヤカレカシト中将ノアイサツ也

181 あえまし（五二13 集76）　アヤカル心也

182 そのたつたひめの錦には（五二13 集76）　ソノ女房ノ所作《ショ》ニハタレモ及ハシト也

183 （　）はかなき花もみちといふも（五二14 集77）　立田姫トイヘルアイサツ也花紅葉ホト見叓ナル物モ露ノハエモナクウツロイ消ル叓又不足也彼女物エンシノツヨキ不足ノ叓ニヨソヘテイヘリ

184 さあるにより（五三1 集77）　此ヤウニ何ニモ不足ナキ人ニモカケミチノアル也叓ノミナタライタル人ハ世ニカタキト定カヌル也

185 （又）またおなし頃（五三2 集77）

186 はしりかき（五三3 集77）　返叓ナトハヤ〳〵トスル叓也

187 てつきくちつき（五三4 集77）　ロツキ哥ヨム叓也

188 こともなく侍しかは（五三4 集77）　無叓也殊事ナキヨシ也

189 さか゜゜な物を（五三5 集77）　ユヒクイシ女ヲハシタシキ中ニセシ叓也

190 いかゝはせん（五三6 集77）　コヽニテハ力《チカラ》ナシト云心也

191 しは〳〵まかりなるゝまゝには（五三7 集77）　屢《シハ》〳〵数ヲカサヌル心也大カタニカヨイシ時ハ子細ナキヤウニミシカナレユケハソレホトモナクアタ〳〵シキ人ト也

192 うちたのむへくは見えす（五三8 集77）　ウチタノムヘクハ見エス　本妻ニセン人ニハナカリシト也此段二段ハマヘノ女ハマコトスキ木枯ノ女ハアタナルカタノ過タル也中道ニ叶稀ナル叓ヲイヘリ

193 忍て心かはせる人そ（五三9 集77）　案ノコトク別人モカヨウカト也

194 （内）うちよりまかて侍に（五三9 集78）

195 （　）大納言の家に（五三10 集78）　継（マヽ）図ニ見エヌ人也馬乃ノ父カト也

196 おり侍ぬかし（五三13 集78）　同車ノ人蜜（マヽ）通ニテ女ノ所ヘト

イヽヨラントテ車ヨリヲリタル也
197 とはかり月を（五四1 集78） シハシハカリ也日本記ニ時ト云
字也
198 つ゚つ゚゚じ゚りうたふほとに（五四3 集78） 嘰《ツヽシル》 史記ニアリソツ
〳〵トウタウサマ也　飛井（マヽ）ニヤトリハスヘシカケ
モヨシミモヒモサムシミマクサモヨン　此ウタイ
物ヲウタウハ女ノモトニヤトリハスヘシノ心也
199 よくなるわこんをしらへ（五四3 集78） 音ノヨキ叓也又和琴
ニ能鳴調ト云曲アルナリ和琴ハイサナミイサナキ
ノ時ヨリ始マレリ
200 りちのしらへは（五四4 集78） リチノシラヘ　アスカ井ハ催
馬楽ノ律ノ哥也女ヲハ律ニトル也
201 庭のもみちこそ（五四7 集79） (古今秋ハキヌ)女ノ云詞ト花
鳥ニハ尺セリ男ノ詞也
202 ねたます（五四7 集79） ネタマストハネタマスル也女ニ腹ヲ
タテサセント云詞也
203 わろかめり（五四9 集79） 馬乃ノ聞所ニテカヤウニ女ト哥ナ
トヨミカハス叓アシキ叓ト也哥ハキコエタリツレ
ナキ人トハワカコトヲヨメリ　キヽハヤスヘキ人
ノ是モワカ叓ヲイヘリ
204 あされかゝれは（五四11 集79） サ゚゚レカヽル也　魚餒《アサレ》　論語注
云魚ノ敗タルヲ云
205 たゝ時〳〵うちかたらふ宮つかへ人なと（五五1 集79） 此段
ハ時ニ何トナク蜜（マヽ）通セシ宮ツカヘ女房ナトハカヤ
ウニテモクルシカラスト也心トメテカヨフ人ナト
ノ心ニハ不足ト也カヤウニ別人ニ心ヲカハシアタ
ナルヲ見テ馬乃義絶セシ也
206 いまより後は（五五6 集80） 今ヨリ後ハマシテ　若時サヘカ
ヤウニアタナル人ハ心ニアハスシテ義絶セシ也イ
ハンヤ今ヨリ後ハト也
207 おらはおちぬへき萩の露（五五7 集80） 本哥ナト引ニ及ハス
艶ニヤサシキ人ノ躰也
208 あへかなる（五五8 集80） アヘカナル　八雲ニウツクシクヒ
ハツニヨハキ躰ト也

209 いまさりともなゝとせあまりか程に（五四8 集80）　橡樟　今サリトモ七トセアマリ　花鳥ニ云橡樟《ヨシヤウ》七年トイヒテクスノ木ハ七年ニナレハ材ニナルヲ儒者ノ秀才ノタトヘニイヘリ　万ノカキリアルヲハ三年トモ七年トモ云也タヽ中将ニ右馬丞七ハカリノ兄ナレハカクイヘリワレラカ年ニナリタマハヽカヤウノ叓ヲモ思シリ玉ハント也

210 うちわらひおはさうす（五五13 集81 13）　ヲハシマス也

211 しれ物のものかたりを（五五13 集81 13）　花鳥ニハサレモノトアリコヽニテハヲロカノ物語ノ叓也　白癡《シレモノ》白氏文集　万葉哥　イニシエノシレタル人トヨメル是モヲロカナル心ナリ

212 おやもなく（五六6 集81 6）　夕顔ノ上ノ父三位ノ中将トイヒシ人ナリ

213 この人こそはと（五六6 集81 6）　親ニモハナレタヨリナキ時分ナレハ中将ヲウチタノムト也

214 かうのとけきにをたしくて（五六7 集81 7）

215 この見給ふるわたりより（五六8 集81 8）　丞中将本妻右大臣ノ四ノ君ナリ本臺ヨリ呪咀シヲソロシキ叓ヲイハセシ也物ヲチヲツヨクセシ人ナレハソノ時忍ヒテホカヘカクレ玉ヒシ也

216 さてそのふみのことはゝ（五六12 集82 12）　源氏文章ヲトヒ玉フハ文躰ニテ人ノ心ヲ見ンタメ也又中将ノアラハシ玉ハヌモ心深キ義也イツレモ人ノ用心也

217 いさやことなることも（五六13 集82 13）　（此詞幽玄也深心ヲ悦）

218 山かつの（五六14 集82 14）　山児《ヤマカツ》　ワカミヲヤマカツニヨソヘテイヘリ　アルトモハアルヽトモ也

219 きほへるけしき（五七2 集82 2）　虫ノ声ニアラソウ叓也

220 むかし物かたりめきて（五七2 集82 2）　花鳥ニハタメシヲヒケリ引ニ及ハス　哀ナル躰ヲイヘリ返哥猶床夏ニシク物ソナキトハムスメヨリモ親ノ叓ヲ思フヨシナリ　牛麦《ナテシコ》万葉

221 うちはらふ（五七6 集83 6）　本哥後撰　彦星ノマレニアウ夜ノ常夏ハ打払袖モ露ケカリケリ

222 あらし吹そふ（五七6 集83）嵐吹ソウハ四君ヨリヲソロシキ
叓イハセシナリ
223 さすらふらむ（五七10 集83）流離 日本記
224 哀とおもひし程に（五七11 集83）アリシ時サヤツノ恨ヲモシ
ラセタラハカヤウニハセシト中将ノ心也　恨ヲモ
何トナク見エナトスル叓ヨキ也
225 つれなくて（五八1 集83）此女ノ心ニツラシト思ケルヲモシ
ラテワレハ哀ト思シハヤクナキカタ思トナリ
226 やくなき（五八1 集84）無益也
227 いまやう〳〵わすれ行きはに（五八2 集84）コナタハ漸ワス
レユク也カレトハ女ノ叓也
228 人やりならぬ（五八3 集84）ハイカクルヽモ人ヤリノ叓ニハ
ナキト也サスカニ歎キヤシヌラント也
229 むねこかるゝ（五八3 集84）心憔《ムネコカル、》 遊仙屈
230 （馬）されはかの（五八4 集84）
231 さかな物も（五八4 集84）サカナ物トハユヒクイシ女　コト
ノ音スヽメリケンハ木枯ノ女　コノ心モトナキハ
夕顔ノ上ノ叓也　此三人ヲ批判シテイツレモ不足
アル叓ヲイヘリ
232 くさはひませぬ人は（五八9 集84）種《クサハイ》　タネ也
233 吉祥天女を（五八9 集84）吉祥天女在金光明最勝王経　吉祥
天女ハヒサ門天ニアル天女也シカレトモ佛ノ眷属
ナレハ法気ツキテワツラハシト云也
234 くすしからむこそ（五八10 集84）クスミタル叓也
235 文章の生に（五八13 集85）儒者ノ初ノ官也翰林学士ノ始也
236 わかふたつの道うたふをきけ（五九5 集85）（白楽天ノ秦中
吟　冨家女貧家女　白氏文集）冨家女《ノハ》易《シ》レ嫁嫁早
軽《アナヅル》ニ其夫《ヲ》ニ貧家女《ノハ》難嫁嫁晩《ヲソフシテ》　孝《アリ》ニ於姑《シウトメニ》　白氏文集秦
中吟　二ノ道トハ貧家ノ女ト冨家ノ女トノ得失ヲ
論スル也トメル家ノ女ハ嫁《カ》娶ナトノ叓ハフカクナ
ラヌマヽニハヤク叓ユケトモツヰニソノ夫ヲカロ
ンスル物也マツシキ家ノ女ハ婚《コン》礼ナトハキトナリ
カタキヤウナレトモ叓成ヌレハソノシウトメニ孝
アルト也是ハハカセノ女貧家ナルニヨリテ得失ヲ

式アニイヒキカセタル也　キコエコチハキコエコト也

237 むへ〳〵しく（五九10 集86）　宜　マコトシキ也

238 こしおれふみつくることなと（五九11 集86）　詩ノ叓ナリ哥ニイヘルモ同　花鳥ニ玉屑《セツ》《スリクツ》ニ折腰躰ト云ハヨキ詩ノ躰也今ソノ叓ニハアラサルヘシ　四病ノ中ニ蜂腰病トイフアリソレハ上句ノ第二字ト第五文字ト同声ナルヲ病トス同声トハ上声去声入声ノ叓ヲイヘリカヤウノ叓ヲ腰ヲレタルトイフヘキニヤ

239 たゝわか心につき（六〇1 集86）　タヽワカ心ニツキ　女ノ三従トテシタカウモノ三アリ女ハワカ心ニアハヌ男ヲモタノム習也　男ノ上ハ安キト云心也此段ニクキヨシ西殿モノ玉ヒシ也

240 おこつきて（六〇3 集87）　ヲコメキテイ本

241 よきふしなりとも（六〇6 集87）　ヨキタエンツイテ也

242 ふぴやうをもきに（六〇8 集87）　（腹病）

243 こくねちのさうやくを（六〇8 集87）　延喜式云八十種草薬廿四種草薬中蒜《ヒルハ》是極熱ノ草薬也

244 雑事等《サウ゜ジラ》（六〇10 集87）　雑〻ノ用所ノ叓也

245 さゝかにの（六一1 集88）　本哥ワカセコカクヘキヨイナリサヽカニノクモノフルマイカネテシルシモ　此本哥ノ心ニテワカコンコトハシルカランヲト也ヒルヲタチ入テヨメリ

246 いかなることつけそやと（六一1 集88）　イカヤウノカコツケコトソヤト也

247 まはゆからまし（六一3 集88）　ヲモハツカシクキラ〳〵シキ義也

248 おいらかに（六一5 集88）　マメヤカナト云詞也

249 つまはしきをして（六一6 集88）　慚愧《マヽ》ノ叓ナリ

250 あはめにくみて（六一6 集88）　淡悪《アハヽ》　アハ〳〵シクニクム也

251 とてをり（六一8 集88）　居也

252 （馬）すへておとこも女もわろ物は我はつかにしれるかたのことをのこりなくみせゝくさむ（六一8 集89）　論語曰知者言未必盡也

253 三史五経（六二9 集89）　三史　史記漢書後漢書　五経　毛詩礼記左傳周易尚書

254 女といはんからに（六二10 集89）　女ノ身ニテ三史五経ヲアキラカニサトリタランハコハ〳〵シクアイキヤウナカラント也女トイヘハトテ世上ノ才藝何ニテモ大方ノ叓ハ自然ニモシラムト也紫式アワカ手カラヲイヘリ

255 さるまゝに（六二13 集89）　サアリトテノ心ナリ

256 をのつから（六三1 集89）　タトヘハアメノウチトヨムヘキヲ文字ニカケハ雨中トヨミヲトツレヲインシントヨミツレ〳〵ヲトセントヨム叓也女ノ文ニ不似合コハ〳〵シキ叓也

257 ことさらひたり（六三2 集89）

258 ふることをも（六三3 集89）　哥ニ古事本説ナトヽリコム叓也

259 なにのあやめも（六三5 集90）　（天皇菖蒲ノカツラ懸給テ武徳殿ニ行幸アリ内弁外弁等ノ節会如シ）

260 九日のえんに（六三6 集90）　九日ノエンニ花鳥ニイハク重陽宴ニハ天皇南殿ニ出御アリテ内弁外弁アリ文人博士ヲメサレ題ヲ奉ラシメテ各韻ヲ探テ詩ヲ作リテ文臺ノトニテ講スルナリ河海云天ノ数九秋数九仍重陽ト云周易ニ見ユ

261 のちにおもへは（六三8 集90）　ソノ當座ハコトニマキレ哥ヲ分別セヌ叓也ノチニヨク見レハヲモシロキ中也

262 中〳〵心をくれて見ゆ（六三10 集90）　中〳〵ト云叓ヨクアタレリ哥ヲ人ノカタヘヤルハヤサシキ叓ナレトモヲリフシヲモ分別セスハ心モナキコト也

263 よろつのことに（六三10 集90）　ヨロツノ叓ニナトカ　一切ノ叓ニ人ハ心ツカイ肝要ナルハシサテモトイヘルヨリ句ヲキリテミルヘシ

264 いはまほしからむことをも（六三12 集90）　千言万句一モクニシカスノ心也

265 君は人ひとりの御ありさまを（六三13 集90）　君ハ人ヒトリ藤ツホノ叓也　コレニタラス又サシスキタル叓ナク　タラスハ不足ノ叓也タラヌ叓モナク又サシス

クシタルコトモナク藤ツホノ心ムケ中道ニ叶儀也
266 あやしきことゝもに（六三2 集91）　河内本ニハアヤシキロントモトアリ　コヽマテニテ品定ハハテタリ
267 〳〵からうして（六三2 集91）　辛ノ字也ヤウ〳〵シテ也
268 日のけしきもなをれり（六三2 集91）　長雨晴タル躰也
269 うるはしき御ありさまの（六三6 集91）　葵上マコト過タル人也
270 中納言の君中務なとやうの（六三7 集91）　イツレモ葵上ノ官女ナリ源氏心ヨセノ女房トモナリ
271 あつきにと（六三10 集91）　アツキニトニカミ玉ヘハ　左大臣ヲハシタルヲ源氏ウルサク思ヒ玉フヤウタイヲ女トモノワラウ叓也
272 なかかみ（六三12 集92）　中カミ天一神也天ノ中央ニタチ玉フ内裏ヲ中央ニトルナリ方五角六ノ叓
273 おほとのこもれり（六三14 集92）　源氏ハ此儘ネントノ玉フヲ口惜叓ト人〻申也
274 中川のわたりなる家なむ（六四1 集92）　中川　東川ハ賀茂河ノ叓西川トハ桂川中川トハ京極川也
275 忍ひ〳〵の御方たかへ所は（六四3 集92）　源氏忍ヒカヨイノ所ニカタヽカヘン所《トコロ》モアルヘケレトモ葵上ノ心ヲカネサセ玉フ儀也
276 しん殿の東おもて（六四12 集93）　西ノカタ女ノヰル所ナルヘシ
277 〳〵こゆるきのいそきありくほと（六五2 集94）　風俗ノ哥ニ玉タレノコカメヲ中ニスヘテアルシハサカナモトメニトアリ
278 むすめなれは（六五4 集94）　ウツセミハ中納言トイヒシ人ノムスメ也
279 きぬのをとなひ（六五5 集94）　夏モヒトヘカサネハウチキヌ又ハリハカマ也サテ音アルヘシ
280 さうじのかみより（六五8 集94）　帋也
281 やんことなきよすか（六五11 集94）　源氏ノハヤク本臺モチ玉フ叓ヲイヘリマタサヤウニモナク好色ニモヲハシマサテト源氏ノ御ウハサヲ云ナリ

282 おほすことのみ心にかゝり給へれは（六五12 集95）　御ウシロ
叓ヲ云ヲ聞玉フニモ藤壷ニ心カケ玉フ叓ヲカヤウ
ニモレイハレテハトロ惜思召也

283 式ア卿宮のひめ君に（六五14 集95）　桃薗ノ式ア卿御女槿ノ姫
君ニ御文カヨハシ玉叓此物語ニ始テイヒ出シテ第
十五ノアサカホノ巻ニ斉院ニ立玉ヒテ後御文奉リ
玉ヘルニミシヲリノ露ワスレヌトイヘル哥ノ叓ナ
ルヘシ

284 ほゝゆかめてかたるもきこゆ（六六1 集95）　方曲　四方ナル
へキ物ノユカム叓也カタリマケル叓也

285 くつろきかましく（六六1 集95）　ツメヲヨクカキタル物ハク
ツロカヌナリ　花鳥ニハクツロクトハ物ノスキマ
アリテウコキ安キヲイフナリ哥ナントスンスル叓
モ女房ノ上ニテハコノマシカラヌ儀也

286 かみ（守）いてきて（六六2 集95）　紀伊守ノ叓也

287 （＼）とはり丁もいかにそは（六六4 集95）　源氏ノ君ノサルカ
タノ心モナクテトノ玉ハヲオ君キマセムコニセン
ト云心ヲトリテタハフレ玉フ詞也催馬楽我家《ワイヘン》ノ曲
ニ　ワイヘンハトハリ帳ヲモタレタルフ大君キマ
セムコニセンミサカナニ何ヨケンアハ゜ヒサタヲカヽ
セヨケン

288 （＼）なによけんとも（六六5 集95）　サテ何ヨケントモト紀伊
守御返答申也

289 しつまりぬ（六六6 集95）　シツマルハネタル叓也

290 あるしのこ《子》とも（六六6 集95）

291 いよの（介）助のこ《子》も（六六7 集95）

292 するのこにて（六六9 集96）　空蝉ノ弟ナリ

293 殿上なとも（六六11 集96）　禁中ノマシライヲモ父ノ心カケシ
叓也

294 あはれのことや（六六12 集96）　源氏ノ詞

295 まうとののちのおや（六六12 集96）　マウト貴方ナト云叓也

296 うへにもきこしめしをきて（六六13 集96）　主上ニ聞召イツソ
ヤ仰叓ノアリシト源氏ノヽ玉フ叓也

297 ふいに（六七1 集96）　不意

298 いかゝは（六七4 集97）　紀伊守ノ詞似合ヌ妻ナリトワレラモ承引セヌ叓ト親ノ上ヲ云也

299 おろしたてんや（六七6 集97）　イカニ子ナリトイヨノスケハ空蝉後見ノコトナトキノカミニハ任セシトイヨノスケシツトノ心ヲノ玉ヘリ

300 ものけ給はる（六七12 集97）　物承也　カレタル声　童アノホソキ声也小君カ叓也

301 こゝにそふしたる（六七13 集97）　ウツセミノ詞

302 いもうとゝ（六八1 集97）　イモウト系図ニハ姉ナレトモ女ヲハ末ニカク法也　古今序ニスサノヲノミコトヲ天照太神ノコノカミト云ヘリ天照太神ハ姉ニテマシマセト女神タル故也

303 ひさしにそ（六八1 集97）　是ハ女房衆ノ詞也

304 ひるならましかは（六八2 集98）　空蝉ノ詞也

305 中将の君は（六八6 集98）　空蝉ノ官女也

306 いとさゝやかにて（六八11 集99）　細《サヽヤカ》ゝ許遊仙屈　少ゝ狭　イツレモチイサキ心也

307 もとめつる人と（六八12 集99）　已前タツネシワカ官女トヲモウ也

308 中将めしつれはなむ（六八13 集99）　源氏當官中将ニテヲワスレハカクノ玉フナリメシニヨリテマイレルトノ玉フ也

309 うちつけに（六九1 集99）　源氏ノ詞只今カヤウニコヽヘキタル叓ヲ心アサクヲオスナト也年月思カケタルト也

310 こゝに人とも（六九4 集99）　コヽニ人コヨナトヽモイハヌ叓也

311 あるましき事と（六九5 集99）　両夫ニマミユル叓ヲ有マシキコトヽヲモヘリ

312 （世）よにも見えたてまつらし（六九8 集100）　タツトハソレト治定セヌコト也

313 中将たつ人きあひたる（六九9 集100）　タツトハソレト治定セヌコト也

314 やゝとの給ふに（六九10 集100）　ヤヲラナトノ給叓也

315 思よりぬ（六九11 集100）　衣香ヲ以源氏ノ君ト推量スル也

316 なみ〳〵の人ならは（六九12 集100）　ツキ〳〵ノ人也次ノ字ヲナミトヨム也

317 したひきたれと（六九13 集100 13） 中将跡ニツキテ来タル叓也

318 とうもなくて（六九13 集100 13） 無動

319 女はこの人の思ふらむことさへ（七〇1 集100 1） 中将ニシラレタルコトヲ浅間敷ヲモウ也

320 とうで給ことの葉にかあらん（七〇3 集100 3） 取出給也 カク俄ノ叓ニトリイタシ語出シナクサメ玉フト也

321 かすならぬ身なからも（七〇4 集101 4） ワカ数ナラヌ身ナレハカヤウニ思召クタシカリソメニコヽヘヲハシタルト也

322 おほしくたしける（七〇5 集101 5） 下也

323 いかゝあさくは思ひ給へさらん（七〇5 集101 5） イカヽアサクハワカ御心ナカラモアサキ叓トカヘリミサセ玉ハント也

324 きはゝきはとこそ侍なれ（七〇6 集101 6） ソノキハヽリタマリ男ナト持タルワレヲト也

325 おしたち給へるを（七〇6 集101 6） 押立 ツヨキ心也

326 きは〳〵を（七〇7 集101 7） サヤウナル叓ヲモ不分別好色ノカタ初心ナルト也

327 ういことそや（七〇8 集101 8） 初叓

328 おしなへたるつらに（七〇8 集101 8） 大方ノ叓ニ思給叓無曲ト也後ニハワカフカク思叓ヲハシリ玉ハント也

329 すき心はさらにならはぬを（七〇9 集101 9） スキ心ハサラニナラハヌヲ 大方ノスキ心ニテコヽヘ忍来タルニハナキ由也

330 あはめられたてまつるも（七〇10 集101 10） 淡 アハメニクム也 又阻《アハム》

331 すくよかに心つきなしとは（七〇12 集101 12） ツヨキ心也カヤウニ心ツヨキモノトミエ奉トモイフカイナク打トケン叓ハアルマシキ也

332 たをやきたるに（七〇14 集101 14） 根本タヲヤカナル人ノ凡今源氏ニナヒキ申サシト心ツヨキ也

333 なよ竹の心地して（七一1 集102 1） ナヨ竹ハヨハキ物ノサスカニヲレヤラヌ物也 本哥山シロノ風ノサムサニヲトメヲソカケテネヌ夜ノ長キナヨ竹

334 むけに世をしらぬ（七二5 集102）　夫婦心モマタナキ人ノヤウニト也

335 おほゝれ給なむ（七二5 集102）　空ヲオレノ叓也

336 いとかくうき身の（七二6 集102）　女ノ返答也

337 見なをし給のちせもやとも（七二7 集102）　後ノ叓也　本哥
万　若狭ナルノチセノ山ノ後ニ又アハンカナラス今日ナラストモ

338 いとかうかりなるうきねのほとを（七二8 集102）　男アルモノヲカヤウニカリ初ケニト也

339 （〳〵）見きとなかけそ（七二9 集102）　本哥古今ソレヲタニ思フ叓トテワカ宿ヲ見キトナカケソアイキトモイハシ

340 契なくさめ給ふこと（七二10 集102）　契ナクナクサメ玉フ叓草子地也

341 いといきたなかりけるよ（夜）かな（七二11 集102）

342 かみ（守）もいてきて（七二12 集103）

343 女なとの（七二12 集103）　句ヲキルヘシイカテカヤウニ夜深クハト也

344 さしはへて（七二13 集103）　ウチハヘテ也

345 とりあへぬまて（七三5 集103）　鳥ヲタチイレテヨメリ

346 すぐ〳〵しく（七三7 集103）　スク〳〵シクハ風流ナラヌ心也
只今好色美男ニアイテイヨノスケヲヲモフ叓貞女ノ心也

347 ことゝあかくなれは（七三9 集104）　殊外也　本哥シノヽメノホカラ〳〵ト明ユケハヲノカキヌ〳〵ナルソワヒシキ

348 （〳〵）へたつる関の（七三11 集104）　（相坂ノ名ヲ）ハタノミテコシカトモヘタツル関ノツラクモアルカナ

349 そゝきあけて（七三12 集104）　ソヽメキアケテ也

350 こさうじのかみより（七三13 集104）　上声也木障子也マヘニイヘルハ廂也是ハ上ナリ

351 なか〳〵おかしき明ほの也（七三1 集104）　月ハ夜中威光ノ時分ナレト物スコクヲモシロケレハ中〳〵トカケリ

352 殿にかへり給ても（七三4 集105）　葵上ノトコロ也

353 くまなく見あつめたる人の（七三7 集105）　品定ノ叓ヲ今ヨク

合點シ玉フ也

354 中納言のこ（子）は（七三9 集105）　前ニハ右衛門督トカキテ首尾相違ノヤウ也右衛門督ニテ中納言ヲカネタル人也兼官也

355 いとかしこきおほせことに侍る也（七三11 集105）　過分ナル仰叓ト也

356 あそんのをとうとや（七三12 集105）　空蝉ノ腹ニ伊与介ノ子ハアルカトヽハセ玉フ也

357 さも侍らす（七三12 集105）　御返答也

358 をきてにたかへりと（七三13 集105）　空蝉ノ親ハ禁中ヘマイラセント思ヒシニスリヤウノ人ノツマニ成侍レハ女房ハ口惜ヲモヒ夫婦間モシカトナク打トケヌヨシヲ云也

359 哀のことや（七三14 集106）　源氏ノ詞

360 まことによしやと（七三14 集106）　マコトニミメカタチナト能人カトヽイ玉フ也

361 けしうは侍らさるへし（七四1 集106）　ケシウハ御返答也

362 むつれ侍す（ラ）（七四2 集106）　継母間ノ叓也継母ハ継子ニムツレスト云本文アリ

363 あて人と見えたり（七四3 集106）　妙人高貴人伊勢物語真名本　本哥　大方ノ秋ヲカナシミヽル叓モアテナル人ハシラスソアリケル千里

364 みし夢を（七四10 集107）　五文字ハホノカニアイタリシ叓也アウ夜アリヤトハ夢ニモアウカト也伊勢物語ニネヌル夜ノ夢ヲハカナミマトロメハノ哥ニ同シ　本哥　恋シサヲ何ニツケテカナクサマン夢ニモ見エスヌル夜ナケレハ

365 （　）ぬる夜なけれは（七四10 集107）　（恋シサヲ何ニツケテカ）

366 心えぬすくせ（七四11 集107）　両夫一マミエヌ叓也

367 たかふへくもの給はさりし物を（七四13 集107）　人タカヘナトノ叓ニハナシ治定ノ叓ヲト小君ノ云也

368 むつかられて（七五2 集107）　腹立セラレテ也

369 つゐせうしありけは（七五3 集107）　追従

370 この子をもてかしつきゐてめりく（七五4 集107）　空蝉ノ心ニ

イラント弟ヲ指南スル也

371 又も給へり（七五6 集108）　又御文給ハル也

372 あこはしらしな（七五7 集108）　我子也

373 くひほそしとて（七五8 集108）　ヲトロヘノ心也

374 ふつゝかなる（七五8 集108）　下スヾシキ心欤

375 このたのもし人は（七五9 集108）　伊与介年ヨリタル叓ヲノ玉フ也

376 うちにもゐて（七五11 集108）　殿上サセ玉フ也

377 御くしげ殿に（七五11 集108）　御匣殿別當内蔵寮外御服タチ縫所也

378 思出きこえぬには（七六2 集109）　源氏ノ御有サマヲ一向ヲモハヌニテハナケレト也

379 思かへす也けり（七六3 集109）　夫ヲ持ナカライカニメテタキ人ナリトモ密通ハセシトカケハナレント覚悟ヲサタムル也賢女ノ性也

380 思へりしけしきなとの（七六4 集109）　女ノワレヲツヨクハツカシク思ヒシヲ難忘ト也

381 うちに日かすへ給ひ（七六7 集109）　禁中ニテ也

382 あさくしも（七六11 集110）　カクヲハシマスヲ浅カラヌ御心サシトハシルナリ

383 夢のやうにて（七六13 集110）　過ニシカスカナル叓ニ又アイ奉リ物思ヒハソヘシト也

384 うちたゝかせなともせむに（七七1 集110）　休息ノ叓也　腰ナト人トタヽカスル也

385 中将といひしか（七七2 集110）　已前ノ官女也

386 いみしくいむなる物を（七七3 集111）　ヲサナクテカヤウノ使ナトハイムコトヽイヒフトス也

387 人ゝさけす（七七7 集111）　人不離也

388 むしんに（七七13 集111）　無心也

389 思ひはてたり（七七13 集111）　トカッ思メクラスニモウチトケヌ叓ニハマサラシト覚悟ヲサタメハテタル也

390 ふようなるよしを（七七14 集111）　不用　モチイサルヨシヲ申セト云也河海説　タヽチト異例朦気ノ心ナリト聴雪ノ御説

391 はゝ木ゝの（七六4 集112）　フセ屋ハ国ゝノ境ニセアリト河海ノ説　此哥源氏ノヒトリコチ給《タマウ》ト花鳥ニ尺セリ不用サヤウナラハイカテ女モ箒木ノ哥《ウタ》ヲヨマント也

392 ひと所は（七六8 集112）　源氏ノヒトリネノ叓也

393 すゝろに（七六8 集112）　徒然

394 かゝるにつけてこそ（七六9 集112）　此ヤウニ賢女ナルニツケ女ノ心タノモシク心ノトマルヨシ也

395 さは゜れと（七六10 集112）　サラハサテアレト云心也

396 かしこけに（七六12 集113）　恐《カシコシ》ヲソルヽ心也又賢女所ニヨルヘシ

397 つれなき人よりは（七六14 集113）　小君ヲナツカシク思召也

（近衛殿御真筆ニテ両度校合早）

（紙数五十八丁）

二校了

うつせみ

空蝉並一　并ニ色〻アリ并ノ義ハ先横ヲ以テ本トスウツホ浜松ノ物語ノコトシ但物語ニカキリテ竪ノ並アルヘキ也タトヘハ一巻ニ書ヘキ叓ヲワカチテ両巻ニナセルカコトシ又一巻ノ内ニ横竪ヲ兼タルアリ末ツムノ巻ハ始ハワカ紫同[日＋乞]ノ叓ヲ書テ末ハ若紫ヨリ初ノ叓ヲカケル故也是ハ竪也哥ヲ以名トセリ　文書ニモ並ノ叓アリ尚書ニアル也シユウノ并トヨムヘシト聴雪御説以哥巻ノ名トス

1
ねられ給はぬまゝに（八五1 集117）　是ハ箒木ノ巻ノヲハリノ詞ニツヽケテカケリイマタ中川ノ宿ニトマリ給ヘル夜ノ叓也

2
我はかく人ににくまれても（八五1 集117）　源氏ノ好色自賛ノ詞也ワレニハタレモナヒク心也

3
涙をさへこほして（八五3 集117）　小君カ叓也

4
女もなみ〳〵ならす（八五7 集117）　人ナミ〳〵ノ人ニモカヤウニ情ナクスルハ口惜ト空蝉ヲモウ也

5
やみ給なましかは（八五9 集117）　サスカ此マヽニヤミ玉ハンモウキ叓也ト也又シヰテ音信ナトノ絶リランモイカヽト思刷サマ也

6
かゝるかたにても（八六1 集118）　此ヤウノ叓ニモナレ申叓ウレシキト小君ヲサナ心ニモ思フ也

7
夕やみのみち（八六3 集118）　本哥　夕ヤミハ道タト〳〵シ月待テカヘレワカセコソノマニモミン

8
さのみもえおほしのとむましかりけれは（八六4 集118）　ヲサナキモノヲシルヘニユカン叓イカヽト思召ヤトモ

思ノトメス心ノスヽム叓也

9もやの中はしらに（八六14 集120）　オクノ座也

10（空）こきあやのひとへかさねなめり（八七1 集120）　コキアヤ　河海ニ紅ノコキトアリ不用紫也ヒトヘヲ二ヒネリテカサネタル物也

11なにかあらんうへにきて（八七1 集120）　ウヘニキテトハ紫ハ内衣也ウヘニキタルコウチキトイヘリ夜ノ叓ナレハシカト不見分躰也

12さしむかひたらん人なとにも（八七2 集120）　サシムカヒタラン人ニモ　碁打時ハソノアイテニハサシムカハテハ不叶ソレニサエ直面ニハナキ躰也女房ノヨキ用心也手ナトヲモミエシト引カクシタル心深キ女ノサマ也

13（軒）今一人は（八七4 集120）

14ふたあひの（八七5 集120）　二アヒ　フタヘトヨミクセナリ紅トアイトニテソムル也女房ノ心タテノ善悪ヲカケリ

15はうそくなるもてなし也（八七6 集120）　飽足　傍側　是ヲ用アラハナル心也

16そゝろかなる人の（八七7 集120）　髪ユイタルタカク見ユル心也乃ノタカキ也

17さかりは（八七9 集120）　下場也

18心とけに見えて（八七12 集121）　心疾也心ノハヤキナリ

19きはくしうとさうとけは（八七12 集121）　早速也イソカハシク物サハカシキ躰也

20（空）おくの人は（八七12 集121）

21そこはちにこそあらめ（八七13 集121）　持又地両説ナリ

22いてこのたひは（八七14 集121）　（軒）ハノヲキマケタル也

23（ ）いよのゆけたも（八八1 集121）　雑藝哥ニイヨノユケタハイクツイサシラスヤカヽヘスヤカスヘスヨマスヤソヨヤ君ソシルランヤ風土《ト》記云ケタノ数五百三十九

24（空）すこししなをくれたり（八八1 集121）

25めすこしはれたる心ちして（八八3 集121）　目ノ上腫タル也世

俗ニハレマフチノ叓也　又晴テ也目ノ上ハレ〳〵
トシタルト也不用説也
26 はなともあさやかなる所なう（八六3 集121）　鼻ノチイサキ
也
27 ねぴ°れて（八六4 集121）　イヤシキサマ也
28 このまされる人よりは（八六5 集121）　見ル目ハ軒ハノ荻カタ
チノマスナリ心タテハウツセミノマシタル也
29 に(軒)きは〻しう（八六6 集121）
30 そほるれは（八六7 集121）　タハフレタル也　俊成卿ムスメノ説ホコリタル心也
31 あわつけしと（八六8 集121）　人ノ心アサキヲ云ヘシ
32 見給かきりの人は（八六9 集122）　見給フカキリノ人ハ　源氏
ニ見ヽエ申人ハイツレモ引ツクロイモノハツカシ
キサマハカリナルヲ是ハウチトケタハフレタルサ
マヲメツラシクカイマ(マヽ)玉フ叓也
33 れいならぬ人侍りて（八六13 集122）　西ノ御方ワタリ玉フ叓也
西ノ方ノヲハシマセハ姉ノモトヘ近クモヨリツカ
ヌト小君カイヘル也
34 あなたにかへり侍なは（八九1 集122）　西ノ御方アナタヘナハ
シタラハイカヤウニモタハカラント小君カ云也
35 若君はいつくにかおはしますならん（八九4 集123）　小君カコ
ト也女房トモノイフ詞也
36 われにかいまみせさせよ（八九8 集123）　以前カイマミシ玉ヒ
シ叓ヲ小君ニカクシテノ玉フ詞也
37 見つとはしらせし（八九10 集123）　見ツトハシラセシトイヘル
モ同叓也垣間見ノ叓小君ニシラセシト也
38 丸はねたらむ（八九12 集123）　小君カ叓
39 かせ吹とをせとて（八九12 集123）　本哥風吹ト人ニハイヒテ戸
ハサヽシアケント君ニイヒテシ物ヲ
40 戸はなちつるわらはへ（八九13 集123）　戸ノカケカネハナチタ
ル童也
41 よ(夜)の御そのけはひやはらかなるしも（九〇3 集124）　キヌノヤ
ハラカニテヲトセヌモ夜シツマリタル時分ナレハ
人ゲノシルキ叓也

42 女はさこそ忘れ給を（八〇3 集124）　空蝉ハ御忘アルヲウレシケレトモサスカタクヒナキ人ナレハワスレカタキ心也

43 心とけたるいたにねられすなむ（八〇5 集124）　本哥拾遺　君コフル泪ノカヽル冬ノ夜ハ心トケタルイヤハネラルヽ

44 （〱）春ならぬ木のめも（八〇6 集124）　本哥ヨルハサメヒルハナカメニクラサレテ春ハコノメソイトナカリケル

45 わかき人は（八〇7 集124）　人ノ性ノ善悪ヲカケリ軒ハノ荻何ノ思慮モナキ躰也

46 ひとつをきて（八〇11 集124）　一ツ著シテ也置ノ字ニアラス

47 ゆかの下に（八〇12 集125）　床ヲハ一段タカクスル物ナレハソノ下ニネタル叓也

48 物〱しくおほゆれと（八〇13 集125）　タケタチナトノ叓也空蝉ヨリハ手サクリノ大ナルコト也

49 ほいの人を（九一2 集125）　空蝉ノ叓

50 をこにこそ思はめとおほす（九一3 集125）　ヲカシキ叓也

51 世の中をまた思しらぬ程よりは（九一6 集125）　西ノ方一向ニ夫婦心ノナキニハアラヌト也後蔵人ノ少将ノ妻ニナリシ也

52 あのつらき人の（九一8 集125）　空蝉ノ叓

53 （世）よをつゝむも（九一8 集125）

54 たひ〱の御かたゝかへに（九一9 集126）　タヒ〱コヽヘカタヽカヘニクルモソナタユヘナリトノ玉フ也

55 たとらん人は（九一10 集126）　分別ノアル女房ナラハワカタメニハアラシト推量スヘケレトワカクテ一重心ナレハマコトニヲモウ也

56 人しりたる事よりも（九二1 集126）　此ヤウニ密通ノ叓ニアハレノフカキコトアルト也

57 むかしの人も（九二2 集126）　河海ニモ未勘ノヨシ但シタメシヲ引ニ及ハスト也一説ニハ雨夜ノ物語ヲ云トモイヘリ

58 さるへき人ゝも（九二4 集126）　サルヘキ人ゝ　父ノ伊与介兄ノ紀伊守ナトノ心也

59 なを〳〵しう（九三5 集126） ナヲ〳〵シキ世ノツネナヲサリニカタラウ心ナルヘシナヲ人モ世ノ常ノ人ヲ云也 ワカキ女ナレハソレニシタカヒテミヽチカクカタラヒ玉フ叓也

60 かのぬきすへしたるうす衣《ころも》を（九三6 集127） ヌキスヘカラス也

61 いとにくゝて（九三11 集127） イトニクヽテアラストハクルシクモアラヌト也

62 民アのおもとなめり（九三13 集127） 河海ニハ侍者《ヲチト》白氏文集 御許 花鳥ニハ御局ナトイフカコトシトアリ 民アノヲモトナメリ 老人カタソトイヒテ又民アノヲモト成ケリト自問自答シタル詞也民アタケタカキ人ナリ

63 これをつらねて（九三1 集127） コレヲツラネテ 小君ノ民アノヲモトヲツレテアリクト老人ハ心得ル也

64 たゝいまたちならひ給なむ（九三1 集128） タヽ今立ナラヒ玉ハン小君モヤカテ成人シ玉ヒ女房ノタケニタチナラハント云也

65 あなはら〳〵いまきこえん（九三6 集128） アナハラ〳〵返答ヲモキカテワカ腹ノイタキ叓ヲ云也

66 あやうかりけりと（九三7 集128） 此ヤウナル人ニワレトミシラレナハクルシキコトヽ身ヲカヘリミ給叓也

67 御くるまのしりにて（九三8 集128） 賞翫ノ人ヲハ前ニノスル也下輩ノ者ヲハウシロニノスル也

68 おさなかりけりと（九三9 集128） ヲサナキタハカリニテ空蝉ニ逢玉ハヌコトヲイヘリ

69 いとふかうにくみ給へかめれは（九三10 集128） 源氏ノ詞是ホトニヽクマレヌレハワカ身ヲモウクヲモウト也

70 え思はつましけれ（九四1 集129） フモヒハツマシクレト 小君モツレナキ人ノユカリナレハ果《ハタシ》テイトヲシクハ思フマシキト也

71 うつせみの（九四4 集129） 空蝉ハ蝉ノカラ也 蟺《モヌッ》同蛻《セイ》 一説ニハ打磬蝉ノ声磬ヲウツニ似タルユヘ也 猶人カラノ 人香ニヨソヘテヨメリ

72かの人も（九四5 集130）　西ノ御方ノ叓也

73ひたりみきに（九四10 集130）　左右ニクルシク源氏ト空蝉トノ叓也

74いかに（＼）いせほ《を》のあまの（九四11 集130）　イカニイセヲノアマ　本哥スヽカ山イセヲノ海士ノステ衣塩ナレタリト人ヤ見ルラン此哥ハ後撰ニ伊尹朝臣女ノモトニキヌヲヽキテトリニツカハストテトアリ

75にしの君も（九四12 集130）　西ノ方ワカ所ヘカヘラルヽ叓也

76御せうそこもなし（九四14 集130）　本哥古今　山カツノカキホニハヘル青ツヽラ人ハクレトモコトツテモナシ

77されたる心ちに（九五1 集130）　コヽニテハヲロカナル心也

78ありしなからの（九五2 集131）　本哥古今　トリカヘス物ニモカナヤ世中ヲアリシナカラノワカ身トヲモハン此哥前ニモヒケリ重言ノヤウニミテハワロシ空蝉ノ賢女ナル叓ヲカヽントテカサネテ云ヘリ

79うつせみの（九五5 集131）　此哥伊勢集ニアリ古哥ヲ今ヨミタルヤウニ物語ニイルヽ叓伊勢物語ニモヲオシ

一校了

夕かほ

夕顔　巻ノ名哥ト詞トニテ付侍リ是ハ竪ノ並也源氏十六歳夏ヨリ十月迠ノ叓見エタリ六條ノ御休所ノ叓始テ書イタセリ秋好ノ中宮ノ母儀前坊ノミヤス所前坊トハ春宮ノ御事天皇ニモナラテ逝去桐壷ノ御門ノ御弟文彦《フンゲン》太子

1 六条のわたりの（一〇一1 集135）　六条ノ御息所ヘ忍カヨイノ叓内裏ヨリヲワスル也

2 大貮のめのとの（一〇一1 集135）　大貮ト云人ノムスメ也親王ハメノトニ人也源氏ナラハ二人アルヘシトイヘトモハクヽム人フオクトアレハアマタト見ヘタリ

3 門はさしたりけれは（一〇一3 集135）　大門也

4 惟光《コレミツ》めさせて（一〇一3 集135）　竹取ウツオカクミ（マヽ）ノナトノフルキ物語ニハヲオク実名ヲアラハス叓アリ此物カタリニハ名乗ヲノスル叓稀也

5 かみははしとみ四五間はかり（一〇一5 集135）　下ハカウシハ夕板ナトヲウチテウヘニシトミヲツリテトヽアリクヤウニシタルヲ云　車ニモ半蔀トテアリ上ノシトミハカリヲアクレハ半ノシトミトハ名付クリ

6 すたれなとも（一〇一6 集135）　イヨスタレ又カヤスタレノ類ナルヘシ

7 御くるまも（一〇一8 集135）　忍車ノ躰也車ニ色々ノ装束アル物也

8 さきもをはせ給はす（一〇一9 集135）　サキモヲハセ玉ハス
カチハシリ也昔ハ内〻ノアリキニモサキヲ追ケリ
トイヘリ用心ノタメ也　変化ノ物モサキノ声ニハ
ヲソル丶トイヘリ西宮左大臣神泉苑ノ艮角ニテ変
化ノ物ニアハレケルニモサキノ声スル時ハヒキ入
ケルトアリ

9 かと（門）は（一〇一10 集136）

10 見いれのほとなく（一〇一10 集136）　小家ノオクフカ丶ラヌ躰也

11 （／＼）いつこかさして（一〇一11 集136）　本哥世中ハイツクカサ
シテワカナラン行トマルヲソ宿ト定メン　源氏観
念也

12 きりかけたつものに（一〇一12 集136）　壁ノヲオイナトノ心也

13 しろきはなそ（一〇一13 集136）　白キ花名ノ心也　兼載ノ説ニ
ハアサマシキ小家ノサマナレト花ヒトリヨロコヒ
ノマユヲヒラク由也

14 （／＼）をちかた人にものまうすと（一〇一13 集136）　ヲチ方人ニ
モノ申スト　本哥古今打ワタス遠方人ニモノ申ス
ソレソノソコニシロクサケルハ何ノ花ソモ　サテ
タカホト答タル也

15 みすいしんついゐて（一〇一14 集136）　ミズイシンツイヰテ
身ヲハナレス奉公ノ人ヲ云也聖徳太子甲斐ノ黒駒
ニ乗給テ空ヲカケリ給ヒシニ秦川勝《シンノカワカツ》ト云人一人
御馬ノ口付テメクリケル是随身ノ濫觴也

16 むね〳〵しからぬのきのつまなとに（一〇二2 集136）　物ノ棟
梁ニアラヌ心小家ノサシ合（マヽ）フキノ躰也

17 きなるすゝしのひとへはかま（一〇二5 集136）　キナルスヽシ
ノヒトヘト句ヲ切テハカマナカクキナシタルトヨ
ムヘシ

18 しろきあふきの（一〇二6 集137）　夏ノ扇ノ色也

19 いたうこかしたるを（一〇二6 集137）　ツマ紅トイヘル説不用
タキ物ニフカクコカシタル心也

20 かきをきまとはしはへりて（一〇二8 集137）　鎰也紫明

21 いとふひんなるわさなりや（一〇二8 集137）　是ハ尾籠ナル叓
也

22 ものゝあやめ見給ひわくへき人も（一〇三9 集137）　タレモ見トカメ申人モアルマシキ所トナリ

23 らうかはしき大路《ち》に（一〇三9 集137）　ミタリカワシキ也

24 ひき入レており給（一〇三10 集137）　御隔心ナキ所ナレハ内沾車ヲ引イルヽ也

25 ま（又）たなき事に（一〇三12 集137）　此ヤウナル所ヲハシマス叓マタナキト也　又マタイツレモ用

26 たゆたひしかと（一〇三14 集137）　猶預万葉　ヤスラフ也

27 いむことのしるしに（一〇三14 集138）　尼ニ成テハ斉戒ヲタモツ也　蘇生《ヨミカヘル》　又活

28 あみたほとけの御ひかりも（一〇三2 集138）　存生ノ内見申タレハ今生ニヲモイヲク叓モナク後牛ノ叓ヲイヘリ

29 日比をこたりかたく（一〇三2 集138）　源氏ノ詞ヲコタリカタク異例ノ懈怠ノ叓也

30 よをはなるゝさまに（一〇三3 集138）　尼ニナル叓也

31 こゝのしなのかみにも（一〇三5 集138）　阿弥陀仏トイヒシアイサツ也　十方仏土中以二西方《ヲ》一為レ望九品蓮臺之間《ニハ》雖二下品應レ足

32 まほにみなす物を（一〇三7 集138）　カタクナヽルヲサヘ人ノ乳母ハ正躰ニ見ナス叓也

33 つきしろひめくはす（一〇三10 集138）　突　サシツキテ詞ニイハヌ躰也一説ニハヒサマツキカシコマル体トイヘリ

34 思へき人ゝのうちすてゝ（一〇三11 集139）　ヲモフヘキ人トハ母君祖母君ナトニハヤクハナレ給叓也ハクヽム人ノアマタ此詞ニテメノト三人アルトハ見エタリ

35 ひとゝ成て（一〇三13 集139）　（人）トナリテ　長面《ヒトヽナリ》史記　為人同　為性長成

36 見つるこ（子）とも（一〇四1 集139）

37 すほうなと（一〇四4 集139）　シユオウヨミクセ

38 いとしみふかうなつかしうて（一〇四6 集139）　ツマイタウコカシタルトイヒシ首尾也

39 心あてに（一〇四8 集140）　カホトイフ支アレハ光ソヘタルトイヘリ　一説槿ヲハ美人ニタトヘ夕顔ヲハタトヘストアリソレマテモナシ　毛詩ニ云歯如二瓠《ヒサゴ》犀《ノサネ》一

トイヘルハ美人ノ歯ヲヒサコノサネニタトヘタル
叓モアレトコヽニハ不叶ト花鳥ニモアリ

40 はうさ《（病者）》のことを（一〇四12 集140）

41 にくしとこそ（一〇四13 集140）　此ヤウニトフ叓ヲ惟光ノニク
ムカトナリ

42 （／）やうめいのすけなる人の家に（一〇五1 集140）　源氏三ケ
ノ大叓ノ一也　揚名介イノコノモチトノヰモノフ
クロ　ナヘテノ説ニハ諸国ノ介也ト云々

43 女《め》なむわかくことこのみて（一〇五2 集140）　夫ハ他行ニテ女
房ノ兄弟ナト出入ナトスルト也

44 めさましかるへきゝはにやあらんと（一〇五5 集141）　上﨟ノ
人ニハアラシト源氏ノ玉フ也

45 御心なめるかし（一〇五6 集141）　草子地也

46 御たゝうかみに（一〇五6 集141）　タヽウカミニ哥カク叓後撰
十九ノ巻ノ詞ニアリ

47 いたうあらぬさまにかきかへ給て（一〇五7 集141）　カキカヘ
玉ヒテ　ワカテノヤウニモナク書カヘ給叓源氏ノ
用心ナリ柏木衛門督女三宮ヘ忍ヒノ文ワカ手ノ儘
書テアラハレシ叓ナトアリ

48 よりてこそ（一〇五8 集141）　是ハ花ニ女ヲタトフ一説コナタ
ヘヨリテコソ也サテ返哥ノ心ニアタレリ

49 あまえて（一〇五11 集141）　涑涑。ハツカシキ心也

50 いかにきこえんなと（一〇五11 集141）　カクワサト御返哥ナト
アレハ又重而返叓ナト申サンカトイヒ合ル也

51 すいしんはまいりぬ（一〇五12 集141）　時刻ウツレハ随身ハ皈
ル也

52 御さきのまつ《（松）》ほのかにて（一〇五12 集141）　御前松明

53 ほたるよりけにほのかにあはれなり（一〇五14 集142）　本哥夕
サレハ蛍ヨリケニモユレトモ光見ネハヤ人ノツレ
ナキ

54 あさけのすかたは（一〇六3 集142）　本哥ワカセコカ朝ケノス
カタヨクミステケフノ間ヲ恋クラスカナ

55 たゝはかなき一ふしに（一〇六5 集142）　大堤蟻口ヨリヤフルヽ
ノ心也又哥ニ恋ソツモリテ渕トナリケルナトノ心

ナルヘシ
56きのふ夕日のなこりなく（一〇六13 集143）　夕顔ノ宿西向ノ家也
57おほえこそ（一〇七1 集143）　ヲオエコソト云ヨリ惟光カ心中
也
58もし見給へうることもや侍と（一〇七5 集144）　惟光カ詞ソノ
人トシランタメ自分ニ文ナトツカハシヽト也
59かきなれたるて《（手）》して（一〇七6 集144）
60なをいひよれ（一〇七7 集144）　源氏ノ詞
61おいらかならましかは（一〇七11 集144）　ヲイラカナラマシカ
ハ　コヽニテハ大ヤウナリ大ヤウニモテナシナト
セハ此侭ヤミテモト也賢女ヲタテヽナヒカヌニマ
ケン叓心ニカヽルヨシ也
62うらもなく（一〇七14 集145）　西ノ方ノ叓
63つれなくて（一〇八1 集145）　空蝉ノ叓西ノ方ニ音信モアリタ
クヲオセト空蝉ノ心中ヲハチ玉フ也
64心見はてゝと（一〇八2 集145）　心見ハテヽ　ウツセミノ心中
ヲ見ハテヽ御セウソコヲモセンヲホス叓也

65まついそきまいれり（一〇八2 集145）　国ノ守ノホリテハ大臣
公卿へ参叓也
66人のためにけあはれと（一〇八9 集145）　ワレニハツレナキ人
ナレト伊与介ノタメニハ心サシ深キ叓也
67心あはたゝしくて（一〇八11 集145）　周章《ノハタヽシク》
68いまひとかたは（一〇九4 集146）　西ノ方ハタトヒ男ヲモチタ
リトモイヒナヒケンホトニイヒヨル叓ヲモイソカ
ヌ由也
69烋にもなりぬ（一〇九6 集146）　本哥木ノ間ヨリモリクル月ノ
影ミレハ心ツクシノ秋ハキニケリ
70ひきかへしなのめならむは（一〇九8 集147）　宮ス所トケカタ
クシ給ヒシヲサマ〳〵イヒナヒカシ又引返シ音信
サランハイトフシカヘルヘシト也
71よそなりし御心まとひのやうに（一〇九9 集147）　草子地也ヨ
ソ〳〵ナリシホトハ心ヲツクシ給ヒシカ逢給ヒテ
ハソレホトモナキハイカナル叓ニカト也
72よはひのほともにけなく（一〇九11 集147）　宮ス所源氏一八ハ

カリノマシナレハ不似合也宮ス所ハ廿四才也

73そゝのかされ給て（一〇九13 集147）　人ニサイソクセラレテ也

74しをん色のおりにあひたる（一一〇3 集147）　シヲン色　下キノ装束ノ色紫也　ウスモノヽモ上著也

75さく花に（一一〇7 集148）　朝顔女ニタトフル也ワカアタナル心ハツヽメトモ也　毛詩云有《テ》レ女同《ス》レ車《ヲ》顔《カホ》如二舜花《アサカオ》一

76あさきりの（一一〇9 集148）　ワカウヘニトリアハス宮ス所ノ㕝ニトリナシヨメル㕝ヲモシロキ心モチ也

77ものゝなさけしらぬ山かつも（一一〇13 集148）　古今序ニ　タキ木ヲヘル山カツノ花ノカケニヤスメルトアリ

78まことやかの惟光か（一一一5 集149）　マコトヤカノ　抑ナト文章ニイヘルカコトシ別シテ筆ヲヽコシテカケリ

79中屋にわたりきつゝ（一一一8 集149）　俗ニ中居ト云也ヤトヰト五音相通也

80中将殿こそ（一一一12 集150）　世俗ニ何コソカコソト云詞也

81あなかまと（一一一12 集150）　アラカシマシ也

82てかくものから（一一一13 集150）　手掻

83うちはしたつ物を（一一一13 集150）　打橋ニ階ツクリノ家ナレハ橋ヲカクル也

84このかつらきのかみこそ（一一二1 集150）　本哥カツラキヤワレヤハクメノハシツクリアケユクホトハ物ヲコソヲモヘ

85君は御なをしすかたにて（一一二2 集150）　車ニ乗シ人ノサマ也

86ことねりわらはをなむ（一一二4 集150）　トモノワラハニテ中将トハシル義也

87たゝ我《ワレ》とちとしらせて（一一二7 集150）　同輩ノヤウニトリナシ夕顔ノ上カクレ忍ヒ給㕝也

88空おほれしてなむ（一一二8 集150）　大方主人ノアルトハシレトモソレニ成テタハフルヽト也

89くたくしけれは（一一三1 集151）　草子地也餘情幽玄ノ書サマ也

90その人と尋（出）いて給ねは（一一三3 集151）

91となりに中やとりをたにし給はす（一一三8 集151）　惟光ノ母

ノモトナリ

92さすかにあはれにみてはえあるましく（二三10 集152） 哀ニ
見テハ「（「」内擦消痕）人ノケハイイトアサマシク コヽニ始テ
夕顔ノ上ノ性ヲ書出ス也」

93人のけはひいとあさましく（二四2 集153） コヽニハシメテ
夕顔ノ上ノ性ヲ書出ス也

94世をまたしらぬにもあらす（二四3 集153） 夫婦心ハアル叓
也

95やんことなきにはあるまし（二四4 集153） 至テノ上臈ニテ
ハアラシト也

96いつこにいとかうしもとまる心そと（二四4 集153） 定家ハ
此段ヲ哥ノ幽玄躰ニタトヘラレタル人ノ慮知分別
ニ及ハヌカタナリ

97（／）むかしありけんものゝへんくゐめきて（二四7 集153） 三
輪明神ノ古叓アタレリヲオナンチミコトヽ明神ヲ
ハ申セリ

98たいふを（二四9 集153） 惟光ノ叓也五位大夫ナルヘシスマ
ノ巻ニテ民部大夫トイヒシ也

99たゆめては（二四12 集153） 油断ノマニホカヘカクレナトシ
テハイカヽト源氏アヤウクヲオス也

100よつかぬ御もてなしなれは（二五6 集154） カリソメノチキ
リノサマ也

101いつれかきつねならん（二五7 集154） 五十歳狐為淫婦 万
歳狐為美女又為巫《カンナキト》神

102たゝはかられ給へかし（二五8 集154） タハカル也

103よ（世）になく（二五9 集155）

104かたはなる事なりとも（二五9 集155） タトヒカタクナシキ
人ナリトモ一向ニワレニウチナヒカンハ哀ナルヘ
キヲトナリ

105うつろふ事あらむこそ（二五14 集155） 只今ツヨク哀トヲモ
ヘトワカ心ナカラモシレヌホトニト行末ノ哀迠思
給也

106なりはひにも（二六3 集155） 農業《ナリワイ》日本記 田宅《ナリワイトコロ》同 稔《ナリハイ》

107きた殿こそ（二六4 集155） （北殿、夕顔ノ宿ヲサシテイヘリ

108 けしきはまむ人は（二六7 集156）　カトアリテヨクキヽイレ
ン人ハト也

109 ふみとゝろかす（二六11 集156）　本哥天ノ原フミトヽロカシ
鳴神モ思フ中ヲハサクル物カハ

110 からうす（二六12 集156）　碓

111 まくらかみ（二六12 集156）　枕上

112 しろたへの衣うつきぬたのをとも（二六14 集156）　北斗星前
横旅鴈　南楼月下擣寒衣ヲモシロキカタヘ筆ヲウ
ツシテカケリ

113 ほとなきには《庭》に（二七3 集157）　奥深ナキ小家ノサマ也

114 されたるくれ竹（二七3 集157）　サレタルノ時ハ屈竹トテ曲
タル竹ノ叓ナリ　サレタルトスム時ハカシケタル
竹ノ叓也ト聴雪御説

115 かへの中のきり〳〵すたに（二七4 集157）　蘂邊愁遠風聞暗
壁底吟幽月色寒

116 しろきあはせうす色のなよゝかなるを（二七7 集157）　白キ
アハセノ絹ニ薄色ノウハキノ叓也

117 心はみたるかたを（二七10 集157）　心アルカタ也

118 いかてかにはかならん（二七12 集157）　女モヤカテ同心シタ
ル也

119 おひらかに（二七13 集157）　大ヤウノサマ也

120 鳥のこゑなとはきこえて（二八4 集158）　里遠キ叓也

121 ぬかつくそ（二八5 集158）　額突　稽首也

122 〳〵あはれにあしたの露にことならぬよを（二八5 集158）　朝
露貪名利　夕陽愛子孫白氏文集秦中吟

123 みたけさうしにやあらん（二八4 集158）　ミタケサウシ吉野
ノカネノミタケ御嵩ハ金峯山也

124 なも《む》〳〵たうらいたうしとそ（二八6 集158）　金剛蔵王　過
去尺迦　現在観音　當来弥勒　弥勒出世ノ時地ニ
シカン金ヲマホリ給神也仍御嵩精進ニ弥勒ヲ礼ス
ル也三會ノ法ヲ説玉フヘキ故ニ當来導師トハ申也

125 うはそくか（二八9 集158）　ウハソクトハ俗体ニテ出家ノ行ヲ
スルヲイヘリ　比丘　比丘尼　優婆塞　優婆夷
是四部ノ弟子也日本ニテハエンノ行者ウハソクノ

ハシメ山フシノ根元也本哥ウツオノ物語ウハソクカヲコナウ山ノ椎カモトアナソハ〳〵シ床ニモアラネハ

126 こちたし（二八11 集158） コト〳〵シキ也　骨〳〵シキ也

127 さきの世の（二八12 集159） 女ニ生ルヽハ五障トテ罪フカキ也サテ来世タノミカタキ由也

128 いさよふ月に（二八13 集159） イサヨイノ月十六日ノ月ヲイヘリ但シコヽニテハ雲ニヤスラウサマ也雲カクレトイフニテ聞エタリ

129 ゆくりなく（二八13 集159） ユクリナク　不意ナリトリアヘヌ心欤思ヤリナク也

130 れいのいそきいて給て（出）（二九1 集159）

131 （〳〵）なにかしの院に（二九2 集159） 世俗ニソンチヤウソレト云叓也六条院也後ニハ宇多院ノ御許也

132 あつかりめしいつるほと（二九2 集159） アツカリ諸院ニ別當アリ

133 すたれをさへあけ給へれは（二九4 集159） スタレヲサヘ　車ノスタレ也女ヲ寵愛シ給ユヘスタレヲモ手ツカラアケタマヘルト兼載ノ説

134 かやうなる事をも（二九5 集159） 是ホトニ心ヲツクス叓ハナキヲト也イニシヘモカクヤハ人ノマトヒケンソナタユヘ心マトヒセシ人ハ昔モ有シカト也ワレハマタカヤウニ人ニ心ヲツクス叓ハナカリシト也ソノ心ニテ女ハチライテトアリ

135 山のはの（二九9 集160） 源氏ヲ山ノハニヨソヘ月ヲワカ身ニヨソヘテヨメリヲモシロキ哥ナレトモ源氏一ノイマ〳〵シキ瑞相ノ哥也又ヤヲヨロツノ哥須磨ニテ源氏ヨミ給ヒシハ目出度瑞相ノ哥ト也　哢花云山ノハヽ月ヲカクス所ナルヲシラテ行月ノ心ナリ山ノハニ源氏ニヨソヘリ次ノ夜ウセシ人ナレハ何トナクアチキナキ心アリシナルヘシ

136 かのさしつとひたるすまゐ（二九9 集160） カノサシツトイタル住居ノ心ハライナランカシ　女ノツヨク物ヲソロシクヲモフハ此程小家カチナル所ニ習ヒテカ

ト也ヒロ〳〵トシタル古宮ナレハ也

137 きしかたの事なとも（二九12 集160）　乃中将ニ會合ノ叓也

138 いみしくけいめいしありく（二九13 集160）　経営也　婺媜《ケイメイ》遊仙

屈　ヲトロキテナト云詞也一説経営欤メトエト五

音横通字也

139 御ありさましりはてぬ（二九13 集160）　人ノツヨクウヤマイ

イトナムニテ源氏ニテヲハスルトシリハツル也

140 しもけいしにて（三〇2 集160）　下家司諸大夫也左大臣ノ人

也サルニヨリテシタシキトアリ

141 うちあはす（三〇5 集161）　不調也

142 （＼）おきなかゝは（三〇5 集161）　奥中川　本哥ニオトリノ

ヲキナカ川ハタエヌトモ君ニカタラウコトツキメ

ヤハ　アルイハイハク沖中川ハ名所也翁川トモヨ

メリ　水原抄ニハミキハ枝川ハヒル叓アレト本躰

ノ沖中川ハ絶ル叓ナシソノコトク君トカタラウ叓

ツキメヤハト也是正説ナルヘシ

143 （日）ひたくるほとに（三〇6 集161）

144 （木）こたちいとうとましう（三〇7 集161）

145 みな炑ののらにて（三〇8 集161）　本哥古今里ハアレテ人ハ

古ニシヤトナレヤ庭モ籬モ秋ノ野ラナル

146 へちなうの（三〇9 集161）　別ノ家也

147 さうしなとして（三〇10 集161）　雑舎也

148 けうとくも（三〇10 集161）　気踈　又気外

149 かほはなをかくし給へれと（三〇11 集161）　昔ハフクメンヲ

シタル也ソレホト沾ナシトモ只カリキヌノ袖ニテ

カオヲカクシタル也

150 夕露に（三〇14 集161）　只今顔ヲ見スル叓也マヘニ道ノタヨ

リニ哥ヨミカハセシ叓ノ縁トナレルヨシ也

151 ひかりありと見し（三一2 集162）　光アリト見シ夕顔ノワロ

クミテハ只今源氏ノヲトリサマノヤウナリ前ニ光

ソヘタルナトイヒシハ大方ノ叓也今見参ノ時コソ

ヒカリハマシ侍レト也一説ニハ以前源氏トシリ侍

ラハイカテ心アサク哥ヲヨミカケ申ヘキソノ時ハ

分別モナキト陳法ノ心ノリトイヘリ女ノ用意ハ此

説面白由也イツ（マヽ）モ用

152 あまのこなれは（二二5 集162） アマノ子ナレハ本哥白波ノヨスル渚ニ世ヲツクス海士ノ子ナレハ宿モサタメス

153 あいたれたる（二二6 集162） アマヘタルヤウナル躰也

154 我からなめりと（二二6 集162） 本哥アマノカルモニスム虫ノワレカラト音ヲコソナカメ世ヲハウラミシ　アマノコナレハトイヘルアイサツ也

155 右こんかいはむこと（二二7 集162） 惟光ノ心中也マヘハワカコトノヤウニシテ心ヲカケ源氏ニ引アハセ申セシ㕝也

156 そひふし給へり（二三12 集163） 十六日ノ夕《ユウヘ》ナリ

157 心のうちのへたて（二三2 集163） 女ノ名乗セヌコト也

158 六条わたりにも（二三4 集163） 是則ヲンリヤウ邪気トナレルト也

159 あまり心ふかく（二三6 集163） アマリ心フカク　宮ス所ノコト也夕カホハ又ツヨクヤハラカナル人也両方ヘユツリ合セ度ト也

160 たちを引ぬきて（二三12 集164） 横刀《タチ》日本記

161 いかてかまからん（二三14 集164） 右近カ云詞也

162 わか〳〵しとうちわらひ給ひて（二三14 集164） ヲソ（マヽ）ナケナルコトヽノ給也

163 空をのみ見つる物を（二三5 集165） 病人ノ空ヲ見ルハ死相ノ一ナリト云々

164 わた殿の（二三7 集165） 皆ワロキ瑞相也

165 このから申物はたさ（瀧）口なりけれは（二三13 集165） 瀧口　禁中ニテハタキ口院ノ御所ニテハ武者所ト云也タキクチハ廿人アルモノ也

166 ひあやうしと（二三14 集165） 誰何《ヒアヤウシ》火行史記

167 〳〵なたいめんは（二四1 集166） （名）タイメントハ名謁ヲイフ殿上ニ御殿ヰシタル侍臣タカイニ名ヲトハレテ名ノル㕝也此次ニ瀧口殿ヰ申也トノヰトイフモ名謁シ（マヽ）ヲナシキ也イツレモ亥ノ刻ノ㕝ナレハイタクモフケヌニコソトイヘリ

168 御まへにこそ（二四7 集166） ヲマヘニコソ夕顔ノ㕝也

169 けとられぬるなめりと（一二四9 集166）　気ヲトラレテ也
170 御几帳を引よせて（一二四11 集166）　火トモシテ来タル人ニ女ヲ見セシノ用心也
171 （〳〵）むかし物かたりなとにこそ（一二四14 集167）　（寛）平法皇与京極御息所同車ニテ河原院ニワタリ給フソノ夜チヤウタイヨリ融大臣イテヽソノ女我ニタマハレトノ給ヒシソノ叓ナルヘシ　融ノ大臣彼院ニ執心フカクシテ亡魂トヽマリテ望郷鬼トナリケルニヤ
紫明
172 けはひ物うとく（一二五7 集167）　ケハイ物ウトク　三魂七魄
三魂ハ内ヲマホル魂也天人ノ姿也五行離散スレハ遠クハナレ行也隔生ノ魂也七魄ハ死ヲマモル魂ソノ形鬼神ノコトシ五六才ハカリノ物ニテ小神通アリ無相法身ト云十三年ニ本有ニ帰スル也十三年マテハ屍ニソイテ居ル也サレハ魂サリ魄トヽマルホトニナツカシキ気トヲサカル物ヲソロシクナル也
173 （〳〵）なん殿（貞信）のおにのなにかしの（一二五8 集168）　南殿ノヲニノナニカシ　刧《ヲヒヤカス》 史記　脅同　朱雀院ノ御ホトニコソハ侍ケメ宣旨ウケタマワタラセ給テヲコナイニ陣ノ座サマニヲワシマス道ニ南殿ノ御帳ノウシロノホトトオラセ給ニ物ノケハイシテ御劔ノ石ツキヲトラヘタリケレハイトアヤシクサクラセタマウニ毛ハムク〳〵トヲイタル手ノ爪長ク刀ノハノコトクナルニ鬼ナリケリトイトヲソロシクヲホシ召ケレトヲクシタルサマ見エシト念ヲサセ給イテヲオヤケノ勅定ウケ給テサタメニマイル人トラフルハナニモノソユルサスハアシカリナントテ御太刀ヲ引ヌキテコレカテヲトラヘ玉ヘリケレハマトヒテ打ハナチテ艮ノスミサマヘ罷ケリコレ貞信公ノ御叓也
174 なにかしのあさり（一二五13 集168）　惟光ノ兄也
175 むく〳〵しさたとへんかたなし（一二六3 集168）　蠢　イフセクヲソロシキ叓也
176 からこゑになきたるも（一二六4 集168）　物遠クカラヒタル叓

欤

177 ふくろうは（二六5 集168） 梟鳴松桂〔枝脱カ〕・狐蔵蘭菊叢蒼苔黄葉地日暮多旋風 白氏文集旧（マヽ）宅詩

178 わなゝきしぬへし（二六7 集169） ワナヽキヌヘシ也シハヤスメ字也

179 （又）またこれも（二六8 集169）

180 火はほのかにまゝたきて（二六9 集169） 灯ノカスカニヒラメクハ人ノ目タヽキ似タルト云〻

181 ものゝ足をとひし〳〵と（二六10 集169） 延𠮷八年清涼殿霹靂之後聞大人足音是邪神所為也云〻

182 千夜をすくさむ心ちし給（二六13 集169） イハメマハ千年ヲスクス心チシテ松ハマコトニ久シカリケリ是後ノ哥トイヘリサレト是ヲミナヒキ玉ヘリ

183 おほけなくあるましき心のむくひに（二六14 集169） 藤壷ニ心カケ給フ叓也

184 はしめよりのこと（二七7 集169） 此コトクナリ給叓モ惟光ユヘト右近ハ思フナリ

185 この人に（＼）いきをのへてそ（二七9 集170） コノ人ニイキヲノヘテ 驚《ヿ》定《テ》初《テ》拭《ノコウ》レ涙《ヲ》杜子美詩 惟光廿斗ノ人ナルヘシ

186 めつらかなることに（二七13 集171） 善悪ニアル叓也

187 この院守（もり）なとに（二八4 集171）

188 かのふるさとは（二八7 集171） 夕顔ノ五條ノ宿也

189 なきまとひはへらんにとなり（隣）の人しけく（二八8 集171）

190 ひんかし山の邊（へむ）に（二八11 集172）

191 みつわくみて（二八12 集172） 本哥年フレハ我黒髪モ白川ノミツワクムマテ老ニケル哉

192 いとかこかに侍と（二八12 集172） カゴカニ 閴コマ〳〵ト也

193 御くるまよす（二八13 集172） 死人ヲノセン車也

194 うはむしろに（二八14 集172） ウハムシロ禁忌也ト八雲御抄ニアリ是ヨリイヘリ

195 右近をそへてのすれは（二九3 集172） 死人ト同車也

196 めのとにて（三〇2 集174） 源氏ノ作言《ゴン》也

197 神事《カンワサ》なる比（三〇8 集174） 九月十七日ハ伊勢天照太神御斉

會也　伊勢へ御幣ナトヲ奉リ給也三十ケ日ノケカ
レナリソレニヨリテ禁中へ不参ト也

198 蔵人の弁を（一三2 集175）　中将ノ弟後ニ紅梅ノ右大臣トイ
ヒシ人也

199 惟光まいれり（一三4 集175）　惟光東山へ死人ヲツレテ行テ
カヘリノ叓也

200 けさはたにゝおち入ぬへくなむ（一三12 集176）　本哥古今世
中ノウキタヒコトニ身ヲナケハフカキ谷コソアサ
クナリナメ

201 小将のみやうふなとにも（一三3 集176）　惟光ノ妹

202 いひなすさまことにはへると（一三5 集177）　此叓モラシ申
マシキナト惟光ノ申スニ源氏ノ御心ナクサム叓也

203 さらにことなくしなせと（一三8 集177）　葬送ノ儀式ヲモ無
叓ニセヨト也可然心也

204 なにかこと〱しく（一三8 集177）　ナニカコト〱シクハ
句ヲキルヘシ源氏ノ仰ニ應シテ何カト云也ナニカ
ワロクハト也サレト露顕ノヤウニハイカテ也聴雪
ノ御説也

205 ぴ゚んなしと思へけれと（一三9 集177）　惟光口惜ヲモウヘケ
レト也

206 たい〱しきことゝはおもへと（一三11 集177）　無勿体叓ト
ヲモヘト也

207 この比の御やつれに（一三13 集177）　御籠居ニマウケ玉フ御
装束也

208 すい身をくしていて（出）給（一三3 集178）

209 みちとをくおほゆ（一三3 集178）　物ウキサマ也

210 かはらの程（一三4 集178）　法性寺河原也

211 とり邊野のかたなと（一三4 集178）　清水寺ノ麓也

212 いたや（板屋）のかたはらに（一三6 集178）

213 たう（堂）たてゝ（一三6 集178）

214 あまのすまゐ（一三6 集178）　惟光カ父ノ乳母也

215 女ひとりなくこゐのみして（一三7 集178）　右近カ叓也

216 こゐたてぬねん佛そする（一三8 集178）　葬送以前ニハ無言
念仏也念仏ノ声ヲキケハ蘇生スヘキモノモ念仏ニ

ヲソレテサモナキ也

217 てらく／＼のそやも（一三三9 集178）　諸寺ノ初夜後夜ノ長講トテヲコナウ也

218 大とこのこゑたうとくて（一三三10 集178）　大徳　日本僧ノ官位也

219 おそろしきけもおほえす（一三三13 集179）　善人ハ鬼神ノ相ヲソクツク也

220 こゑをたにきかせ給へ（一三三14 集179）　本哥声フタニキカテワカレシワレヨリモナキトコニネン君ソカナシキ

221 わかれといふものゝ（一三四8 集180）　死別已呑《ノム》レ声《ヲ》生別常惻《ソク》々
杜子美

222 むねもつとふたかりていて（出）給（一三四12 集180）

223 うちかはし給へりしか我くれなゐの御その（一三四14 集180）　ウチカワシ玉ヘリシワカクレナヰノ御ソ　六条院ニテ女房ノ装束トワカ御サウソクトリカヘテ着給ヒシ叓也只今死人ソレヲキタルナリ

224 ま（又）たこれ光そひたすけて（一三五2 集180）

225 つゝみのほとにて（一三五3 集180）　賀茂河ノ堤也京中ヘ水ヲ入マシキ用意也防鴨河使トイフツカサモカモ川堤ノ修理ノタメ也

226 かゝる道の空にして（一三五4 集180）　中途也

227 はふれぬへきにやあらん（一三五4 集180）　放埒也　本哥貞文日記　タチテ行ユクヘモシラスカクノミソ道ノ空ニテマトフヘラナル

228 わか（我）はかく／＼しくは（一三五5 集180）

229 よになかくおはしますましきにやと（一三六1 集181）　不幸短命ニシテ死ス此面影也

230 つほねなとちかく給はりて候はせ給（一三六3 集182）　二条院ニツホネヲ玉ハス也

231 惟光心ちもさはきまとへと（一三六3 集182）　ワレユヘノ叓ナレハ也

232 服°°いとくろうして（一三六6 集182）　フツクリトコエタルト説不用服衣ノ体也志切ナル故ニ服ヲフカクソムル也主君ノ服ヲ着スル叓枇杷大納言一生之間着出仕ニ

モ憚スト云ゝ此等例也村上天皇ノ御崩御ノ叓ナリ

233 かたちなとよからねと（一三六6 集182）　カタチヨカラネト
右近ミメノワロキニハナシ服衣ノ様ノヨカラヌ叓
也

234 あやしうみしかゝりける（一三六7 集182）　源氏ノ詞也

235 （世）よにえあるましき（一三六8 集182）

236 足を空にて（一三六11 集182）　足実地ヲフマスノ心也

237 あめのあしよりもけにしけし（一三六12 集182）　物ノシケキ叓
ヲハ如雨脚ト詩ニ作レリ

238 けいめいし給て（一三六13 集183）　コヽニテハヲトロクト云説
叶ヘリト也経営モ心通スヘキ歟

239 けからひいみ給しも（一三七2 集183）　ケカライモ一ニナリヌ
レハ禁中ヘマイリ玉フ叓也

240 ひとつにみちぬるよなれは（世）（一三七2 集183）

241 我御くるまにて（一三七3 集183）　左大臣殿ヘ也

242 うこんをめしいてゝ（一三七8 集183）　二条院ニテノ叓也

243 御名かくしも（一三七13 集184）　是ハ源氏ノ叓也源氏モ御名カ
クシタマヘハワレモカクシ給ト右近カ詞也

244 なをさりにこそ（一三七14 集184）　只大方ノナクサメニコソカ
ヤウニモアルト夕顔ノ上ノ思ヒ給ヒシ心中ノ叓ヲ
今カタル也サテ心クラヘトモカナトノ給也

245 なぬか〳〵に（一三八8 集185）　七日〳〵　右近ニ夕㒵ノコト
能カタラセン料簡ニカクノ給也

246 身つからしのひすくし給しことを（一三八10 集185）　夕顔ノ上
忍ヒ給ヒシ叓ヲタヽ今イハンコトサカナキ由也

247 我身のほとの（一三八12 集185）　父ヲトヽノ叓ワレタニ位モヒ
キク立身セヌ叓思ヒ給シ叓也

248 三年はかりは（一三八14 集185）　中将ニアヒテ二年メニ玉葛ヲ
マウケ四年メニ源氏ニアヒ玉ヘリ玉葛三才叓也

249 （世）よに人に（一三九6 集186）

250 家はとゝいふとりの（一四〇6 集187）　鴿

251 （　）このとりの（一四〇6 集187）　コノ鳥ノナキシヲ　コノハ置
字ト心得ヘシ催馬楽ウタヒモノニモコノト云字多
哥曲ニアリ其順也鳥ノナキシハ梟ノ叓也　宗祇ノ

説ニハ昼モ六條院ニヲハシマセハ鳩モ鳴タルニヤ
トイヘリ
252 右近は（一四〇9 集187）我身ノ叓ヲイヘリメノトノワレハム
スメナル由也
253 （／）いとしも人に（一四〇12 集188）本哥拾遺思フトテイトシ
モ人ニナレサラメシカナラヒテソ見ネハ恋シキ
254 女はたゝやはらかに（一四一1 集188）女ハタヽヤハラカニ 陽《ハ》
體剛強《テイカウキヤウニノ》《カタシコワシ》 自《カラ》在《ナリ》陰《ハ》柔《チウ》《ヤワラカ》順《ニノ》従《シタカウ》《レ》陽《ニ》 陽ノ体ハカタ
クコワシ陰ノ体ハヤワラカ也陰順ナレハ陽ニ能シ
タカウ也逆ナレハシタカハス
255 えさしいらへもきこえす（一四一7 集189）右近カ哥一向ニヨ
マスシテ返哥申サヌト心得マシ斟酌ノ義也返哥申
サヌ叓心深キ也心ニクキ女也
256 （／）まさになかき夜と（一四一9 集189）八月九月正長夜千声
万声無止時
257 （／）ますたはまことになむ（一四一14 集190）本哥ネヌナハノ
クルシカルラン君ヨリモワレソマス田ノイケルカ
ヒナキ
258 いけるかひなきや（一四三1 集190）コナタコソイケルカヒナ
キト也源氏ノ玉フ也
259 うつせみのよ（世）は（一四三3 集190）
260 しにかへり思ふ心は（一四三9 集190）文章也思ヒニ消テ又生
カヘルコト也文章モ人ニシタカヒ耳ヤスク書給也
261 軒はの荻を（一四三11 集191）此哥ヨリ女ノ名トセリ
262 おきにつけて（一四三12 集191）ヲキニ文ヲツクル叓後撰ニア
リ
263 あいなかりける（一四三13 集191）草子地也
264 （／）なかはゝ霜にむすほゝれつゝ（一四三2 集191）霜ニムス
ホヽレツヽトハ御忘アルカト思フニ又カヤウニト
ヒ給叓ヲ半カナシクヲモフ由也又説少将ノ妻ニナ
リ又源氏ヨリモカクノ給叓トイヘリ
265 されはみて（一四三3 集191）サレハミ 女ノ心タテノ叓
266 （／）こりすまに（一四三6 集191）本哥コリスマニ又モ無名ハ
立ヌヘシ人ニクカラヌ世ニシスマヘハ

267 さうそくより（一四三7 集192）　施物也

268 もんしやうはかせ（一四三10 集192）　（文章）博士

269 願文つくらせ給（一四三10 集192）　願文ツクラセ給　重明親王ノ家室藤原氏四十九日願文後江相公　朝綱書也見文粋　生者必滅尺尊未免栴檀之煙樂尽哀来天人猶逢五衰之日

270 はかまをとりよせて（一四四1 集192）　施物ノ装束ナトニ手ヲフレ給ヘキ叓ニアラネト御志深切ノ儀也女ノモハカマ也

271 いつれのよ（世）にか（一四四2 集192）　来生再會ノ叓也

272 いつれのみちに（一四四3 集193）　七七日迠ハ中有ニタヽヨフ心也

273 かことにをちてうちい（出）て給はす（一四四5 集193）

274 これ光をかこちけれと（一四四8 集193）　夕顔ノヤトリノ人ノ叓也

275 おなしことすきありきけれは（一四四9 集193）　コヽニイツモノコトクヲハスルヤウニ空ヲオレスル也

276 この家あるしそ（一四四11 集193）　夕顔ノヤトリノ女房ハ乳母ノムスメ也

277 三人そのこはありて（一四四12 集193）　玉葛ノ巻ニ見エタリ

278 たむけ心ことに（一四五5 集194）　道祖神ニ手向也黄帝四十余子アリ最末ノ子旅行ノ遊ヲコノミテ敢不レ留二宮中一云〻遂ニ旅遊ノ道ニテ死ス其時誓云吾為神旅行ノ客ヲマホルヘシ其名ヲ遊子ト号ス今ノ道祖神是也人ノ旅ニヲモムク叓餞送ト云叓ハ此ユヘナリ餞送ノ所ヲハ祖席ト云此道祖神ヲ世俗ニサエノ神ト号ス又手向ノ神トモ云也

279 あふまての（一四五8 集195）　本哥アウマテノカタミトテコソトヽメソメ泪ニウカフモクツナリケリ

280 せみのはも（一四五11 集195）　コウチキニ御衣ヲモソヘテタマハル　十月一日ハ更衣ナレハタチカヘテケルトイヘリ前ニ神無月トイヒ又冬タツ日トカケリ重言ノヤウナリ是ハ冬ノ節ノ日也

281 秌のくれかな（一四六1 集195）　秋ノ暮哉トヨメル初冬ニ相違

ノヤウナレト餘情幽玄体也物ヲイヒツメヌ義也拾遺ニ雑春雑秋トシテ夏冬ハナシソノ中ニ夏冬ハコモル義也

282 おほししりぬらんかし（一四六2 集195）　ヲホシヽリヌランカシニテ此巻ノ叓ハハテタル也　カヤウニクタ〳〵シキト云ヨリ筆ヲクハヘタル也カヤウノ叓ヲハカキモラシ侍レハイカナル高位高官ノ人ニモ善悪ハ必アル物也ヨキ叓ハカリハワサトメキツクリ叓ノヤウナルト云人モアレハ又カヤウノ叓ヲ書クワヘタルヨシ也

一校了

若むらさき

若紫　巻ノ名哥ヲ以ツケタリ　手ニツミテイツシカモ見ンノ哥也若紫トツヽキタル詞ハナシ源氏十七才三月ヨリ冬マテノコト見エタリ

（源十七）

1わらはやみに（一五一1 集199）　瘧病　痁《ワラハヤミ》　夕顔ノ上ニハナレ給ソノ朦気ノアマリ瘧病トナルト也

2かちなと（一五一1 集199）　加持ハ真言教ノ陀ラ尼也

3北山になむ（一五一2 集199）　向南山《キタヤマ》万葉

4かしこきおこなひ人（一五一2 集199）　圓融院瘧病ノ時天台座主良源僧正ヲメサレシ其例也慈恵大師ノ叓也

5しゝこらかしつる（一五一4 集199）　物ヲシソコナウ心也

6室のとにも（一五一5 集199）　室ノ外也

7ものせんと（一五一6 集199）　（物）

8京の花さかりは（一五一8 集199）　引哥ニ及ハス

9けんかたのおこなひも（一五一13 集200）　現世ノ行ノ叓也後生菩提ハカリヲモウ由也　聴雪御説一説ニハ験方山伏ヲハ修験道ト云

10たいとこ（一五二1 集200）　大トコ　大徳トカキテ法師トヨム

11さるへき物つくりて（一五二1 集200）　符ノ叓也　スカセ川ノマスル也　河内本ニハサルヘキフンツクリテトアリ

12 つゝらおりのしもに（一五三4 集200）　盤折《ツヽラヲリ》　磐ト同　或九折大唐ニ羊腸坂ト云アリ九曲也羊腸九メクリ也

13 きよけなるやらうなと（一五三5 集201）　屋廊

14 なにかしのそうつの（一五三6 集201）　覚忍僧都号ニ北山僧都トソレニ表シテカケリ

15 わらは（一五三8 集201）　童女也

16 しりへの山に（一五三13 集201）　門前秋水後秋山長谷雄卿作

17 これは（一五三2 集202）　御供ノ人云詞也

18 人の国なとに（一五三2 集202）　他国也異朝ヲイヘリ

19 御ゐいみしう（一五三3 集202）　絵合ノ発端ノ詞也

20 なにかしのたけ（一五三3 集202）　七高山ナトヽ云説アリアナカチ所ヲサタムヘカラス

21 ゆ《ユ》ほ《ヲ》ひかなる（一五三7 集202）　寛ノ字也ヒロキ心也

22 しほちのむすめ（一五三8 集202）　初入尺門人ノ名也ソノ比御堂関白殿出家シ給ヒテ入道ト申スソレニヲソレテ入道トハイハス

23 いたしかし（一五三8 集202）　片腹痛ホトヽナリ

24 こんゐの中将（一五三9 集202）　実方中将陸奥ヘ被下叓ヲヒケリ不當ト也山陰ノ中納言ト云人近衛ノ中将ヲステヽ奥州ヘ被下ヲ表シテイヘリ三代実禄ニアリ

25 さいつころ（一五四1 集203）　近曽　昨日ノサキ也

26 京にてこそ（一五四2 集203）　京ニテハヨリ所モナキ叓也

27 さはいへと（一五四3 集203）　ヒカ恠ナトヽハイヘト也

28 そのむすめは（一五四5 集203）　前《マヘ》ノ詞ニワカキ妻子トイヘハ聞給叓也

29 海に入ねと（一五四9 集204）　海竜工ノキサキ　昔大香王ト云フ王ミメウツクシキ女ヲ持玉ヘリケルヲ邊国ノ王四人トモニ是ヲエン叓ヲノソマレケルホト此女俄ニウセヌ父ノ王母ナト恋モトムルトコロニ須弥山ノイヌヰノ方ニアタリテ三十七万八千九百里ヲ過テ竜宮城アリソノ竜王取テ大海ノ底ニヲケル叓ヲ聞テ父ノ王ナラヒニ邊土ノ四人ノ王トモニ行ムカヒテ取カヘシタル叓アリ吉祥天女ノ本縁ニ申侍リ　又沙迦羅竜王ノ八才ノ女ノ母モ王ノ妻ナレハ

后トイハンニ無相違侍リ
30 かいりうわう（海竜王）（一五四11 集204）
31 はりまのかみのこ（子）の（一五四12 集204）
32 ことしかうふりえたるなりけり（一五四12 集204）　止月五日ノ叙位ニ六位ノ蔵人ハ巡爵トテ従五位下ニ叙セラルヽ叓也カウムリ給トハ爵ヲ賜也五位ヨリ爵位ノ初也
33 〈〉はゝこそ（一五五1 集204）　（重明ヽヽ）兼明親王ノ孫ニヨソヘテ松風ノ巻ニカケリ
34 なさけなき人に（一五五3 集204）　後ゝノ国司ノ叓ヲ云也人ニ成ユカハトニモシヲソヘテモ心同国司ニ無情人成タラハト也
35 そこのみるめも（一五五5 集205）　六帖哥　アマノスム底ノミルメハヽツカシクイソニヲイタルワカメヲソツム
36 くれ（暮）かゝりぬれと（一五五7 集205）
37 御物のけなと（一五五8 集205）　夕顔ノ時ノ邪気也
38 ちふつ（一五五13 集205）　持佛
39 きよけなるおとな（一五六4 集206）　少納言ノ君ナリ
40 しろききぬやまふきなとの（一五六6 集206）　ウラ山吹ノヤヌハヲモテ黄裏紅也花山吹ハ面クチハウラ黄也
41 あまた見えつること（子）もに（一五六6 集206）
42 何事そや（一五六9 集206）　祖母君ノ詞也
43 こ（子）なめりと（一五六10 集206）
44 いぬき（一五六10 集206）　犬公　上東門院ノ上ワラハニ此名アリ
45 さいなまるゝこそ（一五六12 集207）　罪セラルヽナリ
46 やうくなりつる（一五六13 集207）　尾羽ナトノ叓
47 つみうる事そ（一五七3 集207）　篭繋飛鳥沙弥戒経
48 うちけふり（一五七4 集207）　ニオヒヤカナル心欤　薫
49 かんさし（一五七5 集207）　童女ナレハカンサシハサスマシケレハタヽ髪ノ上ノ叓トハカリ心得ヘシ
50 ねびゆかむさま（一五七5 集207）　調《ネゼ》行《ユク》
51 かきりなく心を（一五七6 集207）　紫上ハ式ア卿ノムスメ藤壷ノメイニアタリ給ヘハ似給ナルヘシ
52 かはかりになれは（一五七9 集208）　十ハカリニモナレハヲト

ナシキ人モアルヲト也

53 こひめ君は（一五七10 集208）　紫ノ上ノ母君也按察大納言ノ妻（マヽ）也

54 つや〳〵と《ツヤ》（一五七13 集208）　厳《ツヤ》又光

55 おひたゝむ（一五八1 集208）　若草ニヒメ君ヲヨソヘ露ニワカ
身ヲヨセタル哥ナリ

56 はつ草の（一五八3 集208）　キコヱタル哥也

57 たつをと（音）（一五八11 集209）

58 よきり（一五九2 集210）　過《ヨキリ》　スキヲハシマシケル也西殿ノ御
説ニハキタリヲハシマスト也兼載ハ僧都ノ坊ヲ過
ヲハスト也コノ坊ニコソナトヽ云所過ト云字相當
スヘキ也

59 草の御莚も（一五九5 集210）　草座草莚ヲナシ天台大師御忌日
ニ慈恵僧正御哥樹下集ニアリソノカミノイモキノ
庭ニアマレカシ草ノ莚モ今日ヤシクラン

60 かる〳〵しき御あり様を（一五九11 集211）　軽〻敷是ヘ出御ヲ
口惜ヲモハルヽ也

61 すゝしき水のなかれ（一五九12 集211）　清涼ノ体也

62 いふかしくて（一五九14 集211）　未審《イフル》　心モトナキ也

63 みやうかうのか（一六〇3 集211）　（名）香也仏ニ献スル香也

64 わかつみの（一六〇5 集211）　藤壷　一心ヲカケ給叓也

65 夢を見給しかな（一六〇9 集212）　空叓ノ夢也

66 さかしら心なく（一六一10 集213）　夫婦心モナキ時也

67 よはひのするゐに（一六一14 集213）　祖母君ノコト也

68 あやしきことなれと（一六二1 集214）　不審ニ思召ヘケレト也
姫君ノ後見ノコトヲノ給也

69 ゆきかゝつらふかたも（一六一13 集214）　本臺葵上ノ叓御心ニ
ソメ給ハヌ叓也

70 またにけなきほとゝ（一六二3 集214）　此姫君マタ十斗ノ叓ナ
レハ似アハヌヤウニ世ノ常ノ夫婦ノ中ノヤウニノ
給ハントサキヲクミテノ給也

71 女人は人に（一六二5 集214）　女ノ三従ノ叓也

72 あみたほとけ（一六二8 集214）　叡山慈覚大師ノ掟也　初夜ハア
ミタ経後夜ハ法花三昧也ネフタケナルト経　ネフ
タケナルハシトケナキ心也

73 たう《堂》に（一六二8 集214）
74 そや《初夜》といひしかと（一六二13 集215）
75 すゝのけうそくに（一六二14 集215）　清少納言枕双紙ニモ心ニクキ叓ニイヘリ
76 あふき《扇》を（一六三3 集215）
77 きゝしらぬ（一六三3 集215）　源氏扇ヲナラシ給ヘハ聞入ヌヤウニモテナサンモイカヽナレハ女房ノ出タル也
78 （＼）くらきに入ても（一六三5 集215）　経文ニ云従冥入於冥永不聞仏名
79 はつくさの（一六三9 集216）　カイマミノ心アリ《イ》
80 あないまめかし（一六三12 集216）　尼君ノ詞俄ノ叓ヲト也
81 まくらゆふ（一六四2 集216）　女君ノ叓ニトリアハヌ返答也クラヘサラナンハナクラヘソト也　引哥ニ及ハス西殿御説
82 か《源》やうの人つて（一六四2 集217）
83 わかやかなる人こそ（一六四7 集217）　源氏ニタイメンノ叓也
ワカキ人コソフカク物ハチヲモセメト也

84 う《源》ちつけに（一六四8 集217）
85 ほとけは（一六四9 集217）　上ニ仏ノ御シルヘトアリ《イ》
86 け《尼》に思ひ給よりかたき（一六四10 集217）
87 あ《源》はれに（一六四11 集217）
88 過給にけむ（一六四12 集218）　女君ノヲヤ達ノカハリニ我ヲヲオシメヤト也
89 むつましかるべき人（一六四13 集218）　源氏モ早ク御母ニハナレ給シ叓也
90 たくひになさせ給へと（一六五1 集218）　女君モハヤク親ニハナレ玉ヘハワレヲソノタクヒトヲモヒ玉ヘト也
91 かゝるおり侍り（一六五1 集218）　ヨキヲリフシトヲホシメシ懇ニ語玉フ也
92 いとうれしう（一六五2 集218）　尼君ノ詞
93 所せうおほしはゝからて（一六五6 集219）　ワレヲ叓〳〵シウ思召ハヽカラテ也
94 おしたて給つ（一六五9 集219）　屏風ヲヽシタテタル也
95 ほけ《法花》三ま《昧》いおこなうたう《堂》のせむほうの聲山おろしにつ《付》

きて（一六五10 集219）

96 さしくみに（一六五13 集219）　サシヨリ也　後撰古ヘノ野中ノ清水ミルカラニサシクム物ハ泪ナリケリ　是ハサシイツル叓所ニヨルヘシ

97 木草の花とも（一六六1 集219）　源氏ニハミナ木草トカケリ

98 しか（鹿）のたゝすみありくも（一六六2 集219）

99 御しむ（一六六3 集219）　護身　トカウシテヤウ〳〵タスケラレテ僧都ノモトヘ来タル也

100 かれたるこゑの（一六六3 集219）　歯ヲチヌレハコエノスク也老人ノ声調子ニノキタル心也

101 ことし計（ハカリ）の（一六六7 集220）　三年ノ篭山ト見タリ

102 うとんけの花（一六六13 集221）　ウトンゲノ花マチエタル　優曇花三千年ニ一タヒ現シテ現スル則金輪王出世スルトイヘリ　此二首ノ風体常ノ哥ニカハレリソノ人ニヨリ哥ヲモヨムヘキ也源氏ヲウドンゲニヨソヘテイヘリ　マタ見ヌ人ノカオ　是モ花ニヨソヘテイヘリ花顔月顔ナト本語也

103 とこ（一六七3 集221）　獨鈷

104 くたらよりえ給へりけるこんかうし（金剛子）（一六七4 集221）　百済国ヨリ金剛子ノワタリタルコトハ元興寺資財帳第九云喜多迦子金剛子此等百済国ヨリ所献也云〻但聖徳太子ノ数珠ノ念珠ノ縁ハイマタ見出シ侍ラスト云〻

105 すきたる袋（一六七5 集221）　紗ナトノ袋ナルヘシ

106 こんるりのつほともに（一六七6 集221）　紺瑠璃　貴布祢ノ明神ハ鞍馬ノ鎮守也鞍馬貴布祢ノ中間ニ僧正谷ト云所アリ薬師不動霊験ノ地也薬師如来右ノ御手ニ紺瑠璃ノ壷ヲ持給僧都ノ送物ニ此壷ニ薬ヲ入テタテマツラルヽモ醫王ノ薬ニ思ヒヨソヘタル也

107 と経（読）しつる（一六七7 集221）

108 たた今は（一六七10 集222）　向来《タヽイマ》遊仙屈

109 夕まくれ（一六七14 集222）　姫君ヲ花ニヨソヘリホノカニ見初アクカルヽ由也

110 まことにや（一六八1 集222）　若君ノ叓ニトリアハス世上ノ花

ノ上斗ニヨメリ腋ナトセンニモ此意得アルヘキヨ
シ宗長兼載ナトモノ給ヒシト也
111 かすむる空の（一六八1 集222） カスムル物ヲイヒカスメホノ
メカス心也霞ニヨソヘリ
112 左中弁（一六八4 集222） 乃中将他腹ノ兄弟也
113 あかぬわさかな（一六八7 集223） 不足ノ叓也
114 とよらのてらの（一六八9 集223） ウタイ物也コヽヲ則トヨラ
ノ寺ニシテウタヘリ
115 山のとりも（一六八14 集224） 瓠《コ》巴《ハ》鼓《クスレハ》ニ琴瑟《ヲ》一鳥舞而《(マヽ)》魚躍而遊列
子ニアリ
116 日のもとの（一六九5 集224） 日ノモト又日本トヨミテモヨシ
僧都ノ詞ニ似合也
117 宮の御ありさまよりも（一六九7 集224） ワカ父宮ヨリモ
118 あさりなとにも（一六九12 集225） 昔ハ寺〳〵ニ阿闍梨イクタ
リト云叓アリテ其人ノ智恵ニヨリテ官位ニモスヽ
メラルヽ也
119 みつからは（一七〇3 集225） 賞翫ノ人ヲハ車ノ前ニノスル也

120 (〳〵)とはぬはつらき（一七〇14 集226） 君ヲイカテ思ハン人ニ
ワスラセテトハヌハツラキモノトシラセン此哥可
然也 哢花 本哥ワスレネトイヒシニカナウ君ナレ
トトハヌハツラキ物ニソアリケル
121 あさましの御叓や（一七一2 集227） トハヌハツラキナトイハ
ンハ大方ノ忍ヒカヨヒノ中ナトコソサヤウニアル
ヘケレ本臺ナトノ身ニテハ不似合思召也
122 (〳〵)命《(イノチ)》たに（一七一5 集227） 本哥命タニ心ニカナフ物ナフハ
何カハ人ヲ恨シモセン
123 いとあてに（一七一10 集227） アテニナマメクトイヒテ又ニオ
ヒヤカ重言ノヤウナリ真実ニウルハシキカタノナ
キ心也
124 ひと《(一)》そうに（一七一11 集227） 一孫父ニハ似玉ハス女ノスチニ似
給ヘル叓也
125 おもかけは（一七一3 集228） 心ヲハソノ人ニトヽメリレハカラ
ハカリノヤウナルニ面影ノ身ヲハナレヌ叓イカヽ
トナリトメテハトヽメテ也

126（　）よのまの風も（一七三3 集228）　本哥後撰朝マタキオキテソ見ツル桜花夜ノマノ風ノウシロメタサニ

127はかなくおしつゝみ給へるさまも（一七三4 集228）　ヲシツヽミ艶書ノ体也　花鳥ニ云紫或ハ紅ノウスヤウノ二重ニ哥ヲ書テヲシタヽミ引ムスヒテ墨ヲ引テソレヲ又薄様一カサネニテクスリモシハ砂金ナトノコトクツヽミテヲナシキ薄様ヲホソクキリテヒネリテクヒヲユウヘシコレニスミヲヒキヒカサルハ両説也

128ゆくての御事は（一七三6 集228）　文章也

129またなにはつを（一七三7 集229）　哥ノ叓ニイヘル不用手跡ノ叓也古今序ニコノ二哥ハ手ナラウ人ノ始ニモトアリソレヲトレリ

130あらし吹（一七三9 集229）　是モ只花ノ叓ハカリニトリナシテヨメリ

131御はなちかきなん（一七三3 集230）　ハナチカキ　ウツオノ物語ニナカタヽノ大将ワカ宮ノ御レウニカキテマヒラセラレタル手本ニモハナチカキト云叓アリ

132あさか山（一七三5 集230）　山ノ井ノカケトセウ句セリ

133くみそめて（一七三6 集230）　本哥クヤシクソクミソメテケリ（マヽ）アサケレハ袖ノミヌルヽ山ノ井ノ水本哥ノ心ヲ以クミソメテクヤシトハヨメリ心ハ水ヲクムホトチカツキヨリテハネタクヽヤシキ叓モアルヘケレハ只影ヲミルハカリニテヤミナハヨカルヘキト云心也ミスヘキミルヘキ両説ナカラ用

134まかて給へり（一七三9 集230）　藤壷異例ニテ大内ヲ退出ノ叓也

135うへの（一七三9 集230）　天子ノ御叓

136わう命婦を（一七三12 集231）　王命婦上古ハ王姓ヲタマウケルナリ王氏也子孫ニテ禁中奉公ノ人也

137宮もあさましかりしを（一七三13 集231）　藤壷ニ密通ノ叓前ニハ見エスコヽニテマヘノ密通ト見エタリ此書ヤウ此物語ノ例也

138くらふの山に（一七四4 集231）　引哥ニ及スコヽヲクラキ所ニシタキ心也四月ノ比短夜ノサマ也

139 見ても又（一七四6 集232） 逢見テモ夢ノヤウナレハワカ身ヲモ夢ニナシ度ト云心也返哥ノ心モタトヒ夢ニナリテモ世語ニナラントアサマシクヲモヒ給也

140 殿に（一七四10 集232） 左大臣殿ナリ

141 なきねに（一七四10 集232） ナク／＼ネタル也 上東門院御哥 逢叓モ今ハナキネノ夢ナラテイツカハ君ヲ又ハ見ルヘキトヨミ給ニ同シ花鳥ニハネヲリクヲウチカヘシテイヘル詞也

142 れいのやうにもおはしまさねは（一七五1 集232） 藤壺懐妊ノ叓

143 三つき(月)に（一七五3 集233） 懐妊シテ三ケ月也六月ノ叓也アル説ミナ月トカケリソレヲ河内カタニハ六ケ月トイヘリ十五ケ月ニテ誕生トイヘリ不用十一ケ月ニ冷泉院誕生也アクル年ノ二月十餘日ニ冷泉院ハ生レ給フ

144 御めのとこの（／＼）弁のみやうふ（一七五7 集233） 二人ノ名也 一トイヘル説不用 王命婦カ子(イ)

145 およひなう（一七五13 集233） 源氏ノ北ノカタノ御腹ニ御子出来給テ御位ニツカセ玉フヘキサマヲ御夢ニアハスル也サテヲホシモカケヌト也

146 ふくらかに（一七六7 集234） 腹ノ叓

147 御ことふえなと（一七六10 集234） 懐妊ノ中ニ管弦ナトアレハ無相違ト云叓アリ

148 きやう(京)の御すみか（一七六12 集235）

149 ありしにまさる（一七六14 集235） 藤壺ユヘニ心ヲツクスサマ也

150 しのひたる所に（一七七1 集235） 御息所(イ)

151 うちより（一七七2 集235） 人裏ヨリノ叓也

152 みなみのひさし（一七七11 集236） 南向也亭向也

153 いとむつかしけに（一七七12 集236） ヒロカラヌ座ノサマ也

154 ゆくりなう（一七七12 集236） ヲモヒヤリモナキト也尼君ノフシタル所近ケレハ物ムツカシケナルサマ也源氏カヤウナル所御覧シナラハヌ叓也

155 みたり心ちは（一七八2 集236） 尼君ノ返答也

156 わりなきよけひ（一七八4 集237） 紫上ヨハイスコシニツカハシキ叓

157 かすまへさせ給へ（一七八5 集237）　御懇切ノ人ノ数ニシ給へト也

158 この君たに（一七八7 集237）　姫《ヒメ》君ノ叓也イトケナキ人ナレハ出御ノカシコマリシモ申サヌ由尼君ノ詞也

159 このてらにありし（一七八13 集238）　鞍馬寺也

160 いさみしかは（一七九1 集238）　イサミシカハ　マヘニクラマ山ニテヨハイノフル人ノサマナトヽイヒシヲヒメ君今ノ玉フ也異例モヨクナランニ見申玉ヘト也

161 いはけなき（一七九7 集238）　尼君ノ宿ニテ姫君ノ声ヲ聞玉ヒシコトヲタツニヨソヘ侍リエナラヌハタヽナラヌ也

162 （／）おなし人にや（一七九7 集238）　本哥ミナト入リノ蘆分小舟サハリヲオミヲナシ人ニヤコヒント思ヒシ

163 少納言そ（一七九9 集238）　尼君ハツヨク不例ナレハ少納言返答也

164 此よならても（一七九11 集239）　来世ニモナリ

165 てにつみて（一八〇1 集239）　獨シテノ哥也紫ノ根ニカヨウトハ藤壷ノユカリノ叓也此哥ヨリ紫上トイヘリ巻ノ名モ是ヨリツケ侍リ一説ニハ紫ハ色ノ最頂ナリ佛ノ相好ヲモ紫磨金ノ粧《ヨソオイ》トイヘリ此物語ノ中ノ第一ノ美人ナルユヘニ此名アルカト云ヘリ是モ入ホカナル説也

166 （／）（宇）すさくゐんの（一八〇2 集239）　延喜ノ次ノ朱雀院ニハナシ天子脱屣《シ》ノ後ノ御在所也三条朱雀ニ四町ニツクラレタリ延喜ノ御宇ニハ宇多御門ヲ朱雀院ト申侍リ十月ノ行幸ハ紅葉ノ賀ノ叓ナルヘシ末ノ紅葉ノ賀ノ叓ナリ

167 きやうかう（一八〇2 集239）　此行幸ハ延喜ノ御門三条朱雀院ヘノ行幸也

168 つゐにむなしく見給へなして（一八〇6 集240）　尼君死去ノ叓ハ紅葉ノ賀ノ後霜月ノ叓也

169 （世間）せけんのたうりなれと（一八〇6 集240）

170 世中のはかなさも（一八〇7 集240）　源氏御心中也

171 こ宮す所に（一八〇8 集240）　源氏ノ御母宮ニヲクレ給叓也

172 あいなう御袖も（一八〇13 集241）　アヒナウ御袖モ　ヒタフル

周章ノサマ也
173 こひめ君の（一八〇14 集241） 紫上ノ母宮也兵ア卿ノ本タイノツヨクニクミ玉ヒシ叓也
174 ちこならぬ（一八一1 集241） 十ヨリ内ヲハチコトイヘハ紫上十ハカリニモ成玉ヘハイヘリ　ヒメ君年ヨリモヲサナキ叓ヲイヘリ
175 あまた物し給なる中の（一八一2 集241） 兵ア卿ノ御ムスメ北方ノ腹ニムスメ一人ハ冷泉院ノ女御又一人ヒケクロノ大将ノ北方也ソノ外ハ景圖《マヽ》ニナシ
176 過給ぬるも（一八一3 集241） 尼君ノ御事
177 かくかたしけなき（一八一4 集241） 源氏ノ御叓也
178 すこしもなすらひなるさまに（一八一6 集241） 姫君ノ源氏ニスコシモ不似合ヨハイノ叓也
179 なにか（一八一7 集241） 源氏ノ詞
180 そのいふかひなき（一八一8 集241） 何心モナクヲサナクヲハスルヲワカ御心ノマヽニヲシヘ給タキ御心中深キ也
181 心なから（一八一9 集241） ワカ心ナカラチキリノ深叓ヲ思召也ツヨク心ヲソメ給ユヘ也
182 あしわかの（一八一11 集242） 蘆ノ葉ノワカキニヨセテワカノ浦ヲアシワカノ浦トイヘルニヤワカ君ニナスラヘテイヘリタイメンハナクトモヨラテハイカヽカヘルヘキ心也
183 めさましからん（一八一11 集242） メサマシカラン　徒然ノ叓ナリ
184 よる浪の（一八一13 集242） 源氏ヲ波ニヨソヘヒメ君ヲ玉モニヨソヘ侍リ
185 （〽）なそこえさらむ（一八一14 集242） 本哥（人シレス）身ハイソケトモ年ヲヘテナソコエサラン相坂ノ関
186 宮には（一八二4 集242） 源氏ノ詞
187 おもふへき人ならと見給そ（一八二13 集243） 源氏ノワカ叓ヲノ玉ヘリナウトミタマウソト句ヲキリテヨムヘシ
188 たゝ世にしらぬ（一八三2 集244） 源氏ノ詞
189 とのゐ人にて（一八三5 集244） 源氏ノワカ殿ヰ人トナラントノ給テトヽマリ給叓也

190 あけくれなかめ侍所に（一八四4 集245）　二条院ノ御亊也

191 この御（＼）四十九日すくして（十一月上旬）（一八四6 集245）

192 憑もしきすちなからも（一八四7 集246）　父宮ノ亊也チヽ宮ト
ハヨソ〳〵ニ住給ヘハワレヲ父宮トヲオセト也

193 しも（霜）はいとしろうをきて（一八四10 集246）

194 いとしのひて（一八四11 集246）　姫君ノ所ヨリ帰リ玉フ亊ハマ
コトノケサウニナケレハ筆ノアヤニコヽヲカケリ
此忍所トレ（マヽ）トモナシ

195 あさほらけ（一八四14 集246）　本哥妹カ門行スキカネテ草ムス
フ風吹トクナアハン日マテニ

196 たちとまり（一八五2 集246）　本哥冬枯ノ草ノ戸サシハアタナ
レトナヘテノ人ニアクルモノカハ　秋ノヨノ草ノ
戸（イ）　イフカラニツラサソマサル（イ）

197 かくへきことはも（一八五5 集247）　マコトノ後朝ニアラヌ亊
ナレハレイナラネハト云ヘリ

198 としころよりも（一八五7 集247）　父宮ノ詞

199 かの御うつりかの（一八五12 集248）　源氏ノ御ウツリ香ヲアヤ
シク父宮ノ思給也

200 心をくめりしを（一八六1 集248）　キタノ方ノ亊

201 かゝるおりに（一八六1 集248）　ウハ君ナクナリ給時也（イ）

202 まいりくへき（一八七1 集248）　源氏ノ詞

203 あちきならも（一八七2 集249）　無益也　物ノツヰテニ源氏ノ
コヽヘヲハシタルナト父宮ニノ給ナト姫君ヲメノ
トノイサムル也親ニシラレスシテ夫婦ノ契約ヲア
サマシクヲモフ也ソレヲ野合ト云礼記ニアリ

204 あつまを（一八七7 集251）　アツマトハ和琴ノ亊也

205 （＼）すかゝきて（一八七8 集251）　和琴ニ菅攪《スカカキ》片攪トテ神楽ニ
用ル亊アリ五拍子ニハスカヽキ三度拍子ニハカタ
カキトイヘリ

206 （＼）ひたちには（一八七8 集251）　ウタイ物ニヒタチニハ田ヲ
コソツクレタレヲカネ山ヲコエ野ヲコエ

207 さなから（一八八12 集252）　サナカラハツネノコトク也

208 女の心かはしけることゝ（一八九1 集252）　マコトノ忍ヒカヨ
ヒナラハ中〳〵人ニシラルヽモクルシカラシト也

209 さてはつしてん（一八九2 集252） サテハツシテン トリハツシテ也

210 女君（一八九3 集252） 葵上ノ叓切ニ御覧スヘキ叓アリテ俄ニタチイツルトカコツケノ玉フ叓也

211 我御かたにて（一八九6 集253） 葵上住給フ所源氏ノ御座アル所別〻ニアリサテワカ御カタトイヘリ

212 物のたよりと思て（一八九10 集253） コヽヘワサトヲハセシ少納言ナトハ思也

213 宮へわたらせ給へかなるを（一八九10 集253） 源氏ノ詞父宮ヘヲハセヌサキニスコシ申度叓ノアリテ参タルト源氏ノ詞也

214 やともえきこえす（一八九14 集253） ソコニ居タル女房衆ノ心中也イカニトモイヒアヘヌ体也

215 あらさりけりと（一九〇3 集254） 姫君源氏ノ御声ヲ聞シリテ父宮ニテハアラサリケリト思給フ也

216 おなし人そ（一九〇4 集254） ワレモ父宮トヲナシ人ト也

217 たいふ（一九〇5 集254） 是ハ大夫ト云モ女房也

218 心うく（一九〇6 集254） 父宮ヘワタリ給テハイトヽ無音ナラント也

219 そは心なり（一九一2 集255） 少納言車ヨリヲリクルシクヤスラヘハサテハ心ノ儘也アナタヘ帰玉ハヽヲクリヲソヘントタハフレノ給也

220 憑もしき人〻に（一九一5 集255） カヤウナレハタヽ今父宮ニモヲクレ玉フ叓アサマシクヲモフ也

221 こなたはすみ給はぬたい（對）なれは（一九一6 集256） 女中ムキ也二条院ニハイマタ本臺フハシマサネハ女房ナトスマヌ也東ニハ源氏ノ御座アル所也

222 あたりくしたてさせ給ふ（一九一8 集256） アタリくシタテ シハヤスメ字也アタリくハ當ノ字也シンテンニハ必西ノタイ東ノタイアルナリ

223 おとゝのつくりさま（一九一14 集256） 御殿ノ作様料理様

224 女は心やはらかなるなんよき（一九二9 集257） 源英明後江相公男女婚姻賦云　至剛《キャウ》者男至柔者女云〻

225 にひ色のこまやかなるか（一九二12 集257） ヒイロト云説不用

火色紅也ヒヒ（マヽ）色ハ外祖母ノ服三ケ月ノ中ナレハニ
ヒ色ノタクヒヲ着給フヲ云也ニヒ色ハアカ花ニ藍
ヲ以ソムル也黒色也鈍色ト書

226 ひんかしのたいに（一九二14 集258） 源氏ワカ御殿ヘヲハシタ
ル跡ニヒメ君タチ出テ庭ナト見玉フ叓也

227 には（庭）のこ（木）たちいけのかたなと（一九二14 集258）

228 なくさめて（一九三3 集258） 草子地也

229 ほん（本）にと（一九三4 集258）

230 （〳〵）むさしのといへは（一九三6 集258） 本哥シラネトモ武蔵
野トイヘハカコタレヌヨシヤサコソハムラサキノ
ユヘ

231 ねはみねと（一九三8 集258） 寝ノ字ト根ノ字トカネテヨメリ

232 よからねと（一九三10 集259） ヲサナキ人ノ手ハチスルハワロ
キト也

233 かこつへき（一九三14 集259） 本哥実方カコツヘキユヘモナキ
身ニムサシ野ノ若紫ヲナニヽカクラン

234 ふくよかに（一九四1 集259） ヲサナキ人ノ手跡ヲオキナルサ
マ也

235 いまめかしき（一九四2 集259） 當世ヤウノ手本ノ叓也

236 ひんなしなといはて（一九四9 集260） 無便心也

237 我心にまかせつへう（一九四9 集260） 母君ヲコソニクシトヲモ
ヒシ今ハナキ人ナレハウツクシク姫君ヲ心ノマヽ
ニ我所ニテヲシヘタテンヲト也

238 やう〱人（一九四14 集261） 二条院ヘ人〻ワタリ参タル叓也

239 さかしら心あり（一九五7 集261） 大婦ノ心ノアラン人ハツラ
キヲリフシモアランニイトヲシクヲホシメスナリ

240 むすめなとはた（一九五10 集261） 又マコトノムスメナラハハ
ヤ十ハカリニナランハコレホトマテムツマシクハ
アラシト也サルニヨリテサマカハリタルカシツキ
クサトハカケリ珎シキ叓ニ源氏ヲオシメス也クサ
ハ種也

一校了

すゑつむ花

ゲ十七ノ春ヨリ十八ノ春ノ始マテ哥詞ヲ以テ
名トス

末ツム花　巻ノ名哥ヲ以付侍リ若紫ノ横竪ノ並也源氏十七才ノ二月ヨリ十八才正月マテノ叓ヲカケリタカホノ巻ノ末ヲ書ツヽケ侍リ

（源十七八　横竪）

1（＼）思へとも（三〇一1 集265）ヲキヘトモ哥ナトニモ心ヲツクシタル五文字也業平ノ哥ニヲモヘトモ身ヲシワケネハメカレセヌノ哥ニテ分別スヘキ叓トソヲモヘトモ〳〵ト云心也

2露にをくれし（三〇一1 集265）花鳥本哥シクレツヽ梢〳〵ノウツルヲモ露ニヲクレン秋ハワスレシ

3こゝも（三〇一2 集265）葵上

4かしこも（三〇一2 集265）又ハ六条ノ宮ス所ナトノ叓ナルヘシ

5御いとましさに（三〇一2 集265）挑《イトム》

6いかてことことしき（三〇一3 集265）至テノ上臈シキ人ニハナクトモ也

7こりすまに（三〇一5 集265）本哥コリスマニ又モ無名ハ立ヌヘシ人ニクカラヌ世ニシスマヘハ

8ひとくたりをも（三〇一7 集265）源氏ノ思召ヨリイヒヨリ給人ハミナヤカテウチナヒク叓餘ニ好色ノ本意ナク

思召也
9 つれなう心つよきは（三〇一8 集265）　是ハ又一向ニ心ツヨクナヒカヌ叓也空蝉ナトノ心タテ也コヽハ皆大方ノ人ノ心ヲイヘリ
10 さてしもすくしはてす（三〇一9 集266）　サナカラ一向ツレナクノミスクサス心ニカケ捨ヤラヌ叓ヲイヘリ
11 なを〳〵しきかたに（三〇一10 集266）　ス領ナトノ妻ニナル叓也
12 ま(又)たさやうにても（三〇一13 集266）
13 大かた（三〇一13 集266）　草子ノ地也源氏ノ本性ヲカケリ
14 大貮のさしつきに（三〇一14 集266）　惟光カ母也源氏ノ御メノト左衛門督ト云人ノムスメ也
15 わかんとほりの（三〇二1 集266）　王家無等倫　子孫也　兵ア大輔カ左衛門ノメノトノ後ムカヘタルツマハミヤウフカタメニハ継母也
16 故ひたちのみこの（三〇二4 集266）　光孝天皇承和五年正月任常陸太守ソノ後貞純親王代明親王元長親王等任シ侍ル也
17 かいひそめ（三〇二7 集267）　潜《ヒソカ》也　別ノ巻ノヒソムニハ替ヘシ眉ヲヒソムル也潜竜《センリウ》ナト本文ニイヘル心也深ク物ツヽミシタル体也
18 （　）みつのともにて（三〇二8 集267）　琴詩酒ノ三友ノ叓白氏文集ニアリ今一クサ酒ヲコノミ給ハヽウタテシキト也サレコトニノ給也
19 いたうけしきはましや（三〇二12 集267）　ツヨク色メキタル叓ヲ云ト源氏ノ給也
20 物のねすむへき（三〇三3 集268）　秋ノ月ナトニコソモノヽネモスムヘケレ是ハ春ノ夜朦(マヽ)篭トシタル叓ヲイヘリ
21 うちとけたるすみかに（三〇三5 集368）　此ヤウニ浅マシケナル所ニ源氏ヲ置申叓心セトナキト命婦思也
22 しん殿に（三〇三6 集268）　今時ノ内カタナトイフニヲナシキ歟
23 心あはたゝしき（三〇三9 集268）　禁中ノ出入ノ叓也奉公無隙叓ヲイヘリ

24 聞しる人こそあなれ（二〇三 9 集268）　伯牙弾琴鐘子期知音タル心也本哥コトノネヲ聞シル人ノアルナヘニ今ソ立(マヽ)ハテシヲ丶モスクヘキ

25 もゝしきにゆきかふ人（二〇三 10 集268）　命婦カ叓ヲイヘリ

26 物のねからの（二〇三 12 集269）　琴ハ管弦ノ無上也ムカシハ五弦四季ヲカタトレリ潤(マヽ)月ヲカタトリ一弦ヲソウ長サ三尺六寸　今文武ノ弦ヲソヘ七弦也

27 （＼）むかし物かたりにも（二〇四 1 集269）　虫タニアマタコヱセヌ(イ)　一説雨夜ノ物語ノ叓　ウツオノトシカケカ女仲忠大将母カ叓也カノ女十五ノ年母カクレヌ女一人残リテアレハヤトモミナコホチトリテタヽ寝殿ハカリアリホトナク野ノヤウニ成タルニ時ノ太政大臣御願アリテ賀茂ニマフテ給テ此家ノマヘヲ過玉フニアイクシ玉ヘルワカコ君シハシタチトマリテヲカシキ木立ノサマヲ見給ヘハ此女ノミルトテコホレタルカウシノツラニ立ヨリタリケルニ人有ケモナキ所ニ心ホソケナル住居モシタルカナト哀ニヲオサレテカモニマウテヽアソヒナトハテヽ帰リ玉フニワカコ君ハヒルミツル人ノ心ニカヽリテユカシケレハ此家ニトヽマリ給ヌソノ時君ノ哥　昔タニアマタ声セヌ浅茅生ニ獨スムラン人ヲシソ思フ

28 くもりかちに侍るめり（二〇四 4 集269）　命婦ツクリコトニイヘリ今夜ハ雨《アマ》ケ也又ワカ所ヘ客人コントイヒシワレヰスハイトウトヤ人ノヲモハントヽク帰リナント云也琴ノ音ヲ源氏ニフオク聞セ申サンノ料簡也

29 にはかに我も人も（二〇四 10 集270）　俄ナトヲシテノ會合ハ人ニヨランヌト也リスカユヘアル人ナレハ心ニクヽ思召也

30 うえのまめにおはしますと（二〇四 12 集270）　主上ノ実ナル人ト源氏ノ叓ヲノ玉フヲカシキ叓也カヤウノマキ叓ヲハイカヽハ御覧セント也

31 こと人のいはんやうにと（二〇五 1 集270）　ヨソ人ノヤウニワカ悪名ヲタテ玉フト也ワカ御メノトノムスメナレ

ハカクノ玉ヘリ
32女のありさま（二〇五2 集270）　サテ女ノスキコノムハイカヽ
トノ給ヘハ命婦ハツカシクヲモヒテ返答也
33すいかい（二〇五4 集271）　透垣也
34かり衣《キヌ》すかたの（二〇五10 集271）　禁中ヨリスクニ出玉ハヽナ
ヲシスカタナルヘシ中宿ニテ着カヘ玉フ也カリキ
ヌハ内衣也
35したまつ也けり（二〇五12 集272）　本哥拾遺貫之コヌ人ヲシタ
ニ待ツヽ久方ノ月ヲ哀トイハヌ夜ソナキ
36もろともに（二〇六1 集272）　大内山仁和寺ノ西トイヘリナラ
ヒノ岡ノアタリナルヘシ是ハ只禁中ヨリ出給ヲヨ
ソヘテイヘリ
37おかしう成ぬ（二〇六2 集272）　是ハ咲叓也大カイ面白叓ニイ
ヘリ
38たれかたつぬる（二〇六4 集272）　人ノ行エ此コトクニタカタ
ツヌルト月ニヨソヘリ
39かうしたひありかは（二〇六4 集272）　乃詞（イ）

40かやうの御ありきには（二〇六5 集272）　右大将貞国深更ニ時
平公ノモトヘヲワシタリ殊外機嫌アシケナリシニ
貞国ノ随身壬生只岑　カサヽキノワタセル橋ニヲ
ク霜ヲ夜ハニフミ分コトサラニコソ哥ノ心物ノ次
ナトニハナキ也ワサトヲハシタルトアイサツ也ソ
レニ機嫌ヲナヲサレ面白酒宴ナトアリシト也コノ
叓諸注ニナシ西殿引玉ヘリ
41をもきこうの御心のうちに（二〇六8 集273）　功ハツム也人ノ
イタムヘキ心也碁ノコウモ同叓也
42いまくるやうにて（二〇六12 集273）　只今禁中ヨリクルヤウニ
モテナス也
43こまふえ（二〇六13 集273）　ホソクチイサキ也
44うちにも（二〇六14 集273）　スタレノウチ也
45中務の君（二〇七1 集274）　乃中将モ源氏モ心ヨセノ人也源氏
ニ心ヲヨセタル也
46はかなき木草（二〇七13 集275）　物心ホソキ所ニキタラン人ハ
花紅葉ニツケテモ人ノ文ナト奉ラハ返叓ナトヲシ

心ヲモノヘ給ハンニアマリニウツモレタル心ノクルシキト也

47 心いられしけり（二〇八1 集275）　イラ〳〵シキト云心也物ヲ切ニヲモフニハ心ノワキカヘルヤウニヲオホユル由也詩ニ幽処有リ二鶯煎一ナトツクレルモ此心也鶯ノ声ヲカスカナル処ニテキケハ時景テ心モ煎セラルヽヤウニヲホユル也煎ノ字アフルトモイルトモヨム也

48（乃）しか〳〵のかへり事は（二〇八2 集275）

49（源）されはよ（二〇八3 集275）

50 いざ見んとしも（二〇八4 集275）　ワカ心ニ入テモ返叓ナトヲモミントヲモハネハ返事ヲモ見ヌヨシカケハナレノ給也

51（乃）人わきしけると思ふに（二〇八4 集275）　サテハ源氏ヘハ返答モアリケルト中将ハヲモハルヽ也

52 いひなれたらむ方にそ（二〇八6 集276）　中将ノト絶ナクイハヽ女ノナヒカン叓ヲ無念ニヲホシメシソノマヘニイヒナヒケント命婦ヲセメ給也

53 おほつかなうもてはなれたる（二〇八8 集276）　源氏ノ詞ソレヲスキ〳〵シキアタ物ト思給同心ナキカミシカキ心ハナキヲト也

54 人の心のゝどやかなる（二〇八10 集276）　女ノ心ニヨリテコナタモ義絶スル叓ヲアタナルヤウニイハルヽクナヲシトナリ

55 おやはらからのもてあつかひ（二〇八12 集276）　中〳〵一向ニ便ナキ人ヨカラント也女ノ親兄弟ナトヲオクアレハイヒヨリテモ心クルシキ叓アルト也

56 いとこめかしう（二〇九2 集276）　大ヤウナルコト也

57 わらはやみに（二〇九3 集277）　若紫ノ末ノ叓ヲコヽニカヽリ

58 いかなるやうそ（二〇九8 集277）　ワレニ是ホトカクハナレタル人ハナキト也

59 もてはなれて（二〇九9 集277）　命婦ノ詞一向ニイヤトヲオス叓ニハナシ物ツヽミ深キ人ニテカヤウナルト也

60 てをえさしいて給はぬと（二〇九10 集277）　手跡ヲハチテ返事

ナキトイヘル也

61 かゝやかしきも（二九ナシ 集ナシ）　ハチカヽヤク也

62 よつけるすちならて（二九14 集278）　ナレ〳〵シキ心（イ）

63 御ゆるしなくとも（二〇1 集278）　真実ノ會合ハナクトモ也

64 うたてあるもてなしには（二〇2 集278）　只物コシナトノカタラヒヲサセヨト也

65 えみまけて（二〇10 集279）　ワライロヲマケナトスル叓也悦ノサマ也

66 命婦はさらはさりぬへからんおりに（二〇12 集279）　源氏ヲ引合申御心ニツカスハソレマテノ叓又カリソメニモヲホシワスレスカヨヒ給トモトカメン人モナシト心安クヲモフ也サテヲヤニモ聞アハセヌ也

67 いにしへのことかたりいてゝ（二一3 集279）　命婦ト姫君ノカタラヒ也

68 御せうそこや（二一4 集279）　能時分也ト源氏ニ音信シツラン也

69 人めしなき所なれは（二一7 集280）　シハヤスメ字也

70 おとろきかほに（二一8 集280）　俄ニヲハシタルヤウニ命婦空ヲオレスル也

71 みつからことはりも（二一10 集280）　一向ニ御同心ナキヨシヲ申タレハミツカラ物ヲモ申サント源氏ノヲハシタルト云也

72 たはやすき御ふるまひならねは（二一11 集280）　ヤスカラヌ人ナレハイタツラニ返シタマハテ物コシニテモトイヘリ

73 おやなとおはして（二二1 集280）　楊家ノ深窓ナトノ心也

74 いらへきこえで°°たゝきけとあらは（二二4 集281）　源氏ノ返答ヲモセテノ玉ハン叓ハカリキケトアラハキカントノ玉フ也

75 をしたちて（二二5 集281）　ツヨ〳〵シキ心也シヰテハ姫宮ノヲハスル所ヘハヲハビシト也

76 てつからいとつよくさして（二二6 集281）　命婦（イ）

77 見しらん人にこそ見せめ（二二13 集282）　源氏ノ風流ナルヤウ体ヲモ見シラン人ニ見セタキト也ヒタチノ君ニ

ハ惜キ心也

78 つみさりことに（二三2 集282） 源氏ニツヨクセメラレ玉フノカレ所ニカヤウニ引合申テモ見トケ給マシキ人ノアリサマナレハカヤフニイヘリ

79 されくつかへるいまやうの（二三3 集282） 左礼 覆《ツツカヘル》 アタ〳〵シキヨリ此コトクオク深キ叓ヨキト忠召也

80 えびのか（二三5 集282） 一説薫衣香ノ一名也又薫物ノ惣名トモイヘリ

81 じゝまに（二三9 集283） 清濁イツレモ用シヽマ無言ノ叓也

82 の給ひもすてゝよかし（二三9 集283） 物ヲモナイヒソトノ給ヒステヨト也

83 （ ）たまたすきはくるし（二三10 集283） 本哥ヲモハスハヲチハストタニイヒハテヌナソ世中ノ玉タスキナルコトナラハ思ハスト（イ）

84 かねつきて（二三12 集283） シヽマニ鐘ツクト云ニヨリテ鐘ツキテトチメン叓トハヨメリトチムルハロヲトヂテ物イハヌヲ云也鐘ツキテ物イハヌ叓ハ八講ノ論義ノ時證義者カネテイヘハ威儀師磬ヲ打ナラス其後ハ論義ヲヤムル也ソノ心ニモ通スル欤

85 ほとより（二三14 集283） 宮ノ也（イ）

86 いはぬをも（二四2 集283） 千言万句一モクニハシカスノ心又本哥心ニハ下行水ノワキカヘリイハテヲモフソイフニマサレル

87 あなうたて（二四5 集284） 油断シテ源氏ヲ入申ト也

88 かるらかならぬ人（二五1 集285） 是源氏ノ仁ノ心也賢人ノ性ナリ何ニテモ心ニツカヌ人ナレトサスカタヽナラヌ人ヲ只一度ノ會合ノ儘ニテハヤマシ長クヲモヒステシノ御心也

89 （八）しかまかて侍るまゝなり（二五4 集285）

90 引つゝけたれと（二五7 集285） 中将ノ車ヲモヒキツヽケタレト源氏ト同車ノ叓也

91 おほされすや（二五11 集286） 草子ノ地也

92 はれぬ夜の月（二六6 集287） 源氏ヲ月ニヨソヘリ

93 はひをくれ（二六7 集287） 色アヒヲクレタル也徙《ハエ》同真也ア

クノ叓也
94 大ひちりき（三七1 集288）　一尺八寸(イ)
95 さくはちのふえ（三七1 集288）　長キ笛也一尺八寸今時絶タ
ル物也
96 たいこ（三七2 集288）　大鼓ハ地下ノ物也内ゝノ御遊ナレハ
君達ノウタルヽ也
97 ぬすまはれ給へ（三七3 集288）　身ヲヌスミテサリカタキ所
ヘハカリヲハス叓也
98 かのわたりには（三七4 集288）　末摘ノ叓
99 見給ふる人さへ（三七7 集288）　命婦カワカ身ノ叓ヲイヘリ
カノ有様ハコナタノ見申サヘクルシキトイヘリ
100 この人の（三七8 集288）　源氏ノ命婦カ叓ヲノ玉ヘリ
101 いとまなき程そやと（三七10 集288）　命婦ニケンシノ仰叓也
102 紫のゆかり（三七14 集289）　此二条院ヘウツロイ給ハ行幸ハ
テヽ霜月ノ比也(イ)
103 所せき御ものはちを（三八3 集289）　大義ヲタテタルホトノ
物ハチノ体也

104 御たいひそくやうの（三八9 集290）　御タイハ食物也ヒソク
秘色今ノ茶埦ヤウノ物也青磁也越州ヨリ出タリ膳
イタスヲマカテヽト云也
105 なにのくさはひも（三八9 集290）　無菜ノ体也
106 くしをしたれて（三八12 集290）　候《サフライ》二陪膳一女房櫛ヲサス叓大
義也毎叓上古ノ体也
107 ないけうはう（三八12 集290）　内教坊今ノ大殿廾也大内裏ニ
有ケルカ大内裏ノ官女候所ナリ
108 命なかければ（三八14 集290）　荘子云壽長則多辱
109 とひたちぬへく（三九2 集290）　万葉貧窮問答ノ長哥ノ返哥
世中ヲウシトハサシモヲモヘトモ飛立カネツ鳥ニ
シアラネハ
110 さいゐんに（三九5 集291）　斉院タレトモナシ
111 ひなひたる（三九6 集291）　夷《ヒナ》　万葉ニハヒナノ国トモヨメ
リ
112 やうかへて心とまりぬへき（三九11 集291）　箒木ノ巻ニ思外
ニ葎ノ宿ニラウタケナラン人ノトチラレタラント

アリソノ心也様体ハ思ノ外ノ叓ニテ心ニ叶ヤウナ
レト末摘ノ心ニアハヌクルシト也

113 からうして（二九12 集291）　女ニ心ノトマラヌ休也

114 うれしからんと（三〇7 集292）　源氏好色ノ御心アナカチナ
ル心也

115 ふけんほさつののり物（三〇9 集292）　普賢菩薩乗大白象鼻
如紅蓮華色

116 しろうてさをに（三〇11 集293）　小《サ》青《アヲ》ツヨクシロキ物ハ青ク
見ユル也

117 はれたるに（三〇12 集293）　晴タルトハ額ノタカキ心也或説
腫云〻

118 かゝりはしも（三一1 集293）　カヽリ場ト云説モアリハモシ
テニハニヨムヘシ

119 むかし物かたり（三一4 集293）　タメシニ及ハス

120 ゆるし色の（三一5 集293）　「ポノウすキ也」（「　」内擦消痕）

121 うはしらみたる（三一5 集293）　アカ色ノウスキトイヘル心
也

122 くろきうちきかさねて（三一5 集293）　袿ニ大小アリ小袿ハ
宮一ノアルヒハソノアルシナトノキル物也

123 ふるきのかはきぬ（三一6 集293）　貂裘《テンキウ》　拾遺云巾宮フルキ
ノカハキヌヲ高光少将入道横川ニ住ケルニツカハ
シケル　夏ナレト山ハサムシトイフナレハコノカ
ハキヌハ風ヲフセカン

124 こたいのゆへつきたる（三一7 集293）　古代由付

125 きしき官（三二12 集294）　儀式官弁大内記等体云〻

126 すゝろ（ひ）いたり（三二13 集294）　寒体也

127 見そめたる人には（三二14 集294）　源氏ワカコトヲノ給也

128 なとかつらゝの（三三3 集294）　末摘ノ心トケ玉ハヌコトヲ
ツラヽニヨソヘリ

129 松の雪のみあたゝかけに（三三6 集294）　松ハ陽木ナレハア
タヽカケナルトイヘル説不用松ノ葉ニ雪ノタマリ
タルハ綿ヲムシリカケタルヤウナレハイヘリ

130 あるましき物おもひは（三三9 集295）　藤ツホ（イ）

131 たましゐの（三三12 集296）　こ宮イ　父宮ノ魂ワカ身ニ入カ

ハリタルカト也

132 （ ）なにたつ末の（三三14 集296）（浦近ク花）本哥ワカ袖ハ
名ニタツ末ノ松山カ空ヨリ波ノコヘヌ日ハナシ
是ハ泪ノ心也ナミ雪ノ波ニ似タル㕝也

133 はしたなるおほきさの（三三4 集296）ウチアハヌサマ也（イ）
半ナル勢分也チイサキ心也又ハシタ物ノ心也トモ
イヘリ

134 ゆき《雪》にあひて（三三4 集296）ウスシロキ衣ナトノコトニ雪
ノ色ニヲサレタル体也

135 火をた〻ほのかに入て（三三5 集296）翁ニ手ヲアタヽメサ
セント云説不用早朝ナレハ火ヲトリアリクコト也

136 あさの袖かな（三三8 集296）朝ノ袖ナリ

137 （ ）わかきものは（三三8 集297）夜深煙火《エンクワキユ》尽（マヽ）与イ　霰雪《セツ》白ノ粉〻
幼者形不蔽　老者體無温　悲端已寒気　併入鼻中
辛白氏文集秦中吟

138 世のつねなるほとの（三三12 集297）源氏慈情ノ心也

139 としもくれぬ（三四7 集298）源氏十七歳ノ年ナリ

140 内のとのゐ所に（三四7 集298）禁中ノ淑景舎也

141 けさうたつ（三四8 集298）命婦ニ心ナトカケ給㕝ハナクテ
内〻ニテ御クシナトニマイル㕝也

142 えんなる（三四14 集298）アタメクコト也

143 かみのあつこえたるに（三五1 集298）檀帋也　陸奥国ヨリ
檀帋ヲスキハシメケル也フルキ序ニミチノクニノ
マユミノ帋トイヘリ

144 かきおほせたり（三五2 集299）マタシキ体也ウルハシキ所
ノナキサマ也

145 心えす（三五3 集299）衣ノ㕝哥ニアレハ源氏不審アル也

146 こたいなる（三五4 集299）古躰也

147 （ ）そてまきほさん人も（三五8 集299）六帖哥　ユキ　ア
ハ雪《ユキ》ハ今日ハナフリソ今モキテ袖マキホサン人モ
アラナクニ

148 あさましのくちつきや（三五9 集299）末摘ノ哥ノ㕝也

149 ふて《筆》のしりとる（三五10 集299）

150 はかせそなかるへきと（三五11 集299）ヲサナキ人ニ手習ヲ

シフルハ筆ノシリヲトル叓ヲイヘリ

151 いともかしこきかたとは（三五12 集300） 思フヿトヲカサラスシテサシコトニイヒタルタヽコトウタノ本意ナレハカヘリテカシコキトアサケル也

152 面《ヲモテ》あかみて（三五13 集300） 忸怩《カホアカム》 漢語抄

153 いまやう色の（三五13 集300） ユルシイロノチトコキ也染出シタル色也アマリニコケハ禁色トヲナシ物ナレハユスルマシキトイヘリ

154 つやなう（三五13 集300） 光《ツヤ》也

155 うらうへひとしう（三五14 集300） 裏表同色也是モ旧義也

156 なつかしき（三六3 集300） 此哥ヨリ巻ノ名トセリ鼻ノアカキコトヲヨソヘテヨミ玉ヘリ

157 （〳〵）いろこき花と（三六3 集300） 紅ヲ色コキ花ト見シカトモ人ヲアクニハウツルテフ也

158 月かけなとを（三六5 集300） ツマカケト云本モアリ面影ナト云ヲナシ義也　月影ヲ用

159 かいなてに（三六7 集300） カイナテハヲシナヘテト云心也

又スヘラカナル義ニヤ末摘ノロツキノセメテ命婦ホトニテアレカシノ心也

160 人のほとの（三六8 集301） 位根本ハタレニヲトルヘキ人ニハナシト也

161 たいはん所に（三六11 集301） 女房ノ侍所也

162 くはや（三六12 集301） サトテナケ出シタル心也　スハヤ也

163 （〳〵）たゝ梅の花の色のこと（三六13 集301） (風俗)多ゝ良女ノ花ノコトカイネリコノムヤケシムラサキノイロコノムヤ　ミカサノ山ノ是モウタヒ物也　カイネリハアカキ心ヲ云欤　掻練　両面フクサハリニテ中重ナシ紅ノ色也

164 あらす（三七1 集301） シラスヤナトイフカトシ

165 さむきしも(霜)あさに（三七1 集301）

166 （〳〵）かいねり（三七1 集301） 紅ナリ(イ)

167 さこんの命婦（三七3 集301） 左近ノ命婦ヒコ°°ノウネメ両人鼻ノアカキ人ナルヘシ

168 あはぬ夜を（三七6 集302） 本哥　衣タニ中ニアリシハウト

カリキアハヌ夜ヲサヘ隔テヌルカナ
169 いとゝみもし（三七6 集302）　カサネ〳〵（イ）
170 えひそめの（三七8 集302）　ムラノアサキ（イ）　蒲陶《エヒソメ》（マヽ）　エヒハ
紫色也最浅キ也
171 おほろけならて（三七13 集302）　末摘フカクアンシテヨミ玉
ヘル也随分トヲモヒ給ヒテシルシテヲカルヽ也
172 おとこたうか（三七14 集303）　正月十四日　女踏哥ハ十六日
173 御とのゐ所に（三八2 集303）　キリツホ（イ）
174 かゝけのはこなと（三八13 集304）　ヒロフタ也
175 おとこの御くさへ（三八13 集304）　父宮ノ道具也
176 さもおほしよらす（三九1 集304）　此一段ノ詞説〻アリ一説
ニハ源氏ノ送リ玉ヘルキヌトモノ中ニカヽルウハ
キモ有ケルヲ今見出玉フ也一説ニハウハキハカリ
ハ末ツムノカタニテシタテラレタルヲメツラシク
思給フ也
177 〳〵またるゝ物は（三九3 集304）　アラ玉ノ年（イ）　本哥　ア
ラ玉ノ年立カヘル朝ヨリマタルヽ物ハウクヒスノ
声
178 〳〵さえつる春は（三九4 集304）　モヽチトリ
179 〳〵夢かとそ見る（三九5 集304）　奥入　夢トコソオモフヘラ
ナレオホツカナネヌニミシカハワキソカネツル
業平ノ夢カトソ思フノ哥可當ト也
180 紅はからなつかしきも有けりと（三九8 集305）　紫ノ姫君ノ
叓也クレナヰハ紅顔ヲ云也又シヤウソクノ色トモ
イヘリ
181 さくらのほそなか（三九9 集305）　桜色ハヲモテハウスク裏
ハコキ蘇芳《スワウ》也ホソナカハ幼少ノ貴女ノ着スル也
182 こたいのおは君の（三九10 集305）　古体ノ祖母君ノ掟ニテ今
迠《マテ》ハクロメモナキ叓也
183 はくろめ（三九10 集305）　ハクロメ　花鳥ニ云山海経云東海
有二黒歯国一其俗ノ婦人ハ歯コト〳〵ククロクソム
今案日本ハ東海ノ中ノ国也カノ俗ニ習フニヤ昔ハ
イトキナキ女ハ左右ナクカネヲツケサレハ古代ノ
ヲハ君ノナラハシニテ紫ノ姫君モ十才ニアマル迠

ハクロメナカリケラシ
184 見て°°ゐたらてと（三〇九12 集305） 末摘ノ叓
185 へいちうかやうに（三一〇8 集306） 平貞文カアサナ也
186 あへなんと（三一〇8 集306） アリナント云叓也
187 木するとも（三一〇10 集306） 本哥ニホハネトホヽエム梅ノ花
ヲコソワレモユキテハヲラマホシケレ
188 梅はけしきはみ（三一〇10 集306） 索笑梅《サクセウハイ》ト杜子美モ詩ニ作セ
リ
189 はしかくしの（三一〇11 集306） 柱ヲ二タテヽ輦フ東ムキニス
ヘテ左ノワキヨリノル（イ） 花鳥ニ云今案南階ノ
間ニ柱ヲ二タテヽ上ヲイタスヲハシカクシト云凰
輦ヲ東向ニカキスヘテ左ノワキヨリ車ヘノリヲリ
ノタメナリ
190 くれなゐの（三一〇12 集307） 是モ末摘ノ鼻ノ叓ヲヨソヘ玉ヘ
リ
191 かゝる人〳〵のするゝ〳〵（三一〇13 集307） 物語ノ作者ノ詞末
ツムノ叓ナリ

一校了

もみちの賀

ケ十七十月ヨリ十八ノ十月マテノ事アリ

紅葉ノ賀　巻ノ名詞ヨリ付タリサレト紅葉ノ賀ト云詞此内ニハナシ紅葉ノ陰ト云叓アリ紅葉ノ賀ト云叓花ノ宴ノ中ニアリ　源氏十七才ノ十月ヨリ翌年十八才ノ七月迠ノ叓アリ寛平法皇ノ御賀ヲ當今ノ被成也又キリツホノ御門五十ノ賀トモイヘリ御賀ノ叓禁中ノカタ〳〵ミ給マシキナレハ試楽ヲ御前ニテサセラルヽ也

（源十七八）

1朱雀院の（＼）行幸は（三一七1　集311）　宇＝延十六三・五十）

2青海波を（三一七3　集311）　左ノ楽唐ノ楽也

3かたてには（三一七4　集311）　カタアイテ也

4花のかたはらの（三一七5　集311）　ウツオノ第九云花ノカタハラノトキハ木ノヤウニ見エ給ト云〻アナカチニヲトリタル叓ニイヘルニハナシ乃中将ハクスミ一興ナル叓ニイヘリ末ニ主上ノ御詞ニテ心得ヘシ

5楽《ガク》（ガク）のこゑまさり（三一七6　集311）

6ゑ（詠）いなとし給へる（三一七7　集311）　エイナトシ玉ヘル　桂殿《ケイテン》迎初歳《カウシヨサイ》　桐楼媚《ワリヒ》早年《サウネン》　剪花梅樹下《センクワハイシユ下》　蝶燕畫梁辺《テウエンシリヤウヘン》

小野篁朝臣作詠

7ほとけの御かれうひむか（三一七7　集311）　聖主天中天（迦陵頻伽）声　法華　伽陵頻伽在卵声勝衆鳥トイヘリ

8御かと（三一七8　集311）　門

9（＼）神なと空に（三一七11　集312）　（延大井）神ナトモ空ニ　大鏡云延喜ノ大井ノ行幸ニ冨小路ノ宮ス所ノ御腹ノ

惟明《コレアキラ》親王ノ七才ニテマイマハセ玉ヘリ万人シオタレヌ人ハ侍ラサリキ御カタチノ光ヤウニウツクシクワタラセ給シカハ山神メテヽトリタテマツル

10藤つほは（三二七13 集312）　アシ后ノ心ト藤ツホノ心カワレリ人ノ心〳〵ヲカケリ

11ことに侍つと許《（ハカリ）》（三二八2 集312）　殊也

12家のこは（三二八3 集312）　公卿ノ子トモ也良家ノ叓舞ハ武家ノ物也堂上ニヲトレル叓ヲノ玉ヘリ

13こゝしう（三二八4 集313）　大ヤウナル叓也

14いかに御らんしけむ（三二八7 集313）　文章也

15たちまふへくも（三二八8 集313）　徘徊ノ叓マヒノ叓ニヨソヘ玉ヘリ

16しのはれすやありけん（三二八9 集313）　草子地也

17から人の（三二八10 集313）　唐ノ楽ナレハカクヨメリ心シリキヤト云哥ニヨク合點シテ哀トハ見キトヨメリ

18人のみかとまて（三二八11 集313）　古叓ヲ引叓不可信用

19御きさきことはの（三二八12 集313）　后ニナラン人ナレハ也イセ物語ニムコカネトイヘルニヲナシ

20もろこし（三二八14 集314）　唐左

21こま（三二八14 集314）　高麗左《（マヽ）》

22くさおほかり（三二九1 集314）　種也

23かいしろ（三二九4 集314）　垣代

24いうそくのかきりとゝのへさせ給へり（三二九4 集314）　花族也又云有職　青海波タチソイノ叓宰相フタリ樂行叓也懇ノ奉行人也参議ノサイシヤウ参議ノ衛門也

25こたかき紅葉のかけに（三二十7 集314）　是ヨリ御賀ノ日ノ叓也

26〳〵四《シ》十人の（三二九7 集314）　四―人ナカラ樂人ニハナシソノ内ニ樂人モアル也カケ比巴ナト丶云叓此時ノ叓也

27かいしろ（三二九7 集314）　カイシロト句ヲキリテイヒシラスフキタテタルトヨムヘシ

28かさしの〳〵もみち（三二九10 集315）　先ハ作花ヲサス也是ハ本ノ紅葉也

29 左大将（二三九11 集315） 此人誰トモナシ
30 きく（菊）のいろ〳〵（二三九12 集315）
31 （〳〵）いりあやの程（二三九13 集315） 舞ニ有取綾手故云入綾
俊頼哥郭公二村山ヲ尋見ン入アヤノ声ケフハマサルト
32 承香殿の（二四〇2 集315） タレトモナシ秋風楽右ノ楽也
33 正三位し給（二四〇4 集315） 三位中将也
34 正下のかゝい（二四〇4 集315） 上下ノカヽイシ玉フ上（マヽ）四位下ナリシカ上四位上ニナサレタル也
35 さもおほさんは（二四〇10 集316） 葵上サヤウニヲホサン叓ハコトハリナリト源氏モ思召也
36 人よりさきに（二四〇14 集316） 葵上源氏ノハシメテノ本臺ナレハ也
37 まん所（二四一7 集317） 政所
38 けいしなとを（二四一7 集317） 家司家中ヲハカヲウモノ也
39 けさやかに（二四二4 集318） 清《ケサヤカ》 万葉 カヤウニ隔心シタマフ叓ヲクルシク思召也官女ハカリイテヽ對面申也

40 女にて見んは（二四二7 集318） 女ニ成テ見ンハ也是《コレ》ハ源氏ノ御心也
41 女にて見はやと（二四三10 集319） 是ハ源氏ヲ女ニナシテ見ハヤト云説不用是モ前ニヲナシ
42 くれぬれは（二四三11 集319） 兵ア卿ハ藤ツホ御兄弟ナレハ簾中ヘヲハスル也ソレヲウラヤミ給也
43 ことそと侍らぬほとは（二四三13 集319） 無殊事也 無子細時ハ不参ノ由也 ヲホセコトモアレカシトノ給也
44 母かたはみつき（三月）こそはとて（二四三8 集320） 除服ノ叓シハスノ廿日比除服アルヘシサレト日ナトワロクテツコモリニヌカセ玉フカト也 又廿日比ナレハツコモリトカケルトイヘトモ只晦日可心得也
45 また（又）おやもなくて（二四三9 集320） 母君ニハイトケナクテハナレ玉ヒ祖母ヤシナヒノ人ナレハ心サシアサカラサルユヘニ装束ノ色ヲモマハユクシ玉ハヌ也
46 おとこ（十八）君は朝拝（小朝）に（二四三11 集320） 十八才ノ正月也小朝拝ヲイフ朝賀ノ叓ニハアラス

47宮はらに（二四五11 集323）　宮腹トハ桐壷ノ御門ノ妹ノ御腹也
葵上イツカタニ付テモ大儀ノ人也サレハ左大臣方
ニテハ心ヲコリヲシ給也

48おとこ君は（二四五12 集323）　又源氏モ天子ノ御子ニテタレニ
ヲトラント御心クラヘノ叓也　草子地批判シテカ
ケリ

49名たかき御をひ（二四六1 集323）　石ノ帯也一筋万疋ノ帯也ウ
ツホノ物語ニモ此帯ノ叓カケリイロ〳〵ノ文ヲ
ヲヽリツクル也

50（＼）内宴（二四六3 集324）　正月二月ナトノ中ニ詩ヲツクリ色
〻ノ叓アル御遊也

51参《(サン)》さしに（二四六7 集324）　参座元日参賀ノ叓也

52内《(宇)》春宮（＼）一院はかり（二四六7 集324）　内春宮一院ハカリ
内桐ツホノ帝　春宮朱雀院　一院寛平法皇ノ叓
此外ヘハアリキ玉ハヌ叓也

53この月はさりともと（二四六11 集324）　ミコ誕生ノ叓　源氏密
通ノ叓四月也クラフノ山ニヤトリモナトノ給ヒシ
時ノ叓也ソレヨリ懐タイ正月十ケ月ニアタル二月
十一ケ月ニテ誕生後ニ冷泉院ト申

54世《(藤)》中のさためなきに（二四七1 集325）
無念ニ藤壷思給也

55いのちなかくもと（二四七3 集325）　命ヲオシクヲモウハアシ
后ノ呪祖シ玉フホトニ也人ノ案ノマヘニナラン叓
アリ

56御心のをにゝ（二四七11 集326）　本哥ワカタメニウトキケシキ
ノツクカラニカツハ心ノ鬼モ見エケリ謙徳公集ニ
侍リ

57いかさまに（二四八6 集327）　コノ世ニカヘル子ノ叓ニヨソヘ

58（＼）みても思ふ（二四八9 集327）　命婦カ哥也本哥人ノ親ノ心
ハヤミニアラネトモ子ヲ思フ道ニマトヒヌルカナ

59四月に（二四八14 集328）　四月中宮チワカ君モマイリ給也

60ま《(又)》たならひなきとちは（二四九2 集328）　天子ノ御心ニ容皃無
双ノ人ハイツレモヒトツナルカト也

61こなたにて（二四九9 集329）　中宮ノ御方ニ也

62 みこたちあまたあれと（二四九10 集329） 主上ノ御詞也
63 そこを（二四九10 集329） 足下也源氏ヲサシテノ給也
64 我身なから（二五〇1 集329） 源氏ノワレナカラミコニ似奉ラ
ハ無双ノ叓ト自稱也
65 わか御かたに（二五〇3 集330） 源氏ノ禁中ニテノ御殿ヰ也
66 よそへつゝ（二五〇7 集330） 撫子ニミコヲヨソヘ玉ヘル也
本哥ワカ宿ニマキシ常夏イツシカモ花ニサカナン
ヨソヘツヽ見ン
67 花ひらに（二五〇9 集330） チイサク切タル紙ヲモイヘリタヽ
撫子ノ花ヒラト心得ヘシ諸注ニナシ西殿御説
68 しとけなく（二五一1 集331） 物思ヒニクツヲレタル体也
69 ありつる花の（二五一3 集331） 撫子ノ叓也
70 （＼）いりぬるいその（二五一6 集331） 本哥塩ミテハ入ヌル礒
ノ草ナレヤミラク少クコフラクノヲオキ
71 （＼）みるめにあくは（二五一7 集331） 本哥イセノアマノアサ
ナタナニカツクテフミルメニ人ヲアクヨシモカナ
72 まさなき事そよ（二五一8 集331） マサナキハ無正体叓也常住
ウチソウ中ハイヤシキ人ノトナルヲトノ給也
73 さうのことは（二五一8 集331） サウハマヘハ三十五弦也カク
ワウジヨエイニニ引ワラレタリ十三弦ハ十二月ヲ
カタトル一ハ潤月也フト緒五スチホソヲ五スチ又
ソノ中ニ三スチホソキアリ三筋ノ内ニ　ニ細キヲ
巾ノ緒トイヘリタカキ調子ヒカレネハ平調ニヲシ
クタストイヘリ
74 たえかたきこそ（二五一9 集332） タヘカタキハヒカレヌ叓也
75 （＼）平調に（二五一9 集332） 平調ハ筝柱《コトチ》ヲサケテタツル也
76 さしやり給へれは（二五一10 集332） ヲサナクテカイナノミシ
カキ体也
77 えゑしもはてす（二五一10 集332） 恨モハテス也
78 ゆ《由》し給（二五一11 集332） 左ノ手ニテヲシツ引ツスル也
79 ほそろくせり（二五一14 集332） 長保樂ト云樂ノ名也破也　保
曽呂倶世利
80 一日も見奉らぬは（二五二6 集333） 詩云一日不見如三月云〻
81 くねくねしう（二五二7 集333） 是モ恨ル心也

82をものなと（二五二12 集333）　御マイリ物也

83いてす成ぬと（出）（二五二12 集334）

84いはけなく（二五三6 集334）　驚騃《イハケナク》日本記　サヤウニ人ヲトヽメイハケナキヤウノフルマヒハ上臈ニテハアラシト也

85ものけなかりし程を（二五三ナシ 集334）　左大臣殿ノ源氏幼少ノ時ムコニナシ給ヒシ叓ヲ勅定也

86みかとの御年（二五三12 集335）　（御）門ノ御年是ヨリ草子ノ地也

87（〱）采女女（〱）蔵人なと（二五三13 集335）　采女蔵人トハコヽニカキタレト蔵人ハ采女ヨリモアカリタル女官ナリサルニヨリ元三ノ御参ニモ内膳司ノ御ハカタメヲハウネメ役送シテ女蔵人ニ傳ヘ女蔵人ハイセンノスケニハワタス也

88さたすくるまて（二五四6 集336）　比スクル也河海云サタハ央ノ字也　央ノ字ナカハトヨム也百年ノ半ト云心欤五十餘ハカリノ叓欤又貞年ト云也

89うへの御けつりくし（二五四10 集336）　主上ノ御ヒンニ内侍ノマイル也

90（〱）御うちきの人（二五四10 集336）　御装束ニマイル人ハ紫ノナヲシヲキル也サルニヨリミウチキノ人トイヘル也

91かはほりの（二五四14 集337）　蝙蝠ヲ見テ扇ヲ作始ケルナリ仍夏ノ扇ノ异名也女房ハ檜扇ヲモツ也

92まか゜は゜゜らィ（二五五1 集337）　両説也ヤカフヲ用

93ぬりかくしたり（二五五4 集337）　ロクシヤウニテヌリタルソノ扇ニ大アラキノ森ノ下草ヲイヌレハ駒モスサメスカル人モナシ此哥ヲカケリサレハコトシモアレト也哥ヲオキ中ニ此哥ヲカクト也ワカ身ノ叓ニ比シテノ叓也

94（〱）もりこそなつ（夏）の（二五五6 集337）　本哥（ヒマモナク）シケリニケリナ大アラキノセリコソ夏ノシルシナリケレ

95きみしこは（二五五8 集338）　本哥ワカ門ノ一村薄カリカハン

君カタナレノ駒モコヌカナ
96 したは（下葉）なりとも（二五五8 集338）
97 さゝわけは（二五五10 集338）　君シコハト云ニアタリテサヽワ
ケハトイヘリ駒ナツクメルトハアタナル人ナレハ
トカメン人ノツネニアラント也
98 かゝる物を（二五五11 集338）　本哥黒髪ニシロカミマシリヲフ
ルマテカヽル恋ニハイマタアハサルニ
99 （＼）はしくら（二五五13 集338）　本哥（ツノ国ノ）ナカラノ橋
ノハシ柱フリヌル身コソカナシカリケレ又世中ニ
古ヌルモノハツノ国ノナカラノ橋トワレトナリケ
リ此哥モアタラント西殿御講尺
100 さはいへと（二五六1 集338）　此ヤウナル叓ハウチスクサヌト
也
101 （＼）にくからぬ人（二五六2 集338）　本哥ニクカラヌ人ノキセ
ケルヌレキヌハヲモヒニアヘス今カハキナン
102 つきせぬこのみ心も（二五六5 集339）　内侍ノ好色ノ叓也
103 うたてのこのみや（二五六7 集339）　是モ色コノミ也此身ト云
説モアリ
104 温明殿の（二五六10 集339）　是ハ中ノ重ノ東ノ方ニアルテ゜゜ンニ
テ内侍所ノマシマス也
105 物のうらめしう（二五六13 集339）　古今序ニ怨セルモノハ其吟
悲ノ心也
106 （＼）うりつくりに（山城）（二五六13 集339）　サイハラノ哥ヲトリテ六
帖　山城ノコマノワタリノウリツクリナラヒテ後
ソクヤシカリケル
107 （＼）（文集）かくしうに（二五六14 集340）　（文君河――白乃吟）
108 昔の人も（二五七1 集340）　河内本ニハ文君ニアリケントアリ
文君司馬相如ニワスラレテ白乃吟トイフヲツクリ
テ詠セシニアタレリトイヘリ　瓜ツクリ哥ヲウタ
ウヲ源氏ノ聞給ハ鄂《カク》州ノ女ノウタウヲ楽天聞シニ
似タルヤウナレトカノ鄂州ノ女ハ十七八ノ物ト見
エタリ不似合トアレト只声ヨクウタフニヨリヲモ
ヒヨソヘラレタル也
109 （＼）あつまやを（二五七2 集340）　夕立ノ名残ナレハ此哥ヲウ

タヘリ　催馬楽東屋　アツマヤノマヤノアマリノ
アマソヽキソノアマソヽキワレタチヌレヌソノ戸
ヒラカセ

110 〽おしひらいて（二五七3 集340）　二段カスカヒモ戸サシモ
アラハコソソノトンノトワレサヽメヲシヒラヒテ
キマセワレヤ人ツマ　レイニタカヒタルトハ声ヲ
ウチソヘタル女ニ似アハサル心也

111 うたてもかゝる（二五七4 集340）　轉也哢花ノ説

112 おどしきこきこえて（二五七12 集341）　両説也ヲトスヲ用

113 たゆめきこゆ（二五七13 集341）　源氏ニ油断サセ申サント也

114 風ひやゝかに（二五七13 集341）　夕立ノナコリノサマ也

115 君はとけて（二五七14 集341）　源氏ノ御用意也

116 すりのかみに（二五八2 集341）　修理大夫也大夫ハ此職ノ頭也

117 〽くものふるまひは（二五八4 集341）　本哥ワカセコカクヘ
キヨイナリ

118 なよひたる人（二五八7 集342）　ナヨヒハナヨヽカ同シ叓也

119 ほど〳〵（二五八13 集342）　殆也

120 わかやきて（二五八13 集342）　内侍カ叓

121 五十七八の人の（二五八14 集343）　コエニヨムヘシ

122 二十（二五九1 集343）　ハタチトヨムヘシ

123 おこになりぬ（二五九1 集343）　嗚呼　アナツラハシキ叓也

124 つゝむめる（二五九1 集343）　装束ノホコロヒテ身ノアラハルヽ
叓ヲ名ノモリイツルニヨソヘテイヘリ

125 〽うへにとりきは（二五九9 集343）　本哥紅ノコソメノ衣シ
タニキテウヘニトリキハシルカランカシ

126 かくれなき（二五九11 集344）　乃中将ヲソノ人トハカクレナキ
ニカクキタル叓ヲアサキナリト也夏衣ハウスキ物
ナレハ身ノカクレヌ叓ニヨソヘリ

127 たちかさね（二六〇1 集344）　源氏ト乃中将ノヲハシマシ合タ
ル叓ヲヨソヘリ

128 〽そこもあらはに（二六〇1 集344）　本哥(流テノ)後ソカナ
シキ泪川ソコモアラハ一ナリヌトヲモヘハ

129 よせけん礒を（二六〇4 集344）　ヨセケン礒トハ乃ノ君ニヨソ
ヘテ乃中将ヲウラミヨト也　ワカ心ハサハカヌ

ヨシ也宗祇ノ説ニハソナタノ乃中将ヲヨセタル㕝
ハ恨也ト也
130 （＼）いろふかしと（二六〇5 集345）　昔ハ直衣ノキレヲ帯ニ用
タル也今モ主上ノ御帯ハナヲシノキレヲ用玉フ㕝
ノ直衣ハ二藍或ハ花田年ニヨリテ着ス源氏ハ宰相
中将ウス二アヒノ色也乃中将年マサリタレト官ヒ
キヽニヨリテコキ二藍ノ直衣ヲ着用スヘシ
131 中たえは（二六〇10 集345）　二アヒナレト花田トヨミ給哥ヨマ
ン支證手本也二アヒノ帯ナトイヒテハ無曲花田ハ
一方色也
132 かことやおふと（二六〇10 集345）　恨ノ㕝也本哥東路ノ道ノハ
テナルヒタチ帯ノカコトハカリモアハントソ思フ
此カコトハカリ初ソツトハカリノ㕝也
133 きみにかく（二六〇12 集345）　立カヘリコナタヨリハタヽノ音
信ハカリテ哥ノアナタヨリアルニハ又押返シ返哥
ヲスル也ソレヲタチカヘリトイフ也
134 （＼）そうしくたす日にて（二六〇14 集345）　中将貫首タルニヨ
リテ宣下ノ㕝トモ承ハル也
135 いひあはせて（二六一4 集346）　本哥　世中ヲカクイヒ〳〵ノ
ハテ〳〵ハイカニヤイカニナラントスラン
136 （＼）とこの山なる（二六一4 集346）　本哥犬上ノトコノ山ナル
イサヤ川イサトコタヘテワカ名モラスナ
137 おとしくさに（二六一7 集346）　自然ノ時ヲチアタルタネニセ
ント云心也
138 やむ事なき（二六一8 集346）　ヤンコトナキ御ハラ〳〵トイフ
ヨリウルサクテト云マテ草子ノ地也
139 七月にそ后《キサキ》ゐ給ふめりし（二六二1 集347）　十月トアレト寛平
延㐂ノ立后ノ礼七月也
140 宰相に（二六二2 集347）　参議ニ任スル也
141 源氏のおほやけ事（二六二4 集347）　ワカ宮冷泉院ノ御外舅親
王ニテ人臣ニテ御ウシロミスヘキ人ナシト也
142 つよりにと（二六二5 集347）　タヨリ也
143 けに春宮の御母にて（二六二7 集348）　草子地也
144 （＼）御輿《コシ》のうちも（二六二12 集348）　伊勢物語ニ二条后ノ大原

ニ行啓ノ叓ニヨソヘリ

145 そゝろはしきまてなむ（二六二13 集348）　身ノ毛モタツヤウノ叓也

146 こゝろのやみに（二六二14 集348）　子ノ叓ヲイヘルト花鳥ニハアレトコヽニテハタヽ恋慕ノ叓ト見テ可然ト西殿ノ御説

147 いかさまに（二六三3 集349）　イカヤウニシテカハ源氏ノミメカタチニハヲトラヌヤウニハト也

148 おとらぬ御ありさまは（二六三3 集349）　春宮ノ御アリサマ源氏ニヨク似玉ヘル叓月日ノ光ノカヨヒタルコトク也カヨヒタル似タルトイヘルニヲナシ似カヨフトモイヘリ

一校了

花のえん

花宴　巻ノ名詞ヨリ付タリ桜ノエントアリソレヨリ也又藤ノ花宴ト末ノ詞アリソレヲ以テ付リトイヘトモ先花ノ宴ト云コトハ桜本ナルヘシ花王也俊成卿定家卿モヲオク此巻ノ叓ヲトリ玉ヘリヲモシロキ巻也　源氏十九才ノ春ノ叓也紅葉ノ賀ノ巻ハ七月立后ノ叓ニテハテタル也

1 きさらきのはつかあまり（二六九1 集353）　（源十九）（弘仁神泉始）

2 （〳〵）南殿の桜のえん（二六九1 集353）　（村上康保）南殿紫宸殿也艮ニアル桜也延長四年二月十七日ノ花ノ宴ニアタレリエンノ事ハ南殿ノ桜ヲ御覧メ宴ヲハ清凉殿ニカヘラセ給テヲコナハルヽ也是ハソノ促南殿ニテエンモアル也

3 （藤）きさき春宮の御つほね（二六九1 集353）　春宮ノ御ツホネハ東后ノ御ツホネハ西也

4 そのみちのけ（二六九4 集353）　ソノミチノハミナタンキン玉ハリテ　ソノ道ノ人ハ也　漢才ニ達シタル人トモノ叓也

5 たんゐむ（二六九4 集353）　タンヰン先第一ノ儒者奉テレ仰ヲ献題次書二韻字ヲ一盛テ二中垸ニ一置二庭中ノ文台ニ一キリ韻ト云也各分一字ノ詩ト云也

6 （〳〵）春といふもし給はれり（二六九5 集353）　春ト云文字タマハレリト　花ノ宴ニ春ト云字アヒニアヒタル叓也

源氏栄花ノ春ヲ思ヒヨソヘタリ

7をくしかちに（二六九8 集353）　ヲクハ臆病ノ心也　人ノヲクシタル時ハヨソヘ目クハラレスシテ必鼻ノ上カシロ〳〵ト見ユル也

8ちけ（地下）の人は（二六九8 集353）　儒者也

9やすき事なれと（二六九11 集354）　皆ワカエカタノ叓ナレハ也

10やつれて（二六九11 集354）　論語ヤツレタルヲンハウヲキテノ心也

11（＼）春のうくひすさへつるといふまひ（二六九13 集354）　春鶯囀一名――（天長宝寿）樂トイヘリ

12柳花苑といふまひ（二七〇4 集354）　柳花苑　右ノ舞也　メツラシキ叓ニ人ヲモヘリ　花ノ宴ノ日殿上ノ舞又勅禄ヲ玉フ叓ナトハ珎シキ例也

13いと（＼）めつらしきことに（二七〇5 集354）　（舞楽天暦　殿上舞）

14けんしの君の御をは（二七〇7 集355）　源氏ノ君ノ御ヲハ　御詩ヲハ也略シテイヘリ　難字ナレハヨミヤラストイヘル不用感スル叓也　詩ヲ披講スル時ハ庭中ニタテタル文臺ヲカキテ御前ニタテヽ文人トモハ階下ニスヽミテ講頌スル也官位ヲモ名ノル也

15春宮の女御の（二七〇9 集355）　コヽニモ心〳〵ノコト也

16おほかたに（二七〇12 集355）　本哥露ナラヌ心ヲ花ニヲキソメテ風吹コトニ物思ヒソック　源氏ヲ花ニヨソヘリヲオヨソノ人ニセハナニ心モ有マシキヲト也

17月いとあかうさしいてゝ（二七〇14 集355）　廿日アマリノ月ノ夜フカクイテタルサマ也

18かたらふへき戸口も（二七一3 集356）　藤ツホノ心シリスル王命婦弁ナト云女房ノ叓也

19なをあらしに（二七一4 集356）　カヤウニテハ堪忍セシニト也

20三のくちあきたり（二七一4 集356）　三ノ字声ニヨムヘシ弘徽殿ノホソトノヽ戸三アリ三番メノ戸也藤花（マヽ）殿弘徽殿ノ間ノ廊下也南北ヘトヲリタル也廊ノ字ホソ殿トヨメリ秘説也

21女御はうへの御つほねに（二七一5 集356）　禁中ノ局ニヲハス也

22 (／)おほろ月夜ににる物そなき(二七一8 集356)　勅撰ニハシクモノソナキトアリ　葵ノ巻ニ霜ノ花シロシノ順也

23 くる物か゜゜(二七一9 集356)　クルモノナルカ也

24 ふかき夜の(二七一12 集356)　朧月夜ト吟シタルニスカリ深キ夜ノ哀トヨメリ　背灯共憐深夜月ノ心モアリ

25 まろはみな人に(二七一14 集357)　アナカチ好色ノ自稱トハ心得マシキ也人ヲヨハセシノ料簡也

26 なをなのり(二七二6 集357)　名ヲヨクシリテ行木沾カタラハント云心也

27 うき身世に(二七二8 集357)　哥ノ心ハサテハ名ノラスハトハシトスルカナノラストモ深切ノ志アラハトヒ給ハント云心也

28 聞えたかへたるもしかなむ(二七二9 集357)　文字カナト尺スル説モアリコナタノ心底ヲ聞召タカヘタルカト也シカナトテハサヤウニ也　サソナトテ也　聞召タカヘタルモコトハリト云心也

29 いつれそと露のやとり(二七二10 集358)　イツレソト露ノヤトリヲ　今ヨクソノ人トシラテハ何ノカヒアラシタレソナト尋ンニハサハカシキ叓モ必イテコント風ニヨソヘテイヘリ右大臣カタノ人源氏ヲヨカラス思叓也

30 なにかつつまむ(二七二11 集358)　カク會合ノ上ニ何トシテ深クツヽミ給ト也

31 あふきはかりをしるしに(二七二13 集358)　東坡詩云換《カヘテ》レ扇《ヲ》惟《タヽ》逢ニ春夢婆ニトツクレリ春夢婆ハ女ノ異名也唐土ニハ夫婦ノ約ヲナスシルシニハ扇ヲトリカフル叓アル也

32 そちの宮の(二七三3 集358)　後(蛍)ノ兵部卿トイヒシ人也

33 六は春宮に(二七三4 集358)　朧月夜ハスナハチ六ノ君ナリ

34 (／)かのわたりのありさまの(二七三8 集359)　葵上トイヘトワカ本基ノ叓ヲサヤウニイフヘキニアラス藤壷ノ叓也右大臣カタノ用意モナキト藤壷ワタリノ用心深キ様ヲ思クラヘ給也

35（＼）後宴《えん》のことありて（二七三9 集359）　（踏ー）後宴ト云名目ハ男踏哥ノ後二三月ニ弓ノ結アル叓ヲイヘリソレヲ花ノ宴ノ叓ニ取ナシ侍ル也　連哥ニ追加ナトノ心也

36かのあり明（二七三11 集359）　廿日比ノ月ヲソシトイヘル叓ヲ朧月夜ニヨソヘイヘリ

37北のぢん（二七三13 集359）　中重《ナカエノ》北ノ陣也玄耀門ノカタ也女房衆イテ入ノ門也

38四位少将右中弁など（二七三14 集359）　（右大）臣殿ノ御子共也

39御あかれならむ（二七四1 集359）　別也

40さくらのみへかさねにて（二七四7 集360）　河内本ニハ桜ノ三重カサネトアリ

41こきかたに（二七四8 集360）　コキカタロクシヤウトイヘリ

42かすめる月をかきて（二七四8 集360）　紫ノ雲ヲカキテ月ヲイタシタルニヤ　紫ノコキカタ也三重カサネノ叓檜扇ノ両方ノ上三牧（マヽ）ツヽヲウスヤウニテツヽミテ色〻ノイトニテトチテ末ニアハヒムスヒニ結タル也五重扇ヲナシ風情也

43をひなりて（二七四14 集361）　成人ノサマ也

44（＼）やはらかにぬる夜は（二七五6 集361）　貫川ノ哥ニヌキ川ノセヽノヤハラタマクラヤワラカニヌル夜ハナクテヲヤサクルツマ　葵上心トケ給ハヌヲヤワラカニヌル夜ハナクテトイヘルウタヒ物ニヨソヘウタヒ給也ヲヤサクルツマトアルヲ思ヨセテヲトヽワタリ玉フトカケリ

45めいわうの御よ（世）（＼）四たい（貞信ー）をなむ見侍り（二七五7 集361）　此四代大唐ニテハ周之文武成康ニ撲スル也桐ツホノ御門ヲ延喜ニ准セハ陽成光孝宇多醍醐タルヘキ歟忠仁公ソノ時引入大臣也コレニナソラヘハ仁明文徳清和陽成是モヨク相當タルヘキヨシ聴雪御説

46きやうさくに（二七五8 集361）　キヤウサク　今ノ文ノ遻迹《キヤウサク》ノ二字ヲハ形迹ト尺セリ人ノ行迹スクレタルヲイヘリコヽノ詞ノキヤウサクモ文トモノスクレタル心ニイヘルニヤ　又遻迹ハ思ヒヤルト云心ニモ用タリ

47 くはしうしろしめし（二七五9 集362） カヤウニ何ノ道ニモ達《タツ》シタル人ノ多キハ源氏ノ道〳〵ノ人フヨクエラヒト丶ノヘ玉フニヨリテノ㕝ナリト右人臣殿ノ給也

48 （＼）そしうなるものゝし（二七五12 集362） ソシウトハカタカマシキ㕝也奸也 ヲオヤケナトヘモ不出頭カタカマシキ物ヲ尋出スト也主上ノカタニ成テ御アイサツ也

49 さかゆく春に（二七五13 集362） ホト〳〵マイ出ヌヘキノ御アイサツ也トテモノ御㕝ニヲト丶ノ立出給テ一入目出後代ノ例ニモナリヌヘキトノ給也

50 弁中将（二七五14 集362） 後ニ紅梅ノ右大臣也

51 春宮には（二七六3 集362） 朧月夜入内ノ㕝也

52 （＼）ゆみのけちに（二七六6 集363） 弓結也以前ハ内〻ノ後宴是ハ式〻ノ踏哥後宴ノ弓結也

53 （＼）ほかのちりなむとや（二七六7 集363） 本哥見ル人モナキ山里ノ桜花ホカノ散ナン後ソサカマシ伊勢カ哥也定家ノ哥伊駒山イサムル嶺ニヰル雲ノウキテ思ヒノキユル日モナシ 此詞ヲ惣体ニシテヨメルトイヘリ

54 宮たちの（二七六9 集363） 朱雀院ノ妹タチ也

55 何こともいまめかしう（二七六10 集363） 右大臣カタノ体也モテシツメ幽玄ナル所ナキ人ノ本性也

56 わかやとの（二七六13 集363） 右大臣殿ノ性ニ相應シテ哥ノ心ヲ御覧シテシタリカホナリヤトワラハセ玉フ也我宿ノ花大方ノ花ナラハ何カ君ヲモマタント也一段スクレタル花ノ心ニヨメリ 聴雪御説ニハ卑下ノ心モ术アルヘキ哥トイヘリワカ宿ノ花ヲシナヘテノ順拠ノ花ナラハカヤウニ ハマタレシカスカナル花ナレハトトハヌ心也

57 女みこたち（二七七1 集364） 主上ノ御詞也源氏ノ御妹タチノ㕝也

58 （＼）からのき（二七七3 集364） 唐ノ綺也ウスキカラアヤ也

59 （＼）しりいとなかくひきて（二七七3 集364） シリハ裾也裾ハ衣ノスソ也袍ニ下カサネヲカサヌルヲハ布袴《ホウコ》ト云

フ上下用之叓也直衣布袴ハ依時依人叓也直衣ニカサネヲスルハ宿徳ノ大臣ノ所為也

60 あされたる（＼）おほきみすかた（二七4 集364）　アサレタルハトリツクロハヌサマ也大君ハ王ノ字也大人ノスカタナト云フ心カ又直衣スカタヲスナハチヲオ君スカタト云説アリ　ミナ人ハウヘノキヌ常ノ袍也直衣布袴宿老之人可着ヨシミユ源氏雖非宿老依尊者着之歟

61 いつかれ入（リ）給へる（二七5 集364）　イツカレ入玉ヘル　寵《イツク》
厳《イツクシ》　イツキカシツク心歟

62 女一宮女三宮（二七8 集364）　ミナ源氏ノ御妹

63 みかうしともあけわたして（二七9 集364）　右大臣カタ物深カラヌ体也

64 袖くちなと（二七10 集364）　踏哥ノ見物ノ時ハ出絹トテスタレノ中ヨリ色ゝノ絹ヲイタス也

65 ふさはしからす（二七10 集364）　不祥

66 かしこけれと（二七12 集365）　カシコケレト　恐ナレト也

67 かけにもかくさせ給はめ（二七12 集365）　本哥サク花ノシタニカクルヽ人ヲ多ミ有シニマサル藤ノカケカモミナハナレヌ御間ナレハ御カケヲタノマントタハフレノ給也　妹タチヘ申給フ源氏ノ御詞也

68 みすをひきゝ給へは（二七13 集365）　スタレヲマコトニハアケスシテセナカヘ簾ヲヒキカケテ内ヲ御覧スル也

69 よからぬ人こそ（二七13 集365）　只ノ人コソワカユカリナトヲハ恨ルモノヲト女房タチノタハフレテ返答也

70 空たき物（二八1 集365）　タキモノモカスカナルヲモシロキナリ末ノ巻ノ詞ニモ空ニタクハイトカスカニテナトアリ

71 （＼）あふきをとられて（二八5 集365）　石川ノウタヒモノニハイシ川ノコマ人ニ帯フトラレテカラキクヰスルトアリソレヲカクウタヒカヘ給フ也扇ヲトリカヘ玉フユヘナリ

72 おほとけたるこゑに（二八6 集365）　ヲホトケタル声ニテツクロハヌ声ノ体也

73さまかへけるこまうとかな（三七八7 集365） イカテカクウタイカヘ玉ヘルト無案内ノ人ニテ不審ニヲモフ也

74（＼）あつさ弓（三七八10 集366） 弓ノ結ノ日ナレハヨソヘヨミ玉フ也　八雲ニハ入サノ山但馬国ニモアルトイヘリコヽニテハ名所ニアラス

75なにゆへかと（三七八10 集366） カヤフニ心ヲマトハスモ何ノユヘソト也ソノ人ヲカコツ叓也

76こゝろいる（三七八12 集366） 心入カタナラマセハ真実ニヲモヒ入ナハマトハシト也　源氏ニナヒキタル哥也

77いとうれしき（＼）物から（三七八13 集366） カヤウノ書サマ此物語ニヲオシソノ人ノ声トハ聞タレトモタシカニシラネハウレシキ物カラカナシキト也　宗祇ノ説ニハカヤウニ哥ナトヨミカハシソノ人トシルハウレシキ也サレトカク哥ナトヨミカハスヘキコトニアラス心アサクヲオシメス也藤ツホ葵上ナトニ殊外心ノカハリタル叓也　好《ヨミンスレトモ》　不レ捨其悪一《アクヲ》　悪《ニクミンスレトモ》不レ捨二其善一ヲノ心也

一校了

あふひ

葵　巻ノ名哥ニモ詞ニモアリ　花宴ニハ源氏十九ノ叓ニテカキトヽメタリ是ハ廿一才ノ秋ヨリ廿二ノ正月迠ノ叓アリ源氏廿才ノ叓ハ両巻ノ間ニテハテタルト見エタリワカナノ巻ニ廿二一アマリテ大将ニ成テトアリ此サタ花鳥ニサマ〳〵アリ

（源廿一二巻名哥院）

1 世中かはりて後（二六三1 集17）　朱雀院御即位ノ叓也花宴三月過テ十九才ノ末ニキリツホノ御門院一成給フ也

2 御身のやん事なさも（二六三1 集17）　（大将）ニ成給フ叓ナリ宰相ニテソノマヽ大将ニナル叓花族ノ人ノト也中納言ニ成テ大将ニハナル也参議ノ大将也

3 こゝも（二六三2 集17）　マツハ葵上

4 かしこも（二六三2 集17）　宮ス所ノ叓也

5 むくひにや（二六三3 集17）　本哥ワレヲ思フ人ヲ思ハヌムクヒニヤワカ思フ人ノワレヲ思ハヌワレニツレナキ人トハ藤壷ノ叓也

6 たゝ人のやうにて（二六三4 集17）　藤壷院ニシカトソイ御申アル叓也

7 今きさきは（二六三4 集17）　今キサキハ　朱雀院御位ニツキ玉フユヘニコキテンノ女御ヲ皇太后宮ト申也

8 たちならふ人なう（二六三5 集17）　藤壷ノ叓也今ハ弘徽殿禁中ニハカリヲハシマセハ院ニヒトリ心安ク御座ア

ル叓也

9 たゝ春宮をそ（二六三7 集17）　冷泉院ヲ東宮ト申叓コヽニ初
テ書イタシタリ立坊ハ受禅ノ後ノ叓ナルヘシ

10 （廿一）大将の君に（二六三8 集17）

11 まことや（二六三9 集18）　一段筆ヲヽコシテカケリ文章ニ抑
トイヘルニヲナシ前坊トハ東宮ヲ辞退シ給ヲイヘ
リ文彦太子桐壷ノ御門ノ御弟斉宮ハキリ壷ノ天皇
ノメイニアタレリ

12 こ宮の（二六三12 集18）　前坊ノ御叓

13 人の御名も（二六四6 集19）　宮ス所ノ叓

14 女もにけなき御としのほとを（二六四8 集19）　源氏ハ廿一
御息所ハ（廿九）也

15 つゝみたるさまに（二六四9 集19）　ソレニツヽミタルサマニ
女ノ年ノマシ玉ヘハイトハツカシク思召大ヤウニ
モテナシ玉フヲ又源氏モソレニシタカヒテテト絶カ
チナルト也

16 ふかうしもあらぬ御心（二六四10 集19）　源氏ノ御心ノ深カラ
ヌヲ宮ス所歎キ玉フ也

17 あさかほの姫君（二六四11 集19）　桃薗ノ式ア卿ノ御娘也源氏
ニナヒカヌ人也

18 あまりつゝまぬ御けしき（二六四14 集20）　源氏好色人メヲモ
ハヽカラセ給ハヌ叓也中〳〵ノ叓ナレハ葵上ハ恨
玉ハヌト也

19 心くるしきさまの（二六五1 集20）　懐妊ノ叓

20 （弘）きさきはらの（二六五5 集20）

21 すちことになり給ふを（二六五6 集20）　斉院ニナリ給ヲスチ
コトヽイヘリ斉院ヲリ給此斉院タレトモナシ末ツ
ムノ巻ニイヘル人ニヤト河海ニ尺セリ

22 （二度）御けいの日（二六五9 集20）　初サヰキントハ大内ノウチ大膳
職或左近府ナトヲ點シテソレニテ三年潔斉ノ叓ア
リソノ年ノ四月ニ御社ヘマイリ給ハントテ祭ノマ
ヘニ吉日ヲエラヒテ又御禊ノ叓アリ御禊トハ祓ノ
叓也

23 大将の君も（二六五12 集21）　（貞観源定）

24 をのかとち（二六六2 集21） 女房衆ノ詞ワレトチハカリ見ン
ハ物ノハヘナカルヘケレハ葵上ヲサソヒ申也

25 大宮（二六六5 集22） 葵上ノ母宮ノ叓

26 さう〱の人（二六六8 集22） 雑人ノ叓也

27 あしろのすこしなれたる（二六六9 集22） アシロ男女トモニ
用ル車也卑下シタル車也

28 かさみなと（二六六10 集22） カサミ童女ノ装束也汗衫《カサミ》絹ノ上
ニ着スル物也

29 車二あり（二六六11 集22） 車二《フタツアリ》一ハ主人ノ車一ハトモ人ノ
車也

30 御前の人ゝ（二六六14 集22） 車ノ前駈也

31 からけには（二六七3 集23） 豪家也ケンモンニカヽル叓也
豪千人ニ秀ルヲ云

32 その御かたの人も（二六七3 集23） 宮ス所ノカタノ人モタチ
マシレト左大臣カタノ人ニヲサレテナニトモイハ
ヌ也

33 人たまゐのおくに（二六七5 集23） 人タマヰ 人ニ給《タマハル》車也
葵上供奉ノ人ノ車ノオクニ也

34 （＼）さゝのくまにたに（二六七10 集23） 本哥サヽノクマヒノ
クマ川ニ駒トメテシハシ水カ《ミツ》ヘカケヲタニ見ン

35 かけをのみ（二六八2 集24） 源氏ノカケヲタニ見ントヲモヘ
ハサヽノクマニアラネハツレナクスキ給叓也宗祇
ノ説ニハ源氏ノ宮ス所ヲ見給ハヌ叓ニイヘリ 宮
ス所ノ源氏ヲ見給ハヌ叓哥ノ心ニ叶ヘリ

36 （＼）かりの随身（二六八6 集24） ワカ随人ニハナシ天子ヨリ
也一員トモ又カリノ随身トモ云也イツレモ皆地下
ノ輩也

37 （＼）殿上のそうなとのする事は（二六八6 集24） 蔵人ノソウ
ハ殿上ノ蔵人ノ将監ヲイフソレヲ一員ニ具スル叓
ハ例ナキ叓ト也

38 （＼）行幸なとのおりのわさなるを（二六八7 集24） 行幸ノ時
カリノ随人ト云叓ナキ也サレト物語ノアヤニカヤ
ウニ書タル歟

39 右近蔵人のそう（二六八7 集25） 中川紀伊守ノ弟ナリ

40木草もなひかぬは（二八八9 集25）　君子徳風也小人徳草也

41つほさうそくなと（二八八9 集25）　田舎ノ女ノ出立也　市女笠ト云ヲキル也　清少納言枕双帋ニ見クルシキ物ハツホサウソクシタル人ノイソキハシル

42くちうちすけみて（二八八12 集25）　口ノユカミタル也

43（大鏡＼）てをつくりて（二八八13 集25）　ヲカム叓也宋朝ニ司馬相如トイヒシ君子洛中ニ入シ時是ヲ見ルモノ手ヲ額ニ加フト云叓通監（マヽ）ト云書ニ見エタリ　温公ノ叓也相如ニアラス相如ハ漢ノ代ノ人也

44しきふ卿の宮（二八九4 集25）　桃園式ア卿也

45神なとは（二八九5 集26）　是ハ源氏ヲイタハリテイヘル詞也マヘニ弘徽殿ノヽ給ヘルニハカハルヘシ

46世の人にゝぬを（二八九6 集26）　源氏ノ御心ノ叓也姫君トハアサカホノ叓也

47おもりかにおはする人（二八九10 集26）　葵上ノ叓

48なさけかはすへき物ともおほいたらぬ御心をきて（二八九12 集26）　葵上ト宮ス所トハ御中ワロカラントソノカタノ人モ推量シテ情ナクアツカフ叓ヲ源氏ノヽ玉ヘルナリ

49（＼）もとの宮に（二九〇1 集26）　宮ス所ノ御所也一年ハワカ所ニテ精進シ玉ヒ二年メニ禁中ヘヲハシ三年メニ伊勢ヘ下給叓也

50さかきのはゝかりに（二九〇1 集26）　サカ木ハヽカリトハ潔斉ノ恐也

51（＼）うきもんのうへのはかまに（二九〇10 集27）　浮線綾ノ袴也童ノ袴世ノツネニハ上ノハカマヲハキス

52千いろのそこのみるふさ（二九一10 集28）　髪ソキノ道具ニ海松ヲ用ル也

53ちいろとも（二九一3 集28）　返哥ノ心男ノ心ヲシオヒノミチヒニタトフ伊勢物語ニ　七岩間ヨリヲフル見ルメシツレナクハ此哥モ同シ

54（＼）むまはのおとゝ（二九一5 集28）　左近ノ馬場也

55あふきのつまをゝりて（二九一10 集29）　檜扇ノツマヲ折テカキテツカハストモ又扇ニソノマヽカクトモ云ヘリ

何モ用

56はかなしや（二九一11 集29）　紫ノ上ト同車シ玉フ叓ヲネタマシク思ヒテ葵ニヨソヘテヨメリ

57（未〳〵）しめのうちには（二九一11 集29）　シメノ外ト云叓アレハイヘリ

58ふりかたくも（二九一12 集29）　老女ナレト好色ノ叓ヲフリステカタクスル叓也又難レ舊

59かさしける（二九一14 集30）　カサシケルトハ源氏一度ノ會合ノ叓也アタナル人ニアヒシ叓クヤシキト也一説ニハ葵ハ諸人カサスモノヲ内侍ノワカ一人ノ叓ニイフトアリ女ハハツカシトアレハ前ノ説ヲ用

60（〳〵）やそうち人に（二九一14 集30）　本哥後撰（行カヘル）ヤソウチ人ノ玉カツラカケテソタノム葵テフ名ヲ

61名のみして（二九二2 集30）　人タノメ有名無実ノ叓也アフト名ノミニテハカナキ叓也

62人とあひのりて（二九二3 集30）　栄花物語弾正宮泉式アト同車ニテ祭見給叓ニヨソヘリ

63いとましからぬ（二九一5 集30）　イトムハアラソフ叓也ソレトアラソウホトノ人トカヤウニ哥ナトコミカハサンハ本意ト也

64いとおもなからぬ人（二九二6 集30）　内侍カ叓也人ハタアヒノリ玉ヘルトハ紫上ノ叓

65よその人聞も（二九二10 集31）　両夫ニマミエスノ本文ニハ相違シ源氏ノ等閑ナル叓ヲ歎給也

66（〳〵）つりするあまの（二九二11 集31）　本哥イセノアマノ釣スルアマノウケナレヤ心一ヲ定カネツル

67御心地もうきたるやうに（二九二12 集31）　怨霊ニナランキサシ也

68大将殿には（二九二13 集31）　宮ス所ノイセヘ下向ヲシキテトヽメタマハントハヲオサメ也

69さはいへと（二九三5 集31）　葵上ヲ源氏等閑ノヤフナレト本墓ニテマシマセハサスカ深切ニ思給ト云義也

70めつらしきことさへ（二九三6 集32）　懐胎ノ叓

71いきすなと（二九三8 集32）　死霊ヲモイフヘキ欤

72人にもさらにうつらす（二九三9 集32）　宮ス所生霊也

73物なととはせ給へと（二九三14 集32）　算ウラナヒトフ叓也

74院よりも（二九四5 集33）　院ニハ葵上メイニ當給也

75ほかにわたり給て（二九四11 集33）　是ハ御休所心地モ不例ナルニヨリワカ御宮ハ榊ノ憚モアレハホカヘワタリテ御祈ナトシ給叓也伊勢ニハ経念珠ノヲトヲモイムユヘナリ

76よろつをおほしのとめたる（二九五2 集34）　御息所霊ニ成給叓ヲホノシリテ源氏ノナクサメノ給也

77やん事なきかたに（二九五5 集34）　御子葵上ノ腹ニ出来タラハ猶〻深切ナラント也ワカ方ヘハ弥カレ〱ナラン叓ヲ宮ス所歎給也

78日ころすこし（二九五8 集34）　源氏ノ御文章也旲例ノサマヲノヘ給也

79こひちと（二九五11 集35）　泥ヲヒチト云フニヨリヨソヘリ源氏秀逸ノ哥也

80（〳〵）山の井の水も（二九五11 集35）　本哥（クヤシクソ）クミソメテケル浅ケレハ袖ノミヌル丶山ノ井ノ水

81いかにそやも（二九五13 集35）　宮ス所何ニモタラヒタル人ナレトシツトノカタツョキ人也本臺ナトニハイカヽト思召也人ノ十分ナル叓カタキ心也

82袖のみぬる〻や（二九五14 集35）　文章也

83あさみにや（二九六2 集35）　イセ物語ニアサミコソ袖ハヒツラメ泪川ノ類也ソホツ僧都ノ心ニイヘルハ不用

84おほろけにてや（二九六2 集35）　葵上旲例ノ大カタナラハミツカラマイリテ申サンヲト也

85こ（〳〵）ち〻おと〻の（二九六4 集35）　（御息）所ノ父大臣ノ叓也具平親王宇治殿ヲハ聟ニナシタマヒシ也サルニ皇女ヲ玉ハリ寵愛ニテ親王ノ女ヲロカナルヤフナレハ具平親王カヤフニ成給シ叓ヲ思ヒヨソヘリ

86なき物にもてなすさま（二九六8 集36）　ナキカコトク人ノ刷叓也

87たけくいかき（二九六11 集36）　猛辛《タケクイカキ》ハケシクヲソロシキサマ也

88 うちかなくるなと（二九六12 集36） 取合叓也

89 〳〵身をすてゝや（二九六13 集36） 本哥身ヲステヽイニヤシニケン思フヨリホカナルモノハ心ナリケリ

90 〳〵思ふも物を（二九七4 集36） 本哥ヲモハシト思フモ物ヲヽモフ也ヲモハシトタニヲモハシヤナソ

91 〳〵こそうち(諸司)にいり給へかりしを（二九七5 集37） 大裏ノウチノ左衛門ツカサニ入給ヘキヲイフ也

92 九月には（二九七6 集37） 九月太神宮祭礼月也斉宮諸司ニ入玉ハントテモ又野宮ニ入玉ハントテモ東川ニテ御禊ノ叓アリ是ヲ二度ノ御ハラヘト云也

93 ほけ〳〵しうて（二九七7 集37） 御休所另例ノサマ也

94 まさるかたの（二九七10 集37） 葵上ノ叓也

95 またさるへき程（二九七11 集37） 御産ノ叓也

96 されはよ（二九八1 集38） 今ハ限ニテ遺言ナトモアランカト也

97 ほく〳〵(法花)経を（二九八4 集38）

98 かならすあふせあなれは（二九八14 集39） タトヘ逝去アリトモ夫婦ハ二世ノ契ノ叓

99 おとゝ宮なとも（二九九1 集39） 親ハ一世ノ契ナレハナクサメテカヤフニノ給也又一説ニハ二世ノ契モアルト也

100 いてあらすや（二九九2 集39） イテアラスヤサヤウニハナキト也ヲンリヤウノ詞也

101 〳〵ものおもふ人の（二九九4 集40） (物ヲモヘハ)

102 なけきわひ（二九九6 集40） 吉備大臣誦文云玉ハミツヌシハタレトモシラネトモムスヒトヽメツシタカヒノツマ

103 うふやしなひともの（三〇〇6 集41） ウフヤシナヒトモノ産所ノ色ゝノ作法アリ乳母白キ装束ヲ着テチコノ鼻ヲヒル度ニ白キ糸ヲムスフトイヘリ

104 たいらかにもけた（三〇〇10 集42） 葵上御産平安ト聞テ宮ス所ハ無念ニ思給也

105 けしのかに（三〇〇11 集42） 邪気祈禱之時護麻(マヽ)ニ芥子ヲタク叓アリ其香避邪気云ゝ

106 御ゆするまいり（三〇〇11 集42） 髪アラウ叓也和抄 ユアムル

也和秘

107 とはすかたりも（三〇一1 集42）　御息所葵上ニツキテ語給シ叓也

108 れいのさまにても（三〇一5 集43）　葵上打トケヌサマ也

109 まつこひしう（三〇一11 集43）　東宮ノ御叓也

110 内なとに（三〇一12 集43）　源氏葵上ヘノ給詞也日比引コモラセタマヘハウヰタチトイヘリ

111 たゝひとへに（三〇二1 集44）　シノヒカヨヒノ所ナトニハ似マシキト也

112 されとむけに（三〇二4 集44）　サンノミキリニ對面ノ叓也

113 宮のつとおはするに（三〇二14 集45）　母宮ノ常住上ト一所ニハカリヰ給ニ隔心スルト也

114 あまりわかくもてなし給へは（三〇三1 集45）　大宮ノアマリニヲサナキ人ノヤフニシ玉フホトニソレニヨリカク物ハチヲシ給ト也

115 つねよりは（三〇三3 集45）　只今カキリノ對面ナレハ残多キ心中ナルヘシ

116 烌のつかさめし（三〇三3 集45）　春ノ除目ヲ縣召ト云也秋ヲハ京官ト云フ

117 君たちもいたはりのそみ給（三〇三4 集45）　君タチモイタハリ　左大臣ノ御子タチ也

118 殿のうち人すくなに（三〇三5 集46）　人モ油断シタルトコロヘ邪気ノ入タチシ叓也

119 ことやふれたるやうなり（三〇三9 集46）　除目左右ノ大臣ノ刷叓ナレハ叓ヤフレテトアリ

120 物にそあたりまとふ（三〇三11 集46）　此詞栄花物語ニモアリ柱又人ナトニ行アタル也仰天ノ体也

121 ゆすりみちて（三〇三12 集46）　動　響日本記

122 御まくらなとも（三〇三13 集46）　死人ハ枕ヲカヘル叓アリト云ゝ

123 もこよふ事と（三〇四12 集47）　モコヨフコトヽ　文選ニモアル詞トアリ日本記ニモアリ　透地《モコヨウ》　大蛇ノハイマハルサマナリ手足モタヽヌ叓也

124 はかなき御かはね（三〇四13 集48）　遺骨ノ叓也

125 人ひとりか（三〇四14 集48） 夕顔一人ノ叓也

126 殿におはしつきて（三〇五4 集48） 左大臣殿也

127 にはめる御そ（三〇五8 集48） 鈍色也

128 かきりあれは（三〇五11 集49） ワレサキタヽマシカハ夫ノ服重服也父母ト同三年キル也婦ノ服ハ軽服也色薄キナリ三ケ月也

129 念珠し給へるさま（三〇五11 集49） 看経《カンキン》ノ叓也

130 （＼）ほうかい（三十七―）三まいふけんたいしと（三〇五12 集49） 法界三昧普賢大士トツヽキタル経文ナシ普賢ハ法界ヲ三昧シ玉フ菩薩也菩薩三十七尊ノ力ヲ合テモ普賢ニハ不及ト也大士ハ菩薩トヲナシ

131 （＼）なにゝしのふのと（三〇五14 集49） 本哥後撰兼忠（結ヲク）カタミノ子タニナカリセハナニヽ忍フノ草ヲツマヽシ

132 又たくひおはせぬをたに（三〇六4 集49） 葵上獨ムスメニヲハスル也

133 （＼）袖のうへの玉の（珊瑚）（三〇六5 集50） 袖ノ上ノ玉本文ニハナシ本文ニハ掌上ノ珠ト云叓アリソレヲヨソヘイヘルニヤ袖上珊瑚ト云叓モアリト也

134 いつくしき（三〇六9 集50） 厳重

135 御きよまはりに（三〇六9 集50） 潔斉也

136 （＼）時しもあれと（三〇六14 集51） 本哥時シモアレ秋ヤハ人ニワカルヘキアルヲ見ルタニ恋シキ物ヲ

137 かせのをと（＼）身にしみけるかなと（三〇七1 集51） 本哥是則フキヨレハ身ニモシミケル秋風ヲ色ナキ物トヲモヒケルカナ

138 きくのけしきはめるえたに（三〇七3 集51） キクノヒラケヌ体也

139 あをにひのかみなる（三〇七3 集51） 紫ニ青花ヲスクシテソムル帋也

140 きこえぬほとは（三〇七4 集51） 文章也 花鳥ニイハク人ノ歎ハトフノツラサノマサルヤソナレハ聞エヌト也

141 御名のくちぬへき事を（三〇七9 集51） 音信不通ノヤウナラハ猶ゝ怨霊ニナリ給叓露顕セントト也

142 なにゝさる事をさた〱と（三〇七10 集52）　邪気ニ成給ヒシ叓ヲサタカニミ給ヒシ叓也

143 むらさきのにはめるかみに（三〇七13 集52）　花田ニアカハナヲ入タル色也ニハメルハイツレモ服者ノ用ル色也態御返叓ヲツカハサルヽ也

144 つゝましきほとは（三〇七14 集52）　聞エヌホトハトアリシアイサツ也恨ヲフクミタル御返事也

145 さらはおほしるらんとて（三〇八2 集52）　哥ニモ物ノケニ成給ヒシヲフクミテヨメリ

146 ＼かつはおほしけちてよかし（三〇八2 集52）　穢者ノ文ナレハ也又タレニモトイフ本モアリ

147 さとにおはする程なりけれは（三〇八3 集52）　此来ハ禁中ニ斉宮ニソイ給ヲハスルカ忍ヒテワカ宮ヘカヘリ玉ヒテノ叓也

148 こせん坊のおなしき御はらから（三〇八6 集53）　コセン坊ノヲナシキ御腹ヲナシ御兄弟ナカラモ桐壷ノ御カトヽ春宮ノ御中能叓也

149 うちすみし給へと（三〇八9 集53）　禁中ニ住玉ヘト主上ノ勅ヲサヘ同心申サスシテ源氏ニナヒキ給ヒ今物思ヒヲスルコトヽ後悔也

150 大かたの世につけて（三〇八12 集53）　院ニモハナレヌ御間トイヒ一段御懇ナレハ諸人斉宮ヲカシツキ給也

151 野ゝ宮の御うつろひ（三〇八13 集53）　スエノ叓ヲコヽニカク也只今野ノ宮ヘ入玉フ叓ニハナシ

152 ゆへはあくまて（三〇九1 集53）　ユヘ〱シキ叓也

153 世中にあきはてゝ（三〇九2 集53）　我故ニヨロツ物ウクシテ伊勢ヘ下給ハン叓也

154 御ほうしなと（三〇九3 集54）　此詞心得カタシ正日トハ四十九日ノ叓也日ナトワロクテ追善ノ四十九日ノ間ニアルト可心得

155 おはおとゝのうへ（三〇九7 集54）　祖母也源内侍カ叓也

156 かのいさよひのさやかならさりし夕の事（三〇九8 集54）　カノイサヨヒノサヤカナラサリシ秋ノ叓　サヤカナラサリシトハ三月ノ月ノコロ末ツムヘヲハセシ叓

秋ノ叓トハ又末ノ叓也　ツヽケテミテハ相違スヘシ

157 哀なる世をいひ〳〵て（三〇九 9 集54）　本哥世中ヲカクイヒ〳〵ノハテ〳〵ハ

158 しくれうちして（三〇九 10 集54）　是モツヽケテ見テハ相違セリ他日ノ叓也別ノ日ノ叓

159 中将の君にひいろのなをし（三〇九 10 集54）　中将君ニヒ色兄弟ノ服三ケ月也ウスラカニ衣カハシテトハ次第〳〵ニ服ノ色ヲモウスクスル也十月ノ衣カヘ也

160 （　）雨となり雲とやなりにけん（三〇九 14 集55）　相逢（相失）両如夢為雨為雲今不知

161 （　）ひもはかりを（三一〇 3 集55）　夏ノ紐ノ損シタルニヨリテトリカヘタルト花鳥ニ尺セリ不用巳前ハナヲシノヒモヲモムスハヌ也中将ノワタリ玉ヘハ紐ハカリ結ヒ給叓也花鳥云更衣ハ重服ノ人モ両説アリイハンヤ軽服ハ更衣勿論也シカレトモ志《コヽロサシ》（マヽ）ニヨリテ更衣セヌモ人ノ所為タルヘシ又軽服ニ紅ノキヌヲ用ル叓モ其例アルトアリ

162 （源）これは今すこしこまやかなる（三一〇 3 集55）　コレハ今スコシコマヤカナル　源氏ハ夫婦ナレハ中将ヨリ服ノ色濃也

163 見し人の（三一〇 8 集55）　時雨ノ時分ナレハイトヽカナシキサマ也

164 院などゐたちて（三一〇 10 集56）　中将ノ心中也　此一段ノ心ハ葵上源氏ノ御心ニハイラネトモ院ノ御心ヲハシメ父宮母宮ナトノ心ヲヤフラシトカヽツラヒ給中ト見シニ只今ノ御愁傷ノ体ヲ見ルニ真実ナリシト猶ゝナキ跡ノカナシキ由也

165 くんしいたかりけり（三一〇 14 集56）　苦痛

166 にほひをとりてや（三一一 3 集57）　ワカ御子ナレハ卑下シテノ給也葵上ヨリハヲトリタルト御ランセント也哥ハキコエタル儘也ナテシコヲ子ニヨソヘタル也

167 この葉より（三一一 5 集57）　俊成コヽヲトリテ嵐吹嶺ノ紅葉ノ日ニソヘテモロクナリユクワカ泪カナ

168 いまも見て（三一7 集57） ワカ君ヲ絶ス恋シクヲモフ叓也
只今文ツケ玉ヘルナテシコヲ見テモ也子ニヨソヘ
リ
169 けふの哀は（三一8 集57） ツレナキ人ナレハサリトモ也文
章也
170 たえまとをけれと（三一9 集57） 女房衆ノ刷詞也久シク御
無音ニテ只今ノ御文ヲ心得ヌヤウナレトモマヘニ
モ細〻御音信アレハ槿ノ姫宮ヘミセ奉ル也
171 さのものと（三一9 集57） サノモノトハサヤウノ物ト也
172 物おもふ秌は（三一12 集57） 年来ノツレナキ叓ナレトトリ
ワキ此クレカナシキト也
173 （〽）いつもしくれは（三一12 集57） 本哥　神無月イツモ時
雨ハフリシカトカク袖ヒツルヲリハナカリキ
174 （〽）大内山を（三一14 集58） 宗祇ノ説ニハ大内山仁和寺ニ
御座有シ時ツヽミノ中納言マヒリテヨミシ哥　白
雲ノ九重ニタツミネナレハ大内山トムヘモイヒケ
リ　是ヲ思ヒヨセテイヘルト也　又西殿御説只禁
中ノ叓也左大将ノ直廬《ロ》（トノヰ所也ハ宣陽門ノ内ノ廊ニアリ右
大将ノ直廬ハ陰明門ノ内ノ廊ニアリトモニ中重ノ
門ノ内也源氏ノヲハシマス所ヲ思ヤル心也
175 えやはとて（三二1 集58） エヤハトテ本哥色ナラハウツル
ハカリモ染テマシヲモフ心ハエヤハ見セケル
176 つらき人しもこそと（三二4 集58） ツレナキ人ナカラナリ
177 さるへきおり〳〵の（三二5 集58） ヲリ〳〵イヒカハシナ
トセンハ此人也ト思召也
178 なをゆへつきよしすきて（三二6 集58） アマリニアタメク
ハワロキト也又アマリニツレナキモイカヽト也心
ニ叶人ハカタキ叓也紫上ヲワカ心ノ侭ニ中道ニヲ
シヘタテン思召也
179 中納言の君といふは（三二11 集59） 葵上ノ官女也源氏心カ
ケ給人也
180 中〳〵さやうなるすちにも（三二12 集59） 今ハウヘモヲハ
シマサテ心ヤスク逢玉ソヘケレト又サヤウニ有ヘ
キヲリナラネハ中〳〵トカケリ

181 （＼）見なれ〳〵て（三二14 集59） 本哥ミナレ木ノミナレソナレテハナレナハ恋シカラシヤ恋シカラシヤ

182 いふかひなき御事は（三三2 集59） 女房衆ノ詞

183 なこりなくは（三三4 集59） 源氏ノ御詞名残ナキヤウニイカニシテ此殿ヘカレ〳〵ニハ申サント也

184 心なかき人たにあらは（三三5 集59） 夕霧ノ御事

185 とりわきて（三三6 集60） 葵上トリワキ不便ニ思ヒ給ヒシ女ハラハ也

186 あてきは（三三7 集60） 紫日記ニ上東門院ノ上童ニ此名アルヨシ見エタリ

187 あこめ（三三9 集60） 童女ノ装束也

188 人よりはくろうそめて（三三9 集60） 人ヨリハクロフトハ志深切義也

189 くろきかさみくわんさうのはかま（三三9 集60） 童女ノ衣裳也黒汗衫 萱草色紅ノキハミタル凶服也 花鳥云萱草色柑子色ト大略ヲナシスワウニタウサヲ入テソムルヨシ見エタリ

190 いてやいと〻まちとをに（三二12 集60） サヤウニノ給トモコヽヘヲハセン叓ハ待遠ナラント也

191 大殿は（三三13 集60） 父ワトヽ葵上ノカタミノ物トモワ諸人ニクハリ玉フ也

192 おと〻そやかてわたり給へる（三四12 集62） 源氏ノ御座アル所ヘワタリ給也

193 をくれさきたつ程の（三五7 集63） 本哥末ノ露モトノ雫ヤ世中ノヲクレサキタツタメシナルラン

194 おしはからせ給てん（三五9 集63） 院モ御心中ヲハ御推量アラント也

195 （殿）おほしすつましさ人も（三五13 集63） 左大臣ノ詞

196 いとあさはかなる人〳〵の（三六4 集64） 源氏ノ詞

197 うつせみの（三六8 集64） 葵上ヲハセネハ御殿ノサマハカハラネトモヌケノヤウニ成タルト也

198 めをしほりつ〻（三六10 集64） シホリトヨムヘシ

199 （／）ふるきまくらふるきふすまたれとともにかと（三六13 集65） 鴛鴦瓦冷霜花重旧枕古衾誰与共此詩ノ

心也

200 なき玉そ（三一七1 集65）　ワカ心ナラヒニナキ玉モコヽヲハヽナレシハカナシカラント也

201 霜の花しろし（三一七1 集65）　詩ニハ重トアリ以前ハサヤフニモアル欤又吟シカヘタル欤此例哥ニモヲオシ

202 君なくてちりつもりぬる（三一七3 集65）　本哥チリヲタニスヘシトソヲモフサキシヨリ

203 殿のおほしの給はする（三一七13 集66）　源氏ノ御叓

204 をの〳〵あからさまに（三一七14 集66）　ヲノカチリ〳〵ナリユカハ是ハ七条后崩御ノトキ伊勢カ哥也此面カケ也

205 む文のうへの御そ（三一八9 集67）　無文袍平絹也鈍色下襲共着服ノ叓也

206 ゐいまき給へる（三一八10 集67）　巻纓冠ノヒレナリソレヲマクハ服者ノワサ也

207 二条院には（三一八12 集68）　世間ノ盛者必衰會者定離ノ道理ヲカケリ左大臣殿ニテノ歎キ又二条院ニテハ源氏ヲマチツケ悦叓世間ノ理也　憂喜《ユウキ》同レ門ヲ本文ノ心也ウレヘノカトニ又㐂アル叓也

208 御さうそく奉りかへて（三一九1 集68）　花鳥ニハ除服ノ叓トイヘリサレト是ハ参内ノ御装束ヲ常ノ服ニ着シカヘ給叓也

209 ころもかへの御しつらひ（三一九1 集68）　十月更衣ノサマ也スタレナトマテミナアタラシクシツラヒタル体也

210 少納言かもてなし（三一九3 集68）　何叓ニモヽトカシカラヌ人也

211 たちかはり給はんと（三一九12 集69）　本臺ニタレカタチカハリ玉ハント少納言ハ思也

212 わか御方に（三一九13 集69）　源氏ノ御座有所也中将君心カケ給人也足ヲナツレハ気クタリ養性ナル由本文ニアルト也

213 わか君の御もとに（三一九14 集69）　夕霧ノ大将ノ叓

214 たゝこなたにて（三二〇5 集70）　紫上ノカタニ也

215 へんつきなとしつゝ（三二〇5 集70）　ヘンツクトハ文字ノヘンヲソロヘテ文字ヲ教ル叓也

216 御すゝりのはこをミ丁の（三〇12 集70） 御硯ノハコヲミ丁ノ　文ヲ書テ硯ニソヘテ置玉フハ即返事シ玉ヘトイヘル心也

217 あやなくも（三一1 集71） アヤナクアチキナキ也トシ月ハナレ玉ヘトマコトノチキリノナキ心也

218 そのよさりゐの子のもちゐまいらせたり（三一13 集72） 群忌隆集云十月亥日作餅食也令人無病也　掌中暦曰亥子餅七種粉大豆小豆大角豆胡麻栗柿糠《カウ》《ヌカ》

219 このもちゐ（三二2 集72） 亥子餅ハ色〻也三日夜モチヰハ白ク一色ナレハ数〻ニハアラテトイヘリ

220 いま〳〵しき日なり（三二3 集72） イマ〳〵シキ日トハアナカチ忌日ニアラス新枕ノ三ケノモチヰナトヽイハンハアテ〳〵シケレハカクノ玉フ也

221 ふと思ひよりぬ（三二4 集73） 亥子餅源氏キリ帋ノ一也

222 ねのこはいくつ（三二5 集73） 子ノコハイクツ　アス子ノ日ナレハ子ノコト惟光カ當座ニ申タル也フルクヨリノ名目ニアラサルカ

223 みつかひとつにても（三二6 集73） 紫明抄云三日夜餅ニカ一ノ叓コトナル秘叓ト云〻一説云三日夜ノ餅ハ女ノ年ノ数ヲ調ル也紫上十四ナレハ十ヲハヲキテソノ餘ヲ四トイハンヲイム心ニ三カ一トイハレタルカモト員数リタマリタル物ナラハ惟光イクツト尋申ヘカラス紫上ノ年齢ヲ惟光シラサル故也河海説也花鳥ニ云嫁娶ノ三日ニ當ル夜餅ヲ枕カミニヲク叓ハ先ハヨカラヌ叓人ノ死セル時ニハ世俗ニヽツモチヰヲ供スル叓アリ枕ツクエトイヘリソレニカタトル也タトヘハ女ノ男ノモトヘヨメ入シテハ二度父母ノ家ニ帰ルマシキナレハ偕老同穴ノ契トテトツクト云文字モ嫁ノ字ヲ用タルハ夫ノ家ヲワカ家トヲモノハキ由也サテ餅ヲ用ルニモツヰニ男ノモトニテ身フヽヘタル心也嫁娶ノ日シロキ衣裳ナトヲ用ルモ此故也栄花物語第十三ニモ此叓アリ三カ一ヲ諸抄ニ三坏一具ノ心ニイヘルハアヤマレル叓也昔ハコノ餅四坏モリタル故也秘説是也

224 物なれのさまや（三三7 集73）　惟光カヤウノ叓ニヨクナレタルコト也

225 （＼）あなたになと（三三1 集74）　アタニナトヽ河内本ニアリ此モチヰアナタヘモテ行ナト云也

226 あたなる事は（三三1 集74）　ムスメノ返答也聊尓ニアタナル叓ハワレハスマシキト也

227 （＼）いまはざるもしいませ給へよ（三三2 集74）　去トイフ文字ニ用ル説不用御祝言ノ叓ナレハイマ〱シキ事ナトイフナトワカキ女房ナレハ惟光教ル也

228 よもましり侍らし（三三2 集74）　ヨモマシリ侍ラシト　女ノ返答也サヤウノ叓ハマシヘイフマシキト也

229 れいのきこえしらせ給らんかし（三三4 集74）　草子地也

230 御さらとも（三三6 集74）　七種ノ粉モリタルサラ也

231 花そく（三三6 集74）　ケソク　キソク也

232 さてもうち〱に（三三9 集74）　カヤウノ叓女房衆ナトニモ仰ラレヨカシト也カノ人トハ惟光モ如何ニヲモハント女房タチノ詞也

233 夜をやへたてんと（三三13 集75）　本哥ワカ草ノ新手枕ヲマキソメテ夜ヲヤヘタテンニクヽアラナクニ

234 今きさきは（三四1 集75）　ミクシケ殿ハ朧月夜ノ叓ミクシケ殿ハ内蔵寮ノホカ御服ナト裁縫スル所也シカルヘキ大臣ノナル職也此段ノ心葵上モカクウセ玉ヘハ父ヲトヽハ内侍ヲ源氏ヘマイラセント思玉フ也コキ殿ハ禁中ヘマヒラセントカシツキ給叓也

235 をさ〱しく（三四4 集75）　優《(マヽ)》長ナル叓也

236 おもほしこりにたり（三四8 集76）　御休所霊ニナラレタル叓ナト也

237 御もきの事（三四13 集76）　コヽニ書イタシテ紫上ノモキノ叓ナシ此書サマ多シ

238 （＼）なれはまさらぬ（三五5 集77）　本哥　ミカリスルカタノヽヲノヽナラシハノナレハマサラテ恋ソマサレル

239 としもかへりぬ（三五5 集77）　源氏ハ廿二紫上ハ十五ニ成給也

240 御かたに（三五10 集77）　葵上ノ御カタヘ也

241 みそかけの（三五14 集78）　梅架《ミソカケ》　延喜式

242 女のがならはぬこそ（三五14 集78）　葵上ヲハセネハヲトコノ装束ハカリカケヲキタルカナシキト也

243 けふはかりは（三六4 集78）　宮ヨリ源氏ヘ年乃ノ御装束ヲマイラセラレテノ給詞也

244 （又）またかさねて奉れ給へり（三六5 集78）　奉ル装束モヨカラヌトイヘル心也今日ハカリハ是ヲ着シ玉ヘト也此心ヲトリテ宗碩宗祇忌日発句ニ今日ハカリ花モシホレヨ萩カ露是ヲ宗長シホルナトナフサレタルト也

245 こさらましかは（三六7 集78）　カヤウニカシツキ玉フヲワカマヒラスハ口惜カラント也

246 （〳〵）春やきぬるとも（三六7 集79）　本哥六帖新ク明ル今年ヲ百年ノ春ヤキヌルト鶯ノナク　引哥ニ不及ト也春ノクルニツケテモマツ見参ニイラントテマイリタルヨシ也

247 をろかなるへき事にそあらぬや（三六12 集79）　草子地也御周章ハ互ニヲロカニハアラシト也

一校了

さかき

サカ木　巻ノ名哥ニモ詞ニモアリ此巻ニハ二ケ年ノ叓アリ源氏廿二才九月ヨリ廿四ノ夏迠ノ事アリ御休所ハ三十才也

親ソヒテクタリ給レイモコトニナケレト　村上女御規子《キシ》内親王天長三年ニ斉宮ニタチテ下向シ給トヤ御母徽子女王重明親王御ムスメ也ソヒテクタリタマヘリ是ハシメ也是ハソノ已前ノ叓ナレハ例ナキトイヘリ村上圓融院ノ御時斉宮十四才也ソノ時母女御ノ哥　世ニフレハ又モコエケリ鈴香山ムカシノ今日ニナルニヤ有ラン

斉宮女御徽子（式ア卿直明(マヽ)親王女 母貞信公女）　承平六年為斉宮帰京之後天暦二年十二月入内同三年四月為女御生規子此女王為斉宮参向伊勢之時母女御之相伴　雖撲此例延㐂已後近代ノ叓ナレハレヰナキコトヽ云歟此物語今古准拠ナキ叓ヲノセス

（源廿二三四　哥ー詞）

1斉宮の御くたりちかふなりゆくまゝに（三三1 集83）　伊勢ニテ九月十六日御斉會ソノ前ニ下給也サハリノトアレハ其後ニモ下給也

2ひたみちに（三三5 集83）　直路也

3人は心つきなしと（三三9 集84）　源氏ノ御叓

4我は今すこし（三三10 集84）　宮ス所ノ叓

5もとの殿には（三三11 集84）　宮ス所ノ本ノ宮ノ叓

6まうて給へき御すみかにはたあらねは（三三13 集84）　是ハ野宮ノ叓也

7院のうへおとろ〱しき御なやみにはあらて（三三14 集84）　是御崩ノキサシ也

8たひ〱御せうそこありけれは（三四3 集84）　野宮ニテノ叓也

9いてやとは（三四4 集84）　引哥ニ及ハスイテ〱源氏ニ見参有マシキト思キリナカラ又サスカニ心ヨハクナルサマ也

10 聞わかれぬ程に（三四7 集85）　徽子女王琴ノ音ニ岑ノ松風カヨフラシイツレノヲヨリシラヘソメケンカヤウノ叓也

11 おほかきにて（三四12 集85）　ヲホ垣トハアタリノ垣也　茅芝不剪採椽不削之体也人民ノツカレヲ思ヲオシ物毎ニカリソメノ様也サルニヨリ太神宮モミナカリソメ也

12 いたやともあたり〳〵（三四12 集85）　御トモノ人家也アタリ〳〵ハソコ〳〵也

13 かう〳〵しう（三四13 集85）　神〳〵シキ也　哢花

14 わつらはしきけしきなるに（三四13 集85）　源氏ノ御心也

15 火たき屋（三五1 集86）　助鋪《ヒタキヤ》　物ナトシタヽムル所也

16 きたのたいの（三五3 集86）　ウラ門也

17 あそひはみなやめて（三五4 集86）　カミノ詞ニソノコトヽ聞ハカレヌ物ノネトイヘル首尾也酒宴ナトニテハナシ

18 かうやうのありきも（三五6 集86）　源氏大将ニ成玉ヘハカロ〳〵シク御アリキナトナキ叓也

19 いさやこゝらの人めも見くるしう（三五9 集86）　宮ス所ノ心中也

20 かのおほさむ事も（三五10 集86）　斉院ノ御叓也

21 こなたは（三五12 集87）　北ノ方也

22 かはらぬいろを（三六2 集87）　後撰チハヤフル神カキ山ノサカキ葉ハ時雨ニ色モカハラサリケリ　千早振神ノヰ垣モ越ヌヘシ大宮人ノ見マクホシキニ　二首ノ本哥ヲ思ヒヨセテノ給詞也　我心中ノカハラヌ叓ヲヨソヘ玉ヘリ

23 （＼）しるしの杉も（三六4 集87）　尋ネンシルシモナキト也人タカヘニタツネ給カト也

24 をとめこかあたりと思へは（＼）さかき葉の（三六6 集87）　本哥榊葉ノ香ヲカクハシミトメクレハヤソウチ人ソマトヰヲリケル

25 心にまかせて（三六8 集88）　源氏ノ御心

26 きすありて（三六10 集88）　邪気ニ成給ヒシ叓也

27 おほしとゝまるへきさま（三六14 集88）　御抑留ノ叓也

28 されはよと（三七2 集88）　源氏ニ對面申タラハ心ヨハキ叓モイテコント思シニ案ノコトク名残カナシクナル叓也

29 ことさらに（三七6 集89）　哀ナルサマヲワサトツクリイタシタルヤウナルト也

30 あか月の（三七7 集89）　前後カヽルカナシキ叓ハナキト也

31 中〳〵こともゆかぬにや（三七10 集89）　草子ノ地也コヽノ物哀ナル所ニテハ秀逸モアルヘキニタカヒノ心マトヒニテサシタル哥モナキト也水原抄ニ宮ス所返哥ナキ叓ヲイヘルト注不叶

32 大かたの（三七11 集89）　宮ス所ハワカ身ニトリアハス世上ノ暮秋ノ叓ハカリヲヨミ玉ヘリ

33 くやしき事おほかれと（三七11 集90）　源氏ノ御心也カヤウノ所ヘヲソクトヒ申叓ノクヤシキト也一説ニハ宮ス所ノ心中ニシテ源氏ニ對面ヲクヤシキト云説不用

34 御ふみ（三八2 集90）　翌日ノ御文也

35 うちかへしさためかね給へさ事ならねは（三八3 集90）　本哥イセノ海ノツリスルアマノウケナレヤ

36 おほしなやむへし（三八6 集90）　草子地也

37 うれしとおほしたり（三八11 集91）　斉宮ハ面白キ所ヘユクト思給ウレシト也

38 もときも（三八11 集91）　源氏ト宮ス所トノ御間ノ叓ヲ宮ス所ノカタノ人ノ云叓也何叓モ人ニモトキアツカハレヌ草子地也　毛詩ニ山モ大山ハ人ノ目ニタツ也人ニモ下輩ノ者ニハ手フツケス聴雪ノ御説

39 かつら河にて（三八13 集91）　京ノ西川ナリソコニテ祓シテスクニ大裏大極殿ヘヲハスル也

40 ちやうぶそうし（三八14 集91）　長奉送使　伊勢マテ仕奉ノ人ヲ云也残リハ河原マテ御トモ也

41 かけまくも（三九2 集91）　是ハ斉宮ヘノ御音信也

42 かしこきおまへに（三九2 集91）　宣命詞　掛　畏《カケマクモカンコキ》　万長哥人丸カケマクモカシコケレトモイハマクモヿカシ

ケレトモ

43（　）なるかみたにこそ（三九3 集91）　本哥天原フミトヽロカシ鳴神モヲモフ中ヲハサクル物カハ　思フ亊ヲハナル神タニサマタケヌニ伊勢ヘサソヒ給亊ヲ恨給也

44やしまもる（三九4 集92）　ヤシマモルトハ日本ヲ守護ノ亊クニツ神天照大神ノ御亊也

45御返あり（三九5 集92）　御返アリトハ宮ス所ノ御亊

46宮の御をは（三九6 集92）　宮ノ御ヲハコレハ斉宮ノ御亊也

47いとよう見たてまつり給つへかりし（三九12 集92）　宮ス所ニ懇切ノ時ヨク見給ヘキ亊ナリシヲト後悔ノ亊也

48世中さためなけれは（三九13 集92）　後ニハ源氏ウシロミタチ入内ナトアリシ亊也

49ちゝおとゝの（四〇1 集93）　宮ス所ノ父ハ大臣也后ニモナラン人也

50そのかみを（四〇5 集93）　心ノ中ノ哥也

51ゆゝしきまて（四〇7 集93）　花麗ナルサマ也

52わかれの御くし（四〇7 集93）　ツケノ小櫛也二度帰京アルナト御門ノ給也

53八省に（四〇8 集94）　大極殿ハシヤウノ中ノ院也八省院ト号ス　八省中務式ア治ア民ア兵ア刑ア大蔵宮内　孝徳天皇御宇大化四年二月始置之紫明抄

54をれ給ほと（四〇11 集94）　東ヘヲルヽナリ

55やそせのなみに（四〇13 集94）　ヤソセノ波ニハツレナキ人ノ袖ナリトモヌレント也ソコノ心恋慕ノ泪也　本哥万スヽカ川ヤソセワタリテタレユヘカ夜コエニコエンツマモアラナクニ

56すゝか川（四一2 集94）　ヌレ〳〵スハヌルヽヌレヌニモナイロヒソト也一向ニカケハナレタル返哥也

57哀なるけを（四一3 集94）　手跡ノ亊ニイヘル不用　哥ノ心ヲイヘリ情ヲモカケヌ返哥ナレハ也

58御ゆいこんとも（四二1 集96）　李部王記云延㐂御カト㝡後御薬之間春宮朱雀院七才御時御舅貞信公于時左大臣為御共参内主上御對面之間有五ケ條之仰　一者可専

神叓　二者可仕法皇寛平法皇　三者可聞左大臣貞信公訓

四者可哀故人　其外一ケ条御忘却

59御かたちも（三四二3　集96）　當今ノ御叓

60春宮も（三四二5　集96）　冷泉院五六才ノ時分也

（五）

61御としのほとよりは（三四二6　集96）

62御心みたれて（三四二9　集97）　院ノ御心也

63この宮の（三四二11　集97）　春宮ノ御叓也

64夜ふけてそ（三四二12　集97）　夜更テ御還行也

65御くらゐをさらせ給と（三四三2　集97）　位ヲサリテ世ノ政ヲ

行給叓嵯峨ノ天皇ノ御例也ソレヨリ後連綿タリ

66けうしつかうまつり給さまも（三四三7　集98）　ケウヤウ也孝

叓孝養ノ叓也

67こそことしと（三四三9　集98）　去年ハ葵上ノワカレ今年ハ又

院ノ御叓フチノ御ソニヤツレ玉ヘル本儀ハ藤ノ皮

ニテヲレル布也服ニ布ヲ用ル此義也僧ノ黒衣モ仏

ノ御フクト云〻

68ちり〳〵に（三四三12　集98）　伊勢カヲノカチリ〳〵成ユカハ

ノ長哥ノ心也

69なれ聞え給へる（三四四1　集99）　院ニナレ御申給トシ叓

70兵ア卿（三四四4　集99）　兵ア卿宮御兄也

71かけひろみ（三四四7　集99）　松ハ君子徳ニヨリヨソヘヨメリ

枯ニケリトヨムヘキヲクントヨメル哥ニタケアル

ヨシイヘリ

72さえわたる（三四四10　集100）　本哥池ノヲモニシツク花ノ色サ

ヤカニモ君ノ御カケノヲモホユルカナ

73としくれて（三四四12　集100）　物ノカハリ変シタル義也

74ふるき宮は（三四四14　集100）　故郷ヲタヒ心地トカケル奇特也

以前ハ院ニハカリヲハセシ叓也

75年かへりぬれと（三四五1　集100）　源氏(廿三)才ノ午也

76御門のわたり（三四五3　集100）　二条院ノ叓也

77たちこみたりし馬くるまうすらきて（三四五3　集100）　琵琶引

云門前零落鞍馬稀

78（〻）殿ゐ物のふくろ（三四五4　集100）　トノヰモノヽフクロ切

帋一也秘叓也

79御匣笥殿《（ミクシケトノ）》（三四五6 集101）

80あま《（二人）》になり給へる（三四五8 集101）　以前ノ御クシケ殿尼ニナル也

81きさきは（三四五8 集101）　弘徽殿ノ叓

82こき殿にはかんの君すみ給（三四五9 集101）　朧月夜ノ登花殿ニヲハセシカ弘徽殿ニウツリ給テ也 哢花

83登花殿の〳〵むもれたりつるに（三四五10 集101）　塵ニムモレタルト云説不用アマタノ中ニテムモレタル所也コキテンハ清涼殿近キ也

84御心のうちは（三四五11 集101）　源氏ヲ心ニカケ給叓也

85いちはやくて（三四六1 集101）　逸早也急ナル叓也

86見しり給はぬよのうさに（三四六3 集102）　只今ノヤウ体ムカシニカハリタル叓也

87こ姫君をひきよきて（三四六4 集102）　葵上ヲ朱雀院へ左大トマヒラセ玉ハヌ叓右大臣ニテハ遺《イ》恨《コン》也

88かきりなき御覚の（三四六11 集103）　源氏ノアマリ御威光ナリシカチトウスラクヤウナル中〳〵能ホトナルト也

89むかひはらの（三四七2 集103）　兵ア卿ノ當腹也

90むかし物かたりに（三四七3 集103）　住吉ノ物語ニ姫君ヲ継母ノニクミシ叓也

91さい院は（三四七4 集103）　弘徽殿ノ腹也権ノ父桐壷ノ御門ノ御弟也

92〳〵賀茂のいつきには（三四七5 集103）　（文徳孫――真子）

93そんわう（三四七5 集103）　孫王

94すちことになり給ぬれは（三四七7 集104）　権ノ斉院ニ立給叓也

95御ゆいこむたかへす（三四七11 集104）　延㐂御門ヲアマリニ御心ノヨワキト臣下申給ヒシ時　大弦急ナル則小弦不レ堪　此心ハ上タル人心急ニシテハ下ノ人難堪忍叓也君子《（マヽ）》ノヨハキヲハ臣下ヨリタモツ叓也サレト朱雀院ハアマリヨハキハカリニマシマスト也

96五たんの御修法（三四八1 集105）　五壇御修法　不動　大威徳　降三世　軍荼利夜叉　金剛夜叉

97中納言の君（三四八3 集105）　内侍督ノ官女也心シリ也

98との居申さふらふ（二四八8 集105） 近衛カラ中少将へ名ノリ
中少将ヨリ大将ヘツタフ源氏モ近衛大将也ワカ身
ノ上ニキヽヲヒ給也
99はらきたなきかたへ（二四八9 集105） 黒心《ハラキタナキ》日本記 心ノアシ
キ叓也
100とらひとつ（右近）（二四八11 集105）
101こゝろから（二四八12 集106） 夜ノアクル叓ヲ人ヲアク心ニヨ
ソヘリ芳心袖ヲヌラス叓也
102承香殿（髯妹）（二四九2 集106）
103かやうの事につけても（二四九5 集106） 藤壷ノ心安ク打トケ
玉ハヌ中〳〵ヨキト也
104我こゝろの（二四九6 集106） 内侍ノ叓
105御いのりをさへ（二四九13 集107） イセ物語ニホトケ神ニイノ
レトモノ心也藤壷ハ三条ノ宮ニヲハス也
106御むねをいたうなやみ給へは（二五〇3 集107） 物ヲ切ニヲモ
ヘハ気ノアカリ煩叓也
107あけはてにけれと（二五〇5 集108） 源氏本心ウセタルヤウニ
ホレタル故也
108ぬりこめに（二五〇7 集108） チヤウタイノ事也 哢花
109めつらしくうれしきにも（二五一3 集109） 近来サタカニ七見
参ナキ叓也
110世やつきぬらん（二五一4 集109） アカサリシ泪ノモロク成ユ
クハ世ヤツキヌラン時ヤキヌラン
111すこし物思のはるけ所（二五一10 集110） 紫上ヨク似玉フ叓物
思ノハルケ所ト也
112むかしより（二五一12 集110） 中宮ヲハ紫上イセンヨリ思ソメ
玉フ叓ナレハカキリナキ物思ニナル也
113ひれふし給へり（二五二1 集110） 蝶臥
114せめてしたかひきこえさらむも（二五二10 集111） ナク〳〵モ
君カ心ニカナウトテ今朝モクモトヲホシソワツラ
ウノ心也
115ふたりして（二五二14 集112） 弁命婦トシテ語フ叓也
116やかてうせ侍なんも（二五三1 集112） 源氏ノ詞ナクナリタリ
トモ執心ハアラント也哥モソノ心也

117 なかき世の（三五三6 集112）　返哥カツハ心ヲアタトシラナントハフカキ執心ヲ身ノアタトヲホシメセト也

118 （＼）世にふれは（三五三12 集113）　本哥世ニフレハウサコソマサレミヨシノヽ岩ノカケ道フミナラシテン

119 宮も春宮の御ためをおほすに（三五四1 集113）　春宮ノ後見ニ源氏ヲヨロツタノミタマヘハワレユヘニ世ヲウク思ヒトリ御隠遁ナトアリテハイカヽト中宮ハ思召也

120 くらゐをもさりなむ（三五四4 集114）　中宮職ヲモ辞シタマハント藤壷ハヲホス叓也

121 （＼）戚夫人の見けんめのやうに（三五四7 集114）　（戚　漢高呂后悪ー）戚夫人ノミケンメノヤウニ　戚夫人ハ漢高祖ノ寵愛也趙王如意ノ母也　本后呂太宮ノ腹恵帝太子ヲ引コシテ如意ヲ位ニツケント高祖ヲホス也　呂太公張良ニ意見ヲ尋給ヒシ也商山ノ四皎ヲメシイタシ恵帝ニソヘ玉ヘト申セシ也ソノコトクナサレシニ御門是ヲ御覧シテイカヽアリシ時恵帝奇特ノ君ニテ白髪ノ人モ山ヲ出テツカヘ申由申ケレハ羽《ウ》翌《ヨ》（マヽ）成《ナンヌ》トアリテ春宮ニサタメ玉ヒツキニ位ニツキ給ヒシ時呂太宮セキ夫人ヲ眼ヌキ人彘《シンテイ》ト名付テ河屋ノ中ニヲカレシ叓ノアリシカハソレホトノ叓ハアラストモウキメヲ見ント也

122 式アかやうにや（三五五6 集115）　アマニ成タル人ナルヘシ

123 よゐのそう（三五五8 集115）　禁中二間ノ僧也　夜居僧二間護持僧也

124 御はのすこしくちて（三五五12 集116）　歯ノヲイカハル時ノクロキ色ノ叓也

125 あさましき御心のほとを（三五六2 集116）　中宮ノ御叓

126 雲林院（三五六4 集116）　紫野也　雲林院ハ淳和天皇ノ離宮也

127 （＼）うきひとしもそ（三五六9 集117）　本哥あまの戸をヲシアケカタノ月見レハウキ人シモソ恋シカリケル

128 さもあちきなき身を（三五六12 集117）　ハカナキ恋慕ナトニ辛苦ノ叓也

129 （＼）念仏衆生接取不捨（三五六13 集117）　一ゝ光明遍照十方世

界念仏衆生攝取不捨　観无量寿経ニアリ
130 なぞやとおほしなるに（三五六14 集117）　ナンソヤステラレマシキ世ヲモ思ヒトラント也
131 行はなれぬへしやと（三五七2 集117）　文章也
132 あさちふの（三五七5 集118）　上句上東門院ノ御哥トヲナシ
133 風ふけは（三五七7 集118）　返哥ワカ心ホソクハカナキ叓ヲサヽカニノ糸ニヨソヘ玉ヘリ
134 中将の君に（三五七11 集119）　権斉院ノ女房也
135 かくたひのそらに（三五七11 集119）　中将ノ君ヘノ文章也
136 （＼）むかしをいまに（三五七14 集119）　本哥古ヘノシツノマタ（マヽ）マキクリカヘシ昔ヲ今ニナスヨシモカナ　哥モ詞モ以前逢玉ヘルヤウ也サヤウニテ相違ス　斉院ニナラセ玉ハヌトキノ恋シキ由也
137 からのあさみとりのかみ（三五八2 集119）　カラノ浅ミトリノカミ　榊ニツクルニタヨリアル色也
138 そのかみや（三五八6 集119）　ソノカミノ秋ヲモホユルトアレハワレハソノカミノ叓モシラスト也ソナタハ心ニカケテ忍ヒ給ユヘニ昔ノコトヲノ玉フト也　又宗祇ノ説ニハカヤウニシノヒ給モ何ユヘソト也一向ニナヒキ給ハヌ人ナレハ也
139 （未）（＼）ちかき世に（三五八6 集120）　文章也本哥未勘也
140 あさかほもねひまさり（三五八8 集120）　顔ノ叓ニヨソヘリ
141 あやしうやうの物と（三五八9 集120）　花鳥ノ説不用同様ノ叓也宮ス所サイ宮モ今時分ノ叓ナレハ也
142 わりなうおほさは（三五八10 集120）　マヘニシヰテモノ給ハヽナヒキ玉ハン叓モアラント也
143 院もかくなへてならぬ御心はへ（三五八12 集120）　斉院ノ叓也院ト初メテカケリ
144 すこしあいなきこと（三五八13 集120）　コヽニテハ無益ノ叓也
145 六十巻といふふみ（三五八14 集120）　天台六十巻　本書三十巻
玄義十巻　文句十巻　止観十巻　智證大師作　尺籤十巻　疏記十巻　弘決十巻　妙楽大師作
146 人ひとりの（三五九3 集121）　紫上ノ叓也
147 しはふるひ人とも（三五九7 集121）　老人ノシハノヨルヲト云

叓不用　哢花説柴ナト丶ルイヤシキ人ナルヘシ

148 くろき御車のうちにて（三五九7 集121）　諒闇ハムカハリ月迠也西宮抄云重服公卿乗黒莚車　諒ハ信也

149 ことに見え給はねと（三五九8 集121）　結構ニハ見エヌ也

150 いろかはると（三五九11 集121）　紫上雲林院ヘノ哥ノ叓也

151 いらせ給にけるを（三六〇1 集122）　命婦ヘノ御文章也イラセ玉フトハ中宮春宮ヘマヒリ給叓也

152 れいのいさゝかなる物ありけり（三六〇5 集122）　中宮ヘノ御文アリ

153 ゆくりなく（三六〇7 集122）　思ヒヤリナキ叓也

154 人あやしと（三六〇12 集123）　東宮ヘ又一向ニ無音ナラハ人モトカメンカト也

155 まかて給へき日（三六〇12 集123）　東宮ヨリ藤壷ノ退出ノ時参給ハント也

156 内の方に（三六〇13 集123）　内裏ヘ也

157 なこやかにそ（三六一1 集123）　アマリヨハスキ玉ヘル也

158 あそひなともせまほしきほとかなと（三六一9 集123）　諒闇ナレハ御遊宴ナト絶タル叓也

159 中宮のこよひまかて給なる（三六一10 集124）　御門ニト丶メラレ申サシトサキヲキリテノ給也

160 とう宮をは（三六一12 集124）　御門ノ御詞也ワカミコノヤウニ也

161 なに事にもはかく／＼しからぬ（三六二1 集125）　何叓モカヒナキ身ナレハ東宮ノ面目ヲホトコシ給ハント也

162 大かたし給わさなと（三六二2 集125）　源氏ノ詞也

163 （＼）白虹日をつらぬけり（三六二6 集125）　漢書云（荊軻《ケイカ》）慕《シタイテ》ニ燕丹《エンタン》之義一欲レ刺《サヽント》秦王ヲ一其精誠上感ス二於天ニ一乃白虹貫《ツラヌケリ》レ日太子畏《ヲチタリ》《ヲソル》　太子丹ニ源氏ヲヨソヘテイヘリ一説今源氏ヲケイカニタトヘ凉泉院（マヽ）ノ東宮ニヲハシマスヲ太子丹ヨソヘテイヘル詞也

164 御まへにさふらひて（三六二10 集126）　東宮ニテノ源氏ノ御詞也

165 月影は（三六三3 集126）　源氏ノ御返答ハ恋慕ノ心アリヘタテラルヽ叓カナシキト也

166 (＼)かすみもひとのとか（三六三3 集126） 本哥山さくらミニ
行道《ミチ》ヲヘタツレハ霞モ人ノ心ナリケリ本哥ノ霞ヲ
霧ニトリカヘテヘタツル霧トヨミ侍リ

167 ふかうもおほし入れたらぬを（三六三5 集127） 藤壷ノサマ〳〵
ノ叓ノ玉ヘトモ東宮ヲサナクテ聞モ入玉ハヌ也

168 木からしの（三六三11 集127） 花鳥ニハ久シク文ノ音ツレモナ
クテコトノ葉ノカレタルヲ木枯ノフクトヨミ玉ヘ
リソレ沾モナシタ丶十月ノ比ナレハヨメリ

169 きこえさせても（三六四1 集128） 文章也

170 (＼)身のみものうきほとに（三六四2 集128） 本哥(数ナラヌ)
身ノミモノウクヲモホエテマタル丶マテニ成ニケ
ルカナ

171 あひ見すて（三六四3 集128） アイミスシテ也

172 心のかよふならは（三六四3 集128） 本哥人コフル心ハ空ニカ
ヨヘハヤ雨モ泪モトモニ時雨ル丶

173 返 かへりこち給ひて（三六四5 集128）

174 御はてのこと（三六四6 集128） 諒闇ノハテ也

175 御八講のいそさ（三六四6 集128） 法花経ヲ八日ニ供養スル也

176 なからふる（三六四11 集129） ワカレニシケ(マヽ)ハクレトモ ノカ
ラウル両首トモニ聞エタル儘也

177 すちかはり今めかしうは（三六四12 集129） アナカチ當世ヤフ
ノ手跡トテ奇特ケナル叓ハナキト也 是上品ノシ
ワサ也コトナクホメタル詞也

178 玉のちく羅のへうしちすのかさりも（三六五2 集129） 玉軸
羅表紙 紐 軼(マヽ)簀 チストハ巻物ノタケナルスノ
ヲホヒニ錦ヲ丶シテヘリヲサシテクミノ緒ヲツケ
タル也経ニカキラス書籍ヲモイル丶物也

179 はなつくゑ（三六五3 集129） 作花ヲ丶ク机也

180 先帝の御れう（三六五4 集130） 先ニ親ノ御叓

181 五巻の（三六五5 集130） 五ノ巻

182 薪こるほとより（三六五7 集130） 採薪及クハラ 行基菩薩ノ
哥法花経ヲワカエシコトハタキ木コリ菜ツミ水ク
ミツカヘテソエシ此哥ヲハカセヲツケテヨムト也

183 さま〳〵のほう物《もち》ささけて（三六五8 集130） サマ〳〵丶ノホウモ

184 つねにおなし事のやうなれと（三六五9 集130）　草子地也

185 みこは中はのほとに（三六五12 集130）　兵ア卿ハアナタヘタチ給也

186 よかはの僧都（三六五14 集131）　恵心僧都隠遁号横川僧都

187 今はしめて思給ふる事（三六六11 集132）　中宮ノ詞

188 みやう香（三六七2 集132）　仏ニ供スル香也センタンクンロクナト也

189 雲井をかけて（三六七7 集133）　禁中ノ叓トイヘル不用　土卒天ヘ思ノホルトモ子ノヤミニハマトハント也

190 おほかたの（三六七11 集133）　世ヲソムクトテ子ヲモヲモハヌナトヽイハンハイツハリ成ヘシ実アル哥也

191 （　）（未）かつにこりつゝ（三六七11 集133）　引哥ニ及ハス五濁ノ世ハノカレシト也

192 かたへは（三六七12 集133）　半ハ御使ノヲシハカリテ返答申也

193 心しらひなるへし（三六七12 集133）　心ツカヒ也

194 いまはかゝるかたさまの（三六八3 集134）　出家ノ道具ヲ調テチサヽケテ　法物ヲ庭ニツム也　伊勢物語ニサヽケ物千サヽケハカリトアリ思ヨソヘリ

195 命婦の君も御ともに成にけれは（三六八4 集134）　命婦モ同心マヒラセラルヽ也

196 さるはかうやうのおりこそ（三六八5 集134）　草子地也

197 つゝましさうすらきて（三六八7 集134）　尼ニ成玉ヘハ源氏モニアマニ成叓也

198 としもかはりぬれは（三六八8 集134）　源氏（廿四）ノ年也

199 御念すたうを（三六八11 集135）　看経所也三条ノ御所ノウチ也

200 したしきはかり（三六八14 集135）　皆陸沈ノサマ也

201 （　）あを馬はかり（三六九1 集135）　白馬節會ハ春宮中宮ヘモ参ヨシ也正月七日ノ叓也

202 むかひの大い殿（三六九3 集135）　右大臣ハ二條也一チヤウハカリノヘタヽリナレハ也

203 千人にも（三六九4 集135）　一人當千也

204 ふかう尋まいり給へるを（三六九4 集135）　志深キ叓也

205 あいなく涙くまる（三六九5 集135）　牛乃ノヤウニモナキ叓也

206 くちなしの袖くち（三六九7 集136） 服者ノ色也

207 （〳〵）むへも心ある（三六九9 集136） 本哥音ニ聞松カ浦嶋キテ見レハムヘ心アル海人モ住ケリ　中宮ノ御出家ノ時素性カ哥也ヨク出合タルコトナレハ吟シ玉ヘリ哥モ此叓ヲ思ヒヨソヘ玉ヘリ　松カ浦嶋奥州ニ又別ニアルト云説モアリタヽ松嶋ノ叓也返哥モ松嶋ノ叓ヲ浦嶋トヨメリ

208 さもたくひなく（三七〇2 集137） 中宮ノ女房衆源氏ノ御叓ヲ云詞也

209 さる一物にて（三七〇2 集137） 又タクヒモナキ叓也

210 あいなう（三七〇6 集137） アチキナキ叓也

211 つかさめしのころ（三七〇7 集137） 春ノ除目ノ叓ヲコヽニテハツカサメシトイヘリ

212 御たうはり（三七〇8 集137） 給分也三宮ノ年爵ヲイヘリ大后中宮ナトノ叓也院ノ御給分モ是ニ同シ　大カタノタウハリトハソノ身ニトリテ加階スヘキ年労ヲ云

213 みふ（三七〇10 集137） 年貢ノ叓也　御封太上天皇二千戸三宮各千五百戸

214 人しれす（三七〇14 集138） 東宮源氏ノ御子ニテマシマスコト也

215 （〳〵）ちしのへうたてまつり給を（三七一4 集138） （良世左付清慎――）ナヽノ表奉リ給ヲ　孝経注ニ云七十老致仕懸其所仕之車　花鳥ニ致仕トイフハ七十ニ成テ出仕スマシキニヨリテ用タル車ヲモ先祖ノ廟ニ是ヲカクル叓アリ故ニ懸車ノ齢トモ云也

216 ひとそうのみ（三七一8 集138） 一孫也

217 三位中将なとも（三七一11 集139） 出仕ノ時ナラハ今年中納言ニナルヘキ人也ノチニハ内大臣ニナラレシ也

218 春秋のみと經（三七二4 集139） 禁中ニテ大般若ヲヨマセラルヽ叓也

219 ゐんふたき（三七二6 集140） 掩韻　古集ノ韻字ヲシタキテ何文字ト推シテ勝負ヲスル也　上古掩韻ヲ為宗不好連句云々當時絶タル物也

220 中将さるへきしふとも（三七二9 集140）

221 ふとの《殿》（三七三10 集140）　文庫ノ叓也

222 中将まけわさし給へり（三七三3 集141）　負方饗應ヲスル也左
ノ乃ハ源氏右ノ乃ハ三位ノ中将也

223 はしのもとのさうひけしき許さきて（三七三5 集141）　甕頭竹
葉經春熟階底薔薇入夏開 楽天

224 中将の御子の（三七三7 集141）　(紅)梅ノ右大臣也

225 四の君のはらの二郎（三七三8 集141）　右大臣ノムスメノ腹後
ニ紅梅右大臣柏木ノ弟也

226 うすものゝなをしひとへ（三七三13 集142）　ナヲシニハキヌヲ
カサネテキル物也四君腹ノ二郎君ニカツケタレハ
ヒトヘト也西殿御説

227 （＼）あはまし物を（三七三14 集142）　アハマシ物ヲサユリハノ
タコサコ（マヽ）七段ノウタヰニ　今朝サイタルハツ花ニ
アハマシ物ヲサユリハナノ　イセ物語カタノヽ段
ヲ思ヨソヘリ

228 それもかと（＼）けさひらけたる（三七四2 集142）　源氏ヲ花カ
ソレカト見マカヘタル体也ユリトイヘルハ不用サ

ウヒノ叓也　本哥古今ワレハケサウヒニソミツル
花ノ色ヲアタナル物トヲモフヘラナル

229 （＼）時ならて（三七四4 集142）　春秋ノ外ハ時節ナラヌ叓也
ワカ只今御無出乃ノ叓ヲヨソヘ玉ヘリ

230 うちさうときて（三七四5 集142）　早心ナリ

231 らうかはしく（三七四5 集142）　サハカシキ也　忩ゝ（マヽ）敷酒ヲモ
テハヤシ玉フトトカヲモトメテ酒ヲシヰ申サルヽ
也

232 からやうなる折（三七四6 集142）　當座ノ酒宴心ミタレノ時ノ
哥ナレハ後難ヲ思テ書モラスト也

233 たうるゝかたにて（三七四7 集142）　タウルヽハカタフク也不
審シタル叓也花鳥ニハタハルヽ叓ト也

234 （＼）文王の子武王のおとうと（三七四9 集143）　史記魯世家《ロノ》曰《ニ》
於レ是《コヽニ》卒《ツヰニ》相《シヤウタリ》二成王《ノ》一而使《メ》下其子伯禽《キンヲ》代《カワリ》就封《シユフウセ》中於
魯《ニ》上周公戒《イマシメテ》二伯禽《キンヲ》一曰我文王之子武王之弟成王之
叔《シク》父也於天下亦不賤矣然《シカル》一沐《スルニ》三投《ヒトル》レ髪一飯三吐
哺《ホヲ》起持《マツ》レ士猶《ヲ》恐《オソル》レ失《センコトヲ》二天下之賢人《ヲ》一子之《ユイテ》レ魯《ニ》慎《ツヽシンテ》

無ニ以レ国驕《ホコルコト》レ人ニ

235（〳〵）成王のなにとかの（三七四10 集143） 草子地也 周公ヲワカ身ニ比シ成王ニ冷泉院ヲ比シテノ給也冷泉院ハヲモテハ桐壷ノ御子ナレトモマコトハワカ御子ナレハ心モトナキトカケリ花鳥ノ説不當

236 帥の宮も（三七四ナシ 集ナシ） 後螢ノ兵ア卿トイヒシ人也源氏ト後マテ中ノヨキ人也

237 かんの君まかて給へり（三七四12 集143） 右大臣殿へ也

238 なやみて（三七五2 集143） 古今ノ序ニヨキ女ノナヤメルトイヘル心也

239 きさいの宮も一ところにおはするころなれは（三七五3 集143） 大后モ右大臣殿ニヲハスル也

240 宮つかさなと（三七五7 集144） 中宮ノツカサ也

241 心しりの人ふたりはかり（三七五10 集144） 弁命婦也

242 まつ宮の御方に（三七五11 集144） 太后ノ御カタヘ也

243 中将（三七五13 集144） 中将右大臣ノ御子

244 宮のすけ（三七五13 集144） 宮ノスケハ中宮ノスケ也

245 したゞに（三七五14 集145） 舌早ニ物イフ叓也

246 けに入はてゝ（三七六2 集145） 草子地也

247 うすふたあひなる（三七六5 集145） フタヒトヨムヘシ 一藍帯

248 おひ（三七六5 集145） 源氏ノ御帯夏ノ直衣ノ色也

249 たゝうかみ（三七六6 集145） タヽンカミトヨムヘシ

250 しんてんに（三七七2 集146） 大后ノヲハスル所へ也

251 おいの御ひかみさゝ（三七七6 集146） 老テ物ヲ弥堪忍セヌ叓也

252 さてもみんと（三七七9 集147） 内侍ニ密通ノ叓ナレハ智ニナシタキナトノ給ヒシ時ハ又源氏ノ心ニ七入下ハヌ叓也

253 なをそのはゝかりありて（三七七12 集147） 是ハ源氏ニ密通ノ叓アレハワツラハシクテ内侍ヲ女御ニモナシ給ハヌト也

254 おとうとのけんし源氏にて（三七八7 集148）

255 みなかの御かたに（三七八10 集148） 源氏ニ諸人心ヲヨヲルト

也

256 しのひて（三七八13 集148）　内侍ノ源氏ニ心ヲイレ玉フ叓也

257 すく〳〵しう（三七九1 集148）　コハ〳〵シキ也

258 さばれ（三七九2 集149）　サモアレ也

259 あまへて侍るなるへし（三七九4 集149）　アコヘテト云一本アリ心同シ大后ツヨク腹立アレハヲトヽハ聊尓ニイヒタルト後悔アル也思慮ノナキサマ也

260 うち〳〵に（三七九4 集149）　内侍ノ君ノ叓也

261 かろめろうせらるゝにこそ（三七九7 集149）　軽哢也

一校了

花ちるさと

花散里　巻ノ名哥ヲ以付侍リ源氏廿四才ノ夏ノ叓サカキノ巻ノチトマヘト見エタリ

（源廿四）

1
人しれぬ御心つからの（三六七1 集153）　藤ツホ内侍督ナトニ心ヲツクシ給叓也

2
世中なへていとはしう（三六七3 集153）　スマヘノ退ノ心也

3
さすかなる事おはかり（三六七3 集153）　ホタシヲホキ叓也

4
れいけい殿と（三六七3 集153）　麗景殿　花散里ノ婦（マヽ）君也　親王ナトハヲハヤネトモ桐壷ノ天皇御テウアイノ人也源氏モ御心ヨセイタハリ給人也

5
御おとうとの三の君（三六七5 集153）　花散里ノ叓

6
のこることなくおはしみたるゝ（三六七8 集153）　他国へ退給ハン御心中ナレハイツレモヲモヒ人タチニ心ヲマトハシ玉フ也

7
中川（三六七11 集154）　京極川也

8
よくなること（三六七12 集154）　能鳴調ノ叓欤又音ノヨキ琴カト也

9
さしいてゝ見いれたまへは（三六七13 集161）　スタレヨリ顔ヲサシイテヽ也

10かつらの木の（三八七14 集154）　祭ニ用ルモノナレハ也

11まつりのころ（三八七14 集154）　花散里ヘヲハスハカリノ叓ニテハサヒシケレハ筆ノアヤ也

12ほとへにける（三八八2 集154）　久シク無音ノ所ナレハ又タレ人ヲモカヨハスカトヲオツカナクツヽマシク思召也

13さき〳〵もきゝしるこゑ（三八八6 集155）　女房衆ノコエ也

14ことさらにたとるとみれは（三八八9 集155）　ワサトヲホツカナキサマヲツクルカト也

15（〳〵）うへしかきねも（三八八10 集155）　紫明　カコハネトヨモキノマカキ夏クレハウヘシカキネモシケリアヒニケリ　同　花チリシ庭ノ木葉モシケリアヒテウヘシカキネモ見コソワカレネ

16つくしの五節（三八八12 集155）　大貮ノムスメ也

17まつ女御の御かたにて（三八九2 集155）　花散トヲナシ殿ノ中ニ住玉フ也

18すくれてはなやかなる（三八九5 集156）　藤壷更衣ナトヤフノヲホエハナカリシト也

19（〳〵）いかにしりてか（三八九9 集156）　本哥　古今イニシヘノ叓カタラヘハ時鳥イカニシリテカ古声ニナク

20たち花の香を（三八九11 集156）　本哥万　橘ノハナチル里ノホトヽキスカタ恋シツヽナク日シソヲホキ

21いにしへのわすられかたふ（三八九11 集156）　イニシエノワスレカタフ　桐壷ノ御門ノ御形見ニモシハ〳〵参ヘキヲトカクウチスクスヨシ也

22大かたの世にしたかふ物なりけれは（三八九13 集156）　世中ニシカタウナラヒナレハ昔ノ叓ナトハカタラマホシケレトカタラヌト也

23人めなく荒たる宿は（三九〇4 集157）　軒ノツマトナルトハタヨリノ叓也ヨソヘテヨメリ

24西おもてには（三九〇5 集157）　西東ヲワケテ兄弟住玉フ

25つらさも忘れぬへし（三九〇7 集157）　花チルハ源氏ニヨクシタカヒタル人也

26それをあひなしと（三九〇11 集158）　ソレヲアヒナシトハ源氏

ハカリ初ニモイヒカハシタル人ヲハワスレス哀ニヲホシメス也サレト女ノ性ノミシカクテ別人ナトニカタライ等閑ニナルト也ソレヲモクンシハ世間ノサカトヲホシメシナスト也

27 とにかくに（三九〇11 集158） 左右《トニカクニ》

28 ありつるかきねも（三九〇12 集158） アリツルカキネモサヤウニテ無音等閑ニナルト也

一校了

すま

須磨　巻名以哥并詞号之　此巻ニハ源氏廿五才三月ノ㕝ヨリノ次年マテノ㕝アリ　カノスマハ　源氏彼浦ニ隠居㕝ハヲモテハ行平中納言ノモシホタレシ㕝又周公旦ノ管斉ノ譏ニヨリテ東征セシ㕝トヲ詮用トシテウラニハ又菅丞相西宮左大臣ノ太宰苻ニ左遷セラレシ㕝野相公ノ隠岐ヘナカサレシ例ヲモテ書リ此等ノ譬喩一途ナラス　五大所成シテ一身トナリ草木ヲ生スルカコトシ

（源廿五六）

1 世中いとわつらはしく（三九五1 集161）　源氏ヲ遠流アルヘキナト定アリケルニヤ　遠国ナトニウツリ玉ハン㕝ヲヽホシテミツカラ須磨ニ下給シ也

2 かのすまは（三九五2 集161）　（行平周公西左）

3 ひたゝけたらん（三九六4 集161）　物サハカシキヲ云和秘　叩《ヒタ》紫明

4 うき物と思ひすてつるよも今はと（世）（三九五7 集161）

5 あふをかきりに（三九五12 集162）　引哥我恋ハ行エモシラス

6 （〵）わかるへきかとてにもや（三九五13 集162）　引哥カリソメノ行カヒチトソ思コシ今ハカキリノ門出ナリケリ

源氏ノ心ニツキノ別ニモヤト思給ヘリ

7 入道の宮よりも（三九六7 集163）　藤壷宮コヽヨリ入道宮トイフ男女通シテ入道ト号ス

8 三月廿日あまりのほとになむ（三九六10 集163）　（西左　宍和）

9 そのおりの心地のまきれに（三九六14 集163）　例ノ紫式ア詞也

一云式アハ西宮左苻ノ思人ニテアリシカハ左迁ノヲリノマキレヲ書ル云〻但此物語カキ出ス此ト左

荇左迁ノ年トハルカニヘタヽリ不必當叓欤

10 大殿に世にかくれて《夜にかくれておほい殿にイ》（三九七1 集164）　世ニカクレテ世ニ忍玉フ也　夜イ本末ノ詞夜ト見ユ如何

11 あしろ車の（三九七2 集164）　網代車　非毛車糸毛之類也只普通車也紫明

12 わか君は（三九七7 集164）　夕霧也

13 つれ〳〵に（三九七9 集164）　左大臣詞

14 こしのへてなと（三九七12 集165）　コシノヘテ籠居タル人ノ外チ（マヽ）ルヲ云和秘

15 いちはやき世の（三九七13 集165）　スクレタルト云詞也

16 命なかきは心うく（三九七14 集165）　庄子曰壽　則　多　辱《イノチナカキモノハハチヲホシ》　論語曰老而不死為賊杖叩其脛

17 あめのしたをさかさまになしても（三九八1 集165）　（ウツホニ神功ニ三韓之新羅王）アルマシキ叓ナレハイヘリ

18 あちきなくなむと（三九八2 集165）　無道《アチキナシ》日本記

19 とある事も（三九八3 集165）　源氏詞　欲知過去曰見其現在果欲知未来果見其現在曰十二曰縁文

20 さしてかく官さくをとられす（三九八4 集165）　此詞ヲモテ見ルニ源氏ハ除名《ヂヨミヤウ》トミユ花ナリ来レル官位ヲコトヽシク除テ無位ノ人ニナルト云〻花猶花鳥ニクワシ

21 あさはかなる事に（三九八4 集165）　アサキツミ也和秘

22 うつしさまにて（三九八5 集165）　コノツネノサマ也和秘

23 遠くはなちつかはすへき（三九八6 集165）　ナカス叓和秘

24 昔の御物語院の御事（三九八10 集166）　左大詞

25 過侍にし人をよ《世》におもひ（三九八13 集166）　左大詞

26 古の人も（三九九3 集166）　左大詞也源氏ヲタスケタル心云〻

27 人の御門にも（三九九4 集166）　左遷叓　他州之帝也

28 御みきなと（三九九7 集167）　御酒也或神酒トモ或三寸トモ

29 いへはえに（三九九9 集167）　イハントスレハイハレヌト云心也古哥ノ心モアリ　イヘハエニフカクカナシキフエタケノ夜コエヤタレトトウ人モカナ

30 いつとなく（四〇〇10 集169）　宰相君詞

31 きこえさせまほしきことも（四〇〇12 集169）　源氏詞

32 なき人の別や（四〇一5 集169）　此返哥ヲモシロクヨミ給ヘリ

源ノ哥ニ引カヘタリ

33 殿におはしたれは（四一6 集170）　二条院

34 さふらひには（四一8 集170）　殿上也

35 大はんなとも（四一12 集170）　臺（マヽ）槃ハ殿上ニアリ

36 ひたやこもりにてやは（四二6 集171）　直隠万葉

37 猶世にゆるされかたうて年月をへは（四三1 集172）　源氏詞

38 大やけにかしこまりきこゆる人はあきらかなる月日のかけをたにみす（四三3 集172）（この部分の注は巻末203に別注有。）

39 心ほそけに（四四5 集174）　女御ノ叓也

40 かの人も（四四6 集174）　花散ノ上ノ叓ナルヘシ

41 すみはなれたらんいはほの中（四四12 集174）　イカナラン岩尾ノ中ニスマハカハ　世ノウキ叓ノキコエコサラン古今

42 ことなしにて（四五3 集175）　無為《コトナシニ》

43 きしかた行さきの（四五3 集175）　君見ステホトノフルヤノヒサシニハアフコトナシノクサソヲイケル　ムラトリノタチニシワカナ今サラニコトナシフトセシルシアラメヤ古今

44 れいの月のいりはつるほと（四五6 集175）　源氏ノ月ノ入カタヲ身ニ思ヘヨソヘ給也　例ノトハ毎夜ノ心カ又花鳥ニハ中納言君別ノ時ヲヲホスト云々

45 〳〵けにぬるゝかほなれは（四五6 集175）　アイニアイテ物思コロノワカ袖ハヤトル月サヘヌルヽカホナル古今

46 月かけの（四五8 集175）　此哥ニテ花散里ノ心ノウチムキテヨロシキ叓見エタリ只今別ノヲシキ心ヲツヽミモセスヨメリ大方ノ女ノコミサマニハカハレリ云々

47 〳〵しらぬ涙のみこそ（四五11 集176）　引哥行先モ　昰マテ花散巻ト一日也

48 りやうし給ふ（四六5 集176）　(両)領

49 さるへき所〳〵の券《(けん)》なと（四六5 集176）　券文

50 あふせなき（四七2 集177）　朧月ノ方ヘ哥ニ無実ナル叓ノ様ニヨミタマヘルハ用心也

51 つみのかれかたうはへりける（四七8 集178）　ツミノカレカ

タウ侍ケルトカヽル事モ先〻ノツミニテソアルラ
ン然ハノカレカタキト也　祇如此

52 あすとてのくれには（四〇七9 集178）　アストテノクレニハ
カク書タレトモ色〻ノ叓ヲ書リ

53 北山へまうて給ふ（四〇七10 集178）　北山マウテ給　何所トモ見
エス栄花物語ニ岩陰ト云所ニ御廟ノ事アリカヤフ
ノ叓ヲ思テ書ル歟云〻岩陰ハ松崎ノ奥ノ名所也
天暦陵云〻　又栄花物語此物語トノ時代同歟可決

54 たゝかくおもひかけぬ罪に（四〇八2 集179）　源詞七月八日ノ
タイ（マヽ）ハケト云所へヲハシマス　栄花第九寛治八六
廿二一條院崩御葬送七月八日也私勘

55 御山に（四〇八7 集179）　山陵也

56 右近のそうの蔵人（四〇九1 集180）　中川紀伊守カ弟也（伊与
子）ト系圖ニアリ

57 まかり申し給（四〇九6 集181）　辞見《マカリマウシ》日本記

58 御はかはみちのくさしけくなりて（四〇九13 集182）　古墓何世
人――詩心ウカヘリ

59 なきかけや（四一〇3 集182）　折フシ月ノ雲カクレタルヲ見テ
源氏ノ心ニ故院ノイカヽ我ヲ御覧スルニカ月ノへ
タヽリヌルハト心ノヲニヽ思給也　入道宮密通ノ
叓ヲ思給ナルヘシ

60 わらう命婦を（四一〇4 集182）　入道宮ノ御カハリニ春宮ニソへ
玉フ也

61 散すきたる枝に（四一〇9 集183）　散透也

62 御まへには（四一一1 集183）　冷泉院へ也

63 そこはかとなく（四一一2 集183）　命婦心也

64 さきてとくちる（四一一4 集183）　開落　源ノ栄辱也又来春ヲ
待也

65 （〵）時しあれはと（四一一4 集183）　引哥未見心ハ明也

66 おさめみかはやうとまて（四一一8 集184）　八雲抄云ヲサメハ
下女也　ヲサメ　ミカハ　イヤシキ人

67 この御いたはりに（四一一11 集184）　ハクヽミ也和秘

68 したには大やけをそしりうらみたてまつれと（四一一14 集184）
后《キミクラキトキハカセシタカフ》蒙風若尚書　君《キミクラキトキハツネニカセシタカフ》霧恒風若師古云凡

言恒者謂所行者失道則寒暑風雨不時恒久為災漢書
69その日は女君に（四三3 集185） ソノ日ハ女君ニ　此日ハ未
下向也
70おほしいりたるか（四三10 集186） 源氏ノカナシミノ色ヲ紫
上ニフカク見セシトテナクサメタル哥ヲヨミ玉ヘ
リ
71御舟にのり給ぬ（四三2 集186） 淀河ヨリナルヘシ
72またさるのときはかりにかのうらにつき給ぬ（四三3 集186）
一日ニ彼浦ヘ下着ノ叓不審也但サル叓モヤ又大ヤ
ウニ書侍欤
73おほえ殿といひける所は（四三5 集186） ワタノヘト云所也
和秘 渡邊橋東岸今謂樓岸昔此所立驛樓欤紫明
大江殿ハ斉宮帰洛ノ時ノ旅館也　ソレニ松ハカリ
ノコル也御代一度斉宮ノ旅所ナレハアレタルトイ
ヘルニヤ　ワタノヘヤ大江ノ岸ニヤトリシテ雲井
ニ見ユル伊駒山哉後拾遺良暹
74（／）から国に（四三7 集186） 屈原カ叓ヲ思ヘル也楚屈カ清
醒ヲ源氏ノ身ニ比シタル也但屈原ニ限ヘカラスト
云々花
75（／）うら山しくもとうちすんし（四三8 集187） 伊勢物語ノ
ヤウ思ヤルヘシ業平旅行之時詠此哥事哀モタクヒ
ナキ叓ナレハフリタリトイヘトモ今源氏ノ吟シ玉
ヘルハ又殊勝也トイヘリ
76（／）三千里のほかの心ちするに（四三10 集187） 三千里外随
行李━━須磨ヘノ程十二里ハカリノ間セ三千里ノ
心チスルトアリ其心哀也云々　十一月中長圭（至欤）夜三千
里外遠行人文集
77かひのしつくもたへかたし（四三11 集187） 泪ノ心モアルヘ
シ此詞ヲモシロシ　此夕ヘフリクル雨ハ七夕ノト
ワタル舟ノカヒノ雫カ赤人
78（／）もしほたれつゝ（四三13 集187） ワクラハニトフ人アラ
ハ須磨ノ浦ニモシオタレツヽワフトコタヘヨ行平
79かや屋とも（四四1 集187） 此所ニモトヨリカヽル体ノ屋ナ
トアリシト見ヘシ

80 かゝらぬおりならは（四一四2 集187）　罪ナクシテ配所ノ月ヲ見ハヤトイヘル心ニ似タリ
81 うへ木ともなとして（四一四6 集188）　末詞ニ春秋ノ花ノ叓アリ
82 との（殿）人なれは（四一四7 集188）
83 （〳〵）みきはまさりてなん（四一五2 集189）　（君恋ル）
84 こりすまの（四一五5 集189）　白波ハタチサハクトモコリスマノ浦ノ見ルメハカラントソヲモフ 紫明
85 大殿にも（四一五6 集189）　問云大臣ナル人ヲモ大殿トイヘル所アリ如何 一勘 イツレニモ通用シタル詞也　大殿ヘモサマ〳〵御文アリト見ルヘシ
86 ひきならし給ひし御こと《琴》（四一五10 集190）
87 そうつに（四一五12 集190）　北山僧都
88 かとりの御なをしさしぬきさまかはりたる心ちするも（四一六1 集190）　平絹ノナヲシ也直衣指貫ノ地ノ叓也夏秋ハ直衣年齢ニヨリテウス色アサ緑也冬ニハ白也サシヌキモ年ニヨリテアサキノ浅深アル也 一勘
89 まきはしらなとを（四一六3 集190）　ワキモ子カキテハヨリタツ真木柱ソモムツマシヤユカリトヲモヘハ 紫明
90 かはかりにうき世の人ことなれと（四一六12 集191）　源氏藤壷ニ密通ノ叓ヲハ世ニイヒイツル叓ナキ也人言也
91 いひいつることなくて（四一六13 集191）　イヒイツル叓ナクテヤミヌルハカリノハナトイヘル心ナルヘシ大ヤウニイヒノコシタリ其故ハ人ノ御ヲモムケモトイヘル心也人ノ御ヲモムケトハ源ノ心ツカヒヲイヘリ
92 うらにたくあまたにつゝむ（四一七5 集192）　浦ニタクアマタニ　マシテ朧ノ思ノ行カタモナキト也　海士源ニ比スル欤
93 姫君の御ふみは（四一七8 集192）　一条君へ文ノ詞本ニナシ
94 よるの衣を（四一七10 集192）　ヨルノ衣トヨメル下ノ心ニハトノヰ物ナトヲクタシ玉ノヨセモアルヘシ
95 中〳〵この道の（四一八4 集193）　人ノ親ノ心ハ闇ニノ哥ニハカハレルニヤト也
96 猶うつつとは（四一八7 集193）　伊鳥ノ文詞

97あけぬよの心まとひかと（四一八8 集194）　秋夜長〻〻無眠天不明耿〻残燈背壁影蕭〻暗雨打窓聲文集

98つみふかき身のみこそ（四一八9 集194）　ツミフカキ身ノミコソ　サマ〳〵ノ思ナルヘシ神叓ニ仏経ニウトキ叓ナリト云説不用也

99伊勢嶋や（四一八14 集194）　ワカ身ナリケリトヨメルニ源氏ハ定テ帰洛シ玉フ叓モアルヘシト云心アリ

100かく世をはなるへき身と（四一九9 集195）　源文詞

101（　）伊勢人の（四一九11 集195）　イセ人ハアヤシキモノソ此哥ヲモテヨミ玉フニヤ

102あれまさるのきのしのふを（四二〇3 集196）　此哥躰又花散里ノ心見エタリ　須磨ノ叓ナトサマ〳〵ナルヘキヲタヽサシムキテ古郷ノ体也心中モ又哀也

103かんの君は（四二〇7 集196）　朧月モ出仕ヲトヽメサセ給ト見ユ

104院のおほしの給はせし御心を（四二一2 集197）　前巻ニ院ノ御遺言アリシ叓也

105世中こそ（四二一4 集197）　無量壽経云為心走使無有安時有田憂田有宅憂宅牛馬六畜奴婢銭財衣食什物復共憂之古文云適有一復少一付有憂付無憂身心劬労無有安時紫明

106（　）いける世にとけ（四二一6 集198）　引哥恋シナン後ハ何センイケル身ノタメコソ人ハ見マクホシケレ拾遺大友百世　恋シナン後ハ何セントヨメルハヨカラメトノ給ヘリ　朱雀ノ朧月ニ後ノ世ニモトコソ契ルヘケレト也

107ほろ〳〵とこほれいつれは（四二一8 集198）　朧ノ泪也　朧月源氏ノ御叓ヲ思テナクニコソト朱雀ネタミ玉ヘル御詞也紫明

108今まてみこたちのなきこそ（四二一9 集198）　朱雀イマタ御子ナシ＼是マテ

109春宮を院ののたまはせしさまにおもへと（四二一9 集198）　冷泉院ヲ朱雀ノ御猶子ニサセ給ヘト桐帝ノ御遺言アリシト也

110 心つくしの秌風に（四三12 集198）　木ノマヨリモリクル月ノカケ見レハ心ツクシノ秋ハキニケリ古今

111 （＼）せき吹こゆると（四三13 集198）　（旅人ノ）タモトス丶シクナリヌラシ関吹コユル須磨ノ浦風行平朝ト　（秋風ノ忠見）花鳥ニクハシ

112 まくらうくはかりに（四三3 集199）　泪川枕ナカルヽウキネニハ夢モサタカニ見エスソアリケル古今

113 きん《琴》をすこし（四三3 集199）

114 あひなうおき居つゝ（四三6 集199）　アチキナキナルヘシ

115 けにいかに思らん（四三7 集199）　源氏ノ心ニ祇候人ヲ隣ミ給也人〻ハ源氏ヲカナシミ奉ル也

116 千枝つねのり（四三1 集200）　千枝　常則　此両人絵師也在高名録

117 （＼）つくりえをつかうまつらせはや（四三1 集200）　源氏ノスミカキヲ絵師ニ色トラセハヤ云説不可然只色トリタル絵ナトヲモカヽセハヤトイヘルナルヘシ

118 うみ《（海）》見やらるゝらうに（四三4 集200）

119 しろきあやのなよらかなる（四三6 集201）　花鳥ニ委シナヨヽカナヨラカ思同心歟（この部分の注は巻末204に別注有。）

120 尺迦牟尼仏弟子（四三7 集201）　金剛仏子某ナトイフコトクノ心也

121 ちいさき鳥のうかへると（四三9 集201）　鳫陣易迷秋嶺上鳧舟難弁夕陽中　此詩ノ心ニカナヘリ

122 鳫のつらねてなくこゑかちのをとにまかへるを（四三10 集201）　鳫声引櫓古集　雲衣《ウンエ》范叔羈中贈風櫓瀟湘浪上舟後中書王

123 初かりは（四三13 集201）　鳫ノ声ノカナシキハ是モワカ恋シクヲモフ人ノタクヒナリト云〻　又云待人ニアラヌ物カラ初鳫ノケサナク声ノメツラシキカナ能叶云〻

124 旅の空とふ声のかなしき（四三13 集201）　旅ノ空トフ飛也カナシキハ聞テカナシヤ也思ヲ催ス故郷人ニ類ス

125 民部大輔（四四1 集202）　惟光也

126 心からとこよをすてゝ（四四3 集202）　旅鳫ノ愁ヲ今ハ身ニ

シル心也　心カラト云ハカリノサマ也身ニカケテ
見ルマテモナキ欤
127 ともまとはしては（四二四5 集202）　鴈ノツラナレルカ友ヲマトハシテハイカナラントイフ也　ワカ身ノ友ヲマトハシタル心ヨリイヘル也
128 おやのひたちに成てくたりにしにも（四二四6 集202）　右近ノセウカ父ノ叓也紀伊守カ弟也
129 （楽天）（　）二千里外故人心と（四二四10 集202）
130 入道の宮のきり《霧》やへたつると（四二四11 集203）　榊巻ニ九重ニキリヤヘタツルノ哥叓也
131 夜ふけ侍ぬと（四二四12 集203）　源氏ノ月ヲ見給フ入給ヘト云ヘキニアラス物思入玉ヘルヲナクサメ奉ルナリ
132 月のみやこは（四二四14 集203）　都ノ叓也　月宮ニヨセテヨメリ
133 （恩賜）（　）おんしの御衣は（四二五2 集203）　恩賜ノ御衣イマコヽニアリトスシ給　去年今夜侍清涼秋憶詩篇独断腸恩賜御衣今在此捧持毎日拝餘香菅家
134 ひたりみきにも（四二五4 集203）　左右トハウシト一篇ニ思ハカリニハアラテ御衣ヲ身ニソヘテナツカシク思シキ心モアリト也
135 大貳は（四二五5 集203）　五節カ父也
136 るいひろく（四二五5 集203）　類弘
137 うらつたひに（四二五6 集203）　クカヲノホルモアルヘシ
138 せうようしつつ（四二五6 集203）　逍遙
139 （　）そち御せうそこきこえたり（四二五10 集204）　大貳ヲ帥トイヘルハ帥ノ闕ノ時ハ大貳カ帥ノ叓ヲトリヲコナフ故也云〻　箒木巻伊与介トアル所ニ花鳥ニ見エタリ
140 この《子也》ちくせんのかみそ（四二六? 集204）　大貳カ子也
141 （　）きこえをおもひて（四二六3 集204）　大貳モ子ノ筑前守モ都ノキコエヲ思テ心ノマヽニモ源氏ヘ中承ハラス是ハ君臣ノ道ヲ思フ義也　凡此巻ニ君臣ノ道朋友ノ交ナト見エタリ　源氏謫居ノ身ナレトモ恩賜御衣ヲ携テ君王ヲ思給ヨリ三位中将ノ朋友ニ信アリテ須磨ニ来リレトモ又物ノキコエヲ思テイソキ

帰リタリ君臣ノ道マテ皆五常ヲマモルヘキヲシヘ也

142 まか〳〵しう（四二六7 集205）　今ノ世ニモイマ〳〵シキ㕝ヲマカ〳〵シキトイヘリ狂〻也一勘

143 すき〳〵しさも（四二六8 集205）　イテワレヲ人ナトカメソ大船ノユタノタユタニモノヲモフコロソ

144 心ありて（四二六10 集205）　五節カ心ヲ云歟

145 （／）いさりせんとは（四二六10 集205）　思キヤヒナノ別ニヲトロヘテアマノナハタキイサリセントハ

146 （／）むまやのおさにくしとらする人もありけるを（四二六11 集205）　見河ー一勘見花鳥　口詩紫明　驛長無驚時変改一栄一落是春秋菅家

147 （／）ましておちとまりぬへくなん思ける（四二六11 集205）　人〻ノ物イヒカハシナトスヲ聞テ五節ハマシテ源氏ノ所ニ落トマリテモアリタクヲモフト也花鳥義吴或人驛ノヲサニ馬ノ櫛ヲトラセタル也ト申ヽカト慥ナル説ヲイタサスイヤシキツタヘナルラメトモ　口詩《クシ》ト習ヒ伝ヘ侍也口ニイヒテ物ニカキツケサルヲ口号ノ詩ト云ニヤ今イヒヤスキツキテクシ口詩紫明説トイヒナラハセルトソヲホユルマヽミカトノ御クチツカラ仰イタサルヽ御詞ヲハ口宣ト申ニコソ是モ号ノ字ヲ略シテ口詩トイヒナラハセルナルヘシ是ハ五節君トテ源氏ノ君ノ御思人ナリシカ父ノ大貳ニグシテツクシヘ下リシカノホルトテ父ハクカヨリノホリケルカ女ハラハ舟ニテノホルニスマノ浦風キンノ音ヲサソイキタルヲキヽテ琴ノ音ニヒキトメラルヽ――トキコヘタリシ御返事ニ　心アリテヒキテノツナノ――トテ給ハセタリシヲ見テ昔菅家ノトカナクシテ西ノ海ヘヲモムキ給シ時コヽニシテ驛ノワサニクチツカラ仰ラレタル詩ヲミツカラキヽケル人モアリシソカシワレモ御クチツカラ仰ラレンフキヽタラハイカハカリカハウレシカラマシト思ニヤカテモヲチトマリヌヘキ心チナンスルトイヒタルト心ウレハコソ弥泪モ

トヽマラス云フニ侍レ假櫛ヲトラセタル例アリト
モ只今思イタシテナニノアハレカアラントソヲホ
ユル又日本記ニハ口号ノ哥トカキテロウツシノウ
タトヨメリ

148 御かとを（四二六12 集206）（御門）

149 さすらへ給ぬるを（四二七2 集206）吟サスラヘ

150 哀なるふみをつくりかはし（四二七4 集206）アハレナル文ヲ
ツクリカハシ作文也

151 かうし（四二七5 集206）勘叓　勘タフナトノ叓《コト》也　考辞也紫明

152 かの（／）しかを馬といひけん人の（四二七7 集206）趙高指鹿謂馬
史記（秦趙高）叓見河　趙高カ乱ヲヲコサントセシ
ヲ源氏ノ當今ニウシロメタキ心アルニタトヘテ源
氏ニ心ヲカヨハス人〻ヲ彼群臣ノ高ニ順シテ馬ト
イヒシニヨソヘテ今弘后ノノ玉フ也

153 これやあまのしほやくならむと（四二八4 集208）須磨ノアマ
ノシホヤクケフリ風ヲイタミ思ハヌ方ニタナヒキ
ニケリ古今

154 よしきよにうたゝうたはせたいふに（大輔）（四二八9 集208）

155 ことものゝこゑともは（四二八10 集208）相如昔挑文君得莫使
簾中子細聴　惟喬親王紫明

156 （／）胡のくににつかはしけむ（四二八11 集208）翠黛紅顔錦繡
粧泣尋沙塞出家郷邊風吹断秋心緒隴水流添夜涙行
胡角一声霜後夢漢宮万里月前腸昭君若贈黄金賂定
是終身奉帝王王昭君朝綱卿

157 （／）たゝこれにしにゆくなり（四二九1 集208）（天廻〻）莫
發桂芳半月圓三千世界，周天〻廻玄鑑雲将霽唯是
西行不左遷菅家

158 とも千鳥（四二九4 集209）タノモシトハ源氏モ又都ノ人ニト
モナフ叓モヤト也

159 家にあからさまにも（四二九7 集209）スマニテノ私ノヤトリ
ノ叓也

160 くに（国）のうちは（四二九11 集210）

161 あこの御すくせにて（四三〇1 集210）入道ノムスメノ叓ヲ云
也

162 忍ひ〳〵に御かとの（四三〇3 集210）　有三夫人九嬪廿七世婦
八十一御妻長恨哥伝
163 御めを（四三〇3 集210）　妻紫明
164 え知給はし（四三〇5 集210）　夢ノ告アリシコト也
165 〳〵もろこしにも（四三〇10 集211）　（白氏――）和漢無罪ナト
ノ例ヲ云フヘシ
166 いかに物し給きみそ（四三〇11 集211）　明石尼公ノ源氏へ女マ
イラセン叓ヲ庶幾セヌヲトカメタル詞也君ソトハ
尼公ヲ云也
167 こはゝ宮す所は（四三〇11 集211）　桐壷更衣ハ明石入道ノヲチ
也大臣ノ弟也女ノサイハイアリ後マテ光アリシ例
ヲ引也
168 （名）なをとりて（四三〇13 集211）
169 身のありさまを（四三一4 集211）　明石上心也
170 としかへりて（四三一8 集212）　源廿六
171 いつとなく〳〵大宮人のこひしきに（四三一14 集212）　百敷ノ
大宮人ハイトマアレヤ桜カサシテケフモクラシツ
ノ哥ニテヨメリ
172 さくらかさしゝ（四三一14 集212）　花ノ宴ノ叓
173 〳〵ひとつ涙そこほれける（四三二3 集213）　ウレシキモウキ
モ心ハヒトツニテワカレヌ物ハ泪ナリケリ後撰
174 〳〵たけあめるかきしわたして（四三二6 集213）　（五架三間
新草堂石階松桂竹編墻又集　（楽天香炉――）
175 〳〵ゆるし色のき《黄》かちなるに（四三二7 集213）　花鳥ニウチキ
サシヌキト申　ユルシ色ハウス紅也キカチナルハ
黄ナル色ニヨレル也　ヤヌノ色ノ叓也カリキヌト
ハ如何
176 あをにひのかり衣さしぬき（四三二7 集213）　アヲニヒハ花田
ニ青ゲノマシレル也カリキヌサシヌキノ叓也花鳥
ニクハシ　此姿源氏叓歟
177 こ（四三二10 集213）　囲碁　堯造囲碁教丹朱
178 すくろく（四三二10 集213）　雙六　孟嘗君造之
179 〳〵たきのく（四三二10 集213）　（後漢書―）弾碁　後漢書梁冀
傳云弾碁藝経云弾碁両人對局白黒碁各六枚先列碁

相當更先弾也其局以石為之

180 かいつ物もて（四三三12 集214）　貝ナトヲトリタル物トモナルヘシ私抄

181 いねともとりいてゝ（四三三2 集214）　秣ナトナルヘシ

182 （〳〵）あすか井すこしうたひて（四三三3 集214）　御馬トモニ草カフ叓ニヨリテミマクサモヨシトウタフ也

183 わか(若)君の（四三三4 集214）

184 （〳〵）えひのかなしひ（四三三8 集215）　（楽江一別五年｜元稹）

酔悲灑涙春盃裏吟苦支頤暁燭前文集　紫明

185 あかなくに（四三三13 集215）　三位ノ中将ノ哥ハ秋ノ鴈ノヤウニ見ユ只此時ノ帰サノ叓ヲヨミ給ヘル斗ニヤ鴈ヲカリナルニカリテヨメル也哥ノ面ハ雁ト心得ヘキ歟

186 くろこ(駒)またてまつり給（四三四1 集215）

187 （〳〵）かせにあたりては（四三四1 集215）　胡馬北風嘶　古郷ヲ思心アリ

188 昔のかしこき人たに（四三四8 集216）　菅家ノ叓ニ相當レリ又大カタニテモ

189 たつかなき（四三四11 集216）　タツキナキ心也　靏ヲソヘタリ

190 （〳〵）いとしもとくやしう（四三四12 集216）　ヲモフトテイトヽモ人ニムツレケンシカナラヒテソ見ネハ恋《コイ》シキ拾遺

191 やよひのついたちにいてきたるみの日（四三四13 集217）　上巳叓見河海　三月上巳祓事漢書礼儀志云三月上巳日宮人並禊飲於東流水上　宋書云自魏已後但用三日不用上巳

192 せんしやう《障》はかりを（四三五1 集217）　センシヤウ花鳥ニ見ユ一答云軟障トアク幕ノヤウナル物ニ高キ松ナト絵ニ書テ壁ニソヘテ引也

193 このくにゝかよひたるをんやうしめして（四三五2 集217）　道満　陰陽師　仕播磨国

194 ひとかたにやは（四三五4 集217）　人形ヲソヘタリ

195 やをよろつ神も（四三五7 集217）　神書ニ見エタル詞也

196 との給ふに（四三五7 集217）　ノ給フニト書テ即風雨ノ變ヲアラハシタル心ハ源氏ノ只今罪ナキ由ヲ詠シ玉フニ感シテ天變ナトノサトシアリテ終ニ帰京ノ端トナ

レル此心ナルヘシ

197（ ）にはかに風吹いて﹅（四三五8 集217）　（周公尚書――）

198よろつふきちらし（四三五9 集218）　ヨロツ吹チラシテ又ナキ風也　周公旦居東二年秋大熟未穫天大雷電以風禾盡偃大木斯抜邦人大恐尚書

199ひちかさ雨とかふりきて（四三五10 集218）　イモカカト行スキカネツヒチカサノ雨モフラナンカサヤトリセン

200（ ）ふすま（雨脚）を（明月ノ）はりたらんやうに（四三五11 集218）　波ノシロキヲ云花鳥電光――

201（ ）たかしほと（四三六3 集218）　マス鏡（大伴皇子）サテソノ比波風フキテ高シホト云物入テ云〻人〻皆流ニケリ花鳥

202さは（ ）うみの中のりうわうのいといたう物めてする物にて（四三六7 集219）　（彦火〻出見――鈎――）サハ海ノ中ノ竜王ノ彦火〻出見尊兄ホノソ丶リノ尊ノ鈎ヲトリテ魚ニトラレテタ丶スミ給シ時塩土老《シホツ丶ノヲチ》トイヘルモサマ〳〵ノ術ヲシテ彦火〻出見尊ヲ海中ニ入奉テ豊玉姫ニアハセタテマツリテ後ニ干珠満珠ヲエテ帰リ玉フ叓アリコノ事ナトヲ思給ヘシ花―

一校了

203大ヤケニカシコマリキコユル人ハアキラカナル月日ノカケヲタニ見ス（四〇三3 集172）　本説如何一勘本説未考也意ハ無相違也違天意者日月ノ照覧モ可畏之由也

204ナヨラカ（四三三6 集201）　ナヨ丶カ　同心歟一勘和ノ字ノ叓歟

あかし

明石　巻名　以哥并詞為巻名　此巻ニハ源廿六才三月ヨリ　廿七才ノ秋帰京ノ時ノ叓マテアルヘシ

（源廿六七）

1 なほ〳〵雨風やます（四一1 集223）　后《キミ》蒙《ヤラキトキハ》風《カセ》若《シタカフ》尚書

2 〳〵世にゆるされもなくては（四一3 集223）　（伊周）公ノ遠流ノ道ヨリシノヒテ帰京セシ叓ヲ引リ時義等見花鳥　源氏ハ又ミツカラ彼国ニ向給シ故也

3 さはかれてなと（四一5 集223）　遠慮也　上機ノ心ツカヒ也

4 おなしさまなる物のみきつゝ（四一6 集223）　須磨ノ巻ニアリシ同様也

5 あやしきすかたにて（四一9 集224）　蓑笠ナトノ体ナル人ナルヘシ哀也〳〵

6 そほちまいれる（四一10 集224）　ヌレ〳〵マイレル也和秘

7 みちかひにてたに（四一10 集224）　（道）ノユキチカヒ也紫明

8 をやみなきころのけしきに（四一12 集224）　文ノ詞ノ中ヲコヘニ書タルヘシ

9 うら風や（四一14 集224）　幽玄ノ哥也

10 仁わうゑなと（四二2 集224）　仁王会叓　経云講読般若ハラ蜜七難即滅七福即生万姓安楽帝王歓喜　七難叓

日月失度星宿失度火雨風旱　鬼賊等為七難也去此
難七福自生也

11 ひふりいかつちのしつまらぬことは（四三7 集225）　氷紫明
此サトシハ周公ノ東征《セイ》ノ時天変ノアリシタクヒ也
花　周公旦ノヨソヘ榊巻ニモ見ユ

12 みてくら（四三1 集226）　御ヘイ也

13 すみよしの神ちかきさかひをしつめまもり給（四三2 集226）　彼
御神往還ノ舟ヲマホランノチカヒアリ花

14 帝王のふかき宮に（四三6 集226）　サフラウ人ゝ源氏ノ無罪
ノヨシヲ空ニウタフル也

15 家をはなれ（四三10 集226）　離家三四月落涙百千行菅家　左傳
云公卿非王命不越境

16 りうわう（四三13 集227）　竜王

17 らうに（四三14 集227）　廊

18 大炊殿と（四四1 集227）　食叓シタヽムル所也一禅

19 柴の戸おしあけて（四四9 集228）　源ノ性静ナルミユ

20 このかせ（四四13 集228）　アマトモノイフ也

21 やをあひに（四五2 集228）　ヤヲアイ八百合ナルヘシフカキ
心也一禅　八重ノコトシ

22 さこそいへ（四五3 集228）　サコソイヘ　上詞ニ君ハ念誦シ
給テナトサカシク書シニ対シテ也

23 こうじ゜゜たまひにければ（四五3 集228）　クタヒレタル也

24 すみよしのかみのみちひき給ふまゝに（四五6 集229）　明石
ヘウツリ給ヘキ瑞也

25 いささかなる物のむくひ也（四五9 集229）　薄雲密通ナトノ
叓ナルヘキ歟　又サナクテモ

26 おかしありければ（四五10 集229）　延㐂御門ノ天子ニ父母ナ
シト仰アラレシ叓ヲ引リ　又サモアラストモ

27 内裏にそうすへき事（四五13 集229）　源氏帰洛ノ叓也

28 月のかほのみきら〳〵として（四六1 集229）　月ノカホノミ
以下詞妙也云ゝ　杜詩残月在屋梁之心通セリ

29 よくそかゝるさはきも（四六4 集330）　カヽル左迁ノ悲ナク
ハ父御門ヲ夢ニモ見タテマツラシト也

30 ま（又）たやみえ給と（四六7 集230）　ネヌル秋ノ夢ヲハカナミノ

心也

31 源少納言（四六10 集230） 良清也

32 とくひにて（四六12 集231） 良清カ父モ播磨守ナリシ便也
トクイハ知人也

33 （＼）いぬるついたちの日の（四七2 集231） イヌル一日ノ日ノ
三月一日上巳ノ叓也ハラヘシ玉シ日ヨリノ雨風也

34 十三日にあらたなるしるし見せむと（四七4 集231） 十三日
ニ夢ノツケ也

35 雨かせいかつちの（四七6 集231） 明石入道サトキ心ニテ思
ヨル也

36 （＼）夢をしんしてくにをたすくる（四七6 集231） 殷武丁夢
傳説尚書 殷武丁位ニツキテノチ三年政ヲイハス
夢ノウチニ傳説ヲ見ルサメテソノ形ヲウツシテモ
トムルニ傳巌ノ野ニシテエタリ武丁政ヲマカセテ
海ヲワタランニハ汝ヲ舟カチトセントソキコエケ
ル武丁ハ高窓（マヽ）ナリ

37 あやしき風ほそう吹て（四七8 集232） 追手ニシツマリタル
心

38 後のそしりも（四七13 集232） 後ノソシリヲ 上ノ詞ニアリ
シ遠慮アリナカラ也

39 うつゝの人の（四七14 集232） 現在ノ人ノ叓サヘ神ノタスケ
ヲタノムヘシマシテカヽル身ニテ神ノ告ナランニ
ハ尤可憑叓也花

40 はかなき事をも（四八1 集232） 辛苦ノ叓トモアリシ也

41 我よりよはひまさり（四八1 集232） 官モ高ク又年齢ニマサ
リタル人ニ任スル叓ヨシト也

42 （＼）しりそきてとかなし（四八3 集232） 大名ノトニハ久不
可居ト云心也 老子経文云ゝ 不退有咎老子経文

43 （＼）うれしきつり舟をなん（四八8 集233） （波ニノミヌレ
ツルモノヲ吹風ノタヨリウレシキ海士ノ釣舟

44 は《這》ひわたるほとに（四八12 集233） チカキヲ云

45 けうをさかすへき（四八14 集234） 可催興之心也

46 たうをたてて（四九2 集234） 三昧堂タテヽ 種ゝノカマヘ
也

47いねのくらまちとも（四四九3 集234）　稲ヲヽサメタル蔵也

48すみよしの神をかつ〳〵おかみ奉る（四四九7 集234）　入道カ本意アル故也

49（〳〵）月日の光を手にえたてまつりたる（四四九8 集234）　入道ノ夢ニ見シ叓ニタヨリアリ

50京の御ふみとも聞え給（四四九14 集235）　京ノ使ハ須磨ニトヽマリタルヲ又メシタリ

51返〻いみしきめのかきりを（四五〇5 集236）　文ノ詞也

52はるかにも（四五〇10 集236）　シラサリシトハスマモアカシモシラヌ所ニウツリ給シ心也此句ヲモシロシ

53いと見まほしきそはめなるを（四五〇12 集236）　サフラウ人〻ノソハメ也

54あさりするあまともほこらはしけなり（四五〇14 集236）　アサリスルヨサノアマ人ホコルラシ浦風ヌルミカスミワタレリ　矜ホコル日本記

55御心地にもおかしと聞をき給し（四五一5 集237）　北山ニテノ物カタリヨリ也

56いひしにたかふと（四五一7 集237）　紫明ホトフルモヲホツカナクモヲモホエスイヒシニタカフトハカリハシモ又哥ナラストモ

57さらほひて（四五一13 集238）　饒庄了云　ヤセ〳〵ナル体也河

58さうしみは（四五二7 集238）　入道ノ女叓也

59（〳〵）あはとはるかに（四五三? 集239）　アハトハ阿波渡欤但アハト見ルハ海ノ泡ノヤウニ淡路嶋ノウカヒ出タル心也　淡路ニテアハトハルカニ見シ月ノチカキコヨヒハ所カラカモ古今ミツネ一勘ムカシノ哥ニヨミシ月ノ哀レサヘトナルヘシ引哥花

60からうといふ手を（四五三6 集240）　（晋ノ嵆康）（広陵）散《サン》琴ノ秘曲也在花

61しはふるい人とも（四五三9 集240）　コノハニウツモレタルシツノヲシツノメ也

62かきならし給へるこゑも（四五四1 集241）　心中ノ思ニヨテ心スコカルヘシ怨者其吟悲ノ心也

63ひはのほうしになりて（四五四3 集241）　平兼盛家集ニヒワノ

ホウシノアル所　四ノヲニ思心ヲシラヘツヽヒキアルケトモシル人モナシ　昔盲者ノ比巴ヲ引テアリキシ也

64 春秋の花もみちのさかりなるよりは（四五四6 集241）　定家卿
見ワタセハ花モ紅葉モノ叓ハ是ヨリヨミタルヘシ

65 水鶏のうちたゝきたるは（〳〵）たか門さしてと（四五四7 集241）
マタヨイニウチキテタヽク水鶏カナタカ門サシテイレヌナルラン

66 女のなつかしきさまにてしとけなふひきたるこそおかしけれと（四五四9 集241）　箏ノ事

67 （〳〵）延㐂の御手より引つたへたること三代になむなり侍りぬるを（四五四11 集242）　延㐂ノ御手ヨリ三代箏比巴ノ傳ノ次第ヲイヘリ

68 前大王の（四五四14 集242）　花前王トアリ　延㐂叓云々

69 （〳〵）山ふしのひか耳に（四五四14 集242）　琴ノネニ嶺ノ松風カヨフラシイツレノヲヨリシラヘソメケン

70 （松風ヲ）（〳〵）ことをことゝも（四五五2 集242）　松風ヲ耳ナレニケル山臥ハコトヲコトヽモヲキハサリケリ　琴ノ有風入松曲紫明　心ハアカシ女ナトノ上手ニテ源氏ノシラヘ玉フヲモヨクモキクマシキニト也

71 あやしうむかしより（四五五3 集242）　源詞

72 さかの御つたへにて（四五五4 集242）　源氏ノモノカタリシ給也サカ御門ノ女五宮ノ上手ニテヲハセシムカシノ叓ヲカタリ給也

73 女五宮（四五五4 集242）　嵯峨御門女御宮（マヽ）繁子

74 こゝにから弾きこめたまへりける（四五五6 集243）　明石女ノ引叓也

75 （〳〵）あき人の中にてたにこそ（四五五8 集243）　長安倡家女比巴引ノ故叓也御マヘニメシテトヨミキリテ心得ヘシ楽天カ聞シ叓ヲ引テ云欤商人ノ妻ノトノヒキタルヲキヽハヤス人ノアリシト也

76 さうのこととりかへて給はせたり（四五五12 集243）　入道ニヒカセンノ御心也

77 すくして（四五五13 集243）　スヽミタル也

78いまの世に聞えぬすち（四五五13 集243）　古メキタルヘシ

79ゆのね（四五五14 集243）　由音也

80（　）伊せのうみならねと（四五五14 集243）　伊セノ海ノ清キナキサノシホカヒニナノリソヤツマウカヒヤヒロハンヤタマヤヒロハン

81こゑよき人にうたはせて（四五六1 集244）　サフラウ人〻ウタフ也

82人〻にさけしゐそしなとして（四五六3 集244）　致ソス　ツヨク酒ヲシイタル也

83おい（老）ほうしの（四五六9 集244）

84おや大臣の（四五七2 集245）　入道ノ親ノ叓也

85むまれし時より憑む所なむ侍る（四五七4 集245）　夢想アリシ叓也

86よこさまのつみに（四五七10 集246）　源氏ノ語也

87ひとりねは（四五八4 集247）　入道哥也　女ノ叓ヲヲモハセタリ

88されとうらなれたらむ人はとて（四五八6 集247）　源氏ノナレヌ様子ハマシテト也　ウラナレタルヤウラノナミカナカセハフカネトモサヽラナミタツ　此哥返物ノヤウ

89かすしらぬ事とも（四五八8 集247）　紫式ア詞也

90こまのくるみいろのかみに（四五八13 集248）　高麗ノウスカウノカミ也裏ハ白外ハ香色ナルカミ也

91（　）思ふには（四五八14 集248）　思フニハシノフル叓ソマケニケル色ニハイテシト思ヒシ物ヲ古今業平

92たもとにつゝみあまりるにや（四五九5 集249）　ウレシサヲ昔ハ袖ニツヽミケリ今夜ハ身ニモアマリヌルカナ

93さるはなかむらん（四五九6 集249）　サルハト書ル心ハ御返ヲ書テマイラスル叓カシコサニハヽカリアレトモ又御返ナクテヤミナン叓ナラネハト云心也　哥ノ心ハ源氏ノ思モ女モヲナシ心ナルラントヲシハカリタル哥ナリ

94いとすき〳〵しや（四五九7 集249）　入道ノヲシハカリテ申モスキ〳〵シト也

95みちのくにかみに（四五九8 集249）　檀紙也ミチノクマユミノ

カミトイヘハ也
96 たまもなと（四五九10 集249） 女ノ裳也 （玉）ハホメタル詞也スクレタルモトイフニヤ ウラチニソヘテモイヘルナルヘシ 藻ニヨソテ書リ海邊ニ便アリ後撰ニ黒主カ哥モ此類アリ
97 せんしかきは（四五九10 集249） ヲホセカキ也
98 （＼）いひかたみと（四五九11 集249） （恋シトモ）マタミヌ人ノイヒカタミ心ニ物ノナケカシキカナ
99 このたひは（四五九12 集249） 先ハシメタル時ハナヨヒタル体ナラテ次第ニ如此也
100 とうなきを（四六〇1 集250） 無動ト云也
101 （＼）またみぬ人の（四六〇3 集250） 同哥詞ニテヨメリ女ノ身ヲ卑下シタル也源氏ノマタ見モシ給ハテ聞ナヤミヤシ給ランサヤウナラヌ身也ト也𪜈又一義也モシタマハシノ心也 又マタミヌ傍人ノアツカヰヲ思心歟云〻
102 二三日へたてつゝ（四六〇5 集250） 此心ヲモシロシ人モ見シリヌヘキ程ヲヽシハカリテト次ノ詞ニイヘルニ叶ヘリ如此ノ心ツカヒノ叓帚木ノ巻ニモアリ 物ウラメシキヲリ待カホナルランタ暮ナトアリ
103 らうして（四六〇9 集250） 領シテト云也
104 せきへたゝりては（四六〇13 集251） スマヨリ此浦ニウツリ給テ関ノヘタヽリタルト也イトヽ遠サカル心ヲ思ナルヘシ
105 たはふれにくゝもあるかな（四六〇13 集251） アリヌヤト心ミカテラアヒ見ネハタハフレニクキマテソコヒシキ
106 （＼）物のさとししきりて（四六一2 集251） （周公）
107 三月十三日に（四六一3 集251） 須磨ニテノ雨風ノ時ノ叓也
108 きさきに（四六一6 集251） 弘后
109 空のみたれる夜は（四六一6 集252） 五日風十日雨ナトニ対シテ書リ
110 （＼）御めわつらひ給て（四六一8 集252） 花鳥ニ二（マヽ）条院ノ御叓アリ
111 おほきおとゝうせ給ぬ（四六一9 集252） 二条太政大臣 悪大

臣也別ニ任シ玉フナルヘシ

112 つみにおちて宮こをさりし人を〳〵みとせをたにすくさす（四六一14 集252）　五罪　梏杖徒流死ソノナカニ徒三年是也　流移ノ人六載ニテ帰洛又三載ニテユルサル丶叓獄令ノ文花鳥ニ有サレハ三年タニトノ玉ヘリ悪后ノ心也

113 よこ°°もりて（四六二9 集253）　ウチコモリタル也

114 あいな憑みに（四六二9 集253）　カイナキタノミト云心也

115 十三日の月の（四六三10 集255）　八月十三日也

116 〳〵あたら夜の（四六三10 集255）　心シレラン人ニノ哥ノ心也

問云今夜ハ秋八月也アタラヨノトイヘルニ春ノ哥ヲヒケル如何　答云アタラヨノトイヘルカナラスシモ春季ニカキルヘカラサルカタ丶アラタニアキラカナル叓ニイフヘキニヤシカラハ春秋冬夏ヘタテナクソアルヘキ紫明

117 〳〵思ふとち（四六三13 集255）　ヲモフトチイサ見ニユカン玉津島入江ノ底ニシツム月カケ紫明

118 むま引過て（四六四1 集255）　京ヘ此マ丶モユカハヤノ心也此詞並哥ナトコ丶ニテノカサリニ書リエンナル叓也

119 あきの夜の月けの駒よ（四六四2 集255）　久カタノ月ケノコマヲウチハヤミキヌラントノミ君ヲ待カナ紫明

120 うみのつらは（四六四3 集256）　入道ノ濱ノ家ノ叓也

121 まきのとくち（四六四8 集256）　槙ノ戸ヲヤスライニコソサ丶サラメイカニアケヌル秋ノ夜ナラン　月イレタル真木ノ戸クチケシキハカリヲシアケタリ　此詞殊勝也ト定家卿モ感シ給ケルト云々此所ニテ此時源氏ヲ待ムカヘ奉ンニサシ過タランモ又心ツカイナカランモイカニソアルヘキヲケシキハカリヲシアケタリト書テ尤艶ナルニヤ能々可思云々

122 ちかき木丁の（四六四14 集257）　女ノスコシヒキ入タルニヨテ箏ナトノアルオクナル所ノサマヲ書タルヘシ

123 ことをさへやなと（四六五2 集257）　叓ノ字ヲ琴ニヨソヘタル欤キ丶ナラシタルトハ入道ノアケクレカタリシユヘ也

124 むつことを（四六五4 集257） 思人トカタリ合ナハ夢ノヤウナル身ノウヘノ思ナトモナクサムヘシト也源氏ノ身上誠ニ夢ノヤウナルヘシ

125 さうしのうちに（四六五7 集257） 女スコシオクニ入タルナト見ユ

126 そひえて（四六五9 集257） ソヒエテハヤハラカニノミハナクスコシスミタル体ニヤ

127 物いひさかなき（四六六1 集258） 源氏ノ例ノ遠慮也

128 （〳〵）ちかひしことも（四六六12 集259） （忘シト）チカヒシ叓ヲアヤマタハ三笠ノ山ノ神モコトハレ

129 なに事につけても（四六六13 集259） 詞ヨリ哥ニツヽケテ書ル也

130 身もなけつへき（四六七5 集260） 同シクハ君トナラヒノ池ニコソ身モナケツトモ人ニキカレメ後撰ヲキカセ

131 ゐをさま〳〵かきあつめて（四六七12 集261） 返叓キクヘキサマニ紫上ナトノ方ヘノホセテ見セ玉ヘリト見ユ此繪ヲ見給ハヽ紫上ノ御返叓モ心コトニアリヌヘシサレハ返叓聞ヘキトアリ繪合ノ時ノ両巻ニテハアルヘカラス 一勘云返叓ハ紫ノ君ノ返事ニ思ヨセテイヘリ 又義大ヤウニ心得ヘシ繪ナトヲ書眞ナル叓トモヲ見ン人ノ又アハレナル叓ナトアルヘキ様也ト也 紫ノ上ナトノ叓ナルヘシ

132 にきのやうに（四六八2 集261） 日記也

133 （源廿七）としかはりぬ（四六八2 集261） 源氏京ヲ出テ三年廿七ソノ春ノ叓也此年帰洛ノ叓アリ

134 内に御くすりのこと（四六八2 集261） 主上御悩ノ叓也

135 たうたいの御子《みこ》は右大臣の御女（四六八3 集261） 當代 右大臣ノ御女ヒケクロノ父

136 承香殿《そきやうてん》の女御（四六八4 集261） 承香殿ノ女御トハヒケクロノイモウト也

137 春宮（四六八5 集262） 冷泉院也

138 六月はかりより（四六九2 集263） 明石上懐妊叓也前ニ帰京ノサタアリマツ書ルナルヘシ

139 月もたちぬほとさへあはれなる空のけしきに（四六九0 集263）

七月ノ亊ニヤ花鳥ニハ六月云々次詞ニ程サヘ哀ナル空ノ気色トイヘリ初秋欤

140 少納言しるへして（集264 四六九13）　北山ニテ物語也サヽメキアヘルハ人ノイフヲ良清カ聞也

141 しほやく煙かすかにたなひきて（集264 四七〇8）　折カラ此浦ヲ別給ヘキ秋ノ哀トモヲ書ルナリサレハ身ヲツクシ巻ニタノ煙ナトヽ書ルハ此時ノ亊ヲ心ニシメ給シナルヘシ

142 哀にうちなきて（集265 四七〇12）　明石上ノ体ヨロシト見ユ

143 一ことをたに（集265 四七一1）　一亊トイヒテ琴ニヨセタリ

144 心にくゝねたきねそ（集266 四七一8）　ネタキトハ心モトマリイカニソスコシユヘアル心ニヤ

145 ひとことを（集266 四七一13）　一言ヲ琴ニソヘタリ

146 このねたかはぬさきにかならすあひみん（集267 四七二1）　ヤカテト云心ナリ

147 身をたくへまし（集267 四七二6）　身ヲモステンナトイフ心ヲヨメルニヤ　花ー恨タル心也云々

148 うち思ひけるまゝなるを（集267 四七二6）　明石上ノ身ヲタクヘマシトヨメルハ此ヲリフシ切ナル思ヲシノヒアヘヌ心也

149 しほとけしとや（集268 四七三3）　シホレタル也　カイシホレテナキタル体也

150 心のやみに（集269 四七三11）　心ノヤミトハ子ヲ思亊也　御ノホリニヲクリニマイラハソレニツケテモムスメノ亊ヲ思フヘシトニヤ

151 てしともに（集271 四七五1）　明石入道ノツカフ人ヲ弟子ト云也

152 きやうたう（集271 四七五2）　行道也

153 ものは（集271 四七五2）　入道亊也

154 御せうようなと（集272 四七五6）　逍遥

155 御くしのすこしへかれたるしも（集272 四七五9）　カミノウスラク也

156 （〳〵）みをはおもはす（集273 四七五14）　ワスラルヽ身ヲハヲモハスチカヒテシ人ノ命ノヲシクモアルカナ拾遺

157 かつみるに（四六1 集273）　カク見ル也　昔ハ此詞ヲカクト
用也
158 （〳〵）もとの御くらゐ（四六3 集273）　モトノクラヰモトハ参
議ニテ大将カケ給ヘリ
159 （〳〵）かすよりほかの（〳〵）権大納言になり給（四六3 集273）
花正ノ外ノ権ニナリ給ヘル也云々上古ハ大納言ノ
数二人寛平遺誡ニハ正権三人云々花鳥ニクハシ中
比ヨリ正一人権十人也云々
160 （老）おひしらへるともは（四六7 集273）
161 十五夜の月おもしろうしつかなるに（四六11 集274）　（八月）
十五夜ニヤ今月帰京也
162 あそひなともせす（四六12 集274）　主上ノ源氏ニ仰ラルヘキ
御詞イカニソアルヘキヲ此御詞ヲモシロシ
163 （〳〵）しつみうらふれ（四六14 集274）　アル本ニハシナヒウラ
フレ　ナツミウレヘタル心也
164 ひるの子のあしたゝさりし（四六14 集274）　カソイロ《父母》ハイカ
ニ哀トヲモフラン三年ニナリヌアシタヽスシテ
日本記竟宴哥朝綱　ヒルノコノアシタヽサリシ　三
年ニナルヿ云
165 （〳〵）宮はしら（四七2 集274）　（二神花）伊勢造宮ハ廿一年ニ
ツクルヲイフ歟古人尺如此　メクリアハントイハ
ンタメノ宮柱也
166 御八から（四七3 集274）　源氏ノ御願也コヽニテハアラヽシ
也
167 （十）春宮をみ奉り給ふに（四七4 集274）
168 世をたもち給はんに（四七5 集274）　末ニ受禅ノ叓アルヘキ
故ニ先此詞ヲ書リ
169 あかしのうらに（四七10 集275）　アカストヨセタル歟
170 あさきりの（〳〵）たつやと（四七10 集275）　朝キリノタツヤナ
ト思フモスム人ノナカムランモ程ヲ思ヤル心ナルヘ
シ花彼浦ヨリ思タツヤノ心云々
171 かのそちの（四七10 集275）　大弐ノ叓也　問云大宰帥ヲ大弐
ノ兼テ任スル叓アル歟　一答一人大弐帥兼ヌル叓
ハナキ也親王ノ帥ニ任スル時大弐帥ノ職ヲ行フ故

ニ帥トモイヘル也

172 （ヽ）まくなきつくらせて（四七七11 集275）　瞬マシロク メクワス　蠖此云
摩愚那岐日本記　和秘誰トモシラセテト云心也　マク
ナキツクリテ　メヲクワセタル体也　又花未決之
云〻

173 あいなう（四七七11 集275）　アイナウ――　アチキナク人シレ
ス源氏ノ叓ヲ思歎シ叓ノ今帰洛シ給フニヨテサメ
ヌルト也

174 かことやせまし（四七八1 集276）　カコチヤセマシノ心也　カコ
ツカコト横ノ相通也又所〻ヨルヘシ

一校了

みほつくし

ツレニクヽ　ツレナクニクキ也

澪標《ミヲツクシ》　巻名哥ニヨテ也　此巻ニハ源氏廿七才明石ヨリ帰京ノ年ノ叓ヨリ次年廿八才ノ十一月マテノ叓アリ廿七才ハ明石ノ末同年也

1 さやかに見え給し（四八三1 集279）　（源廿七八）

2 御八講し給（四八三3 集279）　（寛平）元年九月ニ古院光孝ヲ夢ニ見給テ御八講ヲコナハレシ叓アリ花鳥此物語何叓モ如此例アリシ叓ヲ思テカケル也

3 ものゝむくひありぬへく（四八三6 集279）　御門ノ御心也源ノ歎ノ報モヤト覚シケル也源氏ヲ悪后ノアシクヲホスニミカトハ古院ノ御遺言ヲヲホシテ悪叓ハムクヒアル叓ナレハトヲホシメシテ帰京ノ叓ヲアラタメ給テ御心チスヽシクナリ給ヘルト也

4 大かたの世の人もあいなく（四八三10 集279）　一カタニヲモフヲアイナクトイヘルニヤ

5 大宮も（四八三12 集280）　皇大后宮ナルヘシ前巻ニ大后云々

6 あくる年の（四八四13 集281）　（源廿八）

7 春宮の御元服の事あり（四八四13 集281）　冷泉院ノ叓

8 御くにゆつりの事（四八五4 集282）　御受禅　御譲位トモ

9 ほう（坊）にはせうきやう（承香殿）殿のみこ（四八五6 集282）

10 かすさたまりて（四八五8 集282）　勘数トハ左右ノ大臣ノ叓

也　依無闕左右ノ外ニ内大臣ノ官ヲヽカルヽ心也
11 事しけきそくには（四六五9集282）　職
12 摂政し給ふへきよし（四六五10集282）　一勘忠仁公良房摂政ノ
例也六十三ノ年齢ナトノ不相違也
13 （〽）人のくにゝも（四六五12集283）　（漢高）
14 しろかみもはちすいてつかへ（四六五13集283）　商山四皓　園
公　角里先生　綺里李　夏黄公
15 （〽）六十三にそなり給（四六六2集283）　（忠ー）
16 かのたかさこうたひし君もかうふりせさせて（四六六6集283）
（紅梅ノ）オトヽ也　柏木モ昇進アルヘシ弟ノ叓ヲ
イフニテシルヘシ
17 （〽）大殿はらのわか君（四六六8集284）　大閤ヲヲホトノトイ
フ大政大臣ヲモイフヘシ云々前大臣ヲモイフ云々一
禅一勘イツレニ通用シタル詞也
18 こ姫君のうせ給にしなけきを（四六六9集284）　ヨロコヒノ折
ニモ思出給心尤哀ナルヘシ源マヘノ別ノ時モサマ
〳〵葵上ノ叓ヲ思給ヘシ

19 よすかつけんことをおほしをきつるに（四六六13集284）　人々
ニシタカヒテシカルヘキ叓トモヲメクミハカラヒ
給也
20 二条院のひんかしなる宮院の御せうふんなりしを
（四六七3集284）　（東）ノ院ト号ス
21 わするゝ時なけれと（四六七6集285）　忘タマハネトモ御国ユ
ツリノ叓等大義ヲ本トシ玉ヘル心也
22 十六日になん（四六七9集285）　明石中宮誕生三月十六日　前
詞一日比ト書タリスコシ後ニヤ
23 すくえうに（四六七11集285）　若紫ー宿曜師ノ勘叓也
24 （〽）太政大臣にて（四六七12集285）　御門后ニアハセテ中ノヲ
トリトイヘリ夕霧左大臣ナレトモ末ニ大政大臣ニ
モ成給ヘキ也
25 こ院にさふらひしせんしのむすめ（四六八12集287）　花鳥ニアリ
26 はかなきさまにて子うみたりと（四六八13集287）　此詞哀也サ
ル体思ヤルヘシ
27 忍ひまきれておはしましたり（四六九4集287）　アカシヘクタス

メノトノ所ヘヲハシタル也　姫君ヲ切ニシ給心也
28あやしう思やりなきやうなれと（四八九7 集288）　源詞
29さすかにおほきなる所（四八九11 集288）　父ノ家ナルヘシ
30とかくたはふれ給て（四八九12 集288）　ナサケノ詞ナルヘシ
31うちつけの（四九〇4 集288）　カコツケニヤ
32いたしとおほす（四九〇5 集288）　イタシトハホメ給也
33御はかしさるへき物なと（四九〇6 集289）　太刀也昔ハ姫君ノ
生レ給シニモ御ハカシヲ奉ラレシ也
34いよ／＼いたはしう（四九一1 集290）　明石ノ女御ヲカタシケ
ナク思也
35さこそあなれ（四九一11 集291）　世ノナラヒサコソアレトイフ
詞也
36いとよくうちゑみて（四九二3 集291）　源ノ詞也　紫《ムラサキ》ノヲモハス
ニ物エンシヽ玉フハタカナラハシニカト也
37としころあかす恋しと（四九二5 集291）　紫上ノ心ナリ
38この人を（四九二7 集292）　源詞也
39またきに聞えは（四九二8 集292）　卒ニカタラハ紫ノアシク心
エ給ヘキニヤト也
40哀なりし夕のけふりいひしことなと（四九二10 集292）　明石ノ
巻ノシオヤク煙ノ叓又イヒシコトナトカタリ給也
41（〳〵）おもふとち（四九三1 集293）　紫哥也　明石ニテノ哥トカ
タリ給ニヨリテ煙ヲヨミ給ヘリ　源ヲ恨給心也
サキタチナマシトハ思ニキエヌヘシト也
42たれにより（四九三3 集293）　紫上ヲ思フユヘニコソ世ヲノカ
レナトモシ給ハテサマ／＼ウキシツミヌレト也
43いかにはあたるらむと（四九三9 集294）　五十日ノ祝也　三月
十六日ヨリ當也
44なに事もいかにかひあるさまにもてなし（四九三10 集294）　都
ニテアラハノ心也
45わか御すくせもこの御事につけてそ（四九三13 集294）　源ノス
マナトヘシツミ給シ叓モアカシ女御ノ出生シ給ヘ
キ宿世ニヤト也花ニハ行末イカヽナトミ（マヽ）心也云々
46（〳〵）うみ松や（四九四3 集294）　海湧松ナルヘシ不変ノ枕詞也
47この女君のあはれに思やうなるを（四九四8 集295）　明石上叓

也

48 おとろへたるみやつかへ人なと（四九四10 集295）　タツキナキ人ナトノ山スミナトモトムルカクタリヌル也ヨロシキ人ハマレナルト也

49 いはほの中たつぬる（四九四10 集295）　イカナラン岩ホノ中ニスマハカハヨノウキ叓ノキコエコサラン

50 いかにと（四九五4 集295）　五十日ヲソヘテヨメリ卑下ノ心也

51 よろつに（四九五4 集296）　明石上ノ文ノ詞ノサマ哀也カヤウニ思叓ヲモ書ヘキ人ナラネトモムスメノ叓ニエシノヒ給ハヌナルヘシ

52 （　）うらよりをちにこく舟の（四九五8 集296）　御熊野ノ浦ヨリヲチニコク舟ノワレヲハヨソニヘタテツルカナ

53 やんことなき人くるしけなるを（四九五12 集297）　上ラウナトモカホトハアリカタシト也

54 めつらしく御めおとろくことのなきほと（四九五14 集297）　花散ノサマ也

55 くゐなたに（四九六10 集298）　此哥尤優也云々　源ノ問玉フヲ月ニタトヘタリ卑《ヒ》下ノ体此家ノフリタル心ハカリ也

56 なとてたくひあらしと（四九七2 集298）　花散ノ心ニ源ノシツミ玉フ叓ヲ一身ノ思ノ様ニ思シカトモウキ身ニテハ苻《（マヽ）》面モカタクテ同シナケキ也云々

57 おいらかにらうたけなり（四九七4 集299）　サシテ恨ナトハシ給ハヌ体也花散ノ性ナリ

58 さる人のうしろみにも（四九七9 集299）　五節ナトヤウノ人ヲツトヘテシカルヘキ人ヲムカヘタラハソノ人ノウシロミニトヲホス也

59 かの院のつくりさま（四九七9 集299）　二條院ニハヲトルヘキニ作サマニヨテ中〳〵見所アル也

60 よしあるすらうなとをえりて（四九七10 集299）　ソノタヨリアル受領ナトニ仰テ造ラセラル丶也見花鳥

61 春宮の御母女御（四九八1 集300）　承香殿女御也

62 このおとゝの御とのゐ所は（四九八3 集300）　源氏ノ直廬ノ桐壷也一勘東宮ハ別殿ニヲハシマスニヨリテ昭陽舎ニヲハシマス也イツクニテモ便宜ニシタカウヘシ

63入道后宮御くらゐをまたあらため給べきならねは（四九八5 集300） 尼ニナリ給シカハ皇大后ナトニ成給ヘキナラネハ也

64みふたまはらせ給（四九八6 集300） 在花鳥

65おとゝはことにふれて（四九八10 集301） 悪后ハ源氏ヲヨカラス思給ヘトモ源氏ハカヘリテ后ニ心ヨセツカウマツリ給フ也

66人もやすからす聞えけり（四九八12 集301） 悪后ノ心ヲ世人ノヨカラスイヘル也

67兵部卿のみこ（四九八12 集301） 源ノ心大カタノ人〻ニハ左遷ノ時節ノ恨ヲモ見セ玉ハス旧悪ヲヲモハサル也サレトモ兵ア卿ニハソノトキノケチメヲ見セ給也紫上ノユヘニモ理ヲマケヌ性ヲ見セ給ナルヘシ

68おとゝは人よりまさり給へ（四九九5 集301） 源氏ノヲトヽノ心也

69いかゝし給はん（四九九6 集302） 宮ノ女御ノ叓也

70その秋（四九九6 集302） 源廿八才秋也 御堂関白例ニヤ同時ノ叓ヲ干書リ

71こそことしはさはる事ありて（四九九9 集302） 明石上懐妊ニヨリテ去年ノアキ今年ノ春参詣懈怠也

72いつくしき（四九九11 集302） 厳重叓也

73とをつらなと（四九九11 集302） 十烈（マヽ）

74六位の中にも蔵人はあをいろしるく（五〇〇6 集303） 一勘 麹塵ヲ青色トイフ今モ極臈ノ蔵人ハ着之也

75右近のせうもゆけいに成て（五〇〇7 集303） 一勘 六位ノ蔵人ニテユケイノ尉ヲカネタル也

76よしきよもおなしすけにて（五〇〇8 集303） （衛門）佐ナルヘシ 同トハマヘノユケイノ蔵人トノ叓也 一勘廷尉佐ハ赤衣ヲ着ス五位ナル人ナリ三事カケタル五位蔵人ハ今モ規模ニ申叓也 同トハ衛門ノスケノ叓也

77（＼）かはらのおとゝの御れいをまねひて（五〇〇14 集304） 依河原左大臣例賜童随身十人ミツラユヰテ紫ハソコノモトユイシタリ又御堂関白同有此事 見花鳥 或説忠仁公白河ニ住給ヲ河原大臣ト号ス云〻 禅御

説忠仁公伶童随身叓無所見云々　又融公童随身給
叓国史ナトニモシカス（マヽ）サレトモ如此叓注サヌ叓モ
アルヘシ此物語ニ書ルハ即支證トモ成ヘシ一禅御説

78おほとのはらのわか君（吾一2 集304）　夕霧八才也　源廿一ノ
トシ生レ給ヘリ

79雲ゐはるかに（吾一4 集304）　人ノ行末ノトオキ叓ヲ云也

80神も見いれかすまへ給ふへきにもあらす（吾一8 集305）　手
向ニハツヽリノ袖モキルヘキニ―　心通リ

81まつこそものはかなしけれ（吾一14 集305）　先也松ニヨソヘタ
リ神代ノ叓ト八古キ叓ト也スマ明石沈シ時ノ叓也

82なにはの御はらへなゝせによそおしうつかまつる
（吾二6 集306）　七瀬ニ　一勘七瀬ノ御祓イマノ世ニモ毎
月アル叓也近所ノ七瀬遠所ノ七瀬ト云叓アリ

83ほり江のわたりを（吾二7 集306）　仁徳御時ハシメテ堀シレ（マヽ）
タル川也

84（〳〵）今はたおなしなにはなる（吾二7 集306）　ワタヒヌレハ
今ハタヲナシ難波ナルミヲツクシテモアハントソ

ヲモフ拾遺

85たみのゝ嶋（吾三2 集307）　在摂津国　難波カタシホミチク
ラシアマ衣タミノヽ嶋ニタツ鳴ワタル古今　アメ
ニヨリ田蓑ノ嶋ヲケフユケハ名ニハカクレヌモノ
ニソアリケル古今貫之

86みそきつかうまつる（吾三3 集307）　明石上御祓也

87御はらへの物につけて奉る（吾三3 集307）　本綿ニツケタル
ヘシ

88なにはかくれす（吾三6 集307）　難波ヲヨソヘタリ雨ニヨリ
ノ哥ニヨテ也

89あそひとも（吾三8 集307）　遊女也

90いてやおかしきことも物の哀も（吾三9 集307）　源ノ心也
上達部ナトサヘ彼遊女ニメトメヌルヲ源氏見給テ
大カタ世ノ人ノ叓ヲ思給也

91人からこそあへけれ（吾三10 集308）　人カラニテコソ心ヲモ
トムヘケレ也

92なのめなることたに（吾三10 集308）　ナノメナル叓トハ大カ

タノ叓モト也　心ハサヤウノ人ノ叓モアハ〳〵シキニハ心モトマラヌ物ヲト也　今アソヒニ心トメタルケシキヲ見給テ思給也　是又ヲシヘナリ〳〵

93 をのか心をやりてよしめきあへるも（五〇三11 集308）　遊女トモノ体也

94 今や京におはしつくらむと（五〇三14 集308）　不日ニ音信玉フ御心殊勝ナリ可見云々

95 かのさい宮もかはり給にしかは（五〇四6 集309）　斉宮ハ御代一度タチ給フ云々

96 むかしたに（五〇四7 集309）　六御息所ノ叓也

97 みやひかにてすみ給けり（五〇四12 集309）　媚也　美麗也　閑也

98 いとかたき事（五〇六1 集311）　六御息詞源ハタノモシケニノ玉ヘトモ世間ノナラヒハサモアリカタキ叓也ト也

99 あいなくもの給かなと（五〇六7 集312）　アチキナク也

100 花やかにそきて（五〇六11 集312）　六条御息所歟

101 そひふし給へるそ（五〇六13 集312）　斉宮叓也

102 つらつゐつきて（五〇八14 集312）　支頤

103 けたかき物から（五〇七2 集312）　ケタカクテ又人チカナルヤウナル体モアルヘシ

104 こ院の御子たち（五〇七10 集313）　源ノ兄弟ノ叓也

105 おなしみこたちのうちに（五〇七11 集313）　秋好ヲ桐壷ノ御子ノヤフニ也

106 あつかふ人もなけれは（五〇七12 集314）　源ノ御子モアマタナキ心也

107 いとたのもしけに（五〇八6 集314）　源ノ心ヲ恨思シ人モト也

108 御さうしにて（五〇八8 集315）　源ノ叓

109 くもらはしきに（五〇九1 集315）　ニヒ色ノ心アリ

110 此人しれす思ふかたの（五一〇5 集317）　内ヘマヒラセンノ心ナリ

111 うへはいとあつしうおはしますも（五一一9 集319）　朱雀院ノ御病気カチニフハシマスヲハヽカル心也

112 とさまかうさまに（五一三1 集321）　源詞也　秋好参内ノ叓ヲトサマニカウリマニ思玉フ一ヨテカクマテ色々心

カマヘヲシ給フト也

113 女君にも（五二三3 集321）　紫上ニ也

114 大殿の御子にて（五二三8 集321）　中納言ノ女ヲヲホチ大臣ノ御子ニナシ給フ也

115 いとあつしくのみおはしませは（五二三13 集322）　入道宮叓

薄雲太上大皇叓　中宮ヲ辞シ玉テ此已後者中宮ニテハヲハシマスヘカラサル欤　後マテ中宮ト申タル如何

陽明門院誕生長和二七月皇女ニ我御太事（マヽ）栄花第十一御ハカシイツシカトモテマイレリ

よもきふ

蓬生　巻名　以詞并号ス（マヽ）　此巻ハ横ノ並也源氏廿七才叓八講身ヲツクシニアリナトノ叓ヨリ廿八才ミホツクシノ末ノ叓アリ末ノ詞ニフタトセハカリタノ（マヽ）フル宮ニナカメ給テトアリ末ハ竪ニナリヌルニヤ但末ノ事ヲ書タル斗也

（源廿七八）〔横又巻―哥―詞―〕

1 （／＼）藻しほたれつゝ（五一九1 集325）　和久良和ニトフ人アラハ須磨ノ浦ニ藻塩タレツヽワフトコタヘヨ　行平
哥ヲモテ源氏左迁ノ時ノ叓ヲ書リ廿五六七才ノ叓ヨリ書リ

2 たけのこの世のうきふしを（五一九4 集325）　コノ世ノウキフシトイハントテ竹ノ子トヲキタル計也ヲモシロシ
〱今サラニ何ヲイツラン竹ノコノウキフシヽケキ世トハシラスヤ後撰　ナヨ竹ノワカコノ世ヲハシラスシテヲホシタテツト思ヒケルカナ拾遺平兼盛

3 ひたちの宮の君（五一九7 集326）　末摘ノ叓也　上詞共ハ木ツムノ叓ヲハイハントテマツ人々ノ叓ヲイヒタリ

4 大空の（五一九11 集326）　本説マテモナシ

5 ほしの光をたらひの水にうつしたる心ちして（五一九11 集326）
七夕マツル時ノ叓也　乞巧奠事　タナハタマツ（マヽ）モ時タラヒニ水ヲイレテ庭上ニヲキテ星合ノカリヲウツシテ見ル叓ヲイヘル也

（世）
6 ようくおほしみたれし（吾二九12 集326）

7 うち忘れたるやうにて（吾二九13 集326）　ヤウニテノ詞ハ実ニハ忘給ハヌナルヘシ

8 さるかたにありつきたりし（吾三〇5 集327）　サヒシサニスミナレタルコロノ叓也

9 いとゝきつねのすみかになりて（吾三〇10 集327）　梟鳴松桂枝　狐蔵蘭菊叢トイヘル詩ノ心ニカナヘリ　此詩モ荒タル所ノ心也　松桂蘭菊梟狐ナトノスムヘキニハアラヌヨシ

10 こたまなと（吾三〇12 集327）　樹神也サレハカタチヲアラハシト書リ

11 はなち給はせてんやと（吾三一1 集328）　ウリ放チ給ヘシヤト云也

12 あないみしや（吾三一4 集328）　末摘ノ性也

13 わさとその人かの人にせさせ給へると（吾三一8 集328）　調度共ヲ物ノ上手共ノ名アルニシヲカセ玉ヘル叓ヲキヽツタフル人ノ所望スル也

14 せんしの君（吾三三1 集329）　禅師

15 おなしきほうしといふなかにも（吾三三2 集329）　木(法師)ト云説不幽玄同トキ法師ノ中ニモト也　キホウシキスクナルホウシ也キ男ナトイフカコトシ和秘

16 たつきなく（吾三三3 集329）　便

17 はなちかふ（吾三三7 集329）　放飼也

18 あけまきの心さへ（吾三三7 集329）　総角　童ノ惣名也

19 らう《廊》とも（吾三三8 集329）

20 ぬす人なといふ（吾三三10 集330）　賊貧家ヲウタスト云心ニカナヘリ

21 ふようの物に（吾三三11 集330）　不要

22 野ら（吾三三12 集330）　野原也

23 やふ（吾三三12 集330）　藪

24 おなし心なるふみかよはしなと（吾三三3 集331）　男ノ方ナトノ文ノ叓ニハアラス女トチノ音信ナトヲモツヽマシクシ玉フ也

25 からもり（吾三三7 集331）　唐守

26 はこやのとしかくやひめの物かたり（五三7 集331）　古物語トモ也　問云唐守ハコヤノトシ古物語歟　一勘合歟（マヽ）此体上ラウシキ心也

27 かむやかみ（五三10 集331）　紙屋川トモ神合川北野平野ノ間ヨリ流川也

28 きやう《経》うちよみ（五三12 集331）

29 斉院うせ給ひなとして（五四1 集332）　此斉院誰トモナシ

30 北のかたになり給へるありけり（五四2 集332）　末摘ノヲハ也

31 よろしきわか人とも（五四3 集332）　末摘ノ方ノ女ナトノ一向シラヌ所ヨリハトテ受領ノ北方ノモトヘ行カヨフ也花鳥ノ説同之サレトモ末ツムハ通シ給ハスト也

32 もとよりありつきたるさやうのなみ〳〵の人は（五四8 集332）　末摘ノヲハノ叓ヲイハントテ先世ニアルナミ〳〵ノ品ナル人ノ叓ヲイヘリ本性品タカヽラヌ人ノ妻ナトハ中〳〵思アカリ上臈シキ叓ヲコノミマネヒ心ヲモタツル叓アリ又ヤンコトナキスチナル人ナレトモヲチフレヌヘキ宿世ニヤ受領ノトノ妻ト成テ心モナヲ〳〵シキト也末摘ノヲハノ叓ヲイヘリ

33 侍従にも（五四14 集333）　末ツムノメノト子也

34 かの家あるし（五五2 集333）　末ツムノヲハノヲトコノ叓

35 ことよかるを（五五6 集333）　コトハヲヨクイヒナス也

36 ゑんしうけひけり（五五8 集334）　ウケイトヨム

37 けに世中に（五五9 集334）　ケニトハヲハノイヒシコトノ心也

38 もえいつるはるにあひ給はなむと（五五14 集334）　岩ソヽクタルミノウヘノサワラヒノモヘイツル春ニアヒニケルカナ万

39 たひしかはらなとまて（五六1 集334）　イヤシキ人〻マテノ心也　民代

40 （＼）わか身ひとつの（五六3 集334）　世中ハ昔ヨリヤハリカリケンワカ身一ノタメニナレルカ

41 仏ひしりもつみかろきをこそ（五六5 集335）　如是人難渡ノ心アリ

42 よのうきときは（五六8 集335）　世ノウキメ見エヌ山路ハイ

43 （ヽ）見えぬ山ちをこそはたつぬなれ（五二六8 集335）　御芳野
ランニハ思フ人コソホタシナリケレ
ノ山ノアナタニ宿モカナ世ノウキトキノカクレカ
ニセン

44 わか身はうくてかく忘れたるにこそあれ（五二七2 集336）　只
末摘ノ身ノウキ果報ニテ忘ラレヌルト観シ玉フ也

45 こ院の御れうの御八講（五二七11 集337）　（十月水尾日）ミホツ
クシノ巻ニアリシ八講叓也同時ナルヘシ十月ハカ
リノ叓也

46 ことにそう《僧》なとは（五二七11 集337）

47 （ヽ）みつの道とたとる（五二八11 集338）　蔣詡字元卿　舎中竹下
開三逕　門ヘユク道　井ヘユク道　カワヤヘ行道

48 つゐえたれと（五二八14 集338）　煩費紫明　ヲトロヘタル体也

49 かたしけなくともとりかへつへくみゆ（五二八14 集338）　末ツ
ムニ侍従ヲトリカヘツヘシトハ侍従ヲホメタル也

50 大将殿なと（五二九7 集339）　大将ヲサリ玉フヘケレトモ女ノ
イヒツケタルマヽト云〻　花ニ

51 〻式《兵》部卿の宮の御むすめ（五三〇3 集340）　式ア卿トアル本アル
欤書アヤマリナルヘシ乙女ニ式ア卿ニハナリ玉ヘ
ル也紫上ノ叓也

52 やふはらにすくし給へる人をは（五三〇6 集340）　ハラトヨム
ワラニハアラス

53 さらはけふはまつ（五三〇10 集341）　侍従詞

54 また（又）おほしわつらふも（五三〇11 集341）

55 かたみにそへ給ふへきみなれ衣もしほなれたれは
（五三〇14 集341）　カツシカヤイセヲノアマノヌレ衣シホ
ナレタリト人ヤトカメン

56 くのえかう（五三一3 集341）　薫衣香ト云タキモノヽ名也

57 ひと（二）つほくして（五三一3 集341）　薫物器物也

58 こまゝの（五三一5 集342）　侍従カ母ノ叓也

59 こしのしら山（五三二4 集342）　住吉物語ニモカヒノシラネ思
ヒヤラルト書ル此類也　君カユクコシノシラ山シ
ラネトモ雪ノマニ〱アトハタツネン　雲ノヰル
コシノ白山ヲイニケリフホクノ年ノ雪ツモリツヽ

60よるもちりかましき（五三二6　集343）　塵ノツモリタル也

61年かはりぬ（五三三11　集344）　源氏（廿八）也

62おほきなる松に藤のさきかかりて（五三三1　集344）　此時ノサマ尤エン也

63さとにほふかなつかしく（五三三2　集344）　引哥マテモナシ

64たち花にはかはりてをかしけれは（五三三3　集344）　花鳥云橘ナラネト又ヲカシト也　此時花散里ハシノヒ玉フ道ノ叓ナレハ思出玉フ也

65ひるねの夢に（五三三10　集345）　父宮ノカナシミ給故ニ瑞夢トモイフヘシ折フシ源氏ノ問給フ時ナリ

66なき人を（五三三14　集345）　此哥ハ感アルヲリニテ哀ナリ

67かうしふ（二）たま許あけて（五三四3　集346）

68ゆへある御せうそこも（五三五11　集348）　此時ハ哥ナトヲマツヨミ入テ返シナトアリテ後入給ナハエンナルヘキヲ末ツムノ心ヲソサヲイトヲシクテヲシハカリ給テサモナキ也

69尋ても（五三六2　集348）　哥ヲヨミカハシ給叓モナキハスヘナキヤフナレハトトリカヽチ給心ヲモシロシ

70けにこの下露は（五三六4　集348）　只今ノ露ノシケサハケニ宮キ野ノ木ノ下露トヨメルヤウナリト也

71すきならぬ木たちのしるきに（五三六14　集349）　（杉）ナラヌ木立ノシルキニ　杉ハタツヌルシルシナレハ也

72（〳〵）ひきうへしならねと（五三七10　集351）　ヒキウヘシ（人ハムヘコソ）フイニケレ（松）ノ木タカクナリニケルカナ躬恒

73松こそやとの（五三七12　集351）　上ノ詞ニ杉ナラヌシルシノ詞ヨリヨミ玉ヘル也

74（〳〵）ひなのわかれにおとろへし（五三七14　集351）　思キヤヒナノワカレニヲトロヘテアマノナハタキイサリセムトハ古今小野篁

75うへのみるめよりけ（五三八8　集352）　宮ノアレタルサマミルメ哀ナルヨリハ又ミヤヒカニミユルト也

76（〳〵）塔こほちたる人もありけるを（五三八8　集352）　（桂中納言ー堂ー顔叔ー男也）顔数子（マヽ）カ叓ト云〻貞心ノ叓也

花鳥ニハ顔叔子ハ男也カツラノ中納言也物語アリ丁コホツ也マコトシキ女ノ叓也云々未《イマタ》一決云々畢竟シホ（マヽ）ラナル人叓ナルヘシ河内本丁トアリ

77 御めうつしこよなからぬに（三五八13 集352）　花散ノ家ノサマモハナヤカナラヌ所ナレハ末ツムノ宮ノアレタルモメウツシモコトノ外ナラヌト也

78 まつり（三五八14 集352）　賀茂祭

79 こけい（三五八14 集352）　斎院御禊

80 二条の院ちかき所（三五九6 集353）　東ノ院也

81 心はへなとはたむもれいたきまてよくおはする御ありさまに（三六〇1 集354）　末ツムノ性ノナタラカナルニナラヒタル人々ノ又受領ナトノハシタナキニウツロヒテ末ツムノカタヲシタイ帰叓也

82 ものゝ思やりも（三六〇5 集354）　シツミ給シ時思ヤリモシリ玉ヘル也

83 （　）ふたとせはかり（三六〇9 集355）　此詞ニテ一両年ウツルヘシ

84 かの（　）大弐の北のかた（三六〇13 集355）　年ノウツル叓見ユ例ノ行末ヲ書タルヘシ

85 今すこしとはすかたりもせまほしけれと（三六一1 集355）　紫式ア詞也

一校了

せき屋

関屋　巻名　以詞為名　関屋イカナル関ナレハトモ云ヘケレトモ　関屋イカナルテニハノヤ文字ニ用テ可然　此巻横ノ双也　源氏廿八才ノ九月マテ也（私但空蝉カ㕝シハラク後ノ㕝ヲモイヘリ）ミヲツクシノ末廿八才十一月ハカリマテノ㕝アリ蓬生ハ卯月比マテ見ユ仍此巻横歟

（源廿八　御詞　竪丨又）

1 伊与のすけといひしは（五四七1 集358）　源氏スマヘ赴シ給シ前ノ年常陸ニ成テクタリシ也

2 つくはねの山を吹こす風もうきたる心ちして（五四七4 集359）　人ニモカナヤコトツテヤランノ心ニテ書リサレトモウキタルヤウニ憑カタクテト也カヒカネヲ引カヘタリ

3 （〳〵）又（源廿八）のとしの秋そひたちはのはりける（五四七6 集359）　一任四ヲ（マヽ）年ニテ五年メニノホル也　源氏ハスマヘ下給テ都合三年ニテノホリ玉ヘリソノ前年クタリタレハイマ五年メニノホルヘシ

4 すき（杉）のしたに（五四七11 集360）

5 車ともかきおろし（五四七12 集360）　牛ヲハツシテ轅《ナルエ》《エン》ヲヽロス也

6 こ（木）かくれにゐかしこまりて（五四七12 集360）

7 さい宮の御くたり（五四七14 集360）　伊勢斉宮下向㕝

8 なにそやうのおり（五四八1 集360）　賀茂祭ナトノ㕝ヲヽセヘ

リ

9 しも（霜）かれの草（五四八3　集360）

10 いろ〳〵のあをのつき〳〵しきぬいもの（五四八4　集360）奥入　狩襖《アヲ》ハヌイ物ヲモク丶リソメヲモスル也　又織物ヲモ用也花鳥

11 えしり給はしかし（五四八10　集361）エシリ給ハシカシトハ空蝉心中ニ思哥ナレハ也

12 一日まかり過し（五四八11　集361）源氏石山ニ御逗留アリシニヤ

13 きのかみといひしも（五四九2　集361）紀伊守ハ中川ノヤトノアルシコノ右近丞ハ伊与守カ子也　スマヘ下リシ也

14 一日は（五四九7　集362）文ノ詞也

15 しほならぬうみ（五四九8　集362）シホナラヌ海トハ見ルメナキト云心ヲヨメリ

16 むかしにはすこしおほしのくことあらむ（五四九12　集362）小君カ源氏ニ随奉ラヌ故ニカク思ケル也

17 せきやいかなるせきなれは（五五〇3　集363）関ヤイカナルトテニハ也

18 のこしをく玉しゐもかな（五五〇11　集364）花鳥　哥ヲ出玉ヘリ

一校了

ゑあわせ

繪合　巻名㕝　此巻ハ源氏卅才㕝　ミヲツクシト此巻トノアヒタ一年アルヘシ

（源卅、、以詞）

1 前斎宮の（五五七1 集369） 秋好（廿二）

2 （〳〵）御まいりの事（五五七1 集369） 秋好也冷泉ノ女御ニ御参也

3 中宮の御心にいれて（五五七1 集369） 薄雲 一勘――モト中宮ニテマシ〳〵ケル故カクハカケル也

4 とりたてたる御うしろみもなし（五五七2 集369） 源氏ノ心

5 二条院にわたしたてまつらん事をも（五五七3 集369） 二条院ヨリ入内アラセハヤト思玉ヘトモ朱雀院ヲハヽカリ給也

6 御くしのはこ（五五七6 集369） クシイルヽ箱也 和秘

7 うちみたりのはこ（五五七6 集369） 髪ノ具ナレハ打ミタリト云也 ピンノクソク也 和秘

8 かうこ 濁ノ のはこ（五五七7 集369） 香粉 カウ入タルツホ也 和秘

9 百ふのほかをおほくすきにほふまて（五五七8 集369） トオク薫衣香ノニホフト也

10 心ことにとゝのへさせ給へり（五五七8 集370） 朱雀院ヨリ也

カケ〳〵シキ音信ニハアラス

11 かくなんと（五三七10 集370） 秋好へ見セ申也

12 女へたう御らんせさす（五三七10 集370） 女別當一注サカ木ニアリ

13 たゝ御くしのはこのかたつかたを見給に（五三七10 集370） 大シヤウナル心也タヽノ字在感

14 さしくしのはこの（五三七12 集370） 只櫛欤一注 一勘云斉宮ノ額ニサシ給フヘキ故ニサシクシトハイヘリ

15 （〳〵）心はに（五三七12 集370） コヽロハ 櫛ノ箱ニ花ノ枝ヲカネニテウチテソヘタル也 コヽロハ 浅カラヌチキリムスヘルコヽロハ゜゜ヽ手向ノ神ソシルヘカリケル拾遺能宣

16 わかれちに（五三七13 集370） 斉宮ハ御代一度下向シ給叓也

17 （〳〵）をくしをかことにて（五三七13 集370） 不時ニ帰京アルマシキヨシノ御詞アル叓也其時ノ叓ヲカコツケニテハルカナルヘキチキリニ神ノイサメ給フ欤ト也

18 おとゝこれを御らんしつけて（五三七13 集370） 此種〻御音信ノ式ヲ大カタ見給也哥ナトヨク見給ナルヘカラス

19 かゝるたかひめのあるを（五三八2 集370） 冷へマイリ玉フ叓朱雀ノ御心ヲ推ハカリ給也

20 つらしとも思きこえしかと（五三八5 集371） 譎居ナトノ叓ニ朱雀ヲ恨申ケル叓也

21 又御せうそこもいかゝなと（五三八7 集371） 朱雀ヨリノ文ノ叓也

22 いにしへおほしいつるに（五三八12 集371） 大極殿ニテノ叓也御涙ヲトシ玉フ叓ナト也其時朱雀ハ廿五才也

23 こ宮すん所の御事なと（五三八14 集371） ソノヲリノ叓ヤカテ御息所ノ叓ヲ思也哀也

24 かへりて物は（五三九2 集372） カヘリテ今ハ 祝言ナリシ叓ナレトモ也

25 院の御ありさまは（五三九4 集372） 源ノ心

26 うちはまたいとはけなく（五三九5 集372） 此巻ハミホツクシノ巻ノ次ノ年ニハアラス三年メナルヘシ内ハ十三才ハカリニテヲハシマスヘシ但シ卄テ御年ノサ

タ無用ニヤ

27 にくき事をさへおほしやりて（五五九7 集372） 斉宮ノ心ヲハカリテ也冷ヘマイリ給叓ヲモハシカラスヤト也

28 すりのさい相を（五五九8 集372） 参議ニテ修理人夫ヲカケタル也一人也

29 よき女はうなとはもとよりおほかる宮なれは（五五九11 集373） 六条宮也

30 さこそえあらぬ物也（五五九14 集373） 世ノ人ハエサヤウニヤサシキ叓ハアリカタキヲト也

31 中宮もうちにそ（五六〇1 集373） 薄雲ノ内ニヲハス也 三条宮ニヲハスル也

32 こき殿には（五六〇7 集374） 致仕大臣女也

33 これは人さまもいたう（五六〇8 集374） コレハ人サマモ 秋好

34 あなたかちに（五六〇10 集374） コキ殿ニナリ

35 権中納言は（五六〇11 集374） 中納言ノ女ヲ后ニモト思シニ秋好ヲハヽカリ玉フ也

36 院には（五六〇12 集374） 朱雀院也

37 そのころおとゝ《(源)》のまいり給へるに（五六〇13 集374） 秋

38 めてたしとおもほししみにける御かたち（五六一4 集375） 好ノ体ノ叓也源モイマタシカト見給ハヌ也

39 見たてまつり給ふまゝに（五六一8 集375） 連ゝノ様ヲヘシハカリタル也見タルニハアラス

40 兵ア卿宮（五六一9 集375） 薄雲ノ兄宮也

41 ゑをけうある物におほしたり（五六一11 集376） 主上ノ御叓

42 ましておかしけなる人の（五六二1 集376） 秋好

43 いみしくいましめて（五六二5 集376） カタクロカタメナトスル也

44 月なみのゑも（五六二8 集377） 十二月ノ繪也一勘云年中行叓ナトヲ云ヘシ

45 いたくひめて（五六二10 集377） カクス叓

46 この御かたに（五六二10 集377） 秋好方へ也

47 こたいの（五六二13 集377） 古代 古体トモ

48 殿に（五六二13 集377） 二条院也

49 ことのいみあれは（五六三2 集377） 祝ヘキ折フシ也

50 かのたひの御日記（五六三3 集377）　スマアカシニヲハシマシヽ様ノ心ヲ思ゝカヽセ給ヘル也

51 御心ふかくしらて（五六三4 集378）　一向シラサル人ナリトモ哀ナルヘシ

52 ひとりゐて（五六三8 集378）　スマノ巻ニハ女君モ書給タリト見ユ　サレトモイマモ忍給テカクヨミ玉ヘリ　繪ヲモカキテナクサムヘカリシ物ヲト也

53 かへる涙か（五六三10 集378）　ナミソヘタル泪カナノ心也

54 中宮（内）はかりには（五六三10 集378）　薄雲

55 うちわたりも（五六四1 集379）

56 むめつほの御かたは（五六四5 集379）　（内ゝ）秋好也

57 いまめかしき花やかさは（五六四7 集379）　實ナラヌ方也

58 こよなくまされり（五六四7 集379）　コキテンノハ勝タル也

59 ひたり（五六四11 集380）　左梅壷

60 みき（五六四11 集380）　（内ゝ）右弘徽殿

61 かたわかせ給ふ（五六四11 集380）　後度叓也　勿論也　花鳥ニ見　ウヘノモ宮ノモトアリソレハ惣シテノ叓也繪合ハ二タヒ也　ハシメノハ梅壷ニテト花鳥ニアリ三月十日頃ト又後ト也

62 たけとりのおきな（五六四14 集380）　梅壷方

63 うつほのとしかけ（五六五1 集380）　コキ殿

64 なよたけの世ゝにふりにける事（五六五1 集380）　神代ノ叓ナレハムカシノ叓ト云心歟富士ノ叓ヲイヘハ神世トモ云歟

65 あさはかなる女めのをよはぬならむかし（五六五3 集380）　目ヲヨハヌナランカシ　左方ノ詞也

66 かくや姫の（五六五4 集380）　左ノ竹トリノ叓ヲホメタテタル也　右方ヨリヲトシタリシニコタヘタルニヤ

67 あへのおほし（五六五7 集381）　（石造ノミコ仏カ石鉢　クラモチミコ玉ノ枝　大伴大納言竜頸五色玉）右方ヨリヲトシタル也　竹取物語ニアリ　カクヤヒメハ天人ナレハ凡人ニアハシトテ難義ナル叓共ヲ云テ或ハ蓬萊ノ玉ノ枝又ハ火鼠ノ皮又ハ燕ノ巣ノ中ナルコヤス貝ナトヲ取テ来ン人ニアフヘシトイヒシニ

トテ此安倍ノヲホシ渡唐ノ舟ヲモツテ金銀ヲツクシテ求タリウツクシキ皮ヲ得テ姫ニ見セケルニ火ニ入テコヽロミルニ即焼ケリ仍曲ナカリキ此叓ヲイヒテヲトシタル也　クラモチノ御子ノ親王ニヤコレモカクヤヒメノ懸《ケ》想《サウ》人也　蓬莱ノ難到叓ヲ知ナカライツハリテ行テ尋タルヨシニテ玉枝ヲ造出テヒメニ見セケル時玉造タル工ノ来テ禄ノ未下ヲ責ケルニテ偽アラハレテ無曲コレモカクヤヒメノ繪ヲソシリタル也其時姫ノ哥ニ――コトノハヲカサレル玉ノ枝ニソ有ケル

68 (＼)ひねすみの思ひかた時に(五五7 集381)　(水鼠《マヽ》也火鼠也)

69 ゑはこせのあふみ(五五9 集381)　コセノアフミ　金岡子云々
又私勘除目成文抄讃岐少目従八位下巨勢朝臣相見
畫師　昌泰二三月除目執筆時平公

70 かむやかみにからのきをはいして(五五10 集381)　カラノキヲハイシテ　張タル也

71 としかけは(五五11 集381)　トシカケハ十二三才時遣唐使ニテ波斯《ハシ》国《コク》ニ到リ聞琴声孝行ノ者也阿修羅琴ヲ造リアタヘシコトアリ

72 なをならひなしといふ(五五14 集381)　右ノ方人右ヲホメテイフナリ

73 繪はつねのりてはみち風(五六1 集381)　ツネノリ道風延喜
朱雀時代ノ人也栄花第八屏風トモハタメウチツネノリナトカカキテ道風コソハシキシカタハ書タレ

74 左にはそのことはりなし(五六ナシ 集381)　左ニハソノコトハリナシ　右勝也

75 伊勢物かたり(五六3 集381)　左ナリ

76 (＼)正三位(五六3 集381)　右也又右マサルヘキヤウ也

77 へ(左)いないし(五六5 集382)

78 右のすけ(五六8 集382)　(大貳内侍也)

79 雲のうへに(五六9 集382)　正三位ノ繪ニアル叓ナルヘシ

80 (＼)兵衛の大君の(五六9 集382)　又正三位ノ中ノ人ナルヘシ

81さい五中将の名をはえくたさし（五六10 集382）　薄雲ノ勝ト
定玉フ也
82一まきにことのはをつくして（五六13 集382）　結句ノ番肝要
トアラソフ也　伊勢――正三位ヨリ後寂末ノ番ノ
叓也コヽマテハ内〻ノ合也
83うへのも宮のも（五六14 集382）　内ノト斉宮トノ叓歟　初度
絵合ハ斉宮ト内ト云〻如何
84（後）御前《ヲマヘ》にてこのかちまけさためんと（五七2 集383）　主上ノ御
前ニテト也　後ノ番也天徳哥合ヲ模セリ
85かのす（梅）まあかしのふたまき（五七4 集383）　左迁ノ愁ヲモア
ラハシ玉ハンノ心アルヘシ
86院にも（五七8 集383）　朱雀也又秋好ニヲホシハナタヌ心ニ
ヤ
87むめつほに（五七8 集383）　秋好也
88としのうちのせちゑとも（五七9 集383）　年中節會繪也
89（＼）ゑんきの御てつから（五七10 集383）　（桐）壷ニ比シタル
心見エタリサレハ次ニ我御世トアリ
90（＼）又わ（朱）か御世の事も（五十11 集304）
91きむもちかつかうまつれる（五八2 集384）　繪書ナリ
92からくしきに（五八2 集384）　神くシキ也
93身こそかく（五八3 集384）　朱ノ御哥也
94（＼）御かむさしのはしをいさゝか折て（五八5 集384）　髪ノ
具ヲスコシ折テ也幻ノ鈿合ヲ傳シニヨソヘタリ斉
宮ニ立給シ時朱雀院ノサシ給シ叓ヲ思出テ昔ノカ
ンサシトイヘリ花鳥ニシルセリ一勘
95神代の事も（五八6 集384）　過ニシ方ト也
96過にしかたの御むくひにや有けん（五八9 集385）　草子詞也
スマノウキ目アリシ叓也
97院の御ゑ（五八10 集385）　朱雀ノ御繪
98きさ（弘）いの宮よりつたはりてめ（今弘）の女御の御方にもおほく
まいるへし（五八10 集385）　ア（朱母）シ后ノ御方ヨリ傳モテア
シ后ノイモトノ方ニ傳ヘ権中ノ方ノ女御方ヘモ傳
ハルヘシ
99かやうの御このましさ（五八11 集385）　繪ノコト也朧月夜叓

也
100 ひたり（五六八13 集385） 左梅壷
101 みきの御繪とも（五六八13 集385） 右弘ー西ニ向テ北右南左也
102 女はうのさふらひ（五六八13 集385） 臺盤所也主上御座也
103 こうらう殿のすのこ（五六八14 集385） 御殿ノ面也
104 （／）左（梅）はしたんのはこに（五六九1 集385）
105 わらは六人（五六九2 集385） 此時繪ナトトリシタヽムル用欤
又有故欤
106 （／）あか色にさくらかさねのかさみあこめは紅に藤か
さねのをり物也（五六九3 集385） （唐也） カサミハ童女
ノウヘニキル物也水干ノカミノヤウナル物也アカ
色ノウハキニ桜カサネノカサミクレナヰ藤カサネ
ハミナ袙也アコメハ二モ三モカサヌル物也藤カサ
ネハ面ウスムラサキ裏萠黄ヲ云也
107 （／）右（弘）はちんのはこにせんからのしたつくゐ（五六九4 集386）
108 あをいろに柳のかさみ（五六九6 集386） アヲ色ハカリヤス紫
ニアクサシタル色也一本アヲニトアリアヲニナラ
ハコキモヨキ黄ノマシリタル也柳ハヲモテシロク
裏アヲキヲ云〆夏ハ卯花ト云也
109 山吹かさね（五六九6 集386） 面ウスクチ葉裏キナルヲハ花ヤ
マフキト云フヲモテ黄ニウラ紅ナルヲハウラヤマ
フキト云以上一勘
110 うへの女房まへしりへ（五六九7 集386） 左 右也
111 そちの宮も（五六九8 集386） 蛍宮也判者也
112 かみゐはかきりありて（五六九13 集386） 昔ハ絹ニ多分書シ也
113 あさかれひのみ（西）さうし（五七〇3 集387）
114 さしいらへ給けるほと（五七〇5 集387） 源詞也
115 左はなをかすひとつあるはてに（五七〇6 集387） 左方一番ノ
カチトモ今一番ナルヘキ時スマノ繪出タリ
116 ひたりかつになりぬ（五七一1 集388） （天徳也）
117 院のの給はせしやう（五七一4 集388） 桐壷帝ノ叓
118 人の命《イノチ》さいはひとなら《ヽ比》ひぬるは（五七一5 集388） 顔回カ不幸
ノコトシ 哀公問曰弟子孰為好学孔子對曰顔回者
好学不遷怒不貳過不幸短命死矣今也則亡未聞好学

者論語又云顔回年廿四

119 本さいのかた〳〵の物（五七一8 集389）　世ヲ政ツ叓ヲハ能〳〵ヲシエ玉フ也

120 なにのさえも（五七一14 集389）　帥宮詞

121 らうなく（五七二3 集389）　労

122 をれものも（五七二3 集389）　ヲロカナル物也

123 家の子のなかには（五七二4 集389）　高キ家ノ人〻ハヨク学ヒ好ム人ソ才アルト也

124 ふんさいをは（五七二7 集390）　文才ヲハ　源才学等比嵯峨源氏信公云〻花

125 まさなきまて（五七二11 集390）　マサナキハツヨクホメタル詞也一勘

126 廿日あまりの月さしいてゝ（五七二13 集390）　ハシメノ繪合ハ十日比也

127 こなたはまたさやかならねと（五七二14 集390）　西向ナレハ也

128 ふんのつかさの（五七二14 集390）　（図書ー楽ー女官ー花）書司女ノ官也　和琴ヲアツカルトテ也

129 さはいへと（五七三1 集390）　権中納言サハイエト源氏ニ次テ也

130 （入道）中宮の御かたより（五七三5 集391）

131 又かさねて給はり給ふ（五七三5 集391）　又カサネテ別ノ禄ヲ給リ玉フ欤

132 中宮にさふらはせ給へと（五七三6 集391）　薄雲方ニヲカセ玉ヘシトサタメ給ナリ女院ヲ又中宮ト云欤如何可尋

133 うへの御心さしはもとより（五七三11 集391）　上ノ御心ハモトヨリ　弘徽殿叓

134 さるへきせちゑともにも（五七三12 集392）　實ナル叓ヲ本トシテ又遊ノ叓モアリシト也

135 （〳〵）この御（天暦也）ときより（五七三13 集392）

136 おとゝそ（五七四1 集392）　源氏内府也

137 なか比なきになりてしつみたりうれへにかはりて（五七四5 集393）　命ト幸トノ叓ヲ前ニイヒシニ叶ヘリ万叓可思之

138 み堂つくらせ給ひ（五七四8 集393）　（棲霞大井也）嵯峨御堂叓

也松風巻ニ此春ヨリト云ゝ

139 すゑの君たち（五七四8 集393） 夕霧モ少年也又明石ニモイトケナシ

（源卅才）

一校了

松かせ

松風　巻名　哥並詞ヲモテ号ス　此巻ニハ源氏卅才㕝也
繪合巻モ同年ノ春ノ㕝アリ

(源卅以詞哥)

1 ひむかしの院(五七九1 集397)　二条院ノ東ノ院也蓬生ノ巻ヨ
リツクリ給ヨシ見ユ

2 (＼)なかつかさの宮(五八〇1 集398)　前中書王(兼明)親王号
小倉宮コレニ比シテ書リ　明石尼ノヲホチ中務宮
也　中務卿兼明親王延喜御子　兔裘賦云　余亀山
之下聊卜幽居辞官休身欲老於(マヽ)逮草堂之漸成為執政
者狂(マヽ)被陥矣君昏臣諛無處于愬

3 此春のころより(五八〇10 集399)　(源卅)

4 御たうちかくて(五八〇11 集399)　(棲霞)

5 故民ア大輔の君(五八一4 集400)　(伊行兼ー二男)民ア大輔伊
行兼明親王二男㕝ヲヨソヘタリ

6 つなしにくき(五八一5 集400)　ツレナシヲ略シタル也　強顔
ツナシニクキ　ツレナクニクケナリト也

7 はちふき(五八一6 集400)　ハラタツ体也　ハチヲハラウ時必
ウソヲフク故ハチヲフクト云也

8 たな(田)と(五八一6 集400)

9 券なと（五八一7 集400）　券文也

10 つくらせ給ふ御堂は大かく寺のみなみにあたりて（五八二5 集401）　大覚寺ノ南トハ栖霞寺ヲ思テ書ルナリ　彼寺ハ融公ノ山庄ナリシ云〻花

11 瀧殿の心はえなと（五八二6 集401）　泉殿ナト大覚寺ニヲトラヌト也　舊名所也　在大覚寺南云〻古人釈如此紫明

12 見なれそなれて（五八三4 集402）　ミナレキノミナレソナレテハナレナハ恋シカランヤ恋シカラシヤ紫明

13 ありはてぬ命をかきりに思て（五八三6 集402）　アリハテヌ命待マノホトハカリウキコトシケク思ハスモカナ紫明

14 わか君（五八三13 集402）　明石中宮也

15 （／）よるひかりけんたまの心ちして（五八三13 集403）　（楚玉也）

16 ひとり野中の道にまとはむ（五八四5 集404）　野中ノ道ニマトハントハタヨリナキ心也

17 をくりにたに（五八四8 集404）　明石ノ入道ヲ送リニモトサソヒシ成ヘシ

18 世を捨つるかとてなりけり（五八五2 集404）　カリソメノ行カヒチトソ思コシ今ハカキリノ首途也ケリ古今

19 にしきをかくしきこゆらむ（五八五5 集405）　ヨルノ錦ノ心ニテカケリ　富貴不帰故郷　如衣錦夜行

20 （／）ひかりしるけれは（五八五12 集405）　入道瑞夢ヲ思テイヘリ

21 （／）天にむまるゝ人のあやしきみつのみちにかへるらん（五八五13 集406）　（天上欲退時心生大苦悩正法念ー）天人ノカリニ此界ナトニ来リテ又天ニカヘル叓アリソノタトヘ也　別ノキリノ悲ノ深キ叓ヲ手本ニ此文ヲ云習ハセリ入道ノ女ノ別ノ悲ノ叓ヲ申欤　経云果報若尽還堕三途

22 命つきぬときこしめすとも（五八六1 集406）　此所ニ藤ノ衣ニナヤツレ給ソナトイフ詞アル本アリ其詞ハ若菜ノ巻ニアリ仍重説不用之

23 さらぬわかれに（五八六1 集406）　世中ニサラヌ別ノナクモカナチヨモトイノル人ノコノタメ

24むかしの人も(〳〵)あはれといひける(〳〵)うらのあさきり（五六6 集406）　ホノ〴〵トノ哥ノ心ナリ
25うき木にのりてわれかへるらむ（五六11 集407）　舟ノ心也　ウキタル心也
26ふるさとにみし世の友を（五七10 集408）　明石上哥也　明石上タトヒ京ニテ生給共二三才ニハ過ヘカラス見シ世ノ友トハ故郷ナレハヨメル歟　誰トナクトモ入道ナトノ㕝ニテアルヘキ歟
27かつらにみるへき事侍る（五七13 集409）　嵯峨ニ堂タテ給ヲ大ヤウニ桂トノ給ニヤ／又桂院ナト修理ノ㕝モアリシニヤ　桂院花別注云々
28みたう《（御堂）》にも（五八1 集409）
29(〳〵)かつらの院といふ所（五八2 集409）　此詞モ紫上大ヤウニテ大井ト桂トヲヽナシヤウニ心得ノ給ニヤ桂院ハ桂宮院ヲ思ヘルニヤ　太秦寺邊西也云々　桂院ハ桂宮ノ㕝歟
30(〳〵)おのゝえさへ（五八4 集409）　(晋玉質《（マヽ）》)／ヲノヽエハクチナハ又モスケカヘンウキ世中ニカヘラスモカリ
31れいのくらへくるしき御心（五八5 集409）　源氏大井ヘリタリ給時紫上ノ心ユカヌヲ見テ源氏ノ給詞也　源ノ心ト紫ノ心トヲナシカラヌヤウニクルシキ也
32いにしへのありさまなこりなし（五八5 集409）　イニシヘサマノナコリナシト　源氏ノスキ心モ古ヘノヤウニハナシト人モイフ物ヲト也
33ひ《（日）》たけぬ（五八6 集409）
34つくろふへき所〳〵のあつかり（五九5 集411）　大井ノ宿ノ㕝也
35かつらの院にわたり給へし（五九6 集411）　桂院ヘマイリタル人々ノ大井ヘ尋マイリタル也
36たつとき物うく心とまるも（五九11 集411）　源氏スマナトニテヤリ水ナトニ心トヽメ給シ㕝ヲ思給也　大カタモコノヿトハリアル㕝也　今日ノミト春ヲ思ハヌ時タニモタツコトヤスキ花ノ陰カハ古今躬恒
37あらいそかけに（五九〇9 集412）　ミサヿヰルアライソ波ニ袖

38 あさきねさしゆへやいかゝと（五九〇10 集412）　千代ヘントチキリヲキテシ姫小松ノネサシソメテシヤトハワスレス後撰

39 むかしものかたりにみこのすみ給ひけるありさまなと（五九〇11 集413）　中務宮ノ跡ナレハ其叓ヲ物語シ給出シタリ尼公ノアサキネサシユヘヤナト卑下ノ詞ヲナクサメン心ニテ彼親王ノ叓ヲノ給也妙也〳〵

40 水の音なひかことかましう（五九〇12 集413）　水ノ音モ思ヲソヘタル心也

41 哀とうちなかめてたち給ふすかたにほひ（五九一2 集413）　アレニケリ哀イク世ノ宿ナレヤ住ケン人ノ音信モセヌ伊勢語

42 十四五日つこもりの日（五九一4 集413）　仏ノ縁日ニヤ　両度也　末ニ月ニ一タヒハカリノ御契也トアルモコノタヨリニヤ

43 ふけんこう（五九一4 集413）　普賢講

44 あみたさかの念仏の三昧を（五九一4 集413）　阿弥陀　釋迦

45 また（又）〳〵くはへ（五九一5 集413）

46 ありしよ（夜）の事（五九一7 集414）　明石ニテ岡ヘカヨヒ給ヒシ叓也

47 おりすくさす（五九一7 集414）　明石ニテモ箏ノコエヲ聞給シ叓アリキ

48 またしらへもかはらす（五九一8 集414）　今ノヤウニ覚悟也明石ノ巻ニコノ音カハフヌホトニ必契給シ時ノ叓也

49 ねをそへしかな（五九一11 集414）　我ナク音ヲソヘシ也

50 また（又）の日は京へかへらせ（五九二5 集415）

51 〳〵さととをしや（五九二12 集416）　（里トヲシ）イカニセヨトカカクノミハシハシモ見ヌハコヒシカルラン

52 かのとけたりしくら人（紀弟）も（五九三11 集417）

53 きしかたの物忘れし侍らねと（五九三13 集417）　ユケイノメウ（マヽ）ノ詞也　過ニシ叓トモ忘カタケレトモカタジケナクテ申カタシトウレヘカクル也

54 八重立つ山は（五四1 集417）　雲ノ叓也　白雲ノ八重タツ山ノオクニタニスメハスミヌル世ニコソアリケレ古
今惟喬親王　山里ノサヒシサハ明石ノ嶋カクレナトニモヲトラス

55 （＼）松も昔のと（五四1 集417）　松モ昔ノトハ　誰ヲカモシル人ニセンノ心也友モナキニ昔ワスレヌ人ノ詞ヲタノモシト女ノコタヘタル也引哥河海

56 こよなしや（五四3 集417）　コヨナシヤトハスクレタル叓也

57 我も思なきにしも（五四3 集417）　我モ思ナキニシモトハ須磨明石ニテノ浮沈ノ思ハ我モアリト云心ニヤ　女房ノシマカクレニモオトラスナト思アルヨシヲイヒタルニアハセテ我思ヲイヒモ出ハヤノ心ニヤ

衛門尉紀伊守カ弟詞也　花鳥紀伊守弟良清也云〻如何　良清ハ播磨守カ子也　＼良清カ明石上ニ思ナキニモアラサリシト云ニ似タリトテ良清トイフ儀アリ不用之　コレハユケイノ尉カ語ナリ

58 （一人）（同）乃中将兵衛督（五四5 集418）　乃中将兵衛督誰トモナシ

59 いとかる〳〵しきかくれか（五四5 集418）　御芳野ノ山ノアナタニ宿モカナ世ノウキ時ノカクレカニセン古今

60 山のにしきけ（五四8 集418）　霜ノタテ露ノヌキコソヨハカラシ山ノ錦ノヲレハカツチル古今

61 にはかなる御あるしさわきて（五四10 集418）　人ノマウケスルヲハアルシスト云也　賭射還饗《ノリユミノカヘリアルシ》ト云フ〻饗《キヤウノ》字ヲアルシトヨムニヤ

62 あまのさえつり（五四11 集418）　海人ノ物イフコハツカイヲ云也

63 （＼）おきのえたなと（五四12 集418）　小鳥ヲハ荻ナトニ付也云〻　小鳥付荻枝叓　数九ヲ一ツヽ山スケヲシハホソキカツラニテツク

64 つとにして（五四12 集418）　見テノミヤ人ニカタフン桜花手コトニヲリテ家ツトニセン古今素性

65 大みきあまたゝひすむなかれて（五四13 集418）　醉中ノ岸チカキ人〻ノ叓也

66 （川）かはのわたりあやうけなれは（五四13 集418）

67おほみあそひ（五九五1 集419）　御遊也

68すめるよ（夜）のやゝふくるほとに（五九五3 集419）

69六日の御物いみあく日にて（五九五5 集419）　サシテ何叓トナクトモ六日ナトツヽキタルニヤ　六日御物忌事長神御物忌御方違也　九条殿御記云　天慶七年正月七日太政大臣従十二月廿八日至于昨日合八ケ日閉門物忌仍巳時参殿　天慶六年十二月小廿八日壬申同七年正月六月己卯

70月のすむ川の（五九五8 集419）　桂ノ陰ヲ桂ノ里ニヨソヘテヨメリ　ノトケカルランハ長閑ニ月モスミテヲモシロカルヘシトホメタル心也

71（　）久かたの光にちかき（五九五14 集420）　久カタノ光ニチカキ次詞ニテ見ユ（中ニ生タル）久堅ノ中ニヲイタル里ナレハ光ヲノミソタノムヘラナル

72あさゆふきりもはれぬ（五九五14 集420）　哥ニ朝夕キリモハレヌトアルハ行幸ナトアラハ光アルヘシト云心也

73みつねか（　）所からかもと（五九六1 集420）　アハヂニテアハトハルカニ見シ月ノチカキコヨヒハ所カラカモ

74めくりきて（五九六4 集420）　面影ノチカクサヤカナル心也

75（　）左大弁（五九六5 集421）　誰トセナシ

76雲のうへの（五九六7 集421）　花鳥ニ故院ノ叓ヲヨメルト云〻霞ノ谷ノ心アル歟

77をのゝえもくちぬへけれと（五九六9 集421）　故郷ハ見シコトモアラスヲノヽエノクチシ所ソ恋シカリケル古今友則

78近衛つかさの名たかきとねり（　）物のふしとも（五九六12 集421）（近衛舎人東遊）　花鳥云今案物節トイフハ近衛ノ舎人ノ中ニ東遊ニ達シタル物ヲ物節ニ補ス

79そのこまなと（五九六13 集421）　ソノコマヤワレニクサコフクサハトリカヘ水ハトリカハン神楽其駒

80ひるのこかよはひにもなりにけるを（五九六5 集423）　明石ノ姫君三才也　カソイロハイカニ哀ト思フランミトセニナリヌアシタヽスンテ　イサナキイサナミノ皇子アシタヽスシテ三トセニナリ給ヌヒルコノ皇

子ト申ヲ根国《ネノクニ》底国《ソコノクニ》ヘナカシツカハシケル叓也

81いはけなけなるしもつかた（五八6 集423）　花鳥袴着之叓云々

82思はすにのみとりなし給ふ（五八7 集423）　紫上詞也　源氏ノ心ヘタヽルヤウニ思ハスナル叓ヲノミノ給フ程ニ我モアマリ見シラヌヤウニアランヤハトテスコシモエンシナトモスレト也

83としのわたりには（五八13 集424）　銀河トヲキワタリニアラネトモ君カフナテハトシニコソマテ後撰

一校了

うす雲

薄雲　巻名哥ニヨテ号ス　此巻ニハ源氏卅才ノ冬ヨリ次年ノ秋マテノ叓アリ

1冬になりゆくまゝに（六〇三1 集427）（源卅ト卅一以哥）

2ちかき所に（六〇三2 集427）　東ノ院也

3（＼）つらき所おほく心みはてんも（六〇三3 集427）　宿カヘテ待ニモ見エスナリヌレハツラキ所ノヲオクモアルカナ

4（＼）いかにいひてかなと（六〇三3 集427）　拾遺（ウラミテノ）後サヘ人ノツラカラハイカニイヒテカ音ヲモナクヘキ

5かくてのみは（六〇三4 集427）　中宮ニトヲオス心也

6ひなき事なり（六〇三4 集427）　ヒンナキ也

7はかまきの事なとも（六〇三6 集427）　ハカマキノ叓　愚案此勘思亘給欤　此ハカマキノ叓ハ明石姫君叓也　女人ノ勘例アルヘキ叓　一勘大略三才時有之　但五才以上例又勿論也花山院ハ九才着袴云〻　ハカマキ　モキナレトモ　モハカマキトイヘハ同シ叓ニ云欤

8やんことなきかたにもてなされ給ふとも（六〇三8 集427）　紫

上ノ養子ニシ給フニ付テ猶我種姓ヤアラハレン也聞書

9 前《サキノ》斎宮のおとなひ物し給ふを（六〇三11 集428）　紫上廿四才
秋好斎宮廿三才欤斉宮ハ賢木ニ十四也　紫モ同程ナル
ヘシ　紫ノウシロミ給ニハヲトナシキ也

10 たちいてゝ（六〇四3 集428）　子ヲサシイタシ也聞書

11 つゐにはかの御心にかゝるへきにこそあれ（六〇四5 集429）　終
ニハ紫上ヲ頼ヘケ（マヽ）ハ今ノキハニヒメ君ヲマイラセ
ンカトヲモヘトウチ返シハナチカタクヲモフ也

12 又てを（手）はなちて（六〇四6 集429）

13 猶さしむかひたるおとりの所には（六〇五1 集430）　ヲトリノ
腹ハ人モ思ヲトスヘシト云々

14 かゝる人いて物し給はゝ（六〇五3 集430）　源氏ヲモイ人タチ
ノ上ラウノ中ニ御子出来猶〻ヒメキミヲシケ（マヽ）レ給
ハン程ニ急キ紫上ニマイラセ給へ也聞書

15 かゝるみ山かくれにては（六〇五6 集430）　カタチコソ太山カ
クレノ朽木ナレ心ハ花ニナサハナリナン古今

16 心のうらともにも（六〇五7 集430）　ツラカラン物トハカネテ
思ニキ心ノウラソマサシカリケル紫明

17 いかやうにかとの給へる（六〇五10 集430）　京ヨリトハセ給フ
也聞書

18 いみしく覚ゆへき事と（六〇六2 集431）　イミシクハツヨクカ
ナシカルヘシト也

19 なてつくろひつゝ（六〇六8 集432）　自然今ニモヒメキミノム
カヘコンノ用心也聞書

20 雪ふかきみ山のみちは（六〇六14 集432）　メノトヘノ哥也聞書

21 雪まなきよしのの山を（六〇七2 集432）　雪深キ吉野ノ山ナリ
トモ尋カヨハント也　七ロコシノヨシノヽ山ニコ
モルトモノウタナトノ類也

22 この春よりおふす御くし（六〇七7 集433）　此春ヨリヲホス御
クシ　カミヲキノ㕝ニヤ

23 あまそきのほとにて（六〇七7 集433）　アマソキフカソキ也紫明
サケ尼ノ髪ノホトト也

24 心のやみ（六〇七9 集433）　人ノ親ノ心ハヤミニアラネトモ子

ヲ思フ道ニマトヒヌルカナ
25 うちかへしの給ひ（六〇七9 集433） ヨク〳〵思案アル也聞書
26 あかす（六〇七10 集433） 明ス也 源氏トマリ給也 アカスル
ト云一説不用聞書
27 はゝ君みつからいたきて（六〇七12 集434） 明石ノ上ハツネハ
ハシチカクモアラサリシカコノ時ハムスメノ別ニ
シノヒ給ハヌ心哀ナリ 松風ノ時ノサマ思ヘシ
28 袖をとらへて（六〇七13 集434） 明石ノ上ノ袖也聞書
29 おひそめし根もふかけれは（六〇八2 集434） 松風ニアサキ根
サシトイヒシコトハノヨセ也
30 こまつの千代をならへん（六〇八2 集434） 母君トヒメキミ也
二木ノ心無其沙汰聞書
31 めのと少将とて（六〇八3 集434） メノト少将 一人也メノト
ノ少将ト云心也聞書
32 人たまひに（六〇八4 集434） 人給 出車名
33 にしおもてを（六〇八8 集435） 二条院ニテ西オモテナルヘシ
34 此わたりにいておはせて（六〇九1 集435） 紫ノ上ノ腹ニ御子
マシマサハヤト也
35 まいり給へるまらうととも（六〇九8 集436） 明石ヒメ君一ツ
キテマイリタル女トモノ心也 人ゝノ出入ヒマナ
キヲ見ル也
36 （＼）たすき引ゆひ給へる御むねつきそ（六〇九9 集436） タスキ
昔ハヲサナキモノハ小袖ヲハキスタスキト云物ヲ
キタル也和秘 花鳥別ニ注トアリ 一勘今世無存
知人頗秘㕝也 襷タスキ也
37 身のをこたりをなけきそへたり（六〇九10 集436） 合点シタル
後悔也
38 年もかへりぬ（六一〇3 集437） （源卅一）
39 七日の御よろこひなとし給ふ（六一〇5 集437） 年始ノ礼ノ㕝
也 或ハ七日ナトニマイリ給人モアルヘシ
40 ひんかしの院のたいの御かたも（六一〇8 集437） （花散）
41 こなたの御ありさまに（六一〇13 集438） 紫ノ上聞書
42 まかり申し給ふさま（六一一5 集438） 辞見《マカリマウシ》日本紀
43 （＼）あすかへりこんと（六一一8 集439） 催馬楽呂 （桜人）ノ哥

ノ詞也　桜人ソノフネチヽメシマツタヲトマチツクレルニ　見テカヘリコンヤ　アスカヘリコンヤソヨヤ　コトヲコソ　アストモイハメ　ヲチカタニ　ツマサルセナヽレハアスモサネコシヤ　ソヨヤ　シササヤ（マヽ）スモサネコシヤ　ソヨヤ　催馬楽　桜人呂哢花　アスモサネコン　アスモサネコシトイフモ桜人詞ニアリ哥ノ心ハ明石上ハ中〱心ヲクトモアスカヘリコント也　花鳥云　アスハハヤク帰リコン也　和ー只アスカヘリコント云成ヘシ

44をちかた人のなくはこそ（六二二10 集439）　明石ノ上ノ叓

45せなと待みめ（六二二10 集439）　セナハ夫也

46さねこん（六二二12 集439）　早来也

47心おくとも（六二二12 集439）　明石上隔心アリトモ帰ラント也
トムルトモ帰ラン也

48たゝよのつねの覚えにかきまきれたらは（六二三6 集440）　明石上ノヨノツネニモアラハコレホト心クルシクモ思マシ明石入道ノヲモハン所斗ヲコソヲモハメ明石上ノ人ノ程ナトハサシモヲモフマシキ叓ナルヲ人カラノ御心ニ入タルユヘニタチ帰給フモクルシクナケカレ給フト也

49（　）夢のわたりのうきはしか（六二三9 集440）（世中ハ）夢ノワタリノウキハシカウチワタリツヽ物ヲコソヲモヘ

50こゝはかゝるところ（六二三12 集441）　ココハカヽル所ナレト大方ナル所ニテハ物マイリナトスル叓聊尓ニモナカリシニヤ

51みてら（御寺）かつらとの（桂殿）なとに（六二三1 集441）

52女もかかる御心のほとを（六二三3 集441）　源氏ノヲシナヘノ様ニハシ給ハヌヲ見シリテ也

53ひけせすなとして（六二三4 集441）　不卑下也

54おほろけに（六二三5 集441）　大方ノ所ニテハカヤウニ物マイリ打トケ給ハヌト也聞書

55ふりはへ給へるこそ（六二三8 集441）　ワサトワタリ給叓也

56おほきおとゝうせ給ぬ（六二三11 集442）　大政大臣　葵上父叓
天文トテ昔ハ番ニメ空ノケシキヲ見セシト也　如

此ヨキ人ウセ雲星ノ例ニタカフミナ告也聞書

57 御かとは御としよりは（六二四1 集442） （十四）

58 かむかへふみとも（六二四8 集443） 勘文也

59 ことしはかならすのかるましき年（六二四13 集443） 薄雲卅七
才ハ女ノツヽシム年也

60 命のかきりしりかほに侍らむも（六二四14 集443） クトクノ叓
ナトモ――此心ツカヒ上ラウシク感アリ

61 まいりて心のとかに（六二五2 集444） 禁中へ参リテ主上へ御
物語ヲモアランヲ煩故悔シト也

62 うつしさまなるおり（六二五3 集444） ツネノサマ也和秘 常心
也

63 人しれぬ哀（六二六2 集444） 主上ノ御ミルメナリ一夢ノウチ
ニ主上源氏ノ子ト知給ハヌ叓聞書

64 かうしなとを（六二六8 集444） 柑子無レ毒病者ノ用物云〻 只ハ
カナキ物ヲト見ルヘシ

65 はかく〳〵しからぬ身なからも（六二七2 集446） 是ヨリ源氏ノ
詞《コトハ》也聞書

66 あまねく哀に（六二七8 集447） 無理ノヒイキナキ叓聞書

67 からけに（六二七8 集447） 豪家也有千人卿謂豪

68 ことよせて（六二七8 集447） 大人ハ少ヒカ叓モアルヲ是ハサ
ナキト也聞書

69 殿上人なとなへてひとつ色にくろみわたりて（六二[illegible]2 集440）
服衣ノコト也 愚諒闇ナルヘシ

70 （〳〵）ことしはかりは（六二八3 集448） 深草ノ野ヘノ桜シ心ア
ラハ今年ハカリハ墨染ニサケ古今上野峯雄

71 山きはのこするゑ（六二八5 集448） 峯ノ梢也

72 人のきかぬ所なれは（六二八8 集448） 此哥ノヲモシロキヲ人
キカヌ叓ヲカケリ

73 この入道の御はゝきさきの（六二八10 集449） 薄雲ノ御母ノ叓
先帝后也

74 つきく〳〵の御いのりのしにてさふらひける僧都（六二八10 集449）
法務僧都 冷泉院ニ源氏ノ君ノ御子ニオハシマス
ヨシ申キカセシ人

75 天のまなこ（帝―梵―）（六二九ナシ 集450） 仏ハ五眼アリ聞書

76何のやく《益》かは侍らむ（六一九7 集450）

77法師はひしりといへとも（六一九9 集450）　一勘何叓トハサタメカタシ如覚筭供奉叓欤　カヽル叓ノタメシヲホシケルニヤ又大カタニテモサモアル叓也

78仏天のつけあるによりてそうし侍り（六二〇3 集451）　ワサトカク奏シタル也　フツテントヨム

79天へんしきりにさとし（六二一2 集452）　天変

80式部卿のみこ（六二一14 集453）　（桃）園宮叓也

81ひしりのみかとの世にも（六二二7 集454）　延喜ノ時菅丞相左迁ノ叓也　堯水九年湯旱七載野無青草人無飢色

82（〳〵）もろこしにも侍りける（六二三8 集454）　（堯湯）

83（〳〵）もろこしには（六二三9 集455）　（秦始皇ハ）楚襄《シャウ》王ノ子トシテ即位ス実ニハ臣下《呂不韋》ニ通シテ所《ショ》生云々　史記

84（〳〵）日本には（六二三10 集455）　（陽成─）

85一世の源氏又納言《（光仁　桓武）》大臣になりてのちにさらに（〳〵）みこにも成（〳〵）くらゐにもつき給へるも（六二三11 集455）　光仁天皇元大納言　宇多侍従河─白壁天皇ハ大納言王　光孝天皇ハ式ア卿宮コレラ也　兼明親王前中書王　大臣後為親王紫明

86太政大臣になり給ふへきさためあれと（六二四7 集456）　コヽニテハ未任給也

87（〳〵）御くらゐそひて（六二四7 集457）　従一位ナルヘキ欤

88牛車《ウシクルマ》ゆるされて（六二四8 集457）　牛車宣旨也

89権中納言（六二四11 集457）　葵上兄也

90命婦は（六二五1 集457）　王命婦也

91斎宮女御は（六二五6 集458）　ノ文字不入ヨム兼テ推量ノコトク時メキタマフ也聞書

92かたしけなき物に（六二五8 集458）　祝着アル也聞書

93二条院にまかて給へり（六二五10 集458）　中宮マカテ給フ也聞書

94こまやかなるにひ色の御なをしすかたにて（六二五12 集458）　桃園式ア卿御フク也聞書

95せむさいともこそ（六二六1 集459）　モヽクサノヒモトク秋ノ夕暮ニ思ヒタハレン人ノトカメソ古今

96 (〳〵)かくれはとにや（六二六5 集459） 古ノ昔ノコトヲイトヽシクカクレハ袖ソ露ケカリケル小町姉
97 つゐに心もとけすむすほゝれてやみぬる事（六二六10 集459） 宮ス所中宮ノ叓聞書
98 このすき給ひにし御ことよ（六二六11 集460） 宮ス所ノ叓聞書
99 (〳〵)もえしけふりのむすほゝれ給ひけん（六二六13 集460） （ムスホヽレ）モエシ煙ヲイカヽセン君タニカケヨ永キ契ヲ　此引哥叶歟　ムスホヽレ給ケントハ御息所ノ思ノ叓也哥ノ詞ヲカル也
100 いまひとつは（六二六14 集460） 薄雲ノ御叓ニヤ
101 ひんかしの院に物する人の（六二七2 集460） （花散）
102 おほろけに思ひしのひたる御うしろみとは（六二七6 集460） 斉宮ニ源氏ノ詞也　ヲホロケナラスノ心ナルヘシ思忍タルハ源ノ下ノ思ヲノ給ヘリ
103 かすならぬおさなき人の侍（六二七11 集461） 明石ノ姫君ノ叓也聞書
104 この(〳〵)かとひろけさせ給ひて（六二七12 集461） （于公）高門叓見河― 心ハ秋好ノサイハイニテ源氏ノ一門モ繁昌セン時ト也　于公東海人之子于定国字曼青家ノ門ノ破タルヲ父子トモニツクロヒケリ于公云コノ門ヲタカクヲオキニシテ駟馬高蓋イルホトニタツヘシワレ獄ノ司《ツカサ》トシテコトヲヽコナウニ隠徳ヲホキカユヘニワカ子孫カナラス家ヲヽコスヘシトイヘリ　サテヲホキニタテヽケリ其後定国人臣ニナル其子永ハ御史《弾止尹》大夫ニ成ニケリ　聞書コノ門高門ノ古叓ニテ斉宮ヲ引立奉ル報答ニアカシノ妃（マヽ）キミヲ中宮ニナシ給ヘト也此古叓ムクヒヲ第一ニヤリ
105 年のうち行かはる時ゝの花もみち（六二八1 集461） 六条院ツクルヘキ心サシ也
106 (〳〵)もろこしには春の花のにしきに（六二八4 集462） （晋石季倫）居ニ金谷ニ春花満レ林作ニ五十里錦障ヲ見河
107 (〳〵)秌の哀をとりたてゝ思へる（六二八5 集462） （春ハタヽ花ノヒトヘニサクハカリ物ノ哀ハ秋ソマサレル此哥ナトニテ見ルヘシ

108 （　）（春秋二）いつれもとき〳〵につけてみ給ふに（六二八6 集462）

109 花鳥の色をもねをもわきまへ侍らね（六二八6 集462）　花鳥ノ色ヲモ音ヲモイタツラニ物ウカル身ハスクスナリケリ後撰

110 はるの花の木をもうへわたし秋の草をもほりうつして（六二八7 集462）　春有㆓錦繍谷花㆒夏有㆓石門澗《カンノ》雲㆒秋有㆓虎漢（渓欤）月㆒冬有㆓鑪峯雪㆒文集草堂　自古逢秋悲寂寞我言秋日勝春朝秋詞劉禹錫

111 （　）あやしときゝしゆふへこそ（六二八11 集462）（イツトテモ）恋シカラスハアラネトモ　此詞殊勝也イツレトコタヘカタキ叓ナルヲ母御息所ノ叓ニヨセテノ玉ヘルアハレニヲモシロシ〳〵　秋ノ夜ノアヤシキ程ノタソカレニ荻吹風ノ音ソ身ニシム

112 （　）つらからんとて（六二九7 集463）　ツラカラン（人ノタメニハ）ツラクシテツラキハツラキ物トシラセン

113 （　）やなきのえたに（六二九9 集463）　梅カヽヲ桜ノ花ニニホハセテ柳カ枝ニサカセタラナン後拾遺中原致時

114 これはいとにけなき事也（六二九13 集464）　源氏ノ心ニハ秋好ヲ思給叓ト薄雲ニカヨヒ給シ叓ヲ思クラヘ給ニ薄雲ノ叓ハ猶ツミフカキ叓也サレトモソノ古エハ年ワカキ程ニテ思ヤリナキニユルサルヽカタモアルヘシト思サマシ給也

115 なをこのみちは（六三〇2 集464）　源氏ノ年タケヌレハ好色ノ道ノ叓ワカキ時ノヤウニハナク長閑ニ思惟モフカキ心マサリテウシロヤスシト也

116 きみのはるの明ほのに（六三〇5 集465）　紫上ノ春ヲ憐ミ給フ叓コノ詞ヨリ見エタリ

117 ふさわしからね（六三〇8 集465）　我ハイトマナケレハ木草ヲウヘテナクサメ奉ラント也聞書

118 世中をあちきなくうしと（六三〇10 集465）　明石上ノ世中アチキナクヲモフケシキナレト過分ナル契ソト源氏ヲホス也聞書

119 なとかさしも（六三〇11 集465）　何カ明石ノ上待遠ニ恨タマハン立出テ京ノマシライハセシトナレハセンヤウナ

キト也聞書

120 こ《木》しけき中より（六三一2 集466）

121 かゝり火ともの（六三一3 集466）　ハルヽ夜ノ星ノ河ヘノホタルカモワカスムカタノアマノタク火カ

122 かゝるすまゐに（六三一3 集466）　明石ニテノ叓也

123 いさりせし（六三一5 集466）　此哥殊勝也　明石ニテノ物思モ大井ニテノ心ツクシモヲナシキニ又鵜舟ノカヽリノ海士ノイサリニマカフヲヨセテウキ叓ノハナレヌト也　八月比欤タヽ螢ニマカフ心ナルヘキニヤ

124 あさからぬ（六三一7 集466）　ワカ心ノフカキヲシラテ明石ノ上胸ヲサハカシ給フト也聞書

125 （／＼）たれうき物と（六三一7 集466）　（ウチカヘシ）思ヘハカナシ世中ヲタレウキ物トシラセソメケン

一校了

あさかほ

権　文明七初秋下旬僧宗祇為弟子興俊讀之　肖柏卅三才
巻名　以哥号之　此巻　源氏卅一九月ヨリ冬ノ末マテアリ官内大臣
斉院ハヲホン服ニテ　此巻ニ宮ト稱スル人五人也 権前斉院父
桃薗式ア卿 女五宮
三宮致仕北方 薄雲女院也

（源卅一）

1 斉院は御ふく（桃）にて（六三九1 集469）
2 お（卅一）とゝれいの（六三九1 集469）
3 宮わつらはしかりし事を（六三九2 集469）　権也聞書
4 なが月になりて（六三九3 集469）　斉院ヲリヰ給テ先別所ニ居住テ今桃園宮ニウツリ給ト見エタリ　桃園宮ハ今ノ仏心寺其跡也
5 もゝそのゝ宮にわたり給ひぬる（六三九4 集469）　大和物語ニ此心アリ引テ書也聞書
6 女五宮の（六三九4 集469）　斉院ノヲハ也　斉宮ハ御代ニ一度斉院ハサハリアレハイクタヒモカハリ給フ聞書
7 宮たいめんし給て（六三九8 集469）　女五ノ宮也聞書
8 こ大殿の宮は（六三九9 集470）　葵上母女三ノ宮ノア（マヽ）ネ也聞書
9 此宮さへかくうちすて給へれは（六三九13 集470）　一西東　西斉院東女（マヽ）御　式ア卿ノヿ聞書
10 いつかたにつけてもさためなきよ（世）を（六四〇6 集470）　桐壷帝崩御已下源氏スマニクタリ給ナトノ叓トモナリ

11 三宮うら山しく（六四一5 集472）　葵上ノ母源氏ユカリニテ出入給フ浦山敷ト也聞書

12 さるへき御ゆかりそひて（六四一5 集472）　三宮源氏ヲムコナリ

13 このうせ給ひぬるも（六四一6 集472）　桃薗式ア聞書

14 すこしみゝとまり給ふ（六四一7 集472）　女御(マヽ)宮ノ物語キヽニクキ叓モアリシニ槿斉院ノ叓ヲクハヘ給トキ耳トマリ給ナルヘシ

15 せん(宣旨)したいめして（六四二1 集473）　斉院ニ成給フ時ノセンシトリツキ也ソレヲ後沾名トス聞書

16 神さひにける（六四二3 集473）　在河──　源氏ノ久シキ恋慕ノ労ヲイフ　神閑カミサヒトヨム　閑ナルヲモ云是ハ久シキ叓也　斉院ナレハノ給フ聞書

17 ありし世は（六四二4 集473）　此詞斉院ノ語人傳ニテ也　是ヨシ(マヽ)テ斉院ノ詞聞書

18 さためかたく侍るに（六四二5 集473）　夢カ夢ナラヌカト無分別聞書

19 人しれす（六四二8 集474）　斉院ヲリ給フヲ待シカイナキト也聞書

20 こ《斉》ゝらつれなき世をすくすかな（六四二8 集474）　源氏ミツカラツレナク世ニフル心ヲヨミ給フ也

21 なにのいさめにか（六四二8 集474）　チハヤフル神ノヰ垣モ聞書

22 世にわつらはしきことさへ（六四二9 集474）　スマヘ行給フシ叓ナト也

23 かたはしをたに（六四二10 集474）　人ツテナラテキコエハヤノ心也

24 御ようゐなとも（六四二11 集474）　源ヲホムル也

25 いといたうすくし給へと（六四二12 集474）　源氏ノ位ヨリ年ワカク見ユル也

26 なへて世の（六四二13 集474）　ナヘテ世ノ叓ヲトフヲモ猶神ヤイサメント斉院ノヨミ給ヘル也

27 〽しなどの風にたくへてき（六四二14 集474）　シナトノ風ニアメノヤヘクモヲフキハラウカコト中臣秡紫明

28 〽みそきを神はいかゝ侍りけむ（六四三1 集474）　源氏語恋セシノ御秡ヲ神ハウケストカ人ヲワスルヽツミ

フカクシテ人ヲワスルヽハツミフカシナトイサメ
給心也
29 いとかたはらいたし（六四三2 集474） 是迠源氏ノ詞也
30 よつかぬ御ありさまは（六四三2 集474） ヨツカヌ御アリサマ
ヨリ見奉リナヤメリ迠ハ女房衆ノ詞也　斉宮世ツ
カス引入給フヲモテアツカウト也聞書
31 よにしらぬやつれを（六四三5 集475） 源氏恨給ヘル詞也　君
カヽト今ソ過ユクイテヽ見ヨ恋スル人ノナレルス
カタヲ紫明
32 大かたの空も（六四三7 集475） 斉院聞書
33 過にし物のあはれとりかへしつゝ（六四三7 集475） 両説女房
衆ノ心也斉院ノ心ニテモ無相違聞書
34 ましてねさめかちに（六四三9 集475） 源氏ノ心也聞書
35 をくらせ給て（六四三12 集476） 九月卅日也
36 けさやかなりし御もてなしに（六四三12 集476） 已下源氏ヨリ
ノ文ノ詞也
37 見しおりの（六四四1 集476） 源氏アフ叓ヲイソキ給心也　源
氏直ニ逢ハヌ人也ヤウタイヲ見シ也盛ヤ過ヌフン
トハハヤクアヒ度ト云心也如此申ウチニモサカリ
ノウツロヒヤヤン聞書
38 かつはなと聞え給へり（六四四2 集476） アヤフム心也　花鳥
説餘説不用聞書
39 をとなひたる御ふみの心はへに（六四四3 集476） サカリヤ過
ヌラントアレハ也聞書
40 秌はてゝきりのまかきに（六四四5 集476） 源氏ノ哥ヲ別ニ取
ナシ過ヤシヌラントアレハ如其我《ワレ》ハ有カ無カノ体
ソト也聞書
41 につかはしき御よそへにつけても露けく（六四四5 集476） 盛
ハ過ヤシヌラント云フ心ニトリナシテ露ケクトア
リ　槿ノシホレタルニハヨヤ御タトヘト也
42 人の御ほと（六四四8 集477） 双紙ノ作者ノ詞也
43 もてはなれぬ御けしきなから（六四四12 集477） 斉院ノ源氏ニ
一向ニハモテハナレス文ナトハカハシ給ハヌト也
44 さらかへりて（六四四13 集477） 更ニ帰リタル心

45 ひんかしのたいに（六四四13集477）　二条院東對也

46 さふらふ人〳〵も（六四四14集477）　斉院ノ人〳〵也聞書

47 まめ〳〵しくおほしなるらむことを（六四五10集478）　紫ノ上ノ心中也是程ノ叓ヲタヽ女五ノ宮ノ御トフライトイヒナシ給フト也聞書

48 （＼）おなしすち（六四五11集478）　紫上式ア卿息女也槿斉院又宮ノ御子ナルヨシ也

49 人のことはむなしかるましきなめり（六四六5集479）　人の言也コトハ夏ノヽシケクトモナトノ類也

50 かむわさなともとまりて（六四六7集479）　薄雲カクレ給桃薗宮ナトノ儀ニヨテ也

51 心よわからん人はいかゝと見えたり（六四六10集479）　槿ノ宮ノ貞心アルヨシ聞エタリ

52 （＼）しほやきころものあまりめなれ（六四六13集480）　（須磨ノ）アマノシオ焼衣ナレユケハウキメノミコソナリマサリケレ

53 （＼）なれ行こそけにうきことおほかりけれ（六四七1集480）　ナレ行ハウキ世ナレハヤスマノアマノ塩焼衣マトヲ成ラン是紫上ノ詞

54 みやに御せうそこ（六四七2集480）　源氏ノ女五宮ヘイテ給ヘキ由ヲ先啓シ給シ也

55 にひたる御そ（六四七4集480）　一勘　凡装束叓也シケキ也聞書

56 北面の人しけきかたなるみかとは（六四七11集481）　北面内〻也　ヲモテムキハ南也　ウチ〳〵ナレハ出入ノ人

57 うすゝきいてきて（六四七14集481）　ウスヽキ　サムキ体也

58 きのふけふとおほす程に（六四八2集481）　スマニウツリ給シホト也　源氏卅一才心可然欤　帰京巳後四年也桃薗アレタル所ニテノ心也

59 （＼）みそとそせのあなたにもなりにけるよ（世）かな（六四八2集482）　ミトセイ　ミソトセイ本　源氏卅一才ナリ其程ヲ思給也　ミトセヲ用ヘシ

60 いひきとか（六四八9集482）　源氏イしキナト聞ナラヒ給ハヌ欤

61 御てしにて（六四八13集483）　源内侍叓也尼ナレハイフ欤

62（＼）おやなしにふせる旅人と（六四九2 集483）　源氏ヲヤモナシトノ給云々　源氏仁ノ心フカクテイカナル㕝ヲモ捨給ハヌニヨリアヘシラヒ給フ也　シナテルヤ片岡山ノイヒニウヘテフセル旅人アハレヲヤナシ拾遺聖徳太子御哥

63すげみたるくちつき（六四九4 集483）　ハノヌケタル体也

64されんとは（六四九5 集483）　左礼㕝ノ心也

65（＼）いひこしほとに（六四九5 集483）　イタク老タル心ニヤ　一勘源内侍ノ年ノヨリタル㕝ヲ歎ク詞也　身ヲウシトイヒコシ程ニ今ハ又人ノ上ニモ歎クヘキカナ　此哥シキテ心カナハス人ノウヘト思シ老ノ身ノウヘニ成ヌルナトイフヘキ所也源内若年ト見シ人々モ身上ニイヒシ老ノ来程ニ見ナス㕝ヲイフ欤　身ヲウシトイヒコシ　今ハ我年老ヲ人ニ歎カルヽ由也　前ハ我コソ人ヲナケキシト云哥也詞モ其心也聞書

66物はかなくみえし人のいきとまりて（六四九10 集484）　アシキ物ハノコル也聞書

67もの哀なる御けしきを（六四九12 集484）　源氏ノアハレミ給フヲ源内侍猶昔ノ心忘ヌナルヘシ

68としふれとこのちさりこそ（六四九13 集484）　子ニソヘテヲヤトヨメル也

69おやのおやとかいひしひとこと（六四九13 集484）　祖母ノ心聞書

70身をかへて（六五〇1 集484）　生ヲ轉シテ也

71よからぬ物の（＼）よ（世）のたとひとか（六五〇5 集485）　老女ノケサウシハスノ月夜トアリ㤅モ冬也聞書

72人つてならて（六五〇7 集485）　今ハサハ思タエナントハカリヲ人ツテナラテイフヨシモカナ

73こ宮なとの心よせ（六五〇9 集485）　式ア卿ノ㕝聞書

74よのすゑにさたすさ（六五〇10 集485）　サカリ過タル心也

75心つからのとの給すさふるを（六五一1 集486）　心ツカラノ引哥不叶　恋シサノ心ツカラノ物ナレハ　心ツカラ日本記ニ心ノ字沾也聞書　カケテイヘハ汨ノ川ノセヲハヤミ心ツカラヤ又モナカレン紫明

76 あらためてなにかはみえん（六五一3 集486）　斉哥　斉院ノ貞ナル心ヲナニカハアラタメテ人ノ心ノサタメナキヤウニ見エントヨミ給也

77 〽いさらかはなとも（六五一6 集486）　犬上ノトコノ山ナルイサラカハイサトコタヘテワカナモラスナ　タマサカニユキアフミナルイサラカハイサトコタヘテワカナモラスナ

78 かるらかにおしたちてなとは（六五一8 集487）　源氏ノ心人ノ心ヲヤフリテヲシタル叓ナトハアルマシキト女トモノイフ也

79 哀にもおほししらぬにはあらねと（六五一10 集487）　ヲシナヘテ源氏ニ人ノメテ奉ルコトクナヒキ給フト見エナハカヒナシト斉院ノ思給フル也

80 かつはかる〳〵しき心の程も（六五一11 集487）　心ノホトヲモ源氏ノ見給ハンヲハツカシト也

81 御ありさまをと（六五一12 集487）　御返事不申シテ不叶体ナレトモトト也聞書

82 よその御かへりなと（六五一13 集487）　ヨソ〳〵ノ御返事人傳ノ物語ハ申サン聞書

83 しつみつるつみうしなうはかり（六五二1 集487）　斉院ニテ法叓シ給ハヌ程ノ叓也アマニナリ給ハンノ心ハヘナリ

84 中〳〵今めかしきやうに（六五二2 集487）　斉院ノ心ツカヒヤサシクアリカタキ心也

85 〽御はらからの君たちあまた物し給へと（六五二5 集488）　ヲトリハラニテムツヒ給ハヌ也

86 ひとつ心とみゆ（六五二8 集488）　同心ニ源氏ニ

87 まけてやみなむもくちおしく（六五二9 集488）　源氏ノ心ハヽキヽノ巻ニヒキタカヘ心ツクシナル叓ヲナトアリシカコトシ

88 よ（世）の人のとあるかゝるけちめも（六五二10 集488）　源氏年モカサナリテノ後好色人モトカント也聞書

89 むかしよりもあまたへまさりて（六五二11 集488）　源氏世ニヘタマヒテ叓ノサマ〳〵心エマサリ給也

90 女君はたはふれにくゝ（六五二13 集488）　アリヌヤト心ミカテ

ラアヒミネハタハフレニクキマテソ恋シキ古今
91宮うせ給て（六五三2 集489）　薄雲女院ウセ給叓
92まろかれたる（六五三7 集489）　泪ニマロクナル体也
93かくなむあるとしも（六五三14 集490）　紫上ニハカナシ叓ヲシ
モカタルヘキカハト源氏ノ給シナリ　真実ナラヌ
故紫上ヘカクナントモ申サヌ也聞書
94とき〳〵につけても（六五四3 集490）　本哥春秋ニヲモヒミタ
レテワキカネツ
95冬の夜のすめる月に（六五四4 集490）　イサカクテヲキアカシ
テン冬ノ月春ノ花ニモヲトラサリケリ
96（＼／）すさましきためしに（六五四6 集490）（枕草―篁―）清少納
言枕草子云　スサマシキ物シハスノ月ヨ　ヲウナ《嫗》
ノケシヤウ　トシヨリタル女也紫明　清少納言カ枕
草子ニシハスノ月夜トイフ詞ナシ呉本ナトニカケ
ル歟如何　小野篁カ記ニアリト云義アリ　篁日記
十二月聞書　私勘枕草子スサマシキ物ノウチニ無之
97心あさゝよ（六五四7 集490）　心アサヽヨ　清少納言ヲソシル

詞也　式ア　清少納言ト中ワロシ源氏ツクリシネ
タミ也　又式アヲ清少納言ハ日本記ノツホネトネ
タム聞書
98みすまきあけさせ給ふ（六五四7 集490）　ミスマキ　香爐峯雪
紫式ア一条院ノ香爐峯ノ雪ハト吟シ給シニ御返事
ハ不申シテスタレヲマキシトイフ物語アリ
99あこめみたれき（六五四11 集491）　一勘ワラハヽカサミヲキ侍
レトソレヲハヌキテアコメハカリキタルニヤ
100おひ（帯）しとけなき（六五四11 集491）　帯シトケナキトノヰスカタ
帯ハハカマニノ帯ニヤ　一勘トノヰスカタハ宿直
ノスカタ也
101わらはけてよろこひはしるに（六五四13 集491）　ヲサナキ体也
ケノ字濁一勘　童気テトイフ心也　ワラハトモノ
ヲサナキ心ニ興シタル体也云々
102ふくつけかれと（六五四14 集491）　力《チカラ》ヲ入タルヤウ歟　貪《フツケ》　生《ヒト》
遊仙屈
103中宮のおまへに雪の山つくられたりし（六五五1 集491）　薄雲

ノ御前ニツクラレタル叓アリシト也　花山院南ノツホニ雪山ヲツクリシ作文アリシ叓也聞書

104 はかなきことわさをもしなし給ひしはや（六五五7 集491）　給ヒシ者也トソ聞書

105 君こそはさいへと（六五五10 集492）　紫ノ上ヲサシテイヘリ聞書

106 わつらはしきけ（世）そひて（六五五10 集492）　物エンシ也

107 ひとゝころやよにのこり給へらん（六五五13 集492）　朝カホ也聞書

108 あさはかなるすちなと（六五六1 集493）　此ヨリ紫ノ上ノ詞也ハカナキ人ニハアラヌカ何トテ名ヲタチ給シソト也聞書

109 さかし（六五六2 集493）　紫上詞

110 さも思ふに（六五六3 集493）　源氏詞　朧月夜ノ叓

111 人よりことなるへき物なれは（六五六7 集493）　明石上スリヤウノ女ナル故也

112 いふかひなききは（六五六8 集493）　一向下輩ハイマタ見ヌ也

113 ふかうあはれと思侍る（六五六12 集494）　東院ト云ヨリフカウ哀ト思ヒ侍ルマテハ花散ノ叓也聞書

114 こほりとち（六五六14 集494）　其夜ノ体沾也

115 かむさしの（六五七1 集494）　一勘合點　カンサシハ髪ノサマニヤ

116 こひきこゆる人（六五七2 集494）　薄雲ノ叓

117 いさゝかわくる御心も（六五七2 集494）　紫上ヲモトヨリ思給フニ又カサネテ御心ヲシメ給心也　一説トリカヘシツヘシワクル心ヲ又返シテ思給也

118 ゆきもよに（六五七4 集494）　雪モヨニ　ヨニノ二字語助ニヤ云々但哥ニスコシ心有ヤウニ聞ユル詞也可思惟云々又夜又催云々　雪モヨ一　詞ノタスケ沾也シカト不レ知レサノミスマシキ詞也　ヨニ云叓昔ヨリタシカナラス聞書

119 くるしきめをみるにつけても（六五七7 集495）　ツミニナル也聞書

120 うちもみしろかて臥給へり（六五七11 集495）　源氏叓

121 夢のみしかさ（六五七12 集495）　夢ノナコリヲシキ心マテ也聞書

122 みすきやう（六五七13 集495）（御誦経）

123 このひとつ事にてそ（六五八1 集495） 密通ノ叓聞書

124 せかいに（六五八3 集496）（世界）

125 うちにも（六五八5 集496） 主上カネテヨヰノ僧奏シ申ツルニヨテヨロツニ源氏ヲカタシケナクシ給シ程ニイヨく薄雲ノ御叓ヲシラセタテマツラシト也

126 （ ）おなしはちすにとこそは（六五八7 集496）（各留――）一ゝ池中聞書

127 かけみぬ（ ）水のせにやまとはん（六五八8 集496） 三瀬川ニヨセテヨミ給

一校了

をとめ

乙女　巻名　卅四才秋マテ也　此巻ニ源氏卅二四ニ及フ

雲井ノ鴈十四ヨリ也

1としかはりて（六六五1 集17）（源卅二二四）

2宮の御はても（六六五1 集17）薄雲諒闇叓三月マテ也

3衣かへの程（六六五1 集17）更衣也

4まつりのころは（六六五2 集17）マツリ　ヲシナハテ賀茂ノ祭也聞書

5空のけしき心ちよけなるに（六六五2 集17）諒闇ノ後世中ノ人ノ心モ心チコキ折也

6前斎院はつれ〳〵となかめ給（六六五3 集17）祭ノ比斉院ニテノ叓ナトヲホシメシイツルニイツシカツレ〳〵ナル心也

7かつらの下風なつかしきにつけても（六六五3 集17）人〻祭御禊ナト思イツヘシ　賀茂ノ叓ニアラス前斉院ノ御前也サレハオモイ出ルヿアリ聞書

8みそきの日は（六六五4 集17）賀茂（御禊）日也　祭ノ三日前也

9かけきやは河せのなみも立かへり君か〳〵みそきのふちのやつれを（六六五10 集17）君カミソキトハ除服ノ日ノ祓ノ叓也イツシカ斉院ヲリサセ給テ除服ノ御ソ

源氏物語聞書　をとめ（10〜23）

キシ給ハントハ思カケサリシト也　カケキヤハヲ
モヒカケキヤハ也藤ニ渕ヲ兼タリ服衣ノ叓立カヘ
リハ服ユヘヲリヰ給叓也聞書

10 むらさきのかみ（六六五7 集17）　藤ニタヨリアリ　藤ハ藤衣ヨセアリ

11 おりの哀なれは御返あり（六六五7 集17）　大カタハ源氏ノ文ナトヲモムツカシク覚給フニ是ハ哀ナル叓トモナレハ御返アル也

12 ふち衣（六六五9 集18）　引哥飛鳥川渕ニモアラヌワカ宿モセニカハリユク物ニソアリケル

13 はかなくとはかり（六六五9 集18）　斉院ノ哥ノハカナキ叓ヲ詞ニアラハサス文ニハカナクトアリコトニメテタシ　ハカナクトハカリ　哥ニ哀傷ノ心フカク見エネハ詞ニハカナクト也聞書　後撰三条右大臣ハカナクテヨニフルヨリハ山シナノ宮ノ草木トナラマシ物ヲ紫明

14 こなたにもたいめむしたまふおりは（六六六4 集18）　女五宮

斉院ノ御カタニテ源氏ノ叓ヲノ給也　斉院ヘ女五御参會ノ心也聞書

15 こ宮もすちことに成給て（六六六6 集19）　斉院ニヰ給叓ヲノ給シ也　式ア卿モ源氏ヲムコニシ給ハヌ叓ト仰ラレシト也

16 さらかへりて（六六六12 集19）　斉院ヲリヰ給テ又源氏ノヽ給マツハシ給也

17 宮人もかみしもみな心かけきこえたれは（六六七2 集20）　源氏ニ斉院ノ女房同心也聞書

18 世中いとうしろめたくのみおほさるれと（六六七2 集20）　斉院御心也

19 かの御みつからは（六六七3 集20）　源氏ノ御心也

20 大殿はらの（六六七5 集20）　ヲホイトノハラ紫明

21 わか君の御元服（六六七5 集20）　夕霧（十二才）

22 かの殿にて（六六七7 集20）　三条ノ殿也聞書

23 右大将殿をはしめ（六六七7 集20）　一条摂政息也　夕霧ノヲチ也　葵上ノ弟也聞書

24 四位になしてんとおほし（六六七10 集20） 天子ノ御子カウフリシテ四位ニ成《ナリ》給フ也　一世ノ源氏ノ子又同聞書　元服後叙四品例　承和元年忠良親王加冠即叙四品紫明

25 ゆくりなからん（六六七12 集21） 思ヤリナキ也　不意

26 あさきにて（六六七13 集21） 六位ノ緑ノ袍ヲアサキト云フ用也

27 殿上にかへり給ふを（六六七13 集21） 童天上シテカヘリテ元服也ヲシサケテヲキテ奉公サセントスル也夕霧ハ六位ニナシ給也　引サカリテ奉公次第ニ官ニノホル順也聞書　花童殿上ノ人加冠シテ又殿上スル㕝也

28 おいつかすましう（六六八1 集21） 昇進ニ人ノ逐付カタキ心也　人ノヲイツカヌ程位ヲノホセンハヤスケレトモ也聞書

29 大かくのみちに（六六八1 集21） 古ノ帝ハ大学小学ヲ立聞書　閑院左大臣十三ニテ入小学十五ニテ入大学給フ也

30 御前《（コゼン）》にさふらひて（六六八6 集21） 有嘉肴不食不知其甘有至道不学不知其好《ヲ》一聞書

31 かしこき御てよりつたへ侍りしたに（六六八6 集21） 舜コソアレ先ハ子ヲトリ行習也雖二弟子賢一師現《（マヽ）》二半徳一次第無《ニ》知ナラハ後ハ何トナラント也聞書

32 文《モンサイ》さえ（六六八6 集21） 本文ノサエィ

33 はかなきおやに（六六八8 集21） 愚親ニ賢子ノマサラヌト也况愚子平

34 はなましろきを（六六八13 集22） 本メマシロキィ　心ハ同也鼻ヲコメカシナトスル也

35 猶さへをもとゝして（六六九2 集22） 才一禅説云々

36 やまと玉しゐ（六六九2 集22） 日本ノメアカシナトイフ心也

37 せまりたる大かくのしう（六六九6 集22） 窮者トテ大学ノ道ニテソノマヽ昇進ナトモセヌ人ヲイフ　コヽニテハ卑下ノ詞也　大学衆也

38 この大将なともあまり引たかへたる御事なりと（六六九8 集23） 乃中将ノ子トモヨリ引サケ給ト引タカヘタル㕝ト也聞書

源氏物語聞書　をとめ（39〜50）

39 左(弟)衛門督のこと(子)もなとを（六六九9 集23）　左衛門督ハ大将ノ弟也

40 すこし物の心もえはへらは（六六九13 集23）　学文アラハ父子ノ礼ヲ知給ハン也其時ハ恨給ハシ也聞書

41 あさな《字》つくること（六六九14 集23）　入学ノ時付ル名也　名府《ミャフフ》トテフタニ書也何トシテ付ルナレハ学ニ入シルシ也　タトヘハ若輩ノ人主人ヘ出仕シテ名ヲ付ラルヽ程ノ叓也聞書

42 ひんかしの院にて（六六九14 集23）　二条院ノ東ノ院也

43 いへよりほかにもとめたるさうそくとも（六七〇4 集24）　借衣也

44 すくしつゝしつまれるかきり（六七〇7 集24）　年少シヨレル也ワラウマシキ人ゝ也聞書

45 民(一人)ア卿なとの（六七〇9 集24）　民ア卿無先祖未見系図

46 おほな〳〵（六七〇9 集24）　ネンコロナル也　天福御本ニアフ°°ナ〳〵トアリ　イセ物語ニハアフ°ナ〳〵也ヨクイヘハ同叓也聞書

47 とかめいてつゝをろす（六七〇10 集24）　ヲトロカシイサムル也

48 おほしかいもとあるしはなはたひさうに（六七〇10 集24）　乚《ヲホシ》卑下ノ詞也　垣下《エカ》ノキンタチトイフ叓アリ　大饗ナトニモ人数ノ外ノ人ノマシハリタルヲエカノキンタチトイフアルシハ主也　コヽニテモ大学ノ衆ナラヌ也　公卿ヒサウ《非常》ナリト云也　座ニツキ玉ヘトモ垣下トハ云也　人数ノ外ヲ垣下トイフ故欤

49 侍りたうふ°°（六七〇11 集24）　酒タフルソト也

50 かくはかりのしるしとあるなにかしをしらすしてや（六七〇11 集24）　大学ノ衆ノ詞也　一義云カヽル大学ノ衆ニ大将民ア卿ナトノヲシカイモトノアルシニテカハラケトリ給フ叓アルマシキト也　シラスシテトハ大学ノ程ヲモシラテアルシヽ給叓ト也　一義云シルシアルシ――　大将等ノ公卿ヲシラテハ大ヤケニツカフマツルヘキ大学ノ衆ナランヤハト也　シルシトアル　大学ノ道ヲシラスシテカヤウノ過分ナル人ヲヘイシヲトフセラルヽハ不知礼也此分

ニテ朝家奉公難成ト也　シルシトアル　儒者ト云
シルシ斗ナル我等ヲシロシメサテ過分ナル人〻ニ
ヘイシトラセラル丶ハ大学ノ道ノ礼儀ヲシラサル
叓ト也サレハ此分ニテハ朝庭(マヽ)ノ奉公イカテナラン
ト云也　一説ニ云我等ヲシロシメシテ学問ヲシ玉
ハテ朝家ノ奉公難成ト也

51 なりたかし（六七〇13 集24）　河海ニ風俗ノ鳴高《ナリタカシ》或号大宮ノ詞ヲヒ
ケリ不叶欤　問云飛鳥高鳴何ノ文ソヤ　一答河海
抄ニハ不見鳴高ト云叓ハアリ

52 さを(座)ひきて（六七〇13 集25）

53 けちえむ（六七一5 集25）　掲焉

54 さるかうかましくわひしけに（六七一5 集25）　サルカクハフ
ルクモアリトカヤ心ニ思入ヌ叓ヲモフルマヒイフ
物也　大学ノ衆源氏ノ仰ニ随テ殊ニキヒシクヲコ
ナフニタトヘタル也

55 けうさうしまとはされなむと（六七一7 集25）　ケサウスル　人
ヲホメナトスルモケサウスル也　或本ケウマン
タトヘハ同シ心欤　興ヤラル丶イカン我ハサレカ
タキ心ナラヒナレハ出座イカント也　只興シマト
ハサル丶也聞書

56 さい人(しん)（六七一10 集26）　才人　サイシントヨムヘシ一勘

57 はかせの人〳〵は四ゐむ(韻)たゝの人平人也はおとゝをはしめた
てまつりて絶句つくり給ふ（六七一11 集26）（以下『　』内押紙）
『本朝麗藻　花木被人知以名為韻　中書王後中書王具平
村上第一子
年齢稍漸減詩情　被誘鄒牧一句成　應咲火抛(マヽ)風月
賞　桃李之外忘花名
同前題同　江以言
春天花木富芳栄　自被人知得檀(マヽ)名　何処未承霞養
色　誰家不審鳥呼聲　匂同唐帝専房女　粧咲秦醫
一里兄　莫恨翰林零落去　西園今日接群英東明ニ
アリ』

58 左中弁（六七一13 集26）　一人　無先祖

59 神さひて（六七一14 集26）　是サヒ〳〵トシタル体也聞書

60えたの雪をならし（六七二3 集26）　梁王筠燈詩曰百花曜《カヽヤカス》九枝紫明

61涙おとしてすしさはきしか（六七二6 集27）　誦秀句也

62にうかく（六七二8 集27）　入学

63御《ミ》さうしつくりて（六七二8 集27）　ヲンサウシ一禅　字《アサナ》ヲツキ其後入学其次寮試ウクル也　大学我門ニ入給ハヌ前先源氏ヨマセ給シ也聞書

64ちこのやうにのみもてなしきこえ給へれは（六七二10 集27）　祖母ノ餘ニカシツキ給マヽ学問ノサワリトテ祖母ヘヤリ給ハヌ也聞書

65つとこもりゐ（六七二13 集27）　集《つと》紫明　日本記

66四五月のうちに（六七三3 集28）　ヨツキイツ月トヨムヘキ欤

67れうし（六七三4 集28）　寮試叓　大学寮ニテノ試也

68れいの大将左（一人）大弁（同）式部大輔左中弁（同）（六七三4 集28）　三人不見

69かへ《復》さふへきふしく（六七三6 集28）　不審イレン所也聞書前祖

70つましるしのこらす（六七三7 集28）　不審ノ所ニ爪シルシヲ付ル也　ヨクヨミトキシニヨテノコラストイヘリ　ツマシルシ　不審ノ所〻ニシルシヲ付ル也ツノ筆ノ叓也不審アランニシルシヲ付置テ問カクル也聞書

71おやのたちかはりしれ行ことは（六七三11 集29）　二ノ巻ニシレ物ノ物カタリナトイノハサレ叓ナトノコトシ説者云愚ノ字ヲ万葉ニハシレト訓セリモシソノ心欤ト云〻　タチカハリトイフニ叶ヘキ欤　シレ行愚ノ字也イクハクノヨハヒナラネトハヤ我シレ行ト也聞書　シレユクヲトリユク也和秘

72れうもむ（六七四4 集29）　寮門也紫明

73座のするをからしとおほす（六七四7 集30）　郷党莫《ニハ》レ如レ歯《ヨワイニ》ト云テ此時ハ人ヲ不撰年老次第也聞書

74おろしのゝしる（六七四8 集30）　ヲトロカシヲシサグル也聞書

75文人（モンニン）きさう（六七四11 集30）　モンニンハ国〻ヨリアツマル物也　擬文章生叓云〻一勘

76しも（師）てし（弟子）も（六七四12 集30）

77きさきゐ給ふへきを（六七五1／集30）　后サタメノアラマシ也
斉宮ハ薄雲トリモチ成シ也
78はゝ宮も（六七五1／集30）　薄雲也○有子細后ニハ藤氏居給フ
也斉宮ハ源也
79兵ア卿宮（六七五4／集31）（先帝）
80式ア卿にて（六七五5／集31）（桃闕也）
81御むすめほいありてまいり給へり（六七五6／集31）　朱雀院姫
宮昌子内親王　冷泉院女御也号王女御事
82御はゝかたにてしたしくおはすへきにこそ（六七五7／集31）　薄
雲也式ア卿宮ノ女ノ女御トシタシキ心也　藤壷ノ
タメニハ兵ア卿ノ宮ノ御方ハメイ也藤ツホノ兄ノ
兵ア卿ノ御ムスメ也聞書
83むめつほゐ給ぬ（六七五9／集31）　秋好中宮也
84御さいはいのかくひきかへすくれ給へりけるを（六七五9／集31）
母御息所ニ引タカヘテメテタキサイハイトイヘリ
85太政大臣にあかり給て（六七五10／集31）　ソツケツノ官也　サ
ノミハヤ叓ニモイロハヌ官也聞書

86ゐんふたきにはまけ給しかと（六七五12／集32）　ハシノモトノ
サウヒナト有シ時ノ韵フタキノ叓スマノ巻欤　源
氏ニマケ給シ也聞書
87はら〱に御こ《子》ども（六七五13／集32）
88わかむとをりはらにて（六七六1／集32）　宮ハラト云心也和秘
89按察大納言の北の方（六七六2／集32）　誰トモナシ雲井ノ鴈ノ
母叓也　按察ハ五節奉ル人ナルヘシ　系圖可加也
90後のおやにゆつらむ（六七六3／集32）　マヽチヽニソヘン叓ヲ
思也　按察ノ大納言ニ渡サジ也
91大きやうともゝはてゝ（六七七4／集34）　摂家関白ノ饗也
92おきのうは風もたゝならぬ夕くれに（六七七5／集34）　秋ハ只
タマクレコソタヽナラネ（荻）ノウハ風萩ノシタ露
93ひはこそ（六七七8／集34）　内大臣詞也
94物の上手の後には侍れと（六七七11／集34）　明石入道延喜ヨリ後
ト云　延喜ノ御門ヨリノ血脈ナレハ道里（マヽ）ト也聞書
95宮にそそのかし（六七八1／集35）　大宮ニ也聞書
96ちう《柱》さす事（六七八1／集35）　左ノ手ニテヲス叓也

97 さいはひにうちそへて（六七八2 集35）　致仕摂政北方詞　是モ明石上ノウハサ也聞書

98 女はたゝ心はせよりこそ（六七八5 集35）　内大臣詞

99 おもはぬ人に（六七八7 集35）　女御ヲ斉宮ニヲシケタル丶ト也

100 さいはひ人のはらの（六七八10 集35）　明石ノ上ノ腹ニ后ニナランムスメ又アルト也　雲井ノ鴈ヲ東宮ヘト思ヘハ又明石ノ妃（マヽ）有也聞書

101 后かねこそ（六七八10 集35）　明石ノ中宮ノヲサナキヲイフ

102 この家にさるすちの人いてものし給はて（六七八12 集36）　藤家ノイカテカ絶ント也聞書

103 ゐたちいそき給ひし物をおはせましかは（六七八13 集36）　致仕摂政ノヲハセマシカハトノ給也

104 この御事にてそおほきおとゝをもうらめしけにおもひきこえ給へる（六七八14 集36）　摂政ノ北方ト源氏ト又ナキ御ナカラヒナルヲ弘徽殿女御ノ后ニヰ給ハヌ㕝ニスコシウラミ給ト也

105 かむさしなとの（六七九2 集36）　カシラツキ也和秘

106 と《取》りゆ《由》のて（手）つき（六七九4 集36）　シヤウノコトヲユリヒ丶カス心也聞書

107 りちのしらへの（六七九6 集36）　律調　秋ニナリテヲリニ調子也　日本ニハ呂律ト云唐ニハ律呂ト云

108 （〳〵）風のちからけたしすくなしと（六七九8 集37）　風ノチカラケタシスクナシ　称明院御説　本語ノ心ニテ源氏ニヲシケタレタル無念ノ心也　風ノチカラ源氏ニタトフモロキ葉ヲ女御ノヲシケタレ給ニタトフ聞書　文選第四十六　六臣陸士衡　豪士賦序　落葉俟《マチテ》ニ微風ヲ一以隕《テヲツ》　而風之力蓋寡シ　孟嘗遭レ雍門ニ而泣琴之感以末《スエナリ》　李善注引桓子新論雍門周琴㕝私

109 秋風楽（六七九10 集37）　盤渉調也律也

110 さうか（六七九10 集37）　唱哥

111 いとゝそへんとにやあらん（六七九11 集37）　興ヲソヘントニヤ也聞書

112 おさ〳〵たいめむも（六七九13 集37）　内大臣ノ詞也夕霧叔父也源氏モ年老ヨリ学ノ過ルハアシキト繪合ニテ語

給シコト也聞書

113 ことわさし給へ（六〇2 集37）　琴ノ心アリ聞書

114 （〳〵）はきか花すり（六〇5 集38）　（催更衣）〳〵衣カヘヤセント此ウタイ物ニアレハアサギヲヤカテカヘ給ハント也聞書

115 忍て人にものゝ給ふとて（六〇12 集39）　内府ノ女ナトニミソカコトノ玉フ也

116 かしこかり給へと（六一1 集39）　カシコダテ也

117 （〳〵）こをしるはといふは（六一1 集39）　明君知ハレ臣明父知ハ子

118 をゝしく（六二2 集40）　ヲトコ〳〵シキ也カトアリテナタラカナラヌ也　雄抜日本記

119 あさやきたる（六二2 集40）　鮮アサヤク

120 まほならすそ（六二5 集41）　マヲトヨム説モアリマツハ舟ノマホカタホナトニヨセタル詞也　マヲトヨムホノ字ヲヤハラケタル也

121 見給へもつかす（六二14 集42）　雲井ノ鴈ナツカヌ也聞書

122 まつめに近き（六二14 集42）　四ノ君腹ノ女御ノ㕝聞書

123 いうそくには（六三3 集42）　優息

124 なにはかりの程にもあらぬ（六三4 集42）　賤キ物ノ中ニモ不相合㕝ヲト也聞書

125 かの人の（六三5 集42）　夕霧也聞書

126 しらせ給て（六三8 集43）　シラヤ給テ　源氏ヘシラセ奉リスコシ引隔テ後ユルサント也聞書

127 よからぬ人のことにつきて（六四2 集43）　悪人ノソラコトナラント也聞書

128 きはたけく（六四3 集43）　キハ〳〵シク也聞書

129 むなしきことにて（六四3 集43）　跡ナキ㕝ナトヲ人ノイフニヤト也

130 御いつきむすめも（六四12 集44）　イツキムスメ　栄花物語延喜九条右丞相タメシ尋ヘン　此等ハミナメノトノ申㕝也

131 いとおしき中にも（六五7 集45）　大宮ノ為ハイトヲシキ也聞書

132 大納言殿にきゝ給はんことを（六五8 集45）　雲井鴈母按察

大納言ノ北方ニテワタリ給フニキヽ給ハントワフル也　雲井鴈ノ継父聞書

133 なか(中)さうしをひけと（六七6 集48）

134 風のをとの竹にまちとられてうちそよめくに（六七8 集48）

風生竹夜窓間臥月照松時臺上行

135 （〳〵）雲ゐの鴈もわかことやと（六七10 集48）　霧フカキ雲井ノ鴈モワカコトヤハレセスモノヽカナシカルラン

136 こしゝう（六七11 集48）　御メノトコ也　雲井鴈ノメノトコ欤　中タチモメノト子也聞書

137 さ夜中にともよひわたるかりかねに（六八1 集49）　自面ナリ聞テカナシキ心アルヘシ　雲井ノ鴈モト女ノヽ給ヒシ叓也女ノ友ヨフ也聞書

138 うたて吹そふ（六八1 集49）　ウタヽ也聞書

139 （〳〵）身にもしみけるかなと（六八1 集49）　吹ヨレハ身ニモシミケル　大方ノ秋ノサカトハシリナカラ荻吹風ソマツハ身ニシム

140 らうたけにて（六八6 集49）　ラウタケニテトヨミキル妃君（マヽ）ノ叓聞書

141 うちかたらふさまなとを（六八7 集49）　メノト共ノ歎アヘル叓也聞書

142 物はかなき年の程にて（六八10 集49）　（十二）

143 まいり給へるに（六八13 集50）　禁中ヘマヒリ也聞書

144 うへにつとさふらはせ給て（六九1 集50）　ヨルヒルヲハシマスメレハ　弘徽殿ウヘ局ニ内ノツネニマシ〳〵テ女御モサラス祗候アルヨシ也

145 ある人〳〵も心ゆるひせす（六九2 集50）　内大臣ノ女御ノヲモト人共也雲井ノ鴈ヲ俄ニワタシ給ハンモ人イカヽト思フヘケレハマツ女御ヲマカテサセ給フ也

146 うへは（六九3 集50）　主上也聞書

147 さくしりおよすけたる人（六九6 集51）　特性《トクセイ》　サクシリ　雋サクシリ　サカシクサシ過タル也　サクシリ　具足細工モツ道具也　糸トヲサントテ角ニシテシタル錐也觹ト書聞書

148 女こなくなりたまひて後（六九8 集51）　葵上ノ叓聞書

149 うちかしこまりて（六八九11 集51） 右大臣ノコトハ隔心ニテ
雲井ノ鴈ヲハ取ハナチ給ハヌト也　内大臣トノ雲
井ノ鴈ノムカヘニヲハスルナト見ユ心ニアカスト
ハ姫君ヲイカヤウニカナト思フソナタ御同前ト也
聞書
150 くし侍れは（六八九14 集51） クツシトヨム
151 あからさまにものし侍とて（六九〇2 集52） カリソメニ妃《（マヽ）》キ
ミヲ渡シ奉ルト也聞書　侍トテト句フキルヘシ聞書
152 はくゝみ（六九〇2 集52） 妃《（マヽ）》君祖母キミ養ヒ給ヿ
153 おさなき心ともにも（六九〇5 集52） 妃《（マヽ）》君夕霧此契ヲシラセ
ヌト也祖母ノ心聞書
154 此ころはしけうほのめき給（六九〇9 集52） 一月ニ三日ハカリ
大宮ヘマイリ給ヘトアリシ詞ニ合テシケキ也
155 内の大殿の君たち左《柏》少将少納言兵衛佐侍従たいふ《（大夫）》
（六九〇10 集52）
156 こゝにはまいりつとひたれと（六九〇11 集52） 大宮ニテノヿ
也聞書

157 左衛門督（六九〇ナシ 集53） 致仕摂政ノ息也
158 この君にゝる（六九〇14 集53） 夕霧ノ叓聞書
159 御かたはらさけす（六九一2 集53） 不遠也紫明
160 むかへにまいり侍らん（六九一4 集53） 内ヘマイリ給間ニ雲
井鴈ノ渡リ給ハン用意有ヘキタメ也
161 さてもやあらまし（六九一5 集53） 内大臣御心中也聞書
162 せいしいさむとも（六九一7 集53） 制　諫也
163 君はさりとも心さしの程もしり給らん（六九一11 集53） 雲井
鴈ヘノ叓也聞書
164 なひかせ給ふな（六九二6 集55） よ所ヘ契給ナト也聞書
165 いてやものけなしと（六九二9 集55） 夕霧六位ナレハアナツ
リ給カトメノト言也聞書
166 わかきみや（六九二9 集55） メノト夕霧ヲサシテイフ也聞書
167 さはれ思ひやみなむと（六九三1 集56） サワレ　又サハレト
ヨム人アリキ云々　サハレ　サラハサモアレト也
ハノ字スム説不用聞書
168 まろもさこそは（六九三3 集56） 雲井ノ詞也

169 （殿）とのまかて給けはい（六九三5 集56）

170 六位すくせよ（六九三10 集57）　夕霧于時六位　仍三条上乳母大夫君不愛詞也

171 くれなゐの（六九三14 集57）　哥ハキコユ

172 いろ〳〵に（六九四2 集57）　アサミトリトアレハ染ケルトヨメル也聞書

173 うちはれたるまみも（六九四7 集58）　腫眉也

174 宮はためしまつはす（六九四8 集58）　大宮ノメシヨセテレハマミノハレタルヲ見エンハツカシト也聞書

175 大殿にはことし五節たてまつり給ふ（六九四11 集58）　源氏ノマイラセラルヽ五節ニ惟光カムスメマイル也　問云源氏君ハ公卿ノ分ニヤ一勘可然ムスメナトモチタル人ニカケヲホセラル公卿分又受領分ハ国司タル人也コレヲ（内裏）内ノ五節ト名ツケ侍リ　五節毎年十一月乙女ニハ未嫁女ヲアツメラルヽ也聞書

176 中宮よりも（六九四14 集59）　源氏ノタテマツル五節ノサウソクナトヲマイラセラルヽ也

177 過にし年（六九五1 集59）　薄雲死去故トヽマリシ也父領分ノ人ノムスメヲ大カタヤラルヽ也聞書

178 按察大納言左衛門督（六九五3 集59）　按察大納言左衛門督大納言ハ先祖不見雲井鴈ノ母今ハ此北方也左衛門督ハ致仕弟

179 うへの五節には（六九五4 集59）　問殿上人ノマイラスルヲウヘノ五節トイフト河海ニアリ其分ニヤ　一勘殿上人ノマイラスルハ大内ヨリノ心也　殿上人ノマイラスルヲイフ叓欤云〻　一禅左中弁以前ノ講師同欤　ウヘノ五節源氏ヨリノ五節也聞書

180 とゝめさせ給て（六九五5 集59）　問五節トヽメ給叓例ノ叓ニヤ　一勘五節ヲ宮仕ニメシヲカルヽ叓善相公カ意見ニ見エタリ

181 殿のまひ姫（六九五6 集59）　問惟光女ハ源氏ノヲトヽノマイラセラルヽ分欤又受領分欤　一勘コレハ受領分ナリタヽシ源氏君トリタテラルヽヨシ也

182 かしつきなと（六九五11 集60）　後見也聞書

183 うちならしに（六五14 集60） 是ハ源氏ニテ也
184 御前をわたらせて（六五14 集60） 御前ノ心ミ　ミノ日也五
人ノ舞妃（マヽ）御殿ノヒサシニテ見給フ也聞書
185 いまひと所のれうを（六六2 集60） 人タメ（マヽ）カハ二人分モ出
サンヲト也面々ニ出シ給ヘハ也聞書
186 かしつきおろして（六六9 集61） 用意ノ所《トコロ》ヘヲロス也聞書
187 あめにますとよをかひめ（六七1 集61） 諸本トヨヲカヒメ
トアリ青表帋ニトヨワカヒメトアリ聞書　天照太
神ニテマシマス　宮人モトヨメルハ大人也舞姫ヲ
イフ　延㐂式ニ住吉ノトヨワカヒメト有津ノカミ
住吉ノトヨワカヒメト有津ノカミムスメナレハ住
吉ノヨシアリ
188 （＼）みつかきの（六七2 集62） 乙女子カ袖フル山ノミツカキ
ノヒサシキヨヽリ思ヒソメテキ
189 けさうしそふとて（六七3 集62） ケシヤウ也聞書
190 なをしなとさまかはれる色ゆるされてまいり給ふ
（六七6 集62） 六位禁色欤云々　色ユルサレテハ詞ノカ
サリ也只ナフシユリタル也　一禅御説云々
191 こゝしう（六七10 集62） 巨々也ヲ小ヤウナル心也
192 れいのまひ姫ともよりは（六七13 集62） 其マヽ禁中ニトメ給
フモ有ヘケレハチト成人ナルヲトヽノフル也聞書
193 おとめ子も（六八2 集63） 源氏ツクシノ五節ノモトヘツカ
ハス哥也　人丸乙女子カ袖フル山ノミツカキノ久
シキ世ヨリヲモヒソメテキ
194 うちおほしけるまゝのあはれを（六八3 集63） 源氏ヲモフ
心ヲソノマヽヨミ給フヲ五節ハヲカシウヲモフ也
聞書
195 かけていへは（六八5 集63） ムカシヲカケテイヘハ也聞書
196 ひかけの霜の袖にとけしも（六八5 集63） 返哥袖ニトケシ
モ源氏ニ五節逢タリシ支ヲ思ヨセタル也
197 あをすりのかみ（六八5 集63） 五節ノ日コトニ着スル衣色カ
ハルヘシ辰ノ日ハアヲスリヲキルニヨセテカケリ
198 けゝしう（六八8 集64） アサヤカ也聞書
199 あふみのは（＼）からさきのはらへ（六八11 集64） 五節ハ内

野ニテヤカテハラヘスルヲ国ノ守ニヨセテカクカ
ケル妙也斉院ナト彼所ニテハラヘシ給叓ハアリ
義清アフミノカミナレハ也聞書
200 津のかみは（六八八12 集64）惟光
201 左衛門督（内府弟）その人ならぬをたてまつりてとかめ有けれと
（六八八13 集64）宇多御門御制アリ　ワガムスメナケレハ
別人也聞書
202 それもとゝめさせ給ふ（六八八14 集64）五節ニマイリシ叓ヲ
イフ
203 かの人は（六八九1 集64）夕霧也聞書
204 せうとのわらは（六八九4 集65）五節弟惟光子
205 ましか（六八九7 集65）丸カ也紫明　ナンチ°°カ聞書
206 をのこはらからとて（六八九8 集65）女ハ遠《サカル》ニ兄弟ニ聞書
207 みとりのうすやう（六八九12 集65）六位ノ衣ニヨレル也
208 しるかりけめや（六八九14 集65）メヤノヤ文字ヤスメ字也聞書
209 きむちらは（七〇〇4 集66）キンチラハ　ナンチト云心
210 とのゝ御心をきて（七〇〇7 集66）惟光源氏ノ心ヲ云也
211 かの人はふみをたに（七〇〇9 集66）雲井ノ鴈ノカタヘノ叓也
212 たちまちまさるかた（七〇〇9 集66）雲井鴈也五節ニ立マサ
ル也聞書
213 とのは此にしのたいにそ（七〇〇13 集67）（花散）
214 はまゆふはかりのへたて（七〇一7 集67）几帳ヲイフ　ウス
キト云心也聞書　花散夕キリニモシカト見エヌ体
也聞書　ミクマノヽ浦ノハマユフモヽエナルコロ（マヽ）
ハヲモヘトタヽニアハヌカモ拾遺人丸
215 かたちことにおはしませと（七〇一8 集68）尼ナレハ也聞書
216 宮（大一）はたゝ（七〇一12 集68）夕霧ノ祖母宮也
217 みるも物うくのみ（七〇一14 集68）ミトリノ色ナレハ也聞書
218 ものへたてぬおやにおはすれと（七〇二8 集69）源氏ノ叓也
219 けゝしう（七〇二9 集69）コト〳〵シキ也
220 ひんかしの院（七〇二10 集69）花散里住給シ也
221 たいの御方こそ（七〇二10 集69）花散里也聞書
222 かきりなき御かけには（七〇三1 集70）源氏ノヿ也聞書
223 （源卅三）ついたちにも（七〇三6 集70）一勘源氏君太政大臣ニテ節會

ナトノ出仕アルヘキ叓ニモアラサル故也
224 (〳〵)よしふさのおとゝ（七〇三7 集70）　忠仁公例　節會ニモ
出給ハヌ極位ノ体也聞書
225 朱雀院に行幸あり（七〇三9 集70）　チウキン(マヽ)ノ行幸トテ必院
ノ御門へ行幸アル也　新年ノ御礼ノ心也必アル㆑
也聞書
226 御忌月《キツキ》《キクワチ》なり（七〇三10 集70）　唐ニハ忌日日本ニハ忌月ヲ用
聞書
227 人〳〵みなあを色に（七〇三12 集71）　一勘青色ハ麴塵トモ号
ス　今モ極﨟ノキタル袍也赤色ハアカネニテ染也
青色ヨリハタカキ色ナリ赤色ノ御ソトハウヘノ衣
ノ叓也
228 おなし(〳〵)あか色をき給へれは（七〇三14 集71）　第一ノ臣キ
ル色也聞書
229 わさとの文人もめさす（七〇四2 集71）　一勘文人ハ儒者也学生
ハ今日及第スヘキ人ヲイフソノ心カハレル也
230 学生《かくしやう》十人（七〇四3 集71）　公卿天上(マヽ)ノ内ノカクシヤウ也聞書

231 御たい給ふ（七〇四4 集71）　勅題也　常ハ式ア卿ノ学匠出題
也聞書
232 おくたかきものともは（七〇四4 集71）　臆スル㆑也聞書
233 つなかぬ舟にのりて池にはなれいてゝ（七〇四5 集72）　芳塘(マヽ)
ノ試也唐ニテ塘上座ヘヲシ入テ外ヨリシヤウフヲ
ロス也聞書　放嶋也　登省事　放嶋試船事　村上
天皇康保二年十一月廿三日行幸朱雀院御題於蔵人
所被行之
234 また(文)さはかりの事（七〇四9 集72）　花ノ宴ノ巻ニて春鶯囀ヲ
マヒシヲ思《ヲホ》シ出タル也
235 おとゝ院に御かはらけまいり給ふ（七〇四10 集72）　御シヤク
ナト取給心歟　勘
236 うくひすの（七〇四12 集72）　舞ハ相似レトモ故院ノヲハシマ
サヌ叓ヲムツレシ花トヨミ給フ
237 こゝのへをかすみへたつるすみかにも春とつけくるう
くひすのこゑ（七〇四14 集72）　源氏来臨ノ心也霞ヘタツ
ル院ノ御門ノ心也聞書

238 いにしへを（七〇五2 集73）　世ヲ祝シ給フ心也サレハアサヤカニ奏シ給ト有　礼学ノ心也螢ノ兵ア卿ノ哥也
聞書

239 うくひすの（七〇五4 集73）　御製ワカ御代ノ昔ニ及ハヌ心ハセヲアソハシケル也

240 御わたくしさまにうちくのことなれは（七〇五5 集73）　御カト院ナト内ゝノ御叓也

241 （又）またかきおとしてけるにやあらむ（七〇五6 集73）　其《ソノ》席ニアマタノ人ゝ有シニ哥ヲカヽサル故ニカクイフ也作者詞

242 あなたうと（七〇五10 集74）　安名尊催馬楽呂　紫明

243 同 さくら人（七〇五11 集74）

244 おほきさいの宮（七〇五13 集74）　アシ后也聞書

245 かへさに《かへとのイ》（七〇五14 集74）　栢梁殿《カヘトノ》　春宮御所紫明

246 こ宮をおもひいてきこえ（七〇六1 集74）　藤壷ノヿ聞書

247 （又）またくもと（七〇六6 集75）　ヤカテ也聞書

248 后はなをむねうちさはきて（七〇六8 集75）　アシ后也聞書

249 后はおほやけに（七〇六11 集75）　アシ后也聞書

250 おいもておはするまゝにさかなさもまさりて（七〇六14 集75）
誠知老去風情少見此争無一句詩白居易

251 大かくの君（七〇七1 集76）　夕霧也

252 進士になり給ぬ（七〇七2 集76）　一勘　秀才タルホカハイツレモ進士トイフ也カナラスシモ廾中ヨリノホラネトモイヒツケ侍ル也

253 きうたいの人わつかに三人なむありける（七〇七3 集76）　夕霧此ウチ也聞書

254 六条京極のわたり（七〇七8 集76）　六条宮ノ跡タルヘキ歟中宮ノフル宮ノホトリヲトアリ

255 式ア卿の宮（七〇七9 集76）　紫上ノ父賀ノアラマシ也聞書

256 五十《イソチ》になり給ける（七〇七9 集76）　御賀ノ叓一勘賀儀先規不同也法叓ニハ薬師経寿命経等供養ノ叓アリ

257 （源卅四）年かへりて（七〇七11 集77）

258 御としみのこと（七〇七12 集77）　年忌ナルヘシ賀ノ叓アルヘキ叓也此賀ノ叓アリシトミユ

259 うへはいそかせ給ける（七〇七13 集77）　紫上聞書

260 ことにふれてはしたなめ（七〇八3 集77）　源氏式卩《紫上父》卿宮ヲスコシヨカラヌ御中ナリシカ　紫上タクヒナキ御ヲホエナリシ　ソレニヒカレテ叓ヲマケ給ハヌ心ヲキテヲアラハシ給也

261 宮人をも（七〇八3 集77）　式卩卿御ムスメ女御ノヿ聞書

262 かゝつらひ給へる人〻（七〇八5 集77）　源氏アマタヲモヒ人アレトモ紫上ニシ給ヘハ源氏御等閑ナレト面目敷ト式卩卿ヲホス也聞書

263 とをくすましやり水のをと（七〇九6 集79）　スマシヤリト句ヲキリテヨム聞書

264 くたに（七〇九12 集79）　苦丹也牡丹トモ云　夏ノ類ニカケリ

265 五月《サツキ》の御あそひ（七〇九13 集79）　競馬也聞書

266 つきわけて（七一〇1 集79）　ツヰチヲツキワケタル也聞書

267 われはかほなるはゝそはら（七一〇3 集80）　アカシノ姫君ヲモチタマヘハワレハカホナル母トウクル聞書

268 そのよ（夜）そひて（七一〇6 集80）

269 いまひと方の（七一〇10 集80）　花散里也聞書

270 しゝうの君そひて（七一〇11 集80）　紫上ニソイ帰ル也聞書

271 あて〳〵のこまけそ（七一〇12 集80）　コマカニ分タル体也聞書

272 しをんのをりもの（七一一6 集81）　紫苑色ハキヌノ叓欤　一勘ワラハノ御使ニハヲトナシ人ナルヘキノ亨ナレトモ紫上童ヲスキテツカヒタマヘハ也聞書

273 あかくちは（七一一6 集81）　アカクチハヽヨノツネノ朽葉ノアカキカタニヨリタル也

274 かさみ（七一一6 集81）　カサミハウハニキルアコメハキヌニカナラスカサナル也

275 こゝろから（七一一10 集82）　心カラ春ニ心ヲシメ給トモ紅葉ノヲモシロキヲモ御覧セヨト也

276 五えうのえたに（七一一12 集82）　態青キ色ヲ尋ヌル也聞書

277 良房ノオトヽノ例ニテアヲ馬ヲ引叓（七〇三7 集70）　後代ニ其例ヲモチヰタル叓アリ良房公ノ時ノ叓ハ所見タ

シカニナクトモハヤアリシ分ニトリ置侍ル也　一勘

278 アヲ馬ヲ白馬ト書㕝（七〇三7 集70）　アヲキマテシロキトイヒテアマリニシロキ物ハ青ク見ユル故也七日節會ヲハ青馬ノ節會トモイフ礼記ノ文モ青馬也一勘

たまかつら

玉鬘　巻名　以哥号之　此巻源氏卅五才

1 とし月へたゝりぬれと（七二九1 集87）（源卅五）

2 あかさりし夕かほを（七二九1 集87）　今度夕顔アラマシカハ一方フサカルヘシ 聞書

3 あらましかはと（七二九2 集87）　世中ニアラマシカハトヲモフ人ナキカヲホクモナリ一ケルカナ 拾遺藤原為頼朝臣 紫明

4 かいひそめたる物に（七二九6 集87）　ヒソヤカ也 聞書

5 あふさす（七二九8 集87）　孝経　満レトモ不溢《アフサ》 聞書

6 我名もらすな（七二九12 集88）　犬上ノトコノ山ナルイサフ川イサトコタヘテワカナモラスナ

7 その御めのとのおとこ（夕）（七二九13 集88）

8 くたりにけり（七二九14 集88）　廿年ハカリサキノ叓也 聞書

9 （〱）かへる浪も（七三〇14 集90）　イトヽシク過行

10 うらかなしくも（七三一1 集90）　舟人ノウタフ詞也別ニ子細ナシ 聞

11 （〱）ふたり（七三一2 集90）　（夫婦）　ムスメトモ也 聞書

12 こしかたも（七三一4 集90）　コノ両首少弐女両人哥也 河海　花

鳥説少貮夫婦哥也女子イマタ十才《シッサイ》ハカリ也ソノヨムヘキ不審云〻説者不同此儀昔ノ人ヲサナクヨリヨメリ云〻　哥ノ前ノ詞ニテシルヘシムスメトモノ詞ト見ユ　又云ヲハセマシカハ我ラハクタラサラマシ花鳥小《（マヽ）》貮ハ下ルトモ妻ハクタラシト也哥已下ノ詞ムスメノニハヲトナ過タル歟如何

13（〳〵）ひなの別になとそ（七二4 集90）　思キヤヒナノ別ニヲトロヘテアマノナハタキイサリセントハ

14かねのみさきを過て（七二5 集90）　カネノミサキヲ心ニワスレヌト云也引哥ノスヘ神トハ皇神ト書リ一勘同皇神トカキテスヘ神トヨメリ若其叓歟〳〵チハヤフルカネノミサキヲ過ルニモワレハワスレスシカノスヘカミ

15にんはてゝのほりなむと（七二10 集91）　（五）

16をもきやまひして（七二11 集91）　（少貮）

17この君のとをはかりにもなり給へるさま（七二12 集91）　小《（マヽ）》貮任五年　四歳ニテ下向

18はふれ給はんとすらむ（七二14 集91）　放埒也紫明

19けうをはな思ひそ（七三4 集91）　孝　臣ノ志アリカタシ

20たちの人にも（七三5 集92）　館也紫明

21ねんさうなとし給（七三7 集92）　年三長斉經アリ　帝尺南州ニメクルトイヘリ　後撰云年三ヲコナフトテ女檀越ノモトヨリスヽヲカリテ侍ケレハクワヘテツカハシケル仙祐法師モヽトセニヤトセヲソヘテイノリクル玉ノシルシヲ君見サラメヤ紫明

22廿はかりに成給ふまゝに（七三7 集93）　（源卅五）

23このすむ所は（七三8 集93）　少貮任ハテヽ肥前ニ住歟一勘同也

24大夫監とて（七三10 集93）　大宰監ナルモノヽ叙爵シタル也監ニゴリテヨム

25このかみなる（七四10 集95）　三人ノ中ノ兄也聞書

26ことはそいとたみたりける（七五2 集95）　迗紫明

27けさう人は（七五6 集96）　假借人紫明

28よはひとは（七五6 集96）　夜這人紫明

29さまかへたる春のゆふくれ也（七三五7 集96）　引哥アヤシキ心ハカリヲトル

30秋ならねとも〳〵あやしかりけりと（七三五7 集96）　イツトテモ恋シカラスハナケレトモアヤシカリケル秋ノ夕暮

31おはおとゝいてあふ（七三五8 集96）　玉カツラフムマコトイヒシ心云〻

32いからに（七三五10 集96）　一向也紫明　イカウ威光ニセン也聞書

33すちことにうけ給はれは（七三五12 集96）　大人ノヨシキク也聞書

34天下《テンガ》にめつふれ（七三六5 集97）　ワサトコトく〳〵シクヨムヘシ監カ詞也

35きのはて也（七三六7 集97）　三月ナレハキノハテト也聞書

36君にもし（七三六10 集97）　約束ノ日タカヘス参ラントチカフ也聞書

37和哥（七三六10 集97）　ワカトヨム聞書

38としをへて（七三六14 集98）　哥ノ心面ハ玉カツラノ君ヲカネテイミシキ御サイハイニトネンシツルニ彼監ニトラレナハ神ヲツラシト思ハント也監カヲモハノ所ヲモワスレテヨメレハウチ思ケルマヽニト詞ニモカケリ

39こはいかにおほせらるゝ（七三七1 集98）　哥ヲ監カトカメタル也聞書

40この人のさまことに物し給ふを（七三七2 集98）　玉カツラヲカタワナリトイヒシ事也聞書

41引たかへは（七三七3 集98）　サキノ哥ニ心ヲ尺シカヘテムスメノコタヘシ也ソノ心ハイノル心ハサイハイナリサルヲカタワニトリテ引タカヘハ神ヲモツラシト見ント也如此一首ヲ心ヲカヘテ用ル例アリ　引タカヘテ侍ラハツラク　此事哥ノ心ヲ弁シカヘタルナラハキコエヒカメトイヘル如何

42いきたらしと（七三七12 集99）　不生也紫明

43るいひろくなりて（七三八3 集99）　類

44まつらのみやのまへのなきさ（七三八5 集100）　クリハラノアネ

ハノ松ノ心也聞書
45うき嶋を（七二八7 集100）　ウキ所ヲトイフ心アリ兵ア卿(マヽ)君哥
ウキ嶋コヽニテハ非名所シホカマノマヘニウキタ
ルナトハ名所也
46ゆくさきも（七二八8 集100）　玉カツラノ哥ナリ身ノウヘニヨ
ソヘタル哥也
47ひゝきのなたも（七二八12 集100）　（播）
48うき事に（七二九1 集100）　（玉）
49かはしりといふ所（七二九1 集101）　（摂）
50からとまりより（七二九3 集101）　（備前）カラトマリノコノ浦波
タヽヌ日ハアレトモイヘニコヒヌ日ハナシ万　紫明
51豊後のすけ（七二九4 集101）　郎等也聞書
52うたひすさひて（七二九4 集101）　難義ヲスクシキテウキ叓ヲ
思也聞書
53（＼）胡の地のせいしをはむなしくすてゝつ（七二九8 集101）
胡ノ地ー胡漢ノ国ヘセメ入胡ノ軍破シニ帰リヲク
レテ漢ノ国ニトマルモノアリ又漢国ヤフレ胡ノ人
打入時名乗出レトハヤ敵国ノ住人トテ結句是ヲカ
コム豊後ノ介ヨキタクヒ也　胡ノ地ノセイシハ在
河海　従漢攻胡之時漢人止胡不得帰漢軍敗之故也
後漢攻胡之時止胡之人欲帰漢也此時弃胡妻子而漢
不入彼人剰圍之号敵国住人也　仍両国无便之意叶
物語喩云々　胡ノチノセイシヲハ　凉源郷井不得
見胡地妻児虚弃捐文集　紫明
54いちめ（七三〇3 集102）　市女也
55あき人（七三〇3 集102）　商人也紫明
56（＼）まつらはこさきおなしやしろ也（七三〇13 集103）　箱崎ハ
八幡同体也松浦叓在河海若其儀欤不分明云々又在
花鳥　松浦ハ大宰大貮廣継ノ霊神也箱崎ハ八幡也
神后皇后ノ只松浦ヘモ箱崎ヘモ立願ト見ヘシ聞書
57かの宮のこし（七三一2 集103）　五師　石清水八幡五師　貞観八
年安宗之時以運如法師始補五師紫明
58（＼）もろこしにたに聞えあんなり（七三一4 集104）　（倍(マヽ)宗馬乃）
モロコシニモ野馬臺ノ叓共アリ此時仲丸初瀬ヘ立

願セシ故ト也聞書

59（＼）わか君をはまして（七三一6 集104）　（徳道）ワカ君ヲハマシテ　我君玉カツラ也マシテ藤氏ヲトリワケテノ心欤

60もしよ（世）におはせは（七三一10 集104）

61つは市といふ所に（七三一13 集104）　長谷寺ノ近所ノヤフニ見ユ

62女はうあるかきり三人（七三二2 集105）　少貮カ北方　兵ア君　玉カツラ三人也

63家あるしのほうしきて（七三二4 集105）　ハセノセトノ里トキコユ

64これもかちよりなめり（七三二6 集105）　右近玉カツラノ叓祈ユヘノ懇志欤

65かしらかきありく（七三二9 集105）　コレヲイトフシケレトヽイヘリ

66せしやうなとひきへたてゝ（七三二11 集106）　一勘云軟障トカク幕ノヤウナル物タカキ松ナト繪ニカキテ壁ニソヘテ引也

67このみてら（寺）になむ（七三二14 集106）

68かのかくれ給へりし御すみかまて（七三三8 集107）　夕顔ノヤトノ叓

69兵とうたといひし人も（七三三10 集107）　此名モ例アリキ昭宣公ノ内ニアリキ

70かいねりにきぬなときて（七三三14 集107）　ネリイロ　ウスクレナヰ也

71まつおとゝはおはすや（七三四5 集108）　玉カツラノメノトノ叓也

72君の御事は（七三四6 集108）　夕顔ノウヘノ叓《コト》也

73たゝ我（夕）君は（七三四11 集108）

74またゝき侍と（七三五1 集109）　灯ノ残ル体トモ又人ノ無程ヲ一瞬ト云其心カナフ欤聞書

75う月のひとへめくものに（七三五9 集110）　或ハノシヒトヘトアリ一勘如此　ノシヲカケタルヒトヘ云々

76右近かつほねは（七三五12 集110）　玉カツラノ局ハ末ノ方ナレハ右近カ局ニトヲキ心也右近カ局ハ仏ニチカシト

アリ堂ハ東向也其左右ニ局アリ其局ヨリ西局ハ遠シト也

77 仏の右のかたにちかきまにしたり（七三五12 集110）　長谷寺宿老次第構局舎人宿也

78 またふかゝらねはにや（七三五13 集110）　フカヽラヌトハ不宿老心也　長谷寺東向スコシ南ニ向リ

79 らうかはしき事は侍らしと（七三六2 集110）　源氏ニ奉公申セハ人モアナツラシ也田舎ノ者ヲハカヤウノ所ニテハミタリカハシキ㕝アル也聞書

80 このくにのかみ（七三六9 集111）　大和守也　當国為神領㕝近代㕝也

81 大ひさには（七三六11 集111）　大悲薩（マヽ）也聞書

82 かへり申はつかうまつらむ（七三六13 集111）　復命也日本記説賽日本記

83 しみつのみてらの観世音寺に（七三七3 集112）　在筑前国紫明
筑前国観世音寺見万葉如何　一勘清水ノ御寺モ観世音寺同㕝歟清水ハ在所ノ名也　シミツノ　満誓

コンリウ也　アシカラ山ニ舟木キリト万葉ニヨメル此寺也　又天神御詩ニアリ久シキ寺也聞書

84 その人この比なむみたてまつりいてたる（七三七9 集112）　ワサトコノ比トヲホメカシタル也

85 しれる大とこのはうにおりぬ（七三七12 集113）　ツハ市ノ宿ニハアラス御堂ノツホネヨリ宿坊ニヲリタル也　右近カ御師ナルヘシ

86 またおいゝて給姫君の御さま（七三八1 集113）　明石姫君　中宮㕝

87 われにならひ給へるこそ（七三八10 集114）　双也　源氏我身ヲヨキタメシニノ給心也

88 いたゝきをはなれたるひかりやはおはする（七三八13 集114）　スクレタル上﨟トイフ也　日出光照高山云ゝ紫明

89 かゝる御さまを（七三九1 集114）　此段願略互顕トテキコヘニクキヤフニ書也聞書

90 家かまとをもすて（七三九2 集114）　烟

91 まうてこし（七三九3 集114）　詣来紫明

92 聞えいつるを聞しめしをきて（七三九8 集115）　右近申ヲ源氏キコシメス也聞書

93 (＼)二もとの（七四〇8 集116）　観音ニキセイセスハイカテカアハント云心也聞書

94 (＼)うれしきせにも（七四〇8 集116）　引哥河海(いのりつゝ)

95 はつせ川はやくの事はしらねとも（七四〇10 集116）　心明也ハヤクノコトハ哥　フルキ叓ハシリ給ハヌト玉カツラノ給フ也　吉野川岩波タカク行水ノハヤクモ人ニアヒミテシカナ

96 さとひにたるを（七四一1 集117）　イナカヒタル也所ニヨリテ又義アリ

97 かゝるした草（七四一6 集117）　カシハ木ノモリノ下草ヲイノヨニカヽル思ハアラシトソヲモフ大和物語　良岑仲連

98 みかとひきいるゝより（七四一10 集118）　二条院ノメウツリニテ云也

99 おとゝも御らんして（七四一14 集118）　紫上ノ御方ニテ源氏モ御覧シタルニハアラス別ニ御覧シケル也次ノ詞ニウヘニキカセタテマツラテト右近イヘリ

100 こまかへるやうもありかし（七四二1 集118）　若かへる心云ヽ(イ)ワカヤク也紫明

101 なぬかに過侍れと（七四二2 集118）　右近カハツセヘマウテヽ帰マテ七日計ナル也玉葛ノ三日トイヒシニソノホトカナヘリ

102 女君は廿七八にはなり給ひぬらむかし（七四二8 集119）　玉葛ハ四才ニテ肥前ニクタル少貳任五ケ年也　卄年ハカリ過テ六条院ヘハ廿二ニテ迎

103 御あしまいりにめす（七四二12 集119）　足ヲサスル叓也

104 年へぬるとちこそ（七四二13 集120）　右近ニ源氏ノカタライ給ヲ紫上ノムツカリ思給ハキニヤト源氏ノ詞也

105 うへはとしへぬるとち（七四三1 集120）　(源詞)是ヨリムツカリ玉ハントヤ沾源氏ノ詞聞書

106 さるましき心とみねは（七四三2 集120）　紫上詞　源氏ノ心ヲアルマシキ心トモ見ネハアヤウシトノ給テ右近ニタハフレ給フ也　サルマシキヨリワラヒ玉フ沾紫

上ノ詞也聞書

107 この君と（七四四1 集121）　紫上ヲノ給也

108 くさはひにて（七四四9 集122）　種也

109 つみかろませ給はめ（七四四12 集122）　夕顔ノ上ヲムナシク見ナシ給罪ノ叓ヲイフ

110 しらすとも（七四五8 集123）　玉カツラハシリ給ハストモナリ我ヨシリ給ハストモ尋玉ヘト也聞書

111 うきにしも（七四六7 集124）　ウキハ泥也　ヲリタツ田子ノミツカラソウキモ泥ノ心也聞書

112 さふらふ人のつらにや（七四六12 集125）　中宮ニツカウマツル人ニマキレント也

113 ふとのにてあるを（七四六12 集125）　文殿

114 人のうへにても（七四七4 集126）　源氏ノ紫上ニノ給也人ノウヘニテモトハ源氏ノ我ウヘノ叓トノ給ハヌ也ハヽカリテ也又ハ我モト聞シ叓思ハヌ中モトハヲモフ中モ又ハサシモヲモハヌ中ナトニモ女ノ心フカキヲ見聞シニハ女ノ叓ニハスキ〳〵シキ心ヲツカハシトヲモヒシカトヽノ給也

115 女といふものゝ（七四七4 集126）　女　嫁メ婦ト云　小女娘ト云　カンサシヽテ女ト云聞書

116 女に（おうな）（七四八ナシ 集127）　嫗也

117 中将を聞えつけたるに（七四八9 集127）　夕霧中将ノヨシコヽニ見エタリ

118 御き丁のほころひよりはつかにみたてまつる（七四九7 集129）　玉葛ノヲモト人トモノ源氏ヲ見タテマツル也

119 かいはなては（七四九8 集129）　ツマトナトナルヘシ

120 このとくちに（七四九8 集129）　ハシメタル所ニアヘシラヒ也

121 おもなの人や（七四九13 集130）　源氏ノ詞也

122 あしたゝす（七五〇7 集130）　ヒルノ子（イ）

123 しつみ侍りにける後（七五〇7 集131）　玉葛三四ノトシノ程トイフ心ニテ三トセニ成ヌノ哥ノ詞ニテノ給ヘリ

124 こひわたる身はそれなれと（七五一7 集132）　身ハ源氏ノ身也イカナルスチトハ玉葛ノイカニタツネキ給フラント也実父ニ志ソアルランノヤスラヒ也

125 哀とやかてひとりこち給へは（七五一7 集132）　夕皃ノ叓ヲノ
給シ也
126 （夕）中将の君にも（七五一8 集132）
127 おほそうなるは（七五三4 集133）　源氏ノカタヨリハクヽミ給
ハヽトリ外タルヘシトテ別ニ家司ヲサタメラルヽ
豊後介其内也
128 人をしたかへ（七五三7 集133）　豊後介孝心アリテ遺言ヲタカ
ヘス忠貞ニテ玉葛ヲ京ニクシタテマツリシニコタ
ヘテ面目ヲホトコシケルナルヘシ
129 うちとのより（七五三3 集134）　ウチトノ當時ナシ聞書
130 いつれをとかおほす（七五三9 集135）　紫上ハイツレヲメサン
ト也聞書
131 それも（〳〵）かゝみにては（七五三9 集135）　鏡ニテハ　鏡ノ分
斗ニテハ難斗源氏次第タルヘシト也聞書　問云ソ
レモカヽミニテハ也トイフ説アリ如何　一勘紫上
ノ心《（不覚悟一勘》ニ人ノカタチノヨシアシキモ鏡ニテ見ルヤウ
ニハイカテカヲシハカルヘキト云フ也　鏡ニテミ
ツカラ見ル心也師説
132 さすかにはちらひて（七五三9 集135）　紫上ノ叓
133 いまやう色の（七五三10 集135）　イマヤウ色　チカク出来タル
色ナレハカクイフ
134 さくらのほそなかに（七五三11 集135）　ホソナカ貴女ノキル云々
一勘云ヲサナキ上﨟ノウヘニキル物也　下ニカサ
ネノキヌハアルヘキ也
135 かいふのをり物（七五三12 集135）　海賦　カイウトヨマル聞書
136 くもりなくあかきに（七五三13 集135）　キヌノ叓也
137 このかたちのよそへは（七五四3 集136）　源氏紫上ノ人ノホト
ヲ見給ケン心ヲマキラハサントテノ給フ詞也
138 そこひある物をとて（七五四5 集136）　フカキトイフ心也聞書
139 かのすゑつむはなの御れうに（七五四5 集136）　ワサトニアハ
ヌメテタキヲ送給フ也
140 人しれすほゝゑまれ給（七五四6 集136）　同心也
141 御れうにあるくちなしの御そ（七五四9 集136）　源氏ノ御料也
142 ゆるし色なるそへ給ひて（七五四10 集136）　クチナシノ叓也

源氏物語聞書　たまかつら（143～153）

紅紫ノユルシ色ニテハナシ浅黄軽紅非制限古詞此心ニテ玉ヒシ也

143 あふよりにたり（七五五4 集137）　昔ニヨリタル也アウハアナタトイフ也紫明

144 さかしらに（七五五8 集138）　末摘ノ返シノヨカラヌヲサカシラアリトノ給ヘリ

145 はつかしき○御け《きみ》しき《まみイ》也（七五五8 集138）（〻）みけしき　マミ也ミケシキ也ハ源氏ノサマ也　キミナリハ末摘ヲ哢シテ源氏ノ給ヘル也

146 いまめきたる事のはに（七五五10 集138）　例ノコト也　ヤスメ所中五字

147 まとゐはなれぬみもしそかし（七五五12 集138）　三文字也　大方《カタ》ノ人コトヲノ給詞ヲリフシノ御マヘナトニテワサトカマシキ時哥ヨム人ノマトヰナトイフ三文字ヲヤヽモスレハハナタスヨム也　マトヰハナレヌ三モシソカシ　ヲモフトチマトヰセルヨハカラニシキタヽマクヲシキ物ニソアリケル古今　紫明

148 あた人のといふいつもしをやすめ所にうちをきて（七五五12 集138）　アタ人ノトイフハイツモシヲヤスメ所ニヲキテ　アタ人モナキニハアラスアリナカラワカ身ニハマタキヽソナラハヌ後撰左大臣

149 よくあないしり見つくして（七五五14 集138）　古キ叓ヲシリ給フト也

150 からやかみのさうし（七五六2 集139）　紙屋紙ノ草子也

151 めなれてこそあれとて（七五六5 集139）　カクメナレタルトワラヒ給フ也

152 おしかへし給はさらむ（七五六13 集139）　文ノ返叓ニ哥ノアルニハヲシカヘシ返哥アルヘキ常ノ叓也　カヘシアリテントアリシニコタヘテ也

（以下巻末余白ニ追注）

153 ウチアハヌ人ノ物トヲキヤウナル心也（七五一2 集132）

154 トノモスクレタリト（七三八9 集114）　紫ノ上叓

155 ウヘノ御カタチハナヲタレカ（七三八8 集114）　夕顔ノ上ノ叓ヲイフ

156 哥マクラ（七三五14 集138）　一勘哥枕トハ名所ノ哥ヲアツメタル草子也五代集哥枕　能因撰之

157 髄脳（七三六3 集138）　一勘盧主石見女随脳トイフハ昔ノ和哥抄也　新撰随脳ハ公任卿ノ撰也

一校了

はつね

初音　玉葛ノナラヒハミナ竪也　此巻源氏君三十六才

1（〳〵）としたちかへるあしたの空のけしき（七六二1 集143）（源卅六　竪）

2かすならぬかきねのうちたに（七六三1 集143）　六条院又紫上ノ庭ノ叓 聞書

3雪まの草わかやかに色つきはしめ（七六三2 集143）　庭増気色晴砂緑林変容輝宿雪紅　佳草漸生長短緑庭花欲綻浅深紅

4さすかにうちとけて（七六三7 集143）　前ノ詞ニイカメシウ書タルニ對シテイヘリ

5中〳〵よしよししく（七六三9 集144）　若キ人ナレトヨシ〳〵シケレハ中〳〵トカケリ 聞書

6はかためのいはいして（七六三10 集144）　ヨハヒヲカタムル心也　歯ノ字ヨハイトヨム 聞書　歯固　尚書云正月上元日祀祖弥進酒降神致福祥 紫明

7もちひかゝみをさへとりよせて（七六三10 集144）　皇女禎子 二条院女三宮 母中宮妍子 御堂御女後三条院母后 陽明門院是也 長和三年正月二日皇女于時二才餅鏡御覧此則始例也 紫明

8ちとせのかけにしるき（七六三11 集144）　万代ヲ松ニソ君ヲイ
ハヒツルチトセノカケニスマント思ヘハ古今素性
9いとしたゝかなるみつからのいはひ事ともかな（七六三13 集144）
源氏ノサシノソキ給叓ヲ人〻ハシタナク思ヘキユ
ヘニ詞ヲカケテ過給ヘルナリ
10ことふきせん（七六三14 集144）　言吹《コトフキ》　壽《同》　或禱　文選紫明　天
平元年正月十四日始有踏哥　言吹者計綿数奏祝詞
見于新儀式　紫明
11中将の君そ（七六四1 集144）　須磨へ御ウツロイノ時紫上ニア
ツケ玉ヒシ人也聞書
12（＼）かねてそ見ゆる（七六四2 集144）　アフミノヤ鏡ノ山ヲタテ
タレハカネテソミユル君カチトセハ紫明
13うへにはわれみせたてまつらん（七六四6 集144）　カクノ給へ
ルノミナルヘシ
14うす氷とけぬるいけのかゝみには（七六四8 集145）　柳似舞腰池
似鏡文集云　氷化（マヽ）如破鏡雲影似残花紫明　春ノ日ノ
カケソウ池ノ鏡ニハ柳ノ眉ソマツハ見エケル紫明

15けふはねの日也けり（七六四11 集145）　正月子日登岳遥望四方
得陰陽静気除憂悩之術也紫明　又引小松延遐年云〻
又云上子日早朝内蔵寮供若菜内膳司供之　メツラ
シキチヨノハシメノ子日ニハマツケフヲコソヒク
ヘカリケレ藤原信賢
16けに千とせのはるをかけて（七六四12 集145）　桜花コヨイカサ
シニサシナカラカクテチトセノ春ヲコソヘメ拾遺
九条右大臣
17五えうの枝にうつれるうくひすも（七六五1 集145）　拾遺哥ヲ
思ヒテカケリ松ニ鶯ハ初音ノ縁アル物也思心アラ
ントハ折ニアヒタル作物ナレハ鶯モ心アリテシナ
シタルト也
18ふる人に（七六五3 集146）　古人トハ卑下ノ心也　経ル人トヨ
ミテヨロシキ歟
19（＼）をとせぬさとの（七六五3 集146）　ケウタニモ初音キカセ
ヨ鶯ノヲトセヌ里ハスムカヒモナシ
20くた〳〵しくある（七六五10 集146）　ヲヨソ哥ノクタ〳〵シキ

ハヨロシカラヌ叓ヲシラセンタメニカケル詞ナルヘシ

21 いとむつましく（七六四14 集147） ヨルナトトマリ玉フ叓ハナケレトトシコロノコトク夫婦ノ契ハカリハ今モカハラヌ心也一勘

22 えひかつらして（七六六3 集147） 衣比鬘也 日本記 伊弉諾尊投《ナケタマウ》ニ黒鬘《ミカツラヲ》一此即化《ナル》ニ成蒲《エ》陶《ヒニ》一

23 さはらかにかゝれるしも（七六六14 集148） アラ〳〵トカヽリタル様也

24 かくいとへたてなくみたてまつりなれ給へと（七六七2 集148） 源氏ニヘタテナクナレテモ猶マコトノヲヤナラネハマホナラスモテナシタル也又ハ源氏ノ心トモ見エタリ

25 からのとうきやうき（七六七12 集149） モロコシノ東京トイフ所ニ織物欤一注 唐東京錦 舒明天皇御宇摸用吾朝紫明

26 はしさしたる（七六七12 集149） 縁ヘリ也

27 しゝうをくゆらかして（七六七13 集149） 侍従薫物方也 春梅花 夏荷葉 秋侍従 冬黒方 衣《（マヽ）ヒ》比《ヒ》香《カウ》 射香イ名云々見延㐂式又衣被香トモカケリ紫明

28 すちかはり（七六八1 集149） スチカハリトハツネノ人ノミタレタルニモカハリテユヘアルトホメタル也

29 されから《えイ》す（七六八1 集150） 不才也紫明 サレカヽス サレテモカヽヌト也ウチトケヌルニモ心ミユヘシ

30 たにのふるすをとヽる鶯（七六八4 集150） 谷ノ古巣ヲトツル鶯 谷ノトヲトチヤハテツル鶯ノマツ一ヲトセテ春モスキヌル 御堂関白紫明 タカ里ノハルノタヨリニウクヒスノカスミニトツル宿ヲトフラン紫式ア紫明

31 〳〵こゑまちいてたる（七六八4 集150） 引哥未勘

32 〳〵さけるをかへにいゑしあれは（七六八5 集150） 梅花サケルヲカヘニ家シアレハトモシクモアラヌ鶯ノ聲

33 けやけしとおほすへかめる（七六八14 集151） 尤也リツラハシキ心ナルヘシ

34りんしきやくのことにまきらはしてそ（六九4 集151）　キヤクト読ヘシ一勘リンシキヤクハ摂政家ニテノ名目也但六条院ハ大臣ナカラ執政ノ職ヲモカネタル程ナレハナスラヘテイヘル也一勘

35花のかさそふゆふかせ（六九11 集152）　春風暗剪庭前樹夜雨偸穿石上苔　山風ノ花ノカサソフタモトニハ春ノ霞ソホタシナリケル後撰興風　紫明　鶯サソフシルヘニハヤルノ本哥

36あれはたれときなるに（六九12 集152）　タソカレトキ也　カハタレ時ハ曙也聞書

37（〳〵）このとのうちいてたるひやうし（六九12 集152）　ムヘモトミケリ

38（〳〵）はちすの中のせかいにまたひらけさらむ心地も（七〇2 集152）　彼蓮ノ中ニ劫ヲ経ル間三ノ不足アルノミ也仏ヲ見ス説《セツ》法ヲキカス仏ヲ供養セス云〻　ヒンカシノ院ナトニアル人〻ノサマニ似タリ　極楽界下品下生花開已前心欤紫明

39（〳〵）世のうきめみえぬ山ちに（七〇4 集152）　ヨノウキメ見エヌ山路ニイランニハ思人コソホタシナリケレ古今　世ノウキメ　紫上ノ躰ヨリ同院ノ内ノ体又ヒカシノ院ノ叓三段也聞書

40ましてたきのよとみはつかしけなる（七〇12 集153）　ヲチタキツタキノミナカミトシツモリヲイニケラシナクロキスチナシ古今　本哥ミナカ（マヽ）ニ髪ヲモタスル也聞書

41さひ〳〵しくはりたるひとかさね（七〇14 集153）　重ネナキ体也聞書　サヤカニナトイフカコトシヤハラカナラヌサマニヤ

42うちきなとは（七一1 集153）　ウチキハ打タルキヌ也ヒトヘトイフモノハキヌノシタニカナラスキル也カサネハ五キヌナトアマタカサヌルヿ也

43きすくの人にておはす（七一14 集155）　強〻也紫明

44山ふしのみのしろころもに（七二1 集155）　山里ハ草ハノ露モシケカラン蓑代衣タヽストモキヨ紫明

45 あへなん（七二1 集155） アリナント云詞也
46 おれ〳〵しく（七二3 集155） 愚ナル也
47 みくらあけさせて（七二5 集155） 二条院ノ蔵也東院ヨリム
カヒ也トイヘリ
48 つほねすみにしなして（七三10 集156） 奉公人ノ体ニシタル
キトク也
49 （＼）まつかうらしまを（七三14 集156） 音ニキク松カ浦嶋キ
テトヘハムヘ心アルアマハ住ケリ
50 仏にかしこまりきこゆるこそくるしけれ（七三5 集157） マヘ
ニ心ヲマトハシヽカハ今ハ好色ノカタモワカマヽ
ナレト仏ニヲソレテ心ヲウコカサヌト也
51 すなをにしもあらぬ物をと（七三5 集157） 紀伊守心カケシ
ヲホノメカシ給フ也
52 おとこたうかあり（七四4 集158） ヲトコ踏哥 當時マンサ
イラクトテアル物ソノタクヒ歟
53 左右のたい（七四9 集158） サウノトヨム聞書
54 （＼）みつむまやにて（七四13 集159） サカナハカリニテアルヘ
キヲネンコロ也ト也聞書 踏哥ノ人ウタイテ院ヽ
ナトヲメクル驛路ニタトヘテイヘリ水駅飯駅トテ
云フコトク踏哥ニモソノ作法アリシカルヲ水駅ナ
ルヘキニネンコロナリシト也
55 あをいろのなへはめるに（七五1 集159） 青色ハ麹塵トモイフ
56 かさしのわたは（七五2 集159） 踏哥人以綿造花差冠額也紫明
57 にほひもなき物なれと（七五3 集159） 白キ青キトニホイス
クナキ色也
58 たけかはうたひて（七五5 集159） タケカハノハシノツメナ
ル花ソノニワレヲハハナテメサシクハヘテ竹河呂
59 かよれるすかた（七五5 集159） タフレル也紫明 曲ノ字礼記
60 （＼）かうこしの（七五9 集159） 踏哥式在別紙＼高巾子冠 自
所給之打熨斗嚢持着位袍紫明 カウコシ當時狂言
エホシ聞書 高巾子《カウコムシ》 幘冠 後漢書云城中高髻《クイ》四
方高一尺馬《ハ》援《エン》傳 紫明
61 よはなれたるさま（七五9 集159） 世ハナレ 常ニミヌ也
62 おこめきたる事も（七五10 集159） ヲコメキタル 狂ノ体也

聞書

63わたかつきわたりて（七五11 集160） ハシヨリ行ムカヒテ被下也袋モチ進テ一百ナト次第シテイル丶ト也聞書

64あされは（七六3 集160） 誹諧也

65まむすらく（七六6 集160） 万春楽 踏哥ニ八句ノ詩ヲウタヒテ句毎ニ万春楽ト云叓ヲイル丶也 一袋共程〻アリ 延㐂ノ踏哥ノ圖トテアリ聞書

66わたくしの〳〵こえん《後宴》あるへしとの給ひて（七六7 集160） ワタクシノ後宴禁中ニテ踏哥ノ後宴トテ二三月ニ弓ノ結トイフ叓アリソレニ比シテ私ニ女楽ヲ後宴ニスヘシト也此女楽叓コ丶ニテノ玉ヘルハカリナリキ 椎本《竹河イ》巻ニ見エタリマヘノ詞ニ御カタ〳〵ノ人帰給トアレハ又其内ノ叓ヲカケル也

67ひめをかせ給へる（七六8 集161） 秘蔵也

68ゆるへるを（七六9 集161） 絃也紫明

一校了

こてう

胡蝶　玉葛ノ并ノ竪並也　此巻源氏年　卅六　三月ヨリ夏マテ

（源卅六　竪）

1 〈＼〉やよひのはつかあまりのころほひ（七六一1 集165）

2 春の御前のありさま（七六一1 集165）　紫上ノ御方也

3 またふりぬにやと（七六一2 集165）　フリヌトハイマタヲソナヘタラヌ也此所ノ花鳥タクヒナクヲモシロク新ナルヨリヲモフ心也

4 うたつかさの人めして（七六一5 集165）　雅樂寮官人也

5 舟のかくせらる（七六一5 集165）　舟樂也

6 かるらかにはひわたり（七六一8 集165）　昔ノ中宮ナトハフナシ院ノウチナトニテモタヤスクワタリ給ハヌ心シルヘシ

7 わかき女はうたちの（七六一9 集166）　中宮ノ女房タチ也　源氏ノカタノ衆モ一ニノルト一説アリ聞書

8 〈＼〉（紫）ひんかしのつり殿に（七六二12 集166）　亭《チン》ナト也

9 こなたのわかき人〱あつめさせ給ふ（七六二12 集166）　是ハ源氏カタノ人乗玉フ也聞書

10 龍頭鷁首を（七六二12 集166）　竜九　ヲロシハシメサセ給日ハ

ウタツカサノ人メシテ船ノ楽セラル丶末ニ龍乃鷁首ニ女トモヲノスト見ユ　同舟ナルヘシ楽已後ノ叓ニヤ

11ほかにはさかり過たる桜も（七六二5 集167）　ホカノ散ナン哥ノ心シタニアリ

12かせふけは（七六二12 集167）　此哥共ハ中宮ノ御カタノ人〻南ノヲト丶ノ人〻ノ哥也

13山吹のさき（七六二12 集167）　山吹ノサキ名所也　宇治　近江トモ　別ノ哥未見云〻

14かめのうへのやま（七六二14 集167）　蓬莱山　眼穿不見蓬莱之嶋不見蓬莱不敢帰童男卧（マヽ）女舟中老文集　コ丶ヲ蓬莱ニナセリ聞書

15行かたも（七六三2 集168）　武陵桃源ノ心也聞書

16わうしやうといふかく（七六三4 集168）　皇麞也　樂也

17はなをこきませたるにしきにおとらす（七六三6 集168）　見ワタセハ柳桜ヲコキマセテ

18そうてう吹たてて（七六三11 集168）　双調

19あなたうと（七六三12 集168）　催馬楽呂

20（　）かへりこゑに㐂（呂）春楽たちそひて（七六四2 集169）　カヘリコエニ喜春楽立ソヒテ　㐂春楽モ呂也カヘリコエ律ノ呂ニナルニヤ呂律次第春ノシラヘハソウテウトアリ律ニヤ

21あをやきおりかへし（七六四2 集169）　青柳ヲカタイトニヨリテヤヲケヤ鶯ノヲケヤ鶯ノヌウテウカサハヲケヤウメノ花カサヤ　青柳律　長生樂序柏子十二各六

22中宮は物へたてゝねたうきこしめしけり（七六四4 集169）　春ノ御カタヲネタウヲホシケル也

23心をつくるよすかの（七六四5 集169）　紫上ノ御子ナキ叓也紫明

24ま（又）たなきを（七六四5 集169）

25えしもうちいてぬ中の思ひに（七六四9 集169）　サ丶レ石ノ中ニ思ヒハアリナカラウチイツル叓ノカタクモアルカナ紫明

26そらみたれして（七六四13 集170）　ソラエヒ也和秘

27さうどき給へる御さま（七六四14 集170）　サウトキ　ハヤリカ

ナル心也　ケサウ心ニイソカハシキ也

28（〽）おなしかさしを（七六五4 集170）　ワカ宿トタノムヨシノニ君シイラハヲナシカサシヲサシコソハセメ後撰

伊勢　連枝ノ叓参リ給フハサカツキ也聞書

29ふちにみを（七六五5 集170）　渕ニ也藤ニヨソヘタリ

30中宮のみと経のはしめなり（七六五7 集171）　季御読経紫明　六条院ニテアリト見ユ有例欤　別ニ口傳有

31やすみ所とりつゝ（七六五7 集171）　ヤスミ所トリツヽヒノ御ヨソヒニカヘ給人ゝ一勘河海ニイヘルアヤマリ也夜トマリシカ晝ノ衣裳ニキカヘ給也云ゝ禅閤又説アリ云ゝ

32ひの御よそひに（七六五7 集171）　ヒノ御ヨソヒ人シラサル叓也和秘　緋也赤也紫明　ヒルノソクタイノ〡也聞書

33とりてふに（七六五12 集171）　鳥也蝶也　鳥テウニサウソキワケタルワラハ八人　花ノカケニ舞イツルトアリ花瓶モチタルワラハノスナハチ鳥蝶ノ舞人ナルヘキ欤　一勘ワラハヽ則鳥テウノ舞人也コレハ今ノ世ニモアル叓也

34はなかめにさくらをさし（七六五13 集171）　花カメニ　下ノコトハニ散トアル間作花ニハアラサルヘシ聞書

35ひらはりなとも（七六六3 集172）　平張　アクノ屋ノトノタクヒ也　マクノヤフナル物也和秘

36あくらともを（七六六4 集172）　握等　胡床ナトニコシカケタルナルヘシ云ゝ一説　アクラ日本記　胡床《コシャウ》トアリ是ヲアクラトヨム也

37行香《キャウカウ》の人〳〵とりつきて（七六六5 集172）　行香唐ニハ天子モシ給フ本朝ニハ公家ヲコナハル出家ノ手ヘ香ヲヒネリイルヽ也手香呂アリ聞書

38鶯のうらゝかなるねに（七六六9 集172）　ヲリフシ鶯ノ鳴タル音也鳥ノ楽ニアヘリ

39きうになりはつるはと（七六六11 集173）　急ニナヒ（マヽ）ハツル也紫明

40てふはましてはかなきさまに（七六六11 集173）　テウハマシテ舞入云ゝ　マコトノ蝶モ籬ノモトニマフ心ナルヘシ　鳥ノ樂ニ鶯ノ声ヲアハセシカコトシ云ゝ一禅

蝶ハ只童ノマヒタルスカタナルヘシ用此義

41 花のかけにまひいつる（七六六12 集173）　人ノマウ也聞書

42 しろきひとかさね（七六七1 集173）　シロキ一カサネキヌノ叓ニヤ一勘合點

43 こしさしなと（七六七1 集173）　コシサシ　引キヌ也腰ニサシテマカツルヲ云也聞書

44 女のさうそくかつけ給ふ（七六七2 集173）　女ノ装束トハ裳カラキヌナトナルヘシ

45 〳〵ねになきぬへくこそは（七六七3 集173）　ワカソノヽ梅ノホツエニ鶯ノ音ニナキヌヘキ恋モスルカナ

46 こてふにも（七六七4 集173）　ヘタツル心アルニヤ心アリテヘタテスハト也

47 すくれたる御らうともに（七六七5 集173）　上ラウタチノ哥ニハサシモナキト也　中宮紫上功労ノヿ聞書

48 かのみものゝ女ほうたち（七六七6 集174）　見モノヽ中宮ノ女房衆方ヘ紫上ヨリ色〻ヲクリ物アレトモムツカシクテ不書之ト地也聞書

49 さやうのことくはしけれはむつかし（七六七7 集174）　ムツカシトイフ詞マテ物語作者ノ語也

50 ふかき御心もちゐや（七六七11 集174）　サマ〳〵ニ注シタレト深キトハ奥ヲハシラヌト也　フカキトモアサキトモ更ニ難斗心ト也　玉葛ノ叓也聞書

51 おやかりはつましき御心（七六八1 集174）　密通ノ心アル也サレハマコトノヲヤニシラセヤセマシト也

52 この君にひかれて（七六八5 集175）　夕霧ニタチソイナトシ給也

53 その方の哀にはあらて（七六八5 集175）　玉葛岩モル中将ヲエンナルカタナラテヲトヽイノ心シタニカヨフ也

54 たゝかやうのすちのことなむ（七六九3 集176）　兵ア卿ト源トスキタルカタハヘタテ給叓アリシト也

55 こひのやまには〳〵くしのたうれ（七六九9 集177）　イカハカリ恋ノ山路ノシケヽレハイリトイリヌル人マトフラン紫明　孔子仆事子細在別紙　盗跖之利口小児之問答等ニ孔子併　詰《ツメラレ》　畢以此為仆也紫明　盗跖ト孔子トノ叓ナルヘシ未祥孔子（マ）トノ叓ナルヘシ未祥

問云孔子ノ叓相當スルヤ　一答大略孔子ノ叓欤タシカナル證拠ナシ　クジノタフレマネヒツヘキ是モ色〻ノ説有叓也タトヘハイカナルシツ《実ナルヿ》ホウナル人モ恋ノ道ニハカナハヌト云心也和秘

56 おもふとも(七八九13 集177)　柏木権大納言于時中将以此哥号岩漏中将事

57 そほれたり(七八九14 集177)　サレタル也紫明

58 ひんない事(七九〇2 集177)　無便也紫明

59 けやけうなとも(七九〇5 集177)　ナマネタキ心也聞書

60 はなてふにつけたるたよりことは(七九〇5 集177)　時節ニフレテノ文ノ返シナトナケレハ男猶マケシトスル也午去ソノマヽニテ男ワスレハモトヨリノ叓ト也聞書

61 おほな〳〵なをさりことを(七九〇10 集178)　懇ナル也

62 らうをもかそへ給へ(七九〇13 集178)　宮大将ヨリ下ノ人ヲハ心サシヲカソヘ玉ヘト也聞書

63 このころの花の色なる御こうちき(七九〇14 集178)　卯花ナルヘシ

64 さはいへと(七九一1 集178)　右近ハ玉葛ヲヰ中ヒリルヤフニ見シ也源氏ハソノハシメハヰナカヒタルト見給シ也上根ノ故也

65 聞えさせ給ふおりはかりなん(七九一9 集179)　源氏ヨリ仰ラルヽ時ハカリ御返アルト也聞書

66 みるこ(七九一13 集179)　見子　玉葛尚侍女房紫明

67 をのつから思あはする世もこそあれ(七九二2 集180)　玉葛ノヲトヽイトシルヘキト也マツイマキラハサ[illegible]トノ玉ヘリ

68 けちえんには(七九二3 集180)　掲焉也　ケチエンニハ　シカトアラハサテマキラハシ返シヽ玉ヘト也聞書

69 世のひとのあめるかたに(七九二7 集180)　シカルヘキ人ノ室ニモ成給テト也

70 めしうとゝか(七九二10 集180)　御思人達也紫明

71 いとひかてらに(七九二13 集181)　カテラニテイフ心ミルヘシ

72 思ひさためかね侍(七九三1 集181)　玉葛ノ叓ヲ源氏ノ心ニ思サタメカネ給也　大将叓ハ傍人ナト無勿躰ヨシヲ

思ヘリコトハリナレハ也　大将ハ本タイヲスサメテ玉カツラニ思カケタルモワツラハシト也

73おほすさまのことは（七九三10 集182）　好色ノ叓哥モ下ノ心ハヨソノ物ニセンクルシキト也聞書

74をのかよゝにや（七九三14 集182）　ヲノカ代ゝニヤ　人ニシタカヒテ源氏ヲ世ゝヲヘタテントヨミ給也

75ゐさりいてゝ（七九四1 集183）　スコシ礼アル心也　玉葛ノ哥ニハマコトノ親ノ叓ニトリナシテヨメル也

76いまさらに（七九四2 集183）　引イク年モ　是ハ好色ノ心少モナキ哥也源氏ノ御恋ナレハマコトノ親ハ尋ストモ也好色ヲシラスカホニテヨメル也聞書

77さるは心のうちにはさもおほさすかし（七九四3 集183）　心ニハ実父ニ逢度ト也聞書

78（＼）むかしものかたりを（七九四6 集183）　住吉物語ナトニモヲヤニモウトクナリシ叓アリ

79はるけ所なくそありし（七九四10 集183）　ウラムヘキ叓モ恨ネハハルケ所ナシト也聞書

80など憑もしけなくやは（七九四14 集184）　玉葛我ヨリ外ニ誰ヲタノモシクシ給ハント也聞書

81（＼）わしてまたきよし（七九五8 集185）　四月天氣和且清緑槐陰合沙堤平　文集第十九早夏朝帰閑斉日獨處　紫明

82いとかうしも覚え給はすと（七九五13 集185）　始ハ是程タカホニ似タルトハヲモハサリシト也聞書

83中将のさらにむかしさまのにほひにも（七九五14 集185）　人ノ子親ニ似ル物カトヲチヘハ夕霧ハ葵上ニ似給ハヌト也聞書

84たち花の（七九六4 集186）　引　橘ハミサヘ花サヘ

85袖のかを（七九六9 集186）　袖ノ香ヲ夕顔ニヨソヘラルレハ我モヤカテ消ント也

86うしろめたくこそと（七九七4 集187）　源氏ノ心サシノフカキヤウナルハアラシト也

87（＼）風のたけになる程（七九七5 集187）　風生竹夜窓間臥

88おろかには見はなち給ふとも（七九七11 集188）　上ノ詞ニマコトノヲヤナリトモト源氏ヲアリカタク思給シ心又

立カヘリウタテクヲモヒ玉フ也
89かくとしへぬるむつましさに（七九七14 集188） 夕顔ヨリノ物　　　一校了
ヲモヒト也聞書
90かきりなく（七九八7 集188） カキリナキ名ニアフ藤ノ花ナレ
ハソコ井モシラヌ色ノフカサカ聞書
91ゆめけしきなく（七九八11 集189） 努カ ユメ〱トイフ心也
紫明
92よなれたる人のありさまを（七九八13 集189） 大方ノ世ノ人ノ
ナラヒヲモ玉葛イマタシリ給ハヌ也
93兵アなとも（七九九4 集189） 御メノトコト也
94うちとけて（七九九10 集190） 本哥ウラワカミネヨケニ 第一
ノ句ニ打トケテトアリ末ニムスホルヽラント也
95（＼）おほだのまつの（八〇〇1 集191） 恋ワヒヌヲホタノ松ノ
ヲホカタハイロニイテヽヤアハントイハマシ
96殿の御けしき（八〇〇9 集191） 源氏ノミヤ大将ヘハ御返事ア
レトアリシヲ聞及テウレシク思フ也聞書

ほたる

蛍　竪並　源氏　卅六夏

1 いまはかく（八〇五1 集195）　（源卅六）

2 おもくしきほとに（八〇五1 集195）　ヲモクシク　政ヲハ内

大臣ニユツリ給ヘハ也聞書

3 わらゝかに（八〇五13 集196）　ヤワラキタル心也和秘

4 さみたれに成ぬるうれへを（八〇六2 集196）　五月ニハ人ニア

ハヌ愁ヲイヘリ古哥ニアリ花

5 さいしやう（八〇六7 集197）　官サイシヤウホトノ人ト也聞書

6 物なとの給ふさまをゆかしとおほすなるへし（八〇六11 集197）

源氏蛍ノ兵ア卿宮ノ物ノ給ハンサマナトヲヿカシ

ト也

7 をのれ心けさうして（八〇七1 集198）　源氏ワカ好色心ツキテ也

8 御にほひの（八〇七8 集198）　源氏ノ匂也

9 みき丁のかたひらをひとへうちかけ給ふにあはせてさ

とひかるもの（八〇八6 集200）　兵ア卿宮臨玉鬘君亨時六

條院放螢火給依之号螢兵ア卿宮叓紫明

10 ほたるを（〳〵）うすきかたに（八〇八7 集200）　蛍ヲウスキカタ

ニ　禅閤御説木丁ニハツヽミテヲキカタシツヽナ

ヲシノ袖ニツヽミテサトハナチ給フナルヘシ此義可然云々　ウツホノ物語ニモナヲシノ袖ニツヽミテイタシタル叓アリ但如何タツカタヨリ用意シ玉フナルヘシ　肩也紫明

11 けちえんに（八〇八9 集200）　アラハナル心也和秘

12 けにあのこと御心に（八〇九7 集201）　如案也

13 ほとゝきす（八〇九14 集202）　五月雨ニ物思ヲレハ時鳥夜フカクナキテイツチユクラン古今友則　篇者ノ詞也聞書

14 うち〳〵はしらて（八一〇3 集202）　源氏ノ父ナラヌ叓ヲシラヌ也

15 わか身つからのうさ（八一〇4 集202）　ワカ身カラウキ世中ヲナケキツヽ人ノタメサヘカナシカルラン紫明

16 さるはまことにゆかしけなきさまには（八一〇7 集202）　蛍ニ玉葛ノ叓也源氏ノ心ヲノコス也次ニ中宮ナトモイヘリ相通也

17 （〳〵）むまはのおとゝ（八一〇14 集203）　東ノ御カタノニシノ對ニ玉葛ヰ給シ程ニ馬場ニチカシ

18 つやも色も（八一一4 集203）　ツヤハ色ノホカニアル也猶クワヽレルキヨラノ奇特ナルト也

19 あやめも（八一一6 集204）　文目也菖蒲ニヨセテイヘリ

20 けふさへや（八一一10 集204）　ケフサヘヤ　ワカヲモヒヲ取ハヤス人ナキト也聞書

21 ためしにもひきいてつへき（八一一10 集204）　長キ根ノアヤメ也　ミカクレテヲウル五月ノアヤメ草ナカキタメシニ人ハ引ナン

22 あらはれて（八一一13 集204）　宮ノ思ノ無分別ナルトニヤ

23 なかれけるねの（八一一13 集204）　流ルヽト啼ルヽ両ヲ兼＼時鳥鳴ヤ五月ノアヤメ草

24 （左）わか〳〵しくとはかり（八一一13 集204）　宮ヲワカ〳〵シウト欤

25 中将のけふの（〳〵）つかさのてつかひのつゐてに（八一二5 集205）（左真手）　手番也紫明　テツカヒ五月五日近衛ノ官人馬ニノリテマトイル叓也和秘　テツカヒハ馬ユミノ時二人ツヽツカテイル叓欤　但未勘之一勘　テツカヒ　一ツカヒツヽ乗物也禁中ヲ移シテ源氏

ニテモサラルヽ也聞書
26 こなたのらう（八三9 集205）（花散）
27 たいの御かた（八三12 集206）　紫上
28 すそこのみき丁（八三13 集206）　ウヘハシロクテカタヒラノスソヲ紺ニテモ紫ニテモ濃染タル心也今ノ世ニモ車ノ下スタレハ如此
29 さうふかさね（八三14 集206）　アヤメカサネ也ヲモテ青クウラコキ紅梅也和秘
30 西のたい（八三1 集206）　玉葛也
31 四人しもつかへは（八三1 集206）　ヨタリ
32 あふちのすそこの裳（八三1 集206）　面ウス色ウラ青キヲアフチト云和秘　問裳ニモキヌノコトク色々アルヘキ歟　答サノミヲホクキヌナトノヤウニナキ也スソコナトハ勿論也
33 なてしこのわかはの色（八三2 集206）　撫子ノ若葉ノ色　面スハウウラアヲシ一ニハヲモテ紅梅ヲナテシコト云若葉ノ色トハ薄モエキ也和秘　ウラモ（マヽ）ヨキ也

34 からきぬ（八三2 集206）　カラキヌ　問ツネノキヌト差別如何　答裳ヲキル時ニ着スルヲ唐衣トイフ今ノ世ニモ髪上ノ内侍ナトハ着之一勘
35 こなたのは（八三2 集206）　花散里也
36 けにみこたち（八三5 集206）　源氏ノヲホシヽコトクナル也
37 てつかひともの（八三6 集206）　左右ノ騎射ハ公叓也中少将ハ不射之六条院ニテハ羽林トモノイルフ云也一勘
38 （　）身をなけたる（八三8 集206）　（競馬）ノ叓也（花鳥）
39 てまとはしなとをみるそ（八三8 集206）　カタントスル体也聞書
40 打《タ》毬樂《ギウラク》（八三10 集207）　唐人ノ装束ニテ六日ニ武徳殿ニテヲコナハル此時ノ樂也聞書　打毬楽納蘇利《ナソリ》　ケイハノ時勝負ノランシヤウトテ足等ノ舞楽スル也和秘
41 らむさうとも（八三10 集207）　乱声
42 そちのみこ（八四4 集208）　兵部卿ノ弟コヽニテハカリ出給也聞書　ヲホ君キシキニソ　孫王メク也
43 なをあるをはよしともあしとも（八四6 集208）　花散里ノ批

判ノ外ノ人ヲハ善悪ヲ源氏ノヽ給ハヌ心也

44 なんつけ（八二四7 集208）　難也

45 そはみ聞え給はて（八二四11 集208）　ウラミナトシ給ハヌ也

46 そのこまも（八二五1 集209）　菖蒲ヲハ馬食セス花散里ノハヘナキニタトフサレトケフノ御遊ニナクサミヌト也

47 にほとりに（八二五3 集209）　此哥ノ心ニホトリハ枕詞也影ヲナラフル鳥ナレハヨメリワカコモトアヤメトカケヲナラフル也

48 ひきわかるへき（八二五3 集209）　引ワカルヘキトハ花散里ト源氏ノ御中トノ叓ヲタハフレ給也　只ワカコモトアヤメ引ワカルマシキト也聞書

49 あいたちなき（八二五3 集209）　上ノ詞ノサマ也　アイタチナキ哥ノ風流メカヌ心也

50 ゆかをはゆつりきこえ給ひて（八二五6 集209）　床ヲハ源氏ニユツリ給歟

51 （＼）すみよしの姫君の（八二五14 集210）　サシアタリケントハ其時ヲ思ヤルハ勿論可然姫君ノサマト見エタリ今ノ世ニ思フモト也　大江殿ヘニケシ叓玉葛ノツクシヨリ逃玉フヨク似タルト也聞書

52 いまのよのおほえも（八二六1 集210）　ヲホヘノ今ハヨキ叓也聞書

53 かそへのかみ（八二六1 集210）　彼物語ニマヽ母ノハカリテ父ニ讒シケル叓也

54 ほとほとしかりけん（八二六2 集210）　ヲトロ〳〵シキ也

55 うるさかりせす（八二六4 集210）　ウルハシカラス也

56 さみたれの（八二六6 集211）　時鳥フチカヘリナケウナイコカウチタレカミノサミタレノコロ

57 いたつらに心うこき（八二六9 集211）　古今序繪ニカケル女ノ叓可思也

58 けにいつはりなれたる人や（八二七1 集211）　玉葛ノ語也

59 神世より（八二七3 集212）　哢シテノ給也

60 （＼）日本記なとは（八二七4 集212）　（国持流一品舎人）

61 その人のうへとて（八二七5 集212）　是源氏物語ノ作ヤウノ大意也又ヲノカコトヲモツテ他人ノ名ヲカルト云本文アリミナ人ヲ作出テソレニナスラヘテイフ也

62よきもあしきも（八一七6 集212）　又ナクサメテノ玉フ也
63人にしたかはんとては（八一七9 集212）　紫式ア作意ヲ心ニ寓
テ述ル也
64さえ（＼）つくりやうかはる（八一七10 集212）　才也云々サヘニテ
詞タルヘキ歟柏愚案祇同
65（＼）ほとけのいとうるはしき心にて（八一七13 集213）　方便ノ
教ニ空ヲエシ弟子トモ方等部ニテ迷惑セシ㕝在之
然而方等経ヲハ諸教ニ通シテ大乗ニ入初門タルト
ホメタル別ニ注之
（『　』内押紙）
『仏ノイトウルハシキ　別注（＼）凡如来ノ本意者凡
聖一如善悪不二ノ理ヲ説テ衆生ノマトヒヲ速ニヒ
ルカヘサントヲホシメス心アレハ大悲ノキハマリ
コレニ過タル㕝アルマシキ故ニウルハシキトイヘ
ル歟コノ故ニ国モ實報花王ノ土ヲ現シ仏モ報身ノ
スカタ説法モ三界唯心ノ法ナレハ仏ノ心モ法モウ
ルハシキスカタナルヘシ是ハ花厳経ノ分也』

66（＼）はうへんといふ事ありて（八一七13 集213）
（『　』内押紙）
『方便トイフ事アリテ　㝡初ニ大乗ノ法ヲ説玉ノ㕝
ハ仏ノ本意也去レトモ時イタラサル衆生ニ不相應
ノ法ヲ説玉ヘハ機教相違スル故ニ三七日思惟ノ内
證ヨリ實大乗ヲヤワラケテ十二年権教フ説玉ヘリ
其《ソノ》中ニ阿含経一向小乗也仏モ劣應身所化モ髪ヲソ
リ衣ヲ墨ニ染ル㕝此時コリハシマレリマコトハサ
モアルヘキ㕝ナラネトモアマリニ衆生ノ物コトニ
執心フカキ故ニコレヲヤフラントテカヤウノ方便
ヲマウケ玉フ也』
67さとりなき物はこゝかしこたかふうたかひをゝきつへ
くなむ（八一七14 集213）
（『　』内押紙）
『サトリナキ物ハコヽカシコニタカフウタカヒヲヲ
キツヘクナン方等経ノ中ニフオカレト　阿含経ノ
四諦縁生ノ法門ハ全如来ノ本意ナラヌヲ所化ノ機

根イヤシクテマコトソト修行シテ法界空偏ノ理ヲハシラスシテ只心アレハコソ身アレハコソト思テ但空真ノ理ニ落ハテヌルユヘニ仏又手ヲカヘテ衆生ヲ引導シ給リ故ニ方等経ノ中ニ四教ヲナラヘテイロ〳〵説マシマスコレハ浄名経等ニテ侍ル此時昔ノサトリニモツカス今ノサトリヲモエス所化ノ衆生タヽ亡(マヽ)然トシタル心歟　一會ノ衆有空錯乱シテ迦葉泣テ三千ニフルイ善吉惘然トシテ手ニ一鉢ヲナクコレニヨリテ深ク恥小慕太ノ機ハ直ニ圓ニ越ヘ或ハ別ニスヽミ或ハ通ニカナヒ又ハ三蔵ニトヽマルサレハ四教並對ノ教トモイヒ又弾呵ノ教トモ云也』

68 いひもてゆけは(〳〵)ひとつむねにさたまりて（八一八1 集213）

（『　』内押紙）

『イヒモテユケハヒトツムネニアタリテ　般若調法ノ心歟彼阿含ニシテ砕《シャッ》空砕《シャク》破ノ空理ニシツミ方等ニシテ有空錯乱セシヲ今畢竟皆空ト説テ彼等ノ機ヲユリソロヘテ有空一念ノサトリヲアタヘ給フコレヲイヒモテユケハヒトツムネトイヘル歟又般若ニカキラス万法一如ノ心歟云〻』

69 ほたいとほんなうとのへたゝりなむ（八一八1 集213）　井ト煩悩ヨクイヘハヲナシ叓也人ノヨシアシハ人間ノ程ハヨクツヽシマン叓也人ノ善悪ハカハリ仏法ノ善悪ハ不替也聞書

（『　』内押紙）

『菩提ト煩悩トノヘタヽリナンヨクイヘハスヘテ何叓モムナシカラス　法化経ノ内證アラハレテ見レハ塵〻法界一色一香シカシナカラ純一實相ニシテ更ニ別ノ法ナシ天際日ノホリ月クタリ蓮葉ハ圓ク松葉ハホソクシテ是誰カナセルコトハリソヤタヽ天モノイハスシテヲノッカラ四時ヲコナハレタル道ハカリ也如此スカタワハヽカル叓モナクトキ給故ニヨクイヘハトイフノルヘシ真實ト云心也四十余年ハ真實ナラスト見エタル也菩提ト煩悩トノヘ

タヽリナキ叓ハ竜女カ無垢世界ノ成道ニテキコエタリ毒竜ノ角ヲステ鱗ヲカヘタルニモアラス只ソノマヽノ成道也

彼ノ意未開會ノ時ハシハシ煩悩𦬇ヲ二所ニ立テ生死涅槃ノ二路ニヘタテ或ハ方便真實ヲ相待シ尓前尓後ヲカタクワカチ今法花開會ノ前ニハ此妙彼妙之義無殊ニシテ全ク尓前尓後トタテサル也三毒三身無自性ナレハ三悪四趣則毘盧身土（マヽ）煩悩菩提本不生ナレハ生死涅槃又空花ノ開落也是暫シ法花得益ノ一機ノ始終也ツラ〳〵其實叓ヲフミ見レハ四十余年ノ労劫モ是ニアラス非ニアラス又イツレカ虚イツレカ実何ノ方便ヲ廃シテ始テ真実ニトヽマラン凡一代ノ御法色〻様〻ナルハタヽ根機ノ聞ウルト聞エサルトニヨルヘシ』

70 物の（／）姫君も（八一八5 集213）　何ノ姫君トモナシ

71 ふけうなるは（心地観—）ほとけのみちにも（八一八10 集214）　フケウナルハ仏ノ道ニモイミシウコソイヒタレ　不孝五逆破辱三寶壊君臣法毀於信戒閻魔法王随罪軽重考而罰之薬師経文

72 かくしていかなるへき御ありさまならむ（八一八14 集214）　玉葛ノ身ノ行エヲ物語ノ作者イヘリ

73 （／）こまのゝ物語の（八一九2 集214）　一勘　花鳥ニコレヲシルス

74 いかにされたりけり（八一九4 集214）　イカニト句ヲキルヘシスクニヨメハケリトイフ所ニテニハアハヌ也聞書

75 たくひおほからぬ事ともは（八一九6 集215）　世上叓ニヤ

76 （／）このみあつめ給へりけりかし（八一九6 集215）　草子トモノ叓也又源ノ見アツメ給叓也云〻　好ミアツメタル歟此見アツメ歟　花鳥又一義アリ上ノ詞ノツヽキマロコソ猶タメシニシツヘク心ノトケサハ人ニ似サリケレトキコエ給ケニ――ケニ已下双子詞歟

源氏好色ノ叓歟

77 みそか心つきたる物のむすめなとは（八一九7 集215）　物語ノ内ノ叓是ヲアカシノ姫君ニナミセ給ソト也聞書

78（　）うつほのふちはらの君のむすめこそ（八二九10 集215）アマタノ人ノイヒシニモナヒカスツヰニ内《春宮》ヘマイリシ人也コレモアマリナリトノ給フ也　藤氏ナラス一世源氏ノ人ノ異名也　女也　祥花《マヽ》

79うつゝの人も（八二九13 集215）現存ノ人ヲイフ也

80かまへぬや（八二九14 集215）カマヘヌヤトイヒノコシテヨシナカラヌヲ下ニ詞ニツケテ見ルヘキ歟云々又了簡アリ

81こめかしきを（八二九14 集215）クワシウ大ヤウナル也聞書

82いけるしるしにて（八三〇1 集215）イケルシルシニテト句ヲキル也是ハイケルシルシソトホメ置テヲクレタル叓ヲホキハアシキト也ヲクレタルヨリ一段ニミル也聞書

83ひと《（人）》ほめさせし（八三〇5 集216）

84まゝはゝのはらきたなき（八三〇6 集216）心ノ悪キヲイフ一勘

85むかし《（住）》物かたりも（八三〇7 集216）

86えりつゝなむ（八三〇8 集216）マヽ母ノ物語禁句ナレハエリノクル也

87中将の君を（八三〇8 集216）夕霧ノ中将紫上ノカタニハウトキ也

88たいはむ所の女はうの（八三〇13 集217）六条院ノ女房ノサフラヒ也

89たふるゝ方に（八三一8 集217）倒也ヲレタル心也

90さかしらに（八三三7 集219）内大臣詞サシ過ナトヨカラヌ体也

91わかこ《子》といひて（八三三8 集219）

92住吉物語叓（八三〇7 集216）継母ノマヽ女ニ約シタル人ヲワカ女ニアハセントテ父ニ讒言シテ主計乃トイフムクツケキ男ヲマヽ女ノ方ヘ入テ父ニイヒテワカ女ニツヰニアハセタリシカトアネ女イウナル名ノ残タレハ也

一校了

とこなつ

常夏　竪並　源氏　卅六夏

1 いとあつき日（八二九1 集223）（源卅六）

2 つり殿にいて給て（八二九1 集223）　ツリ殿ニ人ゝスヽミテ魚ナトテウシテトアリ彼デンハ別ニアリトイヘトモ只六条院ノ内ノツリ殿也聞書

3 にしかはより（八二九2 集223）　桂川也和秘

4 ちかきかはの（八二九2 集223）　賀茂河

5 いしふしやうのもの（八二九3 集223）　イヲノ名也和秘

6 ひみつ（八二九5 集223）　氷《ヒ》水《ミツ》　ヒヤヽカナル水也　氷室ヒノ物也和秘

7 すいはんなと（八二九5 集223）　水飯　夏ノクヰ物也和秘　干飯ナトノ類水ツケ花鳥義アリ

8 さうときつゝくふ（八二九5 集223）　イソカハシキ体也

9 せみの聲なとも（八二九7 集223）　蝉ノ声アツキモノ也聞書

10 むとくなる（八二九7 集223）　無徳　カヰモナキ心也和秘

11 すさましく（八二九9 集224）　ムツカシククルシキ心也

12 むすめたつねいてゝ（八三〇1 集224）　近江ノキミ　母ハ少将也

13 夢かたりし給けるを（八三〇3 集225）　夢ノ叓蛍ニアリヿヽニ

ハ春比見給シト心得ヘキニヤ

14われなむかこつへきことあると（八三〇4 集225）　カコツヘキ
シラネトモムサシ野トイヘハカコタレヌヨシヤサ
コソハ紫ノ故トイウ哥ノ心アリ聞書

15ふれはいぬへきしるしやあると（八三〇5 集225）　触也　ふれ
はひ　縁シタル心也

16けそん（八三〇7 集225）　家損　家ノキス也和秘

17ふくつけきそ（八三〇9 集225）　ネンコロナル也　アマリナル
心ヲソロシキ心

18もてはなれたることにはあらし（八三〇11 集225）　他人ニハア
ラシト聞書

19そこきよくすまぬ水にやとる月は（八三〇12 集225）　ヲトリ腹ニ
アリシ女子ニテサヤウニヨロシカラヌト也　シラ
カハノシラストモイハシソコキヨミナカレテヨヽ
ニスマントヲモヘハ古今貞文　ソコキヨクスマヌ水
ニヤトレル　後一條院御即位大嘗會ノ御屏風ニ内
蔵権乃慶滋為政ソコキヨキニヰタノイケノ水ノヲ
モハタ（マヽ）モリナキヨノ鐿トソ見ル

20中将の君もくはしくきゝ給ふ（八三〇13 集225）　内大臣ノ息ノ中
将近江君ノ叓ヲヨクシリタル叓ナレハ物語ヲ聞テ
マメタヽヌナルヘシ花鳥此中将夕霧云ゝ可然欤
愚存猶不審

21あそむや（八三〇14 集226）　朝臣

22おちはをたにひろへ（八三一1 集226）　落胤腹和秘　アソンヤサ
ヤウノ落葉ヲタニ　源氏夕霧ニノ玉フ詞也落葉ト
ハ落胤腹ノ女子ヲナリトモヒロヘト也雲井鴈ノ叓
ヲネタク思テナクサメニトノ給也

23おなしかさしにて（八三一1 集226）　ワカヤトヽタノム吉野ニ
君シイラハヲナシカサシヲサシモコソセメ紫明

24ひま有ける（八三一3 集226）　人ノ中ノワロキヲ云和秘

25もてけちかろむることも（八三一7 集226）　内ノヲトヽノ心ハ
人ヲモテハヤシテ又カヽムル叓モ人ニスクレタリ
ト也

26中将のいとしほうの人にてゐてこぬ（八三二1 集227）　柏木ノ

中将シホウニテ西ノタイヘ御送リニモマイラス弟ノキンタチハカリマイリ給シ也　又云夕霧ノシホウニテサソヒコヌト云々然者此時ハ右中将ハ不来ト見ユ右中将ハマシテシツマリテ見ユ云々アラマシ叓ニヤ

27むしんなめり（八三11 集227）　無心也

28心のまゝにもおりとらぬを（八三11 集228）　トコナツノ叓ヲ玉カツラニヨソヘテノ給也

29（夕）中将の君はかくよきなかに（八三14 集228）

30中将をいとひ給ふこそ（八三1 集228）　夕霧ヲ内大臣イトハルヽト也聞書

31（＼）きまさはといふ人も侍けるを（八三2 集228）　玉葛ノ詞上ノ詞ニヲオキミタツトノ給詞ニヨリテ催馬楽吾《ワ》家《イヘン》ノ詞ヲトリテムコニセントイフ心ヲ玉葛ノコタヘ給ナリ

32そのみさかなもてはやされん（八三3 集228）　イマサラモテハヤサレンヨリハヲサナキトチノマヽニテ見給ハマシカハト源氏ノ給也

33りちに（八三11 集229）　夏也如何　女ノシラヘ也聞書

34いとおくふかくはあらて（八三13 集230）　月ナトノ夜ハンチカクノ心也

35ことくしきしらへ（八三14 集230）　シトケナシトナリ

36この物よ（八四1 集230）　ワコンノ也六弦ナレハ也聞書

37すかゝきの程に（八四6 集230）　和琴ニアル叓也云々　スカヽキ　惣ヲ引終テ心ミルヤウノ叓也笛ノ音トリノ┐聞書

38いかてとおほすことなれは（八四8 集230）　玉葛父ヲユカシク思給シ也

39あつまとそ（八四12 集231）　ヰナカヒタルヤウ也

40ふむのつかさをめすは（八四13 集231）　圖書寮紫明　樂器ヲク所女官也男ニトレハ圖書也

41これをものゝおやとしたるにこそあめれ（八四13 集231）　モノヽヲヤトハ日本ニテハイサナキノ御コト弓六張ニテシ給フ故日本ニテ賞翫スル也　モノヽヲヤ内

源氏物語聞書　とこなつ（42～58）

大臣トノヽ心モアリ聞書

42 ことつひきひら（八三五4 集231）　コトツイキヒウ　コトツヰキヒウシラスト云叓當流也　不知詞聞書　花鳥ニクハシコトツキナト云詞アリ琴ノ体也

43 （＼）ぬきかはのせゝの（八三五6 集232）　問ヤワラタ如何　ウタヒナトニハヤハラタマクラトアル歟　答タモシハ手枕ノタ也ウタウ時ニタモシニコエカウツル程ナル歟　又マクラヲ略シテタトハカリイフ歟一勘

44 おやさくるつま（八三五7 集232）　ヲヤサクナトイフヲ源氏玉葛ノソムキ給ニヨセテ恨給也

45 うちわらひつゝ（八三五7 集232）　源氏ノ咲給也聞書

46 いてひき給へ（八三五8 集232）　厭《イ》乞《テ》日本記

47 さえは（八三五9 集232）　才《サエ》　伎《サエ》

48 さうふれん（八三五9 集232）　想夫恋　樂名

49 くまにて（八三五11 集232）　隈

50 みゝかたからぬ人のためには（八三六1 集232）　耳カタカラヌ人ノコトク人ハヨクキクト也聞書　ミヽツヨクナキ人ヲ云和秘　耳カタカラヌ人ノ　源氏ノ我御叓也玉葛ノ耳カタキ心ヲモテノ給也

51 いかておとゝにも（八三六4 集233）　玉葛ノ叓ヲフクム

52 いにしへも（八三六5 集233）　雨夜品定ノ時ノ叓也

53 いと哀なり（八三六6 集233）　夕顔ノ上ノ叓ヲ思出給ヘシ

54 なてしこの（八三六7 集233）　野宮ノ哥合ニ順御判ノコトハノ所ニ　秋モ猶トコナツカシキ花ノ色ヲ聞書

55 このことのわつらはしさに（八三六7 集233）　玉葛ノ叓ヲ内ノヲトヽニカタリ給ハヽ夕顔ノ上ノ叓ヲ問ハンソワツラハシキト也

56 まゆこもりも（八三六8 集233）　玉葛ノ叓ヲウチ出ヌ叓也　タラチネノヲヤノカウコノマユコモリイフセクモアルカイモニアハステ万十一紫明

57 山かつの（八三六10 集233）　玉葛母ウヘノ叓ヲ卑下シタル也下句又卑下也　アナタヨリ尋マシケレハコナタヨリ名乗度ト也我母数ナラネハ尋タマハシト也聞書

58 （＼）こさらましかは（八三六11 集233）　（未見）引哥　未勘得之

一勘同之

59いさなひとりては（八三七9 集234） アナタヘ引トラレテハ一向無音ナランクルシキト也聞書

60いふかひなきにて（八三七10 集235） ムコニトリテ宮大将コナタヘカヨハサント也聞書

61せきもりつよくとも（八三八4 集235） 人ノマモリツヨク共好色ナラテ物イヒカハス程ハシノハント也聞書 ヲノツカラ関守ツヨクトモ セキモリトハ常ニソノ人ヲ守護叓ヲイフ其儀ニテ無相違歟 一勘人シレヌ哥ニヨレリ

62思ひいりなは（〳〵）しけくとも（八三八5 集235） ツクハ山ハ山シケ山シケヽレト思イルニハサハラサリケリ紫明

63ほきたることゝそ（八三八9 集236） ホケ〳〵シキ叓云〻ホレタル心

64これそおほえある心ちしける（八三八13 集236） 源氏ノ手ニ立ヤウノ叓面目シキト也聞書

65おもたゝしきはらに（八三九6 集237） 紫上ノ叓也

66みこゝそ（八三九11 集237） 蛍兵ア卿叓ヲノ玉フ

67まつはしえ給はむ（八三九11 集237） マド゚ハシ也

68さ゛゚やか也（八四〇6 集238） サヽヤカサノ字清濁如何 一勘如此

69うたゝねは（八四〇11 集239） タラチネノ親ノイサメシウタヽネハモノヲモフトキノシワサナリケリ

70ふとうのたらによみて（八四〇14 集239） 不動尊陀羅尼

71ゐむつくりて（八四一1 集239） 印也

72人のねき事に（八四一11 集240） 神ニ物申ヤフノ叓也聞書 祢宜コト ネキコトヲサノミキヽケンノ心

73大宮よりも（八四一14 集240） 雲井ノ鴈ノ叓ヲノ玉フ也

74中将のいとさいへと（八四二1 集242） 嫡子ニテヲトナ〳〵シキニサイヘト心ワカキト云詞也

75こせちの君とて（八四二4 集242） 五節タレトモナシ聞書

76おしもみて（八四二5 集242） アイテノサイヲトリテモミタル也

77せうさいせうさいと（八四三5 集242） チイサキ目ヲコウ也聞書

78 （＼）なかにおもひはありやすらん（八四三8 集243）　サヘレ石ノ中ニ思ハアリナカラウチイツルコトノカタクモアルカナ 紫明

79 ひち〻かに（八四三9 集243）　一説泥土チカナルト也

80 ことしけく（八四三13 集243）　関白也

81 てうたぬ心ちしはへれ（八四四2 集243）　近江君カ詞也　ヨキテヲ双六ニウタヌ心也　向掌《テウチ》　テウタヌハタナ心モアハセスト云歟又ツネニマノアタリ申承スト云心歟 紫明

82 おほみ（八四四9 集244）　ヲホミハカシツク詞歟　御字ノ心歟 一勘

83 おほつほとりにも（八四四9 集244）　小便スルツヽノコト也 和秘

84 けうせんの心（八四四11 集244）　孝也 紫明

85 おこめい給へる（八四四12 集244）　物《モノ》〻シキ也

86 したの本上にこそは侍らめ（八四四13 集244）　舌ノ本上也ムマレツキ也

87 めうほうしの別當（八四四14 集244）　妙法寺別當入近江君産所妙法寺在近江国 紫明

88 あへものとなむなけき侍るたうひしけに（八四五1 集245）　アヘモノトナンナケキタウヒシケニイカテ　侍給シ可然歟　當時歟イマトイフ心ニヤ　私タウシタウヒシ等詞本ニナシ不及沙汰歟

89 をしこと〻もりとそ（八四五3 集245）　法華経譬喩品云　若得為人聾盲瘖瘂貧窮諸衰以自荘厳謗斯経故獲罪如是 紫明

90 たいそうそしりたる（八四五4 集245）　大乗

91 みつをくみいた〻きても（八四五12 集246）　大乗ト有シ首尾也サテ薪ト末ニアリ 聞書

92 あまりこと〻しく（八四六8 集246）　近江ノ君ノ親ニハ過タルトヨキ程ノ親ニ尋ラレ給ハヽヨカラント也 聞書

93 ことはたみて（八四七5 集247）　迍《タミテ》 紫明

94 天下におほすとも（八四七9 集248）　アメカシタ　テンカニトモヨムヘキニヤ　世ニタクヒナクヲホストモ也

95 あしかきの（八四七11 集248）　人シレヌ思ヤナソトアシカキノ

マチカケレトモアフヨシモナシ紫明　アシカキノ
是ヨリ近江君女御へ文ノ詞

96 (〳〵)かけふむはかりのしるしも(八四七12 集248)　タチヨラハ
カケフムハカリチカケレトアヒミヌセキヲタレカ
スエケン紫明

97 (〳〵)なこその関を(八四七12 集248)　アヒミテハヲモテフセヤ
ニ思ヘシナコソノセキニヲイヨハヽキヽ紫明

98 (〳〵)しらねともむさしのといへは(八四七13 集248)　シラネト
モムサシ野トイヘハカコタレヌヨシヤソコソハ紫
ノユヘ紫明

99 (〳〵)いとふにはゆるにや(八四七14 集248)　ニクサノミマス田
ノイケノネヌナハヽイトウニハユル物ニソ有ケル
紫明

100 (〳〵)みなせかはにを(八四八1 集249)　アシキテヲナヲヨキマ
テニミナセカハソコノミクツノカスナラストモ

101 くさわかみ(八四八2 集249)　上下トヽノホラヌ哥ナルヘシ
無心所着ノ一体也聞書

102 (〳〵)おほかけみつの(八四八2 集249)　三吉野ノ大川ノヘノ藤
波ノナミニヲモハヽワカコヒメヤハ紫明

103 さうのもしは(八四八11 集250)　女御中納言君トイフ女房ニ此
文ヲ給ヘリ

104 ひたちなる(八四九4 集250)　此返哥無心之所着也万葉ナトニ
モ此類アリタヽシ無心所着ニモ所存ヲハ一理ヨミ
アラハス也　此哥モ立出ヨトイフ心ヲヨメリ

105 まつとのたまへるを(八四九7 集251)　マツノトノ給ヘル　近
江君立イテヨトヨメルヲハ見シラテマツトアル所
ヲイヘリ此人源氏ノ物語ノ狂言也

106 あまへたるたきものゝかを(八四九7 集251)　アマヘタルタキ
物　アマツラノ過タル也和秘

一校了

かゝり火

かゝり火　竪並　源氏年三十六

1このころ世の人の（八五五1 集255）〔源卅六　巻名以哥詞〕

2あき（秋）に成ぬ（八五五11 集256）

3はつかせすゝしく吹いてゝ（八五五11 集256）　ハツ風ノスヽシクフケハワカセコカ衣ノスソノウラソサヒシキ紫明

4せこか衣も（八五五12 集256）　枕詞欤モノ字如何

5御こと（琴）なとも（八五五13 集256）

6やり水のほとりに（八五六4 集257）　カヽリ火ハ必水ノトニテタク也火ヲヤカテ消シテス、シクカマヘタル也

7うちまつおとろ〳〵しからぬ程にをきて（八五六5 集257）　カヽリ火ニウチ入〳〵トモスユヘニウチ松トイフ　ウチ松タイマツ也和秘

8夏の月なきほとは（八五六10 集257）　秋モイマタアツキ比ハ大カタ夏ノ心アリ其義也

9いつまてとかや（八五六12 集257）　夏クレハヤトニフスフルカヤリ火ノイツマテワカミシタモエニセン紫明

10ふすふるならても（八五六13 集257）　フスフルナラテ　木哥ノ詞ヲ取也ソナタノ我ヲフスヘラレネトモ也聞書

11 ゆくゐなき（八五七1 集258）　カヽリ火ハ焼サセハヤカテキユル故トタクフ煙トナラハトヨメリ　カヽリ火ニタクヘン思ヲケチ給ト也聞書

12 くはやとて（八五七2 集258）　サラハトテイフ詞也和秘

13 いとわさともふくなるねかな（八五七4 集258）　ホメタル也

14 三人《サンニン》（八五七6 集258）　此中ニ弁少将モアルヘシ

15 風のをと秋に成にけり（八五七6 集258）　秋風楽ノ心也平調欤次詞盤渉云々　秋キヌト目ニハサヤカニ見エネトモ風ノ音ニソヲトロカレヌル古今

16 御ことひきいてゝ（八五七7 集258）　和琴也

17 弁少将（八五七9 集258）　乃中将ノヲソキ所ニ弟ノ少将ウタヒイタシタル也

18 すゝむしにまかひたり（八五七10 集259）　ヲリ秋也　声ヨキ虫ナルユヘニタトヘタル也

19 中将にゆつらせ給つ（八五七10 集259）　柏木ノ中将ニ也

20 ゐひなきのついてに（八五七13 集259）　玉葛ノ叓ヲモヤ　ヲトヽヒノ君達ニカタリイテマシナト云心也サレハ姫君モアハレト聞給ト也

21 姫君もけにあはれときゝたまふ（八五七14 集259）　アハレハネカハシキ心ノ哀也心ニカケシ叓ナレハ也

22 さまよくもてなして（八五八3 集259）　乃中将シツマリタル人也

一校了

のはき

野分　竪並　源氏　三十六才

1中宮の御まへに（八六三1 集263）　（源卅六）
2いろくさを（八六三1 集263）　色ゝノ草也
3くろきあかきのませを（八六三2 集263）　クロ木アカ木　皮ナカラ木ヲ黒木トイフ皮モナキヲ赤木トイヘリ唐ノ木ナトニテハナシ
4うつろふけしき（八六三6 集263）　色見エテウツロウ物ハ世中ノ人ノ心ノ花ニソアリケル紫明
5八月（八六三8 集263）　ハツキ
6のわきれいの年よりも（八六三9 集264）　此巻ニ野分吹タルヨシヲ書タル心ハアリシ紅葉ノ御返叓ヲ過シ春南ノ御カタコリイカメシクサセ給シニ人ゝ心ヲヨセシ也又秋ニ成テ中宮ヨリ御返シナトアラマホシキニアマリニ叓カサナリテ尽期モナキ叓ヲ思テカク書ナシタルナルヘシ野分ニヨリテコノ秋ハヨロツ興ナキ心ユトニヲモシロキカマヘ也
7露の玉のをみたるゝまゝに（八六三11 集264）　玉ノヲトケテコキチラシ聞書

8（ヽ）おほふはかりの袖は（八六三12 集264）　ヲホ空ニヲホウハカリノ袖モカナ春咲花ヲ風ニマカセシ 紫明

9もとあらのこはき（八六四2 集264）　宮城野ノモトアラノコハキ露ヲヽモミ風ヲマツコト君ヲコソマテ

10姫君の御かたに（八六五3 集264）　明石ノ姫君也

11かはさくら（八六五8 集265）　カニハサクラト云桜也 聞書

12人〳〵おさへて（八六五11 集265）　チンイサイトテ几帳ナトヲサフル道具有也 聞書

13風こそけにいはほも（八六六11 集266）　景行天皇三年初将《テ》レ討賊次于柏峡大野其野《ニ》有レ石長六尺廣三尺厚一尺五分天皇祈《イノリテ》レ之曰朕得レ滅二土蜘蛛《ツチクモヲ》一者将蹶《フマハ》二茲《コノ》石《ヲ》一如《シテ》二柏《ノ》葉《ノ》一而挙《アカレ》　為因蹶《ニ》之《ヲ》則如《シテ》二柏一上三於大虚《ニ》一故号《ニテ》二其石《ヲ》一曰《ク》二蹈石《フミイシ》一也　在日本記第七 紫明　零陵《レイリヨウサン》山ノ上ニ石燕《セキエン》アリ雨フレハ即トヒハルレハモトノ石トナルトイヘリ 紫明　史記云詩アリ　野分ヲ時雨ナトニ付ルハ時分相違也八月ノ末九月ノ初メ也 聞書

14おとゝのかはらさへのこるましう（八六七1 集268）　風翠《スイ》瓦ヲヒルカヘシ雨垣ヲトヲストアリ 聞書

15人からのいとまめやかなれは（八六七11 集269）　夕霧ノ心ノ叓也

16よこさまあめ（八六八4 集270）　可考 紫明

17をちこうして（八六八7 集270）

18おはしますにあたれる（八六八9 集270）　ヲハシマス（間）マニアタレルト 紫明

19からうらん（八六八10 集270）　高闌（マヽ）

20いまならひ給はんに（八六九3 集271）　御隠居ノアラマシ也

21いとふひんにこそ（八六九8 集272）　不便

22をゝしき方によりて（八六九10 集272）　雄壮

23心のくまおほく（八六九12 集272）　是ハ分別オクアル心也 聞書

24すゑのよ《世》にあまるまてさえ《才伎》たくひなく（八六九13 集272）

25うるさなから（八六九13 集272）　ウルハシキ也云々

26なむなき事は（八六九14 集272）　難ナキ也

27おこりあひ侍て（八七〇2 集273）　野分ニ風気ヲコリ合タル也

28むしのこ《籠》ともに（八七〇9 集273）

29なてしこのこきうすきあこめ（八七〇10 集273）　ナテシコモ秋

ニ感アリ七クサニモヨメリ
30かさみ（八七〇10 集273） 汗衫
31しをにことく〳〵に（八七〇13 集274） 諸本同 シヲンノ花ノ亰
欤 シラニ或本紫薗蘭 シヽウニ或本侍従薫方可然
云ゝ シヲニ 童女ノ衣装也ソレヘタキモノニホ
フ体也聞書
32からのかほりも（八七〇13 集274） 麝香也
33ふれはひ給へる（八七〇14 集274） コヽニテハフルマイ玉フ也
34これはたさいへとけたかくすみたるけはひ（八七一5 集274） 夕
霧ノ心ニ南ノヲトヽニ思ヲトシ給シニサイヘトケ
タカキト也
35つふ〳〵となる心ち（八七一13 集275） 成也
36きひはなる（八七二1 集275） 稚
37心のやみにや（八七二2 集275） 人ノ親ノ心ハヤミ
38宮に見えたてまつるは（八七二3 集275） 源氏秋好中宮ノ亰ヲ
ノ玉フ也
39をんなしき物から（八七二5 集276） 女シキ也

40けしきつきて（八七二6 集276） 心ニ色アル也聞書
41かのとのあきたりしに（八七二8 集276） 彼戸紫明
42みすのうちに（八七二10 集276） 中宮ノ御方ノ亰也
43りんたう（八七三1 集277） 字ノマヽ一注
44こうちきひきおとして（八七三5 集277） カケヲキタルヲ引ヲ
ロシテキ給也礼ノ心也 紫上ノハ上明石上ノハ次
トイフニコソ紫明
45いといたし（八七三5 集277） ホメタル詞也
46大かたに（八七三7 集277） 此哥殊ニ殊勝ナル欤野分ノ亰ヲハ
イハスシテ大カタノヲイヘリマシテ野分ナトノ亰
モ下ノ心ニアルヘシ
47さきなをひそ（八七三9 集277） 玉葛ノ打トケスカタミシン也聞書
48さりともとまるかたありなんかし（八七四1 集278） 玉葛ノ心
トマル方てアルヘキ欤ト戯給シ也
49ほをつきなといふめるやうに（八七四4 集278） フウツヤトモ
書也聞書
50わらゝかなるそ（八七四5 集278） 一コヤカ過テケタカヤカタ

少シヲクルヽ義也聞書
51 なんつくへくもあらす（八七四6 集278）　難紫明
52 こと〻なれ〵しきに（八七四14 集279）　コトヽテニハ也心ナシ
ト也聞書
53 ことはらそかし（八七五4 集280）　別腹紫明
54 いか〻あらん（八七五10 集280）　源氏何トハシラスケシキマメタ
チテ玉葛ノカタヨリ出給フト夕霧見玉フ也
55 した露になひかましかは（八七六1 集280）　源氏ニナヒキナハ也
56 なよ竹を（八七六1 集281）　ナヒクニヨリテヲレヌ心也　ナヨ
竹ノヨナカキウヘニ初霜ノヲキヰテ物ヲ思フコロ
カナ古今忠房
57 ひん《花》かしの御かたへ（八七六2 集281）
58 あさ〻むなる（八七六3 集281）　朝寒也紫明
59 ほそひつめく物（八七六4 集281）　綿ヲカケテムシリナトスル
物也
60 御前《ゴセン》（マヘ）のつほせむさい（八七六6 集281）
61 からの花文れうを（八七六9 集282）　カラノケモンレウ　カラ
アヤノモンアルヲイフ和秘　ジ°°ヤケイレンカ°詩ニ
客来遠方我送ニ鸐文綾聞書

62 かかまほしき文なと（八七六13 集282）　雲井鴈へノ文今一ハ誰
ヘトモナシ聞書
63 姫君の御方に（八七六14 集282）　夕霧明石ノ姫君ノ御カタヘマ
イリ給
64 またあなたになむおはします（八七六14 集282）　姫君紫上ノ方
ニマシマス也
65 ほと〵しく（八七七4 集282）　殆ホトく　紫明
66 御つほねのす〻りと（八七七6 集283）　雲井鴈ノ叓ヲ明石上ニ
思ヤヲトサレント也云〻如何　スコシナノメナル
心チトハ明石ノ姫君ノ程ヲシヰテカタシケナクヲ
モハテ御硯ニテ書給欤北ノヲトヽニテキコエンノ
遠慮アマリナルカ　又ソコノ人〻モタシカニソノ
方ヘトシラン叓ヲホツカナシ　又云夕霧硯ヲコヒ
出シ給テ過分ナルヤウニ思給シカトモ明石上北殿
ノキヽ給叓モアリ文ノヤリ所心ニクヽモヲモハレ

スハクチヲシト思カヘシテカキ給也云々

67 にくき御くちつきこそ（八七七10 集283）　夕霧ノ哥ヨロシカラスト云々故ハ儒業ヲ学テソノ才学ノミニテ優ナラサルヘシ

68 （〳〵）かたの〻少将は（八七七13 集283）　物語アリ　好色也　カタ野ノ少将ハカミノ色ニコソトヽノヘ侍ケレ　文ヲ付モノヽ㕝也紫明　カタ野ノ少将　彼少将ハ色帋ノ色ニトヽノヘシ也カルカヤ色ナキ物ナレハ也此等ノ説河海ニハ皆誤ル也聞書

69 さはかりの色も（八七七14 集283）　夕霧ノ卑下ノ詞也

70 いつくの〻へのほとりのはな（八七七14 集283）　イツクノイカナル花ニ付ヘキ㕝ソナトタハフレ玉フ也　又説アリ

71 かやうの人〳〵にも（八七八1 集283）　女房トモタキリニ詞ヲカケテ見シ也

72 （又）またもかいたまうて（八七八2 集283）　一通ハ雲井鴈ノカタヘ一通ハ五節カモトヘナルヘシ又イツクニテモ

73 わたらせ給ふとて（八七八4 集284）　明石ノ姫君ノ紫上ノ方ヨリワカ御カタヘワタリ給也

74 うす色の御そ（八七八8 集284）　紫ノウスキ也

75 をと〻しはかりは（八七八10 集284）　姉妹兄弟ニモサカ゜ルト云語アリ聞書

76 さもありぬへきほとなから（八七八14 集285）　紫上モ姫君モイツレモ夕霧ノ明暮見給ヘキモコトハリナレト源氏ノ心ヲキ給テ見セタテマツラセ給ハヌ㕝ヲイヘリ

77 ふてうなるむすめまうけ侍て（八七九11 集286）　不調　近江君ワロシト致仕ヲトヽノイハルヽニコソ

78 むすめといふなはして（八七九11 集286）　ヲトヽノムスメトイヒテト也

79 きこえ給ふとや（八七九14 集286）　巻終イツレノマキニモカク人ニユツリテ紫式ア カ白作ナラヌヨシヲカケリ尤深シ〳〵

80 コサウシノカミヨリ（八六四4 集264）　間云野分巻ニ夕霧ノ中

将ノ紫上ヲ見タル所ニアリコジヤウシトハ如何ナルソヤ　紙ヨリ歟上ヨリ歟如何　一答常ニ庇ナトヲヘタテヽ障子ヲタツル也上ヲハサマニスルニヨリテノソク叓ヲスル也然ハ上ノ字成ヘシ

私　清少納言枕草子上端也　マツリチカク成テアヲクチ葉フタアヰナトノ物トモヲヽシマキツヽホソヒツノフタニイレカミナトニケシキハカリツヽミテユキチカヒモテアリクコソヲカシケレ

一校了

みゆき

行幸　源三十六

御幸トカヽス行ノ字也　竪ノ并少横ノ儀モマシル也聞書

（源卅六）

1 かくおほしいたらぬ事なく（八六五1 集289）　玉葛ノ叓也聞書

2 をとなしの瀧こそ（八六五2 集289）　トニカクニ人目ツヽミヲセキカネテシタニナカルヽ音無ノ瀧紫明

3 けさやかなる（八六五5 集289）　弄花ニハ内裏ヘ参セテアキラカニ好色ヲアラハサント也一説只好色ヲアラハサンイカヽト斗也両説用

4 大原野の行幸とて（八六五6 集289）　花鳥ニ巨細アリ聞書

（『　』内押紙）

『ヲホ原野ノ行幸トテ　光孝天皇仁和二年十二月十四日戊午寅四尅行㆓幸芹川野㆒ニ為㆓用鷹鷂㆒ヲ也式部卿本康親王常陸大守貞固親王太政大臣藤原朝臣左大臣源朝臣右大臣源朝臣大納言藤原朝臣良世中納言源朝臣能有在原朝臣行平藤原朝臣山蔭已下参議扈従其狩獵之儀一依㆓承和ノ故事㆒或考㆓舊記㆒ヲ或付㆓故老口語㆒ニ而行事乗輿於㆓朱雀門㆒留㆓輿ヲ砌上㆒ニ勅召㆓太政大臣ヲ三皇子源朝臣定|宜レ賜㆓佩釼㆒太政大臣傳レ勅定

｜拝舞ス輿前帯釼騎馬皇子源朝臣正五位下藤原時平権著摺衣ヲ午三尅亘ル二獦野ヲ一於テ二淀《ヨト》河ノ邊ニ一供二朝膳ヲ一行宮在リ二泉河鴨河宇治河之會ニ一漁人等献ス二鯉鮒ヲ一天子命飲右衛門督諸葛朝臣奏レ哥天子和レ之群臣以二次哥一謳云大納言藤原朝臣起キ舞フス末二尅入二狩野一放二鷂一撃トル二鶉一如レ前放隼撃二水鳥ヲ一坂上宿祢献ム二鹿一一太政大臣馬上奏レ之乗輿還二幸左衛門権佐高経別墅供ス二夕ノ膳一高経献二贄一勅叙テ二正五位下一太政大臣率高経拝舞説云イマニ御輿ノマヘノ左ノ角ノ柱ハトリハナチニタテラルヽ也主上ノ鷹ヲツカハシメ給ニヨリテハヽカリナカラシメンカタメナリトイヘリ』

5たかにかゝつらひ給へるは（八六五14 集290）　ムラサキモクレンシノアヤノハカマコアヲエ袋等アリ聞書

（『　』内押紙）

『タカニカヽツライ給ヘルハ　鷹事　日本記仁徳天皇四十三年秋九月庚子朔依網《ヨサムノ》土倉《ミヤケノ》阿弭古捕二異《アヤシキ》鳥《トリ》一献二於天皇一曰《マウサク》臣《ヤツカレ》毎《ツネニ》張レ網捕レ鳥未三曽得二是鳥之類一故奇而献之天皇召二酒君一示鳥曰是何鳥矣酒君對言此鳥之類多在二百済一得馴《ナツケテハ》而能従人亦捷飛之掠《スカム》二諸鳥一百済俗《クニヒト》号此鳥曰倶知是今時鷹也乃授二酒君一令二養馴一未幾時一而得馴酒君則以二韋緡《アシヲヽ》一著二其足ノ一以二小鈴一著二其尾一居《スエテ》二腕《タヽムキノ》上一献于二天皇一是日幸二百舌鳥《モスノ》野二而遊猟《カリシタマウ》時嶋鳰《メキシ》多ク起乃放鷹令レ捕忽権数《アマタノ》十鳰是月甫《ハシメ》定二鷹甘部一故時人号二其養之處一曰鷹甘邑《ムラ》一也

6かりの御よそひともをまうけ給（八六六1 集290）　天子ハアカ色供奉之衆ハ皆青色エヒソメ聞書』

7このゑのたかゝひとも（八六六1 集290）　此例花鳥ヲ用聞書　鷹カヒ随人四人綿ノエホン也　そゑト一本　ソエノタカヽヒ　諸衛鷹飼也

8あしよはき車（八六六3 集290）　輪ノヨハキヲ云和秘

9うきはし（八六六4 集290）　桂川ニカクル也　次第四ノ官人トテ役アリ橋ヲワタシ御馬ヲトオサルヽ也舟ハシノヤウニカクル歟聞書

10御こしのうちよりほかに（八六六9 集291）　野ノ行幸ニハ必御

コシ也聞書
11（鬚）右大将のさはかりおもりかによしめくも（八七3 集292）　公卿如例ヤナクヰヲヽウ聞書
12 女のつくろひたてたるかほ（八七5 集292）　女ノコトクマユヲ大将ハヽク也當時モ行幸ニハ必如此也聞書
13 左衛門のそう（八七13 集293）　是モ延長四年ノ例也聞書
14 きし一枝たてまつらせ給ふ（八七13 集293）　延長四ノ例ヲウツス　昔ハ荻枝ニツクイマハムメカエタニツク紫明
15 ふるき跡をも（八八2 集293）　（仁和二昭宣）
16（＼）太政大臣の（八八2 集293）　哥ノ尺也太政人臣ノツカウマツル例ハ昭宣公ノ例也聞書
17 小塩山みゆきつもれる（八八5 集293）　引＼ハヤ木タカヽレ千代ノ陰見ン
18 うちきらし（八八11 集294）　打霧　ウチキラシ雪ハフリツヽシカスカニワカイヘノソノニ鶯ソナク拾遺大伴家持
19 こゝなからの覚えには（八八13 集294）　コナタヨリ入内イカント也聞書　又内大臣殿知給ヒテモ女御ヲハシマセハイカヽアラント也聞書
20 あかねさす（八九5 集295）　本哥天ノ原アカネサシ出ル　日ノクモラヌトハ天眼ノ儀也聞書
21 よたけくいかめしくなるを（八九8 集295）　コトノホカニ也此巻ニハ此詞四アリ少ツヽ心カハル也聞書
22 年かへりて（八九10 集295）　（源卅七）
23 おはするほとは（八九11 集295）　名ヲシアラハシ給フヘキ程ナレトムスメナリトテマシマス程ハ不苦也　桂ハト句ヲキリテカナラスト一段ヲコシテコム也聞書
24 うちかみの御つとめなと（八九12 集295）　藤氏ノ氏神ハ春日御社也紫明
25 此もしおぼしよる事もあらむに（八九13 集295）　入内ノ叓アラハ氏神エ参給ハン叓也聞書
26 この御こしゆひには（九〇3 集296）　男女ニアリ三才ニテスル其上ニハサタマリナシ聞書
27 よたけくなりにて侍り（九一4 集297）　是ハウヰノ〳〵シキ心也ウヰノ〳〵シキヲ重詞ノ心也聞書

28 はしめのことはしらねと（八九二7 集299）　夕霧雲井鴈有初シ叓ハ不知ト也聞書

29 女官なとも（八九三10 集300）　女官皆内侍ノカミニ随フ也聞書

30 こらうのすけ（八九三11 集300）　内侍ノスケ古老也　延㐂一百十人已上八人也　尚侍《カミ》　曲（マヽ）侍《スケ》　掌侍《ゼウ》

31 とし月のらうになりのほる（八九四1 集301）　労也紫明

32 上も下も（八九四4 集301）　誰モ奉公ネカハシキト也聞書

33 このとしころうけたまはりてなりぬるにや（八九五2 集302）　源氏ノ御アタリヲキ（マヽ）ヲヨヒテ玉葛カコチヨリ給カト也聞書

34 中将は御ともに（八九五9 集303）　夕霧也聞書

35 しうとくに（八九六12 集305）　宿徳也聞書

36 藤大納言春宮大夫なと（八九七5 集305）　藤大納言春宮大夫皆内大臣ノ御弟也聞書

37 御かうしやそはましと（八九八1 集306）　勘シ也クセコトヽヨム也聞書　考辞紫明

38 かむたうはこなたさまになむ（八九八1 集306）　雲井ノ鴈ノ叓也聞書

39 〳〵はねをならふるやうにて（八九八5 集306）　トハ君ノ羽翼ナレハ也紫明　商山四皓古叓聞書

40 よたけき御ふるまひとは（八九八10 集307）　是ハイキホイ也聞書

41 （内）いにしへはけに面なれて（八九八12 集307）　イニシエハケニオンニナレテト紫明ニアリ恩也

42 はか〴〵しからぬ物とも（八九九8 集307）　近江君叓也

43 宮はたまいて姫（葵）君の御こと（九〇〇2 集309）

44 ありしにまさる御ありさま（九〇〇2 集309）　イテヽイナハタレカワカレノカタカランアリシニマサルケフハカナシモ伊勢物語

45 かくて後は中将（夕）の君にも（九〇一13 集311）

46 猶もあらす思（夕）ひいてられて（九〇二1 集311）　雲井ノ鴈ヨリモ一シホ玉カツラスクレ給ト也

47 かけきこえんもいかゝ（九〇二7 集312）　ユカリニテマシマストイハンモイカヽナレハ御ケシキ次第ト也玉葛へノ文也聞書

48 からのたき物（九〇三2 集313）　タキモノヽホウハカラヨリ伝ル故也 和秘

49 おちくりとかや（九〇三10 集314）　コキ紅ノ袴也 紫明　コキ紅ヲ云 和秘　サノミスカヌ色也紫ノコキ色也 聞書

50 むかしの人のめてたうしけるあはせのはかま（九〇三11 集314）
上代ニ用シト也 聞書

51 むらさきのしらきり（九〇三11 集314）　紫ノ色ウヘ黄色ソフ也シラキリ前ニアル色也 聞書　ムラサキノシラミタル也 和秘

52 あられ地の御こうちき（九〇三11 集314）　クハンニアラレノ文也 和秘

53 しゝかみ（九〇四8 集315）　フルヒチヽカミタル也エリ入テカキタル也文字ツヨケナル心也 和秘

54 えりふかうつよう（九〇四8 集315）　悪筆ノ執シテ書タルハエリイレタルヤウ也 聞書

55 からころも（九〇四13 集315）　＼カラ衣日モタ暮

56 ろうしたるやうにも侍るかな（九〇五1 集315）　呀也 紫明

57 よしなしこと（九〇五2 集316）　哥ニカラ衣斗アル叓也 聞書

58 うらめしや（九〇六2 集317）　哥ハキコユ 聞書

59 よるへなみ（九〇六5 集317）　是ハ作代ナレハ一向玉カツラノ哥ニシテミル也源氏ノアヒサツノ心少モナシ 聞書

60 猶しはしは御心つかひし給て（九〇六13 集318）　是ヨリ源氏ノ詞也 聞書

61 こなたをもそなたをも（九〇七1 集318）　玉葛ノ叓　コナタヘモソナタヘモイヒヨルヘケレハシハシ無納得シテヨカラント也　ヤス〱トサタメンハリヲ〱シキ叓ト也 聞書

62 あふなけに（九〇八4 集320）　奥ナケニ也 聞書　奥無　ヲクフカヽラヌ心也 和秘

63 おまへのつらくおはしますなり（九〇八10 集321）　女御ヲサシテノ玉フ也 聞書

64 ひたうにも（九〇八11 集321）　非道 紫明

65 さかしらにむかへ給て（九〇八13 集321）　サカシラニナツハ人マネサヽノハノサヤクシモヨハワカヒトリヌル 古今

66 （〳〵）かたき岩ほもあわ雪に（九〇九4 集321）　日本記第一天照太神御叓ヲ引也カタキ庭ト日本記ニハアリ　岩ニイヒカユル也ソサノヲノミコト御兄弟ノ中ノ叓ナレハヨク出合タル也聞書

67 あまの岩とさしこもり給なむや（九〇九6 集321）　天照大神ノ叓出タレハ也中将モ引コモリ給ヘトテ引ツレ帰給フ也聞書　昔天照大神アマノイハトニトチコモラセ給シ時ヤヲヨロツノカミタチアマノカコ山ノミサカキニサマ〴〵ノタカラミテクラヲサシテイノリ申給シニヨリテアマノイハトヲヒラキ給シカハ面白也アメノシタヒカリカヽヤキテミナ人ノヲモシロカリシ叓ヲイヘル也紫明

68 いとかやすく（九〇九8 集321）　カイ〳〵シクイソカシクカルラカナル也紫明

69 いそしく（九〇九8 集322）　イソカハシク也和秘

70 憑みふくれて（九一〇4 集323）　近江ノ君ノ詞皆下スノイフ詞也聞書

71 むねにてをきたるやうに侍る（九一〇5 集323）　ムネヲヽサヘタルヤウニ思フ叓アル也和秘

72 ひゝしう（九一〇9 集323）　ヒヽシウ慇ニ也一説ヒヽシウ秘也清濁両説聞書

73 つまこえのやうにて（九一〇13 集323）　本人ヲキテ物ヲコウヤウノ叓也聞書

74 よ《世》人はちかてら（九一一3 集324）　御子ヲ如此ハシタナメ給フ叓ヲ人〻有マシキ叓トイフヨシ也聞書

一校了

ふちはかま

藤ハカマ　此巻ニハ字ヲ声ニヲオク書也　蘭ヲラニナト書

（源卅七）

1内侍のかみの（九一七1 集327）　内侍ニ里ナカラ任セラル丶サテ後宮ツカヘヲ催促ノ人〻アル也聞書

2うけひ給ふ（九一七6 集327）　ウケヘ　アシカレト思フ心詛也呪詛ノ二字ヲコム也聞書

3ことには丶かり給けしきもなき（九一七14 集328）　内大臣殿ノ御娘トアラハレテ後ハ源氏ハ丶カリ給ハヌ也　好色ノ義也　大宮死去三月タルヘシ聞書

4さい相の中将（九一八7 集329）　イツクニテサイシヤウニ成給フトモ見エス聞書

5えいまき給へるすかた（九一八8 集329）　服者巻纓ヿ紫明　服ノ時マク也祝言ニモマクコトアルト也巻ヤウニカハリアリト也聞書

6大かたにしも（九一九2 集330）　源氏見ハナチテ入内サセ給ハシト也聞書

7御あはひともにて（九一九3 集330）　天子源氏両ノ心カ丶ラン也サテ女御中宮ノ御ソシリヤスカラシト也聞書

8 いとらうあり（九三〇1 集331）　ラウ〳〵シキ叓也此巻ニハ字
ヲ声ニ書所アリ藤ハカマヲラント書聞書

9 かたみなれは（九三〇2 集331）　新古ニ爰ヲトリテ／露ヲタニ
今ハカタミノ藤衣アタニモ袖ヲフク嵐カナ

10 ぬきすて侍らんことも（九三〇2 集331）　我モイカヤウニモ忘カ
タキヲ玉葛ハ我ニ服ヌキヲモシノハルヽト也聞書

11 この御あらはし衣の色なくは（九三〇3 集331）　祖母ノ服也聞書

12 いとらうたけに（九三〇6 集332）　良《ラウ》紫明

13 らにの花（九三〇7 集332）　ラニ　ラントハヌル所ニカヨフ也
聞書

14 これも御らんすへき（九三〇8 集332）　コレモ　一向ニ也河海
ニハヤカテトアリ　心通ス聞書

15 ゆへはありけりとて（九三〇8 集332）　春蕙　夏蘭　蘭兄　蕙
弟ニアリ蘭ヲ春ハ蕙ト云聞書

16 うつたへに思ひもよらてとり給（九三〇9 集332）　哥ニハウツ
タヒト云心ニヨメリ聞書　松カネヲ礒ヘノ波ノウ
ツタヘニアラハレヌヘキ袖ノ上哉

17 藤はかま（九三〇10 集332）　服者ノ心也聞書

18 みちのはてなる（九三〇10 集332）　東路ノ道ノハテナルヒタチ
ヲヒノカコトハカリモアハントソヲモフ紫明

19 たつぬるにはるけき野への（九三〇13 集332）　ムサシ野ハ袖ヒ
ツハカリ分シカト　ヨク〳〵尋レハハルケキト也
真実ノ兄弟ニテマシマサネハ也ウス紫ト云モウス
キユカリノ心也カコトヽ恨ヨルカコトウスキト也
聞書

20 （ ）いまはた《将》おなし（九三一3 集333）　ワヒヌレハ今ハタヲナ
シ難波ナル身ヲツクシテモアハントソ思フ紫明

21 身にてこそ（九三一4 集333）　我身ニ成テハ岩モル中将ヲモト
キシカヒモナキト也聞書

22 れんし給へる人にて（九三二2 集334）　テウレンシタル也和秘

23 さるすちの御宮つかへにも（九三二9 集335）　取タテヌ入内ニ
テ兵ア卿ヲモテハナレテハ恨玉ハント也聞書

24 かのはゝ君の哀にいひおきし事の（九三二13 集335）　夕顔ノ叓
皆偽ニノ玉フ詞也聞書

25 御心ゆるして（九三11 集336） 内大臣ノ叓也聞書

26 女は（〳〵）三にしたかふ物にこそあなれと（九三11 集336） 女有
三従 礼記郊特牲云 婦人従人者也 幼従父兄
嫁従夫 夫死従子紫明

27 うち〳〵にも（九三13 集336） 紫上明石上マシマセハ也聞書

28 らうろうせんとおほしおきつる（九四1 集337） 牢篭紫明／
論スル也論シテ義ヲ定ムル叓也一本フウロウトア
リ聞書

29 いとまか〳〵しき（九四4 集337） 狂言《マカ〳〵シ》万葉

30 御心ならひならむかし（九四4 集337） 内大臣 我心ニ表裏
アル人ニテサヲシハカリ給フト也聞書

31 あんにおつることも（九四7 集337） 案也紫明

32 宮つかへのすちにて（九四8 集337） 入内ナラハ下ニハ源氏
心ヲカケ給フト人ノ猶イハント也聞書

33 いみあるへし（九四11 集338） 九月季ノ終イム故也聞書

34 （〳〵）よし野のたきをせかんより（九四13 集338） テヲサヘテ
ヨシノヽタキヲセキツトモ人ノ心ハイカヽトソ思
フ 六帖連哥

35 うち〳〵の給はむなんよからん（九六5 集340） 実父ナリ
トテ源氏ノ養セラルレハ憚アル也サテウチノ〳〵ク
ハシキ叓ハ仰ラレヨト也聞書

36 いてやおこかましきことも（九六7 集340） 是岩モルノ詞巳
前ノ恋慕ノ叓アラハシ給也聞書

37 哀をは御らんしすくすへくやはありける（九六8 集340） 兄
弟ト知テムツマシキト巳前ハ恋慕ナレハ也聞書

38 人きゝをうちつけなるやうにやと（九六13 集341） 俄ニムツ
マシカランモ人キヽイカヽナレト玉葛ヨリノ詞也
聞書

39 いもせ山（九七2 集341） 万葉妹娋（マヽ）ト書兄弟ノ心也聞書 ハラ
カラノ中ニイカナル時ニカヨメル聞書 ＼ムツマ
シキイモヤノ山ノ中ニタニ ミチノクノヲ絶ノハ
シヤ是ナラン 津国ノリニハヲモハス 国一ノ名
所ヲヨム作例猶多カルヘシ

40 らうつもりてこそは（九七8 集341） 昦ハ労ノ字也聞書 漸積

労也紫明

41 かくこんも（九二七8 集342）　カクコン　奉公スル也人ヲカヽヘヲク心也格勤ト書人ヲカクコンスルト云モカヽヘヲク也

42 大(髯)将はこの中将とおなし右のすけなれは（九二七12 集342）

43 おとゝにも（九二七13 集342）　内大臣へ也聞書

44 かのおとゝのかくし給へることを（九二八1 集342）　源氏ノ叓ヲ内大臣仰ラルヽ也聞書

45 心え給へるすちさへあれは（九二八2 集342）　源氏ノ心カヽルモシラサルト也聞書

46 みつよつかこのかみは（九二八6 集343）　ヒケ黒ニ北方トシ三四マシ給フ也聞書

47 をうなとつけて（九二八7 集343）　枕草子ニヲウナノエイ舞ト有モ老女ノ叓也聞書

48 大将の御事は（九二八8 集343）　大将ノ北方紫上ノ姉ナレハ玉葛ヲ参セン叓イカヽト也聞書

49 いとよくきゝ給なめり（九二九4 集344）　九月立テ入内ヲヨク聞給也聞書

50 御つかひさへそうちあひたりや（九二九7 集344）　両方ノ使来アヒタル也聞書

51 左兵衛佐は（九二九8 集344）　紫ノ上ノ兄弟也式ア卿ノ子也玉葛へ心カケ給ヿ初テミユル也聞書

52 心もてひかり《け》にむかふあふひたに（九三〇2 集345）　文集又衛足ノ葵ト云叓アリ葉ヲ以テ根ヲカクス草也日ヲ是モ天子ニタトフ心ト日ニムカウ葵サヘト也ワレカラノ入内ナラヌト也聞書

53 女の御心はへは（九三〇5 集346）　是ヨリ篇者ノ心也花鳥ノ説アヤマリ也聞書

一校了

まきはしら

真木柱　哥ニハマキノ柱トアリ

（源卅七）

1内にきこしめさむ事もかしこし（九三五1 集349）　此段花鳥ノ説用之　源氏ノイサメテモラサヌ也聞書

2さしもえつゝみあへ給はす（九三五2 集349）　忍ヒカヨヒヲ大将ツヽミカネ給フ也聞書

3心あさき人のためにそ（九三五8 集349）　北方ノ祈フ不叶シテ大将ノ為ニハ祈叶ウト也聞書　ウツオノ物語ニ似タル古事也聞書

4おとゝも御心ゆかす（九三五9 集349）　源氏モ入内ナラハ密通モアラントヲホス也聞書

5あはつけきやうにも（九三六6 集351）　此段ハソハヨリミルヤフノ義他ノ心也聞書

6宮つかへはなとかかけく〳〵しきすちならはこそ（九三六12 集352）　宮仕ハナトカト句ヲキル　ナトカクルシカラン後ハ女御ニモ成給ハント也カク〳〵シキスチニナク女御ニモナサント也聞書

7兵衛督（九三七2 集352）　（式ア卿――）

8けゝしきさまに（九三八4 集354）　ウヤマウ心也和秘
9らうたい事の（九三八9 集354）　懐妊也聞書
10おりたちて（九三八11 集354）　ヲリタチテ　一二ノ句無実ノ叓
也　ワタリ川末ニ三途川ノ心アレハ只ノ川トイヘ
トモ三途河也　ヲリタチテハシヰテハ也聞書
11思のほかなりやとて（九三八11 集355）　ヲモヒノホカ也ヤトテ
チキラサリシヲト哥ヨリツヽケテ一ヘン又哥ヲ尺
シタル心也聞書
12みつせ川（九三八14 集355）　引　三瀬川ワタルミサホモ
13御消所（キエトコロ）や（九三九1 集355）
14よきみちなかなるを（九三九1 集355）　ヨキ道　玉葛ノ哥定マ
リタル死期ヨリ先立テモハカナク成度ト也ソレヲ
ワタラヌサキトヨメリサレハ彼川ハ定業ナラテハ
ワタルヘキナラネハヨキ道ナキヲト也心ヲサナノ
消所トイフモヨクキコユル也聞書
15をのか物とりやうしはてゝ（九三九6 集355）　大将ワカ物ニシ
給ヒテノ後カリソメノ入内モイカヽト也

16思ひそめ（九三九7 集355）　入内ノアラマシノ叓聞書
17あからさまの程を（九三九13 集356）　内侍ノカミニ成給テイマ
タ入内ナケレハ大将殿ヘワタリ給ハヌサキニソト
ハカリ入内サセ申サント也聞書
18うたかひをきて（九四〇12 集357）　源氏ノ好色ヲ疑シヲソレサ
ヘカケハナレ大将存分ノコトク也聞書
19かたずみに（九四〇14 集358）　カタハラニ住也聞書
20やさしかるへし（九四一1 集358）　ハチカマシキ也紫明
21えさしもありはつましき御心をきてに（九四一14 集359）　式ア
卿此分ニテヲキ給フマシキ由被仰共ソレ同心シ給
ナト也聞書
22女の御心のみたりかはしきまゝに（九四二2 集359）　女ノ勝気ユ
ヘミタリカハシク恨ムル共其マヽサシヲキテ一ワ
タリ其是非ヲモ見サタメ給ヘキ叓ヲト大将ノ詞也
23つらさをなむ（九四四3 集362）　紫上ヲ父ハウラミ給ヘト我ハ
サモナシト也北方ヘ大将ノ物語也聞書
24もてなひ給はんさまを（九四四4 集362）　我身ハ大将殿ノモテ

ナシ次第ト也聞書

25人の御おやけなく（九四四7 集362） 式ア卿ノ叓也聞書

26むかひ火つくりて（九四四11 集363） 人ノハラタツヲ見テコナタヨリモタチカヘスヲ云聞書

27袖のこほりもとけなむかし（九四五7 集364） 思ツヽネナクニアクル冬ノ夜ハ袖ノ氷ノトケスモアルカナ

28御ひ《火》とりめして（九四五8 集364） タキモノヽコノシタ煙フストモ我ヒトリヲハシナスヘシヤハ

29おゝしきさまして（九四六1 集365） 雄壮《ヲヽシキ》紫明

30もくなと（九四六3 集365） 木工君也紫明

31さうしみ（九四六4 集365） 正身《サウシミ》也紫明

32いかけ給ほと（九四六6 集365） イカテ（マヽ） ソヽク也雪ニ水ヲカクルヤウノ叓也沃ノ字也聞書

33うつし心にて（九四六9 集366） 現心《ウツシコヽロ》也紫明

34心さへ（九四七8 集367） サヘテニハ也雪モヨニヨノ宁ニ心ナシ香爐ノ心ナシ聞書

35つしやかに（九四七9 集367） ツシヤカ 定マリタル体也聞書

36さえかしこく（九四七9 集367） 才賢也紫明

37心のうちにも（九四七13 集367） 大将ノ心ノ内也玉葛渡ノ前ハシツマリ給ヘカシト也聞書

38うちあはぬさまに（九四八2 集368） 衣裳似合タルナキ也聞書

39いかなる心にて（九四八9 集368） モクノ君ニ物イヒシ後悔也
聞書

40ちうけんに成ぬへき身なめり（九四八12 集369） コヽモト義聞エテ玉葛ニモハタテ給ハヽ中間ニナラントも聞書

41しつまらせ給なむに（九五〇3 集371） 父宮ニ住ツキ給ハン時ツカヘ人ハ参ラン也其前ハヒハク住ニクカラント也旅住トハ久シク有テ父ヘ行給ヘハ旅ノヤウナラント也聞書

42中〳〵おとこ君たちは（九五〇10 集372） 男子ハヲノツカラ玉葛ハヲハストモ出入給ハント也今ハ先ツレサセラルヽ也聞書

43むかし物かたりなとを見るにも（九五一1 集372） 住吉ノ物語ノ心也聞書

44 なれきとは（九五二2 集373）　無心ノ柱ハヲモヒ出ルトモ大将ノ思出給フ叓有マシケレハイカテ立トマラント也聞書

45 あさけれと（九五二5 集374）　浅キトハモクノキミニタトフル也契浅キモクハトマリ北方ハ別給フ叓ヨト也聞書

46 ともかくも（九五二7 集374）　トモカクモイフトウクル也聞書

47 木するゑをもめとゝめて〳〵かくるゝまてそ（九五二9 集374）　君カスム宿ノ木末ヲユク〳〵トカクルヽマテモカヘリ見シハヤ拾遺北野御詠

48 君かすむゆへにはあらて（九五二9 集374）　君カスム引哥ノ詞ヲトリテ大将居給ハネハ君カスムユヘニハアラテト書リ聞書

49 人ひとりを（九五三1 集375）　楊妃ノ叓姉妹兄弟皆為烈（マヽ）聞書

50 をのれふるし給へるいとおしみに（九五三3 集375）　紫上玉葛ニ源氏ノ心ウツロハヽワカフルサレントテ紫上サセラルヽ叓ソト也聞書

51 なむつけられ給はぬ（九五三5 集375）　難也

52 ふかうなるにこそはあらめ（九五三7 集376）　不幸也紫明

53 この生のめいほくにて（九五三10 集376）　今生面目也聞書

54 かたすみにかくろへても（九五四2 集376）　カタハラニスムト也聞書

55 宮にうらみきこえんとて（九五四8 集377）　式ア卿ニ也聞書

56 いたつら人と見え給へは（九五四13 集378）　イタツラ人モノヽケニ煩給ヘハ也聞書

57 なにかたゝ時にうつる心の（九五五2 集378）　弄花ニハ宮ノ心トアリ称名院殿大将ノ心ト也只宮ノヒケ黒ノ北方ヘ仰ラルヽヨキト也聞書

58 姫君にも覚えたれは（九五五12 集379）　姫君ニ似給ヘル也聞書

59 まいり給はんとありし事もたえきれて（九五六14 集381）　入内ノ叓アラマシ也聞書

60 さまたけ聞えつるを（九五六14 集381）　大将ノサマタケ也聞書

61 おほやけ人をたのみたる人は（九五七1 集381）　大裏ノ人ニ心カケヌ人ナキニアラネハマツ内裏ヘマイラセント也聞書

62 としかへりて（九五七2 集381）　（源卅八）

63 おとこたうかありけれは（九五七2 集381）　内侍入内ノ礼等弄
花ニ細ニアリ聞書

64 宮の女御は（九五七6 集381）　（式）ア卿ノ御ムスメ聞書

65 中納言さい相の（九五七10 集382）　系圖ニナキ人也イ

66 春宮(髯妹)の女御(母)も（九五七13 集382）　ヒケ黒ノ妹東宮マタ若クマシ
マセ共女御ノ覚今メカシキ也聞書

67 たけかはうたひけるほとをみれは（九五八3 集382）　竹河呂哥
紫明

68 八らう君はむかひはらにて（九五八5 集383）　内大臣末子柏木
同腹也ムカヒ腹當腹也聞書

69 大将殿の大らう君と（九五八6 集383）　ヒケ黒ノ御子十ハカリ
ト有シ人也聞書

70 こなたはみつむま屋なりけれと（九五八11 集383）　玉葛ノ方也
是ヨリ綿カツケラルヽ也聞書　水駅也

71 御かへりなし（九五九2 集384）　玉葛ノ返シナキ也聞書

72 おとゝの心あはたゝしき程ならて（九五九2 集384）　ヲトヽノ
源氏　丰上ノ御景色ユルサレテ退出アレト仰フレ
シト也玉葛後見ノ女房衆ノ詞也聞書

73 大将はつかさの御さうしにそ（九五九7 集384）　左右近衛府曹
司也紫明

74 み山木に（九五九9 集384）　大将ノ唐名大樹ト云ニコリテ也ヒ
ケ黒ニナラヒ給フ無念ノ由迠也大樹ト當時公方様
ヲ申セトモ大将ヲ云本成也聞書

75 （＼）さへつるこゑも（九五九9 集384）　百千鳥サヘツル春ハ物
コトニアラタマレトモ我ソフリ行

76 これはなとかはさしも覚えさせ給はん（九五九14 集385）　源氏
ノヤウニハミタレ給ハヌト也一悦ヒナトモ内侍ノ
守(マヽ)ノヨロコヒモアランフト也聞書

77 御くせなりけりと（九六〇4 集385）　一木スクセトアリ以前モ
難面キ人ナレトモ今返答ナキハクセカト也聞書

78 はひあひかたき（九六〇5 集385）　ハイ　アクノ心アリ玉葛ニ
逢給ハヌ心也聞書

79 こくなりはつましきにや（九六〇5 集385）　三位紫也内侍ノカ

ミ此色ナレハ也緑ノアサキ心也聞書

80 宮つかへのらうもなくて（九六〇7 集386）　奉公ノ労モナクテ内侍ニ成給ヨシノ御哥ト也聞書

81 いかならん（九六〇9 集386）　哥ハキコユ

82 うれふへき人あらは（九六〇11 集386）　道理ヲクラヘハワカウレヘコソマサルヘケレト也始ヨリ源氏ヘ御ケシキ有シ叓也聞書

83 物こりして（九六一5 集387）　大将ヲコラシテハ也聞書

84 むかしの（〳〵）なにかしかためしも（九六一7 集387）　（貞文昔セシ）東皐節女事欤ヲトコノ命ニカハリ母ノタスケタリシ物也紫明　ウツヽニテ誰契ケン定ナキ夢路ニタカウ我ハ我カハ

85 我はわれと（九六一11 集388）　我ハ我ト前ノ引哥ノ下句夢路ニマトウ我カハノ詞ヲ取也聞書

86 御手車よせて（九六一11 集388）　輦車也

87 九重に（九六二1 集388）　霞ヲ大将ニタトフカハカリカク斗也聞書

88 おかしくもやありけん（九六二2 集388）　哥ハヲモシロカラネト其程ハヲモシロシト也聞書

89 （〳〵）野をなつかしみ（九六二3 集388）　天子御心也大将ノ一夜ヲモヲシクヲモハント御推量也聞書

90 したいならぬ（九六二12 集389）　不進退也紫明

91 （〳〵）しほやくけふりの（九六二13 集389）　スマノアマノシホヤク煙風ヲイタミヲモハヌカタニタナヒキニケリ

92 よには心とけぬ御もてなし（九六三2 集390）　ヨニハトハ惣別ノ叓也聞書　世ニアウサカノナトヨメルタクヒ也聞書

93 かきたれて（九六四1 集391）　シミ〳〵トフル体也聞書

94 おほつかなくやは（九六四8 集392）　御返事ヲホツカナカラント也聞書

95 うたかた人を（九六四10 集392）　ウタカタシハシモ也暫時也シハシモ源氏ヲワスレヌト也聞書　アラ礒ニタテルヒムロキウタカタモトヨメルモヲナシ心也聞書

96 程ふるころは（九六四10 集392）　君ヌマテ程ノフルヤノ軒ハニ

ハ人ヲ忍ノ草ソ生ケル

97 ゐや〳〵しくかきなし給へり（九六四11 集392） 恭《イヤ〳〵シ》（マヽ） ウヤマウ心也日本記

98 玉水の（九六四12 集392） 玉水ノ 引哥

99 すかゝきて（九六五4 集393） スカヽキテ 和琴ニスカヽキト云ハアレハ琴トアレトモ和琴ナルヘシ聞書

100 （＼）玉もはなかりそ（九六五4 集393） ヲシタカハカモサヘキルハラノイケノヤタマモハマネナカリソヲヒモスカネヤマネナカリソヤ風俗

101 内にも（九六五5 集393） 主上ノヿ聞書

102 （＼）あかもたれ引《ひき》（九六五6 集393） （立テ思ヒ）ヰテモソ思フクレナヰノアカモタレヒキイニシスカタヲ紫明

103 なをかの有かたかりし御心をきてを（九六五9 集393） 源氏ハクヽミノ叓玉葛忘レ給ハヌ也聞書

104 （＼）色に衣を（九六五14 集394） （形見ナル）色ニ衣ハナリヌレト花ノカハヨニツレナラナク（マヽ）ニ紫明 ロナシノ色ニ衣ヲソメタレハイハテソコフル山吹ノ花 アチキナク思ヒソイツルツレ〳〵ト独ヤキテノ山吹ノ花

105 ゐての中みちへたつとも（九六六1 集394） 玉葛ヘカヨヒシ中道ノ叓也聞書

106 （＼）かほに見えつゝ（九六六1 集394） （夕サレハ）春サレハ野ヘニナレクルカホ鳥ノカホニ見エツヽワスラレナクニ イハヌマヲツヽミシホトニ口無ノ色ニヤ見エシ山吹ノ花

107 かりのこの（九六六3 集395） 引哥 アシネハウ カモノ子ヲカン（マヽ）ニタトフルヿ ウツホノ物語ニ例アリ カルノコサカナニモスル物也聞書

108 おなしすに（九六六9 集395） 鳥ハ二タヒ巣ニ帰ル物ナレトモ是ハ帰リ玉ハヌト也聞書

109 すかくれて（九六七1 集395） 大将殿卑下シテヨメル哥也聞書

110 御けしきにおとろきて（九六七2 集396） 玉葛ノケシキアシキニヲトロクト也聞書

111 らうしたるを（九六七4 集396） 領紫明

112 みこたちのおはせぬ御なけきを（九六八7 集398） 女御ノ御腹

ニ親王ヲハシマサヌ也サレハ玉葛ノ御子親王ナラハ此家ノ光ナラント也聞書

113 秋のゆふへのたゝならぬに（九六九2 集398）　十一月ノ叓ヲ書テ又爰ニ秋トカク也此筆法又アル也聞書

114 おきつふね（九六九9 集399）　雲井鴈ニ心カケ給叓半天ナレハ我ヲ妻ニシタマヘト也聞書

115 （〳〵）たなゝしを舟こきかへり（九六九9 集399）　ホリ江コクタナヽシ小舟コキカヘリヲナシ人ヲヤ恋ワタルヘキ

紫明

116 よるへなみ（九六九13 集399）　舟モヲモウ所ヘコソヨスレ我ハコノマシカラネハヨルヘトモ頼給ハシトハシタナムル也聞書

一校了

むめかえ

巻名哥詞　催馬楽ヲウタヘル事也

1 御もきの事（九七五1 集403）　明石姫君十二歳ウツホアテ君ノコトヲ思ヘリ花鳥

2 東宮もおなし二月に（九七五1 集403）　朱雀院ノ皇子十三歳也（源卅九）

3 御かうふりの事あるへけれは（九七五2 集403）　東宮御元服アリテ姫君参給ハント也

4 たき物あはせ給ふ（九七五3 集403）　姫君ノ御為也

5 大貳のたてまつれるかう（香）とも（九七五3 集403）　大宰ノ大貳ノ奉ル也　スマニテノ大貳ニテナシ誰ニテモ有ヘシツクシノ官ナレハ唐物奉ル役人也聞書

6 しとね（九七五7 集403）　（茵）

7 故院《桐》の御世（九七五7 集403）

8 こまうとの（九七五8 集403）　高麗人　源氏ニ名付中タリシコマウト也

9 あや《綾》ひこんき《緋金錦》とも（九七五8 集403）　金ヲヲリツケタルニシキ也紫明

10 このたひのあや（九七五9 集403）　大貳奉ル也聞書

11うす物なとは（九七五9 集404）　羅

12からともは（九七五10 集404）　沈也

13ふたくさつゝあはせさせ給へと（九七五11 集404）　（侍黒）

14（╲）°そうわの御いましめの（九七五14 集404）　（仁明）承和

15ふたつのほうを（九七五14 集404）　黒方侍従花ー

16（╲）ひんかしのなかのはなちいてに（九七六1 集404）　ハナチ出
花鳥ヲ用ル説トス聞書　紫上ノ合給方ハ六条院ノ東ノ對ノ放出也源ノ合給方ハ西ノ放出ト見タリ此院ニ對屋二アリト見タリ　放出ハ母屋也東ノ放出ハ東ノ對ノ母屋西放出ハ西對ノ母屋也花ー

17八条の式ア卿の御ほうをつたへて（九七六2 集404）　（本康《モトヤス》）親王仁明天皇第五子花ー本康親王仁明天皇第七皇子母従四位下紀種子名乕女一品式ア卿号八条式ア卿宮延㐂元年薨　コノミコ七十賀シ侍ケルニウシロノ屏風ニヨミテカキケル　紀貫之春クレハ宿ニマツサク梅花君カ千年ノカサシトソ見ル古今

18（╲）からこの御はことものやう（九七六6 集405）　タキ物入ツホヲ入ハコ也　香壷筥

19（火）ひとりの心はへも（九七六6 集405）

20兵《蛍》部卿の宮わたり給へり（九七六10 集405）

21（槿）前斎院より（九七六12 集405）

22ちり過たる梅の枝につけたる御ふみ（九七六13 集405）　散スキタル　キノ字スム也　高光横川ヨリ薫ヲヲクル哥春過テ散スキニケル梅花タヽ香ハカリソ枝ニノコレル

23宮きこしめす事もあれは（九七六13 集405）　源ノ斉ヘ物ノ給事

24いとなれ〳〵しき事（九七七1 集406）　タキ物ノコトノ給シ事也

25るりのつ°°きふたつすへて（九七七2 集406）　香イレ物也聞書

26まろか°しつゝいれ給へり（九七七3 集406）　カノ字スム也マロムル也聞書

27心は（╲）こんるりのには五えうの枝（九七七3 集406）　作枝也金ニテモスル也ルリノ壷ニハ五葉ヲ付　月（マゝ）ニハ梅ヲ付タルハ色ノヨセ也其ヲ糸ニテ結タル也

28花のかは（九七七6 集406）　面ハ花ノコトナレト斉院ノ盛過タ

ル身ヲソヘテヨミ給所カラニテ源ノ参テハ匂モマサルヘシト也

29うつらん袖に（九七七6 集406） アカシノ姫君ノヿ 聞書

30ほのかなるを御らんしつけて（九七七6 集406） 蛍宮ホノカニ見給也

31そのいろのかみにて（九七七9 集406） 紅梅ノ色シタル帋也

32おまへの花を（九七七9 集407） 紅梅也

33御すゝりのつゐてに（九七七12 集407） 斉院ヘ返事御申アリテ其次ニ如此御返哥ヲ申タルト書テ宮ヘミセ御申アル也哥ハ斉院ヘノ御返シ也 聞書

34花の枝に（九七七13 集407） 源返哥

35とや有つらん（九七七13 集407） 人ノ知ヌ叓ナレハ草帋ノ詞ニカケル也 斉院ヘノ哥ニテハナクヤアルラント也
聞書

36すき〳〵きやうなれと（九七七14 集407） 此段心得カタキ也明石ノ姫君モ源ーノ独御ムスメナレハ殊ニ念比ニシ給トイヘル心也

37いとみにくければ（九七八1 集407） 姫君ヲ卑下メ秋好中宮ヘ腰引ユイ給ヘトノ給ヘシト也

38うとき人はかたはらいたさに（九七八2 集407） ウトキ人ニ見エサレ見エナハワラウヘシ 聞書

39あえものも（九七八4 集407） アヤカリ物ニモ中宮ハ可然ト兵ア卿宮ノ申給ふ也

40このゆふくれのしめりに心みん（九七八6 集408） 雨ノ時焼物ハヨキ物也 聞書

41これわかせ給へ（九七八7 集408） 香ヲ分別アレハ也 聞書

42（／）たれにかみせんと（九七八7 集408） 君ナラテタレニカ見セン梅花色ヲモ香ヲモシル人ソシル 紫明

43ひけし給へと（九七八9 集408） 卑下

44かうひとくさなとか（九七八9 集408） 皆スクレ共其内ノ少ノアヤマリヲ分別アレト也道具一種ノカケンニテ別ニナル物也 聞書

45かのわかおほむふたくさの（九七八10 集408） 源合給也

46うこん《内裏》のちん《陣》のみかは水《御溝水》のはとりになすらへて（九七七11 集408）

47にしのわたとのゝ（九七八12 集408）　六条院

48うつませ給へるを（九七八12 集408）　梅花ハ梅ノ本黒方ハ松ノ
本侍従ハ水ノホトリニウツム也聞書

49これみつの宰相のこ《子》の兵衛のそう《尉》（九七八12 集408）　源シノ天（マヽ）
上人也

50はんさにもあたりて（九七八14 集408）　（判者）

51けふたしや（九七八14 集408）　大叓ノ叓ナレハ也聞書

52おなしほうこそは（九七八14 集408）　方ハ同ケレト人ノ心〳〵
ニ又聊ノカハリ有ヘシト也

53人ゝの御《ヲン》心〳〵に（九七九1 集408）　タキ物ノ方　梅花春方荷葉
夏方侍従秋方黒方冬方又百歩方又菊花方秋方也又薫衣
香

54さい院の御くろほう（九七九3 集409）　斎院ノハ黒方カヨキト
也

55さいへと（九七九3 集409）　源氏紫ノ焼物ヲホムレ共ト也聞書

56たいのうへの御は（九七九5 集409）　紫上ハ二クサノ外ニ又梅
花ヲ合給カ梅花スクレタリ

57すこし〳〵はやき心しらひをそへて（九七九5 集409）　匂ノス
クレタル心也　スコシハヤキ　ハヤ〳〵シキ也不
黒（マヽ）傳也春ハ少丁子ヲ過ス也又春ニコノミ給へハ梅
花也聞書

58このころの風に（九七九6 集409）　梅花ナトノ開ヲリフシ也

59かすかにもたちいてすやと（九七九8 集409）　卑下也

60けふりをさへ思ひきえ給へる御心にて（九七九8 集409）　古今
哥住人サヘヤ思キユラムノ心モアルヘシ

61荷葉をひとくさあはせ給へり（九七九9 集409）　夏ノ御方ニ荷
葉ヲモシロシ又紛ナキ匂有ナリ　夏ノ薫也聞書

62しめやかなるか（香）して（九七九9 集409）

63冬の御かたにも（九七九10 集409）　明石上是ハ冬ノ方ニアレハ
落葉ナルヘキヲサタメリタルヤウナレハクノヘカ
ウ也聞書

64けたれんはあいなしとおほして（九七九10 集409）　香ヲトメテ
タレヲラサラン梅花アヤナシ霞タチナカクシソ拾
遺ミツネ　春ノ夜ノ闇ハアヤナシ梅花色コソ見エネ

カヤハカクル丶古今ミツネ

65（／）さきのすさく院のを（九七九11 集409）承平ノ御門御叓也
公忠朝臣其世ノ人ニテ合香ニ達セシ人也花

66（／）百ぶ°°のほうなと（九七九12 集409）一方ノ名也トイヘ共遠ク
聞ヲ以テ百歩トハ云ヘシ花鳥又夢説同

67あすの御あそひの（九八〇3 集410）姫君ノ御モヤノ用意也

68うちのおほい殿の乃中将《柏木》弁の少将《紅梅大臣》なとも（九八〇6 集410）

69け°°さ°°んはかりにてまかつるを（九八〇6 集410）誰〳〵参タル
ト物ニ書付置テ帰ル叓也是ハ明石ノ姫君入内ノ御
見舞ノ人〻也聞書

70むめかえいたしたるほと（九八〇9 集410）梅カエニキヰル鶯
春カケテナケトモイマタ雪ハフリツヽ紫明

71ゐんふたきのおり（九八〇10 集410）掩韻也

72たかさこうたひし（九八〇10 集410）榊ノ巻事也

73さしいらへし給て（九八〇10 集411）助音ナリ

74（夜）よの御あそひなり（九八〇11 集411）

75うくひすのこゑに（九八〇13 集411）心シメツルハ姫君ナトノ
マシマスアタリヲイヘリ夢　鶯ノ聲郢曲事也心シ
メツルトハ薫物也花鳥

76（／）千代もへぬへしと（九八〇13 集411）花ー　チラスハ　イ
ツマテカ野ヘニ心ノアクカレン花シチラスハ千代
モヘヌヘシ紫明

77いろもかも（九八一1 集411）源

78うくひすの（九八一3 集411）竹ハ鶯ノネクラ也笛竹ニヨセア
リ猶吹トヲセハ面白クフケト也

79吹やよるへき（九八一4 集411）笛ニ落梅ノ曲アリ風タニモ心
シテフカヌニ笛ヲ吹ヨランモイカヽト云心也サテ
情ナクト下ニイヘリ

80霞たに（九八一6 集411）是ハ明方ノ哥也霞ノ月花ヲヘタテヽ
アレハ鳥モ深夜ト思テ鳴ヌト也初鳥ノ梅かえウタ
ウニツキテ驚メヘシト云心也　鳥《トリ》ノホコロフルト
ハ朝トク鳥ノ鳴出コト也

81御れうの（九八一7 集412）源ノ御料也

82花の香を（／）えならぬ袖に（九八一9 集412）えナラヌハ面白

ニモイヘリ勝タル心ニモイヘリ爰ニハ縁ニヲモ白
キ心也イモノ誰カ袖ノ香ソトヽカメントヨメリ
梅花立ヨル斗ノ哥

83いとくつしたりや（九六一10 集412）　北方ニヲチ給ト也苦シタ
ル也

84御車かくる程にをひて（九六一10 集412）　車ハ牛ニカケヌ前ニ
手シテ先出シテ後ニ牛ニ懸ナリ其カケヌサキニ源
ノ御返哥アリ

85めつらしと（九六一11 集412）　宮ノ北方ヲ古郷人ニアソハシタ
ル面白シ源ノ送物ナトノ事ナラテ只古郷へ錦ヲ着
テ帰ルト云コトヲ大ヤウニヨミ給ナルヘシ面白シ

86（〱）花の錦を（九六一11 集412）　聴雪ハ朱買臣カ古叓也用之

87またなき事と（九六一11 集412）　夜カレハ又ナキト也是ニテ哥
モキコユル也聞書

88にしのおとゝに（九六一13 集412）　中宮ノ御方也

89宮のおはします（九六一14 集412）　秋好ノマシマス御方

90うへもこのつゐてに（九六二1 集413）　紫上中宮へ御参會也聞書

91御けはひいとめてたしと（九六二3 集413）　明石姫君ノ御景色
ヲ中宮ノ見給ナリ

92なめけなるすかたを（九六二4 集413）　卑下シテノ給ナリ

93後のよのためしにやと（九六二4 集413）　中宮行啓カロ〱シ
キトタメシニモナランカト忍ヨシ也聞書

94かゝる所のきしきは（九六二11 集413）　此段草帋ノ詞也ヨロシ
キハ世ノツネノ叓也今日ハ詞ニモマネヒカタシト
也

95春宮《今上》の御けんふくは（九六二12 集414）

96心さしおほすなれと（九六二14 集414）　源ノ姫君内へ参給ヘキ
沙汰有ニヨリ大臣タチ宮ナトノ御子タチモキホイ
カタクテ斟酌アルト也

97きさ°°すさまの（九六二14 集414）　萠也紫明

98（梅）左のおとゝ（九六三1 集414）

99みやつかへのすちは（九六三2 集414）　宮仕ハイクタリモ有ヘ
キコト也其内ニ一カトノルハ又ヲホヘコソ有ヘケ
レト也

100 いとまむこそ（九六三2／集414） 挑

101 きやうさく（九六三3／集414） リコンナル心　遏迹也

102 御まいりのひぬ（九六三4／集414） 此御心有カタシ

103 左大臣との丶（九六三5／集414） 梅カ枝ノ左大　誰トモナシ左大将同前聞書

104 この御かたは（九六三6／集414） 明石ノ姫君ハ昔ノ源ノスミ給し桐壷ナルヘシト也

105 しけいさを（九六三6／集414） 淑景舎

106 本にもし給ふへき（手）を（九六三11／集415） 手本ニモナルヘキヲト也

107 かみなき丶はの御てとも（九六三11／集415） 無上手跡也紫明

108 かんなのみなむ（九六三13／集415） 假名

109 ふるきあとは（九六三14／集415） 昔ノカナハ定タル様ナレトクツロク方ナカリシト也今ノ世ノ假名ハ弘法大師作也

110 とよりてこそ（九六四1／集415） トヨリハ當世ニヨリタル也アフヨリタルハ奥也昔ニヨル也トヨリハ外也當世也

111 ならひしさかりに（九六四2／集415） 源習給也

112 あるましき御な《名》もたて聞えしそかし（九六四4／集415） 御手ナト習ナトシテヨリタヨリ有テイヒソメ給シヤフン

113 宮にかくらしろみつかうまつる事を（九六四5／集416） 源ノ中宮ノ御ウシロミ念比ニアレハ母御息所モ今ハウラミ残シ給ハシト也

114 よはき所ありて（九六四8／集416） ツヨキ手ニハ匂アリト也花鳥

115 院のないしのかみ（九六四9／集416） 朧月夜

116 かの君と前斎院と（九六四10／集416） 朧月夜聞書　朧月夜ノ手ソヲレテクセアレトヨキト也又斉院ト紫上トヿ（ヽ）トハトノ給也　此段紫上ヘカタリ給詞也サテコ丶ニトノ給也

117 こ丶にとこそは（九六四10／集416） 紫上ノ叓也聞書

118 いたうなすくし給ひそ（九六四12／集416） サノミ卑下シ給ソト也　マンシ給ソト云詞也花鳥ニアリ

119 （＼）まんなの（マヽ）す丶みたるほとに（九六四13／集416） マンナハ字ナレハ相カチナルモ無子細カナヲサウニカクアシキ事ト也

120 もしこそましるめれ（九六四13 集417）　文字

121 さうしともつくりくはへて（九六四14 集417）　草子巻物ト別也トイヘトモ一ニ心得タルヨキ也　草子トカクヘキ也聞書

122 さへ門のかみなとに物せん（九六四14 集417）　（一人）誰トモナシ聞書　草子コト也宮ニモカヽセテ我モカキ給ハント也

123 ひとよろひは（九六五1 集417）　草子二帖也聞書

124 いますかりとも（九六五1 集417）　ヲハシマストモト云詞伊勢物語ニモ有

125 えかきならへしやと（九六五2 集417）　紫上モ我ホト書給ハシト狂言アル也聞書

126 我ほめをし給ふ（九六五2 集417）　源手ヲヨキト覚シケル也

127 あしてうたゑなとを思ひ〳〵にかけと（九六五6 集417）　アシテ哥エ物ノ表紙等ニ哥ニテ絵ヲ書也モシヲサナカラ絵ニナス也聞書　蘆ノ葉ノナリニ物ヲカキナス叓也哥繪ハ哥ヲ繪ノ様ニカキナス也　蘆テノ色葉ノ成ニ文字ヲ書也水石鳥ノ形ニモ書也中峰和尚ノ篠葉書ト云ハ文字ノ體ハサヽノ葉ニ似タルカ如也花鳥

128 れ《源》いのしん殿に（九六五7 集417）　薫合セ給シ座也聞書

129 さうのもたゝのも（九六五9 集418）　皆源ノ書給ふ也

130 くちおしからぬかきりさふらふ（九六五11 集418）　哥ノ叓尋給フニタト〳〵シカラヌ女房トモ御アタリニアルヨシ也聞書　古哥ヲイツレソナントノ給ニ御返事申人〻也

131 しろきあかきなとけちえんなるひらは（九六五13 集418）　白赤帋ハキハ〳〵敷帋色ニテイチシルケレハ心シテカキ給ふ也ケチエンイチシルキコト也ヒラハ帋ノヒラ也　シロキアカキ此色紙筆キハヲヨクミスルモノ也聞書

132 すくれてしもあらぬ御てを（九六六7 集419）　兵ア卿ノ手モ哥モワサトメキカトアルヨシ也聞書

133 いといたうふてすみたるけしきありてかきなし給へり

（九六8 集419） サノミヨカラヌサマナレトホメテ筆ナ
トナケツヘシトノ給也

134 たゝ三くたりはかりに（九六9 集419） 哥一首ヲ三クタリニ
書ヲ云歟又草帋ノ牧（マヽ）コトニ三行ツヽカキ給カ何モ
無相違花― 一面ニ三クタリハカリ也聞書

135 かゝる御中に（九六11 集419） 宮ノ詞 カヤウノ中ニ筆ヲソ
ムル難面ト也聞書

136 さりともとなむ思ひ給ふるなと（九六12 集419） サレテノ給
詞也 是モ宮ノ詞サリ共随分ト御狂言也聞書

137 からのかみのいとすくみたるに（九六13 集419） 唐帋書ニクヽ
テ手スクム物也聞書

138 なこうなつかしきか（九七1 集419） ナコヤカナル也

139 女て《手》のうるはしう心とゝめて（九七1 集420） 女ノ手ヤウヲ

140 み給ふ人の涙さへ（九七2 集420） 筆跡ノ感涙ヲイヘリ
源氏書給フ聞書

141 水くきになかれそふ心地して（九七3 集420） 無人ノカキトヽ
メケル水クキヲ見ルニ泪ノイトヽリカルヽ聞書

獲麟一句渡（マヽ）与筆倶文集

142 しとろもとろにあいきやうつき（九七5 集420） ヨシトテモ
ヨキ名モタヽヌカルカヤノイサミタレナンシトロ
モトロニ紫明

143 さらにのこりともにめも見やり給はす（九七5 集420） 源ノ
草帋ノ外ハ兵ア卿宮目テミヤリ給ハス

144 すまぬ心地して（九七7 集420） ウキタルヤウノ叓也落ツカ
ヌ体也聞書

145 もし（文字）やう《様》いしなとのたゝすまひ（九七12 集421） 夕霧石ノサ
マニ哥ヲ書ル也宮ノケウシメテ給也

146 けう《興》しめて《目出》給ふ（九七14 集421）

147 御この侍従して（九八2 集421） 宮ノ御子也手本ヲ取ニツカ
ハシ給也

148 古万葉集を（九八3 集421） コトモフルキトモ

149 （＼）四巻（九八3 集421） ヨマキ 万葉四巻ニアラス手本ノ
タメニ四巻ニ書給フ也聞書

150 （＼）延喜の御かとの古今和哥集を（九八3 集421） 延喜御門

源氏物語聞書　むめかえ（151〜168）

御代ニ撰ラレタルハ震筆モ有ヤウニカケリ誠ハヲホツカナキ事也花｜代〻ノ御手共ヲイヘリ

151 きのへうし（九六八5 集421）　綺表帋也　キハキヌ也聞書

152 たまのしく（九六八5 集421）　玉軸

153 たんのからくみのひも《紐》なと（九六八5 集421）　段〳〵ニ染テクミタルヒモ也　タンノ　是不レ知ト也草子一段〳〵ノ叓ト思ヘシ聞書

154 おほとなふら（九六八5 集421）　切灯臺ニスユル也花｜

155 やかてこれはとゝめ奉り給ふ（九六八8 集421）　姫君へ奉給也

156 女こなともて侍らましにたに（九六八9 集422）　秘叓ノ物ヲハ女ニツタウル物也兵ア卿ノ御ムスメナケレハ明石ノ姫君ニ参セラルヽ也聞書

157 いみしきこま笛そへてたてまつれ給（九六八10 集422）　宮ノ御子侍従ニ源氏ヨリ笛ヲ御返礼コヽロニテ進セラルヽ也聞書

158 この本ともなむ（九六九2 集422）　宮ノ手本也

159 うちのおとゝは（九六九4 集423）　内大臣ハ明石姫君ノ御参ヲ聞給テ雲井鴈ノ内参モナキヲ歎給也

160 さう〳〵しとおほす（九六九5 集423）　内大臣入内サセン娘モナクサウ〳〵シキ也聞書

161 姫君の御ありさま（九六九6 集423）　雲井

162 かの人の御けしき（九六九7 集423）　夕霧

163 ひとかたにつみをもえおほせ給はす（九六九9 集423）　雲井鴈ノトカニモシ給ハヌ也聞書

164 かくすこしたわみに給へる御けしきを（九六九10 集423）　内大臣ノ初メツレナカリシニヨリ夕霧ノ大ヤウナルモツミトモ思給ハヌナリ

165 心つからたはふれにくきおりおほかれと（九六九12 集423）　アリヌヤト心ミカテラアヒミネハタハフレニクキマテソ恋シキ紫明

166 おとゝ《源》はあやしく（九六九13 集423）

167 かのわたりのこと（九六九14 集424）　雲井鴈ノ叓思タヘタラハ此人〻ノ姫君ヲモ参セントアルニトノ給也

168 みきのおとゝ（九七〇1 集424）　誰トモナシ聞書　此人夕霧ヲム

コニセントホノメク也聞書

169 かやうの事は（九九〇3 集424） 源詞カシコキトハ桐御門ノ御ヲシヘトアリシコト也　夕霧ニヲシヘ給詞ナリ

170 つれ〳〵と物すれは（九九〇5 集424） 夕霧

171 なを〳〵しき事にあり〳〵てなひく（九九〇6 集424） 心高キ人ノ有〳〵テサシモナキ人ニナヒク事ノアルヲノ給也

172 いとしりゐに人わろきとそや（九九〇6 集424） シリゐハサシモナキ人ニナヒキテロ惜カルアシク成行心也　シリヒニ　シリヨハキ也無用ノ叓ニ心ヲカケテ成サレハアシキ縁ニサタマルタクイアルト也聞書

173 いはけなくより（九九〇8 集424） 源ノコト

174 よにはしたなめれき（九九〇10 集424） スマヘ御移ロヒノ叓也聞書

175 なにとなきみ（身）のほと（九九〇11 集424）

176 心をのつからおこりぬれは（九九〇11 集425） 心ヲコリスル人ハサルマシキ叓ニテアヤマチモ有ト也

177 女のことにてなむ（九九〇12 集425）

（『　』内押紙）

『女ノ叓ニテナンカシコキ人　文選云丞相欲三以贖《アカナハント》ニ　子《ノ》罪《ヲ》ニ陽石　汚《ケカサレテ》而公孫誅《セラル》丞相公孫賀《コウソンカ》子敬聲《ケイセイ》ミカトニツミセラレ奉ル時丞相ヲオキニナケク于時陽陵ノ朱安世トイフモノアリ京師ノ大侠也ミカトヲオキニヲトロキテメス安世ニケテカクル世ノ人コソリテヽトムル眨公孫賀安世ヲトラヘテ奉ル即賞ヲヽコナハルヽ時敬聲ヲユルシテ安世ヲ禁セラル安世獄ノ中ニアリテアサワラヒテイハク南山ノ竹斜谷ノ木ナヲ公孫賀カクヒカセニハタラシ即敬聲ヲコリノアマリ陽石公土（マヽ）女武帝ヲ汚ヨシ書ヲツクリテ奉ルミカトヲオキニハカリテ父子子孫敬聲トモニ誅セラル漢書　紫明』

178 忍はん事かたきふしありとも（九九一1 集425） 一度見ソメ又本臺ナトハ心ニアハヌ叓有共親ノ心ヲ思テモ堪忍アルヘシト也又親ナクトモ可然人ナラハ思ハナチ

給ナト也

179 女も（九一6 集425）　雲井

180 つねよりことに（九一6 集425）　大苻《マヽ》ノ夕霧ヲ恨給折節ナレハヽツカシク思給也又ハ哀ニカナ敷アル也源ノ中務宮又右大苻《マヽ》ノ姫君ヲトノ給シ事ノ聞エシ也

181 ＼うへはつれなくおほとかにて（九一8 集425）　蘆根はふうきはうへこそつれなけれ下にえならす思心を

182 御ふみは（九一8 集426）　夕霧ノ文

183 （＼）たか誠をか（九一9 集426）　いつはりと思物から　今サラニタカマコトヲカ今ハタノマン　サレト世ナレヌ人ニテ雲井鴈ハ哀ニ見給也

184 さもやとおほしかはしたなる（九一11 集426）　中務ノムコニモ夕霧成給ハンニ同心ノ由内大臣ヘ云也聞書

185 おとゝのくちいれ給ひしに（九一12 集426）　源ノ口イレシ給シ時致仕ノ大臣ウケ引給ハサリシ事

186 はしちかうなかめ給あやしく心おくれても（九二4 集426）　雲井　姫君ノ心

187 つれなさは（九二7 集427）　ツレナキ事ノカハラヌニ猶忘ス思我コソマサリタレト也

188 けしきはかりも（九二7 集427）　中務ノムコニナル叓ヲスコシモホノメカシ給ハヌ叓ヨト也聞書　源ノ中務宮ノ姫君ニ夕霧ヲアハセントノ給コトヲ夕霧ノシラセ給ハヌ心ノクマヲウラメシト姫君ノ思給ナリ

189 かきりとて（九二9 集427）　今ハカキリトテ外所ヘナヒクモ世間ニナヒク心ソト也夕霧ハ思ヨリ給ハヌ叓ナレハ不審シ給フ也聞書　限トテハ早余所ヘウツロヒ給ト云心也世ニナヒクハ常ニ人ヲ忘ナライナレハ忘給ふ限ニコソトヨメル也　源ノ宮ニナントノ給事ハ夕霧ノ心ニモ入給ハヌ事ナレハ大苻ニモシリ給ハシト思給ふニカク返哥アルヲ不審ニ思給也

一校了

藤のうらは

三月ヨリ十月マテノ叓アリ梅かえ同年也　以詞為巻名

（源卅九）

1 御いそき（九七1 集431）　明石姫君ノ御参

2 なかめかちにて（九七1 集431）　雲井鴈ノ事

3 （＼）関もりのうちもねぬべきけしき（九七3 集431）　人ノシレヌ　大苻ノ思マケ給コトヲ聞給也

4 女君も（九七4 集431）　中務宮ノ姫君ノコト也

5 そむき〳〵に。。（九七6 集431）　連哥ニハソムキ〳〵。。

6 御もろこひなり。（九七6 集431）　引ワカ方恋ヲモロコヒニセヨ

7 （中務）かの宮にも（九七7 集431）

8 おもひ絶はて給なは（九七7 集431）　夕霧ハ中務宮ノハ心ニ入給ハヌ也

9 我御かたさまにも（九七9 集431）　夕霧ノ思絶ハ又ヲトリノ人ナトノ雲井ハ心カケテカロ〳〵シキコトモアラント也

10 うち〳〵のこと（九七10 集432）　ウチ〳〵ノコト　ト句ヲキリテ聞書

11 あやまりも（九七10 集432）　夕霧ニ雲井鴈ノケカサレ給シ叓

也聞書

12 ゆくりもなく（九七10 集432）　不意《ユクリナク》日本記

13 三月廿日（九七14 集432）　大宮死去藤ハカマニ四月ノヤウニ
マキル丶也是ニテ明也聞書

14 （　）こくらくしに（九七14 集432）　（深草）昭宣公建立花ー空
蝉ハカラヲ見ツ丶モナクサメツ深草ノ山煙タニタ
テ聞書

15 みなひきつれ（九八1 集432）　源ノマウテ給也

16 このおとゝをは（九八3 集432）　夕霧ノ心

17 なかめいりて（九八10 集433）　夕キリ祖母君ノ叓ヲヲホシメ
ス体也聞書

18 心ときめきに見給事やありけん（九八10 集433）　夕霧ノ打シ
メリテ居給ヲ雲井鴈ノ思ト大将ノ見給也

19 （　）かうしし給へる（九八11 集433）　夕霧ノ恨テ雲井鴈事ヲ
ノ給ハヌコト也

20 すきにし（九八13 集433）　大宮ノ御コト

21 君いかに思ひて（九九2 集434）　夕ノ心

22 わか宿の（九九11 集434）　此五文字ヲコリタルヤウ也哥ノ用
捨ナルヘシ聞書

23 尋やはこぬ（九九11 集434）　夕キリノコト下ノ心ハ雲井鴈ヲ
思給ふ也

24 おもしろき枝に（九九11 集434）　藤也

25 中〳〵に（九九14 集435）　御ユルシニヨリテイカ丶ト也聞書

26 おりやまとはんふちの花（九九14 集435）　藤ハ夕ハ花ノ色ク
モル物也下心ハ雲井鴈事也タト〳〵シクトハ夕霧
ノ心也

27 おくしにけれ（一〇〇〇1 集435）　臆

28 とりなをし給へよ（一〇〇〇1 集435）　乃中将ニノ玉フ也聞書

29 おとゝの御まへに（一〇〇〇2 集435）　源氏ヘ夕ノ申給也

30 すきにしかたのけうなかりしうらみも（一〇〇〇4 集435）　大宮
ヲ内大臣トノウラミ給ソ也聞書

31 さしも侍らし（一〇〇〇5 集435）　夕霧ノ詞

32 なをしこそあまりこくて（一〇〇〇8 集435）　直衣ノ色夏ハワカ
キ時ニ藍次ニコキ花田次ニアサキ花田也非参議ハ

二位三位ノ中将ナトヲ云夕霧ハ宰相中将非参議ニ
アラス二藍ハワカ〳〵シケレハコキ花田ヨカルヘ
シトノ給也花ー　コキハ若キ衣装也薄ハ年行テ着
衣也二藍ハ青赤衣ナリ二ヱトモ云

33 非参議のほと（一〇〇〇8 集435）　二アヒニアカキ色コキ也次第
二位ニノホル程ウスキ也聞書

34 御かうふりなとし給て（一〇〇一1 集436）　内大臣殿ノ体也聞書

35 かれは（一〇〇一4 集436）　源ノコト

36 いろごとに（一〇〇一9 集437）　呉ノ字聞書

37 （〳〵）夏にさきかゝる（一〇〇一11 集437）　夏ニコソ開カヽリケレ
藤ノ花マツニトノミモヲモヒケルカナ紫明　藤ハ
夏ニモヨメリ

38 月はさしいてぬれと（一〇〇二13 集437）　四月一日比ト上ニ見タ
リ月指出タルコトヲホツカナシ但下ノ詞ニ七日ノ
夕月夜トアリ何ニ可定ソヤ花ー

39 君はするの世にはあまるまて（一〇〇三1 集437）　夕霧事　大内（マヽ）
臣ソラ酔シテ夕霧ヘノ玉フコトハ也聞書

40 （〳〵）文籍にも（一〇〇三3 集438）　（花）フンセキ　文籍モンシヤ
クトモ

41 家《カ》礼《レイ》といふことあるへくや（一〇〇三3 集438）　文ナトニモクラ
イト云事有ト也　家礼トハ子ノ父ヲウヤマフ叓也
他人ナレ共子ニ准メ礼ヲ致スヲ云花　内大臣ノ親
方ニテアルヲ夕霧ノヨシミモナキトノ給也花ーカ
レヰハ家ノレイセツ也和秘ー　文籍ニモ家礼トイフ
叓アルヘクヤ　漢高祖幸父大公之家以家礼敬之高
祖雖子君也大公雖父臣也史記

42 いかてかむかしを思ふ給へいつる（一〇〇三5 集438）　夕霧ノ詞
大宮　葵上

43 御ときよくさうときて（一〇〇三8 集438）　イソカシキ心也人ヲ
モテナストテトリハヤス心也花ー　御トキヨクサ
ウトキテ　ヤウタイヨクモテナシテ也饗ノ字心ナ
シ聞書

44 藤のうら葉の（一〇〇三8 集438）　朝日サス藤ノー我モタノマン
春日サス藤ノウラハノウラトケテ君シヲモハヽワ

レモヲモハン後撰

45 むらさきに（一〇〇三11 集438）　大苻　紫ニトハ夕霧ノ難面テウラメシケレト其ヲハ雲井鴈ノウキニナシテマケント也

46 まつより過て（一〇〇三11 集438）　松ヨリトハ夕霧事也　紫ハ女ニタトヘタル物也

47 さか月をもちなから（一〇〇三11 集438）　天盃ヲ給ハリテハ庭ニ下テ拝舞スル也是ハケシキ斗拝スルハ外舅ノ家礼ヲアラハス也花―

48 見る人からや（一〇〇三1 集439）　夕霧コト

49 すんなかる（一〇〇三1 集439）　巡流也　哥ノ一順也聞書

50 けにまたほのかなる（一〇〇三3 集439）　暮春ノ梢ナリ

51 （＼）あしかきをうたふ（一〇〇三6 集439）　催馬楽呂　アシカキヲウタウ　アシカキマカキカキワケテフ（マヽ）ラストヲヒラ（マヽ）ストヲヤニマウコヨ（マヽ）シトヽロケルコノイヘノ葦垣呂紫明同　男ノミソカニ女ヲ友ナイテ家ノ垣ヲ越テイヌルヲ其女ノ親ニ告ル人有ケルヲヲトヨメソ告ツラントウタカヘル心也弁少将是ヲ思ヨセテウタヘルヲ尤トノ給也ハヽカリモナキト云心也

52 （＼）としへにけるこのいゑの（一〇〇三7 集439）　（花）年ヘニケルトハトヽロケル此家ノトアルヲ年ヘケルトカキナセルナリ　トヽロケルハ家ノヲチ破タルヲ云ヲトヽノ年ヘニケルトウタイ給也〳〵年ヘニケルトアル本ヲモヲサヘテトヽロケルトヨムヘシト也花鳥

53 （＼）ほと〳〵しくこそ侍ぬへけれ（一〇〇三10 集440）　ホト〳〵シク　ヲトロ〳〵シキ心也聞書　拾遺集宮作ルヒタノタクミノ哥ノホト〳〵敷也ハヤ夜モ深テヲトロ〳〵シト云心也　拾遺ホト〳〵シクモ成ニケル哉ハ程経テウト〳〵シキ也詞モ所ニヨリテ可用ト也花鳥説　杣ツクルヒタノタクミノテウノヲト此哥斗ヒカルヽ也聞書

54 あそんや（一〇〇三11 集440）　朝臣

55 中将花のかけの旅ねよ（一〇〇三12 集440）　中将ノヤカテモ道ヒカヌ心ツカイ也

56（＼）まつに契れるは（一〇〇三13 集440）（常盤ナル松ニ契レル藤ナレトヲノカ比トソ花ニ開ケル）マツニチキレルハ夕霧ノ中将ヘノアヒサツ也ワカ心カハラヌコ也聞書

57 ねたのわさやと思ふところあれと（一〇〇三14 集440） 夕霧ノツレナクテ此方ノマケヌルコト也

58 よのためしもなりぬへかりつる身を（一〇〇四4 集441） 伊勢集 恋スルニシヌル物トハキカネトモ世ノタメシニモ成ヌヘキ哉河海

59 あしかきのおもむきは（一〇〇四6 集441） 葦垣ヲウタヒシニタ霧ノ河口ノトウタヒタク有シト也

60 いたきぬしかな（一〇〇四7 集441） イタキヌシカナ サシアテニアシカキウタヒシト也聞書 カタハラ痛也主ハ弁少将也

61（＼）かはくちの（一〇〇四11 集441） 河口ノ関ノアシカキハカタク守シカト忍〳〵ニ心カヨハシタリシヲ親ノシラスメ今初メタル様ニ思給ヘルト云心ナレハ女ハ聞クルシト思ヘル也花― カハクチノセキノアシカキマモレトモイテヽワレネヌセキノアシカキ呂催馬楽紫明 河口ノツヰニハ親ノカタヨリマケ給ウテツイニ逢瀬トナレル由イヒタカリシト也聞書

62 あさき名を（一〇〇四9 集441） 河口ヲノ給ハ浅名ヲ立給ふナレハ聞苦ト思テ我アサキ名ヲ立ルハ川口ノ関ハイカヽモリシソトヲホメキ給也 浅名内大臣ノ名也ソレヲ夕霧ノモラシ給ト也聞書

63（＼）くきた゜゜の関を（一〇〇四11 集441） 奥州ノクキタノ関ハキツク守関也サレト人マハ有物ヲ川口ノミニハ限ラスト云心也関ハ物ヲセク心也関字ハトヲルトモヨメリ面白 キク田ノ関本也 五音相通故如此モ云也菊田也奥州也六十人ニテマモル関ト也少将ハ父ヘノ取合セウタヒシ也哥ハキヒシキ関モツヰ―ハコルセハアサカラヌト也クキ田ノ関ヲ内大臣―タトウル也聞書

64 くるしけにもてなして（一〇〇四12 集442） 酔ニナヤマシキ也聞書

65 あくるもしらすかほなり（一〇〇四13 集442）　玉簾アクルモシラスネシ物ヲ夢ニモ見シトヲモヒカケキヤ紫明

66 あさゐかなと（一〇〇四14 集442）　朝ね也

67 あかしはてゝそいて給（一〇〇四14 集442）　明シモハテス帰給ふ也花

68 ねくたれの御あさかほ（一〇〇四14 集442）　夕霧事　六帖哥ネクタレノ朝カホノ花秋霧ニヲモカクシツヽミエヌ君哉

69 御文はなを忍ひたりつるさまの心つかひにて（一〇〇五1 集442）　ヲヽンヨミクセ　此心ヲモシロシ忍ニカヨイシ御文ハアレト今日ハ中〳〵ニテ少ヲソク有シ也花―

70 けふはえ聞え給はぬを（一〇〇五2 集442）　女ノ御返事ノコト也夢―

71 こたちつきしろうに（一〇〇五2 集442）　後達　女惣名也紫明

72 つきせさりつる（一〇〇五3 集442）　夕ノ文詞

73 御けしきに（一〇〇五3 集442）　女ノ心ヲキ給コト也花―

74 またきえぬへきも（一〇〇五4 集442）　又思キユヘシト也花―

75 とかむなよ（一〇〇五5 集442）　夕霧　年月ハ忍ニシホリシカト手モタユキニ今ヨリハ人モトカメソト也花―

76 手をいみしくも（一〇〇五6 集442）　ヲトヽノ詞文ノコトハヲモ是非シ給ハス手ヲホメ給ヲモシロシ花―

77 むかしのなこりなし（一〇〇五6 集442）　日比ノ恨ノコラヌ也花―

78 わたり給ぬ御つかひのろく（一〇〇五8 集442）　雲井鴈返事アソハサネハヽカリテ父君帰給フ也聞書

79 （ ）右近のそうなる人（一〇〇五10 集443）　右近　誰トモナシ右近ノセウ左近ノセウ内膳ノスケセウスケトモニカヽヌ叓也ナキ叓也カヽスシテスケセウソヘテヨムコトナラヒ也聞書

80 けさはいかに（一〇〇五12 集443）　後朝ノ文カナラス有ヘキコトヽナリ

81 さかしき人も女のすちにはみたるゝためしあるを（一〇〇五13 集443）

（『 』内押紙）

『サカシキ人モ女ノスチニハミタルヽタメシアル

ヲ　寛平遺誡曰左大将藤原朝臣時平公者功臣之後其年雖少《ワカシ》已熟ニ政理一先年於ニ女事一有取《リ》失一　国経ノ大納言ノ北方在原棟梁女ニ平仲定文カヨヒケルヲ本院ノヲトヽ左大将ニイマソカリケル時イヒヨリテ北方ニナンナリ給ニケル平仲トシヘテ本院ニマウテタルニワカイコノイツヽムツハカリナルカイテキタルヲヨヒヨセテ我ユヒノサキヲクヒキリテソノ血ニテ児ノカイナニカキツケテ御母ニ見セマウサレヨトテヤリケル哥　ヲモヒイツルトキハノ山ノホトヽキスカラ紅ニフリテヽソナク』

82 おほきなるこゝろをきてと見ゆれと（一〇〇六3 集443）　面ヲヽシクシテ下ハ女シキ人ト也内大臣ノ丁聞書

83 ことうちあひ（一〇〇六6 集444）　内大臣ノムコニ相應ノ丁聞書

84 うすき御なをしゝろき御そのからめきたるか（一〇〇六7 集444）　薄花田也白キヲンソハカサネノキヌ也

85 すこし色ふかき御なをしに（一〇〇六9 集444）　コキ花田也　夕霧也聞書

86 丁字そめの（一〇〇六9 集444）　丁字ニテソメタル也

87 くわん仏いてたてまつりて（一〇〇六11 集444）　四月八日仏誕生湯ニテ仏ヲ洗事也内裏ニアル事也大臣ノ家ニモシ給也　於清涼殿初メテ進《ム》ニ灌佛《ヲ》一

88 ふせなと（一〇〇六12 集444）　昔ハ銭ヲ用ラル中比ヨリ紙ヲセラルフナツ（マヽ）ヽミト名付侍也花鳥

89 おほやけさまに（一〇〇六12 集444）　内裏ニカハラス也聞書

90 いよ〳〵けさうし引つくろひていて給ふ（一〇〇六14 集444）　夕霧雲井鴈へ其日マウテタマツ也

91 わさとならねとなさけたち給ふわか人は（一〇〇七1 集445）　夕霧ノ物ノ給シ人ハ雲井ノ鴈へノ叓ヲウラメシク思モアルヘシ

92 みつももらんやは（一〇〇七3 集445）　堅固ナル契ナリ水洩不通トイウ詞ニ有也

93 女御の御ありさまなとよりも（一〇〇七6 集445）　雲井鴈夕霧へナヒキ給テ花ヤカナルイキホイハ女御ナトヨモマサリサマナルト也

94北のかた（一〇〇七7 集445）　二条ヲト丶ノ四君雲井鴈ノマ丶母
也

95あせちの北のかたなとも（一〇〇七8 集445）　雲井鴈ノ実母也

96かくて六条院の御いそきは（一〇〇七9 集446）　明石姫君東宮へ
参給事

97みあれにまうて給とて（一〇〇七10 集446）　紫上賀茂ノ御アレニ
参給也人〻サソイ給ヘト誰モ参給ハヌ也酉ノ日ノ
暁マウテ給也　御アレハ玉依姫ノ則（マヽ）雷神ヲウミ給
ヒシ所ヲ云也サテ御生トモ則カタチヲアラハシ給
ヘル故ニ御形トモカケリ神館ハタ丶スト御親子ノ
間ヲキミチトイフ所ニアリトイヘリ　祭ハ神ノア
ラハレ給ヒシ所ニテアル也　ミアレ　玉ヨリヒメ
ワケイカツチノ神ヲウミ給シ日ノマツリ也　御生《ミアレ》
同御形下カモ御親　御潔《ミソキ》ト書テ俗言ミアレトヨムモ
アリソレトミユ聞書

98おと丶は中宮の御は丶みやす所のくるまおしさけられ
給へりしおりの事おほしいて丶（一〇〇八2 集446）　車アラ
ソイノ時ノコトヲ思テ心ツカイシタマヘト也

99のこりとまれる人の（一〇〇八5 集447）　源ノ後ニ御思人ナトノ
如何成タマハント也

100すゑの世なとの（一〇〇八8 集447）　餘リ栄花シテハ後ノ世ノヲ
トロヘモ因果ノ道理ナレハ思フヤフニ栄花シ給ハ
ヌ也聞書

101そなたにいて給ぬ（一〇〇八10 集447）　源ノ物ミノサ敷へ出給也
男カタへ源氏出給フ也聞書

102近衛つかさのつかひは（一〇〇八10 集447）　勅使出立也乃中将ハ
近衛ツカサノ御使也内侍ツカサノ御使モ立也　近
衛ツカサカサリ車ニ乗テ舞人倍（マヽ）従ヲ奉ル皆光源氏
ノカタへ参也聞書

103かの大殿にて（一〇〇八11 集447）　乃中将ノ大殿ニテ出立所へ行
タル人〻ノ源シノマシ〱タル所へ参也

104とうないしのすけも（一〇〇八12 集447）　惟光カムスメ也夕霧ノ
心カケ給ヒシ人也ヤムコトナキ方ニトハ夕霧ノ雲
井鴈へ定リ給ヌルヲタ丶ナラス思也

105 なにとかや（一〇九3 集448）　葵ノ心也　久シクァハヌト也カサシハ葵ノコト也　何トカヤ　何トヤラン也　對面ナクテ過シヽ叓也聞書

106 かさしても（一〇九6 集448）　乃（マヽ）内侍哥也草ノ名ハ葵也心ハ我ハシラス桂ヲ折シ人ソ知ラント也桂ハ及第ノ人ノ折ト云コト也夕霧ハ文章ノ生ニテ有シヲ云　サテネタキトヲホス也　葵桂ハ賀茂祭ノモロカツラトテサス也　カサシテモ　桂モ此祭ニ縁アリケフ葵ヲカサシテモ人ニアフヿヲハワスルヽト也桂ヲヽリシトハ夕霧学生ノ時ノヿ也

107 かつらをおりし（一〇九6 集448）

（『　』内押紙）

『カツラヲヽリシ人　晋書云郡（マヽ）詵字廣基挙賢良對栄為天下第一為雍州刺史武帝於東堂會送帝問詵曰卿才自何如詵對曰臣對栄為天下第一猶桂林一枝崑山片玉　今以之課試及第ノ叓ニ作来　拾遺云菅原大臣カウフリシ侍ケル夜ハヽノヨミ侍ケル　久方ノ月ノ桂モヲルハカリ家ノ風ヲモフカセテシカナ　折桂ハ文章生也ハカセナラテハ　葉風柱ノ葉ノカセニ博士ノ詞ニモソヘタルナルヘシ　紫明』

108 はかせならては（一〇九6 集448）　物ノ分別ハ学者シレハソナタ是非ヲ弁給ハント也此心ニテハカセナラテハトト云也　ハカセナラテハ　葉風ナラテハトヨム也　是ハハカセヲモタスル也葉風ニ上ハヨムヘシ聞書

109 北のかたそひ給へきを（一〇九8 集449）　北方　紫ノ上也姫君ニソヒテ入内アリテモ紫ノ上ハ久シクマシマスマシケレハ明石ノ上モソハント也聞書

110 かの御うしろみをや（一〇九9 集449）　明石上

111 うへもつゐにあるへき事の（一〇九10 集449）　紫上ノ心明石上ツイニ姫君ヘソイ給ヘキト思給也

112 かの人も（一〇九10 集449）　アカシノ君也聞書

113 此御心にも（一〇九11 集449）　姫君ノ心ニモ也聞書

114 さふらふ人とても（一〇九14 集449）　姫君宮仕ノ人トテモ也聞書

115 身つからは（一一〇1 集449）　紫上ハ大内ニ久シクマシマサシ也聞書

116 御ありさまにおとるましく（一〇〇4 集449）　紫上ニヲトルマシクト也

117 そのよはうへそひて（一〇〇7 集450）　紫上

118 御て車にも（一〇〇7 集450）　上古ハ女房モ輦ユルサレヌ程ハ門ヨリヲリテ道ノホト几丁ヲカヽセテ参タル也
花―　紫上ハ手車ナラン明石上カチナランハ姫君ノキスナラント也末ニ紫上立カハルニテキコユ聞書

119 わかかくなからふるを（一〇〇9 集450）　明石上ヿ　尼君ノ心中ト云ヿ不用聞書

120 人にゆつるましう（一〇〇12 集450）　我子ナラハイカテ人ニユツラント紫上ノ心中也聞書

121 御たいめんあり（一〇一1 集451）　紫上明石上タイメン也聞書

122 （〳〵）ひとつ物とそ（一〇一10 集451）　ウレシキモウキモ心ハヒトツニテワカレヌ物ハ泪ナリケリ

123 思ふさまにかしつき聞えて（一〇一12 集452）　ヒメ君ノヿ聞書

124 宮（東）もわかき御心ちに（一〇一14 集452）

125 とり〳〵にさふらふ人〳〵も（一〇二5 集452）　明石姫君ノ人〻也聞書

126 うへもさるへきおりふしには（一〇二6 集452）　紫上ノヿ聞書

127 御よのこなたにと（一〇二9 集453）　天ハミテルヲカクナレハ姫君入内サマタケヤノランカトカネテヲホシメシヽ也聞書

128 この（明）御かたにも（一〇二13 集453）

129 あけん年よそちになり給へけれは（一〇三1 集454）　光源氏君于時太政大臣准后御年卅九明年可有四十御賀叓紫明

130 その𡛼（一〇三3 集454）　（卅九）

131 太上天皇に（〳〵）なすらふ御位（一〇三3 集454）　于時主上冷泉院ハ御子也光源氏君ハ御父也今六条院是也　漢高祖尊父太公字劉煓《リウタム》曰太上天皇太上天皇尊号自是始

132 みふくはゝりつかさからふりなと（一〇三3 集454）　太上天皇〳〵院司　〳〵タル（マヽ）一人〳〵爵一〳〵近代加階　諸国拯一人目一人一分三人封戸二千　勅旨四千町随身加之紫明　ミフフコ也　フコ゚゚ハ民也只領地クハヽル也ムカシノレヰヲアラタメテ゚聞書

133 御なけきくさなりける（一〇三8 集454）　内大臣ニアカリ大政
大臣ニ成給フ也聞書
134 内大臣あかり給て（一〇三8 集454）　（相国）
135 中〳〵人におされすさましき宮つかへよりはと（一〇三10 集454）
雲井鴈ノ叓ナマシキノ宮仕ヨリハ也聞書
136 あさみとり（一〇三13 集455）　三位ノ時定家　／紫ノ色コキ時
ハシラネトモ　／ヲモヒキヤ君カ衣ヲ
137 二葉より（一〇四2 集455）　後撰　藤原コレマサ　／露ケサハ
――
138 三条殿に（一〇四4 集455）　祖母君ノ殿也聞書
139 前さいともなとちいさき木ともなりしも（一〇四6 集456）　鬟
絲千万白　池草八九緑　童稚盡成人　園林半喬木
文集
140 一村すゝきも（一〇四7 集456）　ウヘテイニシ一村スヽキ
141 なれこそは（一〇四13 集456）　水ヲサシテナレトイハリ　マシ
水真清水ト書聞書
142 いさらゐの水（一〇四14 集457）　小井ト書聞書

143 かほすこしあかみて（一〇五4 集457）　姫君ト一所マシマセハ
也聞書
144 御手ならひともの（一〇五10 集457）　前ノ哥トモ也聞書
145 そのかみの（一〇五10 集458）　古ノフルキ翁ノイハイツヽウヘ
シ小松モ苔生ニケリ
146 いつれをもかけてそたのむ（一〇五12 集458）　引打ハヘテ―
147 六条院に行幸あり（一〇五14 集458）　下心源氏親ニテマシマセ
ハ朝覲ノ行幸ノ心也　康保二年ノ例也聞書
148 五月のせちに（一〇六5 集459）　五月ノ競馬ノコトシト也聞書
149 せん上をひき（一〇六7 集459）　軟障紫明
150 みつし所のうかひのおさ（一〇六8 集459）　ハイセン所ツカサ
トル役人也聞書
151 う《鵜》をおろさせ給へり（一〇六9 集459）
152 御さふたつよそひて（一〇六12 集460）　御座二　主上ノ御座
朱雀院御座也聞書
153 かきりあるゐや〳〵しさを（一〇六13 集460）　源氏下ハ父ニテ
マシマセハ帛ヲノヘテモ源氏ヲハイシ度ヲホシメ

ス也　下心ハ朝覲ノ行幸也聞書

154 くら人所のたかゝい（一〇一六14 集460）　康保七年ノ例也聞書

155 御(お)ものにまいる（一〇一七3 集460）　御膳ト書之聞書

156 賀皇恩《ガクワウヲン》（一〇一七7 集460）　天子ノ恩ノノフル心ニテ此樂ヲナス
也聞書

157 御おと子の（一〇一七7 集460）　男子ト云心也聞書

158 色まさる（一〇一七10 集461）　紅葉ノ賀ヲホシメシ出ル也源氏哥

159 （／）む(相)らさきの（一〇一七13 集461）　内大臣ノ哥　舜《シユン》生給フ時
紫雲出ル也又大内ヲ紫ノ庭ト云也　引久方ノ雲ノ
上ニテ

160 （／）ときこそ有けれ（一〇一七13 集461）　秋ヲヽキテ時コソアリ
ケレ菊花ウツロウカラニ色ノマサレハ

161 あをきあかき（／）しらつるはみ（一〇一八2 集461）　白橡　アヲ
キシラツルハミアカキシラツルハミトイフ心也ア
カ色青キ色ノハウヲ云聞書　シラツルハミ　トン
クリ色ノ衣也ヲチクリノ少シウスキツルハミノ字
トンクリトヨム也聞書

162 かくしよ（一〇一八4 集461）　樂所

163 けう《興》せち《切》なるほとに（一〇一八C 集462）

164 うたのほうし（一〇一八6 集462）　ウタノホウシ　ワコンノ名也
和秘　和琴一名宇多法師　詞曰　御タナラシ小野在記
聞書

165 さと人も（一〇一八8 集462）　ヲリヰ給フ叓ヲ里人トアソハス也

166 うらめしけに（一〇一八8 集462）　ワカ御代ニ是程ニヲモシロキ
儀ナケレハ也聞書

167 たゝひとつものと（一〇一八11 集462）　主上源氏ト一物也聞書

168 中納言さふらひ給ふる（一〇一八12 集462）　夕霧也聞書

一校了

若なの上

若菜上　巻ノ名哥ニモ詞ニモアリ源氏三十九ヨリ四十一ノ春迠ノ叓アリ三ケ年ノ叓ヲ載タリ此巻上下ニワカツ叓大唐ニハ尚書礼記ノ例ヲヒケリ不當尚書ハ遍一ヲ上下ニワカテリ礼記ハ注者上下ニワカツ易ヲ上下ニワカツ叓其例ハアタラント也易上ハ陽下ハ陰也日本ニハ日本記第一第二ヲ神代上下トワカツ例也又ウツホノ物語ノ中上下ニワカツフキアケノ上ヲナシク下

（源卅九ヨリ至四十一　上下叓花
廿五丁一日五度定）

1すさく院の御かと（集17 一〇二五1）　藤ノ裏葉ノマキ六条院へ行幸ノヿ

2もとよりあつしくおはします中《ウチ》に（集17 一〇二五1）　平性御悩カチノヿ也

3きさいの宮の（集17 一〇二五3）　朱雀院御母后ノヿ

4ふちつほと（集17 一〇二五7）　延㐂御時承香殿ノ女御ニ比スル也女三ノ宮ノ母ハ薄雲ノ女院ノ妹ニテマシマス也

5内侍督を（集18 一〇二五10）　ヲホロ月夜ニヲシケタレ給叓也

6おりさせ給にしかは（集18 一〇二五12）　朱雀院ヲリヰサセ給テハ何ノ曲モナキト也

7にし山（仁和）なる御てら（集18 一〇二六3）　光孝天皇御願トシテ仁和寺ヲツクラレタルニヨリ仁和寺トハ号セリ▽宇多天皇御出家之後延㐂元年十二月ニ御室ヲ仁和寺ニタテラルソノナコリ今ニ仁和寺ノ御室トイヘリ本尊ハ金剛界會ニ摩耶戒也云々又承平ノ御門ハ天暦

六年三月ニ御出家アリテ四月ニ仁和寺ニ迁御アリ此物語ノ朱雀院ハ承平御門ニナスラヘテ申侍リ

8あそひ物まて（一〇三六5 集19）　モテアソヒ物沾也聞書

9おほんそふむとも（一〇三六7 集19）　御處分ノ叓物ヲワケテ人ニクハル叓也

10はゝ女御も（一〇三六9 集19）　春宮ノ母儀ヒケ黒ノ妹也

11御うしろみともゝ（一〇三六13 集19）　春宮ノ御後見ヒケ黒ヲ初トシテアマタアレハ御心ヤスキト也

12さらぬ別にもほたし成ぬへけれ（一〇三六14 集20）　本哥　世中ニサラヌ別ノアリトイヘハ

13たゝひとりを（一〇三七5 集20）　朱雀院ノ叓女三宮ハワレ独計ヲタノミ給ト也

14女御にも（一〇三七7 集20）　女三宮ノヤウタイノ叓也心ウツクシヽ何心モナキサマナレハネンコロニシ給ヘノ心也

15えうるはしからさりしかは（一〇三七8 集20）　此段ハ春宮ノ女御女三ノ宮ノ母昔ハ中モヨクモナケレハ只今モ女御ハ女三宮ヲ御入魂ハアラシト也

16おしはからるゝかし（一〇三七10 集21）　草子地トモ又朱雀院ノ御推量トモイヘリイツレモ用

17心やる所に（一〇三八2 集21）　伊勢物語ニ俗ナルセンシナルアマタマイリナトヽイヘルヲモカケ也

18御《おほん》物かたりこまやかに（一〇三八5 集22）

19故院のうへの（一〇三八5 集22）　朱雀院夕霧ニ對シテ勅掟ナリ故院トハ桐壷ノ天皇ノ御叓賢木ノ巻ニアリ此院ノ御叓トハ源氏ノ御叓也

20はかなきことのあやまちに（一〇三八8 集22）　朧月夜ノコトニヨリテ須磨ヘ左遷ノ叓

21ほころふへからんと（一〇三八12 集22）　ホコロフルトハ心中ノアラハルヽ叓也

22したしかるへきなかとなり（一〇三八13 集22）　春宮ヘ明石ノ姫君ヲマイラセラルヽ叓也

23このみちのやみに（一〇三八14 集22）　姫君ヲ春宮ヘマヒラセラルヽ叓忝ハヲホセト子ヲ思フヤミニマトヒカタク

ナシキヤウナレハ色ニモアラハシ給ハヌト也

24 内ノ御事は（一〇二九2 集23） 當代ノ御コト也

25 あきらけき君として（一〇二九3 集23） 當今冷泉院ヲ天暦御カトニナスラフル也

26 此（＼）炑の行幸の後（一〇二九4 集23） 十月ノ叓ヲ秋トイヘル叓紅葉ヲ賞スル故也又一年中ヲ春秋トイフハ夏ヲハ春ニトリ冬ヲハ秋ニトル故也

27 すき侍にけんかたは（一〇二九7 集23） 夕霧ノ勅答也若輩ナレハ過侍ル叓ハ分別ニ及サルヨシ也

28 かしこきかみの人〳〵おほくて（一〇二九14 集24） 當初ハ致仕ノヲトヽ右大臣ナトノ御後見ノ叓也

29 所せき身の（一〇三〇2 集24） 源氏大《マヽ》上天皇ノ尊号ノ叓

30 二十にもまたわつかなる程なれと（一〇三〇4 集24） 冬ノ叓ナレハ廿ニ成給ハンモワツカノ間ト也十九才ノ時也廿ニ成テモ一向幼少ナル叓也

31 すみつかれにたりとな（一〇三〇7 集24） 雲井鴈ニサタマリタル叓

32 心えぬさまに（一〇三〇7 集24） 内大臣ユルシノナカリシ叓

33 ねたく思こととこそめれ（一〇三〇8 集25） 独ヲリセハ女二宮ヲユツランノ御心也

34 はか〳〵しくも侍らぬ身には（一〇三〇12 集25） ハカ〳〵シカラヌ身ナレハソノタヨリモナキヨシ奏スル也

35 かの院の（一〇三一1 集25） 源氏ノ夕霧ノ年比ハタクヒモヲハセヌ叓也

36 まことにかれ《源》は（一〇三一3 集25） 源氏ノ叓朱雀院ノ御掟也

37 はか〳〵しき方に見れは（一〇三一5 集26）、 人ニモ真行草アル也源氏ノ何ニモ不足ナキ叓ヲノ玉ヘリ

38 廿からうちには（一〇三一11 集26） 源氏ハ廿一ニテ参議ノ大将ニ任ス

39 これはいとこよなくすゝみにためるは（一〇三一13 集26） 夕霧ハ十九ニテ中納言ニスヽマレタル叓也

40 このおほえのまさるなめりかし（一〇三一13 集26） 子孫繁栄ノヿ也

41 あやまりても（一〇三二1 集26） トリハツシテハ源氏ニモマサ

ラント也
42 姫宮（女三）の（一〇三一1 集27）
43 中納言は（一〇三二11 集27）　乳母ノ申叓也
44 かの院こそなかく（一〇三二13 集28）　源氏ノ叓カノヲト丶コ
ソタ霧ヨリハ後見ニハヨカラント也
45 いてそのふりせぬあたけこそは（一〇三三1 集28）　勅掟也
46 左中弁なる（一〇三三10 集29）　六条院ノ院司兼タルヲイフニヤ
47 この宮にも（一〇三三11 集29）　女三宮ノ叓也
48 みこたちは（一〇三三13 集29）　親王ナトハ聊尓ニ世ツカテ独ヲ
ハスル叓ヨキト也
49 ま心に思ひきこへ給へき人もなければ（一〇三四1 集29）　タラ
ヒタル心ヲ云也可能ナトイフニ同シ
50 をのつから思の外の事も（一〇三四3 集29）　独住ニテヲハシ男
ニ密通ノ叓ナトアラハト也
51 御らんする世に（一〇三四4 集30）　院ノ御在世ノトキ女三宮ノ
後見ヲサタメタキト也サアラハ奉公モ申ニヨカラ
ント也

52 いみしき人と（一〇三四13 集30）　紫上モ女三宮ヲハヲトシメ給
ハシト也
53 かきりあるたゝ人ともにて（一〇三五5 集31）　源氏ノヲモヒ人
アマタヲハスレト位高キ人ハヲハシマサヌト也女
三宮源氏ヘヲハシタラハヨク似合タマハント也
54 ありかたき御心さまに（一〇三五12 集31）　源氏ノ御叓也
55 かきりなき人と（一〇三六1 集32）　高位ノ人ノ叓也
56 ほからかにあるへかしく（一〇三六1 集32）ホカラカトハ万叓ニ
調達シタル心也末ノ世ニハイカナル上臈成共ヨロ
ツニ心ウルカタナクテハ人ニアサムカル丶叓ノ有
ヘキヲイフ也姫宮ハアマリ心ヲサナキカタ斗ノ人
ニテマシマス也
57 大かたの御心をきてに（一〇三六4 集32）　ソノ主人ノ心ヲキテ
ノマ丶ニコソ宮ツカヘモシヨキト也
58 みこたちのよつきたる有さまは（一〇三六7 集32）　皇女ナトノ
ワタクシノヲトコ持給叓也
59 昔は人の心たひらかにて（一〇三六11 集33）　昔ハ人モ身ノホト

ヲカヘリミ及ハヌ人ニハ心ヲモカケサリシト也今
ノ世ニハサヤウニモナキヨシ也
60 きのふまて（一〇三七13 集33） 惣体ノ叓ヲノ玉フ也
61 すへてあしくもよくも（一〇三七3 集33） 人ノムスメハ善悪ニ
親ノハカラヒユルシニテ人ノ妻ニナル叓ヨキト也
スクセニテヲトロフル叓ハクルシカラスト也
62 ありへてこよなきさいはひあり（一〇三七5 集33） 又是ヨリ一
段也女ノ密通〆後ニハヲホエアレト當座ハ女ノ
キスニナルト也
63 身つからの心より（一〇三七10 集34） 三界唯一心〻外無別法ノ
コトハリナレハ善悪モ心ハナレテアルヘキニモア
ラサル也
64 あやしく物はかなき心さまにやと（一〇三七12 集34） 女三宮ノ
叓
65 これかれの心にまかせて（一〇三七13 集34） メノトナトノ心ニ
任セテサルマシキ人ニ中タチノ叓也
66 かた〱にあまたものせらるへき人〱を（一〇三八4 集35）
源氏ノ思ヒ人多クアルニトリアハヌ叓也タヽ姫君
ヲハマヒラセラレンノ御心也
67 大納言の朝臣の（一〇三八10 集35） （別當）系圖ニハナキ人也院
ノ勅別當ナルヘシ家ツカサハ女三ノ宮ノ家司ヲ望
也
68 昔もからやうなるえらひには（一〇三八12 集35） 潔姫《キヨヒメ》者サカノ
天皇ノ御女也コトナルイツクシミニテ聟ヲエラヒ
忠仁公ヲ望ミテムコニナシ給ヒシヿ也
69 又なくもちゐんかたはかりを（一〇三八14 集35） 二心ナクモテ
アカメン叓ヲ本意ニシテ家司ナトヲ後見ニハ口惜
叓ト也
70 右衛門督の（柏）（一〇三九1 集36）
71 御さゝめきことゝもの（一〇三九8 集36） 私語長恨哥
72 あねの北の方して（四君）（一〇三九13 集37） 大政大臣四ノ君柏木ノ母
ハ朧月夜内侍ノ姉君也
73 左大将の北の方（玉）（一〇三九14 集37）
74 かたほならんことは（一〇四〇1 集37） 人ノ思フ所カタホニナ

キヤウニト思給也

75 人つてにもあらす（一〇四〇5 集38）　女三宮ノ叓直ニ勅掟有シ叓也

76 （　）にはかに物をや（一〇四〇10 集38）　本哥カネテヨリツラキヲ人ニナラハサテニハカニ物ヲ思ハスルカナ

77 此宮の御事（一〇四一6 集39）　源氏ノ詞

78 こゝには又（一〇四一7 集39）　源氏ノワカ叓ヲノ玉ヘリ朱雀院ニハ三ノヲトリニテマシマス也

79 したいをあやまたぬにて（一〇四一9 集39）　順儀ニテ源氏ノ朱雀院ノ後迠御在世ナリトモイクハクノ叓ト也

80 ふちやうなる世のさためなき（一〇四一12 集40）　重言ノヤウナレト仮名カキノ筆法也

81 いきまき給しかと（一〇四二12 集41）　イカレル姿也イキヲフ叓也

82 此みこの御は（源氏宮）ゝ女御こそ（一〇四二12 集41）　女三宮ノ母女御ハ薄雲ノ女院ノ御妹

83 かへ殿のにしおもてに（一〇四三4 集42）　柏殿者帝王ノ御母皇后御在所也

84 （　）もろこしのきさきの（一〇四三5 集42）　長恨哥傳云　垂《タレシム》ニ金瑲《ヲ》一明年《ニ》冊《カシツカレテ》レ為ニ貴妃《ト》一半《スト》ニ后服用《ニ》一云々

85 ふた所の大臣たち（一〇四三9 集42）　左右ノ大臣院ノ御叓此タヒコソトチメナレト朱雀院ノカヤウナル御イトナミハコノタヒカキリナルト也

86 蔵人所おさめとの（一〇四三13 集42）　蔵人所納殿共納ニ御物一處也

87 （　）尊者の大臣の御ひきいて物なと（一〇四三14 集42）　是ハ大饗ノ例ヲ以テ御モキノコシユイヲ尊者トイヘル凡唐朝ニハ徳才藝爵官位歯《ヨハイ》ノ三ノ中ニ一モアレハ尊者トイヘル也

88 宮の権の佐（一〇四四3 集43）　中宮ノ権佐也

89 かゝる事そ中にありける（一〇四四4 集43）　哥ノ叓也昔斉宮ニタチ給ヒシ時大極殿ニテ別ノ櫛サシ給ヒシ叓ヲヨソヘヨメリ

90 さしなから（一〇四四6 集43）　昔ノマヽニ也サシナカラサスト

イフ心ハカリニヨメルモアリ大方ハサナカラトイ
フ詞ニ叶ヘリ此哥二ノ心ニ通スル也

91 むかしのあはれをは（一〇四四8 集43） 昔ワカ御身ニシミテ思
メサレシ叓ヲアハレヲハサシヲキテトイヘリ

92 さしつきに（一〇四四10 集43） 中宮ニ打ツヽキタル幸モカナト
也

93 御くしおろし給（一〇四四12 集44） 天暦六年承平御門御出家ノ
例也

94 御たうはりの御ふなとこそ（一〇四五10 集45） 御年貢ナトノ様
ノモノハ院ノ御所トヲナシヤウニテサスカ御アリ
キナトノ儀式ナトハサヤウニハシ給ハヌト也卑下
也

95 上達アなと（一〇四五13 集45） 公卿殿上人ノ乗ル車ヲハ小乗ト
イヘリ

96 とみにもえためらひ給はす（一〇四六3 集46） 互ニ御コトノハ
ノナキ体也

97 故院にをくれたてまつりし（一〇四六3 集46） 源氏ノ詞

98 心のぬるさを（一〇四六6 集46） 智鈍ナルヿ也

99 身にとりては（一〇四六7 集46） ワカミハコトニカヤウノ道心
モ安キ叓ナレト出家シテモ堪忍シカタキ叓アラン
ト也

100 けふかあすかと（一〇四六10 集46） 本哥　ワカ世ヲハ今日カ明
日カトマツカヒノ

101 かくてものこりのよはひなくは（一〇四六12 集46） カヤウニ法
体アリテモ異例カチナレハナカラヘテヲコナヒノ
心サシモカナハシト也

102 はかく〱しからぬ身にて（一〇四六13 集47） 道心ヲトケント思
ヒツヨリテ御在世ノ由也

103 御心のうちにも（一〇四七5 集47） 源氏ノ御心ノ中ニサスカ女
三宮ノ叓ユカシクヲホス叓也

104 けにことかきりあれは（一〇四七10 集48） 此段ノ心ハ女宮ノ御
叓春宮ヘマイラセラレテモユク末ハタノモシカラ
ント也サレト又天下ノマツリコトノマキレナトニ
女ミコ一人ノ御叓トリワキテ後見シ玉ハシト也サ

レハ別ニ後見ノ人マホリメアラン叓可然叓ト也

105 さやうに思よる事侍れと（一〇四八2 集48）　朱雀院ノ御詞

106 世（山山）をたもつさかりのみこにたに人（良右）をえらひて（一〇四八3 集48）
嵯峨ノ天皇キヨ姫ノ叓也サカノ天皇帝位ニテタニ
忠仁公ヲ聟ニ撰ヒ給ヒシ也マシテワレハ院ノ御身
ナレハト也

107 中納言の朝臣（一〇四八11 集49）　源氏ノ詞

108 ふかき心にて（一〇四八13 集49）　ワカ志ハ深ク後見アラント也
サレト御カケノハクヽミノヤウニハアラシト卑下
シテノ玉ヘリ

109 御あるしのこと（一〇四九3 集50）　アルシ飯ノ惣名也精進物

110 せんからのかけはんに（一〇四九4 集50）　浅香懸盤

111 御はちなと（一〇四九4 集50）　鉢ヲ應量器ト云也出家ノ後ノ器
也

112 別当大納言も（一〇四九6 集50）　女三宮家司ノソミシ人也

113 きこえさためつるを（一〇四九6 集50）　女三宮源氏ヘワタリ給
ハン叓サタマレル也

114 いとゝふかさこそまさらめ（一〇四九13 集51）　本哥後撰ワカタ
メハイトヽアサクヤナリヌラン野中ノシ水フカサ
マサレハ

115 あはれなる御中なれは（一〇五〇1 集51）　紫上ノ詞
カメナクハ心安カラント也

116 めさましく（一〇五一2 集52）　カヤウニテ我カクアル叓ヲ女三
宮ヨリメサマシクヲモヒ玉ヒ御トカメヤアラント

117 かのはゝ女御の御方さまにても（一〇五一3 集52）　女三宮ノ母
女御ハ紫上ノヲハニテマシマセハサヤウノユカリ
ニモウトカラスオホセカシト也

118 あまりかううちとけ給御ゆるしも（一〇五一4 集53）　源氏ノ詞

119 そらよりいてきにたるやうなる事にて（一〇五一10 集53）　此叓
天ヨリフリキタルヤウナルト也案外ノ叓也

120 いさむることに（一〇五一12 集53）　リカ何トイサムルトモ叶マ
シキ人ナレハ中〳〵サヤウノ恨ヲモ色ニイテシト
也

121 いまはさりともとのみ（一〇五二3 集54）　論語ニワカ身体ニキ

ス孝行ヲツトメタルト思ヒスマセト身ニヲホエス
キスナトヤアルト予カ手ヲヒラキ予カ足ヲヒラキ
ナト今ハノ時ニ見シ㕝也何㕝ニモ世上コレ沾トヲ
モフコトカタキト也西殿御説也　論語　曾子有レ疾
召《ヨンテ》二門弟子《ヲ》一啓《ヒラキ》二予手《ヨカ ヲ》一　注云以為受二身体父母一不二
敢毀《ソコナヒ》傷一之故使弟子開衾而視レ之也
122 年もかへりぬ（一〇五二5 集54）（源四十）才ノ春也
123 きこえ給へる人〳〵（一〇五二6 集54）女三宮へ心カケシ人〻
ノ㕝也
124 内にも御心はへ有て（一〇五二6 集54）主上ヨリ七参内ノ㕝ホ
ノメカシ給ヒシ㕝也
125 左大将殿の北方（一〇五二11 集55）玉葛ノ㆑
126 かべ゜しろよりはしめ（一〇五二14 集55）布ヲカクル也
127 地しき四十まい（一〇五三1 集55）地鋪ハ唐莚ニ大文高麗ヘリ
付タル物也
128 らてむのみつし（一〇五三2 集55）螺鈿
129 ゆするつき（一〇五三4 集55）泔器《ユスルツキ》臺アリ并ニ盖也　髪ノ道
具也
130 かゝけのはこなと（一〇五三4 集55）カヽケノハコハ打乱呂也
髪ケツリヲトス物也
131 御かさしのたいには（一〇五三5 集55）作花ノ臺也
132 さま〳〵なりけんかし（一〇五三9 集56）草子地也
133 ひかかそへにやと（一〇五三10 集56）源氏ノワカク四十ヨリ内
ニ見エ給㕝也
134 ふたりおなしやうに（一〇五四1 集56）ヒケ黒ノ御了二人俊ニ
左兵衛督左大弁トイヘル成ヘシ河海ニ巻柱ノ同腹
トイフ相違是ハ玉葛ノ腹也此時三四ハカリナルヘ
シ
135 すくるよはひも（一〇五四2 集57）源氏ノ詞ワレハ年老ヲモシ
ラスイツモノワカキ心ヲスルト也
136 すゑすゑのもよほしになむ（一〇五四3 集57）ヲサナキ人タチ
ノ成長スルニワカ年ヲ思ヒアハスルト也
137 中納言のいつしかと（一〇五四4 集57）夕霧ハ御子ヲマタ源氏
ニ見セマヒラセラレヌ㆑也

138 人よりことにかそへ（一〇五四5 集57）　賀ヲシ給ヿハウレシケレト年ノアラハル丶ヿウレタキト也　上東門院ヨリ法成寺殿六十賀ヲ行給ケル時法成寺入道前大政大臣ノ哥カソヘシル人ナカリセハオク山ノ谷ノ松トヤ年《トシ》ヲツマ丶シ

139 わか葉さす（一〇五四9 集57）　小松ハワカ君ニヨソヘリモトノイハネトハモト住給ヒシ叓ニヨソヘリ

140 小松はら（一〇五四12 集57）　ヲサナキ人ニヒカレテ我モ年ヲツマントノ心也

141 式ア卿宮は（一〇五四13 集58）　ヒケクロノモトノシウト也

142 さうやくし給（一〇五五3 集58）　雑役倍膳《（マヽ）》ナトノ叓也孫ナトアレハサスカソノ日ノ叓ヲイトナミ給也

143 こものよそえた（一〇五五3 集58）　献物又籠物イツレモ用笋蕨ナトヤウノ物梅柳ナトニ付ラル

144 おりひつものよそち（一〇五五3 集58）　ヲリウツト西殿ヨミ給
折櫃物　菓子類也

145 御くすりの事（一〇五五6 集58）　御悩ノ叓也

146 とゝのへ給て（一〇五五7 集58）　樂ヲハ太政大臣ヨリツトメ給也

147 さたまれるもろこしのつたへとも（一〇五六1 集59）　和琴ニハ法賦ノナキ物也ワカマヽニ弾也琴ハ大唐ヨリノツタヘサタマレル法譜アレハソレハ中〳〵安キト也

148 ちゝおとゝは（一〇五六3 集59）　上手ノ引サマ也到テノ上手ハ調子ヲモヒキク引也

149 琴は兵ア卿宮（一〇五六6 集60）　當代ノ上手也琴ハ昔ハ五弦アリ文武ノ緒ヲソヘテ七弦也

150 宜陽殿の御ものにて（一〇五六6 集60）　代々ノ御物ヲ納ル所也

151 一品《（桐か子）》宮のこのみ給ことにて（一〇五六7 集60）　アシ后ノ御子也

152 かへりこえになる（一〇五六13 集60）　呂ヨリ律ニウツル也惣シテ呂ハ祝言也律ハ祝言ニ不入也悲歎声ト云音ノアルト也

153 ねくらの鶯（一〇五六14 集60）　此御遊夜ナレハカクイヘリ

154 わたくしことのさまに（一〇五七1 集60）　賀ノ儀式ハミナサタマレル法也是一段結構フツクシ玉ヘハワタクシサ

マト也
155 世にすみはて給につけても（一〇五七10 集61） 源氏ノ恋慕ノ叓ヲ打ステ大将ノ妻ニナシ給叓ヲ有カタクヲモハル丶也
156 おろしたてまつり給程なとも（一〇五八2 集62） 臣下ノ礼ハ妻ヲ迎時ハミツカラ車ヲヨスル礼ナリト云々院中ノ義ニハ礼アルヘカラス六条院ハ卑下シ玉ヒカクセサセ給也
157 むこのおほ君と（一〇五八4 集62） 王（マヽ）家ノ曲也大君キマセムコニセン
158 にくけにおしたちなることなとは（一〇五九1 集63） 一向ニイハケナキ人ナレハ紫上ナトヽキシロウ叓ハアラシト心安ヲホス也
159 なとてよろつの事ありとも（一〇五九5 集63） 源氏ノ心中也如何様ノ叓アリトモカヤウニ別ノ人ヲムカフルト也我心ノ懈怠ナルト也
160 すこしほゝゑみて（一〇五九10 集64） 紫上ノ詞源氏ノ是ヨリ後ノトタエアラント末ノ叓ヲハカナキ叓ト也我心モシラレヌコト也
161 すゝりをひきよせて（一〇五九13 集65） 女君
162 めにちかく（一〇五九14 集65） 哥ニテ聞ユ
163 いのちこそ（一〇六〇2 集65） 命コソシラネ不定ノ世ノ習ヒノチキリニテハナキヲト也
164 年比さもやあらんと（一〇六〇5 集65） 槿ノ斉院ナトノ叓也
165 いまより後もうしろめたくそ（一〇六〇7 集66） カヤウノ案外ノ世中ナレハ又行末ノコトモシラレヌト也後鳥羽院御製此段ヲトリテ　カキリアレハ萱カ軒ハノ月モ見ツシラヌハ人ノ行末ノ空
166 こなたの御けはひには（一〇六〇9 集66） 皆イツレモ紫上ニハカタサリシヲト也
167 をしたちてかはかり（一〇六〇10 集66） ヲシタチテカハカリヲシタチ給ハンコトモサヤウニサヤウ（マヽ）ニスヘキ人ニモナシ又ヲシケタレン叓モイカヽト案シワツラフサマ也

168 これかれあまた（一〇六一 1 集66）　源氏ノヲモヒ人ヲホクヲハスレトヤンコトナキ人ナトハナクテタヽ世ノ常ニメナレタマウニカクワタリ給㕝ハヨキ㕝ト也

169 わらは心の（一〇六一 4 集66）　ワレモヲサナキ心ウセネハナレムツヒ申サント也

170 ひとしき程（一〇六一 5 集67）　ワレト同位ノ人又ヲトリサマノ人ノ間ニコソ物ネタミモアレト也

171 むかしはたゝならぬさまに（一〇六一 9 集67）　中務中将ノキミハ源氏ノ手カケ人也サレトスマヘ左遷ノ時紫上ニアツケ給ヒシ人ナレハウヘニモシタシク宮仕也サレハウヘノカタニナリテ物語ナトスル也

172 こと御方〳〵よりも（一〇六一 10 集67）　源氏ノヲモヒ人タチヨリモ女三宮ワタリ給㕝ヲ御心エナキヨシ紫上ヘ音信アル也ソレヲ猶紫上ハ口惜ヲホス也

173 御ふすまゝいりぬれと（一〇六一 14 集67）　錦綾ナトヲ袖ヲ付ス四方ニシテウハサシヲスル也タクノフスマトハ白キシニテサス也

174 かのすまの御わかれのおりなとを（一〇六三 1 集68）　須磨へ左遷ノ時互ニ命絶ナハイカヽアラントヲモヒナクサミ給也

175 風うち吹たる夜のけはひひやゝかにて（一〇六三 5 集68）　二月十日アマリノ餘寒ノ体也

176 かの御夢に見え給けれは（〇六三 8 集68）　此段ヲトリテ式子内親王ノ哥　夢ニテモ見ユラン物ヲ歎ツヽウチヌルヨヰノ袖ノケシキハ

177 いといはけなき御有さまなれは（一〇六三 10 集68）　女三宮ノサマ也

178 見たてまつりをくる（一〇六三 11 集69）　女房衆ノ見送ル也

179 〳〵やみはあやなし（一〇六三 13 集69）　是モ女房衆ノヒトリコト也

180 〳〵なをのこれる雪（一〇六三 14 集69）　子城陰處猶残雪　衙《カ》鼓声前未有塵白氏文集　心得ニクキ詞也子城トハ子ノ方也北也衙《チマタ》北ノ体也惣体北ノ方ハ女ノスム所南ハ客亭也

181 をちきこゆる心の（一〇六三3 集69）　紫上ノ心ヲヲチテ遅ク戸ヲアクルカト也サレハ女房衆ノトカモナキト也

182 さは思し事そかし（一〇六三12 集70）　案ノコトク此宮ユヘ物ヲモヒヲスルト也同心申マシキ叓ト後悔也我ナカラ心ウキト也

183 はつかしけもなき（一〇六三14 集71）　サスカ外聞ヲ思召引ツクロウト也

184 中みちを（一〇六四2 集71）　本哥後撰　カツ消テ空ニミタルヽ沫雪ハ物ヲモフ人ノ心ナリケリ　哥ハキコヘタル儘也

185 はし近くおはします（一〇六四3 集71）　源氏ノハシ近クヲハシマス心ハ宮ノ御返叓ヲマタ手跡モトヽノハネハ紫上ニハカクシ給ハンノ心也

186 （〽）袖こそにほへと（一〇六四6 集71）　本哥　折ツレハ袖コソ匂ヘ梅花アリトヤコヽニ鶯ノナク

187 さくらにうつしては（一〇六四9 集71）　桜ニ紫上ノ叓ヲタトウト花鳥説不用　是ハタヽ花ノ上ノ叓迠也

188 あまたうつろはぬほと（一〇六四10 集72）　紫上ノ詞メウツロウ花ノナキ時サクニヨリ梅ヲハヲモシロク思フカト也

189 さはかりの程に（一〇六五3 集72）　紫上心中也宮ハ十四才ノ時也

190 こと人のうへならは（一〇六五4 集72）　別人ノ上ナラハ批判モシ給ヒ度心也

191 いま見たてまつる女房なとは（一〇六五7 集73）　新参ノ女房也

192 ひと所こそめてたけれ（一〇六五8 集73）　両説也宮ニハ紫上一人コソヲサレ玉ハストモ餘ノ思人タチハメサマシキ叓モアラント也　又紫上　人コソアレ餘ノヲモヒ人タチニハケタレシトイトマント也

193 よたけくうるはしさに（一〇六五10 集73）　花麗ノ叓也

194 院のみかとは（一〇六五13 集73）　源氏ノ心中欤

195 おひ゜゜らかにおほしたて給はん（一〇六六1 集73）　ヲイラカニトイフハ大ヤウナル心也是ハフサナ〱シキ叓也ネヲヒレテナトイフヤウ也

196えみはなたす見え給ふ（一〇六4 集74）　笑也ワラヒカチノ体也

197昔の心ならましかは（一〇六4 集74）　源氏ノ昔ノ心ナラハ宮ヲハ見ヲトサント也只今ハ世ニスクレタル人ハマレナル叓也世中ノコトハリモ能シリ給ヘハ御覧シユルス心也

198よその思ひは（一〇六7 集74）　源氏ノ心ニ女三宮ヲヨソニテ思ヒシハヨロツアラマホシキサマニヲホエシカ紫上ニサシナラヘ見玉ヘハ我ナカラ能ク教タテタルトヲホス也

199月のうちに（一〇六11 集75）　二月ノウチ也

200わつらはしく（一〇六12 集75）　院ノ御文章也コナタノ心中ヲカネ給ハテ源氏ノ御心ノ儘ニヲシヘタテ給ヘト也

201むらさきのうへにも（一〇七1 集75）　紫上トイフ叓ハシメテコトニカケリ

202この世にのこるこゝろこそ（一〇七4 集75）　子ニヨソヘル詞也

203ことことしく（一〇七7 集76）　御隠遁アリ哀ナル御セウソコナレハサシアタリタルアイサツ斗ノ返答也

204ほそなかそへて（一〇七10 集76）　ウハサシクミナトヲツクル物也ヲノコモキル也

205二条の宮にそ（一〇七14 集76）　大政大臣旧宅也

206六条のおとゝは（一〇八3 集77）　又朧月夜ヘ密通ノ叓源氏ヲハ聖人ニ比シテカケリカヤウノ叓相違ノヤウナレト作物語ナレハカクアタ〳〵シキ叓ヲモマシヘタルト見ルヘシ

207むかしよりつらき御心を（一〇九4 集78）　源氏故昔ヨリ心ヲツクシ悪名ヲモタチシ叓也

208（＼）心のとはんこそ（一〇九6 集78）　本哥ナキ名ソト人ニハイヒテ有ヌヘシ心ノトハヽイカヽコタヘン　又論語ニ内ニカヘリ見ルコトナクハ何ヲカウレヘ何ヲカナナケカン

209（＼）たちにし我名（一〇九10 集79）　本哥　村鳥ノタチニシワカ名今更ニコトナシフトモシルシアラメヤ

210 （〳〵）しのたのもりを（一〇六九10 集79） 本哥六帖　泉ナルシノタノ森ノ葛ノハノチエニワカレテ物ヲコソヲモヘ

211 女君には（一〇六九11 集79） 紫上ヘハヒタチノ宮ノ吴例ヲトフラウトテ朧月夜ヘシノヒヲハスル也

212 姫宮の御ことのゝちは（一〇七〇1 集79） 紫上モ推量シ玉ヘト女三宮ワタリ給テ後ハハチ玉ヒシツトノ叓ナトノ給ハヌ叓也

213 むかしのあるましき心なとは（一〇七〇10 集81） 只今ハ好色ノ心ナトハナキト也

214 みさうしのしりはかりかためたれは（一〇七〇13 集81） 障子ヲホソクアケテ人ノトホラヌホトニシテシリサシヲシタル也

215 玉もにあそふ（一〇七一2 集81） 本哥　春ノ池ノ玉モニアソウニホトリノアシノイトナキ恋モスルカナ

216 （〳〵）平中かまねならねと（一〇七一4 集81） 是ハソラナキニテハナキト也

217 これをかくてやと（一〇七一5 集81） 障子ノカタメヲ此儘ヲカンヤハトテ引ウコカシ給叓也

218 へたてゝあふさかの（一〇七一6 集81） 障子ノヘタテノ叓ヲ関ニヨソヘリ

219 なみたのみ（〇七一7 集81） アヒミン叓ハ絶ハテタルヲト也

220 え心つよくももてなし給はす（一〇七一13 集82） 源氏ニアヒ玉ヘル也

221 このふちよ（一〇七二7 集83） ソコノ心ハ内侍ノカミニハイカニシテ昔ヨリ心ヲフカクソムルヨシ也

222 山きはより（一〇七二9 集83） 此山ヤハ山ノ端也マヘノ詞ノ東ヨリトアリ東ムキナレハ日ノイツルヲ見ルサマ也

223 さるかたにてもなとか（一〇七二11 集83） 内侍督ハ源氏北方ニ成給テモヨカランヲト也

224 御宮つかへにも（一〇七二12 集83） 宮ツカヘニ出給ヘト女御ニモナリ給ハヌ叓也中納言ノ心中也

225 こ宮のよろつに（一〇七二13 集83） 弘徽殿ノ叓ヲツラク思也

226 やう〳〵さしあかり行に（一〇七三3 集84） 爰ヲトリテ後ノ哥ニ　アサマシヤ峯ニ朝日ノアカルマテワカレカネ

タルキヌ〳〵ノ空

227 しつみしも（一〇七三6 集84）　シツミシモワスレヌトハスマヘノ叓　本哥サホサセトフカサモシラヌ藤ナレハ色ヲハ人モシラシトソ思　貫之カ藤ヲ淵ニ寄タル例也

228 せきもりのかたからぬたゆみに（一〇七三10 集84）　本哥　人シレヌワカ通路ノ

229 御ねくたれのさまを（一〇七三13 集85）　髪ニカキラス朝ノ顔ノサマ也

230 ひきつみなとして（一〇七四9 集85）　中〳〵心ニコメ給ハテワカ不足ノ叓ヲハ引ウコカシテモ恨給ヘト也

231 心やすくならひ給へる（一〇七五1 集86）　明石ノ女御六条院ニ心ヤスク住習ヒ給ヒテ禁中ニノミヲハスルヲクルシク思召也

232 めつらしきさまの（一〇七五3 集86）　懐胎ノ叓也十四才ノ時也

233 宮よりも（一〇七五11 集87）　宮ニ初テ参會ヨリモ明石ノ上ヲハハツカシク紫上ハヲホシテ引ツクロヒ給叓也

234 人のいらへは（一〇七六3 集88）　兼載ノイハレシハカネテ連哥ハツクリヲカレス前句ニヨレハトノ玉フコノ段ヨリノコト也

235 われよりかみの人やは（一〇七六7 集88）　紫上年齢ノ叓ト花鳥説不用ワレヨリモ上﨟ノ人ヤハアルヘキト也先帝式ア卿ノムスメ帝王ノ孫也

236 身のほとの（一〇七六8 集88）　源氏ニヲサナクテヌスミトラレ給ヒシ叓コソカロ〳〵シキヤウナルト也

237 物おもはしき（一〇七六10 集88）　怨セルモノハ其吟悲ノ心也杜子美一生ノ間愁ノ詩ヲ多クツクルト也

238 あをはの山も（一〇七七7 集89）　青葉ノ山名所ニハナシ

239 水鳥の（一〇七七9 集90）　ワカカハラヌ叓ヲ水鳥ノ青羽ニヨソヘ萩ノシタハヲ紫上ノ心ニヨソヘ侍リ

240 かのしのひ所に（一〇七七12 集90）　(朧)月夜ノ御所ヘノ叓

241 昔の御すちをも（一〇七八4 集91）　女三宮ト紫上イトコニテヲハスル也

242 あなたなとにも（一〇七八6 集91）　女三宮ノコトニ心得ルワロ

シ中納言アナタヘモワタリ給ヘト也
243 たのもしき御かけともに（一〇七八7 集91） メノトノ詞母宮ナ
トニモハナレ給ヿ也
244 かゝる御ゆるしのはへめれは（一〇七八9 集91） 紫上ノ叓ニイ
ヘル不用朱雀院ノ宮ヲ源氏ニユルシ給ヿ也
245 たいのうへいかにおほすらん（一〇七九4 集92） 紫上テウアヒ
マヘノヤウニハアラシト也世上ノ人モテアツカウ
ヿ也
246 それにつけても（一〇七九7 集92） 紫上ニ源氏ノ心サシ猶〻深
ケレハ宮ノヲホエノナキ叓ヲ又人ノイフ也カクモ
テアツカウニ御中ノヨケレハナニコトモメヤスキ
ト也
247 たいのうへ院の御賀に（一〇七九8 集92） 北方ヨリ賀ノ叓ヲコ
ナハルヘキニアラネト紫上ハ源氏ノ養君ノヤウナ
レハ也
248 ちすのとゝのへ（一〇七九10 集93） 帙簀 祈念ノ叓ヲハサカノ
御堂ニテナシ給也

249 ゆたけき（一〇七九11 集93） 寛廣大ノ心也
250 のへの程より（一〇七九13 集93） サカノヽホトリノ興ニヨリ大
方人ノマイリツトウ也
251 御としみの日にて（一〇八〇2 集93） 年満ノ日也
252 みなこなたにのみし給（一〇八〇4 集93） 紫上ミナ用意シ給ヘ
トイツレヨリモ助成ノ叓也
253 いしたてたり（一〇八〇7 集94） イス也
254 御そのつくえ十二たてゝ（一〇八〇7 集94） 十二月ノ衣裳也
255 をきものゝつくえふたつ（一〇八〇9 集94） 置物机 管弦置机
也
256 かさしのたいは（一〇八〇10 集94） 作花ノ臺也
257 御屏風四帖は（一〇八〇12 集94） 古今ナトニモ此叓アリ四季ノ
繪ヲカク哥ヲヨム也
258 式ア卿宮なむ（一〇八〇12 集94） 紫上ノ父
259 をき物のみつしふたよろひ（一〇八〇14 集94） 是モ管弦也
260 とんしき八十具（一〇八一3 集95） 屯食 下輩ノクウ飯也
261 まひはつる程に（一〇八一6 集95） 以前ハ地下ノ楽是ハ堂上ノ

楽ニ成タル也楽ニハヒハ琴残リカク也入アヤハ過
ハノ舞也

262 つかさくらゐはやゝすゝみて（一〇八一10 集95） 昔ノ紅葉ノ賀ノ時ハ源氏ハ中将チヽノヲトヽハ乃中将也今ハタ霧ハ権中納言柏木ハ衛門督ナレハ也

263 （〳〵）（紫）北のまん所の別當とも（一〇八一13 集95） 北方ノ吴名也今時摂政ノ室家ヲ北政所ト号ス是ハステニ院号後ノ叓ナレハ相違ノヤウナレトイヒツケタルマヽイヘルト意得ヘシ

264 山きはより（一〇八一14 集96） 是ハ麓ノヿ也

265 （〳〵）ちとせをかねて（一〇八二1 集96） （席田） 催馬楽ニイツヌキ川ノ鶴ノ毛衣トアリ

266 われよりすゝみ（一〇八二6 集96） 入道宮御存生ナラハ源氏ノカノ御賀ヲシ給ハント也

267 れいのあとあるさまの（一〇八二9 集96） ウチアラハシテヲヤノコトクニ賀ナトノ叓ヲシ給ハヌ叓也

268 （〳〵）ぬの四千たん（一〇八二14 集97） （延長）

269 四十の賀といふことは（一〇八三4 集97） （仁明）（定国）

270 のこりのよはひ（一〇八三5 集97） 河海ニ云仁明天皇四十御賀スキ四十一ニテ崩御右大将定国四十賀同年薨　花鳥ニ云昭宣公ハ貞観十七年四十賀シ給ヒテ五十七ニテ薨貞信公ハ延長十九年四十賀アリテ七十ニテ薨是等ノ例アレト多分ニツキテタメシスクナキトハカク也　只是ハ四十賀ヲコト〳〵シクナサセ申サシノ心ニテカクノ給也　後ニタラン年ヲトハ五十ノ賀ノ叓也

271 （中）宮のおはしますまち（一〇八三8 集98） 中宮ノ故宮ヒツシサルニアタルヲ六条院ニシコメラレタリソレニテ行給也

272 こしさしなとまて（一〇八三11 集98） 巻絹ノ叓也

273 一の物と（一〇八三13 集98） 一ノ名物ノ叓也

274 （〳〵）むかし物かたりにも（一〇八三14 集98） 史記孟子ノ叓不及引昔ノ物語ニモ禄ナトノ叓ヲ本ニカケトモカキリナキ叓ナレハカキモアラハサヌヨシ也

275 むけにやはとて（一〇八四2 集98） サスカ主上ヨリノハ夕霧ノ
賀ノヤウニコトツケヲコナハルヽ也
276 その頃右大将（一〇八四3 集98） （一人）
277 やまゐしてじし（一〇八四3 集98） 辞也
278 うしとらのまちに（一〇八四5 集99） 花散里ノカタ也
279 くらつかさこくさう院より（一〇八四7 集99） 主上ヨリノ内〻
ノ御賀ナレハ也サタマレル法也乃中将勅命ヲウケ
テ奉行也乃中将誰トモナシ
280 からあやのうすたんに（一〇八五1 集100） 唐綾ニテハリタル也
ウスタンハ薄タミ也以前ノハ四季ノ屏風是ハ只ノ
繪也
281 かみよりつき〳〵にひきとゝのふるほと（一〇八五6 集100） カ
ミスケ尉サクワンノ次第也寮ノ御馬ナトイヘル此
叓也　六衛府大閤御説
282 御ておさ〳〵かくし給はす（一〇八五11 集101） 秘曲ヲツクサル
ヽ也
283 からの本とも（一〇八六2 集101） 唐ノ手本也

284 右のつかさとも（一〇八六3 集101） 夕霧右大将ナレハ右馬寮ノ
御監也コマノ楽モ右也
285 （夕）大将のたゝひと所おはするを（一〇八六6 集101）
286 こなたのうへなむし給ける（一〇八六10 集102） （花散）ノ叓
287 三条の北の方は（一〇八六11 集102） 夕霧ノ北ノカタ也
288 たゝよその事にのみ（一〇八六12 集102） 花散ノヿ
289 年かへりぬ（一〇八六14 集102） （源四十一）
290 ゆゝしきことを見給てしかは（一〇八七2 集103） 此ユヽシキハ
イマ〳〵シキ叓也葵上ハ産フシテヤカテ死去ノヿ
也
291 さう〳〵しき物から（一〇八七4 集103） 葵上ノ叓ヲ思ヘハ紫上
御子モチ給ハヌ叓ウレシキヨシ也
292 あえかなる御程に（一〇八七5 集103） 十四才ノ叓ナレハ也
293 所をかへてつゝしみ給へく申ければ（一〇八七7 集103） 上東門
院御悩ノ時所ヲカヘ給叓栄花物語ニアリ
294 ほけ人にてそ（一〇八七12 集104） 耄人《ホケ》 ホウケタルヤウノ叓也
295 身をはまたなき物に思て（一〇八八11 集105） ワカ根本ヲシラス

シテ身ヲ又ナク思ヒアカレル浅マシキト也

296 むまれ給けん程なとをは（一〇八八13 集105）　母君ノ根本ヲ大方シリ給ヘト田舎ニテ生レ給㕝ハ今マテシリ玉ハヌ也

297 おほとき給へるけにこそは（一〇八八14 集105）　大ヤウノ㕝也カヤウノ㕝ヲ知玉ハヌアマリニ大ヤウナル㕝ト也草子地也

298 くすしなとやうのさまして（一〇八九6 集106）　薬師ノコトクニト也

299 よしめきそして（一〇八九7 集106）　ヨシメキスクシテ也

300 いまはかはかりと御くらゐをきはめ給はんよに（一〇九〇2 集107）　后ナトニモ立給ヒテ後ニ根本ノ㕝ナトシラセ申サン物ヲト也

301 昔の世にも（一〇九〇9 集107）　名例律云九十以上七歳以下雖有罪不刑

302 わかれけんあか月のことも（一〇九一1 集108）　是ハ明石上ノ入道ニ別シ暁ノ㕝イツトナクトリマキレウチワスル丶ヤウナルヲワレナカラ情ナキトヲモウ也

303 きしきなきやうなれは（一〇九一6 集109）　産所ヘ源氏ノワタリ給㕝也紫上モヲナシ

304 しろき御さうそくし給て（一〇九一7 集109）　産所ニテハ白キ装束也

305 御むかへゆに（明）おりたち（一〇九一12 集109）　湯ノカンナトミル㕝也花族ノ役也

306 うち〳〵の事もほのしりたるに（一〇九一13 集109）　母方ノソレホトノ人ニモナキ㕝ヲシリタレハ皇子如何ニヲハセントヲモフニウツクシク生レ給㕝也

307 朱雀院の（一〇九二2 集109）　御法体ナレハ御憚アリテ直ニハ御音信ナキ也

308 さはかりゆるしなく（一〇九三1 集111）　以前ハ紫上明石上心ヲカレシ㕝也

309 あまかつなと（一〇九三3 集111）　人形也

310 弟子ともに（一〇九三8 集112）　ケンゾクノ㕝也

311 あしこに（一〇九三10 集112）　アソコヽト也

312 これよりくたし給人はかりに（一〇三14 集112）京都ヨリノ音信ノ時ハカリ入道ハカリ初ノ文ナトツタヘシコト也入道世ヲハナレテ音信不通ノサマ也

313 此年頃は（一〇四2 集113）入道ノ文章也

314 その年の二月のその夜の（／＼）夢に（一〇四10 集113）（善恵普光）

315 みつからすみの山を（一〇四11 集113）身ツカラスミノ山ヲ右ノ手ニサヽケ　善恵仙人五種ノ夢ニ一者臥大海　二者枕須弥　三者諸衆生入我身内　四者執日　五者執月

316 そくのかたのふみを（一〇五2 集114）四書五経ノ叓

317 内教の心を（一〇五3 集114）内典外典之叓夢ヲトケル叓ヲホシトイヘト此物語ニイヘル此五種ノ夢ノ叓相叶ヘリ又訖栗《キリ》枳王十夢ノ叓ナトモアリ梵語ニハ蘇迷盧山唐ニハ妙高山右ノ手ニサヽクルトハ女ヲハ右ニツカサトレハ明石ノ上ノ叓山ノ左右ヨリ月日ノサシテ出タルトハ月ハ中宮日ハ東宮ニタトウレハ明石ノ女御中宮ニタチテ孫ニ東宮ヲウミ給ヘキ瑞也ソノ光ニアタラストハ入道世ヲノカレテ帝徳ヲムサホラヌ叓也　ヒロキ海ニウカフルトハ東宮位ニツキ給テ四海ヲ掌ノ内ニシ給ヘキ心也真人ハ夢ナシトイヘリ聖人ノ上也

318 かゝるみちにおもむき侍にし（一〇五5 集114）カヽル道ニヲモムキ侍ニシ　近衛中将ヲステヽ播磨ニ在国ノ叓也

319 かへり申たいらかに（一〇五8 集114）朝祈暮賽《サイ》ノ叓

320 はるかににしのかた（一〇五11 集115）随《従》是西方過十万億佛土有世界名以極楽阿弥陀経

321 （／＼）水草きよき山のするにて（一〇五13 集115）只清キ山ト云心也嵯峨之御代ニ玄賓ト僧都ニナサレシ時官牒《テウ》ヲ樹ニサシハサミテ哥ヲ詠シテ深山ニ入ソノ哥ニ云トツ国ハ水草清ミ叓シゲキ都ノ中ハスマスマサレリ

322 月日かきたり（一〇六1 集115）女房ヘノ文ニハカヽヌ叓ナレ

ト山へ入日ヲ命日トシラセンタメ也

323 いにしへより人の（一〇九六1 集115）　明石入道弁恩入無為ノ心ニテ父子恩愛ノ道ヲ絶ンタメ也

324 我身はへん化の物と（一〇九六2 集115）　入道ノ叓ト花鳥ニイヘル不用娘ノ叓也父母モナキ物トヲホセト也化生ノ心也

325 （〳〵）さは（一〇九六4 集115）　娑婆

326 あま君にはこと〳〵にもかゝす（一〇九六7 集116）　別ニ文ナキ也明石上へハシカキニシタル也

327 かひなき身をは（一〇九六8 集116）　薩埵王子飢乕ニ身ヲナケ給ヒシ叓　又哥ニ　身ヲステヽ山ニ入ニシ我ナレハ
クマノクラハンコトモ思ハス

328 あきらかなる所にて（一〇九六9 集116）　浄土ノ叓也

329 かのたえたる嶺に（一〇九六11 集116）　明石ノ奥ニ妙高山トイフ山アリトイヘリ人跡絶タル峯也是ヲ用

330 まかり申し給ひて（一〇九七1 集117）　辞　イトマ申也

331 さかしきひしりたに（一〇九七8 集117）　常在霊鷲山ノ心ヲハタノミナカラ仏涅槃ノ時ハ三明六通ノ羅漢モ周章ノ叓也

332 たき木つきける夜のまとひは（一〇九七9 集117）　佛此夜滅度如
薪尽火滅

333 我（入）身をさしも（一〇九八4 集118）　明石上ノヿ

334 君（明石）の御とくには（一〇九八6 集119）

335 かたつかたは（一〇九八12 集119）　入道ノ叓

336 わかきとちたのみならひて（一〇九九1 集119）　入道ノヒカ心ハアリシ人ナレトワカキ時ヨリ習テ也

337 よろつのこと（一〇九九6 集120）　立《リッ》身出《シュッ》　乃ノ叓モ親ノタメトコソ思シニ無曲ト也

338 かくそひ給御ためなとの（一〇九九11 集120）　ワカ身ハクルシカラスカクソヒ玉フトハ女御ノヿ也

339 女御の君も（一〇九九13 集121）　此段ハ女御ト源氏ノ尼君ノウハサヲノ給ヒシ（マヽ）ヲ叓ヲ明石上尼君ニカタリ給叓也

340 もし世中思ふやうならは（一〇九九14 集121）　只今ノ皇子春宮ニ立給ハンマテモ尼君ナカラヘヨカシト源氏ノ給ト

也ソレヲ聞㐂悦スル也
341 みやす所は（二〇〇6 集121）　此物語ニハソノ女房ニ皇子アレハミヤス所ト号セリ
342 たいのうへなとの（二〇〇11 集122）　紫上ワカ御所ヘワタリ給叓也
343 おもふさまにかなひはて（二〇〇12 集122）　后ニナリ皇子春宮ニモ成給ハン叓也サレト后ニソナハレハ父母ノ死去ニモアヒ給ハヌ叓ナレハ命ヲモシフネハ此願文ノコトヲアカシノ上シラセ申サルヽ也
344 むつかしく（二〇一3 集122）　入道ノ文〻字カチナルヿ也
345 身にはこよなくまさりて（二〇一8 集123）　我身ヨリモ紫上長ク御繁栄アレカシト也女御ノタメヨカラント也
346 いとかうしも物し給はし（二〇一10 集123）　継母ハ懇ニモナキ叓也　案ニ相違シテ御入魂ノ叓也
347 わりなくものつゝみしたるさまなり（二〇一13 集123）　明石上姫君ニモツヽマシクシ給サマ也
348 すこし引よせてみつ（明上）からは（二〇二4 集124）
349 こなたにわたりてこそ（二〇二9 集124）　如何ニシテワカ宮ヲ紫上ノカタヘワタシ給ヘルソ紫上コナタヘワタリ給テコソ見タテマツリ給ハンヲト也
350 いとうたて思くまなき御事かな（二〇二10 集124）　明石上ノ返答也
351 御なかともに（二〇二13 集125）　源氏ノ詞サテハトモカクモソナタノ御中ニ任セントタハフレニノ給也
352 まつはかやうにはひかくれて（二〇三1 集125）　几帳ニハヒカクレ給叓也
353 またしき願なとの（二〇三9 集126）　ハタサヌ願ノ叓也
354 こゝらの年比の（二〇三12 集126）　消滅スル罪モ多カラント也
355 今はかの侍し所を（二〇四4 集127）　明石上ノ詞
356 とりのねきこえぬ山に（二〇四5 集127）　飛鳥ノ聲モキコエヌオク山ノフカキ心ヲ人ハシラナン古今
357 ぼ°°んしとかいふ（二〇四10 集127）　梵字ハ天竺ノ文字也十二摩多三十六ノ躰文ナト云叓アリ筆跡ノワロキヲハ梵字ノヤウナルトイフ也

358 たゝこのよにふるかたの（二〇四14 集128）　入道出乃ヲモ心ニカケス在洛ナトセス若年ヨリ明石ニ籠居ノ叓也

359 （〳〵）せんそのおとゝは（二〇五1 集128）　（河清慎　花ー冷泉）入道ハ左大臣ノ子也小野宮清慎公ニ比セリ

360 ものゝたかひめ有て（二〇五2 集128）　忠文民ア卿将門征伐ノ大将軍タリ清慎公中ワロキニヨリ賞ノ疑シキヲハヲコナハサレト申サレタリケルヲ御弟ノ九条ノ右丞相刑ノ疑シキヲハ行サレ賞ノウタカハシキヲハ行ヘキトコソ申サレケレトツキニ沙汰サタ（マヽ）ナカリケリ翌朝ニ民ア卿右丞相ニマイリテ畏申テ富家ノ券契ヲ奉リケリ家ニ帰リテ手ヲニキリテタチタリケルカ十指ノ爪手ノコウマテ生出テ血ハ紅ヲシホリタルヤウニテ思死ケリヤカテ悪霊トナレリソノユヘニ清慎公子孫ナシ　尚書ニ云刑疑憚之賞疑可行此心ハ刑ハトカ也トモヽウタカハシクハ率尓ニ人ヲコロシナトセサレト也賞トハ忠信也忠ヲハウタカハシキヲモソノイサミヲナセト云心也

361 かくていとつきなしと（二〇五3 集128）　カクテイトツキナシトイフヘキニアラヌ　女子ナレト末ノ繁昌ノ叓也

362 たかき心さしありと（二〇五6 集128）　入道受領ナトニ同心セヌ叓也

363 この人ひとりのために（二〇五10 集128）　明石ノヒメ君ノヿ也

364 心の中に（二〇五11 集129）　此詞ヲセシロシ入道ヨリノ願文ヲアラハレテ拝シ玉ハンハイカヽノ心也

365 （〳〵）くしてたてまつるへき（二〇五11 集129）　源氏モ御立願アル叓也

366 今はかくいにしへの事をも（二〇五12 集129）　母方ノ根本ナトノ叓シリ給叓也

367 あなたの御心はへを（二〇五13 集129）　紫上ノヿ

368 もとよりさるへきなか（二〇五13 集129）　ワカハナレヌユカリ又マコトノ親子ノ間ノ叓

369 よこさまの人の（二〇五14 集129）　ヨコサマノ人ノトハ他人ナトノカリソメモネンコロノ叓ハ大方ノ叓ニアラスト也

370 ましてこゝになと（二〇六1 集129） 紫上ノ初メヨリノ心カハラス深切ノ心サシヲハワスレ玉フナト也

371 いにしへの世のたとへにも（二〇六3 集129） 継母ノタトヘ也

372 うはへにははくゝみけなれと（二〇六3 集129） 上斗ハ懇ナリトモシタノ心ハサヤウニアラシト推量ハカシコキ叓ナリト也

373 我ためしたの心ゆかみたらん人を（二〇六4 集129） ワカタメトハマヽ子ノタメ也下ノ心ユカミタルハマヽ母ノ心也ユカミタル心ヲモヲモヒヨラスウラナクヒトヘニマヽ母ナリトモ打タノマハイトヲシクヲモハント也

374 いかてかゝるにはと（二〇六5 集129） 哀ニ思ナヲス叓モアラント也

375 ひとり〳〵つみなき時には（二〇六7 集130） 継母継子トモニトカナキ叓也

376 おほくはあらねと（二〇六10 集130） 源氏ノ思人ノ叓也

377 ゆへよしといひ（二〇六10 集130） 故〳〵シク能叓也

378 をの〳〵えたるかた有て（二〇六11 集130） ヒトツトリ所ノ有叓也サレトワカ室家ナトニセンハカタキ世ナルト也

379 ひたゝけて（二〇七1 集130） 泯《ヒタヽケ》イヤシキ叓也世勢ノ叓ハカリニヲリタヽンハイヤシキト也

380 かたへの人は（二〇七2 集130） 草子地也思人タチノ十分セヌ叓シラレタルト也

381 そこにこそ（二〇七2 集130） 明石上ヲサシテノ給叓也

382 むつひかはして（二〇七3 集131） 紫上トムツヒカハシテ姫君ノ後見シ給ヘト也

383 のたまはせねと（二〇七4 集131） 明石上ノ詞紫上ノ御心ノアリカタキ叓ハ源氏ノヽ給ハストモヨクシリヌルト也

384 数ならぬ身のさすかにきえぬは（二〇七7 集131） 世ニナカラヘハ也

385 その御ためには（二〇七9 集131） 明石ノ上ノ叓 紫ノト明石上ニハ深キ志ハ何カアラント也姫君ニ打ソヒ給ハ

ヌ心元ナキ叓ニテ明石ノ上ヘユツリ入内アルト也
386 けちえんに（二〇七11 集131）　両説也一説ハ明石上ワカムスメトアラハニモテナシ給ハヌ叓　一説紫上養君ニハナシ給ヘトアラハナラヌ叓ト也
387 さてなをし所なく（二〇七14 集132）　紫上明石上ノ中ラヒ源氏ノ意見ニ及ハヌ叓ト也
388 いとやんことなき御心さしのみ（二〇八2 集132）　源氏立給アトニテ明石上紫上ト女三宮ノ叓批判シテノ給叓也
389 宮の御方（二〇八3 集132）　（女三）宮ノ叓
390 おなちすちにはおはすれと（二〇八5 集132）　紫上モ先帝ノ孫ニテヲハスレト宮ハ帝王ノ直ノ御ムスメナレハ位モ一キハマサリ給ヘト人カラノヲトリ給叓也
391 （〽）ふくちのそのにたねまきて（二〇八9 集132）　耶輸陀羅《ヤシュタラ》カフクチノソノニタネマキテアハンカナラス有為ノ都ニ　奥入此哥支證ナシトアレト此哥ヲミナ引給ヘリ頗凡俗ノ叓ト云々　富貴ノ心也スエノ繁昌ヲウチタノム義也
392 後のよを（二〇八10 集133）　来世ノ叓ニハナシ後代ノ叓也
393 をさ〳〵けさやかに（二〇九1 集133）　源氏ノ女三宮ノ御叓ヲハ公廨趣ハカリ大儀ニ刷給ヒ深キ御志ハナキ叓也
394 身に人しれぬ思そひたらんも（二〇九5 集133）　此段ノ心ハ思ヒナケニワカキ人モ極心ナル人ノアレハソレニヒカレテ心ヲモテシツムルヲト也
395 さうしみの御有さまはかりをは（二〇九10 集134）　宮ノ叓也
396 猶かくさま〳〵に（二一〇4 集135）　源氏ノサマ〳〵ノ人ツトヘ給ヘルヲタ霧ソコノ心ニハ浦山敷ヲモワル丶也
397 この宮（女三）は（二一〇5 集135）
398 たくひなき御身にこそ（二一一2 集136）　女三宮ニワレハ不相當ナレト丶也
399 おと丶の君（二一一3 集136）　源氏山居ノ御有増ノ叓也
400 おほやけわたくしことなしや（二一一7 集136）　正月二月ハ禁中ニ祭シケキ也三月ハイトマノ叓也　本哥百敷ノ大宮人ハ暇アレヤ桜カサシテケウモクラシツ
401 まりもてあそはして見給（二一一11 集137）　元興寺本名法興寺大

ナル槻木アリソレヲカヽリトシテ天智天皇内大臣
鎌足入鹿ナトシテ鞠ノ御遊アリ
402 みたれかはしきことの（二二11 集137） マリハ忩々敷物ノサ
スカニ目ノサムル物也
403 よしあるかゝりの程を（二三2 集137） 鞠ノカヽリニハナシ
ソノ時分ハマリノ譜法ナキ也法度ハ後ノ叓也花鳥
説アヤマリト也
404 弁官も（二三5 集138） 弁官ハ儒者也禁中ニテ物ノ記禄（マヽ）ナト
スル役也実ナル弁官サヘウチミタルヽニト也
405 きやう〳〵なりや（二三8 集138） 軽々也カロ〳〵シキト也
406 （／）おとゝも宮も（二三2 集139） 鞠ハ上ヨリ見ヲロサヌ叓
ト花鳥ニアリソレモ法度ノナキ時ナレハ相違ナリ
407 けしきはかり引あけ給へる（二三6 集139） 是モ花鳥説アヤ
マリ也
408 （／）しほれたる枝（二三8 集139） 鞠ニアタリテ花ノシホレ
タル也
409 （／）桜はよきてこそ（二三10 集140） 本哥 吹風モ心シアラ
ハコノ春ハ桜ヲヨキテチラサヽラナン
410 （／）春のたむけのぬさふくろにやと（二三12 集140） 暮春ナ
レハヨソヘイフ詞也 拾遺云モノヘマカリケル人
ノモトニヌサヲムスヒフクロニイレテツカハスト
テ ヨシノフ アサカラヌチキリムスヘル心ハヽ
手向ノ神ソシルヘカリケル 紫明
411 人けちかくよつきてそ見ゆるに（二三12 集140） 富貴サウニ
見ユル叓也
412 にしの二の問のひんかしのそはなれは（二四6 集141） 南向
ノ御殿也鞠ハタツミノ方ニテノ叓也二ノマトハ階
ヨリ見ヤレハ二間ニアタレル東ノ柱ノソハトイフ
也
413 すき〳〵にあまたかさなりたる（二四8 集141） スキ〳〵ツ
キ〳〵也十二一重ナトノ叓也
414 さうしのつまのやうに（二四8 集141） 色帋ノ叓
415 御そのすそかちに（二四11 集141） 宮ノタケノチイサキニヨ
リ装束ノスソノ長クアマル叓也

416 さるは我心ちにも（二二五4 集142）　夕霧ノ心中也

417 ねこのつなゆるしつれは（二二五5 集142）　猫ノ綱ヲユルシタレハスタレノモトノコトクナルヿ也

418 （東）たいのみなみおもてに（二二五12 集142）

419 つはいもちゐ（二二五14 集142）　椿餅　ツハキノ葉ヲ合テモチノコニアマツラヲ入色〻ノイトニテツヽム也鞠ノ庭ニテ食スル物也

420 から物はかりして（二二六1 集143）　干物ハカリノ叓也

421 花の木にめをつけて（二二六2 集143）　ヲキモセスネモセテヨルヲアカシテハ春ノモノトテナカメクラシツ伊勢物語

422 こなたの御有さまの（二二六4 集143）　（紫）上ノ叓也

423 家の風の（二二六14 集144）　餘ノ才藝ヲハツカスシテ鞠ヲツタフル叓何計ノ叓ト也

424 いかてか（二二七1 集144）　源氏ノ詞何叓モスクルヽハヨキツタヘトアイサツニノ給也

425 かゝる人にならひて（二二七4 集145）　源氏ノヿ

426 御あたりはるかなるへき身の程も（二二七6 集145）　女三宮ユヘ源氏ノ御カンタウニアタラン叓ナト右衛門督ノヲモフ也

427 月の中に（二二七10 集145）　三月ノ中也

428 あいなくいへは（二二七14 集146）　アヒソウモナクイフ也

429 たい〳〵しきこと（二二八1 集146）　夕霧ノコトハ

430 こなたはさまかはりて（二二八1 集146）　紫上ヲハムスメノコトクヲホシタテ給ヘハコソアレト也

431 いかなれは（二二八6 集146）　鶯ニ源氏ヲタトヘ桜ニミヤヲヨソヘヨメリ

432 み山木に（二二八9 集147）　太山木ニキルハコ鳥サヘ花ニハアカヌヲイハンヤト也

433 ひたおもむきにのみやは（二二八10 集147）　一向ニハナニカト也

434 おもふ心ありて（二二八12 集147）　皇女ナトナラテ得シノ心ツカヒ也

435 小侍従かり（二二九6 集148）　所《カリ》許《同》　万葉ニアリ

436 一日風にさそはれて（二二九6 集148）　文章也　本哥立カヘリ

又ヤワケマシヲモカケヲミカキカ原ノワスレカタサニ

437 みかきのはらを（二一九6 集148）　タヽ宮中ノ叓ニヨソヘテイヘリ名所ニモアリ

438 一日の心もしらねは（二一九10 集148）　侍従ハ宮ヲ右衛門督見シ叓ハシラヌ也

439 人の見たてまつりけんことを（二二〇5 集149）　人ニ見エ給叓ヲモ何トモヲホサヌ叓心深カラヌ本性也

440 れいのかく（二二〇7 集149）　侍従返事スル也

441 つれなしかほゝなん（二二〇7 集149）　文章也　一日ノマリノ庭ノヤウ体ハ物思モナケナリシニ如何ニシテ見スモアラヌナトノノ給ト也

（帋数百十三丁）

一校了

わかなの下

この巻は本文も他筆であり、イ本の校合、注釈書入れが一切無いので省略に従う(解題にも触れるところがある)。

かしは木

柏木　巻ノ名哥詞ニモ源氏四十八ノ春ヨリ秋迠ノ叓アリ
此年カホル誕生也

1 衛門のかむの君（一三七1 集289）　ワカナノ下ヨリ書ツヽケタリ

2 年もかへりぬ（一三七1 集289）（源四十八）

3 つみおもかるへきことを（一三七3 集289）　父母ニ先タチテ死スル叓罪也

4 心は心として（一三七3 集289）　心ハ心トシテトハツミヲモカルヘキ心ハアレトアナカチニ存命シタキ心ハナキト也

5 ひとつふたつのふしことに（一三七6 集289）　女三宮ナトワカ物ニセヌヿ也

6 なへての世の中すさましう（一三七7 集289）　大カタノワカ身ヒトツノウキカラニナヘテノ世ヲモ恨ツルカナ
紫明

7 野山にもあくかれんみちの（一三七8 集289）　本哥イツクニカ世ヲハイトハン心コソ野ニモ山ニモマヨフヘラナレ

8 〽たれもちとせの松ならぬ世は（一三七13 集290）　六帖奥入

小町　ウクモ世ノ心ニモノ（マヽ）カナハヌカタレモ千年ノ松ナラナクニ

9 なけの哀をも（二三七14 集290）　女三宮ノ叓也

10 （／）ひとつ思ひにもえぬるしるしには（二三八1 集290）　夏虫ノ身ヲイタツラニナスコトモヒトツ思ニヨリテナリケリ

11 さりとも（二三八3 集290）　ナク成タラハサリトモユルシ給ハントヲモヘハ消ル命ノヲシカラヌ叓也

12 枕もうきぬはかり（二三八7 集291）　泪川枕ナカルヽウキネニハ夢モサタカニ見エスソアリケル古今

13 今はかきりに成にて（二三八9 集291）　文章也

14 今はとて（二三八13 集291）　ムスホヽレモエンケフリヲイカヽセン君タニコメヨナカキチキリヲ

15 人やりならぬ（二三八14 集291）　人ヤリノ道ナラナクニヲホカタハイキウシトイヒテイサカヘリナン

16 侍従にもこりすまに（二三九1 集291）　コリスマニ又モナキ名ハタチヌヘシ人ニクカラヌ世ニシスマヘハ

17 身つからも（二三九2 集291）　侍従ニタイメンシテイフヘキ叓ノアルト也

18 わらはより（二三九2 集292）　カシハ木ノメノトノユカリノヿ

19 我もけふかあすかの心ちして（二三九5 集292）　女三ノ詞也　人ノ世ヲヽイヲハテニシセマシカハケフカアスカモイソカサラマシ

20 かい給はす（二三九7 集292）　不書給也

21 御心本上（性）のつよく（二三九7 集292）

22 つしやかなるにはあらねと（二三九7 集292）　ヲモ〱シカラヌ心也女三本性ヲモキ心ニハナク源氏ノ御心ヲツヨクヲチ給ヒ返シナトモモノウクシ給叓也

23 かしこきおこなひ人（二三九10 集292）　衍（マヽ）行者ノ類葉タルヘシ　行者ハカモヨリ出タル人也文武天皇ノ御宇ノ人也

24 わつらひ給さまのそこはかとなく（二四〇1 集293）　神無月風ニモミチノチル時ハソコハカトナクモノソカナシキ紫明

25 まふしつへたましくて（二四〇5 集293）　マフシハ目ツキ也ツ

ヘタマシキハクスミタル体也

26 たらにのこゑのたかきは（三三〇6 集293） 世継物語ニ時平公三男敦忠中納言䒭例ノ時薬師経ヲヨマセケルニ十二神ノウチクビラ大将トヨムヲ聞テワカクビヲクヽレトイフソト聞テソノマヽ死ス臆病ノ人ニイヒツタヘタリ

27 をとなひ給へれと（三三〇9 集294） 致仕ノヲトヽノ㕝本性ハナヤキタル斗ニテコマヤカナル所ハナキ人ナレト子ヲ思フ道ナレハアヤシキ人ト向ヒテコマヤカニ物語シ給也

28 あれきゝ給へ（三三〇13 集294） 柏木ノ詞

29 御しふの身に（三三〇14 集294） 執心也 女ノ霊トウラナヘハ女三宮ノ執心ナラハウレシカラント也

30 人の御名をもたて（三三一2 集294） 丞相《ショウシヤウ》欲《ス》三以《テ》贖《アカハム》二子罪《コノツミヲ》一陽《ヤウ》石汚《セキケカレテ》而公孫誅《コウソンチウセラル》 文選

31 猶けはひわつらはしく（三三一3 集294） 源氏ノ㕝

32 けにことなる御ひかりなるへし（三三一4 集295） カヤウニヲソロシクヲモフニモ源氏ノ威光ノ大成ノヨシ也

33 見あはせ奉りし（三三一5 集295） 試楽ノ時ノ㕝也

34 （）むすひとゝめ給へ（三三一7 集295） 本哥ナケキワヒ身ヲハステテ　ハ見エナ ニシ玉ノアルナランヨフカク見エハ玉ムスヒセヨ

35 からのやうなるさまして（三三一7 集295） ウツセミハカラヲ見ツヽモナクサメツフカクサノ山ケフリタニタテ

36 心くるしき御事を（三三一12 集295） 宮ノ御産平安ノ㕝

37 見し夢を（三三一13 集295） 猫夢ニ見シ㕝也

38 人もいみしうなく（三三二2 集296） 小侍従カ㕝

39 心くるしうきゝなから（三三二3 集296） 文章也

40 いかてかは（三三二3 集296） ソレホトイマ〳〵ニ成給ハントハ推量セヌト也ノコラントアルハトハ柏木ノ哥ニ絶ヌ思ヒノ猶ヤ残ラントアリシ㕝也

41 人めをも（三三二11 集297） 死タラハ源氏モ思召ユルサントト也源氏ノ御㕝ヲモ心安クヲホシナカラン後ニハ哀ヲカケ給ハント也

42 いかなるむかしの契にて（三三三1 集297） ワカレテフ㕝トハ

色ニモアラナク心ニシミテワヒシカルラン紫明
43 むごにむかへするゐて（二三三2 集297）　無期　限ナキ也
44 宮はこのくれつかたより（二三三7 集298）　（女三）御産ノキサシ也
45 はんそうとものなかに（二三三11 集298）　伴僧トモノ僧也
46 ひ《（日）》さしあかるほとに（二三三12 集298）
47 かく心くるしきうたかひましりたるにては（二三四1 集298）　ウタカイマシルトハワカ御子ニモナキ叓也
48 心やすきかたに物し給にそ（二三四2 集298）　心安キカタトハ男子ハウフヤノ儀式コトく〱シクモセヌコト不苦ト也上古ハ女子ヲ本トス
49 おそろしと思ひし事のむくひなむめり（二三四3 集299）　思ケン人ヲソトモニ思ハマシマサシヤムクヒナカリケリヤハ古今深養父
50 五日の夜中宮の御かたよりこ《（子）》もちのおまへの物（二三四8 集299）　御産五夜七夜地下五位粥ヲスヽリテ御所ノ庭ヲ三返メクル其頌云カイノクニツルノコホリノナカヒコノイネ紫明
51 とんしき（二三四10 集299）　屯食
52 ところ〱のきやう（二三四11 集299）　饗
53 院の下《（シモ）》へ（二三四11 集299）
54 ちやうのめしつきところ（二三四11 集299）　廳召次
55 大かたのきしきもよ《（世）》になきまて（二三五1 集300）
56 お《（老）》いしらへる人なとは（二三五7 集300）
57 よの中のいとはかなきを（二三五12 集301）　宮ニタイシテ源氏ノ夜カレノノカレ詞也
58 かゝることはさのみこそおそろしかむなれと（二三六5 集301）　子ヲウム叓ハヲソロシキ叓ナレトソノマヽナクナルヿタメシスクナキ叓ト也
59 かきりと見ゆる人も（二三六13 集302）　紫上平元ノヿ
60 よにかくれて（二三七10 集303）　世上ニツヽミテ也
61 よの中を（二三七11 集304）　朱雀院ノ御詞
62 若《（モシ）》をくれさきたつみちのたうり《道理》のまゝならて（二三七13 集304）　末ノ露モトノ雫ヤ世中ノヲクレサキタツタメシナ

ルラン
63れいのまつ涙おとし給（二三六3 集304）　源氏ノヿ
64けん《験》つくはかり（二三六9 集305）
65日ころもかくなんの給へと（二三九2 集306）　源氏ノ詞
66さけなむとの（二三九2 集306）　邪気
67ものゝけのをしへにても（二三九4 集306）　朱雀院ノ御コトハ
68御そうふんに（二三九13 集307）　朱雀院ノ御處分也
69さいふとも（二四〇1 集307）　出家ノ後モ源氏ノヲロカニハナ
シ給ハシト也
70いむ事（二四〇3 集307）　戒
71けちえんにせんかしと（二四〇3 集307）　結縁
72いむ事うけ給さほう（二四〇13 集308）　作法
73又しる人もなくて（二四一8 集309）　枕ヨリ又シル人モナキコ
ヒヲ泪セキアヘスモラシツルカナ紫明
74御ほいにはあらさりけめとも（二四一9 集309）　宮ヲ源氏ニア
ツケ申叓本意ニハナケレトヽ也
75さまにしたかひて（二四一12 集309）　能ヤウニ時宜ニシタカヒ
テ宮ヲ刷給ヘト也
76こやの御かちに（二四二1 集310）　後夜　加持
77人ひとりをは（二四二2 集310）　（紫）上ヲハトカク加持ナトシ
テ平元ノ叓
78（＼）今はかへりなんとて（二四二3 集310）　（栄花ヽヽ小一条
ヿ）宮ヲアマニナス叓本意ト也栄花物語ニ小一乗院（マヽ）
女御顕元（マヽ）ノムスメ邪気ニテ御堂殿ノ御ムスメノ久シク煩給
テツキニ御クシヲロシ給ソノ邪気人ニツキテ今コ
ソウレシケレトテ手ヲウチテワラヒクルフ其例也
79みすほう（二四二7 集310）　御修法
80女宮のあはれに（二四二10 集310）　女二ノ宮ノヿ
81ゆるし給はす（二四二13 集311）　女二宮ハ今一度ノ対面モアリ
タケレハワタリ給ハントノ玉ヘトモ柏木ノヿルシ
ナキ也
82きこえつけ給（二四二14 集311）　申付トイフ也
83このおとゝも（二四三1 集311）　致仕ノワトヽノ懇望有シコト
也

84 中〳〵この宮は（二四三3 集311）　女二ノ叓
85 はゝうへにも（二四三7 集312）　宮ヲ懇ニ申給ヘト母ニ遺言也
86 いてあなゆゝしや（二四三7 集312）　母上ノ詞
87 いくはくよ（世）にふへき（二四三8 集312）
88 おも〳〵しき御さまに（二四四6 集313）　夕霧タヽ今官位モア
　カリ給ヘハ此比病床ノ對面ナキ叓也
89 その人にもあらすなりにて（二四四14 集314）　柏木ノ詞
90 さらほひたるしも（二四五6 集314）　饒庄子　ヤセタル叓也
91 枕をそはたてゝ（二四五6 集314）　遺愛寺鐘欹枕聴　香鑪峯雪
　撥簾看白居易
92 心にはおもくなるけしめも覚え侍らすそこ所（トコロ）と（二四五12 集315）
　柏木ノ詞
93 うつし心も（二四五14 集315）　現心
94 このよのわかれさりかたき事（二四六2 集315）　此世ノホタシ
　ノ叓也
95 中はのほとにて（二四六4 集315）　柏木今年廿五六ノ程也
96 又心のうちに（二四六6 集315）　女三宮ノヿ
97 かく所の心みの（二四六11 集316）　欒所《カクソ》　試
98 さうけんなと（二四七2 集316）　讒言
99 ろなうかの（二四七2 集316）　無疑也
100 かうしゆるされ（二四七5 集316）　考辞勘叓也
101 さらにさやうなる御けしきもなく（二四七7 集317）　源氏ノ御
　気色ニハサヤウノ叓見エヌヲト也
102 けふあすとしもやはと（二四七12 集317）　ツヰニユク道トハカ
　ネテキヽシカト昨日今日トハヲモハサリシヲ業平
103 て《手》かきゝこえ給（二四八4 集318）
104 人のこのかみ心に物し給けれは（二四八7 集318）　人ノコノカ
　ミニ相當シタル大ヤウニ見叓ナル心サマト也
105 （〳〵）やむくすりならねは（二四八9 集318）　本哥我コソハミヌ
　人コフル病ナレアフヒナラテハヤム薬ナシ
106 女宮にも（二四八10 集318）　女二ノ叓
107 あわの消いるやうにて（二四八10 集318）　世界不牢固如水沫泡
　焔法花経　水ノアハノキエテウキ世トシリナカラ
　カヽリテ猶モタノマルヽカナ紫明

108 したの心こそ（三四八11 集318） 女二ト柏木トノ中ラヒノ叓也

109 （＼）我こそさきたゝめ（三四九3 集319） （清慎―）

110 よの《世》ことはり（三四九3 集319）

111 いかの程になり給て（三四九8 集320） 五十《イカ》万カト祝言アリ
大鏡云村上《天暦》御門生サセ給ヘル五十日ノ餅殿上ヘイ
タサセ給ヘル伊衡中将ノ哥　一トセニ今夜カソフ
ル今ヨリハ百年マテノ月影ヲ見ン

112 かたちことなる御ありさまを（三四九14 集320） 尼ニマシマセ
ハ五十ノ祝言コヽニテハイカヽト也

113 なにか女に物し給はゝこそ（三五〇1 集320） 女子ナラハサヤ
ウニモアラン男子ニヲハスレハ不苦ト也

114 こもの（三五〇3 集320） 籠物菓子也

115 （＼）とりかへす物にもかなや（三五〇14 集322） トリカヘスモ
ノニモカナヤ世中ヲアリシナカラノワカミトモセ
ン

116 あはれとおほせと（三五一2 集322） 恋慕ノ心也

117 かゝるさまの人は（三五一3 集322） 女三詞

118 おほしるかたもあらん物を（三五一4 集322） 柏木ノ叓ヲハ
ヲホシメサント也

119 わうけつきて（三五二10 集323） 王相

120 わらゝかにもおはせす（三五二10 集323） 御子タチモ此薫ノヤ
ウニウツクシクハヲハセヌト也

121 まなこゐの（三五二13 集323） 目ツカヒノ叓也

122 五十八をとを（十）とりすてたる（三五三4 集323）

123 （＼）なんちかちゝにとも（三五三5 集323） 五十八翁方有レ後静
思堪レ喜亦堪レ嗟《ナケクニ》持レ盃祝一願無二他語一慎《ツヽシミテ》勿《ナカレ》二頑《ヲロカ》
愚《ナル》似《ニル》二汝爺《ナンヂカチヽニ》 文集楽天自嘲詩 楽天五十八ニテハ
シメテ男子ヲマウケテ作セリ ナンチカチヽニト
モイサメマホシウ 詩ニハフヤトアリ親ハ父母ニ
通スレハ是ハ柏木ノ叓フ思ヒヨソヘレハマキラハ
サシトテチヽトイヘリ寄特ノ王サマ也（書カ）草子地也

124 わか御とかあることはあへなむふたつにいはんには（三五三7 集324） アヘナンハアリナン也カヤウノ叓ハ世中
ノ習ナレハ我トカニハノシト也二ヲトレハ女ノタ

メロ惜ト也

125 （子）こたにあれかし（一三五二10 集324）　イカヽイハネセウ句ナトヽ見テハワロシセウ句ナレハコタヘン重言也イカヽト句ヲ切ヘシ　本哥梓弓イハネノ小松タカ世ニカ万代カネテタネヲマキケン

126 たか世にか（一三五三3 集325）

127 ひれふし給へり（一三五三4 集325）　蝶臥

128 すかやかにおほしたち（一三五三12 集326）　スカヤカニ急〻ニ也

129 二条のうへの（一三五三12 集326）　紫上ノ叓女三ヲ源氏ノタヤスク尼ニナシ給フ叓不審ト也紫上サマ〳〵ノ給ヲハツヰニ同心ナクテテト也

130 なをむかしよりたえす（一三五四1 集326）　柏木ノ叓

131 すこしよはき所つきて（一三五四3 集326）　人ノ用意也心ヨハキ所アル人ニテサモ有マシキ叓ニ思乱レ身ヲ徒ニスルト也

132 女君にたに（一三五四7 集326）　雲井鴈ノヿ

133 日かすをも（一三五四10 集327）　モノヲモフトスクル月日モシラヌマニ鴈コソナキテ秋ト告ケレ紫明

134 御わさの（一三五四10 集327）　四十九日ノ叓

135 ほうふく（一三五四11 集327）　法服

136 中〳〵みちさまたけにもこそ（一三五四13 集327）　アマリニ父母ノ歎キ死人ノタメワロキコト也　道サマニタケトハ善道ニ趣向サマタケニモナラント也

137 一条の宮には（一三五四14 集327）　臨終ニ対面ナキ叓

138 たか御むま（一三五五3 集327）　鷹

139 いみしきことを（一三五五14 集328）　夕霧ノ詞

140 さるへき人〳〵にも（一三五五14 集328）　ワカ歎キハ親兄弟ニモヲトラシト也

141 かきりあれは聞えさせやるかたなうて（一三五六1 集328）　カキリアレハ聞エサセヤルカタナウテトハワカ心中ヲシラセ申サネハナケキヲモ世ノ常ノ叓ニヲホスト也　恋シキハウキ世ノツネニナリユクヲ心ハ猶ソモノヲモヒケル紫明

142 今はの程にも（一三五六2 集329）　柏木女二宮ノ叓遺言ノヿ也

143神わさなとのしけきころをひ(二三六4 集329)　四月ハ賀茂ノ祭ナレハケカレノヿ

144かゝる御中らひの(二三六8 集329)　夫婦ノ契ノヿ

145あはれなることは(二三六11 集329)　柏木ノヿ是世間ノ習ヒトワレハシヰテ思ヒナスヲ女二ノ宮タチヲクレマシキヤウニ歎給ヿクルシキトナリ是ヨリ長〳〵ト宮ス所ノ詞也

146それはかやうにしも(二三七8 集330)　サレトカヤウニハカナク成給ハントハ思ヒヨラヌト也

147みこたちは(二三七9 集330)　内親王ナトノ聊尓ニ夫婦ノサタメハアシキ叓ナリト也

148御契ありけるにこそはと(二三八1 集331)　此段サテハサヤウニ女二ノ叓ヲ夕霧ニモ遺言アリシツネハ中モヲモハシカラヌヤウナレトモヲノ〳〵ユイコンアレハ志モ有ケルヨト也

149うきにもうれしきせはましり侍ける(二三八2 集331)　ウレシキモウキモ心ハ一ツニテワカレヌ物ハ泪也ケリ

150物ふからなりぬる人のすみ過て(二三八6 集332)　トニカクニモノハヲモハスヒタヽクミウツスミナハノタヽ一スチニ万人丸　花鳥ニハ法ニハツレタル心也河海ニハ本哥ヲヒケリ　世ノコトハリヲ思ヒシヨリ物フカウ　道心ハヲコシ安クテサメヤスキ物ト云心也

151あさやきたる(二三八7 集332)　アサヤキタルトハ深キ心也必ウスラク習ヒナレハサノミハナ心ニカケ給ソトイサメシト也

152(〳〵)ことしはかりは(二三九1 集332)　本哥深草ノ野ヘノ桜シ心アラハ今年ハカリハスミソメニサケ

153(〳〵)あひみん事は(二三九2 集332)　本哥春コトニ化ノサカリハアリナメトアヒミンコトハ命ナリケリ　アヒミンコトハトハソコノ心女二宮ヲワカ物ニシ庶儀也

154この(息)春は(二三九5 集333)　二首ノ本哥ニテヨメリ　浅ミトリ糸ヨリカケテ白露ヲ玉ニモヌケル春ノ柳カ　ヨリアハセナクナル声ヲ糸ニシテワカ泪ヲハ玉ニヌカ

ナン

155 ようゐなめり（二三五九7 集333）　用意

156 おやのけう《孝》よりも（二三五九10 集333）　大宮ノ遠行ノ時ヨリヲトロヘ給叓也モトヨリ不孝ノ人ニテヲハセシ也マヘノマキニモ見エタリ親ノ喪ニカタチツクロハスト孝経ニ見エタリ

157 君の御母君の（二三六〇6 集334）　葵上ノ㇖也此段ノ心ハ葵上ノ逝去ミナ人カナシキコトニセシカト女ハ見ル人スクナケレハ思ヒモマキルヽト也男ハ一切ノ所化何ハニツケテ人ニシノハルヽト也

158 よ《世》にかなしき事の（二三六〇7 集334）

159 はかく〱しからねと（二三六〇9 集335）　柏木ノ叓

160 その大かたのよのおほえもつかさ位も（二三六〇11 集335）　只今ハ出身ツカサ位ノ叓ヲモヲモハヌト也タヽソノ有サマ恋シクカナシキト也

161 空をあふきてなかめ給ふ（二三六〇14 集335）　天神ノ御作時〻仰ニ彼蒼ヲ心也　夕暮ノ空ノケシキヲ見ルカラニナカメシト思フ心コソツケ　紫明

162 春よりさきに花のちりけん（二三六一5 集336）　春ヨリサキトハ春ノ暮ヌサキニ也

163 北のかたをは（二三六一6 集336）　北ノ方ハイフニヲヨハス法事ナト夕霧別シテシ給叓也殿トハ夕霧ノ㇖也

164 う《卯》つき《月》はかりの（二三六一8 集336）

165 物思ふやとは（二三六一9 集336）　鳴ワタル鴈ノ泪ヤヲチツラン物ヲモフ宿ノ萩ノ上ノ露　紫明

166 せ《前》んさ《栽》いに（二三六一12 集336）

167 一むらすゝきも（二三六一13 集336）　本哥　君カウヘシ一村薄ムシノネノシケキ野ヘトモ成ニケルカナ

168 虫のねそはん秋（二三六一13 集337）　虫ノ音ソハ《マヽ》秋面白詞也

169 いかなるちきりにか（二三六二7 集337）　連理枝ノ心也

170 ならさなむ（二三六三9 集338）　ナラサナントハナレント云心也

葉モリノ神右衛門ノコトニヨソヘリ　遺言ノ叓ヲユルストイヘリユルシノアレハナレタキトイヘル心也　返哥ハ宮ス所ノ哥也

171 柏木に（落）（二六三13 集338）
172 宿のしつえ（二六三13 集338）　已前両首哥ノ心ハ大和物語云
枇杷殿左大臣仲平公ヨリトシコカ家ニカシハキノア
リケルヲヲリニタマヘリヲラセテカキツケテタテ
マツリケル　ワカヤトヲイツカハ君カナラノハノ
ナラシカホニハヲリニヲコスル　トシコ　御カヘシ
柏木ニ葉守ノ神ノマシケルヲシラテソヲリシタゝ
リナサルナ枇杷殿紫明
173 うき世中を（二六三1 集388）　宮ス所ノ詞
174 けになやましけなる（二六三4 集339）　マヘノ詞一宮ハナヤマ
シウトアレハケニトイヘリ
175 よのことはりなれと（世）（二六三4 集339）　秋風ノフクハサスカニ
ワヒシハタヨノコトハリト思モノカラ紫明
176 かたちそいとまほにも（二六三8 集339）　柏木ノ心ニシメ給ハ
ヌ人ナレハ形ハソレホトハアラシト夕霧ノ推量也
177 みるめにより（二六三10 集339）　伊勢ノアマノアサナタナニカ
ツクテフミルメニ人ヲアクヨシモカナ紫明　形ソ
レホトアシクタニナクハ見ルメニハ人ヲアカレト
也心タテ肝要ナル物ト也
178 又さるましきに（二六三10 集339）　又サルマシキ心ヲマトハス
ヘキソサマアシヤ　サレトモ又一向ニカタチノワ
ロクハ如何ニ心ヨキ人ナリトモ心ヲマトハサノモ
サマアシキ叓ナルト也
179 むかしにおほしなすらへて（二六三12 集339）　柏木ニヲホソナ
スラヘテ也
180 かのおとゝは（二六三14 集340）　源氏ノ了
181 （　）いうしやうくんかつかに（二六四3 集340）　（金吾将軍）天
與善人吾不信右将軍墓草初秋　左大臣時平公息右
大将保忠《ヤスタゝ》逝去ノ時紀在昌作也本朝秀句也　詩ニハ
秋トアルヲ當時夏ナレハ青トカケリ本語ヲイヒナ
ホス叓ソレ例多シ衛門督ヲハ大唐ニテハ金吾将軍
トイヘハ右将軍トイヘリ
182 ちかきよのことなれは（世）（二六四5 集340）
183 あたらしからぬはなきも（二六四6 集340）　恡《アタラシ》

184むへ〳〵しきかたを（三六四6 集340）　衛門督文才ニ達シタル ヿ也

185あき(秋)つかたに（三六四12 集341）

186いゐさりなと（三六四13 集341）　イヒノコシタリ　ハヰヽサリシ給トイフ心也

天與善人吾不信右将軍墓草初秋菅在躬作　右将軍保忠時平公息母基康親王女コノ詩ノ韻字ハ秋也トコソ侍ヲアヲシトカキタルハ作者ノアヤマリナリト申人モ侍トカヤサテハ紫ノ李ア和漢ニヒテタル色モ弥コノコトハニコソカシコク見エ侍今ノ時アキニアラサルニヨリテ青文字韻ニウツシタリケル也尤由緒ナキニアラサルヲヤ四条大納言公任卿　朗詠ヲエラハレシ時陰森《インシン》枯柳踈《(マヽ)》春無《ナシ》春《ノ》色《ロ》獲落《タル》　危墉《クヰヨウ》壊《クワイ》　宇《ウ》秋《キ》有《リ》秋《ノ》聲コレモ公乗億連昌宮賦ニハ東文字韻例ニテ秋有秋風トコソ侍レトモ優美ナル句ノ色ト風トノ對ノスコシアラクヲモハレケルニヤ聲字ニウツサレタルカ風ノ心モコモリ色ノ對ニモヒシトカナヘルイミシキタメシニイヒツタヘテ侍ソカシ是ヲ有職ナラヌ人ハ如賦ナヲシタルモ侍トカヤ撰者ノ心ニハタカヒテコソ侍ラメコレヲモチテ例トスヘシ紫明

校了

（帋数四十六丁）

よこふえ

横笛　以哥為巻名源氏四十九ノ春ヨリ秋ノ叓アリカホル二才也　カホルヲハ後横笛ノ大将トモイヘリ柏木ノ笛ヲ夕霧ヨリ傳ヘ給フ故也

（源四十九）

1故権大納言の（三六九1 集345）

2いはけなき御ありさまを（三六九6 集345）（二才）

3御心のうちに（三六九7 集345）　カホルノ追善ニ心アテ別ンテサセラルヽ也

4よ《(世)》の覚えおもくものし給けるほとの（三六九12 集346）

5はやしにぬきいてたるたからな（三七〇3 集346）　詞花ニ冷泉院タカウナ奉ラセ給トテヨマセ給ケル花山院御製　世中ニフルカヒモナキ竹ノ子ハワカツム年ヲ奉ルナリ是例也　御返シ色カエヌ竹ノヨハイヲカヘシテモコノ世ヲナカクナサントソ思フ

6ところなとの（三七〇4 集347）　野老　トコロノ本哥春ノ野ニホル〳〵見レトナカリケリムヘトコロセキ人ノタメニハ

7よをわかれ（三七〇7 集347）　ヲナシ所トハ来世ノヿ也

8いとかたきわさになんある（三七〇7 集347）　親子ハ来世ニテ逢叓カタキト也　河海ニ云地蔵本願経父子至テ親

トモ岐路各別ナリ縦然相逢無肯代受

9らいしともを（三七〇9 集347）　疊子又椣子和名　疉子ヌリヲケノフタヲアヲノケタルヤウノ物也　ヲキフチヲタカクシタル内朱ウルシ外ハ黒漆螺鈿サマ〲也菓子ナトイルヽ也内蔵寮被納之

10かきかへ給へりけるかみの（三七一1 集348）　草案也

11うき世には（三七一3 集348）　本哥世中ニアラヌ所モエテシカナ年フリニタルカタチカクサン

12うしろのかきりに（三七一12 集349）　ムネノアラハナル躰也

13やなきをけつりて（三七一13 集349）　シロキ物ナレハヨソヘリ

14かれはいとかやうに（三七二2 集349）　柏木ノ叓

15女宮物し給めるあたりに（三七二10 集350）　明石ノ姫君ノ女宮ノ叓

16（〵）花のさかりはありなめと（三七二12 集350）　本哥　年コトニ花ノサカリハアリナメトアヒ見ンコトハ命ナリケリ

17色このみかなとて（三七三1 集350）　父ノ好色ノ叓ヲ思ヒヨソヘリ

18（〵）うきふしも（三七三2 集351）　本哥　今更ニ何ヲヒイツラン竹ノコノウキフシヽケキ世トハシラスヤ

19そゝかしう（三七三3 集351）　サハカシキ也

20みつからの御すくせも（三七三7 集351）　不足ノ叓多キト也

21この宮こそは（三七三8 集351）　女三宮ノ叓ニツケテヲモヘハ又柏木ノ叓口惜ト也

22むしのねしけき（三七四8 集353）　本哥君カウヘシ一村薄虫ノ音ノシケキ野ヘトモナリニケルカナ

23りちにしらへられて（三七四10 集353）　律調

24ひとかにしみて（三七四10 集353）　香

25この御ことにも（三七四14 集353）　柏木ノコトノ音ヲ女二ノ宮ハ引傳ヘ給ハント也

26うけ給はりあらはしてしかな（三七五1 集353）　ウケタマハリタキト也

27（〵）ことのをたえにし後より（三七五1 集353）　宮ス所宮ニカハリテ返答シ給也子期カ古叓也　ナキ人ハ音信モ

セスコトノヲヽタチシ月日ソメクリキニケル後拾遺

28むかしの御わらはあそひ（三三五2 集353） 思フトハツミシラセテキミヽナクサワラハアソヒノテタハフレヨリ紫明

29院の御まへにて（三三五3 集353） 女宮タチノ朱雀院ノ御前ニテ御琴ナラヒ給トキモ此宮ハ心モトナカラス引給ヒシト也

30（／）世のうきつまに（三三五5 集354） 本哥 浅茅生ノ《ヲ》小篠カ原ニヲク露ソ世ノウキツマトヲモヒミタルヽ

31いとことはりの（三三五6 集354） 夕霧ノ詞

32（／）かきりたにあると（三三五6 集354） （恋シサノ）カキリタニアル世ナリセハツラキヲシヰテナケカサラマシ

33かれなをさらは（三三五7 集354） 宮ス所ノ詞夕霧コソ昔ノ上手ノ音モツタヘ給ハメ引玉ヘト也

34聞わくはかりならさせ給へ（三三五8 集354） モノヽ音ヲキヽワク人ノアルナヘニ今ソタチイテヽヲヽモスクヘキ紫明

35耳をたに（三三五9 集354） 如聴仙楽耳暫明琵琶引

36しかつたはる中のをは（三三五9 集354） 夕霧ノ詞中ノヲトハ柏木ノ中ニヨソヘテイヘリソナタニコソ傳ヘ給ハメト也 和琴第二弦紫明

37はねうちかはすかりかねも（三三五12 集354） 本哥白雲ニハネウチカハス鴈金ノカスサヘ見ユル秋ノ夜ノ月

38つらをはなれぬ（三三五12 集354） 鴈金ヲ女二宮ハウラヤマシク聞給ハント也

39風はたさむく（三三五13 集354） ハタサムク風ハヨコトニフキマサルワカヲモフイモハ音ツレモセス紫明

40(落)かきならし給へるも（三三五14 集355） 休息所引給ヘル也

41さうふれんを（三三六1 集355） 想夫恋平調也

42おもひおよひかほなるは（三三六2 集355） 女二ノ御心中ヲ推量申叓カタハライタキト也想夫恋トイフ曲ハナツカシク思給ハント也

43ことにいてゝ（三三六5 集355） コトニ山テイハヌトハサウフレンヒキ給ハヌ叓下ノ句ノ心ハ心中ニハ思ヒ給ヘ

源氏物語聞書　よこふえ（44～58）

ケレト人ニハチテ弾給ハヌト也　心ニハシタユク
水ノワキカヘリイハテヲモフソイフニマサレル
紫明

44 ふかき夜の（三五六7 集355）　コトヨリホカニエヤハイヒケル
トハ琴ヒクヨリ外ニ詞ニハイヒカタキト也

45 ふるき人の心しめて（三五六8 集355）　想夫恋ノ叓上古ノ人コ
ト也

46 むかしのとかめやと（三五六11 集356）　柏木ノ執心ヲ憚也

47 引たかふる事も（三五六13 集356）　別人ニ琴ノ音ヲモ聞セ給ナ
ト也　心ヲカケテノ給也

48 こよひの御すきには（三五六14 集356）　（夕詞）今夜御スキトハ
コヨヒノ興アルサマ也物スキナル心也人ユルシト
ハ女二ノ御琴ノ音モツクシ給ヘカリシヲト也サル
ヲイニシヘノ物語ニマキラハシ給叓残多ト也

49 （＼）たまのをにせむ心ちもし侍らぬ（三五七2 集356）　本哥片
糸ヲコナタカナタニヨリカケテアハスハ何ヲ玉ノ
ヲニセン

50 これになむまことに（三五七3 集356）　宮ス所ノ詞也

51 （＼）ふるき事もつたはるへく（三五七3 集356）　（向 秀《キヤウ》）過《ヨキル》二山
陽旧居一《ニ》思嵆《マヽ》康聞隣人吹レ笛作思舊賦

52 （御）みさきにきをはんこゑなむ（三五七5 集357）　今ノ笛ノ音ノ大
将ノサキノ声ニアラソウヘキト也サキカケノ随身
ナトフク物也

53 につかはしからぬ（三五七5 集357）　随身ニフカセン叓過分ナ
ルト也

54 おもはん人に（三五七7 集357）　名誉ノ笛ナトハ音ヲモヨクシ
ラン人ニ傳タキト柏木ノヽ給シト也

55 はんしきてうの（三五七9 集357）　律也

56 むかしを忍ふひとり事は（三五七10 集357）　和琴ハ昔ヲ忍ニア
マリ引タレハユルサレント也コレハトハ笛ノ叓也

57 （落）露しけきむくらの（三五七12 集357）　虫ノ声ニ笛ノ音ヲ比スル
笛ニハ柏木ノ執心モフカクアラント也

58 （＼）いもとわれと（三五八4 集358）　イモトアレトイルサノ山
也八雲御抄ニモヒカレ侍リ

ノ山アラヽキテナトリフレソヤカホヽサルカニヤトクマサルカニヤ催馬楽　紫明

59かゝるよの月に（三七八7 集358）　本哥カクハカリヲシト思夜ヲイタツラニネテアカスラン人サヘゾウキ

60かきりなく聞事は（三七九2 集359）　女二ノ宮ノ叓也

61おこりならひ給へるも（三七九4 集359）　我中ノアマリニ二心ナクテスクシキタレハソレニヲコリテワレニシタカヒ給ハヌト也

62ありしさまのうちきすかたにて（三七九5 集359）　常住ノ姿也

63笛竹に（三七九8 集360）　哥ノ心ハ此笛夕霧ニハツタフマシキト也　ヲヒソメシネヨリソシルキ笛竹ノ末ノ世ナカクナランモノトハ紫明

64こと《如》ならは（三七九8 集360）

65つたみなとし給へは（三七九10 集360）　（哯吐《ツタミ》）乳ナトアマス叓也

66うちまきしちらしなとして（三八〇1 集360）　サコヲマク叓也

67なつみて（三八〇9 集361）　煩《ナツム》万葉

68人の心とゝめて（三八〇10 集361）　此笛ノワレニツタハルマシキト也

69いまはのとちめに一《（イナ）》ねんの（三八〇12 集362）　臨終一念肝要ノ叓也

70三宮（三八一4 集362）　（匂）宮ノ叓也

71（紫）こなたにそ（三八一4 集362）

72宮いたき奉りて（三八一5 集362）　三ノ宮ワカコトヲ夕霧ニノ給詞也

73（明女御）あなたへゐておはせ（三八一5 集362）

74身つからかしこまりて（三八一6 集362）　宮ノワカコトヲアカメテノ給叓也

75人もみす（三八一8 集363）　宮ノ詞也

76（女御）こなたにも（三八一9 集363）

77（薫）わか君とひとつに（三八一9 集363）

78院も御らんして（三八一12 集363）　院モ入道ノ宮ヘワタリ給ト也但ヲナシシン殿ノ中ナレハ見ヤリ給テノ給フニヤ　ヲナシ御殿ツヽキナレハ女御ノ御モトヨリモ

女三宮ノカタ見ユル也

79 おほやけの（三六一13 集363）　匂兵ア卿ノ宮マタイトケナクテ三宮ト申シ時御アニノ式ア卿ノ宮モ二ノ宮トテウチツレテアソヒ給所ヲ夕霧ノ大将ノトオリ給ニワレイタカレントタカヒニアラソヒ給ヲ源氏ノ院御覧シトカメテ仰ラレタル御詞也近衛ツカサヲハチカキマホリトイフユヘ也紫明

80 御ちかきまもりを（三六一13 集363）　夕霧近衛大将也

81 うちゐみて（三六二3 集363）　源氏ノヿ

82 あなた（対）にこそとて（三六二4 集364）　紫ノ上ノカタヘノヿ也

83 宮のわか君は（三六二5 集364）　カホルノ叓

84 宮たちの御つらにはあるましきそかし（三六二5 集364）　カホルハ明石ノミコタチノ順ニハモテナサシト思召也サレト母宮ノ心中ヲカネテカシツキ給ト也

85 なをしのかきりをきて（三六二10 集364）　カキリヲキテトハヲサナキ人衣裳ヲハヌキ捨テ直垂ハカリキテトイフ也

86 わかめ《目》のうちつけなるにやあらん（三六三1 集365）

87 こ《子》となのりいてくる（三六三5 集365）

88 ほゝゐみてきゝおはす（三六三11 集366）　二宮ニ心カケ給叓源氏モシリ給フ也

89 かのさうふれんの心はへ（三六三13 集366）　源氏ノ詞女二ノ想夫恋引給フ叓心浅クヲホス也

90 おなしうは心きよくて（三六四2 集366）　柏木ノ遺言ヲタカヘス心ヲカケスシテ心キヨクテヨカラン叓ト也

91 さかし人のうへの御をしへはかりは（三六四4 集366）　源氏ノ人ノ上ヲハモトキ給ヘト御心ハサヤウニナキト也

92 なにのみたれか（三六四5 集367）　夕霧ノ詞

93 けんきありかほに（三六四7 集367）　アラハナル叓也

94 又あされかましう（三六四11 集367）　ワカコト也サウフレンモ打トケテナト引給ハヌ也女二ノ心浅キ叓ニハナキト也コナタノアサレ物ナレナトシタランニ引給ハヽ不足ト也　コナタサヤウノ心モナキニ心ヲユルシテスコシヒキ給ヒシト也

95 (〳〵)やうせい院の(二八五1 集367) 南宮式(マヽ)ア卿貞保親王ハ笛
達者也清和ノ御子母二条后陽成院ノ御弟也

96 こ式部卿の宮の(二八五2 集368) (准南宮〻陽成か弟)

97 いまにそのゆへをなん(二八五12 集368) 一向ヲホメカシクノ
給也

98 (〳〵)よるかたらすとか(二八六2 集369) (孫真人)云夜夢不須
説

一校了
(紙数廿一丁)

すゞむし

鈴虫　巻ノ名哥ニモ詞ニモアリ横笛ノツキノ年也竪ノ并也　源氏五十才ノ夏ヨリ秋ノ㕝アリ

（源五十）

1 夏ころはちすの花のさかりに（二九一1 集373）

2 御ち仏とも（二九一1 集373）　持仏ノ本尊ヲ作給㕝也

3 くやうせさせ給（二九一1 集373）　供養

4 ねんすたうの具とも（二九一2 集373）、念誦堂具也

5 はた《幡》のさまなと（二九一3 集373）

6 めそめもなつかしう（二九一5 集373）　紫ノ目結也

7 よるの御丁のかたひらを（二九一6 集373）、女三ノ宮寝所ヲ仏壇ニカサラルヽ也御帳ノ四面ノカタヒラヲアケテウシロノカタニ法花ノ曼陀羅ヲカケラルヽ常ノ法會ノ儀也

8 けうしのほさつ（二九一9 集373）　脇士井観音勢至也

9 あかの具は（二九一10 集374）　閼伽具梵語也

10 かえうのほうを（二九一11 集374）　荷葉ノ方

11 名かう（二九一11 集374）　名香

12 みつをかくしほゝろけて（二九一11 集374）　密（マヽ）ヲトヽメテ抹香ノコトクニタカルヽ也ホヽロケハホロ〳〵トシタ

ル也

13 御ち経は（三九一13 集374）　天暦九年正月四日村上天皇為母后
被供養震筆法花経有八講

14 （六）院そ御てつから（三九一13 集374）

15 けかけたるかねのすちよりも（三九二4 集374）　計金

16 ちんの花そくのつくゑ（三九二6 集375）　沈花足

17 ほとけの御おなしちやうたいのうへに（三九二6 集375）　一説
御ヲナシハ項也チヤウタイハ頂戴也不用説也河内
カタ也　御帳臺ノ上ニ仏ト同シク経ノ机ヲヽカレ
タルヘシ帳臺ニ仏経ヲ安置セラルヽ由分明也

18 からしまうのほり（三九二7 集375）　カウシマウノホリ　導師
也

19 行かうの人ゝ（三九二7 集375）　行カウノ人ゝ　行道ノ人手香
爐ニ香ヲタク也行香叓見賢愚経云ゝ

20 けふたきまて（三九二11 集375）　女三宮カタ奥深カラヌ体也

21 からせちのおりは（三九二13 集375）　説法ノヲリハ也

22 物の心しり給へきしたかたを（三九三5 集376）　下地也

23 かの〳〵はなの中のやとりに（三九三8 集376）　一ゝ池中花盡
満花ゝ惣是往生人各留半座乗花葉待我閻浮同行人
五會賛

24 はちす葉を（三九三9 集376）　下句ハ此世ノ恩愛《ヲンアイ》ノ執着ヲハナ
ルヽ叓也

25 へたてなく（三九三11 集376）　返哥ノ心ハ此世ニテ御等閑ナレ
ハヲナシウテナニハスマシト也源氏ハ哥ノ心ヲ別
ニトリ給也マヨヒヲイナシノ心也サテヲモホシク
タスカナトアリ

26 七僧のほうふくなと（三九四1 集377）　七僧法服　講師　讀師
咒願　三礼　唄　散化　堂達　謂之七僧

27 ゆたけき（三九四6 集377）　寛舌

28 さきらを（三九四6 集377）　サキラ弁舌ノ叓也

29 みすきやうのふせなと（三九四9 集378）　御誦経

30 僧ともはかへりける（三九四12 集378）　重畳煙嵐之断処晩寺僧
帰

31 よそ〳〵にては（三九四14 集378）　源氏ノ詞

32 ありはてぬ世いくはくあるましけれと（二九五2 集379） アリハテヌ命マツマノホトハカリウキコトシゲク思ハスモカナ紫明
33 かの宮をも（二九五3 集379） 女三宮ノ領中三條ノ宮ノ叓也
34 みふの物とも（二九五4 集379） 御封
35 くに〳〵の御しやう（二九五4 集379） 国〻御庄
36 みまき（二九五5 集379） 御牧
37 又もたてそへさせ給て（二九五5 集379） 御蔵ヲタテソヘラルヽ也
38 あなたさまの物は（二九五6 集379） 六条院ヨリハコヒ給ヿ也
39 我御あつかひにてなむ（二九五8 集379） ソノ外ノ叓ハイツモノコトク源氏ノ刷給ヿ也
40 ひんかしのきはを（二九五10 集379） 遍昭カ母ノ家ニヤトリ給ヘリケル時ニ庭ヲ秋ノ野ニツクリテ　里ハアレテ人ハフリヌル宿ナレヤ庭モマカキモ秋ノ野ラナル
41 あかのたなゝとして（二九五10 集379） 阿伽棚
42 さるきほひには（二九五13 集380） ソノミキリニ尼ニナラントイフ人〻多ケレト末モトケカタキヤウナルモノヲハ源氏ノミナトヽメ給叓也
43 なを思ひはなれぬさまを（二九六4 集380） 恋慕ノヿ也
44 人めにこそ（二九六6 集380） 此段ハ女三ノ心中也源氏ノ人目斗等閑ナキヤウニモテナシ御心ノ中カハリ給ヘハソレヲ思ヒトリテ尼ニ成給フ也又今恋慕ノ叓ナトノ玉ヘハカケハナレタクヲホス也
45 あかつきのをと（二九六12 集381） 阿伽器
46 そゝきあへる（二九六13 集381） ソヽメキアヘルサマ也
47 あみたの大す（二九六14 集381） 十五日ハ阿弥陀ノ御縁日ナレハ也
48 中宮のはるけきの〻を（二九七2 集381） 秋好中宮ノヿ
49 大かたの烁をはうしと（二九七8 集382） 上句ノ心人ノ心ヲウク思ヒフリステタレト鈴虫ノ声ハステカタキ由也
50 心もて草の屋とりを（二九七11 集382） 鈴虫ニ女三宮ヲヨソヘリコナタヲイトヒ給ヘト猶フリセヌ心也
51 うちの御まへに（二九八6 集383） 月ノ御宴ノトマル子細物語

ニハノセス

52 月みるよひのいつとても（三六八9 集383）　本哥イツトテモ月見ヌヨキハナケレトモワキテ今夜ノ珎シキカナ

53 （〳〵）あらたなる月の色には（三六八10 集383）　三五夜中新月色十二廻中無勝於今夜之好千万里外皆争於吾家之光八月十五夜　紀長谷雄卿

54 こ（故）権大納言（三六八11 集383）

55 花とりの色にも（三六八13 集384）　花鳥ノ色ヲモ音ヲモイタツラニモノウカル身ハスクハカリ也後撰マサタヽ朝臣　紫明

56 えんにてあかしてんと（三六九3 集384）　宴ハ遊也モテアソフ叓也

57 御前（セン）の御あそひに（三六九4 集384）

58 左大弁式ア大輔又人〳〵（三六九5 集384）　左大弁式ア大輔又人ゝ　不入系圖　冷泉院へ此人ゝマヒリテ大将ナト六条院ヘマイラレタルト申サルヽニヨリテ源氏ヘ御使アリ

59 おなしくは（三六九7 集384）　アタラ夜ノ月ト花トヲ同クハ哀シレラン人ニ見セハヤ

60 月かけは（三六九12 集385）　月ハイツモノコトクト也ワカヤトカラトハワカ懈怠故ト也　心ミニホカノ月ヲモ見テシカナワカヤトカラノアハレナルカト花山院御哥

61 ろくいとになし（三六九14 集385）　禄寂無二

62 みこたてまつり（三〇〇2 集385）　ミコトハ式ア卿ノ叓源氏ト同車也

63 左衛門（二人）の督（三〇〇2 集385）　左衛門督藤宰相　不入系圖致仕ノ子トモ也柏木ノ弟

64 藤宰相（後息）（三〇〇2 集385）

65 うるはしかるへきおりふしは（三〇〇5 集386）　源氏ノ叓位ニマシマス時ト只今ノ叓マヒリ給モ儀式ヲカヘ給叓源氏ノ用意也

66 いよ〳〵こと物ならす（三〇〇9 集386）　両説也一説ハ源氏ニヨク似玉ヘル叓又御在位ノ時ノマヽナルト也コレヲ用

67いまはかうしつかなる御すまゐに（三〇〇13 集386） 源氏ノコトハ

68なにゝもつかぬみのありさまにて（三〇一1 集386） 源氏ノ亊 ワカ隠遁ニテサスカ引コモルコトモナク又今ハ院号ニ成給ヒカロ〳〵シクアリキナトモシ給ハヌ亊也

69のこりの人〳〵の（三〇一4 集387） ワカ隠遁ノ後残リタラン人ニ悃《（マヽ）》切シ玉ヘト也マヘニモノ給ヒシ也

70れいのいとわかうおほとかなる（三〇一6 集387） 中宮ノヿ

71こゝのへのへたて（三〇一7 集387） 九重 中宮ノ詞禁中ニヲハセシ時ハ源氏ニワタクシノ御所ナレハ細々源氏ニ参會アリシ也今ハサヤウニナキ亊也 ナカメヤル山ヘハイトヽ霞ツヽヲホツカナサノマサルハルカナ 紫明

72みな人のそむきゆく世を（三〇一9 集387） 斉宮女御集 ミナ人ノソムキハテヌル世中ニフルノヤシロノ身ヲ如何ニセン

73まつたのもしきかけには（三〇一10 集387） 源氏ヲ何亊ニモタノモシクタノミヤ《（マヽ）》心ナラヒニ只今物トヲニテ心モトナキ由也

74けにおほやけさまにては（三〇一11 集387） 源氏ノ詞

75さためなき上《（世）》といひなからも（三〇一13 集388）

76御たうしんは（三〇二2 集388） 道心

77こ宮す所の御身の（三〇三4 集389） 此段中宮ノ御心ニ思給ヿ也

78をくれしほとの哀はかりを（三〇三11 集389） 母宮ノ此世ノ別ハカリノ歎ニテ来世ノ亊ヲハ思ハヌハカナキト物ノアナタ来世ノ哥也

79いかてよういひきかせん人のすゝめをも（三〇三12 集389） 貴僧高僧ノ後世ノイサメノ亊也

80たれものかるましき事と（三〇三2 集389） 朝露貪名利夕陽憂子孫 文集秦中吟

81もくれん《（目連）》かほとけにちかきひしりの身にて（三〇三3 集389） ハシメテ六通ヲエタルヲ仏ニ近キトハイヘリ又佛

ニ眤近スル心モアルニヤソノ母餓鬼道ニヲツ阿鼻地獄　目連初得道眼見母生所而堕地獄砕骨焼膚仍乗神通自（マヽ）地獄逢獄率相代乞請母獄率答云善悪業造者自得其果大小利法也更不可免則閇鐵城戸成不見目連悲空帰

82 しか思ひ給ふる事侍りなから（一三〇三6 集389）　中宮ノ詞

83 猶やつしにくき（一三〇三9 集390）　草子地也

一校了

（紙数十七丁）

夕きり

夕霧　スヽムシノ巻ハ八月十五夜ノ叓ニテハテ侍リ此巻ハヲナシ八月廿日比ヨリ冬迠ノ叓見エタリ源氏五十才ノ叓載侍リ

陰陽ミタレテ霧トナル漢書

（源五十才）

1まめ人のな（名）をとりて（一三〇九1 集395）　展季《テンキノマメヒト》文選　又真人《メヒト》也

2大将（一三〇九1 集395）　夕霧

3一条の宮の御ありさまを（一三〇九1 集395）　落葉

4よういに（一三〇九2 集395）　用意

5ふかき心さしを見え奉りて（一三〇九7 集395）　夕霧ノ本性実ナル叓也

6りし（律師）山こもりして（一三〇九12 集396）　恵心僧都千日籠間ニ妹ノ安養尼所労ノ叓有ケルニサカリ松マテ山ヨリフリ對面アリ此叓ヲ摸スル也小野ハヒエ坂本也スミヤク常地大原近所也

7さとにいてしと（一三〇九12 集396）　千日籠山ノ叓也

8さ°うしおろし給ゆへなり（一三〇九13 集396）　請下

9御前（セン）なと（一三〇九14 集396）

10をのかしゝの（一三一〇1 集396）　各競

11えまうて（一三一一3 集397）　詣

12 この君は（三〇3 集397）　夕霧ノ叓

13 せむしかきは（三〇6 集397）　宣旨書

14 なにかしりし《律師》の（三〇12 集397）

15 御前《セン》ことことしからて（三〇14 集398）　御前駈也

16 松かさきのを山の色なとも（三一1 集398）　クラマニチカシ

17 さるいはほならねと（三一2 集398）　ワサトツクリタテタル
岩ナラネト也

18 すほうのたんぬりて（三一5 集398）　塗修法壇

19 とゝめ奉り給けれと（三一6 集398）　女二宮ヲハ京ノ御所ニ
トヽメ給ヘトシヰテ小野ヘワタリ給ヿ也

20 すのまへに（三一9 集399）　御簾前也

21 上らうだつ人ゝ（三一9 集399）　宮ツカヘニ上臈中ラウ下臈
トテアリ上臈ハソノ中ニ一人アルナリ

22 いとかたしけなく（三一10 集399）　宮ス所ノ詞也

23 わたらせ給し御をくりにも（三一13 集399）　夕霧ノ詞

24 あなたの御せうそこかよふほと（三二5 集400）　宮ス所ヘ聞
ヘカハシ給使ノヒマニ少将トカタラヒ給也

25 よはひつもらすかるらかなりし程に（三二10 集400）　若年ノ
時ナラハカヤウニ人ニセウチヒカレヌスキ心ヲモ
ナニトモヲモフマシキト也年モツモリ大将ノ位ナ
レハ也

26 すく〱しう（三二11 集400）　健

27 おれて年ふる人は（三二12 集400）　ニコル時ハヲレスシテ也
女二ノ宮ノ心ナリ當流一ハスムヲ用ワカ叓也

28 みつからきこえ給はさめるかたはらいたさに（三三1 集401）
宮ス所ノ代ニタイメンモアリタケレト御ワツライ
ニトリミタスヨシ常ノヿトニノ給ナス也

29 こは宮の御せうそこかと（三三3 集401）　夕霧ノ女二ノ返叓
ヲチト居ナヲリテ聞給フヿ也

30 心くるしき御なやみを（三三3 集401）　御休所ノ昊例ヲ身ニ
カヘテヲモフモタカユヘト也女二ヘノ志故ト也

31 物をおほししる御ありさまなと（三三5 集401）　物ヲヽホシ
ミタルヽコト思ヒヲモリマシ給マテハ宮ス所煩モ
平安ニテコソタカヒノ御タメモヨカラン叓トヲシ

ハカルニヨリテ彼《カノ》御旲例ヲ心苦敷ヲモフ由也
32 たゝあなたさまにおほしゆつりて（一三三7 集401） 柏木ト思召ユツレト也
33 ふたんの経よむ（一三三13 集402） 法花経ノ叓也
34 たつこゑもゐかはるも（一三三13 集402） 讀経ノヿ也
35 きりのたゝこの軒の（一三四5 集403） 山家ノ体也漢書ニ陰陽ミタレテ霧トナレルトアリ
36 山さとのあはれをそふる（一三四7 集403） 此哥秀逸ニヨリテ夕霧ノ大将トハイヘリ
37 やらはせ給（一三四11 集403） 遂（マヽ）日本記
38 年頃もむけに見しり給はぬにはあらねと（一三四13 集403） 女二ノ心中也夕霧ノケサウヲ見シラヌニハアラネトシラスカホニモテナス也 只今ハウチアラハレテ恨給叓ワツラハシキト也
39 いたうなけきつゝ（一三五1 集404） 夕霧ノ叓
40 御つかさのそうより（一三五3 集404） 夕霧右近大将也右近大夫将監ナリ右近将監ニ叙爵シタル也

41 ごしんなとに（一三五5 集404） 加持ノ叓也
42 そやのしはてん程に（一三五6 集404） 初夜ノ時也
43 かのゐたるかたに（一三五6 集404） 律師ノ居タル方也
44 （　）くるすのゝさうちかゝらむ（一三五7 集404） 山城国也小野郷ハ上賀茂領也栗栖郷ハ下賀茂領也又醍醐ニモアリ
45 まくさなととりかはせて（一三五8 集404） ソノコマソヤワレニクサコフ草ハトリカハン水ハトリカヘ 神楽其駒
紫明
46 あさりのおるゝほとまてなむと（一三五11 集405） 真言ノ師ヲスルヲハ阿闍梨トイフ也
47 かろらかにはひわたり給はんも（一三五13 集405） 女二ノ宮ノ叓也
48 さすかねなとも（一三六6 集406） カキ金也
49 さらに御心ゆるされて（一三六14 集406） 本哥君コフル心ハチヽニクタクレト一モウセヌモノニソアリケル
50 うちとけ給へるまゝの（一三五10 集407） 常住ノ衣裳ノ体也

51たきのをとも（二二五13 集408）　小野ニアル音無ノ瀧也
52かうしもさなから（二二五14 集408）　格子モヲロサヌ叓也
53猶かうおほししらぬ御ありさまこそ（二二八1 集408）　人ノ哀ヲモシラスツレナキ叓カヘリテ心浅キ人ト也
54なに事にもかやすきほとの人こそ（二二八3 集408）　カヤスキ下輩ノモノナトヲコソカヤウニアナツル物ナレサスカニワレハ官位ノホトモサヤウニモテナサレン叓ニハナキヲト也
55世中をむけに（二二八5 集408）　柏木ノ妻ニ成タル人ナレハ也
56世をしりたるかたの心やすきやうに（二二八6 集408）　世ヲシリタルト夕霧ノヽ給叓ヲ女宮ツヨクハツカシク思給也
57われのみや（二二八11 集409）　世ヲシルト夕霧ノヽ給叓也
58大かたは（二二九1 集409）　ワレイハストモ柏木妻ニナリ給叓ハカクレアラシト也
59ひたふるにおほしなりねかし（二二九1 集409）　中（マヽ）ニ及ハストヲホシテナヒキ給ヘカシト也

60こ君の御ことも（二二九8 集410）　柏木ノヿ
61御心のうちにも（二二九10 集410）　女二ノ心中也柏木ハ位ナトハヒキケレト父御カトナトユルサレニテ夫婦ニ成タレハミナルヽト也ソレサヘ浅マシキト也
62よそにきくあたりにたにあらす（二二九13 集410）　夕霧ノ北ノ方ハ柏木ノ兄弟ナレハカク心カケ給叓クルシキト也
63そのきはゝ（二三〇7 集411）　心ヲサメヌアマリニヲシタチテモイヒヨラント思ヒ給ヘトサヤウノ叓モナラハヌ身ナレハ心ヲカヘリミ給叓也
64ぬれ衣は（二三〇12 集412）　カクツレナクテモ悪名ハノカレ給ハシト也
65（　）心のとはんにたに（二三〇14 集412）　本哥無名ソト人ニハイヒテアリヌヘシ心ノトハヽイカヽコタヘン　本哥ノ一連也見所ハサモコソアレ我ハツレナクテ心ノトハンニタニ清クコタヘント也
66年比人にたかへる心はせ人になりて（二三一4 集412）　夕霧ノ

心ニ思刷給叓トモ也
67 ましてかしこには（一三一10 集413） 雲井鴈ノ叓ト花鳥ノ説不用小野ノ叓ヲ思ヒヤリ給也
68 御前にまいり給（一三一13 集413） （花）散ノ御前ニヤ
69 人〻ありしまゝに（一三三4 集414） 母宮ノヨソヨリ此叓ヲ聞給ヒテ心ヲヘタテタルトヲモハレ申サンハクルシケレハ女房衆モ有ノマヽニカタリモラセト也親子ノ中トイフニモ女二ト宮ス所ハ一段懇切ナルト也
70 人〻はなにかは（一三三7 集414） 女房衆ノ叓也御息所ノ聞給テモ叓アリカホニイカテソレホトハヲホシミタレント也
71 人にかはかりにても（一三三11 集414） 女二ノ心中也人ニ見ユルモカル〱シク思ハレントハツカシク思給此文ヲモ見ヌトイヘト也
72 玉しゐを（一三三1 集415） 本哥アカサリシ袖ノ中ニヤイリニケンワカ玉シヰノナキ心チスル
73 （＼）ほかなる物はとか（一三三1 集415） 本哥身ヲステヽイニヤシニケンヲモフヨリホカナル物ハ心ナリケリ
74 行かたしらすのみ（一三三2 集415） 本哥ワカ恋ハムナシキ空ニミチヌラシヲモヒヤレトモ行カタモナキ
75 れいのけしきなるけさの御ふみにも（一三三3 集415） ケサノ御文此比ノニハカハレリトナリ実儀ヤ有ケンナト女房タチハヲホツカナク思也
76 なにことにつけても（一三三5 集415） 夕霧ノ何叓一ツケテモ有カタキ心ニテホトヘヌルトナリ
77 かゝる方に（一三三6 集415） サレト女二ノ男ナト一ナリ給テハイカヽアラン見ヲトリヤセント也
78 せちにもあらぬ事也（一三四10 集417） 大切ニハナキ叓也ワロクハナキ叓ト也
79 一かうに（一三四12 集417） 一向
80 ほんさい（一三四13 集417） 本妻
81 そうるいにて（一三四13 集417） 孫類也
82 えみこの君をしたまはし（一三四14 集417） 女二ノ叓宮ノ夕霧ノ北ノ方ニ成給フトモ雲井鴈ヲハヲシ給ハシト也

83もはらうけひかす（一三三五2 集418）　専

84こゝなるこたち（一三三五5 集418）　後達（マヽ）

85みさうしのかためはかりをなむ（一三三七10 集421）　御障子也

86このことにのみもあらす（一三三七13 集422）　此夕霧ノコトニカキラヌ也身ノ思ハスニ成初シヨリトハ柏木ノ叓ニヨリテモ母宮ニ物ヲモハセ奉ルᄀイケルカヒナキト也

87まいていふかひなく（一三三八2 集422）　紅梅ノ右大弁ケシキハ見シᄀ也夕霧ニ名ノ立コトハ弁ヨリハト思ナクサミ給也

88なのめならす（一三三八7 集422）　ワカ御ムスメナレト親王ニテマシマセハカシツキ給也

89つねの御さほふあやまたす（一三三八7 集422）　ツヨク御旲例ナレト常ノコトクヲキテ対面アル也

90このふつかみか許（一三三八9 集422）　一日不見如三月毛詩

91後かならすしもたいめのはへるへきにも侍らさめり（一三三八10 集423）　親子ハ一世ノ契ノ叓也

92人しれすおほしよはる御心もしたにそひて（一三三九6 集424）　御息所ノ心中也新枕三ケ夜ノ法ナレハ今夜モワタリ給ハントヲホス也サモナクテフミハカリアレハ心ヲサハカシ給フ也

93心うつくしきやうに（一三三九10 集424）　此比ノヤウニレンホノ叓ナクテ音信斗ニテハヨカラント也只今ノ文ハケサウノコトモアラント忠テ見給也

94あさましき御心の程を（一三三九12 集424）　文章也

95ひたふる心もつき侍ぬへけれ（一三三九13 集424）　狂乱ノ心也

96こなたにちからある心ちして（一三四〇4 集425）　親王ニテマシマセハ等閑ニセシトヲセヒアカル叓也

97たのもしけなくなりにて侍る（一三四〇7 集425）　宮ス所ノ文章也ワカ旲例モタノモシケナキニ女二モワタリ給時ナレハ御返シソヽノカセトサモナケレハワカ返叓シ給ト也

98こよひたちかへりまうて給はんに（一三四一1 集426）　今夜モ小野ヘワタリタクヲホセト実義モナクテ叓アリカホ

ニ人ニヲモハレンモイカヽト延引シ給也
99ちへに物を思ひかさねて（二三二2 集426） 心ニハチヘニ思ヘ
ト人ニイハヌワカコヒツマヲ見ルヨシモカナ 紫明
100なをくしの御さまや（二三二11 集428） 下輩ノセノヽ御ヤウ
体ナルト也 直ゝタヽ人メカシキトイフ也
101年月にそへて（二三二12 集428） 北ノ方ノコトハ
102そはともかくもあらむ（二三三2 集428） 夕霧ノ詞
103ものおちしたるとり（鳥）のせうやうのものゝやうなるは
（二三三3 集428） 小ハ雄大ハ雌也 雌鳥 奢《ホコツテ》 雄鳥悩《ナヤム》
104あまたか中に（二三三5 集428） ヲモフ人アマタアル中ニ本妻
ニサタマルコソ見所モ面目ハアレトナリ
105（／）おきなのなにかし（二三三7 集428） （竹取）ノ翁ノ叓河海
ニヒケリ花鳥ニハ夫婦ノ故叓ニアラサレハ不叶ト
也 竹取ノヲキナノカクヤヒメマモリタル叓也
106をこ゜つりとらんの心にて（二三三9 集429） コシラヘトラント
也 誘《ヲコツリ》《コシラウ》
107（／）かねてよりならはし給はて（二三三11 集429） 本哥カネテ

ヨリツラサヲワレニナラハサテニハカニ物ヲモ
ハスルカナ
108にはかにとおほすはかりには（二三三12 集429） 夕霧ノ詞 ニ
ハカニ物ヲヲモハスルトアルハコナタニハ何叓モ
ナキヲト也
109よからす物きこえしらする人そあるへき（二三三13 集429） ヨ
カラヌ叓ヲイツハル人ノアルト也
110もてなし奉らん（二三四1 集429） 夫婦ノ中ヲワロク取アハス
ルト也
111つゐにあるへきことゝおほせは（二三四3 集429） 雲井鴈ノ心
中也
112大夫のめのと（二三四3 集430） 六位スクセナトイヒシ人ヲサ
シテノ給也 二条上乳母
113あさりとられて（二三四5 集430） モトメトラスル心也
114むねはしりて（二三四5 集430） 胸サハキ也 人ニアハンツキ
ノナキニハヲモヒヲキテムネハシリ火ニ心ヤケケ
リ 古今小町

115 かくし給へらんほともなけれは（一三三8 集430）　カクサン逗留モナキト也

116 なやましうて（一三四4 集431）　夕霧ノ詞

117 おこかましうとりてけりと（一三四6 集431）　ワレナカラ心アサクトリタルト雲井鴈ハヲモヒ給也

118 一夜のみ山風にあやまち給へる（一三四7 集431）　小野ニテノ山風ヲヒキテ傾給トアレト也　夕霧ノ大将ヲノヽ落葉宮ヨリカヘリテノチノ給ヘル詞ヲアサケリテミヤマ風トノ給ヘルイウニヲモシロクコソ 紫明

119 よ《世》人になすらへ給ふこそ（一三四9 集431）　北ノ方ヲツラクヲホス也

120 女君そ（一三五8 集433）　北ノ方ヲツラクヲホス也

121 あたえかくして（一三五8 集433）　アタヘカクスハアタニカクス也

122 わかならはしそやと（一三五9 集433）　ワカナラハシユヘニカヤウナルト也　アマノカルモニスム虫ノワレカラト音ヲコソナカメヨヲハウラミシ 紫明

123 かん日にも有けるを（一三五11 集433）　星ノ名也九坎日不可出行云々諸叓ハヽカル日也

124 御とかめをなむ（一三五13 集433）　一夜ハカリノ宿ヲカリケントヨミ給シ叓也

125 ひたやこもりにや（一三六2 集434）　本哥ウキニヨリヒタヤコモリトヲモヘトモアフミノ海ハウチ出テヲ見ヨ 和泉式ア　コヽニテハ無只趣心也　直隠《ヒタヤコモリ》

126 うつしをきて（一三六3 集434）　移ノ鞍ハ随身ノノル馬ニヲク也

127 このふしをことにうしともおほし（一三六9 集434）　女宮ハ夕霧ノ無音ヲ何トモヲホシメサヌ也只ツネノウチトケタルヤウ体ヲ見エシ叓ヲ口惜ヲホスナリ

128 いと心くるしう（一三六13 集435）　夕霧ユヘ人ノモトキヲヲヒ給ハント也

129 そなたさまは（一三七5 集435）　柏木ノ時ノ叓也ソノ時ハワカ打ソヒタレハ心ヤスカリシト也

130 つよき御心をきてのなかりける事（一三七5 集435）　夕霧ニナヒキ給ヿ也

131 物しき御ありさまを（一三七13 集436） 柏木ニハヤク別給㕝ソレハワカトカニハアラスト也

132 大空をかこちて（一三七13 集436） 大空ヲカコツトハ天運ノ㕝也　身ノウキヲヨノウキトノミナカムレハイカニ大空クルシカルラン紫明

133 よのつねの御有さまにたにあらは（一三八1 集436） セメテタ霧ノ思ステラレスハウキ名ヲシラスカホニテ有ヘンヲ一夜ハカリニテ無音《イン》ナレハ情ナキ人ノ御心トノ給也

134 なにゝ我さへさる事のはを（一三八14 集437） 夕霧ハ宮ス所ノ返㕝シ給フヲ後悔也

135 つねにさこそ（一四〇3 集439） 宮ス所ノ遺言ノ㕝也コトソキ°°テソノ作法ヲヤカテセヨト也

136 からをたにしはし見奉らんとて（一四〇5 集439） 本哥空蝉ハカラヲ見ツヽモナクサメヨ深草ノ山ケフリタニタテ

137 みつからも（一四一12 集441） 夕霧ノ詞

138 いかにしてかくにはかにと（一四一13 集442） 葬送ノ㕝也

139 こよひしもあらしと（一四二7 集442） 是モヲナシ

140 にしのひさしをやつして（一四三3 集444） ヤツストハ何㕝モ服者ハスム所サテ（マヽ）サマカハル㕝也

141 命さへ心にかなはすと（一四三6 集444） 命タニ心ニカナウ物ナラハシニハヤスクソアルハカリケル

142 しはしは（一四四1 集445） 是ヨリ長〳〵ト夕霧ノ心中ノ㕝也

143 花やてうやと（一四四4 集445） アタ〳〵シキタハフレノ音信ニモナキヲト也身ニ愁歎ノアル時人ニトハルヽハウレシキ物ヲト也　サテ大宮ノ逝去ノ時ヲモ思ヒ出シ給也

144 女君なをこの御中のけしきを（一四四12 集446） 宮ス所トコソ懇ニフミカヨハシナト有シトヲモフニ猶絶サルセウソコソレハユカシク思テ哥ヲツカハス也

145 あはれをも（一四五2 集446） 哥ノ心ハ夕霧ノ物哀ニ思ヒイリ玉フヲモシリカタキ也二ノ宮ヲ恋シク思ヒ給カヌ死人ヲカナシク思給カト也サテサマ〳〵ニカク思

ヒヨリテノ給トハアリ

146 ことなしひに（一三四五4 集446）　無為《コトナシヒ》

147 いつれとか（一三四五5 集446）　返哥ハ世中ノ哀ニ取ナシ給也

148 大かたにこそかなしけれ（一三四五5 集447）　詞ニモ大方ニコソトハ世中ノ惣体ノ叓也

149 いまはこの御なきなの（名）（一三四五9 集447）

150 つゐの思ひかなふへきにこそは（一三四五10 集447）　ツキニワカ物ニセンノ御心也

151 さうしみは（一三四五11 集447）　女二ノ叓也　正身

152 みねのくす葉も（一三四五14 集447）　カセハヤキ峯ノ葛葉ノトモスレハツユチリヤスキ君カ心カ　紫明

153 心あはたゝしう（一三四五14 集447）　周章

154 おりから所からにや（一三四六7 集448）　タヽヲモフ人ノカタミニイカニナトミナハラワタノタユルコエナリ

155 れいのつまとのもとに（一三四六8 集448）　以前入給ヒシ所也

156 けうらにすきて（一三四六10 集449）　ケウラトハ光ト色ト也

157 すそを引そはめつゝゐたり（一三四七3 集449）　装束カイツクロウサマ也

158 はなれ奉らぬうちに（一三四七4 集449）　少将ハ宮ス所ノイトコ也

159 つるはみのもきぬ一かさね（一三四七5 集449）　黒色也又四位已上ノ袍ヲモ染故ニツルハミノ衣ト云

160 かくつきせぬ御事はさる物にて（一三四七6 集449）　御息所ノ歎ハ中〳〵ニ打ヲクコト丶也

161 きこえんかたなき御心のつらさを（一三四七6 集449）　女二ノツレナキ心也

162 見る人ことにとかめられ侍れは（一三四七7 集450）　人ニトカメラルヽ思ヒ也ト也

163 すきにし御事にも（一三四七12 集450）　女二ノ柏木ノ時モ御心マトヒハ有シカト母宮ノ歎ヲヲモヒテ心ツヨクモテナシ給シト也

164 この御なけきをはおまへには（一三四八1 集450）　母ノナケキノ叓已前ハ母宮《ミヤ》マシマセハナクサミ給叓モアリシ也只今ハワレカノサマナル御悲歎ト也

165 御山すみも（一三四八4 集451）　（朱）雀院ノ御叓

166 まつはかゝる御わかれの（一三四八7 集451）　世中御心ノマヽナラハカヤウノ別モアラシト也

167 （＼）（小倉山）われおとらめやとて（一三四八9 集451）　本哥秋ナレハ山トヨム沾鳴鹿ニワレヲトラメヤヒトリヌル夜ハ

168 をくらの山も（一三四九3 集452）　本哥秋ノ夜ノ月ノ光シ清ケレハヲクラノ山モコエヌヘラナリ

169 六条院の人ゝを（一三四九11 集453）　六条院ノ思人タチ物ネタミシ玉ハヌ叓也

170 あいたちなき物に（一三四九12 集453）　アイソウナキ叓也

171 世のためしにしつへき御心はへと（一三四九14 集453）　実ナル御心ニミナイヒシニアリ〳〵テカヤウノスキノ心ノ叓也

172 そむき〳〵になけきあかし（一三五〇2 集454）　夕霧雲井鴈別ゝノ歎ノ叓也

173 はひ給はす（一三五〇4 集454）　奪也

174 いつとかは（一三五〇6 集454）　夢ノ世ヲスコシ思ヒサマス折アラハト女二ノヽ給ヒシ叓也

175 （＼）うへよりおつるとや（一三五〇6 集454）　本哥イカニシテイカニヨカラン小野山ノ上ヨリヲツル音無ノ瀧

176 御返事《こと》をたに見つけてしかな（一三五〇8 集454）

177 あさゆふに（一三五〇14 集455）　女二ノ哥音無ノ瀧トヤトリナスヘカラントハ手習ニカキ給ヘハシカ〳〵ト見エヌ叓也

178 あたるなを（名）とり（一三五一7 集456）

179 女はかり身をもてなすさまも（一三五一14 集456）　女ホトナリ

180 おおしたてけんおやも（一三五二4 集457）　女ノヤウ体ニヨリ親ノ悪名ニモナラント也

181 （＼）無言太子とかほうし（法師）はらの（一三五二5 集457）　無言太子波羅奈王之太子休魄容端正生而十三年不言人不聞聲或経ニウヘタル烏蛤ヲクハヘテ食セントスルニ不破童子是ヲ見テイハク石ニフトシカケテ破ヘシト云ゝ烏ヲシヘノマヽニ食トス太子ソノ罪ニヨリテ悪道ニヲツ後ニ王子ト生スル無言太子是也生レテ十

三年沾物イハス仍土ニウツマントスルニ太子ノイハク言當罪不言當咎云々太子ハ尺迦如来也見妙楽尺

182 女（柏）一宮の御ためなり（一三五二8 集457）　アカシノヒメ宮ノ叓

183 三（世）とせより（一三五二10 集457）　ハヤ三年ニモナル心ノスルト也

184 よにこそあれ（一三五二10 集457）

185 まことにおしけなき人たに（一三五二13 集457）　夕霧ノ詞

186 山とのかみなにかし（一三五二14 集458）　大和守一人ノ叓ヲイへリ

187 院（朱）よりもとふらはせ給らむ（一三五三2 集458）　源氏ノ詞

188 院（朱）もいみしうおとろき（一三五三6 集458）

189 かのみこそは（一三五三6 集458）　女二ノヿ

190 御心はいかゝ物し給らん（一三五三8 集458）　夕霧ノ詞女二ノ御心ハイカヽシラヌト也

191 御法しに（一三五三12 集459）　四十九日ノ叓

192 女かたの心あさきやうに（一三五三14 集459）　宮ス所ノ跡ノ叓ヲタキリトリ持給ニモ心ヲツクル也女カタノトハ二ノ宮心浅クナヒキ給ト也

193 かの日（はて）は昔の御心あれは（三五四1 集459）　柏木ノ兄弟タチ也

194 殿よりも（一三五四2 集459）　（狄）

195 時の人のかやうのわさにおとらす（一三五四3 集459）　時ニアヘル人ノワサニモヲトラスト也

196 するなきやうに（一三五四8 集460）　尼ニ成給へハ末ノナキ叓スヘノ時ハ無便コト也

197 かならすさしもやうの物（一三五四9 集460）　女三宮トヲナシヤウニイカテ尼ニ成給ハント也

198 うんし給へると（一三五四12 集460）　夕霧ノ叓ヲウクシテ也　朱雀院ノ御イサメハ夕霧ノ叓ユへ尼ニ成給へルト人ニイハレシトノ御心ナリト也

199 宮す所の心しり成けると（一三五五3 集461）　御息所ノ遺言ノヤウニ人ニハシラセテ一条ノ宮へウツシ奉ラント也

サテナキ人ニスコシ浅キトカハアリ

200 く（草）さしけうすみなし給りしを（一三五五8 集461）

201 宮つかへはたゆるにしたかひてつかうまつりぬ（一三五五13 集462）

アルニシタカヒテ也

202 けにこのかたにとりて（一三五六2 集462）　ケニノ〵只今人ノ北方ニ成給㕝ハ有マシキ㕝ナレト也

203 さこそはいにしへも（一三五六3 集462）　柏木ノ北方ニナリ給㕝モ御心ニハ不叶㕝ナレトソレモ人〻ノ意見ユヘノ㕝也

204 きみたちの（一三五六7 集463）　女房タチモイカントテ意見ヲ申サレヌト也

205 かつはさるましき事をも（一三五六8 集463）　夕霧ニ引アハスル㕝ヲハシ給テト也コヽ沾大和守ノ詞也

206 のほりにし（一三五七3 集463）　本哥スマノアマノシホヤクケフリ風ヲイタミヲモハヌカタニタナヒキニケリ

207 おほすましかへきわさを（一三五七6 集464）　ヲソロシキ㕝也イカテ人ニシノヒテアマニモ成給ハンノ御心也

208 こちわたり給ふし時（一三五七10 集464）　京ヨリ小野ヘワタリ給ヒシ時ハ也

209 くろきもまたしあへさせ給はす（一三五七14 集465）　服者ノ手箱ハ墨染ニスル也ラテンナトニハセヌ也俄ノ㕝ナレハシアヘヌ也

210 うらしまのこか心地（一三五八2 集465）　王ノハコトイフヨリ浦嶋トイヘリ　夏ノ夜ハウラシマノコカハコナレヤハカナクアケテクヤシカルラン

211 （一条）ひんかしのたいのみなみをもて（一三五八6 集465）

212 なよらかにをかしはめること（一三五八8 集465）　夕霧ヲカシハメル㕝嫌給人ノカヤウニ思ヤリモナキ㕝ノマシルト也

213 とてもかうても（一三五八11 集466）　女二ノ心安ク打トケ給ト人ハヲモヘハイトヲシキ也フトコノ不足ニハ人ノイハヌ㕝也

214 わたりたま（給）て（一三五八13 集466）　夕霧ヲ少将ノアカ君トイフ也ヲシタチタマウナト手ヲスル也

215 あか君（一三五九7 集467）

216 いとまたしらぬよ（世）かな（一三五九8 集467）

217 人にもことはらせんと（一三六〇9 集467）　タメシナキツレナキ御サマナレハ他人ニコトハラセント也

218 さすかにいとおしうもあり（一三五九10 集467）　少将ノ詞也マタシラヌトアルハ世ツカヌ御心カナト也

219 ことはりは（一三五九11 集467）　コノ叓ヲハタレカコトハランコトハル人アラシト也

220 ぬりこめに（一三五九14 集467）　四方ヲ壁ニヌリテ物ナト置也

221 おましひとつしかせたま（給）て（一三六〇1 集467）

222 いつまてにかは（一三六〇1 集467）　カクヌリコメニコモルモイツマテナランハカナキト也

223 山とりの心地（一三六〇4 集468）　本哥ヒルハキテヨルハワカルヽ山鳥ノカケ見シトキソ音ハナカレケル

224 かくてのみ（一三六〇5 集468）　本哥秋ノ夜モ名ノミナリケリアウトイヘハコトソトモナク明ヌトヲモヘハ

225 ひたおもてなるへけれは（一三六〇6 集468）　ヒタヲモテハ直ニ對面シタルヤウノ心也夜ノアクル物カナシサハアヒヌル心チト也

226 うらみわひ（一三六〇8 集468）　河海ニ云関ノ岩戸トハ天ノ岩戸ヲナシ叓也古哥ニモ久堅ノイハトノセキトヨメリ八雲御抄ニ云岩戸ノ関トヨムハ空也セキニアラス夜ノアクル也

227 こ宮す所は（一三六〇13 集469）　宮ス所ノ心ツヨク姫君ヲワレニユルシ給ハヌ叓

228 もとよりの心さしも（一三六一1 集469）　女二宮ノ叓柏木モ遺言有シト也

229 けんきはなれても（一三六一6 集469）　嫌疑　レンホノカタハヽナレテモ也

230 また（又）かのゆいこんは（一三六一6 集469）　遺言

231 おにしう（一三六一13 集470）　鬼

232 さかなくことかましきも（一三六二2 集470）　本妻ノツヨク物エンシスルニハ物ムツカシクヲモヒスコシハ憚叓アレト又ソレニシタカヒハテネハコトノミタレ出来アキハテヌルト也女ハタヽ大ヤウニサタカナル叓ヨキト也

233 ものゝためしに引いて給ほとに（一三六二7 集471）　タメシニ引給アヒタニ人ワロキアラント卑下シテノ給ヘリ

234 さておかしきことは（一三六二8 集471）　是ハ常ノワカシキ叓也

235 さかしたつ人の（一三六二10 集471）　陰陽師身ノウヘシラストイフ〡欤又孔子ノタフレニヤアラン

236 わか御こ(子)なからもおほす（一三六三5 集472）

237 かう〳〵しき（一三六四2 集473）　神〻敷也鬼ハ神ニヲソルヽモノナレハイヘリ

238 ちかくてこそ（一三六四5 集473）　ワレヲニクミテサシムカヒテコソ見給ハサラメト也

239 よみちのいそきは（一三六四7 集473）　日本記ニ泉門ヨミトヽイヘリチト五音相通

240 なこ《和》みつゝものし給を（一三六四10 集474）

241 (宮)かれもいとわか心をたてゝ（一三六四11 集474）

242 (雲)昨日けふ（一三六五1 集474）

243 (名)なをとりしか（一三六五3 集474）

244 いのちこそ（一三六五8 集475）　命コソシラネ命ノカキリハ等閑ニアラシト也

245 なるゝ身を（一三六五14 集475）　人ニナルヽ叓ヲ恨ミンヨリハトモ也　衣ニヨソヘテヨメリ

246 うつ《現》し人にては（一三六五14 集475）　平性ノ身ニテハスキカタキト也　カヒスラニイモセハナヘテアル物ヲウツシ人ニテワカヒトリヌル

247 松しまの（一三六六3 集476）　返哥ノ心ハワレニナルヽ叓ハイトヒ給トモ何カアマ衣ニヌキカヘン名ヲエタヽントモ也

248 (名)なをたゝめやは（一三六六3 集476）

249 うちいそきて（一三六六3 集476）　下輩ノ人ナトノヤウニイソキ出給トナリ

250 なをさしこもり給へるを（一三六六4 集476）　ヌリコメニサシコモリ給叓也

251 さもあることゝはおほしなから（一三六六6 集476）　宮モ人ノサイソクニ同心シ給ナカラ也

252 たはふれにくゝめつらかなりと（一三六六9 集476）　アリヌヤトモ心ミカテラアヒミネハタハフレニクキマテソコヒシキ

253 思ふ心は又ことさまに（一三六六13 集477）　夕霧ノ心中也コナタノ心ハ世ノ常ノ人ノ心ニモアラス一段別ナルヲト也

254 れいのやうにて（一三六六14 集477）　ヌリコメヲイテヽ常ノコトクニヲハシマサハ物コシナトニイヒカハシ年月ヲモ経テ御心ノユルシヲマチ申サンモノヲト也

255 なをかゝるみたれにそへて（一三六七2 集477）　女二ノ詞

256 はるかにのみもてなし給へり（一三六七5 集477）　ミチノクノチカノシホカマチカナカラハルカニノミモヲモホユルカナ　紫明

257 人の御な（名）いかゝはいとほしかるへき（一三六七8 集478）

258 人かよはし給ふ（一三六七11 集478）　官女ノ出入ノカタヨリ夕霧ヲ入奉ル也

259 あるましき心のつきそめけんも（一三六八3 集478）　是ホトニイトヒ給ヘハ心ヲツケ初ケン㕝クヤシキト也

260 とりかへす物ならぬ中（ウチ）に（一三六八4 集479）　トリカヘス物ニモカナヤ世中ヲアリシナカラノワカ身トヲモハン

261 なにのたけき御な（名）にかはあらむ（一三六八4 集479）

262 身をなくるためしもはへなるを（一三六八5 集479）　本哥身ヲステヽ深キ渕ニモ入ヌヘン底ノ心ノシラマホシサニ

263 心さしを（一三六八6 集479）　深切ノ心サシニ身ヲナケ給ヘト也

264 ふかきふちになすらへたま（給）て（一三六八6 集479）

265 いは木よりけになひきかたきは（一三六八10 集479）　人非木石皆有情不如不逢傾城色　文集

266 契とをうて（一三六八10 集479）　別人ニ心ヲカケテ是ホトニワレヲイトヒ給カト也

267 わか心もて（一三六八13 集480）　以前ノ㕝ナト思イテワカ心トウチトケ給ハンヲ待見ンノ心也

268 御かたちまほにおはせすと（一三六九10 集480）　柏木ニサヘワレヲハカタチノ心ニカナハヌトヲモハレシヲイハンヤ夕霧ハ見トケタマハント也

269 こゝもかしこも（一三六九14 集481）　致仕ノヲトヽ源氏ナトノ聞エノ㕝也

270 ちんのにかいなむと（一三七〇4 集481）　沈香ノ棚

271 うす色のも《裳》あをくちはなとを（一三七〇6 集482）

272 をんなところにて（一三七〇7 集482） 女ノ世務ヲハカラウ叓也

273 この人ひとりのみ（一三七〇8 集482） 大和守ノ〓

274 けいしなと（一三七〇10 集482） 家司

275 まところ（一三七〇10 集482） 政所

276 れいのわたり給うかたは（一三七一11 集483） 大殿ニ夕霧ノ御所ノ叓也

277 ふさはしからぬ御心のすちとは（一三七一13 集484） 不祥ヨカラヌ叓也

278 たかな（名）かおしきとて（一三七二6 集484） イヒハテハタカナカヲシキ信濃ナル木曽路ノ橋ノカケシタエスハ　恋シナハタカナカヲシキ世中ノツネナキ物トイヒハナストモ 紫明

279 そのよ《夜》はひとりふし給へり（一三七二6 集484）

280 物こりしぬへうおほえ給（一三七二10 集484） 好色ニコリヌル叓

281 かきりとの給ひはては（一三七二10 集485） ソナタセカキリトノ給ヘハコナタモ夫婦ノ中ヲモキラントヲトシテノ給也

282 すかく〱しき御心にて（一三七二13 集485） 夕霧ノ〓也

283 思ひとるかたなき心あるは（一三七三4 集485） 人ノ遠慮ノナキハワロキト也

284 おとゝかゝる事を（一三七三5 集486） 柏木ニハナレ又雲井鴈ノ夕霧ニスサメラレ給フ叓也

285 しはしはさても（一三七三6 集486） シハシハ堪忍シ給ハテコヽヘワタリ給ト雲井鴈ヲイサメ給叓也

286 よしかくいひそめつとならは（一三七三7 集486） サレトヨシ〱カクワタリ給フ上ハ又聊尓ニ帰リ給フナト也

287 契りあれや（一三七三10 集486） 哥ノ心ハ如何ナル契ニテ柏木ユヘニ哀トヲモヒ又夕霧ノ叓ニヨリウラメシクヲモフト也

288 こうへおはせましかは（一三七四4 集487） 母上ヲハセハカヤウナル時モヨキヤウニ返シナトシ給ハント也

289 涙のみつらきにさきたつ（一三七四5 集487） 獲麟《クワクリンノ》一句《ク》涙《ナミタ》与《ト》レ筆倶《トモナリ》 文集

290 我をよとゝもに（一三五四14 集488）　雲井鴈ノシツトノ叓也

291 かすならは（一三五五2 集488）　ワレモ人数ナラハ夕霧ヲ恨ミンヲト也人ノ爲ニハトハ雲井鴈ノ叓御心ヲシハカリ袖ヲヌラスト也

292 なまけやけしとは（一三五五2 集488）　尤アテ〳〵シキ叓也

293 このむかしの御中たえのほとには（一三五五6 集489）　雲井ノ鴈ト夕霧中絶ノ時也

294 ことあらためて後は（一三五五7 集489）　又雲井鴈北ノ方ニサタマリテハ等閑ナリシト也

295 三の君二郎君は（一三五五12 集489）　三ノ君ハ雲井鴈ノ腹也

一校了

（紙数七十六丁）

御のり

御法　以哥為巻名源氏五十一ノ春ヨリ秋マテノ叓見エタリ

（源五十一才）

1 むらさきのうへの（一三八一1 集493）

2 うしろめたきほたしたに（一三八一5 集493）　紫上ノ御子ノナキ叓也

3 ひとたひ家をいて給ひなは（一三八一12 集494）　源氏聖人ノ御心也

4 おなしはちすのざをもわけんと（一三八一13 集494）　一〻池中花盡満 法照禅師五會賛

5 こゝなからつとめ給はんほと（一三八一14 集494）　此世ナカラ也

6 あさえたる（一三八二5 集494）　アサレタルトイフ詞ニ同ト花鳥ニアリ浅キ心也ト河海ノ説ヲ用

7 御ゆるしなくて（一三八二5 集494）　紫上心中也

8 わか御身をもつみかろかるましさ（一三八二7 集494）　紫ト出家ノ本意ヲユルシ給ハネハ源氏ワカ御身セツミヲモキカト也

9 樂人まひ人なとの事は（一三八三1 集495）　轉経ノ時管弦アリ

10 (明)きさいの宮（一三八三2 集496）

11 いそのかみの世〳〵へたる御願にや（一三八三5 集496）　フリタル御願ノ叓也　又河内本ニハチリノカス代〻ヘタル御願　法花ノ本門五百塵點劫ノ心也　チリヒチノヨヽノ日カスニアリヘテソ思アツムルコトモヲホカル 紫明

12 仏のおはすなる所の有さま（一三八三9 集496）　双巻経ニ阿弥陀仏去此不遠トアリ

13 たきゝこるさむたんのこゑも（一三八三11 集496）　採薪及菓蓏随時恭敬与　五巻提婆品ノ文サンタントハノフル叓也　法花経ヲワカエシコトハ薪コリ菜ツミ水クミツカヘテソエシ

14 おしからぬ（一三八四1 集497）　入無餘涅槃如薪尽火滅方便品　仏化《(マヽ)》ノ縁ツキテ涅槃ニ入給ヲタトヘタリソレヨリ人ノ茶毗ニモイヒツケタルナリ　コノミトハ拾薪設食ニヨソヘリ

15 たきゝこるおもひは（一三八四4 集497）　于時奉事経於千歳提婆品　此世ニテ法ヲネカヒ給ハン叓ハルケキト也ヲナシ経文ニテ祝ノ心ヲノヘ給ヘル絶妙也

16 （〳〵）きうになるほとの（一三八四8 集497）　序破急ニテハナシ舞ノ早クナル叓也

17 みな人のぬきかけたる物の色〳〵なとも（一三八四9 集498）　聴聞衆ノキヌカツキノ叓ヲイヘルニヤ

18 夏冬の時につけたるあそひたはふれにも（一三八五3 集498）　花散明石ノ上ナトノ叓也年叓也

19 たえぬへき（一三八五8 集499）　此叓モ是カ限ノ叓也

20 むすひおく（一三八五9 集499）　返哥本性ノコトクスナホニアリノマヽニ残リスクナキ御法ト也

21 中宮（一三八六2 集500）　（明）石ノ女御ノ叓ハシメテ中宮トカケリ

22 この院《(二条)》にまかてさせたまふ（一三八六2 集500）

23 ひんかしのたいにおはしますへけれは（一三八六3 集500）　二条院ノ中ニ東ノ臺ヲシツライ中宮ノ御座也

24 こなたにはたまちきこえ給ふ（一三八六3 集500）　紫上御座有所ヘ行啓ノ叓也

25 （ ）なたいめんを（一三八六5 集500） 名對面 名謁《メイエツ》ハ行啓ノ時也

26 かた〳〵（東西）におはしましては（一三八六10 集501） 中宮ノ詞也アナタトハ六条院ノ叓也シハシハコナタトハ二条院ノ叓也御心チナヤマシカラン間ハコヽニ御座アリテヨカルヘキト也

27 宮たちを（一三八七3 集501） 中宮ノ宮タチ也

28 をの〳〵の御ゆく末（するゑ）を（一三八七3 集501） ワカシタシキツカヘ人ノタヨリナカランヲハクヽミ給ヘト也

29 この人かの人（一三八七8 集502） ワカシタシキツカヘ人ノタヨリナカランヲハクヽミ給ヘト也

30 みと経なとによりてそ（一三八七9 集502） 中宮ノ季御讀経也例ノワカ御カタトハ二条院東ノ臺也

31 うちのうへよりも宮よりも（一三八七12 集502） 主上ト中宮トノ叓也

32 ほとけにもたてまつり給へと（一三八八2 集503） 若人散乱心乃至以一華法花経 仏ニハ桜ノ花ヲタテマツレ我後ノ世ヲ人トフラハヽ此段ヨリ西行上人ヨミ給ヘリ

33 此宮と姫宮（一品）とをそ（一三八八4 集503）

34 さるは身にしむはかり（一三八八6 集503） 本哥和泉式ア 秋フクハイカナル色ノ風ナレハ身ニシムハカリ人ノ恋シキ

35 さも聞え給はぬに（一三八八9 集503） 中宮抑留ノ叓紫上詞ニノヘラレヌ叓也

36 あなたにもえわたり給はねは（一三八八10 集504） 東ノタイヘ紫上御煩ノ時分ワタ（マヽ）給ハネハ紫上ノ臺ヘ中宮ノ又ワタリ給フ也

37 この御まへにては（一三八九3 集504） 中宮ノ御マヘニテ也

38 をくとみるほとそ（一三八九7 集505） 露ノヲクト起ノ字ヲカネタリ

39 けにそ（一三八九7 集505） 眼前ノ景気ヲイヘリ

40 かくて千とせを（一三八九12 集505） 本哥後拾遺 タノムルニ命ノヽフル物ナラハ千年ヲカクテアラントヤヲモフ

41 （ ）一日一夜も（一三九一7 集507） 一日一夜受持八戒斉一日一夜持沙弥戒一日一夜持具足戒以此功徳廻向願求生

極楽国観経　中輩中行中根人一日斉戒處金蓮

42 しほりあけて見奉るに（一三九一 9 集509）　シホリトヨムクセ

43 限の御事ともし給（一三九三 4 集510）　臨終ニ水手向ルヿ也

44 ひろきの（野）ゝ（一三九三 9 集510）

45 あか月なりけり（一三九四 2 集511）　暁葬送也一説ニハ十四日ハ
葵上十五日ハ紫上死去ノコトヽイヘル不用

46 すゝのかすに（一三九四 12 集512）　本哥ヨリアハセナクナルコエ
ヲイトニシテワカ泪ヲハ玉ニヌカナン

47 いにしへの（一三九四 14 集512）　イニシヘトハ野分ノ朝ホノ見給
叓イマトハ臨終ノサマノ叓

48 いにしへより御身の有さま（一三九五 3 集513）　源氏ワカ御叓ヲヽ
ホシツヽクル也

49 やゝましきを（一三九五 9 集513）　ワツラハシキ也

50 さほうはかりにはあらす（一三九五 11 集514）　作法

51 な（名）をおほしつゝむになむ（一三九五 14 集514）

52 露けさは（一三九六 10 集515）　葵上ノ歎ヨリ一段ノ叓ナレトヲナ
シコトクトヲトヽヘノアイサツノ哥也

53 物のみかなしき（一三九六 10 集515）　夕霧ノ叓ト花鳥ニアリ不當
也　致仕ノヲトヽノ心ヲ源氏ノ推量也ヲトヽモ物
カナシクヲハセハ此御返事ナトハ待トリ目トヽメ
給ハント也

54 よろこひきこえ給ふ（一三九六 13 集515）　源氏ノヿ

55 うすすみとの給しよりは（一三九六 13 集516）　葵上ノ時　限アレ
ハウス墨衣アサケレト泪ソ袖ヲフチトナシヌルト
アリ妻ノ服ハ軽服三ケ月也夫ノ服ハ重服也一年也

56 世中にさいはいありめてたき人も（一三九六 14 集516）　此段草子
地也

57 いまなんことはりしられ侍りぬる（一三九七 10 集517）　春ニ心ヲ
ヨセ給フ心今コトハリヲシルト也

58 のほりにし（一三九八 1 集517）　ノホリニシ雲井トハ紫上逝去ノ
叓ワレハ又秋ニ心ヲ残セハヲリ〳〵ハカヘリミ給
ヘト也　宗祇説ニハノホリニシ雲井トハ禁中ノ叓
トイヘリイツレモ用サレト秋好ノ入内ノ叓年久叓
ナレハ事アタラシクノ給ヘキニアラス

59 女かたにそおはします（一三六3 集517）　客亭ヘイマタ出給ハ
ヌ叓也

60 御わさの事とも（一三六7 集518）　四十九日ノヿ

61 中宮なとも（一三六10 集518）　明石ノ中宮ノヿ

一校了

（紙数廿三丁）

まほろし

幻　以哥為巻名御法ノ翌年源氏五十二才一年中ノ叓アリ此巻初テ書イタセル筆法也　正月ヨリ初テ月〻ノ叓アリ源氏悲歎ノ叓日〻月〻ニ忘レモヤラス紫上ヲシタヒ給心ヲカキアラハセル也

（源五十二ー）

1 春の光を見給ふにつけても（一四〇三1 集521）　本哥躬恒イツクトモ春ノ光ハワカナクニマタミヨシノヽ山ハ雪フル

2 と《外》には（一四〇三2 集521）

3 まきれなく見奉るを（一四〇三13 集522）　女房衆源氏ヲ見奉ル叓也

4 見はなたぬやうにおほしたりつる人〻も（一四〇四1 集522）　思人タチ也

5 中〱かゝるさひしき御ひとりねになりては（一四〇四1 集522）　象ニ雌雄アリ其妻シヌル時百余日泥土ヲ身ニヌリテ酒ヲノマス肉ヲクハヽ或人其故ヲトフニ泪ヲナカシテカナシメルカタチアルカコトシ

6 おほそうにもてなし給て（一四〇四2 集522）　大都

7 おましのあたりひきさけつゝ（一四〇四3 集522）　遠放　振離

8 中比物うらめしうおほしたるけしきの（一四〇四5 集522）　女三宮ユヘ紫上物思ヒシ給ヒシ叓也

9ゐ《怨》んしはて（一四〇四9 集523）

10そのおりのことの心をもしり（一四〇四11 集523）　ソノ時ノ叓ナトシリタル女房ナトイマ源氏ニカタリ申也

11雪ふりたりし暁にたちやすらひて（一四〇五1 集524）　子城ノ陰所猶ヲ残雪トロスサヒシ給ヒシ時ノコト也

12また（又）はいかならん世にかはと（一四〇五4 集524）

13うき世には（一四〇五8 集524）　本哥　世中ノウケクニアキヌオク山ノ木葉ニフレル雪ヤケナマシ

14いとよくおもひすましつへかりける世を（一四〇五11 集525）　独ネモナラヘハナラハル丶物ヲ只今マテ世ニカハ丶ハル叓浅マシキト也

15よろしうおもはんことにてたに（一四〇五14 集525）　中品ノ〻

16袖のしからみ（一四〇六1 集525）　本哥アスカ川心ノウチニナカルレハ袖ノシカラミイツカヨトマン

17この世につけては（一四〇六2 集525）　源氏御心也

18中将君とてさふらふは（一四〇七1 集526）　ヲサナクヨリ紫上ニナレツカヘタル官女也

19なれも聞えさりけるを（一四〇七2 集526）　源氏モ心カケ給ヘト紫上ノ心ヲハ丶カリテナレ申サヌト也

20かの御かたみのすちをそ（一四〇七7 集527）　中将ヲ紫上ノ形見トヲホス也

21（〵）うなひまつに（一四〇七5 集527）　文選曰　馬鬣《ハレウノ》松《ウナヒマツ》青蔟《セイソクト》《アヲヤカナリ》　馬ノタテ髪ノコトクサキヲスルトニツキタル塚ヲイフ也ソノツカニ生タル松ヲウナヒ松トハイヘリ松ヲナキ人ノ形見ト見ルコトク中将ヲ紫上ノ形見ニミ給也馬鬣《レウ》塚ノ异名也

白氏六帖云馬鬣墓形大堂前有五鬣松

馬鬣年深蒼煙之松雖老龍光露暖紫泥之草再新文粋

第二菅贈大相国詔　巨勢為時作

22うとき人には（一四〇七6 集527）　ウトキ人ニハサラニ見エ給ハス　外《ウトキ》人ニハ不レ見ゝ應《ナハ》い笑文集上陽人

23涙の雨のみふりまされは（一四〇八2 集527）　墨染ノ君カタモトハクモナレヤタエス泪ノアメトノミフル古今忠峯

24后《キサイ》の宮は（一四〇八3 集528）

25うへて見し（一四八9 集528） シラスカホニモトハ我悲歎ヲシラスカホニ鶯ハ心チヨケニナクト也

26めて給ふかたにはあらねと（一四八10 集529） 源氏尋常ノコトク花ナトヲ愛シ給叓ニハナキ也　春ニ心ヲヨセシ人ナレハカノ形見ニヲホス也

27鳥の音も（一四八12 集529） 飛鳥ノ聲モキコエヌオク山ノフカキ心ヲ人ハシラナン古今

28（〽）丁をたてゝかたひらをあけすは（一四九3 集529） （唐ノ穆宗)毎《コトニ》二宮中花開一以重頂帳一蒙二被欄檻一置惜花御史掌《ツカサトラシム》レ之号曰括香　此宮古叓ヲ思ノニアラス是ヲ本トシテカケリ兵部卿五六ノ時也

29（〽）おほふはかりの袖もとめけむ人より（一四九5 集529） 本哥　大空ニヲホウハカリノ袖モカナ春サク花ヲ風ニマカセシ

30なれ聞えんことも（一四九7 集530） コヽニテ源氏御隠遁治定セラレタリ

31はゝの給ひしことを（一四九9 集530） 紫上ノカヤウニ有シヲト也

32まかくしうの給とて（一四九9 集530） 狂日本記　禍忌く敷叓也

33無もんを奉れり（一四九13 集530） 妻ノ服ハ三ケ月也名残ヲカナシクヲホシサクラ色ナレトモアヤヲハ着給ハテ平絹ヲ着給ヘル也ムカシ式部卿重明《シケアキラ》親王ハ延喜御門ノ御タメ猶三年ノ間ハワタクシノ衣裳ニ綾羅美色ヲ着セス食器モ朱漆ヲ用侍ラヌ由彼記ニ見エタリ私ノ心サシハ法外ノ叓也

34入道の宮の御方に（一五〇3 集531） 女三

35ひとつかたに（一五〇7 集531） 後生一三昧ノ叓也

36（〽）たいのまへの（一五〇11 集531） 源氏女三宮ヘカタリ給也

37うへし人なき春ともしらすかほにて（一五〇13 集532） 本哥古今　色モカモムカシノコサニ匂ヘトモウヘケン人ノカケコソコヒシキ　是ハヌシナクナリシ梅花ヲヨメル貫之哥也

38（〽）たにゝけ春もと（一五一1 集532） 本哥光ナキ谷ニハ春モ

ヨソナレハサキテトクチル物思モナシ

39 ことしもこそあれ（一四二1 集532）　女三宮ハ我身ノ卑下ヲノヘ給フヲ別ニ聞ナシ給也紫上ノ叓ニキヽヲヒ給也是ニツケテモ何叓モ紫上ハタカフ叓モヲハシマサヌ叓ヲ思出給也

40 また（又）からさまにはあらて（一四二10 集533）　明石上人ニハスクレタリト見給ヘト紫上ニハ思ヒヨソヘラレヌト也　紫上ハスコシモカト〱シクナトハヲハセサリシト也

41 くらへくるし（一四二12 集533）　タレニモクラヘカタキト也

42 身のいたつらにはふれぬへかりし比ほひなと（一四三1 集533）　須磨ヘウツロヒノ叓也ソノ時世ヲモノカルヘキヨキ次ナリシヲ世ニ立帰カナシキメニ逢叓ト也　放埒也

43 さしてひとすちのかなしさに（一四三5 集533）　紫上ノカナシヒ斗ハノ給ハテ世中ノサマノ叓ヲト也

44 おほかたの人めになにはかり（一四三7 集534）　明石上ノ詞

45 にぷ°きやうに侍らんや（一四三10 集534）　愚鈍ノ叓

46 すみはてさせ給ふかたふかゝ侍らんと（一四三10 集534）　世ノ外ニ住ハツル叓也何叓ヲモ見ハテヽ山居ヨキト也物思ヒノ時分ナトモヨホサレ世ヲスツル叓ハワロキトナリ

47 いにしへのためしなとを（一四三11 集534）　花山法皇弘徽殿女為光ニヲクレサセ給テ俄ニ位ヲサリ花山ニイラセ給ヒシカト後ニハ浮世ニカヘラセ給ヒハナヤカナル御フルマイ有シ叓也道心ハヲコリヤスクテサメヤスキ物ト也

48 さまて思ひのとめん心ふかさにこそ（一四三2 集534）　源氏ノ詞

49 （〳〵）心あらはとおほえし（一四三4 集535）　本哥深草ノ野ヘノ桜シ心アラハ

50 みつからとりわく心さしにも（一四三6 集535）　レンホノカタニハナケレト也

51 かゝるなかのかなしさ（一四三8 集535）　同心也

52　わか御心にも（一四三13 集535）　明石ノカタニ御トヽマリタマハテ立帰リ給叓也ワレナカラレンホノ心ハナレタルト也

53　なく〳〵も（一四四3 集536）　本哥　ヲキモセヌワカトコ世コソカナシケレ春帰ニシカリモナクナリ

54　（〳〵）かりかゐし（一四四6 集536）　鴈ノ帰ルニ源氏ヲタトヘ花ノカケ見ヌハ明石上ヲナシ心ニ成テ花見ン心モナキトイヘル也　宗祇説ニハ上句ハ景気ノ哥也下句ハ御周章ナレハコナタモ花見ル心ソナキト也

55　ふりかたくよしあるかきさまにも（一四四6 集536）　明石上ヲホメ給詞也

56　なまめさましき物に（一四四7 集536）　紫上ト明石ノ上中ライノ叓也初ハイトミ給シ叓也後ニハタカヒニ心ハセヲ見シリ思ヒカハシ給シ也サレト又一向ニウチトケナトハシ給ハヌト也

57　空《うつ》せみの世そ（一四五1 集537）

58　くれなゐのきはみたるけそひたるはかま（一四五7 集537）　紅ノハカマノ黄気《キゲ》ノソヒタル也萱草色ハ服者ノ用ル色也中将ノ君主君ノ服ヲ着タル也主君ノ服ハ一期ノ間キル故也

59　（〳〵）よるへの水に（一四五11 集538）　清輔説六条家也ヨルヘノ水ハ社乃ニ神水トテ瓶ニ入タル水也ト云々　定家説ハヨルヘノ水ヨルヘハ縁也タヨリノ水也神社ニカキルヘカラスト也古今哥ニヨルヘナミ身ヲコソ遠クヘタテツレト云々此ヨルヘヲナシキ由僻案抄ニ載ラレ侍リ但源氏哥賀茂ノ祭ノ日ナレハ神社ノカタヘモカヨヒ侍ルヘキニヤ哥ノ心ハヨルヘノ水ハ二条ノ上ニタトヘ侍リ　ミクサヰルハ影タユル心也サレト逢奉リシ叓ハ忘レ給ハシト也

60　おほかたは（一四五13 集539）　葵ハ草ナレハツムトイヘリ罪ニヨソヘリ中将君斗ニハイマク草ノ名モ忘レ玉ハヌト也

61　（〳〵）千世をならせるこゑもせなん（一四六3 集539）　本哥（色かへぬ）花橘ニホトヽキス千世ヲナラセルコエキ

コユナリ
62 〽まとをうつこゑ（一四一六5 集539）　蕭々暗雨打窓聲 文集
63 〽いもかかきねに（一四一六6 集539）　（ヒトリシテキクワカナシキ）時鳥妹カ垣根ニ音ナハセハヤ
64 御はてもやう〱ちかうなり侍にけり（一四一六14 集540）　先ハヽテトハ四十九日ノ叓也是ハ一周忌ノ叓也
65 身つからのくちおしさに（一四一七8 集541）　タヽワカ子ヲホクモツマシキ縁ト也
66 そこにこそは（一四一七9 集541）　于《ウ》公《コウ》高門ノ心也　囚ナトノ㇆
67 〽いかにしりてかと（一四一七11 集541）　本哥古ヘノ叓カタラヘハ時鳥イカニシリテカ古聲ニナク
68 むら雨にぬれて（一四一七12 集541）　底ハ泪ノ雨ノ心也
69 ほとゝきす（一四一七14 集542）　カヽル花盛ヲモ打捨給叓悲シキト也
70 いとあつき頃（一四一八4 集542）　六月ヘ筆ヲウツシタル也
71 〽いかにおほかる（一四一八5 集542）　本哥河海引(悲シサソマサリニマサル人ノ身ニイカニヲホカル泪ナルラン　此引哥不當ト也　経文ニ大如車輪ノ叓トイヘリ
72 日くらしの（一四一八6 集542）　本哥ワレノミヤ哀トヲモハンヒクラシノ鳴夕カケノ大和撫子　本哥ニ我ノミヤ哀トヲモハントアレハソレニ對シテヒトリノミ見給ハンハケニカヒナキトカケリヲモシロキ書サマ也
73 つれ〱と（一四一八8 集542）　カコトカマシキ宗祇説ニハ加言ヲモヒヲクハヘタルト也
74 〽夕殿にほたるとんて（四一八9 集543）　夕殿蛍飛思悄然秋燈挑尽未能眠
75 よるをしる（一四一八11 集543）　兼葭水暗螢知夜コナタノ思ヒハ夜モナク常住モユルト也
76 七夕の（一四一九2 集543）　ワカレノ庭七夕ノ別ノ露置ソウト也
77 ついたち比は（一四一九3 集543）　八月一日ノ叓
78 いまゝてへにける月日よ（四一九4 集543）　人ノ身モナラハシ物ヲイマヽテニカクテモヘケル物ニソアリケル
79 もろともに（一四一九11 集544）　本哥諸共ニヲキヰシ菊ノ露斗

カヽラン物ト思ヒカケキヤ
80（〳〵）ふりしかと（一四一九13 集545）　本哥神無月イツモ時雨ハフリシカトカク袖ヒツルヲリハナカリキ
81大空を（一四二〇1 集545）　鴈使トイフ㕝アレハ方士ニ比スル也
82おみにてあをすりのすかた（一四二〇4 集545）　十一月中ノ卯ノ日新嘗會辰ノ日豊明節會ニハ山アヒニテスレルヲミトイフ物ヲ着スル也　一代一度ノ大嘗會ノ時モカクノコトシ
83いにしへあやしかりし日かけのおり（一四二一6 集545）　五節ニ心カケ給㕝也ツクシノ五節也
84日かけもしらて（一四二〇8 集546）　日カケ苔ノ㕝也日影ニヨソヘリ
85（〳〵）やれはおしと（一四二〇13 集546）　本哥ヤレハヲシヤラネハ人ニ見エヌヘシナク〳〵モフミカヘスマサレリ
86けに（〳〵）千とせのかたみにしつへかりける（一四二一4 集547）　本哥（カヒナシト）思ヒナワヒソ水クキノアトヲ千年ノ形見ナリケリ　紫明カキツクルアトハ千年モアリヌヘシワスレスシノフ人ヤナカラン
87しての山こえにし人を（一四二一10 集547）　或説ニ云シテノ山ハ四天闇也ミトマト五音相通十王経文ニ死天山門集鬼神
88この世なから（一四二一12 集547）　須磨ヘウツロヒノヿ也
89めゝしく人わろく成ぬへけれは（一四二一14 集548）　女ゝ敷　ヲサナキ心也
90御仏名も（一四二三3 集548）　二夜三日アル也　南無恭敬供養三尊界會哀愍摂受護持護法
91行末《スヱ》なかきことを（一四二三4 集548）　導師ノ祈念ノ㕝也
92さか月なと（一四二三6 集548）　禁中仏名ニ　栢梨《ハクリ》ノ勧盃《ケンハイ》トイフ㕝アリ摂津国栢梨ノ庄ヨリ奉ル酒也
93ろくなと給はす（一四二三7 集549）　綿ヲタマハル也
94かしらはやう〳〵色かはりて（一四二三8 集549）　白仏ニメ夜礼ニ仏名経ヲノ心也
95物うちすむしなと（一四二三11 集549）　何トナク詩哥ノト吟シ給ヿ

96その日そいてゐ給へる（一四三1 集550）　仏名ニツキテ源氏客
亭へ出御ノ叓也
97わか宮の（一四三3 集550）　匂宮
98なやらはんに（一四三3 集550）　追儺儀　竹ナトタ（マヽ）キテ音ノ高
キ叓ヲスル也
99みこたち大臣の御ひきいて物（一四三7 集550）　ウハサ斗ノ御
イトナミ也

（紙数二十七丁）

一校了

雲隠　名ノミ有テ其詞ナシ幻ノ巻ニヲハリニ越年ノ用意有シカソノホトニ六条院ハ頓滅シ給ヲカノ巻ニシルセルヨシ紫明抄ニハ申侍レトヤトリ木ノ巻ニ六條院世ヲソムキ給テ二三年ハカリ嵯峨院ニ隠居シ給ヘルヨシ見エタレハ此詞ニテ頓滅ノ叓ハ河海ニヤフラレヲハリヌ幻ノ巻ニハ薫大将ハ五歳也匂兵ア卿マキノ始ニ光カクレ給ヒシ後ト云フ詞アリニホフノ巻ニハカホル十四才ノ叓アリ此故ニカホルノ六才ヨリ十三マテハ八ケ年ノ叓物語ノヲモテニ見エ侍ス　河海云人ノ逝去ヲハミナ雲カクレトイヘリ弓削《ユゲノ》皇子薨時大君ハ神ニシマセハアマ雲ノイホエノシタニカクレ給ヒヌ　大津皇子薨時ノ哥モヽツテノ岩ネ《イハレイ》ノ池ニナク鴨ヲケフノミヽテヤ雲カクレナン　雲隠ノ巻ノ中ニ朱雀院兵ア卿致仕大政大臣鬚黒大臣已下ノ人々多クウセラレタリ此巻ニテ源氏一代ノ叓ツキヌ匂ノマキヨリ源氏ノ子孫ノ叓ヲアラハセリ毛詑（マヽ）丘由儀ノ六篇ハ篇ノ名ノミ有テ詩ハナシ是ハ逸詩トイヒテモトハ詞アリシカウセタル也

紫明光源氏物語巻篇廿六クモカクレ雲隠モトヨリナシ
天台所立ノ四教ハ四教ニ各四門アリトイヘトモ三蔵教ニハ有門ヨリ得道シ通教ニハ空門ヨリ得道シ別教ニハ亦有亦空門ヨリ得道シ円教ニハ非有非空門ヨリ得道スル也其中ニ有門得道ハ毗曇空門得道ハ成論分明也亦有亦空門ハ毘勒論ニノヘ非有非空門ハ迦旃経ニ説リシカレトモ天竺ニトヽマリテイマタ漢土ニキタラスコヽニ天台ニ有門空門ノ才学ヲモチテイマタ見サル経尺ノ心ヲノヘ給ヘル不思議是也

毘勒論　　迦旃経

名ノミアリテカタチヲ見スイマノ物語雲隠巻モ定トヽマレル所アランカシ幻アラマシカハナトカタツネエサランモトヨリナシトイヘル叓ヲホツカナシ

かほる中将

匂兵ア卿　以詞為巻名雲隠ノ後ハ薫大将ノ年齢ヲ以年記ヲタテヘシ　此巻ニハカホル十四ニテ元服シテ始テ侍従ニ任シ十九ニテ宰相中将ニ成給ヘリ六ケ年ノ叓ヲ載侍リ幻ノ巻ニハカホル六才ノ叓アリ此巻ヨリ宇治十帖ハ源氏ノ餘情ヲカケリ

（雲隠　薫十四ヨリ十九マテ幻与匂之間八ケ年□詩）

1 光かくれ給にし後（一四二九1 集17）　光源氏サカノ院ニ隠居シ給テ二三年後ツヰニ昇遐《ナクナルヿ》シ給シ叓ヲイヘリ

2 そこらの御するゝ〳〵に（一四二九1 集17）　夕霧ノ御子アマタアル叓ヲイヘリ

3 おりゐ（冷）の御かとを（一四二九2 集17）　是ハ冷泉院ノ御叓也源氏ノ御子トイハンハカタシケナクソノ憚アルト也

4 當代の三宮（匂）（一四二九2 集17）

5 宮のわか君（薫十四）（一四二九3 集17）　宮ノワカ君カホル　イツレモミナ六条院ニテフヒイテ給ヘル也

6 いにしへの御ひゝきけはひよりも（一四二九6 集17）　源氏ノ君ヲ桐壷ノ御門ノ御モトニテ養育シ給ヒシヨリマサレルトナリ

7 女一宮（一四二九12 集17）　女一宮ハ東宮ト御一腹紫上ニヤシナハレテ六条院ノ東ノタイニソノ世ノ御シツラヒアラタメスシテ仕給ヘルナリ

8 二の宮も（一四二九13 集18）　二宮モ東宮ノ御一腹梅ツホヲ御曹司ニテトキ〳〵六条院ノ寝殿ヲ御ヤスミ所ニシテ

夕霧ノ中ノ君ヲムカヘ給ヘルト也

9 (夕)右大ゐ殿の（一四二九14 集18）

10 つきのはうかねにて（一四三〇1 集18）　春宮ニモ立給ハン人カラナルト也有増叓也后カネナト此物語ニアリソノ器量アル叓也夕霧ノ右大臣ニ成給叓ハシメテ書イタセリ

11 (夕)大い殿の（一四三〇2 集19）

12 わか御心より（一四三〇5 集19）　兵ア卿宮ニモ夕霧ノ御ムスメヲアハセ給ハント后宮モヲホセトモ匂宮ハ好色人ニテワカ見ツカサラン人ハイカヽト思給也

13 おとゝもなにかはやうの物と（一四三〇6 集19）　夕霧ハ何カハト思給也ヤウノ物トハヲナシヤウノ物トイフ義也夕霧ノ大臣兵ア卿ノ外舅也　ソノウヘ大ヒメ君入内又此宮ヲ聟ニトリ奉ラン叓アマリニ同様也サレト御気色アラハモテハナレシト也

14 六の君なむ（一四三〇8 集19）　母典侍惟光女ヤトリキノ巻匂兵ア卿ノ北方ニ成給

15 (明)いま后は（一四三〇12 集20）

16 いにしへのためしを見きくにも（一四三〇13 集20）　河原ノ大臣ノ叓也一代ノ後ヤカテアレシ也

17 おほちなと（一四三一2 集20）　御路日本記　大路万葉

18 うしとらの町に（一四三一3 集20）　花散ノ御所也

19 一条の宮（一四三一3 集20）　落葉

20 たゝひとりの末のためなりけり（一四三一6 集20）　明石ノ中宮ノ御叓也匂宮ハ二条院ニ住給フ女一宮ハ六条院春ノヲトヽニ住給ヒ二宮モ同寝殿ニ住給叓也

21 かきりなき御ことをはさる物にて（一四三一14 集21）　源氏ノ御叓ハイフニ及ス紫上ヲ恋カナシフト也

22 春の花さかりは（一四三二2 集21）　本哥古今残リナクチルソメテタキ桜花アリテ世中ハテノウケレハ

23 后の宮も（一四三二4 集21）　秋好中宮ノヿ

24 侍従に成給ふ（一四三二6 集22）　四位侍従也

25 御たうはりのかゝゐ（一四三二6 集22）　御タウハリトハ冷泉院ノ御給年官年爵ノ叓也叙位ノ時ニ院ノ御給ニテ四

位ノ加階シ給ト云心也
26 さうしにしつらひなと（一四三8 集22）　曹司
27 大い殿の女御（弘）ときこえし（一四三12 集22）
28 女宮（冷女二）たゝ一所おはしけるを（一四三13 集22）
29 （　）后の宮の御おほえの（一四三14 集22）　（秋）好中宮ノ御ヲホエニヨリカホルノ時ノ威勢ノ叓也ナトカサシモト見ル迠トハ何トシテ是ホトノ威光ト時世ノ人イフホトヽ也
30 は（二品）ゝ宮は（一四三1 集23）
31 いかて身を分てしかな（一四三5 集23）　本哥ヲモヘトモ身ヲシワケネハ目ニ見エヌ心ヲ君ニタクヘテソヤル
32 をさなき心地にほのきゝ給ひしこと（一四三6 集23）　柏木ノ子トイフ叓也　薫左大将雖為六条院御子實為柏木大納言子由聞及之欤
33 （　）せんけうたいしの（一四三9 集23）　耶輸多羅比丘尼ノ叓河内本ニハクイ太子トアリ然灯佛出世ノ時瞿夷女トイヒシ故也耶輸多羅比丘尼之子羅睺羅尊者仏出世ノ後経於六年誕生大臣等疑之耶輸多羅抱児放火投之全不焼是則誓言也此曰縁見悲華経花鳥ニ云羅睺為長子我今成仏道受法為法子ト偈ヲトキ給ヘルニヨリ仏ノ御子トハサクマレル叓ヲ我身ニトヒケルトイヘルニヤ
34 おほつかな（一四三11 集24）　源氏ノ御子ト思ヘハサモナキトイヘルハシメヲシラヌ也柏木ノ子トイハントスレハ源氏ノ御子ノツラニ世ニ用ラレ侍ル是モ又ハテシラヌナリ無始無終ノ道理法門ニ叶ヘルハワカ身ニトヒケンサトリトイフニ相應セル詞也下ニイラフヘキ人ナシトイヘルモ法門ニイヒナセハ誰能答者トイヘル心也
35 つゝかある心ちするも（一四三12 集24）　恙《ツヽカ》人ノ心ヲクフ虫也病ノ心也
36 はちすの露も（一四四3 集24）　荷葉ノニコリニシマヌ
37 いつゝのなにかしも（一四四4 集24）　女人身猶有五障一者不得作梵天王二者帝尺三者魔王四者轉輪聖王五者仏

志云何女身速得成仏

38 われこの心ちをたすけて（一四二四5 集24）　ワレ出家シテ現世ノ母又ナキ父ノ跡ヲモトフラヒタキト也

39 かの過給にけむも（一四二四5 集24）　過去ハ　柏木ノ叓ヲ思ヨセテイフナルヘシ

40 后の宮（一四二四9 集25）　明石ノ中宮ノ御叓也カホルト同ク六条院ニテヲヒイテ給ヒシ叓

41 つゐにさるいみしき世のみたれも（一四二五3 集26）　スマヘウツロヒノ叓也花鳥ノ説ハ又別也

42 かりにやとれるかとも（一四二五7 集26）　仏菩薩ノシハラク詫胎シテ人界ニ生レタルカト也

43 かほかたちもそこはかと（一四二五7 集26）　是人ノ行跡諸道ナニ叓ニモ無上ノ体也

44 さはかりに成ぬる御ありさま（一四二五11 集26）　タレモサルヤンコトナキ人ハ我身ヲモテナシ心ヲタツル也カホルハサヤニモナクシテシツメ給ト也　天然ノ身香ノアルト也

45 うちしのひたちよらん物のくまも（一四二五13 集27）　物ノカクレモシルク木ノ間ノ月ノホノメクコト丶カホルノ立寄給ヘル所ハツユニテモシラサル人有マシキト也

46 春雨のしつくにもぬれ（一四二六3 集27）　六帖 ニホフ香ノ君ヲモホユル花ナレハヲレルシツクニワレソヌレヌル

伊勢

47 炑のゝに（〳〵）ぬしなき藤はかまも（一四二六3 集27）　本哥主シラヌ香コソニホヘレ秋ノ野ニタカヌキカケシ藤ハカマソモ

48 人のとかむるかにしみ給へるを（一四二六5 集27）　本哥梅花タチヨル斗アリシカト人ノトカムル香ニソシミケル

49 世のめ（マヽ）つるをみなへし（一四二六8 集27）　女郎花秋ニハ匂ヒナキ物也古今ニハ女郎花ニハ匂ヒ深キ物ニヨメリ

50 老をわするゝ菊に（一四二六9 集27）　六帖 ミナ人ノ老ヲワスルトイフ菊ハ百年ヲフル化ニソ有ケル

51 われもかうなとは（一四二六9 集27）　ムサシノ丶霜枯ニ見シワ

レモカウ秋シモヲトル匂成ケリ　サ衣ノ哥
52 源中将（一四三六13 集28）　カホルノ叓也
53 さしあたりて（一四三七12 集28）　カホルノマメノ〳〵シサヲタテ給ヘルモサシアタリテ心ニシムル人ノナキ故ナラント也此巻ノ名カホル中将トモイヘリ
54 我から人にめてられんと成給へるありさまなれは（一四三八11 集31）　カホル生得ノ身香人ニメテラン為カト也
55 思ひよれる人は（一四三九1 集31）　本哥徒ニ行テハキヌル物ユヘニミマクホシサニイサナハレツヽ　好色ノ女カホルニ心ヲツクス叓也
56 宮のおはしまさんよのかきりは（一四三九5 集31）　二品ノ宮母宮ノ叓
57 御むすめたちを（一四三九7 集31）　夕霧ワカ御ムスメヲ匂ニモカホルニモアハセ度ヲホス也
58 人のありさまをも見しる人は（一四三九14 集32）　人ノ有サマヲモ知人シラント也

59 いといつくしうはもてなし給はす（一四四〇1 集32）　サノミヲク深クイツクシウハモテナシ給ハテ此君達ニハワサトハナクミセマホシク思給也　花鳥ノ説也又ノ説ニハ此二人ヲヲキテ別人ヲ聟ナトニハモトメヌト也
60 （〳〵）のり弓のかへりあるしのまうけ（一四四〇2 集33）　正月十八日天子弓場殿ニ幸シテ弓ヲ御覧スル也清和天皇御代貞観二年ニ被行是初也又ハ近衛左（マヽ）近衛左兵衛右兵衛ノ被官四府ノ舎人ト云也トネリトモ射ル也カヘリアルシトハ勝方ノ大将饗應ノコト也
61 （夕）大将まかて給（一四四〇7 集33）
62 宰相の中将は（一四四〇9 集33）　負方ハ必早出スル例也
63 （夕）御この衛門督（一四四〇10 集34）
64 中少将つきたり（一四四一1 集34）　客人也
65 ゐんかのみこたち（一四四一1 集34）　垣下《エガ》中少将ヲ饗應スル相伴ノ心也
66 もとめこまひて（一四四一2 集34）　東遊也

67（＼）かよれるそてとも（一四一3 集34）　袖ヲヒルカヘス也

68（＼）やみはあやなく心もとなきほとなれと（一四一5 集34）
春ノ夜ノ闇ハアヤナシ

69香にこそけににたる物なかりけれと（一四一6 集34）　フル雪ニイロハマカヒヌ梅花カニコソニタル物ナカリケレ

70みたれぬさまに（一四一7 集35）　カホル中将マコトヲタテ給フヲイヘリ

71右のすけも（一四一8 集35）　カホルノ㕝右中将ノ㕝也此結句マカヒルサナノ筆法トヲナシ

72（＼）神のます（一四一9 集35）　求子ノ二段也

（紙数十八丁）

一校了

こうはい

紅梅　并ノ一以詞為巻名是ハ竪ノ并也　匂ノマキハカホル正月ノ叓ヲ注セリ是ハソノ年ノ秋迠ノ叓アリ此巻ハ紅梅右大臣ノ叓ヲカケリ榊ノ巻ニテ高砂ウタヒシ人聲ノヨキ人也

（薫十九中納言）

1 そのころあせちの大納言と(紅)（一四七1 集39）　ソノコロ當吟ノ(ママ)御代ノ叓ト可意得ト也

2 りやう〳〵しう（一四七2 集39）　良也ホメタル詞也

3 （ヽ）後のおほきおとゝの（一四七5 集39）　致仕ノヲトヽヨリ後ノ叓ナレハ後ノ大政大臣ノ中也ヒゲクロノ叓一説野路ノヲトヽ　野道大政大臣鬚黒ノヲトヽノ名也

4 御むすめまきはしら（一四七5 集39）　槙柱上　鬚黒大臣女

5 こ(螢)兵ア卿のみこに（一四七6 集39）

6 こ宮の御かたに女君ひと所おはす（一四七9 集40）　兵ア卿御ムスメ也紅梅ニハ継子也大納言殿ハワカ御子トヲナシコトクモテナシ給ヲ女房衆ナトハ差別ヲスルト也サレト北ノ方モナタラカナル人ニテ大ヤウニモテナシ給ト也

7 大納言とののおほい君（一四八2 集40）　嫡女也

8 宮の御かたと（一四八2 集40）　螢ノ兵ア卿ノ御ムスメ也

9 春宮には左の大殿の女御（一四八8 集41）　夕霧ノ御ムスメ女御ノ叓也

10 十七八のほとにて（一四八11 集41）　大納言殿ノ嫡女ノ叓也

11 このわか《（童）》君を（一四八14 集42）　真木柱ノ腹ノワカ君也　匂宮ノメシマツハス也姉君ニ心ヲカケ給故也

12 せうとを見て（一四九2 集42）　東ノ姫君ノ叓也

13 さなむときこゆれは（一四九3 集42）　ワカ君ノ父殿ニサヤウナルト傳ルト也

14 まつ春宮の御ことを（一四九6 集42）　嫡女ヲ東宮ニマイラセラルヽ叓也

15 （　）かすかの神の御ことはりも（一四九6 集42）　閑院左大臣冬嗣已来代々藤氏執政臣帝ノ外祖タル叓欤花鳥ニ委載ラル

16 こおとゝの院の女御の御ことを（一四九7 集42）　致仕ノヲトヽノ弘徽殿女御ノ叓

17 むねいたくおほして（一四九7 集42）　秋好中宮ニヲサレ給ヒシ叓也

18 殿はつれ〳〵なる心地して（一四九11 集43）　紅梅ノ叓也北ノ方東宮へ参給ヘハ也

19 にしの御かたは（一四九12 集43）　此比姉宮ト一所ニヲハスル叓也

20 ひんかしの姫《（宮）》君も（一四九12 集43）　蛍ノ御ムスメ也

21 こなたをしのやうに（一四九14 集43）　管弦ノ師匠ニスル也

22 物はちをよのつねならすし給ふて（一五〇1 集43）　蛍ノ御ムスメノヿ

23 我かたさまをのみおもひいそく（一五〇4 集43）　紅梅ノワカ実ノムスメハカリヲカシツカルヽト也

24 さらにさやうのよつきたるさま（一五〇6 集44）　東ノヒメ君ノサマ也

25 いつれもわかすおやかり給へと（一五〇11 集44）　紅梅ハイツレヲモ分別ナク思給ヘト東ノ姫君ハヽツカシクヲモヒ継父ニ見参ナキ叓也

26 うへおはせぬほとは（一五〇13 集44）　母上春宮へマイリ給間ノ叓也紅梅ノ詞也

27 なまかたほにしたるに（一四五一7 集45）　比巴ハナマシヰニ引
テハワロキト也和琴ヽナトハ大方ニ引テモ聞ニク
カラヌト也

28 左(夕)のおとゝなむ（一四五一12 集46）

29 てつかひすこしなよひたる（一四五一14 集46）　匂カホル両人ハ
物ノネノ花ヤカスキテ実ノナキ叓也六條院ニハ及
給ハスト也

30 おしてしつやかなるを（一四五二2 集46）　左ノ手ニテヲス也

31 〳〵ちうさすほとはち音のさまかはりて（一四五二2 集46）　柈
撥音

32 女房(をんなはら)なとは（一四五二4 集46）

33 わさとうるはしきみつらよりも（一四五二7 集47）　殿上童ハ束
帯ノ時アケマキス是ヲミツカラ(マヽ)トイフトノヰスカ
タトハ直衣ヲイフソノ時ハミツラニハユハスタヽ
トキカクル也

34 れい(紅女)けいてんに（一四五二8 集47）　東宮ヘマヒリ給ヒメ君ノ亰
也

35 ゆつりきこえて（一四五二9 集47）　北ノ方ニユツリテ我ハ東宮
ヘマヒラヌ叓也

36 そうてうふかせ給ふ（一四五二11 集47）　春也呂也當時春ナレハ
也

37 つまひきにいとよくあはせて（一四五二14 集47）　撥ニテハヒカ
スシテ爪ニテ弾叓也

38 〳〵かは笛（一四五二14 集47）　太《フトシ》　太笛《フトフエ》　フエノ一名トヰイヘ
リウソフク叓也　皮笛宇曽　嘯

39 このひんかしのつまに（一四五三1 集47）　春風北戸千莖竹暁日
東簷一樹花文集北亭待客　白居易

40 兵匂ア卿の宮うち内に（一四五三2 集47）

41 〳〵しる人そ知とて（一四五三3 集48）　本哥君ナラテタレニカ
見セン梅花　又本哥信明集一アリ色モカモ先ワカ
宿ノ梅ヲコソ心シレラン人ハ見ニコメ

42 あなんかひかりはなちけんを（一四五三12 集48）　天台論云　尺
迦仏入涅槃之後阿難登高座結集諸経之時其形如佛
仍衆會疑佛並出給

43 心ありて（一四四1 集49）　マツ鶯　先トイフハ他流也待ノ字
也
44 くれなゐのかみに（一四四1 集49）　紅梅ノタヨリアル色也
45 昨日は（一四四5 集49）　匂ノ詞
46 とくまかりいて侍りにしくやしさに（一四四6 集49）　ワカ君
ノ詞　トク罷イテシクヤシサニマタ内ニヲハスル
ヨシ聞テ急参タルト也
47 心やすき所にも（一四四8 集50）　匂ノワカ御所ノ亊也
48 ときとられて（一四四11 集50）　此ワカ君ヲ一所ニ春宮ニ斗ト
ラレ申テト也
49 まつはさせ給へりしこそ（一四四11 集50）　若君ノ詞東宮ノア
マリマツハシ給フハクルシキト也匂ノ御前ニ有度
ト也
50 ふるめかしきおなしすちにて（一四四13 集50）　フルメカシト
ハ故蛍ノ兵ア卿ノコト也ヲナシスチトハ此君兄弟
ナレハ也
51 （〳〵）うらみて後ならましかは（一四五1 集50）　逢見テ後ナラ
ハト也
52 （〳〵）くれなゐの色に（一四五3 集50）　本哥　紅ノ色ニトラレ
テ梅花香ソコト《盡》〳〵ニホサリケル　後撰ミツネ
53 この花のあるしは（一四五7 集51）　東ノヒメ君ノ亊
54 （〳〵）心しらん人になとこそ（一四五8 集51）　若君ノ詞心シラ
ン人ニアハセ奉ラント也東宮ノ御心ノナキト見テ
ハワロシ當座ノ挨拶也
55 大納言のみ心はへは（一四五9 集51）　父殿ハワカ中ノヒメ君
ヲ匂ヘマイラセタク思ヒ給ヒ哥ニモホノメカシ給
ヘト匂ノ御心ニハイラヌ亊ナレハ返哥ヲモ大方ニ
シ給フ也
56 おきなともに（一四五13 集51）　親ナトニシラセテ若君中タチ
シテ東ノ姫君ニ引アハセヨト也ワカ君モ東ノ姫君
ニ心ヨセ也
57 なか〳〵ことかたの姫君は（一四五14 集52）　他人ノヒメ君ハ
見エ給ヒナトスレトツヨク東ノヒメ君ハ物ハチヲ
シテ此君ニモ見エ給ハヌ也

58 春宮の御方の（一四五六3 集52）　ワカ君ノ心ニハヲナシクハ東ノ姫君ノ東宮ヘマイリ給ハヽヨカラントヲモフト也

59 この宮をたに（一四五六4 集52）　匂宮ノ叓

60 ねたけにもの給へるかな（一四五六6 集52）　返哥ノ大方ノ叓也

61 左のおとゝ（一四五六7 集52）　夕霧ノヲトヽ又ワレカラトハ紅梅大納言ナトノ前ニテハ匂宮ノマメタチ給カヲカシキト也

62 けふもまいらせたまふにまた（又）（一四五六9 集52）

63 もとつかの（一四五六10 集53）　本ノ匂ナリ　兼盛集モトツカノアルタニアルヲ梅花イト（マヽ）ニホヒノソハリヌルカナ

64 えならぬな（名）をやちらさん（一四五六10 集53）　エナラヌトハタヽナラヌ也又タヨリナキ叓ニモイヘリ

65 まことにいひならさんと（一四五六11 集53）　中ノ姫君ニアハセンノ心ト也

66 花のかを（一四五六13 集53）　色ニメツトヤ好色ノ人トイハレンホトニトメユカヌト也

67 人はなをと思ひしを（一四五七2 集53）　匂ノ移香ヲ人ハタヽワカ君ノ薫香トヲモヒシニ東宮ハヨク推量アリシト也

68 こゝに御せうそこ（一四五七4 集53）　是コリ匂宮ヘ音信ナト有シカト也　北方紅梅ニ語給フ叓也

69 さかしむめの花めてたまふ君なれは（一四五七4 集54）　紅梅ノコトハ

70 はれましらひなとし給はん女なとは（一四五七6 集54）　北方只今ノカタニ御座アレハカクノ給也カヤウニハタキニホハシ給ハシト也

71 梅はおひいてけんねこそ（一四五七9 集54）　梅ハ根ヨリカウハシキ花ナリ是ヲ源中納言ニタトフル也花ハカリカウハシキハ匂宮ニヨソヘリ

72 宮の御かたは（一四五七10 集54）　東ノヒメ君ノ叓也人ナトニ見エン叓ハ有マシキトヲセヒ給也

73 さしむかひたる御かた〳〵には（一四五七13 集54）　時世ニヨル習ヒナレハ紅梅ノ直ノヒメ君ニハミナ人モイヒヨ

ルト也　（帋数十八丁）

74 宮は御ふさひのかたに（一四六八1 集55）　匂宮ノ叓フサヒノカタトハワカコノミノカタト也東ノ姫君ニ心ヨセ給フ叓

75 はかなき御かへりなともなけれは（一四六八5 集55）　東ノ方ヨリ返叓ノナキ叓也

76 なにかは（一四六八6 集55）　北ノ方ノ心中也人カラトイヒ行末トヲキ人ナレハ聟ニモヨキ叓トヲモヘトモアタ人ニテヲハシマセハイカヽト也

77 八の宮の姫君にも（一四六八9 集55）　宇治ノ八ノ宮桐壷ノ帝第八御子ウハソクノ宮ノ御娘ノ叓兵ア卿密通宇治宮中君ノ総角巻也但椎カ本ヨリ宇治ノ中宿アリ

78 はゝ君そ玉さかに（一四六八11 集56）　姫君ハ返叓ナトモナケレハ匂宮へ母君ノ時々返叓アルト也

一校了

ルヲ中納言トイヘハ竹川ノ末ハ紅梅ノ巻ト同時トイフへシ

竹かは

竹川　巻ノ名詞ニモ哥ニモアリ此巻横ノ并カ又竪ノ并カト昔ヨリ定カネタリ竪横ヲカネタル巻ナリ　花鳥ニ云カホル大将ヲ四位ノ侍従十四五ハカリトイヘリ薫十四ノ年二月ニ侍従ニ任セルヨシ匂巻ニ見エタレハソレヨリ後ノ叓ヲ此巻ニイヘリサテ又此末ニ薫中納言ニ成侍ル叓ヲ注セリ中納言ニハ十九ノ年任セルヨシ椎カモトニ見エタリシカラハ十四ヨリ十九マテ六年ノ叓ヲ此巻ニシルセル成へシ匂ノ巻ハ十四ノ年侍従トイヒショリ十九ノ年宰相中将トイヘルマテノ叓ヲカケリ是モ六年ノ叓ヲノセ侍リコレヲ以テイヘハ此巻ハ匂ノマキニハ横ノ并ナルヘシ但此巻ニハ十九ノ年ノ秋ヤカテ又中納言ニナレル叓ヲ注セリ匂巻ニハ中納言ノ叓ハ見エサレハ十九ノ年ノ秋ヨリハ竪ノ并ニアタレリトイフヘシ此巻ノ末ト紅梅ノ巻トハカホ

（薫十四ヨリ十九）

1 これは源氏の御そうにも（一四六三1 集59）

2 （＼）のちの《（髯古国）》大いとのわたりに（一四六三1 集59）　後ノヲホイ殿ハヒケクロノ叓也御ソウハ御孫也ヒケ黒ハ源氏ノ御子孫ニハハナレタリトイフ也玉葛モ源氏ノ御ムスメニアラサル也

3 わるこたちの（一四六三1 集59）　悪後達

4 源氏の御するゑ〳〵に（一四六三3 集59）　冷泉院柏木玉葛ナトノ叓也似タルヤウニテ似サル叓也

5 我よりもとしのかすつもり（一四六三4 集59）　草子地也紫式アヨリ年ノマサリタルモノカタリツタフル叓也

6 いつれかはまことならむ（一四六三5 集59）　イツレカマコトナランマテ草子地也玉葛ノ内侍ノ叓カヽン序題也

7 あえなくうせ給ひにしかは（一四六三7 集59）　ヒケ黒ノ叓

8 とき《（時）》にのみよる（一四六三8 集60）

9 らう《領》し給所〻なと（一四六三10 集60）

10 かむの君の御ちかきゆかり（一四六三11 集60）　致仕ノヲトヽノ一家ノ叓也紅梅大納言ナトノ叓也

11 もとよりもしたしからさりしに（一四六三13 集60）　モトヨリモシタシカラサリシ　玉葛ハ源氏ノ御所ニテ成人シ給叓也

12 ことのなさけすこしをくれ（一四六三13 集60）　ヒケ黒モ本性スク〳〵シキ人ニテシタシクモナキ叓也

13 うせ給ひなむ後のことゝもかきおき給へる（一四六四2 集60）　源氏置文ノ叓也

14 中宮の御つきに（一四六四3 集60）　明石ノ中宮也

15 右《（夕）》大殿なとは（一四六四3 集60）

16 内にもかならす宮つかへのほいふかきよしを（一四六四7 集61）　ヒケクロノ御在世ノ時嫡女ヲハ入内ノ叓ハ奏問申サレシ叓也

17 むとくに物し給める（一四六四10 集61）　無徳ナリヲトロヘタル心也

18 めをそはめられ（一四六四10 集61）　上陽人楊貴妃ニメヲソハメラレ白氏文集ノ叓

19 みつからのいとくちおしきすくせ（一四五2 集62） 鬚黒ニ相嫁ノヿ

20 はゝ北のかたの（一四五10 集62） （雲井）鴈ノ叓

21 おとゝも聞え給ける（一四五12 集63） 夕霧ノ叓

22 姫君をは（一四五12 集63） イツレヲモイフヘケレト嫡女ヲ姫君ト云也

23 今すこし世のきこえ（一四五13 集63） 中ノ君ヲハ官位モ今スコシアカリ給ハヽユルサント玉葛ハ思給也

24 こよなき事とはおほさねと（一四六1 集63） 嫡女ヲヌスミトラレテモクルシキ叓ニハアラネト也

25 この殿はかの三条の宮と（一四六7 集63） コノ殿トハヒケ黒ノ御所也三条ノ宮ハ女三ノ宮ノ御所也

26 きんたちにひかれて（一四六8 集64） ヒケクロノ君タチニヒカレテカホルノワタリ給ヿ

27 六条院の御けはひちかうと（一四六12 集64） カホル蔵人ナトヲヨクミナスモ源氏ノ子孫トヲモヒナスユヘ也

28 もてかしつかれ給へる人なり（一四六13 集64） モテアツカフ叓也

29 いといたうしつまりたるを（一四七5 集64） カホルノヿ

30 御はらからの大納言（一四七6 集65） （紅）梅ノヲトヽ此比大納言也

31 右（夕）のおとゝも（一四七8 集65）

32 そのことゝなくて（一四七13 集65） 夕霧ノコトハ

33 わかきおのことものは（一四八1 集66） ワレコソ細ゝモマイラネトモ子共ノ君達ヲハ奉公申ヘキ由ヲ申ツクルト也

34 今はかく（一四八3 集66） 玉葛ノ詞

35 すきにし御事も（一四八4 集66） 源氏ノ御叓也

36 院よりの給はすること（一四八5 集66） 玉葛ノ嫡女院参ノ叓勅定ノ叓也

37 内におほせらるゝ事あるやうに（一四八7 集66） 夕詞（マヽ）ノコトハ

38 女一の宮の女御（致女）は（一四八11 集67） 冷泉院ノ女一宮御母女御弘徽殿内侍督ノ姉君也

39女御なむ（一四六八13 集67）　玉葛ノ詞ヒメ君院参ノ叓女御ノヽ給ニツキテノ叓ナルト也

40この殿の左近中将右中弁侍従の君（一四六九3 集67）　三人ナカラヒケ黒ノ子トモ玉葛ノ腹也

41いきおひことなり（一四六九4 集67）　三条ノ宮ヘワタリ給叓ハハテタリ

42ゆふつけて（一四六九5 集68）　是ハ玉葛ノ御モトヘカホルノヲハシタル叓也

43かん（玉）の殿（一四六九11 集68）

44御ねんすたうに（一四六九12 集68）　看経所也

45すかせたてまつらまほしきさまのし給へれは（一四六九14 集68）　カホルノアマリマメタチ給叓也

46おりてみは（一四七〇3 集69）　スコシ色メケトハ詞ニ心モトナクツホミテトイフヨリヨメリ底ノ心ハカホルノ叓

47もき木なりとや（一四七〇5 集69）　枯木也枝ナトモナキヤウノ木也杌《コツ》　廣韵云樹無枝也哥ノ心ハシタニハ好色ノ心モアルヲト也

48さらは袖ふれて（一四七〇5 集69）　本哥色ヨリモ香コソ哀トヲモホユレタカ袖フレシ宿ノ梅ソモ

49まことは〳〵いろよりも（一四七〇6 集69）　本哥ニ領掌（マヽ）シテイヘリ　カレハテヽモキ木ト成シ昔ヨリタキステラレシ日ヲソカソフル　ワレトイヘハアタコノ山ニシホリスルモキ木ノ枝ノ情ナノ世ヤ　二首トモニ俊頼哥也

50いとく《苦》つしたる名かな（一四七〇9 集69）

51人々はめてくつかへる（一四七一1 集70）　感覆（マヽ）也カンシクツカヘル也再三感スル也

52少将（蔵人）なりけり（一四七一5 集70）

53人のゆるさぬこと（一四七一6 集71）　蔵人少将心ヲツクスヲカホルノミテ身ヲカヘリミ給也

54〳〵むめかえをうそふきて（一四七一9 集71）　催馬楽呂也時節春ナレハ也　梅カエニキヰル鶯春カケテナケトモイマタ雪ハフリツヽ

55〳〵りよのうたは（一四七一11 集71）　呂ハ陰也　女モ陰ナレハ

得タルカホニアハセヌ心ニヤヨクアヒアフタル叓
也
56 侍従の君して（一四七一14 集71） ワカ御子ノ侍従ヲモツテカホ
ルヘセウソコアル也
57 なを鴬にもさそはれ給へ（一四七二2 集71） 鴬声誘引来花下草
色拘留坐水邊
58 つめくふへきにもあらぬを（一四七二3 集72） ハチタル心也又
琴ニ爪引トイフ縁ニヨリテイヘリ
59 つねにみたてまつりむつひさりしおやなれと（一四七二4 集72）
玉葛ハ源氏ノ御所ニテソタチタマフ人ナレハ也
60 さきくさうたふ（一四七二9 集72） 呂ノ哥也
61 さかしら心つきてうちすくしたる人もましらねは
（一四七二9 集72） 年ヨリナトノマシラヌ叓也
62 ことふきをたにせんや（一四七二11 集72） 言吹　壽同 男踏哥ニ
アル叓ナリ
63 竹かはをおなしこゑにいたして（一四七二12 集72） 催馬楽呂也
ヲナシコエトハ侍従ヲサナクヲハスレハ蔵人ナト
同音ニウタヒ始タル心也助音ノ叓也　化鳥ニハ已
前ノ梅カエ此殿ト同呂ノ哥ヲイフトアリ
64 ゑいのすゝみては（一四七二13 集72） カホルノ詞也酒顕本心ト
イフ叓欤
65 忍ふる事もつゝまれす（一四七二13 集72） ヲモフニハシノフル
コトソマケニケル色ニハイテシト思ヒシモノヲ
66 ほそなかの人かなつかしうしみたるを（一四七三1 集73） クミ
ナトヲツクル物也ウハリシナトノアル物也　薫幼
少ノ人ナレハ引出物ヲハツカシクテ取給ハヌ也
67 侍従（源）はあるしの君に（一四七三2 集73）
68 （＼）みつむまやにて（一四七三3 集73） 酒宴ハカリニテヒメ君
ナトニ見参ナキ心也　水驛　男踏哥ヨリハシメリ
無饗應ノ儀也
69 おりからや（一四七三8 集73） 返哥ノ心ハ心ヲヨセン叓モソノ
人ノ志ニコソヨラメト也
70 かなかちにかきて（一四七三10 集74） 若君モ見給ヤセントカナ
ニカヘレタルナリ

71 竹川の（一四七三11 集74）　本哥　木ニモアラス　ハシフシ竹ニ縁ノ詞也　竹川ノハシノツメナル花ソノニワレヲハハナテメサシクハヘテ竹川呂　ヲモフ叓ノカタハシヲホノメカシタル叓也河内ノ名所又大和ニアルトモイヘリ

72 夜へはみつむまやをなむ（一四七四2 集74）　文章也源侍従ノ振舞ヲ人〻アヤシム也

73 竹川に（一四七四3 集74）　急キ帰リ給ヘハ如何ナル叓ヲヲモヒヲキ給ハント也　ヲモヒヲク叓アラハイソキ給ハシト也

74 ちかきゆかりにて（一四七四5 集75）　ワカ姉君ノ男ニシタキ心也

75 （＼）さくさくらあれは（一四七四6 集75）　本哥桜サク桜ノ山ノ桜花サク桜アレハチル桜アリ

76 ちりかひくもり（一四七四6 集75）　本哥桜花チリカヒクモレ老ラクノコントイフナル道マカフカニ

77 はしちかなるつみも（一四七四7 集75）　人ノ出入モ茂カラネハ女房ナトハシ近ナル出居モ心安心也

78 そのころ十八九の程やおはしけん（一四七四8 集75）　姫君ノ中ノ君ノヿ

79 姫（嫡）君は（一四七四9 集75）

80 さくらのほそなか（一四七四10 集75）　嫡女ノ叓

81 今一所は（一四七四13 集75）　妹ノヿ

82 御くしいろにて（一四七四13 集75）　髪ノ光ノ叓柳ノイトノヤウニ髪ノヿ也

83 すみたるさまして（一四七四14 集75）　シメリハシ（マヽ）カシキ体也女房衆ノミルメ也

84 五うち給ふとて（一四七五2 集76）　囲碁　尭造教丹朱

85 けんそし給とて（一四七五3 集76）　見助　助言ノヿ也

86 侍従の覚え（一四七五4 集76）　姫君ニナレムツフ叓也

87 人におとりにたるは（一四七五6 集76）　禁中奉公ノ隙ナキニヨリ姫君ニ奉公申叓人ニヲトリ本意ナキト也タネ一ノ兄弟達也

88 わたくしの宮つかへをこたりぬへきまゝに（一四七五7 集76）

是モヲナシスチヲイヘリ私ニ奉公不申叓ト也
89 廿七八の程に（一四五10／集76）（中将）ト弁ノ君トノ叓也
90 この御ありさまともを（一四五11／集77）ヒメ君タチ鬢黒在生ノ時ノ給シヤウニ入内ナサセ申度ト也
91 うへはわか君の御木とさため給しを（一四六1／集77）母上ハ妹ノ君ノ方人ヲシ給叓也
92 この桜の老木になりにけるに（一四六2／集77）童稚悉成人
93 とゝめかたうこそ（一四六3／集77）難留
94 人のむこになりて（一四六4／集77）中将弁ノ縁ノ定《サタマ》リタル叓也
95 花とりの色をも音をも（一四六13／集78）花鳥ノ色ヲモ音ヲモイタツラニ物ウカル身ハスクスナリケリ後撰
96 はしめより（一四六14／集78）督君ノ詞
97 やんことなき人の（夕女）（一四六14／集78）
98 さくらをかけ物にて（一四七5／集79）桜ヲカケ物ニテ　宋朝ニ王荊ト云人鐘山ニ有テ蘖秀才ト碁ヲカコム梅詩一首ヲモテ賭トス秀才負之不能作詩荊公代テツクル叓アリ　後代ノ叓ナレト花ヲ賭トスル叓相似タルニヤ
99 はなをよせてんと（一四七6／集79）花フヨセテン也　一説名ヲ
100 （／）ちりなむ後のかたみにも（一四七12／集79）桜色ニ衣ハフカク染テキム花ノチリナン後ノ形見ニ
101 右かたせ給ぬ（一四七14／集79）妹ノヒメ君也
102 こまのらんさうをそしや（一四七14／集79）高麗ノ楽右也競馬ナトニテ勝方ニ乱声ヲスレハ右カタセ給ニヨリテイヘリ
103 にしのおまへに（一四八1／集80）シヤウトク西ノ君ノ花ナルヲト右方ノイソ也
104 さくらゆへ（一四八8／集80）思ヒクマナキ花トハ人ノ花ニ成タル叓也サレトチルハ心ノサハクト也
105 かせにちる（一四八12／集81）風ニ散叓ハ世ノ常也枝ナカラ人ノ花ニノルヲハタヽニハヲホシメサシト也
106 大空の（右）（一四九2／集81）

107 左のなれき（一四七九2 集81）　馴公　大君女房

108 心せはけにこそ（一四七九3 集81）　花ヲ風ニ任セシトヲホフ斗ノ袖ハ餘ニ心セハキト負方ヨリ右ノ方ヲイヒクタシタル也

109 女御（一四七九5 集82）　弘徽殿女御ノ叓

110 うへはこゝに聞えうとむるなめりと（一四七九6 集82）　シツトノ心也院参ヲワカサマタクルヤウニ院ハ思召ト也

111 よにかたくなしきやみのまとひになむ（一四七九12 集82）　子ヲ思闇也　本人ノ親ノ心ハ闇ニ　雲井鴈ノ詞也

112 さしあはせては（一四八〇4 集83）　姫君院参ト中ノ君ヲ蔵人ノ少将ヘツカハシ給ハン叓也中ノ君ヲモ少将位ナト今チトアカリ給ハントキユルサンノ御心也

113 おとこはさらにしかおもひうつるへくもあらす（一四八〇5 集83）　少将ハ中君ニハ更ニ心ヲウツサヌ也

114 つれなくて（一四八〇11 集84）　カホルノ哥ハ姫君ニ心ヲカケ給ヘト大ヤウニトリナシヨミ給ヘリ下ノ詞ニ見ユ

115 このまへ申も（一四八一3 集84）　姫君ノ御前ニテ物申叓也

116 （／）つらきも哀と（一四八一6 集84）　（本）立帰リ哀トソ思フヨソニテモ人ニ心ヲ奥津シラ波

117 かのなくさめ給はん御さま（一四八一7 集85）　中ノ君ヲユルシ給テモ露ハカリモナクサマシト也

118 けんそうなりけんに（一四八一0 集85）　顕證アラハナル心也一説見證少将コレホトニヲモウモ碁ウチ給時アラハニミテノ叓ト也

119 むかひ火つくれは（一四八一11 集85）　少将ノ腹立ヲヤメントテ中将モ腹立スル也ソレヲ少将ハ今ハカキリノ身ナレハ人ノハラタツモヲソロシクモヲモハヌト也

120 さてもまけ給ひしにこそ（一四八一13 集85）　碁ニ負給叓イトヲシト也ワカ目クハセヲシテ碁ノ手ヲソヘタテマツリタラハマケ給ハシヲト也

121 わりなしや（一四八二3 集86）　何ト助言アレハトテ上手ニヨリテ勝負ハアラント也底ノ心ハツヨキカタニナヒクトハ院参ノ叓也

122 あはれとて（一四八二5 集86）　ワカ生死ノ叓ハ君ノ心ニアルト

碁ニヨソヘテイヘリ

123 對面のつゐてにも（一四八三9 集86） 玉葛ニ對面ノ時コノ叓ヲ直ニ申タラハ同心モアラント也只今ハ叶シト也夕霧後悔也

124 せめて人の御うらみふかくはと（一四八三2 集87） 両説也少将一人ニカキラスヒメ君ニ心ヲカクル諸人ノ志ヲフリステヽ院参ナレハ少将ノ恨ノトリカヘニナラント也一説ハ中君ヲ取カヘニユルサント也是ヲ用

125 けふそしる（一四八三7 集87） 中将ノヲモト少将ノ返叓也日比ノ思ヒ叶スシテコトカタニ思ヒウツロフ心ヲヨメル也サテタハフレニトリナスイトヲシキト也サレト六借敷思ヒテ書カヘサル也

126 九日にそまいり給（一四八三8 集88） 院参四月九日也サレト九日ヨリ後ト見エタリ

127 あやしううつし心もなきやうなる人の（一四八三12 集88） 少将思ヒホレタルサマ也

128 おとろかさせ給はぬも（一四八三13 集88） コナタハ少将ノ叓ニ見ワツラヒテ院参ノ叓フモ承トヽメヌニ院叅ノ叓ヲモシラヤ給ハヌウト〳〵シキト也

129 なさけはおはすかしと（一四八四3 集88） 夕霧ノ情深キ亰ヲ悦給也

130 大納言殿よりも（一四八四4 集88） (紅)梅ノヲトヽノ叓

131 藤中納言は（一四八四6 集89） (髯)黒ノ嫡男也

132 おとゝ北のかたの（一四八五1 集90） 蔵人ノヲヤ二人ノ亰也

133 すゝろ事を思ひいふらん（一四八五2 集90） 親達カヤウニタノモシキ巾ニ少将ハスヽロニ物思ヲスルト也

134 かきりとあるを（一四八五3 集90） 少将ノ文ニ今ハカキリトアルヲマコトニソレホト詀思ヒケルトアハレニ思ヒウタヲヒメ君ヨミ給フ也

135 あはれてふ（一四八五5 集90） イカナル人ニアハレトイフ叓ヲモカケントナリ物ヲ也ハヽヤスメ字也

136 ゆゝしきかたにてなむ（一四八五5 集90） 今ハカキリナトイフニテホノカニ少将ノ心ノ中ヲ思シルト也

137 からいひやれかしと（一四八五6 集90） 中将ニ此ヤウニ書テヤ

レトアルヲソノマヽツカハシタル也

138 おりをおほしとむるさへ（一四八五7 集90）　哀ナル折フシヲヽホシトヽメテ哥ナトヨミ給叓ヲ感涙也

139 （＼）たかなはたゝしなと（一四八五8 集90）　恋シナハタカ名ハタヽシ世中ノ常ナキ物トイヒハナストモ文章也タチカヘリトハ返叓ナレトコナタヨリ哥ナキニウタアレハ又返哥ヲスル也

140 （＼）つかのうへにも（一四八五9 集91）　徐君カ古叓也サヤウニ哀ヲモカケ給ハヽシナン叓ヲモヒタ道ニイソカント也

141 おとなわらはめやすきかきりを（一四八五12 集91）　院参ノヤウタイ也

142 きさき女御なと（一四八六1 集91）　秋好中宮コキテンノ女御ノ叓

143 いとうつくしけにて（一四八六1 集91）　姫君ノ叓也后女御モ年タケテヲハスニヒメ君マヒリ給ニ院ノ御心ウツル叓也

144 たゝ人たちて（一四八六3 集91）　院ニテマシマセハ也

145 いつれの御かたにもうとからす（一四八六7 集92）　カホルノ叓也

146 この御かたにも心よせありかほにもてなして（一四八六8 集92）　姫君ノ叓何トナクカホルノ姫君ニ心ヲヨセ給叓也

147 藤侍従とつれてありくに（一四八六9 集92）　院中ノ叓也

148 かの御かたの御《ヲ》前ちかく（一四八六10 集92）　ヒメ君ノ御マヘ近ク也

149 五葉《コヨウ》に藤のいとおもしろく（一四八六10 集92）　（卯月）

150 てにかくる物にしあらは（一四八六12 集92）　姫君ニ心ヲカケツレトヨソニ成給叓也及ヌ中ノ心ヲヨメリ

151 むらさきの色はかよへと（一四八七2 集93）　紫トハ藤侍従兄弟ノ叓也兄弟ナレトワカ儘ナラネハカホルニ引アハセヌ心也

152 中将をめしてなむの給はせける（一四八七10 集94）　姫君ノ兄也

153 いさやたゝいまからにはかに（一四八七14 集94）　カンノ君ノ詞

154 今は心やすき御ありさまなめるに（一四八八2 集94）　冷泉院ノ

御叓
155 そのむかしの御すくせは（一四八八6 集95）　中将ノ詞
156 中宮をはゝかり聞え給とて（一四八八8 集95）　内へ中宮ヲ憚テマヒラセラレヌ也
157 院の女御をは（一四八八8 集95）　督ノ君ノ心ヲモトク也
158 女御はいさゝかなる事のたかいめありて（一四八八11 集95）　女御ノ聊ノ叓ノタカヒメヲモ姫君ニノ給ヒヒカミ給タル叓モアラント也
159 ふた所して（一四八八13 集95）　中将弁ノ叓
160 かきりなき御思のみ（一四八八14 集95）　院ノ姫君ニ御寵愛ノヿ
161 いかてかはかゝらむ人を（一四八九2 集95）　院ノ一段御テウアヒナレハ年大方ニハスクサン女御后モミナソネミシツトノ叓也
162 女御（弘）もこのみやす所（髯女）も（一四八九9 集96）
163 わた花も（一四八九13 集97）　綿ニテツクリ花也
164 御はしのもとに（一四九〇1 集97）　ヒヤウシヲフミヨル叓也
165 すきにしよの（一四九〇1 集97）　藤侍従ト竹川唄シ叓也
166 きさい（秋）の宮の御かたに（一四九〇2 集97）
167 うへもそなたに（一四九〇3 集97）　（冷）泉院ノ御ヿ
168 めいほくなくなむ（一四九〇5 集97）　姫君ニ本意ヲトケサル叓
169 かきありきて（一四九〇6 集97）　カケリアリキテ也一説ニハ舞臺ヲカキアリク叓也
170 かとう（一四九〇8 集97）　哥頭ハ年老ノ人ノ役ナルヲト也
171 万春楽を（一四九〇9 集97）　踏哥曲初音巻ニアリ八句ノ詩也
172 宮（髯）す所の御かた（一四九〇10 集98）
173 御（薫）ともにまいり給（一四九〇10 集98）
174 こゑきゝしりたる人に（一四九〇11 集98）　女房衆トカホル物語ノ叓也
175 かつらのかけに侍るにはあらすやありけん（一四九〇10 集98）　院ノ御所ノ叓也鬚黒ノ姫君ノ簾中ニテ見給ヒシ故也サテ禁中ニテハサシモ見エヌト也
176 （　）やみはあやなさを月にはへいますこし心ことなり（一四九一1 集98）　本　春ノ夜ノ闇ハ　カホルノ身香ノ叓也蔵人少将ナトヨリ一段別ニ見エ給ヒシト也

177 さため聞えしなと（一四九一2 集98）　スクレタルトサタメ申タルト也

178 すかして（一四九一2 集98）　ナクサムル心也

179 竹かはのそのよ（夜）のことは（一四九一3 集98）　シノフハカリノフシハナキトハ姫君ニアヒ給ハヌ叓也サレト心ヲカケシ叓ハ思ヒ出也ト也

180 （薫）なかれての（一四九一5 集98）

181 こ六条院の（一四九一10 集99）　院ノ御詞也

182 右のおとゝの（一四九一11 集99）　夕霧ノヿ

183 いと物の上手なる女さへ（一四九一12 集99）　明石上紫上ナトノヿ

184 わこんをひかせ給て（一四九一14 集99）　院ノ弾給也

185 うた（一四九二2 集99）　哥ハ催馬楽

186 こくの物なと（一四九二2 集99）　コクハ曲也

187 かたちはたいとおかしかるへし（一四九二3 集100）　カホルノ姫君ヲ推量也

188 いかゝおほしけん（一四九二6 集100）　草子地也　伊勢物語ノ筆法也

189 女宮（髯女腹女二）うまれ給ぬ（一四九二6 集100）　十ケ月ニテ生レ給ナリ

190 いかのほとに（一四九二9 集100）　五十日

191 女宮（弘腹）一所おはしますに（一四九二10 集100）

192 かくいひ〳〵てはていかならん（一四九三1 集101）　本世中ヲカクイヒ〳〵ノ

193 としへてさふらひ給ふ御かた〳〵（一四九三2 集101）　后女御ノヿ

194 かたらし給事なりけれは（四九三6 集101）　カタウハ難也大ヤケコトハ安カラヌ叓也年来思ヒ給叓ナレト内侍職ヲ辞シ給ハヌ叓也

195 むかしの〳〵れいなと（一四九三8 集102）　内侍ノショクヲ娘ニユツル叓河海ニモ未勘トアリ

196 この君の御すくせにて（一四九三8 集102）　ヒメ君ノ内侍ニナリ給ハンタメニ母君辞退ノ叓ナラヌト也

197 少将の事を（一四九三10 集102）　中ノ君ヲ少将ニユルサントホノメカシ又是モ引タカヘル叓雲井鴈モイカヽヲモヒ

給ハント也

198 あなかちなるましらひのこのみと（一四九三13 集102） ヒメ君ヲ二人ナカラ院参入内ノ叓也

199 うちの御けしきは（一四九三14 集102） 夕霧ノ詞也両説也主上ノ御気色アル叓ハ道理ト也一説ニハ玉葛内〻ノ遠慮ハコトハリト也

200 おほやけ事につけても（一四九四1 集102） 主上ノ御気色アル叓ヲソムキ給ハン叓ハ有マシキ叓ト也

201 又このたひは（一四九四2 集102） 中ノ君入内ニハ又明石ノ中宮ノケシキヲトリ給也

202 人のみなゆるさぬことに（一四九四12 集103） ワカ昔院ノ御心ニタカフヤウニテ退出アレハソノカハリニサマ〳〵ノ人ノ恨ヲモシラスカホニテヒメ君ヲ院参サセシニ又イニシヘノ叓ヲモワスレ給ハネハ玉葛ソノ遠慮ニテ細〻院ヘハマイリ給ハヌ也ソノ心ヲハシリ給ハスシテヒメ君ハワレヲ等閑ニシ給ト恨給フ也

203 いみによりと（一四九四14 集104） イミトハコヽニテハ憚ノ叓也

204 この今宮《イマ》をは（一四九五8 集104） 生レ給皇子ノ叓

205 世の事として（一四九五13 集105） 世中ノ習ヒト也

206 かすならぬ人のなからひにも（一四九五13 集105） 下輩ノ人ノ中ラヒニモ本ノ北方ニサモアラヌ人モ心ヲヨスル習ヒナレハ女房衆モミナ后女御ノカタニ心ヲヨスルト也

207 この御かたさまを（一四九六2 集105） 宮ス所ノ叓

208 きこえし人〻の（一四九六6 集106） ヒメ君ニ心ヲカケシ人〻也

209 (蔵人)少将なりしも（一四九六12 集106） 蔵人少将カホルナトノ叓

210 うるさけなる御ありさまよりは（一四九六13 集106） 女房衆モウルサキ院参ヨリモ此人〻ノ北方ニナリ給テヨカラントイフ也ウルサキトハ后女御物ネタミノ叓也

211 左大臣の御むすめをえたれと（一四九七1 集106） (竹)川ノ左大臣系図ニナキ人也

212 (　)みちのはてなる（一四九七2 集106） 本哥東路ノ道ノハテナルヒタチヲヒノカコトハカリモアハントソ思フ

213 左大臣うせ給て（一四九七6 集107）　竹川左大臣ノ叓
214 右は左に（一四九七6 集107）　(夕)霧左大臣ニ成給也
215 とう大納言（一四九七6 集107）　(紅)梅ノ叓大将ニナレハ必大臣ニナル也
216 三位《(夕息)》の君は（一四九七7 集107）
217 中納言の御悦に（一四九七8 集107）　薫ノ叓官位ニスヽムトキハ大臣家へ礼ニマイリ給也
218 おまへの庭にて（一四九七9 集107）　一説ニハ禁中ノ叓トイヘリヒケ黒ノ御所ト心得ヘシ答ノ拝トテ亭主モ又庭ニヲリテ拝スル也
219 今つゐに（一四九七13 集108）　院ノ玉葛へ御心サシワスレ給ハネハツヰニハヨカラヌ叓ヲ引出給ハント也
220 悦なとは（一四九七13 集108）　官位ニスヽム叓ナトソレホト思ハネト見参ノタメニヨリマヒリタルニヨキヌナトヽ物ノツヰテノヤウニノ給叓クルシキト也
221 おろかなるつみも（一四九八1 集108）　細〻マヒラヌウト〳〵シキツミニ物ノツヰテナトヽノ給カト也カウカヘサセ給トイフ一本アリソノ時ハカンタウノ叓也
222 けふは（一四九八1 集108）　玉葛ノ詞今日ハ目出度御叓ナレハ身ノ愁ノ叓ナト申モ憚ナレト対面ノカタキニヨリ申ト也
223 さふらはるゝか（一四九八3 集108）　ヒメ君ノ女御后ノソネミニヨリ心ヲミタシ給叓也
224 いつかたにも（一四九八6 集108）　女御后ノヿ
225 宮たちはさてさふらひ給（一四九八7 集108）　姫君ワカ君ヲハ院ニ置申テ宮ス所ハ玉葛ノ御所へ退出アル也ソレニツケテモ安カラスイフト也
226 いまはかゝることあやまりに（一四九八11 集109）　院参ノ叓今ハ後悔スルヨシ也
227 さらにかうまて（一四九八12 集109）　カホルノ詞
228 御ましらひのやすからぬことは（一四九八13 集109）　禁中ノマシラヰ安カラヌコトハ昔ヨリノ習ヒト也院ニ成給ヒノトヤカナルヤウナレト内〻ノイトミハイカテナカラント也

229 人は何のとかと見ぬことも（一四九2 集109）　見所ニハサモ見エヌ叓モ身ニトリテハクルシキ叓アルト也

230 さはかりのまきれも（一四九4 集110）　カネテサヤウノ叓モ覚悟ナクテヤハマヒラセラレケント也少〻ノ叓ナタラカニモテナシ給ヘト也

231 あわの御ことはりや（一四九7 集110）　淡〻敷也

232 宮す所も（一四九9 集110）　母上ノヤウ躰ニテ姫君達ヲモヲシハカルヨシ也

233 大うへは（一四九13 集110）　カホルヲ聟ニシテモヨカラント母上ノ見ルメ也

234 大臣殿は（一四九14 集111）　(紅)梅右大臣殿也ヒケ黒ノ御所近キ也

235 (髯)この殿の（一四九14 集111）

236 たいきやうの（一四九14 集111）　大饗

237 (匂)ゐかの君たちなと（一四九14 集111）　垣下

238 兵ア卿宮左の大臣《おほい》との〻（一五〇1 集111）

239 かへりたち（一五〇1 集111）　カヘリタチハ帰リアルシノ叓又相撲ノ叓左大臣ノ賭弓カヘリアルシニ兵ア卿ノイテ給フヲ例トシテ右大臣ノ饗ニ請待申給ヘト出給ハヌト也

240 さうしたてまつり給けれと（一五〇2 集111）　請

241 姫君たちをさるは（一五〇3 集111）　紅梅ノヒメ君ヲ匂ヘマヒラセント思タマヘト匂ノ心ニモ入給ハヌヨシ也

242 おと〻も北のかたも（一五〇6 集111）　紅梅夫婦ノ御叓也

243 (髯)この殿には（一五〇7 集111）

244 こ宮うせ給て（一五〇8 集112）　(蛍)ウセ給テ程ナク紅梅ニ心カハシ給叓世ノ人モヽトキシカトモサカヘ給叓是モ世中定ナキ叓也

245 (紅)このおと〻のかよひ給し事（一五〇8 集112）

246 (髯)こ〻にまいり給へり（一五〇11 集112）

247 おほやけのかすまへ給ふよろこひ（一五〇12 集112）　官位ニスヽム叓モ何トモヲモハスタヽヒメ君ノ叓ノ安カラスヲモフト也

248 廿七八の（一五〇14 集112）　(宰)中将ノヿ

249 見くるしの君たちの（一五〇一1 集112）　女房衆ノミルメ也官位ノ叓ナト次ニシテ好色ノ叓ニフケリ給叓ト也

250 すくしいますからふや（一五〇一2 集112）　過シヲハシマス也昔ノ詞也

251 故殿のおはせましかは（一五〇一2 集112）　（髯）黒ノ御子タチモ父ヲトヽノ御在世ノトキナラハ官位ノ叓ニハヲモフ叓ナクテカヽルスサヒワサニ心ヲミタラマシト也

252 侍従ときこゆめりし（一五〇一4 集113）　三番目ノ君也

253 つき〳〵しく（一五〇一6 集113）　ツキ〳〵シクヲハスルト也

一校了

（紙数四十五丁）

はしひめ

紫明

宇治八宮　号優婆塞宮　桐壺帝第八親王也　母左大臣女

総角大君　アケマキノマキニテカクレ給又コレニヨリテアケマキノヲホイ君ト申　薫左大将ノ念者ナリキ

通昔中君　匂兵ア卿宮ニムカヘラレテ若君ナトマウケ給ヘリシホトニ夕霧ノ六君ニカヨヒ給シコロフルサトヲ心ニカケ給ヘリシヨリ通昔中君トナツク

コノフタリハ故北方ノ御腹ニテハシヒメノ巻ニムマレ給キ母北方ハ中ノ君ウミタテマツリテハカナクウセ給ヌ

橋姫　并ノ沙汰ナシ十帖ニ書ツヽケタリカホル十六才ヨリ十八才迠ナリサレト廿一才ノ叓迠ト見ルヘシ　花鳥ニ云斑彪カ史記ヲ書サシタルヲ其子斑固書続タル例ニナスラヘ娘ノ大貳三位カケル由一説アレトサ衣ナトノ筆法ニ違ヘリ　是ハ應神天皇ノ御子大鷦鷯《サヽキ》ノミコトヽ申御弟ヲ菟道《ウチ》稚子《ワカコ》ト申ソノ叓ヲ表セリ

（大貳三位　史記班固ー
宇治　雉（マヽ）ー宇ー花　薫ー宰相中将十九ヨリ　三ケ年）

1そのころ（一五〇七1集117）　今上ノ御代ノ叓也コヽニテハウハソクノ宮宇治へ移給テヨリ後ノ叓ヲソノコロトイフヘキ也

2かすまへられ給はぬ（一五〇七1集117）　御門ノ御数ニ不入叓也

3はゝかたなとも（一五〇七1集117）　（左大）

4すち事なるへきおほえなと（一五〇七2集117）　帝王ニモタチ給ハンヲホヘノ叓

5おやたちのおほしをきてたりしさまなと（一五〇七6集117）　后ナトニモ立給ハント親ハ思ヒテ八ノ宮へマヒラセラレシ也

6女君の（一五〇七10集118）　アケマキトイヒシ也

7又さしつゝきけしきはみ給ひて（一五〇七12集118）　中ノ君ノ叓

8いてやおりふし心うくなと（一五〇八8集119）　母宮ウセ給フヲリナレハ也

9心にくきさまそし給へる（一五〇九1集120）　人ノ見エニクキ叓也イタリテ高上ノ人ニハ見エニクキ叓也

10さるさはきにはか〳〵しき人をしも（一五〇九5集120）　母宮死去ノミキリナレハ乳母ナトヲモ撰ハスシテ心浅キ人ナレハヲサナキ人ヲモ見トケス心アサクウチ捨タルト也　女子ヲモ若君トイフ叓年ワカキ心也

11はくゝみ給ふ（一五〇九7集120）　養育《ハクヽム》　省《ハクヽム》ハフク　カヘリミル

12けいし（一五〇九9集120）　（家司）

13ち佛の御かさりはかりを（五〇九12集120）　堂ノ叓ニハナシ持仏荘厳也

14れいの人のさまなる（一五一〇3集121）　男女ノ道ノ叓也

15なとかさしも（一五一〇3集121）　女房衆ノ詞也ソノ別ノキハコソアレ北ノカタ持給ハヌ叓口惜ヨシイヘリ

16へんつきなと（一五一〇9集121）篇　玉篇梁大同九年三月廿八日黄門侍郎兼大学博士覰野王撰字廿万九千七百七十字三十巻五百六部

17（〳〵）つかひはなれぬを（一五一二14集122）　杜子美詩ニ鷙鴦不獨宿

18うちすてゝ（一五二4 集122） カリノコノ世ニタイヲクレケン
トハ姫君ノ母ニヲクレ給ニヨソヘリ
19（＼）すゝりにはかきつけさなり（一五二9 集123） 硯ハ文殊ノ
御眼ナリコノユヘニ眼石トイフ此聲フカリテ硯石
ト書也ト云〻 見ル石ノヲモテニ物モカヽサリキフ
シノ楊子モツカハサリケリ菅家
20いかてかく（一五二11 集123） 母モナクテソタチタル叓也
21て（手）はおいさきみえて（一五二12 集123）
22なく〳〵も（一五二14 集123） 父親王ノ御ハクヽミナクハワレ
ハ巣守ニナラント也本拾遺鳥ノコハマヽタヒナヽカ
ラ立テイヌカイノミユルハスモリナルヘシ
23うたつかさのものゝし（師）とも（一五三12 集124） 雅楽寮
24（＼）八の宮とそきこえしを（一五三14 集125） コヽニテ初テ八
宮ト系図ヲ書アラハセリヲモシロキ筆法也
25もてかしつき奉り給ける（一五三2 集125） 源氏須磨ノ叓
26あなたさまの（一五三2 集125） 源氏ノ〻
27よしある山さと（一五三7 集125） ヨシアルトハ領知ノ〻

28思捨給へるよ（世）なれとも（一五三7 集126）
29（＼）みねのあさきりはるゝおりなくて（一五四1 集127） 本哥
鴈ノクル峯ノ朝霧ハレスノミヲモヒツキセヌ世中
ノウサ 㐂撰カ叓ニ表シテカケリ
30にこりなき池にも（一五四8 集127） 極楽八功徳池ノ叓
31ないけうの御さえ（一五四13 集128） 内教内典也
32さるへきにて（一五四13 集128） カヤウニアラントテ生レ給ヘ
ルカト也
33そ（俗）くひしりとか（一五五1 集128） ソクヒシリ 浄名居士 云身
在家心出家云〻 唐ニハ龐居士ナトイヒテ此類多シ
花鳥ニ云優婆塞ハ梵語唐土翻シテ近事男トイヘリ
日本ニハ賀茂役公小角年卅一ニシテ家ヲハナレテ
葛城山ニ入テ藤ノ皮ヲ衣トシテ松ノ葉ヲ食トシテ
孔雀明王ノ咒ヲミテヽ終ニ仙術ヲ得テ鬼神ヲシタ
カヘリ
34人しれす思つゝ（ゝ）そ（俗）くなから（一五五5 集128）
35出家《スケ》の心さしは（一五五6 集128）

36 なけき侍り給ふとそ（奏）うす（一五二五7 集129）

37 こくらく思ひやられ侍るや（一五二五9 集129）　哥舞ノ井ノ叓卄五ノ井

38 物ならひきこゆへく（一五二六4 集130）　カホル阿闍梨ニ言傳也ワカ志ノホトヲ先内〻ニ申給ヘト也

39 御門は御事ってにて（一五二六5 集130）　口上ヲハアサリニ申給ヘト也

40 あとたえて（一五二六11 集130）　本哥　ワカ庵ハ都ノタツミ

41 なをよ（世）にうらみのこりけると（一五二六12 集130）

42 宮よの中を（一五二七5 集131）　八ノ宮ノ詞也

43 きしかた行するゑ（一五二七12 集132）　前後ノ叓ヲ只今思スマシテ年若キ人ナトニ対面ハハツカシキト也

44 心はつかしけなる法の友に（一五二七13 集132）　カホルニタキメンハツカシキ叓

45 仏の御かたにはさうし（障子）はかりを（一五二八7 集133）

46 宮の御ありさまの（一五二八11 集133）　ウハソクノ宮ノ叓

47 ほうし（法師）なとは（一五二八14 集134）

48 けとをけなるしうとくの（一五二九1 集134）　宿徳也

49 いむ事たもつはかり（一五二九3 集134）　受持禁戒ノ心也戒行ト恵解トハ各別ノ叓也

50 こちなけに物なれたる（一五二九4 集134）　無骨也俗ニ思ヒヤリナキ叓ヲハ無骨トイヒナラハセリ

51 よき人は（一五二九9 集134）　ヨキ人トハ貴人ヲイフイヤシキモヨキモトヨメルモ貴ト賤トヲイフ也貴人ハ智恵アリテ物ノ心ヲモサトル故也善男子善女人ノ叓ニイヘル不用

52 いて（出）たちていとしのひて（一五三〇6 集135）

53 川のこなたなれは（一五三〇7 集136）　今ノ橋寺ノアタリナルヘシ

54 しけきの中をわけ給ふに（一五三〇8 集136）　河内本ニハ茂キ野中　茂木ノ中也

55 ぬししらぬか（一五三一1 集136）　本哥　主シラヌ香コソ匂ヘレ

56 御をこなひのほとを（一五三一10 集137）　コヽヘマヒリタル叓御行ノマキラハシナルヘケレハウハソクノ宮ヘハシ

ラセ申ナト也

57 をしよせ奉れり（一五三11 集139） カホルヲヽショセ奉ル也

58 (姫)ひとりはしらに（一五三1 集139）

59 ひわをまへにをきて（一五三2 集139） 姫君ノヿ

60 はちをて(手)まさくりにしつゝ（一五三2 集139）

61 (〱)あふきならてこれしても（一五三3 集139） 月隠重山

62 そぴふしたる人は（一五三5 集139） コヽニテハソピフシト読
ヘシソヒヤカニ臥タル也

63 (〱)入日をかへすはちこそありけれ（一五三6 集139） 陵王随
舞又還城楽陵王ヲアヤフメントテ日ノクルヽヲ撥
シテ日ヲ午ニカキカヘストイヘリ

64 これも月にはなるゝものかは（一五三7 集139） 比巴ノ撥ハ隠
月ニヲサムル故也隠月トハフクジュトイフ所ノ下
ニアル撥サシイルヽ穴ヲイフ也

65 むかし物かたりなとに（一五三9 集140） 住吉物語ニヒメ君ノ
琴弾給ヲ中将聞ツケ侍ル叓見エタリ又ウツホニモ
アルト也

66 かくみえやしぬらんとは（一五四6 集141） カホルノホノ見給
叓ハ知給ハサル也

67 ありつるみすのまへに（一五四10 集141） 宮ノヲハセシトキ出
入ノ所ヘナリ

68 このみすのまへに（一五四10 集141） カホルノ詞也

69 なに事も（一五五4 集142） 姫君ノ詞也

70 かつしりなからうさを（一五五5 集142） カホルノ詞 何叓モ
思シラヌトノ給ニ付テイヘル詞也

71 (世)よのさかと思ふ給へしるを（一五五6 集142）

72 ひとゝころしも（一五五6 集142） 二人ナカラヲホメキ給叓ク
ルシキト也

73 御すまゐなとに（一五五8 集142） ワレモ山居ナトノ心深キ叓
也サテ御心ニタクフト也

74 なに事もすゝしくをしはかられ侍れは（一五五8 集142） カヤ
ウナル所ニヲハスレハ御心ノ中モ清ク何叓ヲモク
ラカラス推量シ給ハント也

75 つれ〳〵とのみすくし侍よの物かたりも（一五五12 集143） カ

ホルノ獨住ノヿ

76 わかき御心地にも（一五二六8 集144）　御忘ノホトヲ思召シレト
モハツカシクテウト〳〵シキヤウナルト也サテカ
ホルノ詞ニタノミコヨナカリケリトハイヘリ

77 三条の宮に（一五二七11 集146）　女三ノ宮ノヿ

78 世かい（界）より（一五二七13 集146）

79 いつ（五）とせむとせのほとなむ（一五二七14 集146）

80 このころとう大納言と（一五二八1 集146）　紅梅ノヲトヽノヿ

81 右衛門のかみ（督）にて（一五二八1 集146）

82 弁は母に（一五二八5 集146）　ワカ叓ヲイフ也

83 御心よりはたあまりける事を（一五二八6 集146）　柏木ノ叓女三
宮ノ思ヒノヿ也

84 かむなきやうのものゝ（一五二八12 集147）　巫覡文選

85 みねのやへ雲思ひやるへたておほく（一五二九5 集148）　本哥
白雲ノ八重ニカサナルヲチニテモヲモハン人ニ心
ヘタツナ

86 あさほらけ（一五二九9 集148）　上句ハチトヲモフ心ヲホノメカ
ス也

87 雲のゐる（一五二九13 集148）　返哥ハ山家徒然ノ挨拶ハカリヨメ
リ

88 今すこしおもなれてこそは（一五三〇3 集149）　今スコシマヒリ
ナレテワカ恨ヲモ聞エント也

89 かく世の人めいて（一五三〇3 集149）　カヤウニ世上ノ客人ナト
ノヤウニモテナシ給叓ウラメシト也

90 にし（西）おもてに（一五三〇5 集149）

91 あしろは人さはかしけなり（一五三〇5 集149）　山城近江国氷魚
九（マヽ）月迄十二月晦日供也近江ノ田上ニモレタル氷魚
ヲ山城宇治ニテトルトイヘリ

92 〳〵われはうかはす（一五三〇9 集149）　渡世ノハカナキ叓玉ノ
臺モ同叓ト観念也

93 はし姫の（一五三〇11 集149）　ハシヒメ姫君ニヨソヘリ

94 いらゝぎたるかほして（一五三〇12 集150）　イラヽキテハ詩ニ鶏
皮トイフニヲナシ

95 かみのか（香）なと（一五三〇13 集150）

96 さしかへる（一五二1 集150） ワカ常住袖ヲクタス㕝川ヲサト
ヲナシ物ト也

97 （〳〵）身さへうきて（一五二1 集150） （サスサホノ）雫ニヌルヽ
袖ノウヘニ身サヘウキテモヲモホユルカナ

98 かへりわたらせ給はんほとに（一五二4 集150） 宮ノ寺ヨリ帰
リ給ハン時ト也

99 うちつけなるさまにやと（一五二10 集151） 文章也

100 さこんのそう（左近尉）なる人御つかひにて（一五二13 集151） 左近ノ将
監叙爵シテ左近大夫ニナルヲソウト云

101 をこなひ人ともに（一五三5 集152） カホルヨリノ物トモヲ阿
闍梨ノクハリ給也

102 身をはたえかへぬものなれはにつかはしからぬ（一五三8 集152）
身ヲカヘヌ習ヒナレハサウソクノ身ニ不似合体也

103 なにかはけさうたちて（一五三13 集153） ウハソクノ詞ヒメ君
ヘノセウソコモケサウニハアラシト也ナカラン後
ニ哀ヲカケ給ヘトワカ申セシニヨリ心トヽメテト
フラヒ給ト也

104 御身つからも（一五三2 集153） 八ノ宮ノ㕝也

105 三の宮の（一五三3 集153） 匂宮ノ㕝物スキノ人ナレハウチノ
姫君ノ㕝ヲカクリ御心リハカサント也

106 み（見）まさりせんこそ（一五三3 集153）

107 いとさま〳〵御らんすへかめるはしをたに（一五三10 集154）
ソナタニコソサマ〳〵ノ艶書モアラン見セ給ハヌ
ト也

108 かのわたりは（一五三11 集154） 宇治ノ姫君ノ㕝アノ儘ニムモ
レテハヲハセン出京ナトシ給ハヽ必御覧セント也
御ランセサセタケレトカロ〳〵シキ御アリキモ叶
サル御身ナレハト也

109 よ（世）に侍りけれ（一五三13 集154）

110 このきこえさするわたりは（一五四1 集154） 彼宇治ノ姫君達
ハヒシリノ中ニマシリカタクナシカラント兼テ思
ヒクタシヽ也

111 おほろけの人に（一五四5 集155） 薫ノ大方ノ㕝ニハカクノ心ヲ
ミタリ給マシキマメ人ニテカク心ヲソメ給ハヽ大方

ナラシト匂宮ノ推量也

112 なをまた（又）く\よくけしき見給へと（一五三四7 集155）

113 人をすゝめ給て（一五三四7 集155）　猶案内ヲミ給ヘト薫ヲスヽメ給也

114 かきりある御身のほとのよたけさを（一五三三8 集155）　ワカ軽ゝ敷身ナラハ行テモケシキハマン叓也

115 いてや（一五三四9 集155）　薫ノ詞

116 かのふる人の（一五三四13 集155）　弁ノ君ノ語シ叓ヲ聞シニ猶世中イトハシクナリ何叓ニモ心ノトマラヌト也

117 なにかそのひをむしにあらそふ心にて（一五三五2 集156）　観念也　郭撲《ホク》詩ニ借問蜉遊輩寧知亀鶴年　氷魚ノヒヲ虫ノ名ニカヨヒタル叓有興ト也　蜏《ヒヲムシ》《イウ》朝生夕死虫也紫明

118 かとりのなをし（一五三五4 集156）　無文平絹也昔ハ公卿モ直衣ニ平絹ヲ用タルヘシ

119 さうしおろして（一五三五6 集156）　請下

120 き（義）なといはせ給ふ（一五三五7 集156）

121 色をもかをも（一五三五12 集157）　ウハソクノ詞

122 しるへするものゝねにつけてなむ（一五三五14 集157）　ワカヒメ君ノ案内者ニナルト也

123 心とけても（一五三六3 集157）　宮ニ隔心し給《タマヒ》十分ニ弾給ハヌ㕝也

124 いてあなさかなや（一五三六3 集157）　宮ノコトハ

125 御みゝとまるはかりのて（手）なとは（一五三六4 集157）

126 きむをかきならし給へる（一五三六5 集157）　八ノ宮ハ琴ノ名匠ニテヲハス也

127 かたへはみねの松かせのもてはやすなるへし（一五三六6 集157）　松風入夜琴ノ心也

128 心はへあるて（手）（一五三六6 集157）

129 このわたりにおほえなくて（一五三六6 集158）　中ノ君ノサウノ琴引給叓ヲ宮ノ語給也似ツカハシク引給ト也

130 ろなう（一五三六10 集158）　勿論也

131 物のように（一五三六10 集158）　上手ノヒクニ似ルハカリノ柏子ハナキト也卑下シテノ玉フ也

132 そのつゐてに（一五三六14 集158） カヤウノツヰテニヰ姫君達ノ
叓ヲノ給也
133 かくあやしう（一五三六14 集158） ヒメ君達ノ叓ヲノ給也ワカヒメ君ヲコヽニテハクヽム叓人ノ思ヒヤリモ不相似ト也
134 よつかぬ（一五三六14 集158） 不似合叓
135 そのよ（世）の心しりたる人も（一五三八3 集160）
136 いまはなにかはやきもすて侍なむ（一五三八14 集161） 此文ヲ焼捨ントコヽヘ御音信ナトナレハツヰテモヤトヲモヒヤキモステテヌト也サテ念シ侍リツル力《チカラ》 出マウテキテト下ノ詞ニイヘリ
137 ふちころもたちかさね（一五三九6 集161） 柏木ト母ノ服ノ𠃋
138 としころによからぬ人の心をつけたりけるか（一五三九7 集162）
ワカ妻ノ男ノ叓也ワレニ心ヲツケタル叓也
139 人をはかりこちて（一五三九7 集162） 詐 人ヲコロシタル𠃋也
其男トツレテ流牢ノ叓也
140 あらぬよ（世）の心地して（一五三九9 集162）
141 この宮には（一五三九10 集162） 此八ノ宮ハ父ノ方ニ故アリテコヽニアルト也
142 冷泉院の女御（弘）殿の御かたなどこそは（一五三九11 集162） 柏木ノ兄弟ナレハ也
143 くち木になりにて侍なり（一五三九13 集162） 形コソ太山カクレノ朽木ナレ心ハ花ニナサハナリナン 古今兼藝法師
144 するのよ（世）におほくの（一五四〇1 集162）
145 われなをいくへくもあらすなりにたり（一五四〇8 集163） 柏木ノ臨終チカキ折ノ詞也
146 やかてわかれ侍しにも（一五四〇10 集163） 西国ヘクタル𠃋
147 うち（内）の御物いみも（一五四〇14 集163）
148 院（冷）の女一の宮なやみ給ふ（一五四一1 集163）
149 からのふせんれう（一五四一5 集164） 浮文ノ綾也 唐浮線綾
150 上といふもし（文字）を（一五四一5 集164）
151 かの御て（手）にて（一五四一8 集164）
152 そひにたり（一五四二9 集164） 女三宮御産ノ叓
153 目のまへに（一五四二12 集165） 女三宮尼ニ成叓

154 うしろめたう思ふ給ふるかたは（一五四一13 集165）　生給若君ハ
母宮源氏ノ養育アランホトニ心モトナカラヌト也

155 しみといふむしの（一五四二2 集165）　蟫《シミ》　白魚　衣魚　紙魚
蠹

156 跡はきえす（一五四二3 集165）　カキツクル跡ハ千年モ有ヌヘシ
忘レス忍フ人ヤナカラン

157 こまくくとさたかなるを（一五四二4 集165）　紅牋白紙両三束半
是君詩半是書経レ年不レ展縁《ル》二身病一今日開看《レハ》生《ス》二蠹
魚《ヲ》一　白氏文集十四

（紙数四十八丁）

一校了

しゐかもと

椎本　巻ノ名以哥付薫十九ノ春ヨリ廿才ノ秋迠ノ叓見エタリ十九ノ秋中納言ニハ成侍也并竹ト同時ト見ヘシ

（薫宰相中将ヨリ　中納言　又一年）

1 きさらきのはつかのほとに（一五四七1 集169）

2 宇治のわたりの御中やとりのゆかしさに（一五四七2 集169）　南都下向ノ人ハ宇治ヲ中宿トス後々ノ行幸ナトニモ平等院ニテ御儲ノ叓アル也

3 （＼）うらめしといふ人も（一五四七3 集169）　本哥ニ見エタヘ世ヲウチ山ノ人意歟

4 右の大い殿しり給ふ（＼）所は（一五四七6 集169）　平等院ニ比シテカケリ

5 たぎのはんとも（一五四八2 集170）　弾碁石ハシキノハン也

6 御こと（琴）となとめして（一五四八4 集171）

7 かうよ（世）はなれたる所は（一五四八4 集171）

8 （薫）ふえをいとおかしうも（一五四八7 集171）

9 （＼）ちしのおとゝの御そうのふえのね（一五四八10 集171）　御孫也一族ノ心也

10 さしもおもひよるましかめり（五四八14 集172）　宰相ノ君ヲユカリニセカナトハヲモヘトソレモイカヽトノリ況

大方ノ志ノ人ニハト也
11 まいていまやうの心あさからむ人をは（一五四九1 集172）　匂宮
ノ叓ヲフクミテノ給ヘリアタ〱シキ人ニテヲハ
スレハ也
12 ちる桜あれは（一五四九4 集172）　本哥　桜サク
13 川そひやなきの（一五四九5 集172）　六帖　イナムシロ川ソヒ柳
水ユケハヲキフシ見レトソノネタエセス貫之
14 山かせに（一五四九10 集172）　笛ノ音ナトハ聞ユレト御心ノヘタ
ヽリテ無音《イン》ナルト也返哥ハ御心ハカヨヘトナリ
15 （〳〵）かんすいらくあそひて（一五四九14 集173）　今案　酣酔樂ハ
右楽也又河水楽一本河ヘニ便アリ
16 あしろ屏風なと（一五五〇2 集173）　アシロニテ張タル屏風也昔
ハ山荘ナトノ古メカシキ調度ニハ定叓也
17 いにしへのね（音）なといとになきひき物ともを（一五五〇4 集173）
古キ樂器ヲトリ出給叓也
18 （〳〵）一こつてうの（一五五〇5 集173）　（壱越調）
19 さくら人あそひ給ふ（一五五〇5 集173）　桜人ハ呂ノ哥也一越調

モ則又呂也カホル中将ヲ桜人ニヨソフル也　桜人
ソノ船チヽメ
20 へいしとる人も（一五五〇11 集174）　昔ハ瓶子ナカラ杓ニタツ也
21 心つくす人も（一五五〇13 集174）　心付也
22 かの宮は（一五五〇13 集174）　匂宮ハ所セキ御身ニテ八宮ヘ入御
ナキ叓也
23 山さくらにほふあたり（一五五一2 集174）　ヲナシカサシトハ匂
宮宇治ニ一夜トマリ給ヘル故ニカクイヘリ
24 （〳〵）野をわきてしも（一五五一6 集175）　（引哥不當歟）本哥ワキ
テシモ何匂ラン秋ノ野ニイツレトモナクナヒクヲ
ハナニ　カヤウニ取分テ御音信アラン子細モナキ
ニト也
25 とう大納言（一五五一8 集175）　（紅）梅ノヿ勅使也
26 しるへなくても（一五五一13 集176）　本　近江路ヲシルヘナクテ
モ見テシカナセキノコナタハワヒシカリケリ
27 宮もなをきこえ給へ（一五五一14 集176）　八ノ宮ノ叓匂宮ヨリ御
文ナトアラハ返叓ナトハシ給ヘトヒメ君ニサイソ

クアル也スキ〳〵シキ人ナレハヒメ君達ノアルト聞給ヒコソ消息モアルニ返叓ノナクハヲモハセタルヤウナラント也

28はるのつれ〳〵は（一五三二3 集176）　本　拾　思ヤレ霞コメタル山里ニ花待ホトノ春ノツレ〳〵上東門院少将

29あたらしうおしきかたの思は（一五三二6 集176）　姫君ノカタクナシクヲハセハ親子ノ間ノ不便ナル叓ハカリニテアタラシト思叓ハ有マシキト也

30宮はをもくつゝしみ給へきとしなりけり（一五三二7 集177）　八ノ宮役年ナトノ叓ニヤ

31よ（世）にすみつき給（一五三二14 集177）

32さい相の中将（一五三三6 集178）　（廿二欤）

33いにしへさまの（一五三三8 集178）　柏木ノ㆑也柏木ノ㆑ヲ聞給ニ道心深キ御心也

34かのおい人をは（一五三三9 集178）　弁ノ尼ノ叓

35をとはの山ちかく（一五三三12 集178）　本　後撰　松虫ノハツ聲サソフ秋風ハ音羽山ヨリ吹ソメニケリ

36（〳〵）まきの山邊も（一五三三13 集178）　マキノ山ハ音羽山ノツヽキ也

37さるかたにても（一五三四5 集179）　出家シ隠遁シテモ存命ナラハヒメ君ノ後見ハ申サント也

38このころの世は（一五三四8 集180）　當時ノ叓也

39くちうなとにて（一五三四8 集180）　九重ヲ音ニイヘリ

40すへてまことに（一五三五4 集181）　カホルノ返答　身ツカラノ叓ニテハイカニモ〳〵此世ヲカリ初ニ思ヒ何叓ニモ深ク執心ナキト也サレト管弦ナトハ〻テカタキト也

41（〳〵）かせうも（一五三五7 集181）　香山大樹緊那羅王於佛前弾瑠璃琴奏八万四千音樂迦葉尊者忘威儀而起舞出　大樹緊那羅経ニ此叓アリ

42すまひなと（一五三六4 集182）　文武ノ御子聖武天皇ノ御代神亀三年令諸国近江（マヽ）相撲人七月六七日間相僕（マヽ）召仰也ハシメハメシ合後ニスクリテ御覧スルヲ抜出トイフ也

43 我心なから（一五五六10 集183）　匂宮ノアタ〳〵シキ御心ニワカ心ヲ思ヒクラヘ給也ワレナカラ好色ノ心ウスキ叓也

44 心ほそくのこりなけに（一五五七1 集183）　八宮ノ御気色ノヿ

45 また(又)見ゆつる人もなく（一五五七9 集184）

46 過給にし御おもてふせに（一五五七12 集185）　母上ノヿ

47 人のことに（一五五七13 集185）　人ノ詞也

48 ともかくも身のならんやうまては（一五五八3 集185）　ヒメ君ノ心中也　ワカ身ノトモカクモナラン叓ヲハヲモハス父宮ニヲクレ奉リテハイカヽスクサント思歎給フ也

49 わかれ給はんは（一五五八7 集185）　ヒメ君ヲニクヽ思テナトワカルヽ叓ナラネトナリ

50 心ほそきよ(世)をふるは（一五五九1 集186）

51 むまれたる家のほと（一五五九2 集186）　何ト零落シテモ我《ワカ》位ノ程ニ心掟ヲモセヨト也

52 ひとり〳〵なからましかは（一五五九8 集187）　本哥ヲモフトチ

53 かのおこなひ給ふ三まい(昧)（五五九11 集187）　是ハ法花三昧也又タヽ不断ノ念仏ナトノ叓ヲモイヘリ

54 そなたのしとみあけさせて（一五六〇10 集188）　父宮ノヲハスル寺ノ見ユル戸ヲアケテナカメ給也

55 涙もいつちかいにけむ（一五六〇13 集189）　杜詩云驚《クヿ》定《マッテ》却テ拭涙云〻　史記呂后本記孝恵帝崩太后哭《コクスレトモ》泣《ナミタ》不レ下《クタラ》　顔渕死子痛哭之慟

56 昨日けふと思はさりけるを（一五六二3 集191）　本　ツヰニ行道トハ

57 ねん仏のそうさふらひて（五六二14 集192）　八ノ宮ノ叓中陰ハ阿闍梨ノ本ニ立タル也

58 御いみもはてぬ（一五六三7 集193）　弔陰ノ叓

59 こ萩かつゆの（一五六三9 集193）　下句ハ我御所ノ体也

60 もろこゑになく（一五六四7 集194）　モロ声トハ兄弟シテナクヿ也

61 くろきかみに（一五六四7 集194）　詞ノ便無比類モノト河海ニモアリ

62 （＼）さゝのくまを（一五四10 集194） サヽノクマヒノクマ川ニ
駒トメテシハシ水カヘカケヲタニ見ン
63 ろく給ふ（一五四12 集195） 禄
64 御らんせしにはあらぬての（手）（一五四12 集195）
65 いつれかいつれならむと（一五四13 集195） 手跡ノマサリヲト
リノ分別也
66 あさきりに（一五五4 集195） 宗祇ノ説ニハアトマトハセルト
アリ筆跡ノ叓ニイヘリ 本 後撰 聲タテヽナキソ
シヌヘキ朝霧ニ友マトハセル鹿ニハアラネト 友則
67 あまりなさけたゝむもうるさし（一五五5 集195） 餘ニ情タチ
テ返叓センモイカヽト思ヒ給此度ハ返シナキ也
68 この宮なとをは（一五五9 集196） 匂宮ノ叓カロラカニハ如何
ヲモハント也
69 あさましくいまゝて（一五六7 集197） 姫君ノ詞
70 ことゝいへは（一五六10 集197） ソノコトヽイヘハ也カホルノ
詞
71 月日のかけは（一五六10 集197） 空ノ光見侍ランモト姫君ノヽ
給ヒシ詞ヲウケテイヘリハシ近カラン叓モワカ御
心ヨリナラハコソアラメコリタノモヨホシニ随ヒ
給ヘト也
72 ゆくかたもなく（一五六11 集197） カホルノ心中ノ叓也千ト物
近クテ互ノ積鬱ヲモハレタヤト也
73 又の給契りし事なと（一五七2 集198） 八ノ宮ノ遺言ノ叓
74 （＼）はつるゝいとは（一五七12 集199） 本 古 藤衣ハツルヽ
糸ハ侘人ノ泪ノ玉ノヲトソノリケル
75 あさましき事とも（一五八2 集199） 柏木逝去ノ叓
76 かくはかなく（一五八6 集199） 八ノ宮ノ叓
77 ほたしなと聞えんはかけ〳〵しさやうなれと（一五八8 集200） カケ〳〵シキヤウトハ姫君フワカ物カホノヤウナ
ルト也
78 かの御ことあやまたす（一五八9 集200） 詞也 遺言ノ叓也
79 左中弁にてうせけるかこなりけり（子）（一五九1 集200） （弁尼ト北
方トイトコ）
80 はゝ君も（一五九2 集200） ヒメ宮ノハヽ宮ノ叓

81 むかしの御事は（一五六九5 集201）　柏木ノヿヲハ姫君ニモシラセ申サヌ也

82 中納言のきみは（一五六九7 集201）　サレトカホルハヲシナヘテイヒヒロムル叓ハナクトモ姫君達ニハ弁ハ語タラント也ヒメ君ヲワカ物ニモナシタラハハツカシキ叓ト也サレトカケハナレンハ如何ト也

83 秋やはかはれる（一五六九12 集201）　本　時シモアレ秋ヤハ人ニワカルヘキ　已前タチワカルヽ時八ノ宮ノヽ給ヒシ叓モ秋也三秋ノ中ナリト也

84 たいとこ（一五七〇1 集201）　大徳

85 御ねんすのくとも（一五七〇2 集202）　念誦具

86 妹きりの（一五七〇7 集202）　本　行カヘリコヽモカシコモ

87 かく憑みかたかりける御よを（世）（一五七〇13 集203）

88 きのふけふとは（一五七〇14 集203）　本　ツヰニユク道トハ

89 心をけたすいふもあり（一五七一9 集204）　本性ヲ失ハヌ心也

90 かたき事かな（一五七一10 集204）　春ニ成テモカナシキ叓ハアラタマリカタキト姫君達ハヲモハルヽ也

91 としころにならひ侍にける宮つかへの（一五七二2 集204）　阿闍梨ノ詞也

92 きみなくて（一五七二9 集205）　宮ノウセ給テアサリヘノ音信ナトノ絶タル叓也松ノ雪ヲモイカヽナカメ給ラントアサリヲ思ヒヤル也

93 なをうつりぬへきよなりけり（世）（一五七三6 集206）　アタ〱シキ叓ハ嫌心ナレトヒメ君ニ心ヲヨスル叓我心ナカラ定ナキ叓ト也

94 宮のいとあやしく（一五七三7 集206）　匂宮ノヿ　哀ナリシ御一コトヲ承リテ此段ハ八ノ宮ノヒメ君ヲカホル後見シ給ヘトノ遺言也ソノ叓ヲ匂宮ニ物ノ次ニホノカニ語リヤ申ツラン又推量ニヤノ給ラントヲホメキノ給也サルニヨリ姫君ノ叓ヲ聞エナヒケヨトワレヲウチタノミ給ト也ツレナクヲハスル叓ヲカホルノヒカコトノヤウニ匂宮恨給ト也

95 なひきやすなるなとを（一五七三14 集207）　ナヒキ安キ女ナト弥シケナクヲモヒ捨給也ソレヲ世ノ人アタナルトイ

フ也本性ハサモヲハセヌ人トナリ

96なに事にもあるにしたかひて（一五七四1 集207）　是ハ世中惣躰ノヿ也

97おとけたる人こそ（一五七四2 集207）　ヲトケタル人コソト句ヲキルヘシ下ヘツヽカヌ詞也物ヲヨク分別シテ時世ニシタカフ心タテヨキト也　ポケノ〳〵シキヲイフ也

98くつれそめては（一五七四4 集207）　本　神南備ノミムロノ岸ヤクツルラン立田ノ川ノ水ノニコレル　是ハ男ノ思ヒカヽリテサテヤマヌタトヘニイフナリ

99心のふかうしみ給ふへかめる御心さまに（一五七四6 集208）　是ハ又匂宮ノ叓我心ニ深クシメ給人ノ我心ニヤウ体モ叶ヒ又ソムク叓ナクハ始終カロ〳〵シクハモテナシ給ハシト也

100人の見奉りしらぬことを（一五七四8 集208）　コト人ハ匂ノ御心中ヲシラネトワレハヨク御心タテヲモヨクシリタルトナリ御同心ナラハソノ御心マウケハ随分奉公申サント也

101御なかみちのほと（一五七四10 集208）　匂ノ宇治ヘカヨヒ給ハンニ足ノイタカラン心也遠路一ハ足ヲイタム心ニイヘリ河海ニ媒ノ心ニイヘル不用

102人のおやめきて（一五七四12 集208）　ヒメ君ノワカ御身ノ亢ヲハヲモヒコラス妹ノ御叓ヲト也

103御みつからきこしめしおふへき事とも（一五七五1 集208）　カホルノコト葉匂ノヽ給叓ヲ御身ノ上ニハ聞ヲヒ給マシキト也ヒメ君ハタヽ我カクマヒル叓ヲ哀トハカリ御覧セヨト也カホルノ心ハ中ノ君ニ匂ヲ引合テサテノカレ所ナクヒメ君ヲリカ物ニセンノ御心ニテ切ニノ給也

104かの御心よせはまた（マ）（一五七五3 集209）　匂ハ中ノ君ニ心ヨセ給ヘルヨシナリ

105いさやそれも人のわき聞えかたき事なり（一五七五4 集209）　サレトコナタノ分別推量ニハカタキ叓也此比ノ文ノカヨヒハ何方ヘト也

106 雪ふかき(一五五8 集209) カホルヘナラテ別人ニ文カヨヒノナキト也

107 つらゝとち(一五五10 集209) 匂ノ案内者ニ先ワタラント也

108 (〳〵)かけさへ見ゆるしるしも(一五五11 集209) 万 朝香山影サヘミユル匂ノ心ヨセハアサカラシト也

109 たゝ山さとのやうに(一五六4 集210) 是ハ山里ノヤウニ閑ナル所アリワレニサソハレ給ヘト也カクノ給ヲ女房ナトハウレシク聞也

110 かづらひけとかいふつらつき(一五六10 集211) 世俗ニヲモツラヒケノヿ 髮《カツラ》髯《ヒケ》 又鬘 鬒

111 (野)の山にましり侍らむも(一五六14 集211)

112 いかなる木のもとをかは(一五六14 集211) 本 古 侘人ノワキテ立ヨル木ノモトハ

113 花のかさりおとろへす(一五七2 集212) 瓔珞ナトノ叓也又花臺也

114 たちよらむ(一五七4 集212) 本 ウハソクカヲコナフ山ノ椎カモトアナソバ〱トコニシアラネハ

115 ちかき所〻にみさうなと(一五七6 集212) 御庄

116 おい人にまきらはし給つ(一五七8 集212) アヤシキ物ナトマヒリタレト弁ト物語ニマキラハシ見モ入給ハヌサマ也

117 (雪)ゆききえに(一五七10 集212)

118 いもゐの御《ヲン》だいに(一五七11 集213) 齋《イモヰ》 潔斉《イモヰ》《イサキヨキ》

119 月日のしるしも(一五七12 集213) 月日ノシルシモ見ユルコソト人ノイフ詞ヲウケテヨメル哥也

120 つみかはやさん(一五八2 集213) ツミカハヤサントハ草ハツメハ跡ヨリモユル物也 本哥 シナテルヤ

121 (姫)いつくとか(一五八11 集214) 本 フカ草ノ

122 あためいたる御心さまを(一五八14 集215) 匂ノアタメキ給時ハカホルノイサメ給フ也 サヤウノ御心サマナラハイカテカ宇治ノヒメ君モナヒキ給ハント也

123 心にかなふあたりを(一五九? 集215) 心ニ叶アタリノナケレハアタナル心ヲモツカフト匂ノヽ給也

124 殿居《(トノイ)》人めしいてゝおはす(一五九13 集216)

125 なをあらじ゜に（一五八〇1 集216）　ミスシテハアラシト也

126 まつひ《(中)》とりたちいてゝ（一五八〇7 集217）

127 女一《(今)》の宮も（一五八〇14 集217）　明石ノ中宮ノ女一ノ宮ノ叓

128 また《(又)》ゐさりいてゝ（一五八一1 集218）

129 （＼）いろなりとかいふめるひすひたちていとおかしけに（一五八一9 集218）　イロハ尋也八尺ヲイフ髪ソキニ千イロ八尺トイフ心也　翡翠瑠璃色ノ鳥也　髪ノ色ニタトヘイフ也

130 かたて《(手)》にもち給へるて《(手)》つき（一五八二10 集218）

一校了

（紙数四十四丁）

あけまき

総角　巻ノ名哥ニモ詞ニモアリ薫廿才ノ秋ヨリ冬迠ノ叓アリ

（椎本同年　巻名哥并詞）

1あまたとしみゝなれ給ひにし（一五八七1 集223）

2この秋はいとはしたなく物かなしくて（一五八七1 集223）　宮ヲハセサルユヘ也

3御はての事（一五八七2 集223）　宮去午八月廿日ニ逝去一周忌ノ御仏叓ノ𠂉

4かゝるよその御うしろみなからましかは（一五八七5 集223）　薫ノ御後見ナクハ物ハカナカラント也

5みやうかうのいとひきみたりて（一五八七7 集223）　（名ー香）糸サマ〳〵ノ香ヲ帋ニツヽミテ五色ノ糸ニテ結ヒカケテ仏ニ奉ル𠂉也

6たゝりの（一五八七8 集223）　線柱《タヽリ》　糸クルワクノ叓也　刀十三乙女子カウミヲノタヽリウチヲカケウム時ナシニ恋ワタルカモ

7（＼）我なみたをは玉にぬかなむ（一五八七9 集223）　ヨリアハセナクナルコエヲ糸ニシテ我泪ヲハ玉ニヌカナン七条后崩御ノ時御ワサノクミナトシケル時ソノ時

伊勢カ哥也ヨク出合タル叓也

8 伊せのご゜も（一五八七9 集224）　御ハ女房ヲカシツキタル詞也

9 （〽）引物とはなしに（一五八七11 集224）　本哥　イトニヨル物トハナシニ別路ノ心ホソクモヲモホユルカナ

10 このよなからの別をたに（一五八七11 集224）　生別ナリソレタニカナシキト也

11 あけまきに（一五八八1 集224）　催馬楽呂ノ哥ノ心ソコニアリ

12 （〽）引あはすはなにを（一五八八3 集224）　本　片糸ヲコナタカナタニ

13 すか〱とも（一五八八5 集225）　速《スカ》〱

14 宮の御ことをそ（一五八八5 集225）　匂ノ叓

15 さしも御心に（一五八八6 集225）　匂ノサシモ御心ニシメ給ハネトスキ給ヘルニテ姫君ノツレナクヲハスレハマケシ玉シヰニテカヤウニノ給カトヲモフニ真実ニ心ヲ染玉フト也ソレヲ何トシテカヤウニモテハナレ給ト也

16 たかへきこえしの心にて（一五八八12 集225）　姫君ノ返叓也　御心ニタカヘシトテコソ有マシキ叓ナレト對面ナトハ申ト也ソレヲ御分別ナキハ心浅キ叓ト也

17 の給ひをくこともなかりしかは（一五八九3 集226）　父宮ノカヤウノ叓御在世ノ中ニモノ給ヲクヿナケレハ世ツキタル方ヲハ思絶テ侍レハトカク返叓申サン叓モナキト也

18 さるはすこしよこもりたるほとにて（一五八九5 集226）　妹ノ御叓也　此儘コヽニ有ハテ玉ハン叓ハクルシキト也

19 （〽）み山かくれには（一五八九6 集226）　本　スカタコソ太山カクレノ

20 としころは（一五八九10 集227）　弁ニ對シテカホルノ詞也

21 御するゑの比ほひ（一五八九11 集227）　八ノ宮ノ姫君ノヿノ給ヒシヿ也

22 いかにおほしをきつるかたの（一五八九14 集227）　カヤウニ申叓ヲモ同心シ給ハヌハ別人ニ御心ヨセモアルカト疑心ナリ

23 世人も（一五九〇2 集227）　ハヤ世上ノ人モヒメ君ニ心ヲヨスル

トイヒナスト也
24 むかしの御ことも（一五〇3 集227） 詞也
25 宮の御事をも（一五〇5 集228） 匂ノ叓ソレヲモ御同心ナキハ
又別ニ御心ムケモアルカト也
26 いとさはあらす（一五〇9 集228） 弁ハ世上ノ女房ナトノコト
クニクキサカシラ心ハナクテタヽアリノ儘ナルト
也
27 たのもしけあるこ（木）のもとの（一五〇12 集228） 父宮御在世ノ時コソ
28 おはしましゝ世にこそ（一五一1 集228） 父宮御在世ノ時コソ
タ安ク世ツキ給ハン叓ハ有マシキ叓ニシ給ヘ今ハ
タヨリモヲハセネハカホルノ御心ムケニ任給ハン
叓ヨカルヘキコトヽタトヘヲ引テイフ也
29 松の葉を（一五一5 集229） 金峯山縁起役行者着藤皮衣松葉為
食吸花汁助保身命卅余ヶ年云々
30 みち〳〵わかれて（一五一7 集229） 山居閑居ニテ仏道ヲネカ
フモアリ色〳〵ナル叓也
31 かの御かたを（一五一12 集229） 御意モアラハ妹ノ君ヲカホル
ニユルシ申サント也
32 哀なる御ひとことを（一五一14 集230） カホルノ詞也彼御遺言
ノヿ
33 さまて（一五二2 集230） ヒメ君ノ中ノ君ヲユルシ給ハントノ
給ヒシ叓也
34 よのつねになよひかなるすらにも（一五二4 集230） 世上ノ恋
慕ノ叓ニモアラスタヽウチトケテヲモソ叓ヲモイ
ヒカハシ申サンヨスカニシタキト也
35 后（明）の宮（一五二10 集230） 秋好中宮ノヿ
36 まいて心にしめたるかたのことは（一五三1 集231） 只今マテ
ヲシタチナトモ申ヨラメ叓ワレナカラカタクナシ
キワサナルト也
37 宮の御ことをも（一五三4 集231） 中ノ宮ノヿ匂宮ヘ引合ン叓
也
38 らうめいたるかたに（一五四2 集232） 廊
39 ましていとくるしけれと（一五四12 集234） ヒメ君ミタリナヤ
マシキトアル薫ノ返叓也

40 すいたらん人は（一五九五8 集235）　アタナル人ナトハ何ヲサハリ所ニセンヲシタチテモ逢奉ラント也ワカアマリニ人ノ心ヲヤフラスマメナルト也

41 かゝる御心のほとを（一五九五13 集235）　姫君ノ詞也カヤウノ心ヲシラテ對面ナト打トケシ叓浅間敷ト也

42 いみをくへく（一五九六5 集236）　イミ　憚也　袖ノ色ヲ憚ヘキ叓カハト也

43 みやうかうのいとかうはしくにほひて（一五九六10 集236）　糸ニアラス是ハ最也

44 佛をも思きこえたまふ御心にて（一五九六11 集236）　只今ツレナクシ給ハケニ仏ノ御カタモチカク又服衣ノ比ナレハ御憚アリテヤト也

45 かうなりけりと（一五九七4 集237）　女房ハ実儀ノ叓アルト思也

46 水のをとに（一五九七6 集237）　辺風吹断秋心緒滝水流添夜涙行
後江相公

引
47 馬とものいはゆるをとも（一五九七7 集237）　晨鶏并（マヽ）鳴残月没征《セイ》馬　連《シキリニ》嘶《テ》行人出白氏文集

48 （又）またきこゆるに（一五九八9 集238）

49 暁のわかれや（一五九八10 集239）　本哥　マタシラヌ暁起ノ別ニハ道サヘマヨフ物ニソアリケル

50 （／）とりの音も（一五九八14 集239）　一鳥不鳴山更幽

51 名残こひしくて（一五九九2 集239）　六帖五　夜モスカラタツサハリツル妹カ袖名残恋シクヲモホユルカナ

52 ある人とも《ゝ》（一五九九5 集240）　女房衆モ薫ニ心ヨセ媒セン叓也

53 この人の御けはひありさまの（一五九九6 集240）　薫ノ乛父宮モコノ人ヲハサシハナチテノ給ハサリシト也

54 あやしとこの宮は（一六〇〇2 集241）　中ノ君ノ乛

55 あけまきを（一六〇〇7 集241）　姫君ノ心中也アハンノ心ニテアケマキノ哥ナトヨミカハセシト心ヨリノ叓トヤ中ノ君モ思ヒ給ハンハハツカシキト也

56 （／）ひろはかりのへたてにても（一六〇〇7 集241）　ヒロハカリ心ヲトリテイヘリ

57 心はなと（一六〇〇11 集242）　心ハナトハ　心ハトハカネヲエリ

テ花ノカタヲスル也アケマキノ心ハヽ糸ニテ結フヤウニ見エタリ

58月ころくろうならはし給へる御すかた（一六〇一3 集242）　重服ヲヌキテモシハラク軽服ヲキル也薄鈍色也

59ちかおとりしては（一六〇一6 集243）　カホルナトニ見セ初テモ近ヲトリハセシト嬉敷思給也

60かの人は（一六〇一7 集243）　薫ノ叓　長月モシツ心ナク男女初會合忌正五九月云〻

61心あやまりして（一六〇一9 集243）　カホルノ心アヤマリシテワツラハシケレハ姫君對面ナキ叓

62御ふみにて（一六〇一11 集243）　姫君へ文ニテ心中ヲ述懐叓

63むかし物かたりにも（一六〇三3 集244）　ウツホノ物語ニヒメ君ニ女房ノ男引アハセシ叓アリ

64ことにいてゝは（一六〇三7 集244）　姫君ノ中ノ君ノコトヲ薫ニノ給叓也ソレヲ薫ノ詞ニイテヽ年待トリカホニハシ給ハンタトヒシタニハ同心ナリトモ外見ナトヲ思ヒテイナヒ給ハント也

65けしきたにしらせ給はすは（一六〇三10 集244）　此叓ヲ中ノ君ニシラセスハ恨給ハント姫君ヲモヒテノ給ヒ出ル叓也

66この人〻の（一六〇三1 集245）　ワレハ父宮ノ遺言ヲヲモヘハ此儘アラン叓ヲモナントモヲモハスコノ人〻トハ女房タチノ心コハキトイヒアツカフクルシキト也

67けにさのみやうの物とかくてのみ（一六〇三2 集245）　兄弟ナカラ同様ニカクテ過サンモイカヽト也

68ひとゝころをのみやは（一六〇三5 集245）　中ノ君ノ詞父宮モ独ヲサヤウニ世ツケントハヲホサヽリシト也イカヤウニモヲナシサマニコソノ給ヒシト也

69なをこれかれ（一六〇三9 集246）　姫君ノ詞女房衆是カレアマリヒカミタルヤウニイヘハカヤウノ叓ヲモ思ヒヨルト也

70ひとゝころにおはせましかは（一六〇三13 集246）　父母間ニ一所ヲハセハソノ御心ムケニイカヤウノスクセヲサタメン叓モ世ノ常ノ叓ニテ人ワラヘニハナラシト歟

給ᄀ也

71身をも心ともせぬよ(世)なれは（一六〇三14 集246）　イナセトモイヒハナタレスウキモノハ身ヲ心トモセヌヨナリケリ
後撰　伊勢

72とうせられ給はす（一六〇四4 集247）　動

73あやしくもありける身かなと（一六〇四6 集247）　姫君ノサマ也中ノ君何トモ聞入給ハヌヲクルシク思給也カヤウノ叓ナトハシタシキ人ト語合セナトスルコソタノモシケレト也

74おくさまにむきて（一六〇四7 集247）　奥

75御(姫)そともたてまつりかへよ（一六〇四7 集247）

76けになにのさはり所かはあらむ（一六〇四9 集247）　カヤウニ女房衆モヒトツ心ニカホルニ同心ナレハサハリ所ナキト侘給也

77（ ）山なしの花そ（一六〇四10 集247）　世中ヲウシトイヒテモイツクニカ身ヲハカクサン山ナシノ華《ハナ》

78からけせうに（一六〇四10 集247）　顕證　カホルノ大ヤウニ心長キ体也女房衆ノ火急ニ引合ント刷叓カヘリテ薫ノ心ニ不入叓也

79さはいへと（一六〇四13 集247）　カヤウニ火急ニアラハニモテナスモ下輩ノユヘカ又老ヒカメル故カト也草子地也

80とし比も（一六〇五1 集247）　姫君ノ詞也此年比モカホルノ世ノ常ノ人ノヤウニモナク心ヨセ給ト思ヒ打トケシニ今更ニ恋慕ノ叓ノ給ヨル叓本意ナキト也世ニ出タキ心ナラハモテハナレシト也サレトワカ身ハカヤウノ叓深ク思ハナレタルヨシ也

81さのみこそは（一六〇五10 集248）　是ヨリ長〳〵ト弁ノ君カ詞也

82ふた所なから（一六〇五13 集249）　中ノ君ノᄀハ匂ノ恨モアランホトニト更ニカホルハ承引シ給ハヌト也御二所ナカラ此御カタ〳〵ニ世ツキ給ハン叓メテタキ叓ナレト也

83かしこけれと（一六〇六1 集249）　恐リレト也

84後の御心は（一六〇六3 集249）　行末ノ叓ハシラネト此御カタ〳〵ハ似合《アイ》タル御スクセトモナリト也

85 しなほとならぬ事や（一六〇六6 集249）　父宮ノ御遺言モ品位ニ不似合下輩ノモノナトニナヒキ給ハン叓ヲコソイマシメ給ヘリシト也カホルノ御叓ニハ父宮モ御心ヨセ給ヒシヲト也

86 ましてかくはかり（一六〇六11 集250）　是ハワサトツクリ出タルヤウニ心ニ叶叓ヲ如何ニシテモテハナレ給ト也

87 ひれふし給へり（一六〇七1 集250）　蝶臥

88 うしろめたくいかにもてなさん（一六〇七2 集250）　弁カ心中也兄弟一所ニネタマヘルヲ心ニアハスヲモフ也姫君ニカホルヲ引合セント心ツカヒナリ

89 いとゝ我心にかよひて（一六〇七7 集251）　姫君ノカヤウニヒジリタチ給叓猶〻ワカ心ニ似タレハヨキト也サカシタチ給叓モニクカラヌト也

90 御けはひをも（一六〇七14 集251）　兄弟一所ニ臥給ヘトカホルハ分別シ給ハント也

91 わなゝく〳〵見給へは（一六〇八4 集252）　ヒメ君ノ見給叓也

92 やうやうあらさりけりと（一六〇八12 集253）　独臥給ヘルヲウレシク思給フニヒメ君ニハアラサリケリト見シリ給也

93 けに心もしらさりけると（一六〇八13 集253）　中ノ君ハ今夜ノタハカリヲシリ給ハヌヤツ体ト也

94 うちつけにあさかりけりとも（一六〇九2 集253）　人タカヘノヤウニハヲモハレシト也

95 このひとふしは（一六〇九3 集253）　コノ一フシトハヒメ君ノ叓也ツヰニワカ物ニナサント也

96 おいのしはのふる心地して（一六〇九7 集254）　老皺

97 おそろしき（〳〵）かみそつき奉りたらん（一六〇九9 集254）　荒神ナトノ叓也　万　玉葛ミナ（マヽ）フ木ニハチハヤアル神ソツクトイフナラヌ木毎ニ（花さきて）　此引哥兼載勘出給也

98 又あなまかく〳〵し（一六〇九10 集254）　イマ〳〵シキ也

99 （〳〵）引あふ人からにもあらぬ秋の夜なれと（一六一〇1 集254）　本哥　ナカシトモ思ソハテヌ昔ヨリアフ人カラノ秋ノ夜ナレハ　ワカ心サス人ニナケレハアフ人カラ

ニモアラヌトイヘリ

100 後せを契て（一六二〇3 集255）　万四　トニカクニ人ハイフトモワカサチノ後セノ山ノ後モアハン君

101 きのふの給しことを（一六二〇7 集255）　昨日ノ給シヿヲ中君思出給也

102 かへの中のきり／＼すはいゝて給へる（一六二〇8 集255）　姫君ヲキリ／＼スニヨソヘイフ也蟋蟀居壁トイフ本文ヨリイヘリ

103 弁はあなたにまいりて（一六二〇11 集255）　薫ノ前へ也

104 きしかたのつらさは（一六二〇12 集256）　薫ノ詞已前ハ末タノモシク残リアル叓ト也

105 身もなけつへき心ちする（一六二〇14 集256）　タツネクル身ヲシトハスハヨサノウミ身モナケツヘキ心チコソスレ

106 すてかたく（一六二〇14 集256）　故宮ノ御心ニヒメ君達ヲ残シ置給フ叓ヲ心クルシク思食テ御遺言ナレハサスカニ命モ捨カタキト也

107 かけ／＼しきすちは（一六二一2 集256）　恋慕ノ叓ナトハ中／＼兄弟ナカラ思ヒカケシト也

108 宮なとの（一六二一3 集256）　匂ノヿ

109 おなしくは心たかくと（一六二一3 集256）　匂ノ心タカキ方ニ御心ヲヨセワレヲカク隔給ヘハハツカシキト也

110 姫みやも（一六二一7 集257）　ヒメキミハ中ノ宮ニカホルノ心トヽメ給ハストクルシク思給也

111 れいよりはうれしと（一六二一9 集257）　後朝ノ御文アレハ心ヲトヽメ給トウレシク思給也

112 〔〕おなしえを（一六二一12 集257）　ヲナシエヲワキテ木ノハノウツロウハ西《ニシ》コソ秋ノハシメナリケレ古今　藤原勝臣
ヲナシエトハ匂ト同様ニワレモイヒヨル叓也　ワキテソメケルトハ匂ヘ心ヲウツシ給叓也　ワレコソヲモヒハフカケレト也

113 うつろふかたや（一六二三3 集257）　下句ノ心ハ中ノ宮へ會合ナレハ中ノ宮ニ御心ヨセフカヽラント也

114 ことなしひに（一六二三3 集258）　村鳥ノタチニシワカナ今更ニコトナシフトモシルシアラメヤ古今

115 そのかひなく（一六二三6 集258） 姫君ノ心カマヘノカヒモナク
中ノ君ヲカレ〳〵ニセンモイカヽト思刷給也

116 はしめのおもひかなひかたくやあらん（一六二三7 集258） ヒメ
君ニ本意ノ叓老人ノヲモハン所モ中ノ君ニ心ヲウ
ツサハヲヒ人トモノ心モハツカシト也

117 （〳〵）をなしあたりにかへす〳〵（一六二三10 集258） 大方ノアタ
人ノコトク兄弟ニカヽツラハンモ如何ト也

118 たなゝしを舟めきたるへし（一六二三11 集258） ホリ江コクタナ
ヽシヲ舟コキカヘリヲナシ人ニヤコヒワタルヘキ

119 はしをのほりも（一六二三5 集259） キサハシ也

120 きりふかき（一六二四1 集260） 真実ニ心ヨセ給ハヽ御覧セント
也女郎花ニヨソヘリサテ下ノ詞ニナヘテヤハトイ
ヘリ　本哥　女郎花ヲホカル野ヘニヤトリセハア
ヤナクアタノ名ヲヤタチナン

121 ねたましきこゆれは（一六二四2 集260） 妬　聞《ネタマシキコユ》　励　聞《ハケマシキコユ》　也

122 かろらかなる御心さまに（一六二四9 集261） 匂ノカロキ御心ユ
ヘニ引合テモ女ニ物ヲヲモハセンコソクルシケレ
ト也

123 よし見給へ（一六二四10 集261） 匂ノ詞

124 ふなわたりなとも（一六二五3 集262） 匂初瀬詣ノ時ハ舟ワタリ
シテヲトヽノ領中ニ中ヤトリ也ソレモコト〳〵シ
ケレハ橋ノコナタニ薫知行ノ所ニ宮ヲハヤーシ奉
給也

125 けいめいしめへり（一六二五7 集262） 経営也

126 うつろふかたことに（一六二五7 集262） 中ノ君ニ逢初ラレタル
叓ナレハ姉君ハ心易ヲホスナリ

127 中の宮は（一六二五8 集262） 又中ノ宮ハカホルハアネ君　心ヲ
ヨセ給ノトヲモハレシニ一夜ノ會合ノ後ハ心ウク
ヲモハルヽ也

128 ひたやこもりにては（一六二五13 集263） 無意趣ニテハ如何ト也

129 いつかたにも（一六二六1 集263） 姫君兄弟ノ叓ハイツレモ同叓
ト弁ハヲモフ也

130 されはよ思ひうつろひにけり（一六二六2 集263） アネ君心中也
薫ノ中ノ君ニ心ヲウツシ給ト也

131 かのいり給ふへきみちにはあらぬ（一六二六2 集263）　中ノ宮へカヨフヘキ道ニハアラヌ障子ヲサシテ先姫君對面シ給也

132 いまはとうつろひなむを（一六二六6 集264）　姉君ノ心中也ワレニケシキハム對面ニハアラシト姉君ハヲホス也

133 よ(夜)もふかさし（一六二六7 集264）

134 こと人と思ひわき給ふましきさまに（一六二六10 集264）　中ノ宮ヲワカ身ト差別ナクヲモヒ給ヘトヒメ君ノ給ヿ也

135 宮はをしへきこえつるまゝに（一六二六11 集264）　匂宮ノ薫ノマネヲシテ中ノ君本ヘイリ給也

136 さきくもなれにける道のしるへ（一六二六12 集264）　弁ハ薫ノシルヘヲ前ヨリナレタル叓也

137 中空に（一六二七3 集265）　カホルノ我叓ヲノ給也

138 めもあやに（一六二七4 集265）　是ハサマくニクルシキ叓ト也

139 ことはりは（一六二七7 集265）　ワカ身ノトカヲハツミヒネリテモノ給ヘト也

140 かなわぬ身こそ（一六二七9 集265）　カホルノヿ

141 まさにかくむねふたかりて（一六二七12 集266）　是ホトツレナキトハ匂モ推量シ給ハシト也

142 山とりの心地して（一六二九1 集267）　本　逢叓ハ遠山鳥ノメモアハスアハテ今夜ヲアカシツルカナ

143 かたくに（一六二九6 集268）　匂薫ノヿ　二人ノ人ユヘ心ヲマトハス心迷ヒヲ身ニシリ給ヘト也

144 （　）よ(夜)をやへたてむと（一六二九13 集268）

145 たのもし人の（一六三〇8 集269）　姉君ノヿ

146 みへかさねのはかま（一六三一1 集270）　中倍アル袴也

147 よへのさかしかりしおい人の（一六三一4 集270）　御使ノ引出物ヲ老人共ノシワサト匂ハ思召也

148 さかし人も（一六三二11 集271）　姉君ノヿ

149 いひしらすかしつく（一六三三13 集273）　世中惣体ノヿ也

150 さるはこの君しもそ（一六三三3 集273）　中ノ君ノヿ

151 御前《マヘ》にて（一六三三6 集274）　アネ君ノ御マヘニテ也

152 とのゐ所のはしたなけに（一六三三11 集274）　宇治ノ御所ニテノ叓也　殿ヰ所ニサシハナレ申セシロ惜叓トナリ

153 おいつきかき給て（一六三12 集274） チラシ書ニナク上ヒトシクカキタル叓也

154 みそひつ（一六三13 集274） 御衣櫃

155 かけこ入て（一六三13 集274） 懸子也

156 宮の御かたに（一六三14 集274） 三条ノ宮ニ也　有合スルニシタカヒテマイラスルト也

157 （ノ）かことはかりは（一六四4 集275） 此カコトハ恨ノ叓也花鳥ニハ聊ノ叓ト也ナル丶程ハナクトモ恨ハカン（マヽ）ト也

158 おとしきこえ給り（一六四4 集275） ヲトシ聞ヘ給ヘリトハワカ物カホニ隔心ナクイヒヲトス心也

159 たてたる心なつかひ給そ（一六四13 集276） 好色心ノ叓

160 日比へて（一六五5 集276） 日比有テ御参内ニテ如何ニシテハヤク退出アルソト也

161 おなし御さはかれにこそは（一六五11 集277） 匂トヲナシカントウハ有トモ身ヲイタツラニナシテ今夜ハワカ身ノトカニ成テモト也

162 こはたの山に馬はいかゝ侍るへき（一六五13 集277） 馬カ車ナトカト也

163 大宮は（一六六5 集278） 明石ノ中宮ノ叓

164 なをうこきそめぬるあたりは（一六六10 集278） 宇治ノヒメ君ノ叓

165 ことさらに見えしらかふ人もあり（一六六13 集279） ワサトケサウヒ薫ニナマメク女房ナトノアル叓也

166 いみしくおかしけに（一六七7 集279） 中ノ宮ノ躰也

167 さかりすきたるさまともに（一六七14 集280） 女房衆ノ様ヲ姫君ノ見ルメ也

168 花の色〳〵（一六七14 集280） 装束ノ色〳〵ノ叓

169 をのかしゝは（一六八3 集280） 此人〻モワカ身ヲアシトヤハヲモヘルヨキトヲモフヘキト也

170 わか身にては（一六八5 集280） ワカ身ハマタアレ程ニハアラシト也

171 なをしとおほゆるは（一六八6 集281） 直　ヨキトヲホユル心也

172 いまひとゝせふたとせあらは（一六二八7 集281）　一二年モ過タラハ老ノマサラント也

173 （〳〵）あとのしら浪（一六二九5 集282）　世中ヲ何ニタトヘンアサホラケコキユク舟ノ跡ノシラナミ

174 かきりなく（一六二九7 集282）　ワカ姉宮ノ御叓女一宮ノヿ

175 思ひなしの（一六二九8 集282）　思ナシニ女一宮ヲイツクシトヲモフト也　ニホヒヤカナルナト女一宮ニモ中ノ君マシサマナラント也

176 宇治はしの（一六二九10 集282）　孝徳天皇御代ニカケ初ラルヽトイヘリ孝徳天皇二年道登法師始造宇治橋道昭和尚同人カト也

177 よそに思ひきこえしは（一六三〇2 集283）　匂ノ叓也ヨソ〳〵ノ時ハ一クタリノ返事ヲサヘハツカシク思ヒシニヤウ〳〵心ヲウツス叓吾心ナカラ轉〻ノ叓也

178 中たえん（一六三〇7 集284）　本哥　イツレモ古今　ワスラルヽ身ヲウチ橋ノ中絶テ人モカヨハヌ年ソヘニケル　サムシロニ衣カタシキ

179 人しれすものの哀なるは（一六三〇12 集284）　草子地也　イツシカ匂ニ心ヲトヽメ給叓也

180 見じと物を身にまさりて（一六三一5 集285）　匂ニハ心ヲモヨセスワレハ只《タヽ》薫ニ引合ントヲモヒシ物ヲト也

181 この君の思ひしつみ給はんにより（一六三一6 集285）　中ノ宮匂ユヘ心盡ノコトソレヲ見テモヒメ君ハミヲカヘリミ給也

182 身つからたに（一六三一7 集285）　ワレ又薫ニナヒキ心ヲミタス叓ハアラシト也

183 まちとをにそ（一六三一8 集285）　匂ノ宇治ヘノト絶ヲサイソク也

184 （〳〵）ふるの山さといかならむ（一六三一13 集286）　（初時雨）フルノ山里イカナラシスム里人ノ袖ノヌルラン　本磯上フルノ山里如何ノラン遠ノ里人カスミヘタテヽ　イソノカミヲ本哥ニ用ル時ハ只里人イカナラント也　コトハニ初時雨メキテトアレハ時雨ノ本哥ヲ用ルコト名所ノトリアハセ寄《（マヽ）》特也

185 この君をは(一六三12 集287) 薫ハ亭方ニ成給ヘレト姫君ハ隔心ニテ女中ナトヘイレ給ハサル叓カラシト思給也

186 人の御うへにても(一六三2 集288) 中ノ宮ノ叓匂ノト絶ニモ心ヲミタシ給ヲ見テ猶身ヲカヘリミ給也

187 哀とおもふ人の御心も(一六三3 集288) 心ヨキ人モ夫婦ナトニ成テハツラキ叓モアラント也

188 御けしきを(一六三6 集288) 匂ノ心中ニハ等閑ナキ叓ヲ薫ノヒメ宮ヘ申給也

189 心のとかなる人は(一六三11 集288) カホルハ本性大ヤウナル叓匂ハ心イラテタル人也 源氏ヲハ中道ニトレリ

190 つねよりも〳〵引我かおも影にはつる比なれは(一六三13 集289) 本 古 夢ニタニミユトハ見エシ朝ナ〳〵ワカヲモカケニハツル身ナレハ古今伊勢

191 れいのとを山とりにてあけぬ(一六四3 集289) 本哥 雲井ニテ遠山鳥ノハツカニモアリトシキカハ恋ツヽモヲラン

192 御心のうちをしり給はねは(一六四6 集289) 匂ノ深切ヲモシリ給ヌ也

193 なへてにおほす人のきはゝ(一六四12 集290) 大方ノ思人ヲハ宮中ニ宮仕ノヤウニシテヲカルヽ也宇治ノ人ハサヤウニスヘキ人ニハナキ也

194 もし世中うつりて(一六四13 集290) 匂フ帝位ニソナヘント思召叓也サヤウナラハ中ノ宮フハ后ニモタテント匂ハ思給也

195 かくいと心くるしさ御けしきなから(一六五3 集290) (薫心)

196 中宮なとにも(一六五5 集291) 此叓ヲ薫ハ中宮ニモ奏ヤンノ御心也

197 しはしの御さはかれはいとおしくとも(一六五5 集291) 御門后ノシハシノ御サハキハ有トモ京ニモウツロハシタキト也

198 女かたの御ためはとかもあらし(一六五6 集291) ワカ心ヨリノ叓ニナケレハ女方ニトカハアラシト也

199 あなかちにもかくろへす(一六五8 集291) 此心ニテ薫ハ中宮ニモサノミ隠密セラレス叓ト也

200 衣かへなと（一六三五8 集291）（十月）ノ更衣也

201 かへしろなと（一六三五9 集291）カヘシロノキヌ夏ハスヽシ冬ハネリ絹也

202 さま〳〵なる女房《ネウハウ》のさうそく（一六三五11 集291）

203 十月一日のころ（一六三五12 集292）後撰　宇治山ノ紅葉ヲ見スハ長月ノ過行ヒヲモシラスヤアラマシ

204 ろなうなか屋とりし給はんを（一六三六2 集292）宇治ニ勿論中ヤトリセント也サル御心ツカヒシ給ヘトウチヘ音信アル也

205 かつはゆかしけなけれと（一六三六7 集292）ユカシケナク見アラハサレタル丁也サレト無力（マヽ）是モ宿世ニテアルラント姫君ハ思給也

206 さうしみの御ありさまは（一六三六10 集293）匂ノ叓男女ニカキラス本人ヲサウシミト云

207 よ（世）人のなひき（一六三六12 集293）

208 海仙楽といふものを吹て（一六三七2 集293）近代海青楽　黄鐘調

209 （　）あふみの海の心地して（一六三七3 集293）本　イカレナハ近江ノ海ソカヽルテウ人ヲ見ルメノ絶テヲヒネハミルメノナキ叓ニイヘリ

210 宰相の御あにの衛門（夕息）の督（一六三七6 集294）

211 後のためしにもなるわさなるを（一六三七8 集294）俗所ニモ日ヽ記ナトイフ叓アリイハンヤ聊ノ叓モ後代ノタメシニナランニ軽〻敷躰ナルト也

212 けふはかくてとおほすに（一六三七11 集294）今日ハスクシテアスハ宇治ノ宮ヘワタリ給ハンノ御心也重ネテ勅使アレハ本意ナク帰リ給ト也

213 あしろのひをも（一六三八6 集295）本哥　紅葉〻ノ流テトマル網代ニハ白波モ又ヨラヌ日ソナキ　水原云庖丁譜ニ氷魚ニ紅葉ヲシクト云〻

214 中納言の君も（一六三八10 集296）匂ノヲハセントカネテ音信セシ叓口惜思給也

215 いつそやも（一六三九3 集296）哥ハ聞ユ左大臣ノ息也アルシカタトハヲトヽノ領中ノ叓ナレハ也

216 見し人も（一六三九7 集297） 後撰 見シ人モワスレノミユク故
郷ニ心長クモキタル春カナ
217 よ（世）の事なと思ひいつるなめり（一六三九8 集297）
218 つき草の色なる御心なりけり（一六四〇2 集298） 本 イテ人ハ
コトノミソヨキ月草ノウツシ心ハイロコトニシテ
219 さるなほ〳〵しきなか（中）にこそは（一六四〇5 集298）
220 ほとへにけるか（一六四一2 集299） 匂心中也心ノ外ニ過タル叓
口惜ト也
221 ある人のこりすまに（一六四一9 集300） 女房衆ノ〡 ワレハ能
ヤウニイヒナシノカレントハヲモヘト例ノ女房タ
チコリスマニイカヤウノタハカリヲカセント也
222 これこそは（一六四一10 集300） 父宮ノ御遺言ノ叓也
223 かきりなき人に物し給とも（一六四二6 集301） 匂ノ叓也アタ〳〵
シキ御心ナレハ人ワラヘニナラント也
224 わかあまりことやうなるそや（一六四三2 集302） 世ノ常ニカハ
リタルアテカヒノ叓也
225 みこのうしろめたしとおほしたりしさまも（一六四三3 集302）
八ノ宮姫君達ノ叓ノ給ヒ置シ叓
226 （／）すちことに思きこえ給へるに（一六四三11 集303） 主上モ帝
位ニソナヘント思召ニ軽〻敷テハ口惜ト也
227 女（今）一宮の（一六四三13 集303）
228 冷泉院のひめ宮（一六四四3 集303） 弘徽殿女御ノ腹ノ女一宮ノ
〡也
229 すこしきこえ給て（一六四四9 集304） 此繪ヲ少シ申請テ中ノ宮
ヘマイラセント也
230 きむをしへたる所の（一六四四10 集304） 琴ノ叓イセ物語ニナシ
大和物語ニアリ ウラワカミネヨケニ見ユル若草
ヲ人ノムスハンコトヲシソ思フ伊勢物語
231 いにしへの人も（一六四四11 集304） 古ノ人モ兄弟ニハウトカラ
ヌ叓ト也
232 うらなく物をと（一六四五5 集305） 初草ノナトメツラシキコト
ノハソウラナク物ヲ思ヒケルカナイセ物語
233 されてにく〻おほさる（一六四五6 集305） 女一宮ノ心中也
234 猶かくなむめり（一六四五12 集306） 此儘中絶シ玉ハントウナニ

テハ思給也

235 宮の御心もゆかておはしすきにしありさまなと（一六四六4 集306）
御遊覧ノトキ案外ノ叓ユヘ匂ノヨラセ給ハヌト也
心中等閑ナキヿヲノ給ヘリ

236 こゝには（一六四六6 集306）　我身ノ叓也ヒメキミノ詞也

237 世の中はとてもかくても（一六四六8 集307）　カホルノ詞

238 いかなる事をも御らんししらぬ（一六四六9 集307）　世中ノ叓ヲ
モヨクモ知給ハヌヒトヘ心ノヿ也

239 人の御うへを（一六四六11 集307）　匂ノヿ也我ヒメ君ニ心ヲツク
スノミナラヌ叓也

240 うとき人の（一六四六12 集307）　中宮姉君ト一所ニヲハセントテ
カホルヲアナタヘトソヽノカス叓也

241 ところさり給ふにことよせて（一六四七11 集308）　呉例ノトキハ
所ヲカヘル物ナレハソレニコトヨセテ京ヘワタリ
給ヘト也

242 女かたはとしころの御ほいなれは（一六四八2 集309）　左大臣殿
ニテ六ノ君ヲ匂ニアハセント年来志ノ叓

243 めもあやにおほろけならぬ〳〵と（一六四八6 集309）　メモアヤニ
ヲホロケナラヌ叓トマメ〳〵シキ人ノ心ヲウツシ
給叓大方ノ叓ニアラシト人モイフヿト也

244 ひめ宮（／）物思ふ時のわさと聞しうたゝねの御さま
（一六四八14 集310）　本哥　タラチネノ親ノイサメシウタヽネ
ハ物ヲモフトキノシワサナリケリ

245 つみふかかむなるそこに（一六四九3 集311）　サリトモ餓鬼道六
道ナトニハ落給ハシト也

246 つみふかけなる身ともにて（一六五〇3 集312）　ワカ身ユヘ父宮
ニ物ヲモハセ申セシヿ也

247 人の國にありけむかうのけふり（一六五〇4 集312）　李夫人ウセ
テ後漢武帝甘泉殿ノ裏ニ彼皃ヲ図シテ方士ヲシテ
霊薬ヲ合セシメテ金爐ニタキシカハ香ノ煙ノ中ニ
夫人ノスカタ見エシ叓也　白氏文集ニモアリ　漢
武帝反魂香反李夫人魂〆集

248 これよりなこりなきかたに（一六五〇7 集312）　匂ノ手ヲハナレ
タラハ別人ノ情モナクイヒヨリヤセント也此分ニ

モカヽツラハン間ハサヤウノ叓ハアラシト也

249 かきりあれは（一六五〇11 集313） 姉君ノコトハ父宮ニヲクレテハカタ時モトマラシト思ヒタレト今迠モナカラヘタレハワレニヲクレテモソノコトクナラント心仕ノ叓妹君ニ教給也

250 あすしらぬよの（一六五〇12 集313） アスシラヌ我身トヲモヘトクレヌマノ今日ハ人コソカナシカリケレ

251 （／）たかためおしきいのちにかはとて（一六五〇12 集313） （岩クヽル山井ノ水ヲ）ムスヒアケテタカタメヲシキイノチトカシル

252 （／）かく袖ひつる（一六五一1 集313） （古モ今モ昔モ）行末モカク袖ヒツルヲリハナカリキ

253 あられふる（一六五一9 集314） 後撰 霰フル深山ノ里ノワヒシキハ来テタハヤスクトフ人モナシ タヽ山里ノサヒシキヲヨメリ底ニ恨ヲフクメリ

254 （／）さはりおほみなるほとに（一六五一11 集314） （湊入《イリ》ノアシ分小舟）サハリヲホミワカ思フ人ニアハヌ比カナ 拾遺人丸 ヲホミハ十一月新嘗會祭ニ大忌小忌ト衣裳ニ付テイフ叓アリ 豊明トモ云 五節ハ十一月中ノ丑ニハシマル時トシテハ十三日ノ丑ノ日也

新嘗會ハ中ノ卯ノ日也

255 まことにつらきめは（一六五三3 集315） 六ノ君ヲムカヘテ中ノ宮ニツラキメハ見セ給ハシト匂ハ思召同心ナキ也

256 おさ〳〵まいり給はす（一六五三5 集315） 匂ノ中ノ宮ハカレ〳〵ノヤウナレハ口惜ヲモヒ匂ノ御所ヘ細々カホルノ出入ナキ叓

257 この宮の御ことといてきにし後（一六五三13 集316） 匂遊覧ノ時立ヨラセ給ハヌヲ深ク思シツミ給叓也

258 くれぬれは（一六五三10 集317） カホルヲ客亭ヘトソヽノカス也

259 この御中を（一六五三13 集317） 姫君モテハナルマシキ中ナルヘケレハ中ノ宮モアナカチニヘタテ給ハヌ叓也

260 十二人して（一六五三13 集317） 十二時ヲ表シテ也 テウシヤウトテケイヲウチナラシ経ヲハシムル人ゝ人アル也

261 御こゑをたに（一六五四4 集318） 本哥 聲ヲタニキカテ別ン我

ヨリモナキトコニネン君ソカナシキ

262 てさくりもよゝとなき給ふ（一六五四8 集318）　テサクリモヨヽトナキ給フ　推量ニモタマリ給マシキトイフ心也

263 御くしなと（一六五四8 集318）　カシラニ温気ノアルヲイフ也

264 人のなけきおふこそかくはあんなれと（一六五四9 集318）　別ノツミニテモアラシ人ノ歎ヲヽヒ給故ニカク煩給ト也人トハワカ叓也ナヒキ給ヘノ心也

265 日比見たてまつり給へらん御心地も（一六五四11 集319）　カホル中ノ宮ヘノ詞也日来アツカヒ給ヒテ御心チモナヤマシカラン今夜ハワレ殿ヰセンホトニ打ヤスマセ給ヘト也

266 こよなうのとかにうしろやすき御心を（一六五五2 集319）　中ノ宮ノ心ノ中也匂ヲカホルニ見クラフルヿ也カホルハヤウタイアテニ大ヤウニヲハスル叓アハレト思シラルヽ也

267 よひに候て（一六五五8 集320）　夜居ノ加持也

268 いとくうつきて（一六五五9 集320）　功付タル也

269 いかゝこよひはおはしまつらん（一六五五9 集320）　（阿）闍梨ノ薫ニ對シテノ詞也

270 さいつころ（一六五五11 集320）　近曽

271 たへたるにしたかひて（一六五六2 集320）　有ニ随テトイフ詞也

272 なにかしの念仏をなむ（一六五六2 集320）　阿弥陀ノ念佛也タヽ念佛トイフハ諸仏ノヿ也

273 （〳〵）常不輕をなん（一六五六3 集321）　我深敬汝等不敢輕慢所以者何汝等皆行卄當《(マヽ)》得作佛法花経七ノ巻尺尊曰位不輕卄トシテ此廿四字ノ偈ヲ唱ヘテ四衆ヲ礼拝シ給シ也一切衆生仏性有故ニ拝シ給也ツカセ給トハ礼拝ノ叓也

274 いかてかのまたさたまり給さらんさきに（一六五六5 集321）　三有トイフハ本有中有生有ヲイフイマタサタマラヌトハ中有ノ間ヲ云也中有ハ一周忌或ハ七年十三年

275 いとたうとくつく《突》（一六五六8 集321）

276 こなたに（一六五六9 集321）　仏道

277 すゝみたる御心にて（一六五六9 集321）　薫モ仏道ニスヽミタル

人ノ叓也
278 霜さゆる（一六五六14 集322）　不輕ノ声ヲ千鳥ニヨソヘリ
279 につかはしからぬ御かはりなれと（一六五七3 集322）　弁ノ哥ヲ云続叓也
280 おはしましゝ御てらにも御《み》す經せさせ給ふ（一六五七8 集323）　此誦經ハ八ノ宮アサリヘノ夢ノツケニヨリ其御為也　御祈トハヒメ君ノ祈禱也
281 御いとまのよし申給て（一六五七9 集323）　日限ヲサシテ暇文ヲ奏聞申ト也
282 いかてこのおもふことしてんと（一六五八2 集323）　尼ニ成タク思給ヘトサスカサカシタチテ出語ナキ叓也
283 なかの宮に（一六五八3 集323）　（中ノ宮）
284 いむことなん（一六五八4 集324）　ヒタヒ髪斗ハサミテ戒ヲ持叓也
285 たのもし人にも（一六五八7 集324）　カホルノ叓
286 とよあかりはけふそかしと（一六五八10 集324）　（辰）
287 れいさまになして（一六五八14 集325）　平元ノ叓
288 かきくもり（一六五九2 集325）　新嘗會豊明節會ニハ小忌ヲキル人日影ノカツラトイフ物ヲ冠ニカクル也日蔭草トハサカリコケトモイフ糸ニテ結ヒテカクルハ日影草ニカタトル也日影ヲ以テカツラトスト日本記第一ニアリ是ヨリ叓ヲコレリ
289 見くるしけなる人〻も（一六五九4 集325）　尼ナトノヤウノ物也年老タル人ナトノ叓也
290 たゝいと心くるしうて（一六六〇9 集327）　姫君ノ聲ヲタニキカンタメニ妹ノ叓ヲノ給也
291 かくいみしう物思ふへき身にやめりけむ（一六六一1 集327）　カク物思ハンタメニカ如何ニモウツル心ノナクテ御心ニモシタカハスト也中ノ宮ニ心ヲヨセヌ叓也
292 ひきとゝむへきかたなく（一六六一8 集328）　物ノカクレユクヤウニテトイフヨリ引トヽムハキカタナキトカケリ人ノ臨終ヲモリマ〱カケリ
293 あしすりもしつへく（一六六一9 集328）　伊勢物語云ヤウ〱夜モ明ユクニ見レハヰテコシ女モナシアシスリヲシテナケトモカヒナシ

294 むしのからのやうにても（一六六一14 集329）　此分ニテモ蘇生アレカシト也　ウツセミハカラヲ見ツヽモナクサメツ深草ノ山ケフリタニタテ　古今僧都勝延

295 いまはの事ともするに（一六六二1 集329）　臨終ニ水ナト手向ルᄀ

296 又なき人にみえ給（一六六二11 集330）　中ノ宮ツヨク歎テ死人同前ノヤウナルト也

297 宮よりも（一六六二11 集330）　匂ノᄀ

298 おもはすにつらしと思きこえ給へりし（一六六二12 集330）　匂ノᄀヲツラシト思ヒ給シᄀ旲例ノ序ノ叓也

299 この君の御ことの（一六六三1 集330）　中ノ宮ノᄀ

300 御その色のかはらぬを（一六六三8 集331）　一度ノ會合モナケレハサスカ服衣ヲ着シ給ハヌᄀ也

301 ゆるし色のこほりとけぬかと（一六六三10 集331）　紅ノウラハ白ク氷ノヤウ也泪ノ氷トイヘル不用薄絹ノキラ〳〵ト見ユル叓也　ヌラシ添ツヽトイヘル泪ノ叓也

302 この御かたには（一六六四1 集332）　中ノ宮ノᄀ

303 〵しはすの月よ《（夜）》のくもりなくさしいてたるを（一六六四7 集332）

304 むかひのてらのかねのこゑ〵まくらをそはたてゝ（一六六四8 集332）　遺愛寺鐘欹枕聴　香爐峯雪撥簾看　楽天

305 〵けふもくれぬと（一六六四8 集333）　本　山寺ノ入アヒノ鐘ノ声コトニケフモクレヌトキクソカナシキ　花鳥ノ説入過タリ只曙ノコエナレト観念也

306 月をしたふ哉（一六六四10 集333）　月ニナキ人ヲヨソヘリ

307 よもの山のかゝみと（一六六四11 集333）　雪ノᄀ

308 〵なかはなる偈《け》をしへけむおに《鬼》も哉《（かな）》（一六六五1 集333）　諸行無常是生滅法生滅〻已寂滅為楽　涅槃經　雪山童子求法有千丈夜叉現半偈――　夜叉帝尺化身也　阿含經涅槃經説同也

309 ひしり也ける（一六六五2 集333）　双帋地　心ト身ヲステスシテ半偈ヲシメス鬼ニ叓ツケテイヘルヲ心キタナキトイヘリ

310 御心地のおもくならせたまひしことも（一六六五5 集334）　ヒメ君ノ叓ヲ老人ノ詞也

311 たゝこの宮の御事を（一六六五6 集334） 匂ノヿ
312 かの御かたには（一六六五7 集334） 妹ノヿ
313 あいなう人の御うへを（一六六五11 集334） 妹ノヿ
314 我心から（一六六五13 集334） 薫ノヿワカヽク匂ニ引アハセシヿ也
315 かゝるさ夜中に雪をわくへきと（一六六六2 集335） コヽヲトリテ定家　誰斗山チヲワケテトヒクランマタ夜ハ深キ雪ノケシキヲ
316 御いみは日かすのこりたりけれと（一六六六5 集335） 七ヽ日ノ内ノヿ也
317 いまより後の御心あらたまらむは（一六六六8 集335） 匂故心ヲミタリウセ給ヘハ今ヨリ御心アラタマリテモ無曲ト也
318 にくからぬさまにこそかうかへ（一六六七2 集336） ニクカラヌサマニコソカスメ給ハメ勘叓ナリカンタウモアマリニ是ホトニハ也
319 いよ〱この君の御心もはつかしくて（六六七4 集336） 薫ノ叓也
320 聞えしをきしさまをもむけに（一六六七5 集336） 兼テト絶ヲモ恨給ナ禁中ナトニ去カタキ叓アランニハ思ナカラ夜カレアラントサマ〱ヽ匂ノヽ給ヒシ叓ヲワスレテカヤウニヲハスルカト也
321 ちゝのやしろを（一六六七8 集337） 本　チカヒツル叓ノアマタニ成ヌレハ千ゝノ社モ耳ナレヌラン
322 きしかたを（一六六七12 集337） ヒメ君ノ哥也行末ノ叓ヲタノメカホニノ給モハカナキト也
323 ゆく末を（一六六七14 集337） 返哥ノ心ハ行末ノ叓ヲハカナク思給ハヽメノマヘニカヒアレト也
324 ましていかに思ひつらむと（一六六八4 集338） 匂ノ中ノ宮ノ心中ヲ推量也恨モイカニヲホカラント也
325 かひなき事なれと（一六六八8 集338） 匂ノヿ
326 なまうしろめたかりけれは（一六六八12 集338） 中ノ宮薫ヘ心ヲヨセ給ハント心モトナク匂ハヲホス也
327 （〱）つれなきはくるしき物をと（一六六九1 集339） （イカテワレ

ツレナキ人ニ）身ヲカヘテツラキハツラキ物トシラセン

328 心ちつきせす夢のやう也（一六六九3 集339）　薫ノ心中

329 とき〱おりふし（一六六九9 集339）　此比キヤシヤニ聞エカヨヒ給ヨリモマメヤカナルヤウ体見ユトヲハスルト也

330 女一の宮の御かたに（一六七〇3 集340）　女一宮ノ御カタニ匂思人ノアルヲソノ類ニ思ヨセテ中宮ハノ給ト心得給也前ノ段ニモ此叓アリ

331 宮のおほしよるめりしすちは（一六七〇7 集340）　姉君ノ遺言ノコトクハ中ノ宮ノヿ公廨ムキニ後見ハセント也又タレカ彼後見ヲモセント也

一校了

（紙数百十二丁）

早蕨
（内題を欠く、外題による）

早蕨　以哥為巻名カホル廿一才ノ正月ヨリ三月迄ノ叓アリ

（総角次年）

1（＼）やふしわかねは（一六七1 集345）　本哥　日ノ光ヤフシワカネハ石上フリニシ里ニ春ハ来ニケリ古今

2 花鳥のいろをも（一六七2 集345）　花鳥ノ色ヲモ音ヲモイタツラニ物ウカル身ハスクヽナリケリ後撰

3 もとするゑをとりて（一六七3 集345）　神楽譜　本末ノ拍子ノ叓哥ナトコムニ上句下句ヲイヒカハス叓也

4 わらひ《薇》つく〳〵し（一六七11 集346）

5 君にとて（一六七14 集346）　兼輔集　都ニハ見ルヘキ人モナキ物ヲ常ヲ思ヒテ春ヤ来ヌラン

6 大事とおもひまはして（一六八1 集346）　僧都ノ哥ナトコミナラハレヌ叓也

7 なをさりにさしもおほさぬなめりと（一六八1 集346）　匂宮ノサシモ思ハヌ叓ナト面白ツクロヒ色メキ書給ヘル文ヨリモウチヲキカタキト也

8 かたみにつめる（一六八5 集346）　籠ノ叓也形見ニヨソヘリ本　行テ見ヌ人モシノヘト春ノ野ノカタミニツメ

ル若ナ成ケリ

9 昔人にも（一六七八7 集347）　姉宮ノヿ

10 おなしくは（一六七八11 集347）　同ハ中ノ宮カホルノ北方ニ成給タラハヨカラントナリ

11 （薫）かの御あたりの人の（一六七八12 集347）　イヤメニ泪モロキ体也
薫ノ忘ルヽ叓ナクアケマキノ君ヲ恋給叓也

12 おる人の（一六七九9 集348）　匂ノ哥也　カホルノ上ニハ真ヲタテヽ下ノ好色ノ叓ヲヨメリ底ノ心ハ中ノ君ニ心ヲヨセ給カト也

13 見る人に（一六七九11 集348）　花ニヨソヘテ恨給ヘハ心シテヲルヘキヲト也　本哥　大方ニヲクシラ露モ今ヨリハ心シテコソ見ルヘカリケレ

14 風のけしきはた《またィ》（一六八〇3 集350）　両説也

15 （＼）やみはあやなき（一六八〇5 集350）　春ノ夜ノヤミハアヤナシ

16 世にためしありかたかりける（一六八〇7 集350）　中ノ宮ニ密通ハアラントカホルノ心ヲ疑心シテ問給事也

17 さりなからも（一六八〇9 集350）　一方趣ニ疑心ナキ也カホルヲシタチワカ物カホニハ心ハカケ給ハシト推量アルト也

18 御さまのおかしきに（一六八〇11 集350）　匂ノヤウ体ニスカサレテヒソカノ叓ヲモカタルト也

19 あいなくみつからのあやまちと（一六八〇14 集350）　カホルノ詞
匂ノ御等閑ヲワカアヤマリノヤウニ中ノ宮恨給叓也

20 もしひんなくや（一六八一3 集351）　昔ノ名残ニ後見申叓ヲ前ノヤウニヲホシメサンカト也

21 （＼）いはせのもりの（一六八一4 集351）　本　（恋シクハキテ）モ見ヨカシ人ツテニ岩セノ森ノヨフコトリカハ　姉君ノ中君ユツラレシ叓ヲハ兵ア卿宮ニ語奉レトモマサシク會合ノ叓ヲハ残シタリト云心也

22 いまはとてこの（＼）ふしみを（一六八一11 集351）　本　スカ原ヤ伏見ノ里ノアレシヨリカヨヒシ人ノ跡モ絶ニキ
別ノ国ノ名所ナレト宇治ノフル宮ヲアラサン叓ヲ

イハントテイヘリ
23（ ）嶺のかすみのたつを見すてんことも（一六八二3 集352）　本
春霞タツヲ見ステヽ行鴈ハ花ナキ里ニ住ヤナラヘ
ル古今　伊勢
24 をのかとこよにてたにあらぬ旅ねにて（一六八二3 集352）　中ノ
宮モ京へ出給ハ故郷ヘカヘルナレト父ノ古宮モ炎
上ナレハ名残モナケレハカクイヘリ　蓬莱嶋《トコヨノクニ》日本
記説　常世同
25 みそきもあさき心地そする（一六八二6 集352）　河原ニイテヽ除
服スル也兄弟ノ服三ケ月限ナレト心ニハ父母ノ服
ノコトクニ著セハヤトヲモハルヽユヘアサキ心チ
スルトイフ也
26 御前《コセン》の人々（一六八二9 集353）
27 花のひもとく（一六八二11 集353）　花ノヒモトクトハ除服ノ叓也
28 かいま見せし（一六八三9 集354）　視其私屏《カイマミ》日本記
29 さうし（一六八三9 集354）　障子
30 ましてもよほさるゝ御涙のかはに（一六八三11 集354）　奇妙ノ詞
続也
31 はしたなしと（一六八四1 集354）　中ノ宮ノ詞心ノカキミタルヤ
ウナレハ對面中サヌト也
32 いと心はつかしけになまめきて（一六八四4 集355）　薫ノ様躰也
33 姫宮は面《ヲモ》かけさらぬ人の（一六八四6 集355）　中ノ宮ノ叓ヲ初テ
姫宮ト書リ女宮ト云心也ヲモカケサラヌトハ姉君
ノ叓也
34 わたらせ給へき所ちかく（一六八四9 集355）　中ノ宮ワタリ給へ
キ所ハ二条院也カホルハ三条ノ宮ツクリイテヽワ
タリ給ヘキユヘニ程チカヽルヘキ叓ヲ云也
35 よなかあか月と（一六八四9 集355）　ムツマシキトチハ夜中暁ト
イハスイヒカハス叓也
36 人の心さまく〵に（一六八四12 集356）　コリタハ何叓ヲモ奉公申
サントヲモヘトモ御心中ハシラヌ叓ト也
37 やとをはかれしと（一六八四13 集356）　古今業平　今ソシルクルシキ
物ト人マタン宿ヲハカレストウヘカリケリ　本
花ノ香ノツマヲ忘レヌ春毎ニ宿ヲカレニシ君ヲシ

ソ思フ

38 ちかくなとの給はするにつけても（一六八四14 集356）　所チカクトカホルノヽ給叓ヲイヘリ

39 わすれにけるにやと（一六八五3 集356）　人メヲツヽミ給公廨ムキノ叓斗薫ノヽ給也

40 （ ）はるやむかしのと（一六八五5 集356）　本　月ヤアラヌ春ヤムカシノ　姉君ノヿヲ忍フ叓也

41 たち花ならねと（一六八五7 集357）　本　五月待花橘ノ香ヲカケハ昔ノ人ノ袖ノ香ソスル

42 見る人も（一六八五10 集357）　昔ヲホユルトハカホルノ叓也

43 袖ふれし（一六八五12 集357）　本後撰イセ　垣コシニ散クル花ヲ見ルヨリハネコメニ風ノ吹モコサナン

44 （ ）いとふにはえてのひはへる命のつらく（一六八六9 集358）
本　ニクサノミ益田ノ池ノネヌナハヽイトフニハユル物ニソ有ケル　又後撰　アヤシクモイトフニハユル心カナイカニシテカハヲモヒヤムヘキ　荘子曰壽則多辱　論語云老而不死是為賊以杖叩其脛

45 なへての世を（一六八六10 集358）　大方ノワカ身ヒトツノウキカラニナヘテノ世ヲモウラミツルカナ　拾遺

46 みやひかなり（一六八六13 集359）　腽肭《ウツトツ》ミヤヒカ　遊仙屈

47 さきにたつ（一六八七5 集359）　本　先ニタツ泪ノ道ニサソハレテカキリノタヒニヲモヒケルカナ

48 それもいとつみふかくなる事にこそ（一六八七6 集359）　カホルノ返答也自害ヲスル叓モ罪ノ中ナルト也

49 かのきしにいたること（一六八七6 集359）　波羅蜜ノ梵語ヲ翻シテ到彼岸ト云也

50 おひ《老》ゆかめるかたちも（一六八七14 集360）

51 しほたるゝ（一六八八3 集360）　中ノ宮ノ言也　ゴトナレヤ塩タルヽアマ衣トヲナシコトクト也

52 さまにしたかひてこゝをは（一六八八4 集361）　コヽヘモ時〳〵ワタラント也

53 いよ〳〵わらはへのこひてなくやうに（一六八八11 集361）　弁ノ尼ノ体也

54 みなかの御かたをは（一六八九11 集363）　皆姉君ニ心ヨセノ人ナ

レト只今ハ姉君ノ叓ヲハイマ〳〵シキ叓トイム叓

是世中ノ定相ナキト也

55七日の月の（一六九〇1 集363） 二月ノ七日也

56なかむれは（一六九〇3 集364） 月モ山ヨリイテヽ又山ヘ入也ワカ山ヲ出ル叓名残多キ心也

57としころなに事をか（一六九〇4 集364） 只今ノ思ヒニアハスレハ年比ハ物モヲモハヌト也

58とりかへさまほしきや（一六九〇5 集364） 宇治ニ有度心也

59みつはよつはなる中に（一六九〇6 集364） 此殿ハムヘモトミケ

60いかはかりの事にかと（一六九〇9 集364） イカナル人ノ北方ナトニ成給ハント思ヒシニカヤウニサタマリ給叓也

61（〳〵）物にもかなやと（一六九一2 集365） トリカヘス物ニモカナヤ世中ヲアリシナカラノワカ身ト思ハン

62しなてるや（一六九一4 集365） 万 人丸 シナテルヤニホノ水海ニコク舟ノマホニモ妹ニ逢見テシカナ シナテルヤ水海ノ惣名也 ニホテルヲナシ心也 白氏文集ニ湖光トカケル此叓欤

63いかてかこのきみさへ（一六九三1 集366） カホル（薫）サヘ故障ノヿ

64花さかりのほと二条院のさくらを見やりたまふに（一六九三4 集367） 谷フカミ見ル人モナキ桜花心ヤスクヤ風ニチルラン

65ぬしなきやどの（一六九三4 集367） 宇治ノ故宮ヲ想像也

66（〳〵）心やすくやなと（一六九三4 集367） 拾 浅茅原ヌシナキヤドノ桜花ヤスクヤ風ニチルラン ウヘテ見シヌシナキ宿ノ桜花色ハカリコソ昔ナリケレ

67しち《実》の御心はえは（一六九三7 集367）

68たいの御方へ（一六九三10 集367） 中ノ宮ノ御座有所ヘ也

69あるましう（一六九三13 集367） カホルノ詞

70ひたふるにたえこもりたまへりしすまゐの（一六九三 集368）

宇治ノヿ

71なとかむけに（一六九三12 集368） 中ノ宮ニ對シテ匂ノ詞

72おこかましきこともやと（一六九三14 集369） コヽニテハウタカハシキ心也

73わか心にも（一六九四4 集369） 中ノ宮ノ心中也

74かの人も（一六四5 集369）　薫ノ事　古ノ名残ニタイメンナトアリタケレトトヤカクト匂ノヽ給ヘハサヤウニモセラレスクルシキト也

一校了

（帋数廿四丁）

やとり木

人めしてたゝ今殿上にはたれ〳〵かとはせ給に中務のみこかんつけのみこ中納言源《薫》朝臣なとさふらうとそうす

於御前奏人〻名事　親王其官ノミコ無官其名ノミコ

大臣左ノマウチキミ　右ノマウチキミ　ヲオイマウチキミ

大納言其官姓朝臣有兼官人其官姓朝臣四位参議ハ朝臣四位同上

五位ハ名

太上天皇東宮御前同之　親王以下三位已上ニ申詞

親王ヲハ其官ノミコ無官ヲハ三ノミコ四ノミコ　大臣ヲハ左ノヲホイ

殿

大納言已下ハ官四位ヲハ其官朝臣不云姓五位ハ名朝臣

六位名有官加申

御前

左右大将ヲハヒタリミキトハ申サス　左大将右大将ト申

寄生　哥ヲ以テ巻ノ名トス此マキノホ鳥ト云一名他流也

カホル廿一才ヨリ廿三才ノ四月迄ノ叓アリ花鳥ニハ廿一ヨリ廿二ノ春迄トアリ花鳥ニ云ヤトリ木ハホヤトイフ物也薬ニ桑寄生トテアリ桑ノ木ニ生ス桐《楓イ》ノ樹ニモ生ス

（早蕨年ノ夏ヨリ次年マテ又一年）

1 そのころふちつほときこゆるは（一七〇一1 集373）　當（今）ヲサシテイヘリ

2 故左大臣とのゝ女御になむ（一七〇一1 集373）　（梅枝）竹川ニイヘル人ナルヘシ當今ワカ菜ノ下ニ位ニツキ給　タレトモナシ女御女歟（イ）

3 たゝ女宮（二）ひとゝころをそ（一七〇一5 集373）

4 （女二）御かたちもいとおかしく（一七〇一8 集373）

5 みかとも（一七〇一8 集373）

6 （藤）女御夏比ものゝけに（一七〇二3 集374）　朱雀ノ子（イ）

7 日ゝにわたらせ給つゝ（一七〇二9 集375）　當今女御ノ住給シ藤壺ヘワタラセ給女二ノ宮ヲ見給叓也

8 しつやかに（一七〇二11 集375）　ヲモ〳〵シキヿ

9 （世）よのおほえ（一七〇二14 集375）

10 御心ひとつなるやうに（一七〇三2 集376）　今上（イ）主上ノ御心一ニ也

11 いてやあかすもあるかな（一七〇三8 集376）　アカスモ有カナトハ不足ノ叓也不足ノ叓モカホルノ出来テ後見シ給ヘハヲホエモヨキト也

12 ともかくも御らんする世にや（一七〇三13 集377）　女二宮ヲトモカクモ御在世ノ時世ツカセ給ハント也

13 やかてそのつゐてのまゝに（一七〇三14 集377）　女三宮順據ニ女二ノ宮ヲ薫ニユルサンノ御心也ツキテノ儘トハカホル源氏ノ御子ナレハ也

14 御五なとうたせ給ふ（一七〇四4 集377）　藤つほにて（イ）

15 （今）中つかさのみこ（一七〇四5 集377）　今上ノミコカウツハタレトモナシ（イ）　中務ハ當今ノ親王也

16 （二人）かむつけのみこ（一七〇四5 集377）　カンツケ不入系図タレ〳〵祇候ト官加階ヲ奏聞スルヿ定レル法也

17 あそひなともすさましきかたにて（一七〇四9 集378）　女御逝去ナレハソノツホネニテ遊ナトスサマシキト也遊トハ管弦ノ叓也

18 これなむよかるへきとて（一七〇四10 集378）　文集十六云　送春唯有酒銷日不過碁云〻

19よきのり物はありぬへけれと(一七〇四12 集378)　賭《ノリモノ》《カケモノ》

20いとゝ心つかひして(一七〇四13 集378)　薫モホノ知給叓也

21まつけふはこの花ひと枝ゆるす(一七〇五1 集378)　マツ此花一朶ヲト仰ラレタルハ残リヲホカル御詞也　聞得園中花ノ養ㇾ艶ヲ請君許《ユルセ》二折ヲ一枝ノ春一

22しも(霜)にあへす(一七〇五5 集379)　上句ハ女御ノ叓残リノ色トハ女二ノ宮ノ叓ヲヨソヘリ

23さま〳〵いとをしき人〻の御事ともを(一七〇五7 集379)　宇治ノ中ノ宮ナトノ叓也

24ひしりのよのものゝ 此詞なき本よき歟(イ)(一七〇五9 集379)

25みつもるましく(一七〇六2 集380)　如何ニ堅固ノ契成トモタヽ人ノスクセハ不定ノヨシ也

26たゝ人のさかりすきむも(一七〇六5 集380)　六ノ君盛ノ時縁ヲサタメント也

27そしらはしけにの給ひて タキリ(イ) 明石歟(イ) 中宮をもまめやかに(一七〇六5 集380)

28いとをしく(一七〇六6 集380)　按察ノ中君年ヘテ匂所望又我六君ヲモ匂ニアハセヌハ中宮ノヒカ事歟(イ)

29かくおほな〳〵(一七〇六6 集380)　中ノ宮(マヽ)ノ詞

30かのおとゝの(一七〇六10 集381)　夕霧ノ叓雲井鴈ト落葉宮ト二方ニモテナシ給ヘル叓也

31こなたかなたらやみなくもてなして(一七〇六10 集381)　雲居ノ鴈落けノ宮(イ)

32思ひをきてきこゆること(一七〇六11 集381)　帝位ニタチ給ハン叓也

33もてはなれて(一七〇六13 集381)　匂六ノ君ヲ也(イ)

34いとことうるはしけなるあたりに(一七〇七1 集381)　タキリノ所也(イ)

35かのあせちの大なこんの(一七〇七4 集381)　當官右大臣也已前イヒツケタル儘ニイヘリ此書様前ノ巻ニモアリ

36くちをしきしなゝりとも(一七〇七13 集382)　下輩ノ人ナリトモ総角ノ君ニ似タランモカナト也

37二条の院のたいの御かた(一七〇八2 集383)　宇治ノ中ノ君(イ)

38やかて跡たえなましよりは(一七〇八9 集383)　已前ノ儘宇治ニ跡絶ンヨリタチ帰ラン叓ハ人ワラヘト也

39くさのもとをかれにける心かるさを（一七〇八11 集384）　ヨモキカモトノ住家ヲアラス心ナリ

40つしやかなる（一七〇八12 集384）　タヽシキ叓也

41かならすさるさまにてそおはせまし（一七〇九2 集384）　姉君タトヘ存生有トモ尼ニ成給ハント也

42その日なと（一七〇九14 集385）　六君ヲムカヘ給ㇵヲヨソヨリ傳ヘ聞給叓也

43女きみは（一七一〇2 集386）　ワレニ隔心アリテノ給ハヌㇵ也

44かくわたり給ひにしのちは（一七一〇4 集386）　中ノ宮二条院ヘワタリ給テ後ハ夜ナトハ禁中ニモ匂ノトマリタマハヌトナリ

45かねてより（一七一〇7 集386）　本　カネテヨリツラキ心ヲナラハサテ

46人の心ゆるされて（一七一〇14 集387）　宇治ノ君ニ深ク心ヲハシメタレト心ノユルシナクハトスキシト也

47人は心にもあらすもてなして（一七一一3 集387）　アケ巻ノ心中ハサモナクテワカ替リニ姫君ヲユルサンノ御心ナレハソレハ本意ニ違叓ナレハ中ノ宮ヲ匂ニ引合テ我ハ姉君ニト心アテシト也

48めゝしく物くるをしく（一七一一6 集387）　メサマシキ心ナルヘシ

49いてありきたはかり聞えしほと（一七一一7 集387）　匂ヲ宇治ヘツレテユキタハカリシ叓也

50わかきかむ所をも（一七一一9 集388）　其《ソノ》時ノ叓ナトヲ思出給ヒテワレニ憚ヲヽキテ中ノ宮ヘ等閑ハアラシトヲモヘト已前ノ叓ナト匂宮ハヲホシメシワスルヽヤウナルト也

51たゝかのおもひをきてしさまを（一七一二4 集388）　父宮ノユイコンニタカヒ中ノ宮ノ匂ニ見エシㇵ也

52なけのすさひに物をいひふれ（一七一二8 集389）　何トナク薫ノイヒカハシ給人ノ叓也官女ナトニモ左様ノ人有叓也

53かのきんたちのほとに（一七一二11 集380）　宇治ノ君達ニヲトラヌ女房ナトモアレトホタシニモナラント心ヲトヽ

メ給ハヌ叓也

54ねちけてもあるかな（一七三1 集389） イヤシキ心也

55（／）あくるまさきてとか（一七三4 集390） 本（槿ハツネナキ）花ノ色ナレヤアクルマサキテウツロヒニケリ　譬日及之在條恒（マヽ）雖盡而不悟文選歎逝賦　日及ハ朝顔花也

56北の院にまいらむに（一七三6 集390） 二条院ノ叓也薫ノ三条宮ヨリ北ニ當リタル也

57けさのまの（一七三14 集391） アケ巻ノ君早世ニヨソヘリ

58（／）をみなへしをは見すきてそ（一七四1 集391） 本　女郎花ウシトミツヽソ行スクル　槿ノハカナキ色ヲハ故姫君ニ思ヨソヘテモテアソヒ給女郎花ハ女ニタトヘタル花ノ名ナレハマメナル心ニハ見過給成ヘシ

59これにさふらへと（一七四10 集392） 客亭ナトニサシハナチ給ハ人〻敷ヤウナレト隔心シ給ヘハ心ニアハヌト也

60それも又たゝ御心なれは（一七四14 集393） ソレモ御懇切ノ御心ナラハクルシカラヌト也

61あしこもとに（一七五1 集393） アソコモトヘト也

62人〻しくきら〳〵しきかたには（一七五11 集394） 身ヲ卑下シテノ給ヘリイヒカハシテスクシタキト也

63つみのふかさは（一七六2 集394） 恋慕ノ方ニ心ヲ盡スハ罪深カラント也

64よそへてそ（一七六5 集394） アケ巻ノ君ニヨソヘント也底ノ心ハ姉君ノ形見ニ中ノ宮ヲミンノ心也

65きえぬまに（一七六8 集395） ウセニシ人ヨリ消残リタル吾身ノハカナキト也

66（／）なにゝかゝれると（一七六8 集395） （朱）本　松風ノ音セサリセハ藤波ヲ何ニカヽレル花ト見テマシ　此哥不當ト也物思身ニテ何ニ命ノカヽハサルト也　与君結新婚菟絲附女蘿　松蘿契夫叓也古詩

67秋の空は（一七六10 集395） 此段中ノ宮ニタイシテ薫ノ詞也

68うちに物して侍りき（一七六11 集395） 宇治

69庭もまかきも（一七六11 集395） 里ハアレテ人ハフリニシヤトナレヤ庭モ籬モ秋ノ野ラナル古今

70（＼）こ院うせ給てのち（一七二六13 集395）　故院トハ六条院ノ叓也薨セラレテ後院トモヲ見ル人イツレモ悲歎ノ叓ヲ薫語給ᄀ也

71さかの院にも（一七二六13 集395）　（大覚ー花）

72六条の院にも（一七二六13 集395）　故院ウセ給テ後ニ　六条院遁世シ給ケル叓此詞ニ見エタリ嵯峨院栖霞寺ト河海尺花鳥ニハ無信用嵯峨院トハ大学寺(マヽ)ヲイフナリ大覚寺ハサカノ天皇ノ離宮ニシテ脱屣(マヽ)ノ後承和元年ニサカノ院ニウツリ給ヨシ国史ニ載侍リ

73わすれくさおほしてのちなむ（一七二七6 集396）　余波ナキ沾アレハテ忘ハテタル体也　毛詩云北堂栽萱草能忘憂此故謂萱草忘草

74この左(マヽ)のおとゝも（一七二七6 集396）　此叓前ノ巻ニモアリ人ノ心トヽメテ住シ所ヲ名残ナキマテナトヽアリシ也

75宮たちなとも（一七二七7 集396）　明石ノ中宮ノ腹ノ宮タチ也

76なをこのちかきゆめこそ（一七二七11 集396）　アケ巻ノᄀ

77つみふかきかたは（一七二七12 集396）　恋慕ノカタノ周章ナレハ也

78昔の人を（一七二七13 集397）　アケ巻ノ叓ヲヲモハヌ人タニ薫ノヤウ体ヲミンニハ哀ナフン況ト也

79（＼）世のうきよりは（一七二八4 集397）　本　山里ハモノヽワヒシキコトコソアレ世ノウキヨリハスミヨカリケリ
古今　中ノ宮ノ詞已前ハサヒシキ叓ヲモヲモハス宇治ニアリシト也立帰スマン叓モ不叶ト也

80（＼）この廿日(八月傷ー)あまりのほとは（一七二八7 集397）　古宮ノ一周忌也底ノ心ハ六ノ君ムカヘ給ハン時節ナレハコヽニテ見聞ン叓モ悲シケレハ宇治ヘヲハセンノ心也

81あらさしとおほすとも（一七二八9 集398）　本　イサコヽニ吾世ハヘナン

82かしこは（一七二八11 集398）　宇治ノ古宮ヲ寺ニナサント也サレトモ中ノ宮ノ御心中ニヨラント也

83今また(又)かやうにも（一七二九7 集399）

84さふらひのへたうなる（一七二九8 集399）　サフライノ別當ハ政所ノ別當也右京ノカミハ大夫也

85（﹆）そのまゝにまたさうしにて（一七二九14 集400） 薫ハイマニ
　精進シ給也
86はゝ(三品)宮の（一七三〇1 集400）
87いくよ(世)しもあらしを（一七三〇3 集400） 女三ノ宮ワカ㕝ヲノ給
　也 本イク世シモアラシワカ身ノナソモカクアマ
　ノカルモニヲモヒミタルヽ
88あないし給へは（一七三〇10 集401） 案内
89おほ空の（一七三〇13 集401） 及ナキ月タニ人ヲハワカヌ物ヲト
　也 元良親王集 大空ノ月タニヤトヽイル物ヲ空
　ノヨソニモスクル君カナ
90宮は中〳〵いまなむとも（一七三〇13 集401） 双帋地也
91しのひてわたり給へりけるなりけり（一七三一1 集401） 二条院
　ヘワタリ給也
92ひとり月な見給ひそよ（一七三一7 集402） 本 独ネノワヒシキ
　マヽニ
93かくれのかたより（一七三一8 集402） ワカ御所ヘヲハシテソレ
　ヨリ六条院ヘワタリ給ハンノ御心ナリ

94まくらのうきぬへき心ちすれは（一七三一9 集402） 本 拾 泪
　川水マサレハヤ
95あさましき御事ともを（一七三一14 集403） 父宮姉宮ノ別ノヿ也
96人かすにも（一七三二2 集403） 人流《カス》 遊仙屈
97ひたすらよになくなり給にし人ゝよりは（一七三二5 集403） 匂
　ノ只今ノ別ハ死別ノヤウニ二タヒ逢マシキ事ニハ
　ナケレト只今ノ別ハカナシヤト也
98（﹆）をはすて山の月すみのはりて（一七三二8 集404） 只ナクサ
　メカヌル心也匂宮ニ捨ラレタル心ニイヘル詞不用
99枩かせの（一七三二9 集404） 庭ノ松也
100しゐの葉のをとにはおとりておもほゆ（一七三二11 集404） ワス
　ルトハウラミサラナンハシタカノトカヘル山ノ椎
　ハ紅葉ス 後撰 ハシタカノトカヘル山ノシヰシハ
　ノハカヘハストモ君カヘハセシ 拾遺 イヘニアレ
　ハケニモルイヒヲクサマクラタヒニシアレハ椎ノ
　葉ニモル
101きしかたをわすれにけるにや（一七三二12 集404） 宇治ニテノカ

ナシキ叓ハ物ニモナキ心也

102 （　）月見るはいみ侍るものを（一七三13 集404）　大方ハ月ヲモメテシコレソコノツモレハ人ノ老トナルモノ

103 我ひとりうらみ聞えんとにやあらん（一七三5 集405）　草子地也

104 㑥の夜なれと（一七三14 集406）　本　長シトモ思ヒソハテヌ昔ヨリ

105 御けしきけしうはあらぬなめりと（一七四2 集406）　後朝ノ文ヲ書給ヲ見テ心ヲトメ給叓ト女房衆ノソネミ云叓也

106 天下《カ》（ノ）にあまねき御こゝろなりとも（一七四3 集406）　匂ノ心ハアマネク差別ナク中ノ宮ノ叓ヲ思給トモ六ノ君ニハヲサレ給ハント也後達ノイフ詞也

107 けにこの世はみしかゝめるいのち待まもつらき（一七五10 集408）　本　有ハテヌ命待マノ程ハカリ憂叓茂クヲモハスモカナ

108 のちの契りや（一七五11 集408）　夫婦ハ一世ナラヌ契リ叓《（マヽ）》

109 （　）こりすまに（一七五11 集408）　本　コリスマニ又モ無名ハ立ヌヘシ人ニクカラヌ世ニシスマヘハ

110 また《（又）》もたのまれぬへけれ（七五12 集409）

111 我か身になしても（一七六8 集409）　コナタノ身ニ成カハリテモ思召シレト也六ノ君ノ叓ワカ心ノ儘ナラテカヤウナルト也

112 身を心ともせぬありさまなりかし（一七六8 集409）　イナセトモイヒハナタレスウキ物ハ身ヲ心トモセヌ世ナリケリ

113 もし思ふやうなる世もあらは（一七六9 集409）　帝位ニモソナハリタラハ后ニモタテンノ御心也其叓ハ今ハアラハシカタキト也

114 あまのかるめつらしきたまもに（一七六13 集410）　本　何センニヘタノミルメヲ思ヒケン

115 すこしのよういはあれかしと（一七七1 集410）　ハタシテカクスヘキ叓ニハアラネトタヽ今ハヒソカニトヲモヘト使ノアラハニモテナシタレハ中ノ宮ノ御前ヘ文

ヲトリイル丶也
116 まゝはゝの宮の御てなめりと（一七三七4 集410）（落）葉宮ノ御
ヿ也
117 さかしらはかたはらいたさに（一七三七5 集410） 文章也サカシ
ラノヤウナレトソノ身ハ書給ハスト也
118 をみなへし（一七三七7 集410） 下句ノ心ハ早朝ニヲキイテサセ
給ヘハ御心モトマラヌカト也サテシホレマサルト
也サテカコトカマシケナルモワツラハシキト也
119 （又）またふたつとなくて（一七三七9 集411） タヽ人コソ妻一人サタ
ムル叓也
120 思へはこれはいとかたし（一七三七11 集411） 六ノ君ノ叓ハイナ
ミハテン公廨モ大切難義ノヿナレハト也
121 すちことによ人思ひ聞えたれは（一七三七12 集411） 匂ノ叓ハ帝
位ニモ備ラン人ナレハ思人イカホトアリトモ世上
ノモトキアラシト也サレハ中ノ宮ノイトヲシキナ
トモイハヌト也カヤウニ二条院ニカシツキ給コソ
サイハイニヲハスレト也

122 みつからの心にも（一七三八1 集411）（女）中ノ宮ノヿ
123 かゝるみちを（一七三八2 集412） 恋慕ノヿ
124 我身になりてそ（一七三八4 集412） ヨク身ニシルト也
125 ものおもはしき人の御心のうちは（一七三八11 集412） 中ノ宮ノ
ヿ也匂ノ心ト中ノ宮ノ心ト別〻ノ叓ヲカケリ
126 おほかたに（一七三八13 集413） 本哥 日クラシノ鳴ツルナヘニ
日ハクレヌト 日晩ノ聲ニテ宇治ノ恋シキコト也
127 （＼）あまもつりすはかりになるも（一七三八14 集413） 本（恋ヲシ
テネヲノミ）ナケハシキタヘノ枕ノシタニ海士ハ
ツリスル
128 （又）またいとつみふかくもあなるものを（一七三九4 集413） 懐胎ノ
（マヽ）ノ時分ナレハ也
129 こよひのきしき（一七三九8 集414） 三日ノ夜ノ儀式祝言也 三
日ノ夜ノ比イ
130 （薫）この君も心はつかしけれと（一七三九9 集414） カホル三日夜夕
霧所ニテハシリマフ心（イ）
131 わか方さまに（一七三九10 集414） 兄弟ノ順據ナレハ也

132 人のうへに見なしたるを（一七二九12 集414）　六ノ君ヲ我物ニセヌヿ也已前夕霧ヨリカホルへホノメカシ給ヒシヿ也

133 くちをしともおもひたらす（一七二九12 集414）　カホルワレムコニナルヘキヿヲ人ノ上也（イ）

134 花そくのさらとも（一七三〇1 集414）　モチヒノ粉モル皿也

135 きたのかたの御はらからの左衛（致息）もんのかみ（一七三〇4 集415）

136 とう（同）さいしやう（一七三〇5 集415）

137 からうして出給へる御さま（一七三〇5 集415）　匂ノ客亭へイテ給也

138 あるしの頭（夕息）中将（一七三〇6 集415）

139 わつらはしきわたりをと（一七三〇7 集415）　マヘニ匂夕霧ノヿヲワツラハシキアタリトノ給ヒシ叓也ソレヲ薫ノ思出シ給ヿ也

140 みえかさねのからきぬ（一七三〇11 集415）　中倍アルヲイフニヤ

141 （＼）ものこしもみなけちめあるへし（一七三〇11 集415）　着物モ位〻ニヨリテ差別アル叓也

142 （＼）めしつき（一七三〇13 集416）　随身ノ順據也

143 みたりかはしきまていかめしく（一七三〇14 集416）　下輩へ引出物ハサタマラヌ叓ナレハ別シテ大儀ニ給ハル体也

144 なまおほえあさやかならぬや（一七三一2 集416）　下輩ノ者也

145 夜のふけてねふたきに（一七三一6 集416）　ネフタキマヽニ座中ノ人エヒスヽムヲウラミテカヤウノ叓イフニヤト也

146 きみはいりてふし給て（一七三一7 集417）　（薫）ノヿ

147 こと〳〵しけなるさましたるおやのいてゐて（一七三一8 集417）　夕霧ノ手ツカラ立ヰイトナミモテナシ給フ位ニ似合サルト也

148 ひ（火）あかくかゝけて（一七三一8 集417）

149 いとめやすくもてなし給ふめりつるかな（一七三一9 集417）　匂ノ叓ヨクモテシツメ給フトホメ給也ワレモ女御ナト持タラハ匂へ心ヲヨセンアリサマナルト也禁中へヨリモ猶匂へ心ヲヨセント也匂トワレヲトリ〳〵ニイフ叓ワレナカラヲホエモアルト也

150 うちの御けしきある事（一七三1 集417）　當今女二ノ宮ノ亠

151 こ君にいとよくに給へらんときにうれしからんかし（一七三3 集417）　女二ノアケ巻ニ似給ヘラハ嬉シカラント也

152 あせち(一人)の君とて（一七三5 集418）

153 うちわたし世に（一七三8 集418）　アセチノ君ノ哥　関川相坂ニアリ是ハ名所ニアラス　関河《會坂関河》　寛平菊合ニアリ

154 ふかしとの給はんにてたに（一七三10 集418）　哥ノ詞ヲウケテイヘリ深クトノ給トモタノミカタキニイハンヤフカヽラストアレハ頼ミカタキト也

155 世をそむき給へる宮の御方に（一七三4 集419）　女三ノ宮ノ叓也カホルニ心ヲヨセ女三ノ宮ヘ女ナトノマヒリアツマルト也

156 宮は女君の御ありさま（一七三5 集419）　匂ノ亠六ノ君ニミマサリノ体也

157 また(又)あまりおほつかなく（一七三14 集420）

158 三条殿《雲居(イ)》はらの大きみを（一七四3 集420）

159 やかておなしみなみのまちに（一七四6 集421）　紫ノ上ノ住給ヒシ所ニ匂ノ今ヲハスル也

160 一日の御事は（一七四14 集421）　宮ノ忌日経佛也(イ)

161 かゝる御心のなこりなからましかは（一七五1 集422）　宇治宮ヲ寺ニナサント薫ノヽ給ヒン叓也寺ナトニナシ給ハスハ昔ノ名残ナカラント也　花鳥ニハカホルノ故姫君ヲ忘レ玉ハヌ名残ニワレ迠モヲモヒ給ト也　文章也

162 宮の御き月(八月)に（一七五3 集422）

163 一日はひしりたちたるさまにて（一七五10 集423）　経佛ノトリアツカヒ也(イ)故宮ノ御為ノ経佛ノ叓ナト取持給テ聞エシ叓ヲヒシリタチテトイフ也ソレモ中ノ君ノ御タメニトリワキシ給ヲ過ニシ人ノナコリトノミノ給ヘハ今ノ人ノ御為心サシアサクナルト云心也

164 よろつはさふらひてなん（一七五12 集423）　ヨロツマヒリテ申

サント也

165 さてあらましを（一七三六5 集423）　中ノ宮ノ心底也ヲナシクハ薫ノ北ノ方ニモ成タラハヨカラントヲモハルヽ也

166 うらめしき人の御ありさまを（一七三六6 集424）　匂ノヿ匂ニ薫ヲ思クラヘ給ヿ也

167 わさとめしと侍らさりしかと（一七三六9 集424）　ワサトマヒレトハアラネト也

168 一日うれしく（一七三六14 集424）　故宮ノ経営ノ又寺ニナサントアリシ叓ナトノ叓也

169 〳〵よやはうき（一七三七8 集425）　世ヤハウキ（人ヤハツラキアマノカル）モニスム虫ノワレカラソウキ

170 〳〵ものにもかなやと（一七三八2 集426）　トリカヘス物ニモカナヤ世中ヲアリシナカラノワカ身トヲモハン

171 さてもいつはかりおほしたつへきにか（一七三八5 集426）　姫君ノヲクヘ入給ヲトヽメンタハカリニノ給也　女ノ心ヲ取テノ給也

172 この《（八月）》月はすきぬめれは（一七三八7 集426）

173 よ《（世）》のゆるしなと（一七三八8 集427）

174 あらすや（一七三八13 集427）　姫君ノタヽイト忍ヒテヨカラント宇治ヘノ叓ヲアラヌ叓ニノ給タハフレ給也　ヒカ耳モヤ侍ラン近クヨリテウケ給ハリサタメントカコツケミスノ内ヘ入給フ也

175 かくやすからすものを思事（一七三九12 集428）　ナラハネハ人ノトハヌモツラカラスクヤシキニコソネハナカレケレ

176 かやうのすちは（一七四〇5 集429）　會合ノ叓書ニクキ叓ナレハカクイヘリ

177 こしのしるしに（一七四〇9 集429）　懐妊ノ人ノ下帯ノコト也

178 たちはなれたりとも（一七四一2 集430）　ヲモカケノ叓也

179 れいのうはへはけさやかなるたてふみにて（一七四一7 集430）　後朝ノ文ハツヽミ文也砂金ナトツヽムヤウニツヽミ水引ニテ結フ也シカ〳〵トアヒタル叓モナケレハタテ文也又ハ見所如何ナレハ也

180 〳〵ことはりしらぬつらさのみなむ（一七四一9 集431）　本（身ヲシレハ恨ヌモノヲ）ナソモカクコトハリシラヌツ

ラサナルラン
181 さはかりこゝろふかけに（一七四三7 集432）　中ノ宮心中ノヿ也
父宮姉宮ナトノ別ヨリモカホルノケシカラヌ心ヲ
クルシク思給也
182 うき身なりけりと（一七四二13 集433）　本　ウキナカラ消セヌモ
ノハ身ナリケリ浦山シキハ水ノ沫カナ
183 あなかちなりつる人の御けしきも（一七四三7 集434）　カホルノ
ヿ
184 かゝる方さまにては（一七四三8 集434）　恋慕ノヿ也大方ノ心ハ
ヘノ叓ハアハレトヲモヘト恋慕ノ事ハ有マシキ叓
ト思ヒハナルヽ也サテ匂ノ只今ノ恋ノタノメハ耳
ニトヽムルト也
185 かはかりにては（一七四四7 集435）　カホトニ移香ノフカケレハ
残ナク會合ノ叓シルキト也
186 おもひきこゆる様《サマ》ことなるものを（一七四四8 集435）　中ノ宮ヲ
后ニモタテンノ有増叓也
187 （＼）われこそさきになと（一七四四9 集435）　六帖　人ナラハワ
レコソソキニソスレナメツレナキヲシモナニカタ
ノマン　六ノ君ヨリワレコソサキニナトイヒテ打
188 また（又）御心をさ給はかり（一七四四10 集435）
ソムク叓ハ下輩ノモノヽウヘナレハト也
189 また（又）人に（一七四四13 集435）
190 見なれぬる（一七四五1 集436）　身ニナルヽ衣ノ叓ヲ見馴ヽ叓ニ
ヨソヘリ是ホトノ叓ニテカケハナレンノ御心ニヤ
ト也
191 また（又）の日も（一七四五6 集436）
192 君はなよゝかなるうす色ともに（一七四五9 集436）　中ノ宮ノヤ
ウ躰也
193 こと〳〵しきまて（一七四五11 集437）　六ノ君ノ叓女房衆ナトノ
キラ〳〵シキ方ハヲトリタレト女君一人ノヤウ体
ハ結句マシサマナルト也中ノ宮ヤウ体ハ六ノ君ニ
モハツカシクモナキト也ヨロツノ恥モカクルヽト
也
194 これをはらからなとにはあらぬ人の（一七四六2 集437）　中ノ宮

ノ有サマハ他腹ノ兄弟ナトニテモ心ヲマトハサン
ト也
195 かの人のけしきも（一七四六9 集438）　薫ノヿ
196 さはいへと（一七四七2 集438）　中ノ宮へ等閑ナキ叓ハウレシキ
由也
197 人〻のけはひなとの（一七四七3 集438）　中ノ宮カタノ女房衆衣
裳ナトノナヘハミタルヲ助成センノ御心也
198 身つからの御れうとおほしきには（一七四七10 集439）　中ノ宮御
料ニハワカ御料ノサウソクヲツカハス也
199 むすひける（一七四七13 集440）　両説也昔ヨリノ契リハ一段前ノ
叓ナレハカレ〱ナルトモ恨シト也又匂ヘチキリ
ヲカハシタル人ナレハ一筋ニ恨シト也イツレモ用
200 つゝみもことなり（一七四八2 集440）　袋トヲナシ
201 御らんせさせねと（一七四八2 集440）　中ノ宮ニ見セ申ニ及ヌト
也タヒ〱ノ義ナレト也サテ取チラシヌヰナトス
ルサマ也
202 （＼）えんにそゝろさむく（一七四八11 集441）　（匂欤）

203 このころは世にひゝきたる御ありさまの（一七四九3 集441）　六
ノ君カタノ大義花麗ナルニ二条院ノ浅マシキ叓ヲ
ツラク思給也
204 うとからんあたりには（一七四九6 集442）　ウトキ人ナトハカヤ
ウノ成助ハアラシト薫ノ志《コヽロサシ》ヲ忝思召也
205 あやのれう（一七四九9 集442）　レウハ綾ノ織チンノヿ也
206 この君しもそ（一七四九9 集442）　薫ノヿ
207 いとをしの人ならはしやとそ（一七四九13 集442）　草子地也八ノ
宮ノ仏道ナトノカタヲナラハサレテ世中ヲ思トリ
花麗ナル叓好ミ給ハヌト也
208 わかやかなるは（一七五〇8 集443）　女房衆ナトモワカキハ皆新
参ノ人ナレハ心中ヲモ語ナクサマヌ由也
209 ひとよも物のけしき見し人〻（一七五一5 集444）　簾中へ入給タ
イ面ナト見シ人ノ叓也
210 けにそしたやすからぬ（一七五一14 集445）　水鳥ノシタヤスカラ
ヌ思ニハアタリノ水モコホラサリケリ拾遺
211 人にとひ侍しかは（一七五二1 集445）　算ナト問叓也算ナトニモ

シハシノ叓ニテ御心チモヤカテヨカランントイフニ
何トシテカヤウニハト也
212 けに(＼／)たれもちとせのまつならぬ世を(一七五三5 集446) ウ
クモ世ノヲモフ心ニカナハヌカタレモ千年ノ松ナ
ラナクニ
213 きこえ侍しひとふしに(一七五三12 集446) 八ノ宮ノ遺言ノヿ
214 こゝにもかしこにも(一七五三13 集447) アケマキノ君ノナクサ
メニコヽカシコノ人ノ有サマヲモ見ルー サラニ思
ヒウツラスナクサマヌヨシ也ヲモヒ侘テハ其形見
ニ物ヲモ申カハシタキト也ソレモスキカマシキ心
カト思給ハンハツカシキ也サレトアナカチニ恋慕
ノ心ヲツカフマシケレハタヽヘタテナク物ヲモ申
通度由也
215 としころこなたかなたにつけつゝ(一七五三8 集447) 姫宮ノ詞
コナタモ年来ノ御志ヲ見シルホトニホカニハコト
ニタノモシ人ニハスルト也
216 いまはこれよりなと(一七五三9 集447) サテコソコナタヨリ文
ナトモマヒラセヲトロカシ中ト也宇治ヘノ有増ニ
ヨリテノ音信ノヿ也
217 さやうなるおりも(一七五三10 集447) 薫ノ詞サヤウノ叓モヲホ
エヌト也
218 山のかたをくらく(一七五四1 集448) 二条院ノ庭ノツキ山ナリ
219 (＼／)かきりたにあるなと(一七五四2 集448)、本 恋シサノカキ
リタニアル世ナリセハツラキヲシヰテ歎カサラマ
シ 六帖
220 (＼／)をとなしのさとも(一七五四3 集448) (恋ワヒヌネニゾニ)
ナカンコエタテヽイツコナルランヲトナシノ瀧《里イ》
221 むかしおほゆる(＼／)人かたをもつくり(一七五四4 集448) (高
宗香炉ー北遺ー)白氏文集六 香爐峯北有寺号遺
愛寺件寺者高宗皇帝有最愛王子至七歳忽薨不堪哀
傷建立堂舎王子形安置其寺
222 ゐにもかきとめて(一七五四5 集448) (李夫人)漢武帝初喪李夫
人甘泉殿裏令写真丹青畫出竟何益不言不笑愁殺君
223 またうたて《又》(一七五四6 集448)

224 （＼）みたらしかはちかき心ちする人かたこそ（一七五四6 集448）

人ノカタヲモトノ給ヘルニツキテ思ヨセテ恋スレハコソウキ叓モアレ恋セシト思トリ給ヘルイトヲシクモ侍トノ給也　恋セシトミタラシ川ニ

225 （＼）こかねもとむるゑしもこそ（一七五四7 集449）　漢元帝ノ時画工毛延壽カ古叓也王昭君ノ形ノコトク姉君ノ形ヲアシクカヽレテハイカテウタテト也

226 （＼）はな（一工　母失女）ふらせたるたくみも侍りけるを（一七五四9 集449）　ヒタノ内匠ノ叓鸖ヲツクリテ乗花ヲフラセシ叓ナリ　又水原云ヒタノタクミハ母ノカナシウシケル女ヲウシナヒテカナシヒ侍ルニ形ヲ作ケレハ有シニモカハラス夜ニナレハ物ナトホノカニイヒケル叓トイヘリ

227 へんけの人もかなと（一七五四9 集449）　変化人

228 いとあやしく（一七五四11 集449）　浮舟ノ叓イハン序也

229 このちかき人の（一七五五1 集449）　少将ノ君ノ〻

230 としころは（一七五五1 集449）　中ノ宮ノ詞

231 いとさしもあるましき人の（一七五五6 集450）　別腹ナレトヨクアケ巻ニ似給ヘルト也

232 たゝひとりかきあつめて（一七五五11 集450）　中ノ宮ノ叓浅マシキコトハワレ一人ニカキアツメタルト思フニ又浮舟ノカク尋ネヨル叓人キヽモイトヲシキト也

233 又あいなきことを（一七五五12 集450）　浮舟ノ〻

234 （＼）しのふくさつみをきたりけるなるへし（一七五五13 集451）　八ノ宮ノ落胤腹ノ女ヲイフ也　本ムスヒヲクカタミノコタニナカリセハ何ニシノフノ草ヲツマヽシ

235 世をうみなかにも（一七五六4 集451）　方士蓬宮ニイタリテ大真院ノ叓長恨哥ニアリ　雲海沈〻洞天日晩瓊戸重闔悄然無聲　長恨傳

236 山里の本そむにも（一七五六6 集451）　前ノ詞ノ首尾也浮舟ヲ本尊ニモト也

237 いにしへの御ゆるしも（一七五六7 集451）　父宮ヲタニアラハシ給ハヌ叓ヲイトロ《クチ》カロキト也

238 いとゝをき所に（一七六9 集451）（陸常（マヽ））
239 いかさまにもてなさむ（一七六12 集452） 母ノ如何サマニセン
トモテ刷ムスメヲ本尊ナトヽノ給ハイカヽト也
240 うちたゆめていり給ぬれは（一七七4 集452） ヒメ君ノヲク深
ク入給叓也
241 かくのみおもひては（一七七8 集453） 中ノ宮ノ叓ヲ薫ノ心中
ニモテ刷コト也
242 れんしたる心ならねはにや（一七七10 集453） 調練シタル也
243 にたりとの給へる人も（一七七11 集453） 浮舟ノ｜
244 さはかりのきはなれは（一七七12 集453） 母君ノナヲ人ナル
ヲ云也
245 猶そなたさまには（一七七13 集453） ウキ舟ノ方ニ心ノスヽマ
ヌ叓也
246 ましていとおそろしけに侍れは（一七八4 集454） 尼ニ成老衰
ヘタル様也
247 いつとは侍らぬなかにも（一七八9 集454） 就中断腸是秋天
イツトテモ恋シカラスハナケレトモアヤシカリケ
リ秋ノ夕暮
248 けにかのなけかせ給めりしも（一七八9 集454） 是ハ中ノ宮ノ
匂ユヘ物思給叓也
249 わかあやまちのやうに（一七八12 集454） 薫ノ引合セシユヘト
中ノ宮ノカコチ給ヿ也
250 なにかそれこそよのつねなれ（一七八13 集455） カヤウナル叓
モ世ノ習ヒナルヲト也
251 いひても〳〵（一七八14 集455） 故姫君ノヿ
252 をくれさきたつほとは（一七九1 集455） スエノ露モトノ雫
253 御き日の（一七九2 集455）（傷月）
254 たういくつらうともそうはうなと（一七九5 集455） 堂 廊
僧坊
255 かきいての給（七九5 集455） 注文ノヿ
256 その御心さしも（一七九7 集455） 八ノ宮モ功徳ニスヽミシ人
ナレハ堂ニナシタランハ亡魂モウレシクヲホシメ
サント也トマリ給ハン人ノタメヲ思召ヤリサヤウ
ニ御遺言ナトハナキト也

257兵ア卿の宮のきたの方こそは（一七五九9 集456）　今ハ中ノ宮ノ領中ノ分ナレハ彼宮ノハカラヒナラント也

258かの宮の御りやう（一七五九9 集456）　領

259こゝなからてらになさん事は（一七五九10 集456）　宇治ノ宮ヲ此儘寺ニナサンハアマリ情ナキヤウナレハコホチテアサリノ寺ノ近所ニタテント也

260とさまかうさまに（一七五九13 集456）　アサリノ詞也

261（　）むかしわかれをかなしひて（一七五九13 集456）　（河―）玄奘三蔵我七生ノカハネヲクヒニカケ佛道ナル也

262かはねをつゝみて（一七五九14 集456）　観音勢至ムカシ人ノ子ニテヲハシマシケルニ継母ノタメニコロサレケレハソノ親カハネヲクヒニカケテ終ニ仏道ニ入給ケル也経文ニアリ

263佛の御をしへのまゝに（一七六〇5 集456）　堂舎佛閣ハ其図サタマリタル叓也

264かく思かけ侍らぬ世のするに（一七六一3 集458）　ヲモヒノ外ニ薫ヲ見奉ル叓モ柏木ニ奉公ノシルシカト也

265おかしかりける人の御心はへかなとのみ（一七六一13 集459）　弁ノ尼ヒメ君ノ叓ヲカタルニ付テ猶人ノホトヲ思マシ給叓也

266われにはいと心ふかく（一七六一1 集459）　中ノ宮ハ大カタハケタカクヨリツキカタキヤウナル人ナレトカホルニ對シテハ情〳〵シキ人ト也

267かのかたしろの事を（一七六二2 集459）　浮舟ノヿ

268京にこの比侍らんとは（一七六一3 集459）　弁ノ詞

269（又）またとも御らんしいるゝ（一七六二8 集460）

270そのことにおほしこりて（一七六二9 集460）　二人ノヒメ君サヘホタシト思召ニ又女子ノ出来給ヘハ苦敷思トリ給叓也

271（又）またひたちになりて（一七六二14 集460）

272中比は（一七六三3 集460）　浮舟ノ母浮舟ノウツクシキヲ弁ノ方ヘ文ニ書タル叓也

273かすまへ給はさりけれと（一七六三6 集461）　八ノ宮娘ノ数ニハイレ給ハネトモ姫君達ニハウトキ人ニハアラヌヲ

ト也

274 そのかみはほかぐに侍て（一七三9 集461） 弁西国ヘクタリ
シ叓ヲイフナリ

275 たいふかもとより（一七三10 集461） （中君ノ官女）

276 （＼）こだになとすこしひきとらせ給て（一七四5 集462） 木蚵
ハ木ニツキタルムシノ名也

277 宮（中）へとおほしくて（一七四5 集462）

278 やとり木と（一七四7 集462） ヤトリ木ホヤノ叓也是ハ蔦ノ叓
ヲヨメリ底ノ心ハ姫君ノヤトリトヲモヘハナツカ
シキ心也

279 嶺のあさきりに（一七五1 集463） 本 鴈ノクル峯ノ朝霧

280 ことさらにまた（又）いはほの中もとめむよりは（一七五9 集464）
本 イカナランイハホノ中ニスマハカハ ワレモ
世ヲノカレンノ心アレハ岩ホノ中尋ンヨリハ其寺
ニスマント也

281 またほにいてさしたるも（一七五13 集465） 本 ワキモコニ逢
坂山ノシノスヽキ

282 （＼）ほにいてぬ（一七六2 集465） 心ハシタニハカホルノ叓ヲ
思給ハント也

283 わうしきてうのかきあはせを（一七六3 集465） 秋ノ調子也

284 秋はつる（一七六7 集466） 匂ノ我ヲアキハテ給叓ホノメク風
ニツケテモシラルヽト也

285 （＼）わか身ひとつの（一七六7 集466） （大方ノ）ワカ身ヒトツ
ノウキカラニナヘテノ世ヲモウラミツルカナ 本
月見レハ千〻ニ物コソ

286 （＼）はなのなかにひとへに（一七六12 集466） 不是偏花中愛菊
此花開後更無花

287 （＼）なにかしのみこの（西宮左ー 廉薬 三曲）（一七六13 集466） 西宮高明親王庭前霊
物降居樹上託前遊小児詠此詩教作者之本意兼請琵
琶授秘手曲小児醒畢 ナニカシノミコノ此花 西
宮高明公ノ叓也又天人比巴ヲ教タル叓ハ寝覚ノ物
語ニモアリ寝覚ノ中ノ君トイヘリ

288 天人のかけりて（一七六13 集466） （又ネサタメノー）

289 なに事もあさくなりにたるよは（一七六14 集466） 末世諸道ノ

浅クナル㆑也

290 御ことさしをき給を（一七六六14 集466） コヽニテハ比巴ヲコトヽイフ絃ノ類ヲハ大カイ琴トイフ也

291 心こそあさくあらめ（一七六七1 集466） 末世ニテ人ノ心コソアサクハナルトモ管弦ナトノ傳ヘハ爭浅クナラント也

292 むかしこそまねふ人も（一七六七4 集467） アネ君ノ比巴ナト引給シ叓也

293 この比みるわたりは（一七六七6 集467） 六ノ君ノ㆑

294 その中納言もさたむめりしか（一七六七8 集467） 誰人トイフヘキヤト花鳥ニアリ薫ノ叓トイヘリ下ノ詞ニテアラハ也

295 ゆるひたりけれは（〳〵）はんしきてうに（一七六七10 集467） 黄色ニテ調子ヒキケレハ弦ノユルヘルヲシメナヲシハンシキニシラフル也

296 いせのうみうたひ給御こゑの（一七六七11 集468） 伊勢ノウミノキヨキナキサニシホカヒニナノリソヤツマンカヒヤヒロハンタマヤヒロハンヤ催馬楽　律

297 あなたにわたり給て（一七六八5 集468） 客亭へ出給也

298 やかてひきつれきこえ給て（一七六八7 集469） 匂ヲ六条院へ夕霧ノ引ツレテヲハス也

299 はかなくて年も暮ぬ（一七六九3 集469） コヽノ詞ニテ薫廿三才ノ叓アラハ也

300 ひとゝころの御心さしこそ（一七六九6 集470） 匂ノ御志深キ斗ニテイツレモ物〳〵シクモテナシ給ハヌ叓也

301 此御事のみいとをしくなけかる（一七七〇3 集471） 薫ノ帝王ノ聟ニナラン叓ヲハ何トモヲモハス中ノ宮ノナヤミノ事ハカリクルシク思給叓也

302 なをしものとかいふことに（一七七〇4 集471） 二月ノ除目ノ時ノアヤマリヲ二月三月ナト行ハルヽ叓也其執筆大才ノ人ノ役也

303 （〳〵）右のおほい殿（一七七〇4 集471） 夕霧ノ右大将左大臣ニテヲハスカ右大将ヲ辞シ給ソノ官ニカホルノ成給㆑也

304 この宮にまいり給へり（一七〇6 集471） 匂へ也

305 いとくるしくし給へは（一七〇6 集471） 中ノ宮悩ノ〻也

306 とり〳〵にいとめてたく（一七〇9 集472） 薫匂ノ〻

307 あるしの所にと（一七〇10 集472） カホル饗應へ匂ヲ請シ給〻也

308 左大臣殿のし給ける（大饗）まゝにとて（一七〇11 集472）

309 たいきやうにおとらす（一七〇12 集472） 本ノ大饗ハ正月中三大臣請シアハル丶叓也 是ハ臨時ノキヤウ也

310 此宮（匂）もわたり給て（一七〇13 集472）

311 しつ心なけれは（一七〇13 集472） 中ノ君産ノキサシナレハ匂二條院へハヤク帰リ給也夕霧ハメサマシク思給也

312 五てのせに（一七一6 集473） 碁ノカケ物ノ銭ノ〻也

313 わうはんなとは（一七一7 集473） 饗應ノ〻也 椀飯李部王記天暦四年七月七日是夕藤《トフ》女御有二産養ノ叓一饌衝重十六合破子ノ食七荷屯食八具碁手ノ銭二万贈物児ノ衣襁褓各五重被下畧之

314 ぷすくまいらせ給へり（一七一10 集473） 粉熟ハ五穀ヲ五色ニカタトリ粉ニシテ餅ニナシテユテ丶甘葛ヲカケテコネ合セテホソキ竹《タケ》ヲ筒ニシテソノ中ニカタク押入テシハシ置テツキ出シテ具姿双六ノ調度ノコトクニマネフナリウツホノ物語ニ北ノヲト丶コリマラ人ノ御リカナヲホミ丶キマヒラセ給ソレ一ウチツ丶キテフズクマヒレリ

315 はしめよりの心をきて（一七一7 集474） ワカ後見シ引合タル〻ナレハカホルハサスカニ嬉シク思給也

316 またの日（又）なん大将まいり給ける（一七二9 集474）

317 （＼）みかとの御むこ（山山一 忠仁一）になる人は（一七二14 集475） 在位ノ天子ノ御ムスメ臣下ニ配スル叓ハ稀ナル也嵯峨天皇ノ御母潔（マヽ）姫忠仁公へノホカハタシカナラサル也漢朝ニハ其例マ丶アリ

318 われはまして（一七三4 集475） 落葉ノ宮ノ〻也

319 人もゆるさぬものをひろひたりしや（一七三4 集475） 落葉ノ宮也（イ）

320 大蔵卿よりはしめて（一七三6 集475） 女二ノ母女御ノ他腹ノ

兄弟

321 ほとなくうちとけうつろひ給はんを（一七四2 集476）　ユルシ給ヘトサスカホトナク三条宮ヘウツロヒ給ハンヲカロ〲シク主上ハ思召也

322 宮(匂)のわか君のいかになり給（一七四10 集477）

323 身つからも（一七四14 集477）　(薫)ノ例ノ宮ノ留守ニ二条院ヘワタリ給也

324 心のなしにやあらむ（一七五1 集478）　女君ノ躰ナリ

325 あいたちなくそ（一七五5 集478）　アヒソウナク也

326 わりなきことひとつにつけて（一七五13 集479）　恋慕ノ心一コソウタテケレト也

327 さらなる事なれは（一七六1 集479）　サヤウナルヿ也

328 あまりすへなき君の御心なめれ（一七六6 集480）　アマリスヘナクヨリアラシ物ヲマテ草子地也カホルノ叓ヲ批判シテカケリ

329 まことしきかたさまの（一七六9 集480）　只今恋慕ノ心ハナクマコトシキカタノ後見斗ヲシ給ハント也

330 （　）おりつれは（一七六13 集480）　本　折ツレハ袖コソ匂ヘ梅花アリトヤコヽニ鶯ノナク

331 夏にならは（一七六14 集480）　夏ハ南ノ方又フサカリノ叓也

332 せちふんとか（一七七1 集480）　四月ノ節ニナラヌサキ也

333 いしたてたり（一七七3 集481）　主上ノ御イス也

334 とう(髯息)中納言左兵衛(同右欤)のかみ（一七七5 集481）

335 三宮（一七七5 集481）　當今ノ皇子也

336 てん上人のさは座也(イ)（一七七6 集481）

337 こうらうてんの（一七七6 集481）　後涼殿

338 かくそ（一七七7 集481）　樂所

339 そうてうふきて（一七七7 集481）　春也

340 きんのふ二巻（一七七10 集481）　琴譜　琴徳譜五巻　雅琴譜百二十巻

341 すさく院のものともなりけり（一七七11 集481）　御物ノヿ

342 しろかねのやうき（一七八3 集482）　銀揚器　ヤウキトハ白木ノ器也是ヲマネヒテ銀ニテスル也朱器トハヌリタ

ル器也
343 おとゝしきりてはひむなかるへし（一七六八5 集482） 天盃ヲハ大臣家ヨリ外ハイタヽカヌ㕝也ソレヲ夕霧ノヲトヽ毎度盃ヲ初給ニヨリテ天盃ヲ大将ニ給フ也
344 （／＼）をしとの給へるこはつかひ（一七六八7 集482） 日本記第七 進食《ミヲシス》 カシコマリタルト申㕝也今時ヲヽトイフ㕝ト河海ニアリ花鳥ニハヲシトイフ㕝河海ノ説ハ皆今案也一向ニシラヌ㕝也シレランヲハシレリトヤヨシラサランヲ不知トセヨコレシレル也孔子ノ格言モアレハシハラク是ヲサシヲクハ故実成へシ
345 （／＼）さしかへし給はりて（一七六八9 集483） 天盃ヲタマフトキハ土器ヲメシテ御盃ノ酒ヲウツシ入テ呑物也ソノ土器ヲサシカヘシトハイフヲハリテ後カタハラノ階ヨリクタリテ御マヘニ向ヒテ舞踏シテ座ニツク是サタマレル作法也
346 くたりたるさ《座》に（一七六八12 集483） 大臣ノ下座ニ也心クルシキト也

347 時のみかとの（一七六九3 集483） 御在位ニテ聟ナト定給㕝例ナキ㕝也
348 殿ちかきほとにて（一七六九4 集483） てん殿イツレモ用チカキホトヽハ天子ノ御座アル清涼殿近キ㕝也
349 かみのまちも（一七六九9 集484） 二ノマチト云詞ニ順シテ心得ヘシ第一ト云心也
350 すへらきの（一七六九13 集484） 大将ノ哥也ウケハリテ女二ヲワカ物ニシテヨメルニクキト也双帋ノ地也
351 よろつよを（一七七〇1 集484） 飛香舎藤花宴延喜御門御製 カクテコソ見マクホシケレ万代ヲカケテニホヘル藤波ノ花 藤ニ有万歳藤之号
352 君かため（一七七〇2 集485） タカ哥トモノシ 本 藤ノ花都ノ内ハ紫ノ雲カトノミソアヤマタレケル
353 ひさしの御くるまにて（一七七〇13 集486） 廂御車
354 ひさしなきいとけみつひらうけのこかねつくりむつ（一七七〇13 集486） 糸毛 檳榔毛 金造
355 あしろ二つ（一七七〇14 集486） 網代ハ女房衆ノ乗車也

356 本所の人〻のせて（一七八一1 集486）　女二ノ宮ノ人也
357 くち木のもとを（一七八一10 集487）　本　スカタコソ　弁ノ尼ノ
ヿ也
358 こしに物おへるあまたくして（一七八一12 集487）　京ノ人ハ荷ヲ
カタクル也田舎人ハヲウ也
359 こゐうちゆかみたるもの（一七八二1 集488）　ナマル聲也
360 ひたちのせんし（一七八二2 集488）　前司
361 おいやきゝし人なり（一七八二3 集488）　ケニモト也ヲウトイ
フ心サル叓アリト云心也
362 このしんてんは（一七八二8 集488）　新造ノ躰也
363 こせんのさまよりは（一七八二14 集489）　車ノサキガリナトヨリ
此女ノスコシヨシ〳〵シキト也
364 あらはなる心ちこそすれ（一七八三2 集489）　浮舟ノヿ
365 あふきをつとさしかくしたれは（一七八三6 集489）　今時ハ人ニ
アラハニ見エシト笠ナトヲキル也上代ハ檜扇ヲモ
テサシカクス也
366 くるまはたかく（一七八三7 集489）　是ニヨリテ女ノ車ニヲリ乗
時ハ打板トイフ物ヲシテ車ノマヘ板ト縁トニワタ
ス也
367 やゝみて（一七八三8 集490）　良見ヨク〳〵見ル也
368 わかなへ色の（一七八三9 集490）　ウス青ノスコシスキタル色也
夏ノ絹ノ色也
369 いつみ川のふなわたりも（一七八三12 集490）　泉川　木津河ヲイ
フ也日本記ニ挑川トアル津五音通スル也　崇神天
皇發兵此川ヲ中ニシテ挑戦有シユヘ也
370 これよりまさるきはの人〻を（一七八四13 集491）　浮舟ニマサル
人ナトモイカホトモアレト心ノトマラヌ也
371 御心ちなやましとて（一七八五4 集492）　カホルノ叓ヲ心シラヰ
ニトモノ衆ノ返事也
372 この君をたつねまほしけに（一七八五5 集492）　弁ノ思推量也
373 みさうのあつかりともの（一七八五7 集492）　御庄預
374 けさもむこに（一七八五12 集493）　無期
375 宮の御かたにも（一七八六2 集493）　中ノ宮ニモヨク似タル也
376 みかとはなをいふせかりけむ（一七八六9 集494）　玄宗ハ形見ハ

カリ見給テ直ニ貴妃ヲ見給ハヌ叓也
377 この人に契のおはしけるにやあらむ（一七六10 集494） 浮舟ニ
契ノヿ
378 そのころほひは（一七七4 集495） 女二ノ宮ムカヘ給叓ノマキ
レヲイフ也
379 （〳〵）かほ鳥《カホル(イ)》の（一七八1 集495） アナタヘノ哥ニハナキヲ弁ノ
尼聞テカタルナリ此哥ヨリ皃鳥トイフ一名アリ不
用　皃鳥事毛詩云流離《リウリ》　梟《フクロウ》　少《ワカウシテ》　皃好《カヲコシ》老《テ》甚　醜《ミニクシ》　カ
ホ鳥ノマナクシハナク春ノ野ノ草ノ根シケキ恋モ
スルカナ 万

一校了
（紙数百三十丁）

あつま屋

東屋　詞ヲ以テ巻ノ名トス花鳥ニハ廿二才ノ秋トアレト
ヤトリ木ヨリツヽケテ見レハ廿三才ノ八月九月ノ叓
也
四阿《アツマヤ》　唐令云宮殿皆四阿　辨色立成云四阿　阿都末夜
雨下《マヤ》　同令云庶人門舎不得過一門雨下　辨色立成云雨下
麻夜

（宿木ノ末同年秋九月）

1 つくは山を（一七九三1　集17）　和泉国トイハントテシノ田ノ森
トイヘル順據也常陸ノ心ナリ　本　ツクハ山ハ山
シケ山シケヽレト思入一ハリハラサリケリ

2 いと人きゝかろく〳〵しう（一七九三2　集17）　受領ナトニイヒヨ
ランヿ也

3 人の御程の（一七九三6　集17）　薫ノヿ

4 かみのこともは母なく成にけるなと（一七九三7　集17）　子共
大守ハ爲親王置テ介ナルヘクレトアカメテイヘリ

5 このはらにも（一七九三7　集17）　中将君（イ）　少将ノ腹ニモ男女
アリ

6 こと人と思ひたてたる心（一七九三9　集18）　浮舟継子ナレハ也

7 ひきすくれて（一七九三10　集18）　常陸守ノヲモフ所モアリ浮舟
ヲ如何ヤウニモヽテナシ宜カランヨスカヲモ付タ
ク母君ヲモフ也

8 物にもましらす（一七九三13　集18）　兄弟ナトニモ似ス浮舟ノミ
メ形スクレタル也サレハアタラシキ叓ニモテ刷也

9 みな様〻《(サマ)》にくはりて（一七九四2 集18）　初メノ腹ノ娘トモハ各
ヨスカサタマル也
10 今はわか姫君を（一七九四2 集18）　少将ノ腹ノ姫君也
11 すこしたみたるやうにて（一七九四9 集19）（東ニテヤシナハレ）
12 からけのあたり（一七九四9 集19）　豪家
13 また《全》うすきまなき心（一七九四12 集19）
14 さうそくありさま（一七九四12 集19）　装束
15 こしをれたる哥あはせ（一七九四12 集19）　折腰哥合
16 からしんをし（一七九四13 集19）　庚申人ノ腹中ニ三尸有彭侯尸
彭常尸命児尸 晝入窈冥其離我身是ヲ三反唱終夜ヌ
ル叓ナカレ三尸ツヰニ身ヲハナル
17 左近の少将とて（一七九五1 集20）（故大将息）
18 さえ《才》ありなといふかたは（一七九五2 集20）
19 心さたまりて（一七九五5 集20）　才覚アル人ナレハ心ノ落著物
ノ分別モアラント也
20 返事なと（一七九五7 集20）（カヘリコト）
21 心ひとつに（一七九五8 集20）　女ノ心一ニ也守ニモトイアハセ
ス浮舟ヲ少将ニユルサンノ心也
22 てうと（一七九五10 集20）　調度
23 まきゑ（一七九五11 集21）　蒔畫
24 らてん（一七九五11 集21）　螺鈿
25 ないけうはうのわたりより（一七九六1 集21）　内教坊ハ大トノ
ヰノカタハラニアリ楽人舞姫ナト有所也　常陸守
カタクナシキヤウ体ヲカケリ
26 て《(手)》ひとつひきとれは（一七九六1 集21）
27 ろく《禄》をとらする事（一七九六2 集21）
28 こく《曲》のもの（一七九六3 集21）
29 あこをは（一七九六6 集21）　我子也
30 思おとし給へり（一七九六6 集21）　中将君ノ（イ）
31 よろつおほく（一七九六9 集22）　母ノ詞
32 なみ〳〵の人にも（一七九六10 集22）　左近少将ノヿ也
33 わかき人〻あまた侍れと（一七九六13 集22）　他腹ノ女ノヿ也ソ
レハヨスカサタマリタル也
34 物おほししりぬべき（一七九六14 集22）　少将ノヿ

35くはしきこともしり給へす（一七九七6 集23） 媒ノ詞

36こと人のこ（子）も（一七九七8 集23）

37さやうのあたりに（一七九七13 集24） 受領ナトノ所へ行カヤウ
叓公廨ニユルサスモテ刷叓ナレトソレモ又世ノ常
ノ叓也モテカシツキ後見セラレンニ其不足ハカク
レン叓也

38この人ついそうふかく（一七九八4 集24） 媒ノヿ

39いさやはしめより（一七九八8 集24） 少将言(イ)

40かのかみのぬしの（一七九八9 集25） カミノ主トイフハ聊カシ
ツク詞也

41みやひこのめる人の（一七九八12 集25） アマリ艶ナル叓ヲ好ム
人ハハテ〳〵アシキ叓モアレハスコシソシラル丶
トモ守ノ聟ニ成テ後見ニセント少将ノ思也

42この人は（一七九九1 集25） 西ノ御方ハ浮舟ノ君ノ叓也中立ス
ル人妹ノ西ノ御方ニアルヲ云也

43手にさゝけたること（一七九九12 集26） 如レ捧レ手 掌上珠トイ
フ体也

44もとの御心さし（一八〇〇4 集27） 初ナリ(イ)

45なにかしをとり所に（一八〇〇10 集27） 只好色ノ心ニテウキ舟
ヘイヒヨリタマウトコソシリタレ後見ナトノ叓ニ
思ヨリ玉フトハシラサルト也

46ひと所の御ゆるし侍らむを（一八〇一8 集29） 守一人ノユルシ
タニアラハト也

47もはら《専》さやうの（一八〇一10 集29）

48またこ（・・）ろの御とくなきやうなれと（一八〇一14 集29） 花鳥ニハ
孤露也ミナシ子ノヤウ一憑ム方ナキ心也當流ニハ
此来ノ御徳ナキ也所領ナト多クアレトマタ此比ハ
不知行ノヤウナルト也サレト常ノ人ノ富貴ニモマ
サルト也

49なを〳〵しき人かさりなきとみといふめるいきをひに
は（一八〇三1 集29） 直人 冨《トミ》 徳《イキホヒ》

50らい年四位になり給なむとす（一八〇三2 集29） 當年ハマタ五
位ノ蔵人也

51こたみの乃（とう）は（一八〇三2 集29） 蔵人乃ナリ

52　こて給へるなり（一八〇二3 集29）　ゴチ給也イヒコチ給フナリテトチト五音通スル故也
53　うしろやすき事を（一八〇二10 集30）　守ノタメ能叓ヲ中立スルト云也
54　たとひあへすして（一八〇二13 集30）　アヘスシテ　縦ワレナク成タリト也
55　（又）またとりあらそふへき人なしこ《子》とも（一八〇三1 集31）
56　たうしのみ（御）かと（一八〇三3 集31）
57　そくらうを（一八〇三9 集31）　贖労　マイナヒノ叓也
58　なにか北のかたも（一八〇三12 集32）　中立ノ詞
59　たゝな（中）かのこのかみにて（一八〇三13 集32）
60　月ころは（又）またならふへくもあらすなん（一八〇三14 集32）
61　なをひとわたりはつらしと思はれ（一八〇四2 集32）　初ハ浮舟モイヒヨリ姫君ニ心ヲ移サン叓一ワタリハ母君ニモ恨ラレ人ノソシリハ有トモ行末ノタノモシキ叓ヲ思ヘハ妹ニ心ヲサタムル義也
62　契しくれにそおはしはしめける也（一八〇四4 集32）　後ノ叓ヲ先カケリ此書様多シ　此時少将カヨヒ初ルニナシ下ニクハシク見エタリ
63　又し《実》ちを尋《タツネ》ねしらむ人も（一八〇四9 集33）
64　中たちのかく事よくいみしきに（一八〇四12 集33）　草子地也北方中タチニスカサレタルト也
65　こなたにも心のとかにゐられたらす（一八〇四14 集33）　北ノ方常ニヰル所ニモ居スシテ少将ノワタラン所ヲカシツキシツラウ叓也
66　かみとよりいりきて（一八〇四14 集33）　守　外ヨリ入来也
67　あこの御けさう人をうはゝむと（一八〇五1 集33）　吾子　気装人假相人　奪
68　ようせさせ給君《キン》たちあらし（一八〇五3 集33）　ヨウハ用也シナノタカキハ用ニタヽヌ心也浮舟ヲアサケリテイヘル詞也
69　さらは御心（一八〇五5 集34）　少将ノ心也
70　あふなく人の思はん所も（一八〇五6 集34）　無奥オクフカヽラスアサ〳〵シキ心也

71をのれはおなしこと思ひあつかふとも（一八〇五10 集34）　イツレモワカ娘ナレト北方ハ浮舟ヲ大切ニヲモフヨシ也

72あひ〳〵にたる世の人のありさまを（一八〇五14 集35）　少将ト常陸守ノ心アヒ〳〵テ心浅キ叓ヲイヘリ

73わかきみを（一八〇六2 集35）　我君若君何モ用

74かく心くちおしういましける君なれは（一八〇六3 集35）　少将ノ㆑也カク口惜人ナレハ人ノサマヲモ見シラスウキ舟ヲ引タカヘタルト也メノトノ詞

75式ア卿(桐宮)の宮（一八〇六8 集35）

76このほとはあらせ給へ（一八〇七9 集37）　浮舟ノ方ニ有女房ナトヲカリテ少将ノツマノヒメ君ニソヘント也

77(浮ー方)此にしのかたにきて（一八〇七11 集37）

78かみ人の御心は（一八〇八1 集38）　少将ノ叓也

79たゝ(介心(イ))おなし子なれは（一八〇八1 集38）　浮舟ノ㆑

80世にはゝなき子は（一八〇八2 集38）　世ニ母ノナキ子タニアルニ児ワレアレハト也常陸守ヒメ君ヲカシツク也

81なにか人のことさまに（一八〇八6 集38）　常陸守ノ詞北方ハウキ舟ノ君ニト思ヒカマヘケレト少将ヲヨソノ人ニセンモ口惜思ヒテ聟ニセントカシツク也

82そのよ(夜)かへすきそめぬ（一八〇八10 集38）

83宮(匂)の北のかたの御もとに（一八〇八12 集39）　中ノ宮

84その事と侍らては（一八〇八12 集39）　文章也

85又見くるしささまにて（一八〇九4 集39）　故宮ノユルシモナキ人ヲワカ愍ニセンモイカヽ又ヲチアフレンモ古宮ノナキ御影モ見クルシカラント中ノ宮思刷給㆑也

86大輔かもとにも（一八〇九7 集40）　中ノ宮ノ官女也

87かゝるをとりの物の（一八〇九8 集40）　人ノ御中ニカヤウノ落胤腹トイフ叓世上ノ習ヒナルト也

88中〳〵かゝる事とものの（一八〇九12 集40）　浮舟ノ中ノ宮ニ馴ムツヒタキ心ナレハ少将ニ契ノ違叓ヲモ中〳〵嬉敷思也

89源少納言（一八一〇5 集41）　常陸守ノ聟也

90この御かたに（一八一〇6 集41）　浮舟君仕給所ニ少将ノ仕給也

ラウナトソノホトリニ浮舟ノ君スマセン㕝ヲ如何
ト思ヒ二条院ニイヒヨル也

91 この御かたさまに（一六〇8 集41）　中ノ君兄弟ノ数ニモナシ
給ハヌ故人ニモアナツラルレハシイテマイラスル
也

92 年ころかくはるかなりつれと（一六〇11 集41）　浮舟ノ年来ハ
ヒタチヘ下リウトく〳〵シケレトサスカ離レヌ人ナ
レハ中ノ宮懇ニシ給㕝也

93 わか君の御かしつきをして（一六〇12 集42）　中ノ宮ノ若君ノ
ヿ也

94 我もこ北《中将君（イ）》のかたには（一六〇13 集42）　故宇治宮ノ北方《中ノ宮ノ母》メ
イニ中将君ハアタル也中ノ君トハ母北ノ方イトコ
ナレハハナレヌ中トハ云也

95 たなはたはかりにても（一六二12 集43）　年毎ニアフトハスレ
ト七夕ノヌルヨノカスソスクナカリケル《古今 ミツネ》
契ケン心ソツラキ七夕ノ年ニ一夜ハアフハアフカ
ハ《古今 ヲキカセ》

96 きさいの宮（一六三10 集44）　明石ノ中宮ノヿ

97 こなたよりいて給ふ（一六三10 集44）　簾中ヨリ出給ヿ也

98 これそこのひたちのかみのむこの少将な（一六三2 集45）　女
房衆ノイフ詞也

99 このあたりの人はかけてもいはす（一六三4 集45）　二条院カ
タノ人ハサヤウノ㕝モイハス少将ノカタニ便アリ
テヨク聞シト也

100 きくらむともしらて（一六三5 集45）　北方聞ラントモシラテ
也

101 こうへのうせ給し程は（一六三14 集46）　中ノ宮ノ母ノヿ

102 こ宮も（一六四1 集46）　八宮ノヿ

103 こよなき御すくせの程なりけれは（一六四1 集46）　カヤウニ
メテタキ御スクセニテ宇治ノ山里ニモ御座アルカ
ト也ヒタチノ北ノ方ノ詞

104 いにしへ慿みきこえける御かけともに（一六四5 集47）　母上
父宮ノヿ

105 この御事は（一六四7 集47）　（総）角君ノヿ

106 大将とのは（一八二四9 集47） 北ノ方ノ返答ノ詞

107 ひともとゆへに（一八二五2 集48） 紫ノ一本ユヘニムサシノヽ草ハミナカラ哀トソ見ル 古今

108 うちすて侍なむ後は（一八二五6 集48） ワカナカラン後ハウレ給ハンモ浅マシケレハ浮舟ヲ尼ニナサント也

109 けに心くるしき御ありさまにこそは（一八二五9 集48） 中ノ宮ノ返事也

110 むけにそのかたに（一八二五11 集48） ワカ尼ニナラント思ヒサタメル身ナルヲサヘカク思ヒノ外ニ世ニナカラフルト也

111 ねひにたるさまなれと（一八二五13 集49） 北ノ方ノヿ

112 こ宮のつらうなさけなく（一八二六1 集49） ウハソクノ宮ノ娘ノ数ニモシ給ハヌ故カヤウニ人ニアナトラルヽト也サレト中ノ宮カク御懇ナレハイニシヘノウキヲモワスルヽト也

113 うきしまの哀なりしありさまなともきこえいてつゝ（一八二六3 集49） 浮嶋陸奥ニモアリ 塩カマノマヘニウキタルウキシマノ ヘタテツル人ノ心ヲ浮嶋ノアヤウキ沾モフミヽツルカナ是ハ常陸国信太浮嶋トイフ所アリ是ヲイフニヤ今案也

114 （〳〵）わか身ひとつとのみ（一八二六3 集49）、本 世中ハムカシヨリヤハウカリケンワカ身ノタメニナレルカ大方ノワカ身一ノウキカラニナヘテノ世ヲモウラミツルカナ

115 つくは山のありさま（一八二六4 集49）、ツクハ山ハヤマシケ山シケヽレト思イルニハサハラサリケリ

116 かしこには（一八二六5 集49） 常陸ノカタノヿ

117 かゝるほとのありさまに（一八二六7 集49） 受領ノ妻ニ成タルヲ身ヲヤツストイフ也

118 この君はたゝまかせきこえさせて（一八二六8 集50） 浮舟ヲハ何趣ニモ中ノ宮ニ任奉ルト也

119 けに見くるしからても（一八二六9 集50） ウキ舟ノ進退能アレカシト也中ノ宮心中也

120 すゝろにみえくるしう（一八二七6 集51） ソノ人ニ直ニサシム

カハネトモ高上ノ人ヲ見レハ心ハツカシク身ヲモ
引ツクロウ叓也
121 あいなう御あやまちに（一八一七11 集51）　匂宮参内ナキ叓中ノ
宮ノトヽメ申給ユヘト人モスイリヤウスルト也
122 たゝならすおはしたるなめり（一八一七13 集52）　匂ノ参内ノ留
守ナレハ恋慕ノヿヲモナマメキ給ヿ也
123 なこりなからしとにや（一八一八3 集52）　真実ニ総角ノ叓ヲ忘
レカタクシ給ト也
124 岩木ならねは（一八一八4 集52）　人非木石皆有情不如不遇《アハ》傾城
色 文集
125 かゝる御心をやむるみそきを（一八一八6 集52）　恋セシトミタ
ラシ川ニセシミソキ神ハウケスモナリニケルカナ
126 かれもなへての心ちはせす（一八一八8 集52）　浮舟ノ君ヲモユ
カシクハ思ヒ給ヘト打ツケニ思ヒウツランハ如何
ト思惟シ給薫ノ本性也
127 いてやその本そむ（一八一八9 集52）　薫ノ山里ノ本尊ニモトイ
ヒシヲ中ノ宮ノ仏トナラントノ給ヘル叓ヤトリ木
ノ巻ニ有叓也　若我誓願大悲中一人不成二世願我
堕虚妄罪科中不還本覚捨大悲
128 〽ひくてあまたに（一八一九2 集53）　本大ヌサノヒクテアマ
タニナリヌレハ思ヘトエコソタノマサリケレ
129 〽つゐによるせは（一八一九3 集53）　大ヌサトナニコソタテ
レナカレテモツヰニヨルセハアリトイフモノヲ
130 水のあはにも（一八一九4 集53）　水ノ沫ハヽカナキ叓ヲイフ撫
物ノ水ニナカレトマルヲハカキナカシヤル物也タ
トヘハ中ノ宮ノワカ身ノカハリニ此人ヲイタシ給
ハント思給叓ヲカホルノカクノ給也撫物人形ヲナ
シ叓也観念ノ心也
131 かりそめに物したる人も（源中（イ））（八一九5 集53）　北方コヽニヰタル
コト也
132 ひこほしのひかりを（一八一九12 集54）　ヒコホシニコヒハマサ
リヌ銀河ヘタツルセキヲ今ハヤメテヨ 伊勢物語
133 ゐひすめきたる人をのみ（八一九14 集54）　常陸守ノヿ也エヒ
スハ東国ノ人ヲ云也

134 くやしく思ひなりにけり（一八一九14 集54） ワキモ子カキテハ
ヨリタツマキハシラソモムツマシヤユカリトヲモ
ヘハ
135 経なとをよみて（一八二〇3 集55） 若有《シ》レ人聞《テ》是《コノ》薬王菩薩本事
品《ヲ》一能《ク》随喜《シ》讃善《セハ》者是《ノ》人現世《ニ》口中常出《シ》青蓮香身毛孔《ク》
中常出《ン》二牛頭栴檀之香《ヲ》一 法花経
136 おとろ〱しき物のなゝれ（名）（一八二〇5 集55）
137 佛はまことし給けり（一八二〇6 集55） 経云實語者不誑《タフラカ》語者云々
138 おさなくおはしけるより（一八二〇6 集55） 薫ノ身香ノヲハス
ルヿハヲサナクヨリヲコナヒナトヲシ給フ故也ト
也又前生ノユカシキ由女房衆ノ批判シテイヘル詞
也
139 またさきの世こそ（又）（一八二〇7 集55）
140 思そめつる事（一八二〇9 集55） 薫ノヿヲ中ノ宮ノ給詞也薫ハ
思ヒ初給叓ヲ捨給ハヌト也
141 たゝいまの有さまなとを思は（へ）（一八二〇10 集55） 只今御門ノ智
ニ成給ヨスカサタマリタルニ浮舟ノヿヲ思ヒヨル
ハワツラハシキト也サレト尼ニサヘナサンノ心ナ
レハ同シ叓トヲモヒテカホルヘマイラセラレヨト
北ノ方ニノ給也
142 つらきめみせす（一八二〇12 集56） 北方ノ詞
143 とりのね聞えさらむすまゐまて（一八二〇12 集56） 飛《トブ》鳥ノ聲モ
キコヘヌ奥山ノフカキ心ヲ人ハシラナン
144 かすならぬ身には（一八二一1 集56） 本 カスナラヌ身ニハ思
ノナカレカシ人ナミ〱ニヌルヽ袖カナ但引哥ニ
ヲヨハサルト也
145 物思のたねをや（一八二一2 集56） 今ハトテワスルヽ草ノタネ
ヲタニ人ノ心ニマカセスモカナ
146 きしかたの心ふかさに（薫）（一八二一5 集56） 過ニシカタノ叓ハ心
深クヲハスレト行先ノ叓ハシラヌト也
147 いはほのなかにともいかにとも（一八二一9 集57） 引（イ）イカ
ナラン岩ホノ中ニスマハカハ世ノウキヿノキコエ
コサラン トモカクモ中ノ宮ノ御マヽナランヽト也
148 この御かたも（一八二一10 集57） 浮舟ノ母ニ離ナラハヌヿ

149 さうしみをなを〳〵しくやつして（一八二三6 集58）　正身　直〻

150 たいふ（大輔）なとかわかくて（一八二三10 集58）

151 （〵）なき名はたてゝ（一八二三12 集58）　本（思ハントタノメシ）
叓モ有物ヲ無名ハタテヽタヽニワスルナ

152 あくるもしらす（一八二三13 集59）　引　玉スタレアクルモシラテネシモノヲ夢ニモ見シトヲモヒカケキヤ

153 御ゆするのほとなりけり（一八二三2 集59）　ユスルハ沐浴スルヿ也九月ハイム月也十月ハ神無月ニテ髪洗フニ憚ル月ナルヘシ

154 ひとひら（一八二三12 集60）　一牧（マヽ）也

155 今わたらせ給ひなむ（一八二五2 集62）　客亭ヨリ匂ノワタリ給ハント簾中方ニテイフヿ也

156 はなれたるかたにしなして（一八二五4 集62）　浮舟ノ居所也屏風ノフクロ河海云屏風納袋事今世ニイタクナキニヤ上古ノ叓欤

157 右近（中君方）とて（一八二五6 集62）

158 おそき人にて（一八二五10 集63）　ヲソロシクタヲヤカナラヌ体也

159 見給へこうしてなむ（一八二五11 集63）　見ツカレタル心也

160 いまゝいりて（一八二五14 集63）　此叓ヲウヘニ語申サント也

161 右近かいひつる（一八二六2 集63）　タイウカ子（イ）

162 右近心なきおりの（一八二七2 集65）　タハフレノヿ也

163 少将いてや（一八二七2 集65）　実義モアラント也

164 またしかるへしと（一八二七4 集65）　右近カ詞イヤマタ実義ナトハアラシト陳法シテイフ也

165 いて（出）給はん事の（一八二七9 集65）

166 かきりなき人と（一八二八2 集66）　イカナル上﨟ナル人モシツトハフカキ也中ノ宮ノ叓ヲ思ヒテイヘリ兄弟ノ御間ニテロ惜叓ト也

167 がまのさうをいたして（一八二八4 集66）　降魔相《カウマノサウ》　花鳥ノ説ニハ不動尊ナトノヤウニ忿怒ノ相ヲアラハシタル也

168 かの殿には（一八二八7 集66）　ヒタナノスケノヿ

169 たゝひと（我子）所の（一八二八7 集67）　浮舟ノヿ

170 わかこをはおほしすて（一八二八7 集67）

171 まらうとの（一八二六8 集67） 少将ノヿ

172 この御こと侍らさらましかは（一八二六10 集67） 此御叓也少将ノ御叓ユヘ夫婦間ノアシキコトヲ女房衆口惜ヲモフ叓也

173 君はたゝ今は（一八二六12 集67） (浮)舟ノヿ

174 なにかかくおほす（一八二九1 集67） 女房衆ノ浮舟ヲナクサメテイフ詞也

175 うちゝかき方にやあらむ（一八二九8 集68） 簾中近キ叓也

176 うつしむまともひきいてて（一八二九9 集68） 移ノ鞍置タル馬也 サキカリ(マヽ)ノ供ノ衆乗馬也

177 うたて思ふらんとて（一八二九11 集68） 匂ノ入給ヒシ叓ハシラスカホニモテナシ給叓也

178 ゆするのなこりにや（一八二九12 集68） 洗テレ髪後首風發医書

179 みたり心ちのいとくるしう（一八二九14 集69） 浮舟ノヿ

180 たち返(り)とふらひきこえ給へは（一八三〇1 集69） 押返シテノ給也

181 めましろきをして（一八三〇2 集69） 瞬《メマシロキ》

182 いとくちおしく（一八三〇3 集69） (中)ノ宮ノ心也

183 かくのみみたりかはしうおはする人(匂)は（一八三〇5 集69） 匂宮ノヿアタ人ノ心ノサタマラヌヨシヲノ給也

184 (又)またまことに（一八三〇6 集69）

185 この君は（一八三〇7 集69） 薫ノ実ナル木性ノヿ也

186 あいなう物おもふ事そひぬる人の御うへなめり（一八三〇8 集70） 浮舟ノ叓匂故思ヲソヘ給ヿ也

187 とし比みすしらさりつる人の（一八三〇8 集70） 浮舟ノヨソ〳〵ニ有シヿ也

188 あかぬ事おほかる心ちすれと（一八三〇10 集70） 不足ノ叓多キト也

189 かくものはかなきめもみつへかりける（一八三〇10 集70） 宇治ノ山里ニヲハセシ叓也思ヒ外ニ二条院ヘワタリ出身ノヿ也

190 人のなたらかにて（一八三〇12 集70） (薫)恋慕ノヿ薫タニ思ハナレ給ハヽ何事モタラヒタル心チセント也

191 この君は誠に心もあしうなりにたれと（一八三一1 集70） 浮舟

ノ┐

192 右近のきみなとには（一八二3 集70）　タイフカ子(イ)

193 れいならすつゝましき所なとに（一八三1 集72）　コヽニテ隔心ハシ給ソト中ノ宮ノ給也

194 むかしの御心さしのやうに（一八三4 集72）　ワレヲハ父宮ノ順據ニ思ヒ給ヘト也

195 けににたる人は（一八三14 集73）　父宮ニ似給人ハスクレタルカタチト思給也

196 か(総)れはかきりなくあてに（一八三1 集73）　大キミノ┐(イ)

197 これはまたもてなしなとの（一八三3 集73）　浮舟ノ┐

198 いとゆかしう見奉すなりにしを（一八三8 集74）　浮舟ノ心也父宮ヲ見タテマツラヌ叓ヲ口惜思也

199 いみしうおほすとも（一八三9 集74）　浮舟ノ叓ヲ中ノ宮大切ニヲホストモ匂宮ノ心ヲカケ給ハヽカヒアラシト也

200 （＼）あひてもあはぬやうなる心はえに（一八三12 集74）　本（フスホトモナクテ）アケヌル夏ノ夜ハ逢テモアハヌ心チコソスレ　八雲御抄ニコヽヲイヘリサレト哥ノ心ハ一度逢テ二度トアハサル心ニ用

201 よへのほかけの（一八三13 集74）　浮舟中ノ宮ニ夜ア《ヨベ》タイメンノヤウ体モ実義ハナキヤウナリシト也

202 かゝるすちの物にくみは（一八四2 集75）　シツトノ叓ハ如何ナル人ノ上ニモアルト也

203 いたちの侍らんやうなる心ちのし侍れは（一八四5 集75）　イタチノマカケサシテ人見ル叓也人ニナレサル体也中ノ宮返答ニテ聞ユ花鳥ノ説不用

204 よからぬ物ともに（一八四6 集75）　常陸カタノ人ノ叓也

205 心のおにゝはつかしくそおほゆる（一八四8 集75）　匂ノ叓

206 いかにおほすらむと（一八四9 集75）　中ノ宮ノ心中モ量カタケレハ匂ノ叓イヒ出サル也

207 さすかにつゝましきことに（一八四11 集76）　匂ノ叓ヲフクミテイヘリ

208 けしからすたちてさまよからぬ人の（一八四14 集76）　匂ノ┐宮ノ色メカシキ人ニテヲハスレトソレモ心ツカヒ

シテヲハセハクルシカラシト也
209 さらに御心をは（一八三五2 集76） 北ノ方詞
210 そのかたならて（一八三五3 集76） 二条上ノ母ニメイニ當ル叓
ヲイヘリ
211 かたはなることに（一八三五7 集77） 匂ノ叓ニヲトロク也
212 みつからはかりは（一八三五11 集77） 母ノヿ
213 この御ゆかりは（一八三五13 集77） 父宮ニ捨ラレタルユカリノ
ヿ
214 ことやうなりとも（一八三五14 集77） 不思義ナル所ナリトモシ
ノヒテ堪忍シ給ヘト也
215 あたらしくかなしとおもへは（一八三六3 集78） 浮舟ヲ母ノ見
ルメナリ
216 心ちなくなとは（一八三六5 集78） 双帋地也北方思慮モナキサ
マヲイヘリ
217 かの家にも（一八三六6 集78） 常陸介家ノ中ニモカクロヘテス
マセン所ハアレト少将ノアタリヲハイヤトヲモフ
ヨシ也

218 かしこにはらたちうらみらるゝか（一八三六11 集78） 常陸介腹
立ノ叓也
219 また（又）なき物に思ひいそきて（一八三六12 集79）
220 この人により（一八三六13 集79） 少将ノ君故浮舟ヲ二条院ヘ遣
シ叓也
221 又なく思かたの事のかゝれは（一八三六14 集79） ウキ舟ノヿヲ
又ナク思ヒテ妹ニハ心モ不入叓也
222 かの宮のおまへにていと人けなく見えしに（一八三六14 集79）
匂ノ御前ニテ少将ヲ見ヲトシタリシヿ也
223 兵ア卿の宮のはき（萩）の（一八三七10 集80）
224 い（出）て給ほとなりしかは（一八三七11 集80）
225 〳〵ことたにおしさと（一八三七12 集80） 本 ウツロハヽ叓タ
ニヲシキ秋萩ニヲレルハカリモヲケル露カナ
226 いてや心はせの程を（一八三七13 集80） 常陸ノ聟ニ成タル人ナ
レハ心ハセノツタナキ叓ト也サレト一向ニ心チナ
キヤウニハ見エネハ試ニ哥ヲヨミカクル也
227 い（出）てきえはたいとこよなかりけるに（一八三七14 集80）

228 しめゆひし（一八三八3 集80）　初ハ浮舟ニイヒヨリシ叓也コナタハ不足ノナキニナニトシテ別ニウツリ給ヘルト也

229 宮きのゝ（一八三八5 集80）　哥ノ心ハウハソクノ御娘トシリタラハ引タカヘシト陳法シテヨメリ

230 こ宮の御子と聞たるなめりと思に（一八三八6 集81）　八ノ宮ノ御子ト少将ノシリタルニ猶浮舟ノ人数ニモナシ出身サセント母ノヲモフ也

231 とのみ思ひあつかはる（一八三八7 集81）　母之中将之心(イ)

232 （薫）この君は（一八三八9 集81）

233 わかき人はまして（一八三八11 集81）　浮舟ノヿ

234 我物にせんと（一八三八12 集81）　カホルヲワカ物ニナリ

235 かくにくき人を（一八三八12 集81）　少将

236 やむことなき御身のほと（一八三八14 集81）　皇女ナトニメナレタラン人ノ大方ノ女ナトニ心ハトヽメ給ハシト也

237 おとりまさり（一八三九2 集82）　貴賤上下ノ叓ヲイヘリ

238 旅のやとりは（一八三九7 集83）　三条ノ浮舟ノヤトノ叓

239 はゝ君だつやど（一八三九13 集83）　河海云屋戸宿也但惣而其意得ス猶可料簡ト云〻　母君ノカタヨリ此ヤトヘ哀ナル文ヲヽコセタルト心得ヘシ

240 おろかならす（一八三九14 集83）　母君ノ心中也

241 かひなくもてあつかはれ（八四〇1 集83）　浮舟ノヿ

242 いかにつれ〳〵に（一八四〇1 集83）　文章也

243 ひたふるに（一八四〇4 集84）　拾　世中ニアラヌ所モエテシカナ年フリニタルカタチカクサン　恋ワヒテヘシトソヲモフ世中ニアラヌ所ヤイツクナルラン

244 からまとはしはふるゝやうに（一八四〇5 集84）　浮舟ヲアナタコナタヘウツロハスヿ

245 うき世には（一八四〇7 集84）　母(イ)

246 なを〳〵しき事ともを（一八四〇7 集84）　ヲモフ叓ヲ有ノ儘ニノヘタル哥ノサマヲイヘリ風雅ニハ此ヤウナル体モ有叓也

247 さまかへてけるも（一八四〇13 集84）　故宮ノ寝殿ヲ堂ニツクリタル叓也

248 そうはうのくに（一八四一2 集85）　僧坊具
249 さすかにうゐ〳〵しく覚えて（一八四一9 集85）　薫ノヽトヤカナル本性ノ叓ヲカケリ
250 こ家にかくろへ（一八四一11 集86）　三条ノ小家ノヿ
251 すこしちかき程ならましかは（一八四一12 集86）　宇治ノ少シ近クハ浮舟ノ君ヲウツロハセント母君ノ文章也
252 そ《宇》こにもわたして（一八四一12 集86）
253 い（出）て給はぬとの給へは（一八四二2 集86）
254 宮にたに（一八四二3 集86）　中ノ宮ヘマイラヌ叓也
255 あたこのひしりたに（一八四二4 集86）　花鳥ニ云柿本貴（マヽ）僧正真済アタコ山高雄ノ峯ニ入テ十二年山ヲ出ス其後嵯峨御門ソノ苦行ヲ聞給テ内供奉十禅師ニ補セラルソノ叓ヲイヘルニヤ　河海云愛宕聖者空也上人叓欤彼山縁起云空也上人於清水寺發誓願云念佛行何所ニシテカ慈尊出世ニイタル迠相續ノ霊地タルヘキ祈念セラレケルニ観音告給ハク愛宕山月輪寺ハ是補陀洛山同浄土也魔界断跡聖衆影向之所也於彼山此行ヲ始ヘキヨシ有夢想仍彼山ニシテ多年練行其後於洛中念佛行ヲ弘通シ諸人ヲ度セラルヽト云〻　イツレモ用
256 ひ（人）とわたすことも侍らぬに（一八四二6 集87）　後撰七条后宮御哥　人ワタス叓タニナキヲナニシカモナカラノハシト身ノナリヌラン　人ワタス事モ侍ラヌニ　衆生無邊誓願度煩悩無邊誓願断法門無尽誓願智菩提無上誓願《クワン》證
257 ゆ《努》めおこかましく（一八四二8 集87）
258 わか御ためにも（一八四二10 集87）　薫ノ叓也我身ノ御タメニモ此叓ハ深クツヽミ給ハント心安ク弁ノ忠也
259 心しらひのやうに（一八四二12 集87）　心知也
260 （＼）いか゚たうめにやと（一八四一13 集87）　花鳥ニハミコヲンミヤウ師ナトヤウノ叓トイヘリ　河海云伊賀部女ノヿ中媒也狐ニヨソヘテイヘル也　又云伊賀刀女釈云女媧也女ハ狐也　一説伊勢国ニハ白狐ヲタウメノ御前ト云ト云〻
261 宮（女二）に御らんせさせ給（一八四三3 集88）　女二宮也カホルノ北方也

262 かしこまりをきたるさまにて（一八四三3 集88）　ツヨク隔心アル体也

263 うちよりたゝのおやめきて（一八四三4 集88）　主上ヨリモ只ノ平人ノコトクシ給ヘト勅掟也

264 こなたかなたと（一八四三5 集88）　主上母上ノ儀モ大切ナレハ女二ノ御叓薫ノカシツキ給ト也

265 むつかしきわたくし心のそひたるも（一八四三6 集88）　中ノ宮又浮舟ナトニ心ヲツクシ給ト也

266 御さう《庄》の物とも（一八四三8 集88）

267 うちけさうしつくろひてのり《弁尼（イ）》ぬ（一八四三10 集88）

268 宇治より人まいれりとて（一八四四6 集90）　別人ノ名乗シ給也

269 君はくるしけに（一八四四14 集90）　浮舟ノヿ

270 かの殿にこそ（一八四五2 集90）　花鳥ニハ二条院中ノ宮ノ叓トイヘリサレト是ハカホルノヲハシタルヿヲ常陸ノ北方ニツケント也

271 うゐ／＼しく（一八四五3 集91）　弁尼ノ詞

272 やかのたつみのすみの（一八四五6 集91）　ヤカトハ家ノヿ也名乗ニ家持トイヘル類《ルイ》也

273 かゝる人のとも人こそ（一八四五7 集91）　御供人也

274 （　）さのゝわたりに家もあらなくに（一八四五9 集91）　雨ノフリクルヿヲイヘリ　クルシクモフリクル雨カ三輪カサキサノヽワタリニイヘモアラナクニ

275 さしとむる（一八四五11 集91）　葎ノサシトチタル叓也　四阿《アツマヤ》阿屋四屋東屋四方ヘ雨タリノヲツルヲ東屋ト云也

276 ひたのたくみも（一八四六1 集92）　番匠ノ惣名也　本　ヒタヽクミウツ墨縄ノテウノヲト　トニカクニモノハヲモハスヒタヽクミウツスミナハノタヽヒトスチニ万 人丸

277 あやしきまてそ（一八四六4 集92）　草子地也昵言ハ知カタキ叓ナレハカクイヘリ

278 おほどれたるこゑして（一八四六7 集93）　賣ヽスル物ノ聲ノ躰也　河海云溺心也

279 物いたゝきたる物の（一八四六8 集93）　ヒサイトモノ行カウ体也

280 かゝるよもきのまろねに（一八四六9 集93）　河海云車都曹徳詩轉蓬造車輪トアリ蓬葉ノ車輪ノ丸キカコトクニ行《ユク》ヲ見テ車ヲツクリハシメシ也仍ヨモキトハ車ノ心ヲイフ欤マロネハシチノ丸ネノ心欤只蓬生ノヤトリノ心也花鳥ノ説ヲ用ヘシ

281 またきにこの事を（一八四七3 集94）　打ツケニ浮舟ニ心ヲウツシタルト中ノ宮ニ聞セ奉ラン叓ヲロ惜思召弁ヲモ宇治ヘサソヒ給也

282 かしこもしるへなくては（一八四七4 集94）　宇治ノヿ也

283 人ひとりや侍へきと（一八四七5 集94）　誰モ一人浮舟ニソヒ給ヘト薫ノ丶給叓也

284 かはらすきほうさうしのわたり（一八四七8 集94）　法性寺ハ貞信公建立シ給ヘリ東福寺ノアナタ也

285 よ（夜）はあけはてぬ（一八四七8 集94）

286 わかき人は（一八四七9 集94）　侍従カヿ

287 君そいとあさましきに（一八四七10 集94）　浮舟ノヿ

288 いたき給へり（一八四七11 集94）　車ノ内ニテイタキ給也

289 うすものゝほそなかを（一八四七11 集94）　車ノ内ニ薄物ヲヘタテヽ乗タル也

290 君も見る人は（一八四八4 集95）　君トハ薫ノコト見ル人トハウキ舟ノ叓

291 御そのくれなゐなるに（一八四八7 集95）　ナヲシノ花ノ装束ニウツリニヒ色ニミユル也是皆不吉ノ相也

292 おとしかけのたかきところに（一八四八7 集95）　車ヤル道ノ高キ所ヨリヒキヽ所ニヤリヲトスヲ云山道ナトニ有ヿ也　自高至低

293 かたみそと（一八四八9 集95）　アケ巻ノ形見トヲモフ心也是モ不吉ノ哥也

294 見くるしきよ（世）かな（一八四八10 集96）

295 扇をさしかくして（一八四九1 集96）　檜扇ヲ以皃ヲカクス也

296 いとよくおもひいてらるれと（一八四九2 集96）　アケ巻君ニ能様体ノ似タルコト也

297 いといたうこめいたる物から（一八四九3 集96）　アケ巻ノヤウ体ヲ思出シ給コト也

298 （へ）むなしき空にも（一八四九4 集96）　古　ワカ恋ハムナシキ
空ニミチヌラシヲモヒヤレトモユクカタノナキ

299 哀なき玉やとりて（一八四九5 集97）　アケ巻ノ亡魂モ恥敷ト也
サレトカヤウナルコトモナキ人ノワスレカタキユ
ヘト也

300 あま君はことさらにこなたにおりて（一八四九8 集97）　アマ君
ハヲナシ所ニテヲリスシテラウニヨスルハヲソレ
タル心也是用心也

301 ようゐこそあまりなれ（一八四九10 集97）　尼君ノアマリニ用意
フカキト見給也

302 みちはしけかりつれと（一八四九11 集97）　道ノ間ノ草木ノ茂キ
叓也

303 京に御ふみかき給ふ（一八四九14 集97）　新枕三ケ日トマリ給へ
ケレハカコツケ叓ヲノ給ヤル也

304 （女二）みやの御くしの（一八五〇7 集98）

305 かの宮に（一八五〇9 集98）　三条宮へ也

306 さりとてこれかれあるつらにて（一八五〇10 集99）　ハヽ宮ノ奉
公ノ順據ニハイカヽト也浮舟モサスカノ人ナレハ
ナリ

307 （手）てふれさりつかしと（一八五一4 集99）

308 月さしいてぬ（一八五一6 集99）　十二日ノ月也

309 宮の御きむの（一八五一6 集99）　優婆塞宮ノ〓

310 わかつまといふことは（一八五一13 集100）　吾妻《アツマト》　東国ニ久ク住
シ人ナレハヨソヘテノ給ヘリ

311 （手）てならし給けん（一八五一13 集100）

312 そのやまとことのはたに（一八五一14 集100）　花鳥ニハ和琴ノ叓
也ソレサヘツキナク習タレハマシテサイハラニア
ハセン叓ハヲモヒヨラヌ心也又哥ノ叓ニヨソヘリ

313 心をくれたりとは見えす（一八五二1 集100）　心ヲクレタル返答
ニハナキト也
アハレワカツマアツマヤノマヤノアマリノアマソ
ヽキワレタチヌレヌソノトヒラカセカスカイモト
サシモアラハコソソノトワレサヽメヲシヒライテ
キマセワレヤ人ツマ催馬楽

314 (　)楚王のたいのうへの夜るきんのこゑ（一八五三3 集100） 斑女閨中秋扇色楚王臺上夜琴聲順

315 (　)あふきの色も（一八五三4 集101） 斑女ハ司馬相女ニスサメラレタルヿ也不吉ナル叓ヲ其故ヲ侍従シラスシテカホルノ吟シ給ヲメツル叓ヲヽクレタルナメリトハイヘリ

316 ことこそあれ（一八五三6 集101） サテカホルモ我ナカラ不吉ナル叓ヲ吟シタルト思給也　山里ハ物ノワヒシキ叓コソアレヨノウキヨリハスミヨカリケリ

317 くた物いそきにそみえける（一八五三9 集101） 是ヲ用意ヲカケタリ

318 やとり木は（一八五三10 集101） 上句アケ巻ノヲハセヌ叓ヲヨソヘリ

一校了

（紙数八十八丁）

うきふね

浮舟　巻ノ名哥ヲ以付薫廿四才正月二月三月ノ事也

（東屋ノ次年春）

1宮なを（一八五九1 集105）

2かのほのかなりしゆふへを（一八五九1 集105）　匂二条院ノタイニテ浮舟ヲ見給ヘル叓也

3おほしわするゝ（夜）よなし（一八五九1 集105）

4ありのまゝにや（一八五九5 集105）　浮舟ノ叓ヲ匂ニシラヤ申サンカト也二条ノ上ノ心中也

5やむことなきさまにはもてなし給はさなれと（一八五九6 集106）カホルノ浮舟ヲ本臺ナトノヤウニハモテナシ給ハネトカクシ置給ヘル物ヲ匂ニ語給ハンコトヲイカヽト也

6（薫）人のかくしをき給へる人を（一八五九7 集105）

7物いひさかなく（一八五九7 集105）　引哥（イ）

8あるましきさとまてもたつねさせ給（一八五九10 集106）　引哥歟（イ）

9よその人よりは（一八五九13 集106）　兄弟ナレハ匂ノ他人ニ心カケンヨリハ聞ニクカラント也

10ことさまにつきぐしくは（一八六〇1 集106）　別ノ人ノヤウニハ仰ナキ也(イ)

11おしこめて物えむし《怨》ゝたる（一八六〇2 集106）　匂ノ叓平性ノ人ノ物恨ノヤウニシ給ト也

12かの人《薫》は（一八六〇3 集106）　カホルノヿ

13（＼）神のいさむるよりも（一八六〇5 集106）　引哥(イ)　恋シクハキテモ見ヨカシチハヤフル神ノイサムル道ナラナクニ

14されといまいとよくもてなさんとす（一八六〇6 集106）　京ヘムカヘンノ御心也

15はしめの心に（一八六〇11 集107）　俄ニ京ヘ迎タラハカクシタル初ノ心ニタカフヘシト也

16宮の御かたのきゝおほさむことも（一八六〇11 集107）　二条ノ上ノ叓浮舟ニ心ヲウツシハテ中ノ宮ヲ一向ニ忘レハテタルヤウナルモ如何ト也

17わたすへき所おほしまうけて（一八六〇13 集107）　三條ノ宮ノ内也

18すこしいとまなきやうにも（一八六〇14 集107）　大将ニ成給ヒ禁中暇ナキ叓也

19宮の御かたには（一八六〇14 集107）　(中君)

20よの中をやうぐおほしゝり（一八六一2 集107）　是ヨリ中ノ宮心中也

21ねひまさり給まゝに（一八六一4 集107）　薫ノヿ

22（＼）年月もあまりむかしをへたてゆき（一八六一8 集108）　中ノ宮薫ニ懇ナキヿ

23なをぐしきたゝ人こそ（一八六一9 集108）　大方ノ人コソト云心(イ)

24中ぐかうかきりあるほとに（一八六二10 集108）　上臈ノ人ノ餘ニユカリムツヒノヤウナル事ハ例ニ違タル叓ト也

25む月のついたちすきたるころわたり《匂ノ(イ)》給て（一八六三3 集109）　六条院ヨリ二条院ヘワタリ給テ也六条院ニ常ニ住給ヘキ叓本儀ナレハイヘリ

26つゝみふみ《(浮)立文たて》のおほきやかなるに（一八六三5 集109）　花鳥ニ云ツヽミ文ハタキ物ナトノヤウニ文ヲ薄様ニツヽム叓也

嫁娶ノ後朝ノ文皆ツヽミ文也　河海ノ説破ラルタ
テ文ハメノトノ大夫ノ君ヘノ文也

27 (又)またすく〳〵しきたてふみとりそへて（一六六二6 集109）

28 (籠)このこはかねをつくりて（一六六二9 集110）　金ニテヒケ籠ヲツ
クリテ緑青ニテ色取タルヘシ

29 (松)まつもいとようにて（一六六二10 集110）　松ニヨク似タル作枝ノ
叓也

30 (宇治)うちのなのりも（一六六三13 集110）

31 いとわかやかなる(手)てにて（一六六三3 集110）

32 おほつかなくて（一六六三4 集110）　浮舟ノ文ノ詞也

33 わか君の御前に（一六六三5 集110）　籠ノヿ也

34 女の(手)てにて（一六六三7 集111）

35 としあらたまりて（一六六三7 集111）　メノトノ文章也

36 つゝましくおそろしきものに（一六六三11 集111）　二条院局ニテ
匂ノ押入給ノコト

37 うつちまいらせ給（一六六三12 集111）　ウツヘト云卯ツ木ニテス
ル数八十アル(イ)　年中行叓云正月上卯日御杖叓
卯杖ハ諸衛献之精魅ヲヽウ杖ナリ或説云仁寿三年
正月始也云〻

38 むかしかの山さとに（一六六四1 集112）　中ノ宮ノ詞

39 をしなへてつかうまつるとはみえぬ(文)ふみかさを（一六六四3 集112）

40 またふりに山たちはなつくりて（一六六四5 集112）　ウツチノサ
キニアル物也(イ)　木ノ枝ニ山橘ヲ造花ニシテ卯
ツチヲ枝ニツラネケルナリ

41 またふりぬ（一六六四6 集112）　マタフレヌ也手馴ヌ叓也杌桎《アフリ》ニ
ヨソヘタリマツトシラナンハ松ニヨソヘタル也

42 (見)みさりつるそ（一六六四10 集113）

43 み給へましかは（一六六四10 集113）　女房衆ノ詞

44 (子)このこはこゝちなう（一六六四11 集113）

45 わか御かたに（一六六四14 集113）　匂ノ事ソカ御座アル所ヘナリ

46 (宇治)うちに大将の（一六六五1 集113）

47 御ふみのことにつけて（一六六五4 集113）　学文ノコト(イ)　作
文ノヿ　此大内記薫ノ内人ノムコナレハ薫ノ方ノ
コト知也(イ)

集
48 しふともえりいて〻（一八六五6 集114）
49 右大将のうち(宇治)へいますること（一八六五7 集114）
50 右のおと〻なとこの人の（一八六六7 集115）　夕霧ノヿ
51 この人は（一八六六12 集115）　大内記ハカホルノ家司《ケイシ》ノ仲信ト云
人ノ聟也
52 このわたりには（一八六七1 集116）　中ノ宮ニ何ノ故ニウトカラ
ヌニヤアラン薫ト心ヲカハシテカクシ給ト匂ノ心
中也
53 のりゆみないえんなとすくして（一八六七2 集116）　賭弓正月十
八日也此内記ノソム叓官位ノヿ
54 うち(宇治)へしのひて（一八六七4 集116）
55 うち(宇治)にすむらむ人は（一八六七8 集116）　匂ノタハカリテノ給詞
也
56 さかしむかしもひとたひニたひかよひしみちなり（一八六八2 集117）
匂ノ内記カイフ詞ニ同心シテノ給ヘリ
57 からまてうちいて給つれは（一八六八4 集117）　匂ノ本性急ナル
事也

58 やゝましけれと（一八六八11 集118）　心ヤマシキ心也
59 物ぬう人三《サウ》四人ゐたる（一八六九10 集119）
60 右近ものをるとて（一八六九14 集120）　物縫叓也物ヲヌフトキモ
キヌヲヽルモノナレハイフナリ
61 かくてわたらせ給なは（一八六九14 集120）　母ノモトヘワタリ給
ソレヨリ石山参詣ノヿ也
62 中〳〵たひ(旅)心ちすへしや（一八七〇8 集121）　心ホソケレト宇治
ニハ住能ト也母君ノ所ハ中〳〵旅ノヤウナラント
也
63 このおと(乳イ)ゝの（一八七〇11 集121）　メノト殿也火急ノヿ也花鳥ニ
ハ母ノ叓トアリメノトハ前ニハヤワタリタル叓也
64 けにくき物ありかしと（一八七一1 集121）　以前ユスリノ時ノ
人思出シ給(イ)二条院ニテカマノサウヲ出シテマ
ホリシ叓也
65 かゝるさかしら人ともの（一八七一4 集121）　六ノ君ノ腹ニ御子
ノナキ叓ヲ云也
66 とのたにまめやかに（一八七一6 集122）　薫ノヿ

67 しむそく《親族》にかはあらんいとよくもにかよひ《似通》たる（一八七一9 集122）

68 心《中君イ》はつかしけに（一八七一9 集122）

69 また（又）せんやうもなけれは（一八七二6 集123）

70 おきていて《出》たり（一八七二8 集123）

71 なかのふかいひつれはおとろかれつるまゝに（一八七二10 集123）
大蔵大輔仲信ハ薫ノ家人ナリミチサタカシウト也

72 いとわりなくおそろしきことの（一八七二13 集124） 山賊ニ逢タルトノ給

73 ゆゝしきことのさまとの給つるは（一八七三2 集124） 右近心（イ）

74 われもかくろへて（一八七三2 集124） 右近カ叓

75 御とものひとなとれいの（一八七三7 集125） 薫モ御供ノ人ナトヲハ道ナトニ置給コヽヘハヲオクツレ給ハヌニ習ヒタルナリ

76 あはれなるよ（夜）のおはしましさまかな（一八七三7 集125）

77 いとつゝましかりし所にて（一八七三11 集125） 二条院ニテノ叓

78 また（又）ゝけきことなけれは（一八七三14 集125）

79 よ（夜）はたゝあけにあく（一八七四2 集126）

80 なにこともいけるかきりのためこそあれ（一八七四5 集126） 引恋（本）シナン後ハ何センイケル身ノタメコソ人ハ見マクホシケレ

81 なめけなり（一八七四11 集126） 匂ノ憚ナク入来リ給叓也只今ハ何叓ヲイフトモカヒアラシト也

82 けふ御むかへにと（一八七四13 集127） 母ノ方ヨリ（イ）

83 右近いてゝ（一八七五8 集127） 大内記ノ亠也

84 かうかへ給ことゝもの（一八七五13 集128） 勘當也サナクトセワレハ京へ逃ンタハフレイフ也

85 をろかならぬ御けしきを（一八七五14 集128） 匂ノカク思食入タル叓ナレハ身ヲ捨テモクルシカラスト時方《カタ》ナトノイフナリ

86 さうしきよまはりて（一八七六11 集129） 精進

87 まかなひめさましうおほされて（一八七七1 集130） ウツハ物ノ見クルシキ叓也

88 そこにあらはせ給はゝとの給（一八七七2 集130） 先女君アラハセ給ハヽワレモテウツマヒラント匂ノヽ給也少ハ

フレコト也

89 いとさまよう心にくき人を（一八七2 集130）　薫ヲ見習ヒタル叓ヲホシコカル丶トハ匂ノヿ

90 しらぬを返々いと心うし（一八七6 集130）　浮舟ノ根本ヲ知給ハヌ叓也

91 なをあらむま丶に（一八七6 集130）　匂ノ詞也（イ）

92 れいのあら丶かなる七八人（一八七10 集131）　常陸介カタノ人ノ躰也

93 よへよりけかれさせ給ひて（一八八1 集131）　右近カ母君ノモトヘノ文章也

94 まきる丶ことなくのとけきはるの日に（一八八7 集132）　春日遅日遅獨居天難暮宮鶯百囀愁猒聞梁燕雙栖老休妬 文集 引（イ）　ヒサカタノ光ノトケキ春ノ日ニシツ心ナク花ノチルラン 古今友則

95 大殿《ヲオトノ》の君の（一八八9 集132）　六ノ君ノ叓浮舟ハイツレニヲトリサマノ人ナレト珍敷ニヨリ心ヲソメ給ヨシ也

96 （又）またか丶る人あらむやと（一八八11 集132）

97 つらかりし御ありさまを（一八九5 集133）　二条院ニテツレナカリシ叓也ソレヲ何ニ尋ネテカ丶ル物思ヲソフルト也

98 心をは（一八九7 集133）　面白哥也心モ命《イノチ》モ定ナキ叓ヲヨメリ

99 よさり京へつかはしつるたいふまいりて（一八九12 集134）　夜ニ入テキタルヲ云ヘリ（イ）　常ハ今夜ノ叓也是ハ昨日ノ夜ノ叓也

100 たいふまいりて（一八九13 集134）　時方カ叓也

101 す丶ろなるけそうの人を（一九〇3 集134）　花鳥ニ云一ニハ見處ノ人ヲイフニヤソハアタリノ人ヲケンソウトイフヘシ顕証ヲ用

102 （名）なをさへつけきこゑさせ（一九〇4 集134）

103 かねてからおはしますへしと（一九〇6 集134）　兼テカヤウノ御音信モアラハタハカラン物ヲカク案内《アン》モナク匂ノヲハシタルコトヽ也右近カ心也

104 又またいかにそや（一九〇13 集135）　花鳥説不當是ハ下男《シタヲトコ》ノタメシノヿ也

105 よ(世)のたとひに（一八〇13 集135）

106 わかをこたりをもしらす（一八〇14 集135）　女ノトカノ叓也ウラミラレントハ薫ニ浮舟ノ君ノ恨ラレ給ハン叓也

107 （　）引(イ)そての中にそ（一八一3 集135）　アカサリシ袖ノ中ニヤイリニケンワカ魂ノナキ心チスル古今

108 をのかきぬ〳〵もひや〻かになりたる心ちして（一八一8 集136）　引(イ)シノヽメノホカラ〳〵トアケユケハヲノカキヌ〳〵ナルソカナシキ古今

109 ひきかへすやうに（一八一9 集136）　定家ノ哥ニ都ノ山ハ月細シテト云ヘル爰ナルヘシ(イ)

110 さかしき山こえはて〻そ（一八一11 集136）　清濁両説也清トキハ物ヲソロシキ山ノ心也

111 むかしも此みちにのみこそは（一八一13 集136）　中ノ宮ニカヨヒ給シ叓也　匂ノ好色ハカリニカヽルアリキシ給叓也

112 女きみのいと心うかりし御ものかくしも（一八一14 集137）　同心ニテカクシ給コト也

113 心ちこそ（一八二6 集137）　匂詞(イ)

114 まろはいみしく哀とみをいたてまつるとも（一八二7 集137）　匂ノソレトモナキ物恨ノサマ也浮舟ノ叓ヲ中ノ宮ノアラハシ給ハヌヲ恨給也

115 人のほいはかならすかなうなれは（一八二8 集138）　匂ノ心ニハ舟ニ相タル叓ヲ心ニ持テ云ヘリ薫ニ一度中ノ君ノ相給ハキト云カケ給也(イ)　薫ノ本臺ニ成給ハント也

116 けしからぬことをも（一八二8 集138）　中君心

117 聞にくき事の（一八二9 集138）　薫ノ疑心ノ叓也

118 ひともありかたしなと（一八二13 集138）　六ノ君ヨリ思ヒマス叓ヲ世間ノ人モイフ叓也

119 たれもさるへき（一八二14 集138）　アヤニクニ思人ヲハ思ハヌ也

120 へたて給ふ御心の（一八三1 集138）　舟ノコトヲ(イ)

121 すくせのをろかならて（一八三2 集138）　浮舟ヲタツネヨリ給叓也

122 まめやかなるを（一八〇三3　集138）　中ノ宮心中也如何様ノ叓ヲ
見聞給ト也
123 物はかなきさまにて（一八〇三4　集138）　式ヽニワカムカヘラレ
ナハカヤウニハアラシト也野合ナトノヤウナレハ
ワレヲカロシメ給カト也
124 すゝろなる人を（一八〇三5　集139）　薫ノ匂ニ引合セ給叓也真実
ノ媒ノヤウニナキ叓
125 ありやなしやを（一八〇三10　集139）　匂ノ詞薫ノ実アルカト云心
舟ノヿヲハ仰《(マヽ)》ナクテ薫ノコト斗ヲ匂ノ云ヘリ(イ)
中ノ宮薫ニ蜜通ノ義ハアレハソレヲ匂ノヨク聞テ
恨《ウラ》ミ給叓カ又推量ニノ給叓カト治定ヲシラヌ義也
126 あなたに（一八〇三12　集139）　匂ノワカ御座ヘナリ
127 きのふのおほつかなさを（一八〇三12　集139）　昨日御案内ナキ叓也
128 宮にもいとおほつかなく（一八〇四3　集140）　明石ノ中宮ノヿ
129 みるからに御心さはきの（一八〇四5　集140）　匂ノ薫ヲ見給テ心
ヲ猶サハカシ給叓也
130 ひしりたつといひなから（一八〇四5　集140）　薫ノ心ヲ匂ノ覚ス
也(イ)
131 わかありさまをいかに思ひ《舟ノ(イ)》くらへけんなと（一八〇四12　集141）
132 御《匂ノ(イ)》ふみにはいといみしきことを（一八〇五1　集141）
133 すさの心もしらぬして（一八〇五2　集141）　ズウザトヨム(イ)
従者
134 さらかへりて（一八〇五3　集141）　本ニカヘルヿ也
135 月《(正)》もたちぬ（一八〇五5　集141）　二月ニ成タルヿ
136 あなかちなりし人の御ありさま（一八〇五11　集142）　匂ノヿ
137 われは年比みる人をも（一八〇五13　集142）　匂ノ仰アリシ詞ヲ舟
ノ思出スナリ
138 又いかにきゝておほさむ（一八〇六1　集143）　コヽヘ薫ノヲハシ
タル叓ヲ匂ノ聞テ如何ニ心ヲサハカシ給ハント浮
舟ノ心中也
139 恋しかなしとおりたゝねと（一八〇六3　集143）　柏木殿ソノ儘下
句ニセリ
140 いふにはまさりて（一八〇六5　集143）　心ニハ下行水ノワキカヘ
リイハテヲモフソイフニマサレル

141 思はすなるさまの心はへなと（一八六7 集143） 舟ノアヤマリヲ薫ノキヽ給ハヽ悲シカルヘキト也（イ） 匂ニ心ヲ分タル叓ヲ薫ノ聞給ハヽト也

142 おほしいらるゝ人を（一八六9 集143） 匂ノ叓

143 月ころにこよなう物の心しり給ひ（一八六11 集143） カホルノ心（イ）

144 御心はへのかゝらて（一八七6 集144） カク物ヲモハシケナク以前ウチトケ給ヒシコソウレシカリシト也

145 人のいかにきこえしらせたることかある（一八七7 集144） 薫ノ舟ノ躰ヲ不審ニ覚ス也（イ）

146 （〳〵）ついたち比のゆふつく夜に（一八七9 集144） 二日三日ノ月也晦日ニモ月アル也比ト云字ニテ心得ヘシ 陰陽家ニ眺用トテ晦日月ヲ用叓有ト云々 又真言教ニモ金剛薩埵ヲ晦合宿ノ月ニタトヘラレタリ晦日ノ月ナラハ朔日月モ勿論欤河海説也招月カタニハ是ヲ用サレト當流ニハ上十日ノ中ヲハツイタチニトル也

147 さむきすさきにたてるかさゝきのすかたも（一八七12 集145）
閑賦張讀
蒼茫霧雨之霽初寒汀鷺立重畳煙嵐之断處晩寺僧帰

148 恋し（総）き人そよそへられたるも（一八八3 集145）

149 あやふむかたに（一八八7 集145） 舟ノ歎ク躰ヲ薫ノコトニ歎ト思テカクヨメリ（イ）

150 ありしにまさりけり（一八八13 集146） イトヒテハタレカ別ノカタカランアリシニマサルクフハカナシモ

151 うち《内》にふみつくらせ給（一八八13 集146）

152 梅かえなとうたひ給（一八九1 集146） 梅カエニキヰル鶯春カケテナケトモイマタ雪ハフリツヽ

153 すゝろなる事おほしいらるゝのみなむ（一八九2 集146） 匂ノ何叓ニモタラヒタル人ノ好色ニヲリタチ給叓不足ト也

154 この宮の御殿ゐ所に（一八九4 集147） 禁中ノ殿ヰ所也

155 大将人にものゝたまはんとて（一八九5 集147） 常ハ女ナトニ物イヒカハス叓ヲ物ノ給トイヘリコヽニテハ御内

ノ人ニ物ノ給叓也
156 (＼)やみはあやなしと(一八八九6 集147)　春ノ夜ノ闇ハアヤナシ
157 衣かたしき今夜もや(一八八九7 集147)　サムシロニ衣カタシキ
今夜モヤワレヲ待ラン宇治ノ橋姫
158 ことしもこそあれ(一八八九9 集147)　コト哥ヲロスサマテト也
(イ)
159 わひしくもある哉(カナ)かはかりなるもとつ人を(一八八九11 集147)
本人也
160 文奉り給はんとて(一八八九13 集148)　昨日ノヲ吟シ給コト也作
文也(イ)
161 かの君も(一八八九14 集148)　薫ノヿ
162 ふみかうしはてゝ(一八九〇4 集148)　作文披講ヿ
163 いかなる心ちにて(一八九〇5 集148)　是ホト物思ニイカニシテ
詩ヲ作イタシツラント也
164 かの人の御気色にも(一八九〇6 集148)　カホルノ衣カタシクト
吟シ給シヿ也
165 内記は式アの少輔なむかけりたる(一八九〇10 集149)　大内記ハ

詔書宣命ナトヲ書ツカサ也式ア少輔ハ献策省試《ケンサクシヤウシ》ナ
トツカサトル職ナリイツレモコト〳〵シキ職也
166 引あけなとしたるすかたも(一八九〇11 集149)　クヽリ引アケタ
ル体也
167 おなしやうに(一八九一1 集149)　同輩ノ女房也侍従カヿ
168 御ふねしはしさしとゝめたるを(一八九二2 集150)　ミ舟トヨミ
クセ也
169 たち花の(一八九二8 集150)　此哥ニヨリ女ノ名ニモ巻ノ名ニモ
セリ
170 かのきしに(一八九二9 集151)　是ハ只向ヒノ岸ノヿ
171 らうするさうに(一八九二12 集151)　領荘
172 あしろ屏風(一八九二12 集151)　竹ヲワリテクミタル物也
173 これさへかゝるを(一八九三9 集152)　打トケスカタヲ侍従ニ見
ユル苦敷ト也
174 わかなもらすなよ(一八九三10 集152)　本犬上ノトコノ山ナルイ
サヤ川イサトコタヘテワカ名モラスナ
175 かの人のものし給へりけんに(一八九四2 集153)　カホルノヿ薫

ニモ此ヤウニコソ見エ給ハメト恨給也
176 かのみゝとゝめ給しひとことは(一八九四4 集153) 薫ノ衣片敷
ト吟シ給ヒシヿ也
177 このたゆふとそ(一八九四7 集153) (左衛門也時方)
178 (〽)こわたの里に(一八九四11 集154) 本 山シロノコハタノ里
ニ馬ハアレト カチニテ匂ノワタリ給ナトヽハ見
マシキ也只君ヲ思フトイフ心ニテイヘリ
179 このなか空をとかめ給ふ(一八九四14 集154) 薫ニ心ノヒケルヿ
180 しぴらきたりしを(一八九五6 集155) ウハモノヿ也 褶
181 君にきせ給て(一八九五7 集155) 侍従ノ上モヲ浮舟ニキセ給也
182 御てうつまいらせ賜(一八九五7 集155) 匂ノ手ツカラ手ウツヲ
女君ニマイラセラルヿ也ヨカラヌヿ也
183 姫宮(一品)に(一八九五7 集155) 女一宮ニウキ舟ヲ奉リタラハ也
184 うらみてもなきても(一八九五13 集155) 本恨テモナキテモイハ
ン方ソナキ鏡ニミユル影ナラスシテ
185 いみしくおほすめる人(一八九五14 集155) 薫ノヿ
186 これよりわかれて(一八九六2 集156) 是皆悪キ瑞相也

187 心やすくもえ見す(一八九六7 集156) メノトノ見レハ匂ノ文ヲ
浮舟ノヨクモ見ヌ也
188 たゝかの殿の(一八九六8 集156) 薫ノヿ
189 うらみ給ひしさま(一八九六13 集157) 是ハ匂ノヿ
190 (〽)おやのかうこは所せきものにこそ(一八九七1 集157) 本哥
ノ下句斗ヲ詮要ニトレリ タラチネノ親ノカウコ
ノマユコモリイムセクモアルカイモニアハステ
メト也
191 よ(世)にはいかてかあらん(一八九七8 集158)
192 かゝる程こそあらめ(一八九七10 集158) 宇治ニ有ホトコソアラ
193 あやしかりし夕くれの(一八九七12 集158) 二条院ニテノヿ
194 猶ことおほかりつるを(一八九八1 集158) 匂ノ文ハ文章ノコマ
ヤカナルヿ也
195 なをうつりにけりなと(一八九八2 集158) 匂ノ文ヲ見給ヘハサ
ラハ匂ニ心ノウツリタルトイフ也
196 殿の御かたちを(一八九八3 集159) 侍従カ詞
197 猶この御ことは(一八九八7 集159) 匂ニ密通ノヿ

198 心ひとつに思ひしよりは空《ソラ》ことも（一八六八8 集159）　右近カ侍従ニ心ヲ合テタハカルヿ也

199 思なから日比になること（一八六八9 集159）　カホルノ文章也

200 まつかれを（一八六九1 集160）　匂ヘノ返事ヲ先シ給ヘトイフ也

201 さとの名を（一八六九3 集160）　独シテヨメル哥也返哥ニハナシ
里ノ名トイヒテ又ウチトイヘハ重言ノヤウナレト
イトヽイヘルヿ肝要也

202 ましりなはと（一八六九6 集160）　河海（行舟ノ）跡ナキカタニマシリナハタレカハ水ノ泡トタニ見ン　此引哥相當
マシリナハトハ身ヲモウシナヒタラハヨカラント
也　花鳥白雲ノハレヌ雲ヰニマシリナハイツレカ
ソレト君ヲタツネン

203 つれ〳〵と（一八六九10 集161）　カス〳〵ニ思ヲモハストヒカタミ身ヲシルアメハフリソマサレル古今業平

204 女宮に物語なと（一八六九11 集161）　薫ノワカ北方女二ニ語給ナリ

205 むかしよりことやうなる心はへ（一八六九14 集161）　出家隠遁ノ本意ノヿ也

206 ありと人にも（一九〇〇2 集161）　浮舟ノヿサヘホタシトナル叓也

207 人のおや大蔵（仲信）の大輔なる物に（一九〇〇8 集162）

208 いとゝおほしさわきて（一九〇〇11 集163）　匂ノヿ

209 しもつかたに有を（一九〇〇12 集163）　下京ノヿ

210 定《サタ》め給へりける（一九〇一4 集163）

211 （＼）さそふ水あらは（一九〇一4 集163）　本哥ノトリヤウヲモシロシ浮舟ノ心ハ本哥ノウラナリ　ワヒヌレハ身ヲ
浮草ノ根ヲタヘテサソフ水アラハイナントソ思フ
小野小町

212 まゝか心ひとつには（一九〇二9 集164）　メノトノ我叓ヲ云也

213 （＼）やへたつ山にこもるとも（一九〇二12 集164）　本哥（白雲ノ）
八重タツ山ニコモルトモヲモヒタチナハ尋ネサラ
メヤ

214 いかなる御心ちそ（一九〇三3 集164）　イカナル御心トハクハイ
タイノ心カトヲモヘハ又月ノサハリニテ石山モト
マリタレハソレニテモアラシト母ノ思刷叓也

215 有明の空を思ひいつる（一九〇三4 集165）　アリシ夜匂ト舟ニ乗

シ月影ヲ思ヒ出ル叓也
216 あなたのあま君よひいてゝ（一九三6 集165） 弁ノ尼ノヿ
217 わたり賜ぬへかめれは（一九三12 集165） 浮舟京ヘワタリ給ナ
ハ宇治ヘマヒリコン叓モカタキト也母君ノ詞也
218 ゆゝしき身とのみ（一九三14 集165） 弁ノ詞
219 うきたる事にやは侍ける（一九三5 集166） 弁ノ尼薫ニ引合セ
給シ叓ナレハ能叓ナリト母君ニ對シテイヘリ
220 のちはしらねと（一九三6 集166） 母君ノ詞
221 たゝ御しるへをなむ思いてきこゆる（一九三7 集166） 弁ノシ
ルヘ忝叓ト也
222 さるすちの事にて（一九三11 集166） 好色ノヿ中ノ宮ニ礼義モ
ナキヤウニアタ〳〵シクヲハスルト也
223 あなむくつけや（一九三13 集167） 母ノ詞薫ノ等閑シ給ハヽ如
何トモセラレヌヿ也
224 よからぬことを（一九四1 集167） 浅マシキ叓ナト引イタスホト
也匂ノアタナル御心ノ叓ヲ聞テ用心ニカクイヘリ
225 さいつ比わたしもりかむまこのわらは（一九四7 集167） 日本
記ニ云大山守《ヤマトノカミ》皇子堕二菟道《ウヂ》河一ニ而没哥云　チハヤフ
ルウチノワタリニ棹トルニハヤケン人シワレモコ
ニセン
226 （〳〵）みたらし河に（一九五1 集168） 恋セシトミタフシ川ニセ
シミソキ
227 いままいりはとゝめ給へ（一九五3 集168） 新参ナトノ人ヲモ
ヨク人ヲ撰ヒ給ヘト也
228 さうしみこそ（一九五3 集168） 身ツカラハアヤマチナケレト
夫婦ノ中ナトアシクナルヿハ女房衆ノ心ユヘナル
ト也
229 まいりこまはしくこそと（一九五8 集169） 母トツレテユキ度
ト浮舟ノシタノ也
230 さなむ思ひはんへれと（一九五9 集169） 母ノ詞
231 この人〻もはかなき事なと（一九五9 集169） コヽノ女房衆モ
アマタアレハアナタニテハ京ヘワタリ給ハヽ用意
ナトモ不自由ナラント也
232 （〳〵）たけふのこうに（一九五10 集169） ミチノクチタケフノコ

フニワレハアリトヲヤニ申給へ心アヒノカセ　道
口律　道口越前ニアリ
233 みつからと思ひ侍るを（一九〇五13 集169）　文章也
234 （＼）風のなひかん方も（一九〇六1 集170）　本哥　浦風ニナヒキ
ニケリナ里ノアマノタクモノケフリ心ヨハサハ
235 かのせうかい(大内記式アー)ゑにて（一九〇六3 集170）　式ア少輔ミチサタカ家
ノ叓也　内記カヿ也
236 まうとは（一九〇六4 集170）　真人ナリ人ヲ稱スル詞
237 このかうの君の御文女房に（一九〇六6 集170）　（出雲）権守時方
也
238 左衛門(出雲)の大輔の家に（一九〇六9 集170）　時方カ叓也又時方カシ
ウトヽモイヘリ
239 式ア(通定)のせうになむ（一九〇六10 集170）
240 后(明)の宮の（一九〇六13 集171）
241 殿《トノ》もしか見しり給て（一九〇七3 集171）　薫モヤウアル叓ト思召
人モキケハ問給ハヌヿ也
242 宮れいならすなやましけに（一九〇七4 集171）　明石ノ(中宮)ノ
ヿ也
243 かの内記は上《政イ》く《官》はんなれは（一九〇七6 集171）　大政官ノ披(マヽ)官ナ
ル故也
244 おとゝもたちて（一九〇七11 集172）　夕霧ノヿ
245 さうしよりいて給ふとて（一九〇七11 集172）　薫ノヿ
246 おとゝさしのそき給へる（一九〇七12 集172）　御ヒモ直衣ノ紐ヲ
ハツシテ休息シ給カタ霧ノヲトヽヲ見給テ紐ヲ指
給ヘル也
247 この殿はをくれていて給（一九〇八3 集172）　薫ノヿ
248 こせむなとおりて（一九〇八4 集173）　車ノ前駈ノ人也
249 かの(宇治)うちにいつもの(出雲)こんのかみ時方の朝臣の（一九〇八6 集173）
250 むらさきのうすやうにて（一九〇八6 集173）　サクラカサネハウ
ラ紫ナレハ薄様ノ色モ便有ニヤ
251 たいの御方の御ことを（一九〇九5 集174）　中ノ宮ニ深キ思ハ有
ナカラヲリタヽヌヿ
252 いみしく思ひつゝ（一九〇九5 集174）　我ナカラ心ヲモキ叓ト也
253 むかしをおほしいつるにも（一九〇九12 集175）　昔中ノ宮ニカヨ

ヒ給シ時ト絶ノトキハ女君ノツヨク歎給シ也浮舟モ物ヲモハシケナリシハ匂ニ心ヲウツシ思乱レタルト也薫ノ心中也

254 らうたけにおほとかなりと（一九一〇1 集175） 浮舟ノヿ

255 この宮の御くにては（一九一〇2 集175） 一具ノ心也アタナル心匂ト一ヤウナルヿ也

256 一品の宮の御方に（一九一〇7 集176） 女一宮ニモワカ思人ヲニ三人置給ヿ也ソノ順據ニ浮舟ヲモシ給ハント也

257 気色見まほしくて（一九一〇8 集176） 人ノ性根ノ漸〻ニヲトル叓ヲカケリ六条院ハ女三ノ宮柏木ニ密通ヲ見アラハシテ二度恋慕ノカタニハ思ハナレ給シ也

258 かすかにてゐたる人なれは（一九一〇11 集176） 浮舟ノヿ

259 人にわらはせ給な（一九二3 集177） ワレヲ人ワラヘニハナシ給ソト也

260 ひかことにて（一九二5 集177） 薫ノ御文ヲ此儘サシ置返事セスシテワカヒカコトニ落居ン叓モ如何ト思ヒカヘス也

261 かけて見をよはぬ心はへよ（一九二7 集177） カ様ニヲソロシキ叓セントハ見及ハサリシト也

262 ことさまにて（一九三1 集178） 匂ニ密通ノヿヲカホルノシリ給トタレモ右近ニ語タルカト浮舟ハ思給也文ヲ見タルヲハ知給ハネハ也

263 右近かあねの（一九三4 集178） アネノ乳母ノヿ也

264 あつま人になりて（一九三11 集179） （右近カ姉）

265 よき人の御身には（一九三14 集179） 貴人ノヿ也

266 うへの思いたつき聞えさせ給ものを（一九三3 集179） 母トノヿ

267 それよりこなたに（一九三5 集179） カホルノムカヘ給ハヌサキニ匂ノヽ給シヿ也

268 いまひとりうたておそろしさまて（一九三6 集179） 侍従カ叓侍従ハ偏ニ匂ニ心ヲヨセテイフ也

269 いみしき御けしきなりしかは（一九三8 集180） 匂ノヿ

270 人のかくおほしいそくめりし方にも（一九三8 集180） 薫へ御ワタリノ叓人ノ急クモワカ心ニハイラヌト也

271 とてもかくても（一九三11 集180） イツ方ヘツケテモ無為無事

ニアレカシト也

272 この大将殿の御さうの人々といふもの（一九三12 集180）　此段右近侍従物語也

273 いみしきふてうのものともにてひとるい（一九三12 集180）　不調　一類

274 このうとねりといふもの〻（一九三14 集180）　内舎人帯劔具兵杖武勇者也

275 たゝ夢のやうに（一九四9 集181）　匂ノ㇀

276 たのみ聞えて（一九四10 集181）　薫ノ㇀

277 かくうき事あるためしは（一九四13 集181）　忠臣不事二君貞女不更二夫史記

278 この御事ののち（一九五2 集182）　浮舟平性心長閑ナル人ノ此叓故思乱給様也

279 殿にめし侍しかは（一九五9 集182）　田舎ノ詞

280 さうしともおほせられつるついてに（一九五10 集183）　雑事共

281 夜なか《(中)》暁の事にも（一九五11 集183）

282 さのことき《如然》ひしやう《非常》のことの（一九六4 集183）　サヤウノコト

ク聞シ叓モアラハ年中本ハラスシテハアラント也

283 夜行《ヤキヤウ》をたにせぬにと（一九六11 集184）

284 （　）こけのみたる〻わりなさをの給（一九六13 集184）　本　君ニアハンソノ日ヲイツト松ノ木ノ苔ノミタレテ物ヲコソヲモヘ松蘿ノ契ト云叓アリ夫婦ノタトヘナリ

285 とてもかくても（一九六13 集184）　薫ヘムカヘラレタリトモ匂ノ志ハ止マシキト也本ヨリ匂ヘムカヘラレテモイツカタニツケテモ悪叓ハ必出来ント也

286 （　）むかしはけさうする人のありさまの（一九七1 集184）　万葉第十六云　昔者有娘子字曰二桜児《サクラコ》一于時有二二壮《サウノ》士一共誂《イトンテ》此娘指レ生格競《テ》――女尋入林中懸樹経《クヒリ》死ス　フタリノ男ノ哥　春サレハカサシニセントワカ思ヒシ桜花ハチリニケルカモ　妹カ名ニカケタル桜花サカハツネニヤ恋ンイヤ年ノハニ　或云昔有二三男一聘一女也娘子嘆息メ曰一女之身易レ滅如露三雄之志難《ノ》レ平如石遂乃彷二徨《ハウクワウ》池上一耳無池　又生田ノ古叓女ノ哥　住侘ヌ我身ナケテンツノ国ノ生田ノウミハ名ニコソ有ケレトヨミテツト落入ニ入ケリ親アキレノヽシルホ

トニコノヨハフ人二人ナカラヤカテ同所ニ落イリ
ヌ万イニシヘノサヽ田男ノ妻トヒシウナヒ乙女ノ
ヲキツカソ是　ウナヒ乙女ハ身ヲナケシ女也サヽ
タ男ハ鳥サシ二人ノ男也オクツカハヲキツキトイ
フ也ヲキハ息也ツキハ盡也イキノツクル名也

287 (世)よのありさまをも（一九一七7 集185）

288 すこしおすかるへき事を（一九一七7 集185）　ヲソロシキ(イ)ヲ
ソマシキ叓也ストソト五音相通也

289 ほくなとやりて（一九一七8 集185）　反古

290 とうたいの火にやき（一九一七9 集185）　ヤレハヲシヤラネハ人
ニ見エヌヘシナクゝモ猶カヘスマサレリ 後撰 元良
親王

291 さはかりめてたき御かみつかひ（一九一七14 集186）　色ゝノ薄様
ヲツカフ叓

292 なにかむつかしく（一九一八2 集186）　浮舟ノ詞

293 おやをきてなくなる人は（一九一八5 集186）　本文未勘ト河海
ニアリ

294 あるましき事（一九一九4 集187）　匂ニムカヘラレン叓ハ有マシ
キ叓トワレハ思ヒトルフト也

295 （　）行かたしらす（一九一九10 集188）　本　ワカ恋ハムナシキ空
ニミチヌラシ思ヤレトモユクカタモナシ

296 右近かすさ《従者》の名をよひて（一九一九14 集188）

297 いかなるにかあらんかの殿の（一九二〇4 集189）　侍従カ詞

298 たゆふおはしますみちの（一九二〇10 集189）　大夫トハ時方カ叓

299 さとひたるこゑしたるいぬともの（一九二〇14 集190）　里馴タル
心也　犬吠村胥閙蝉鳴織婦忙 白氏文集　守家　犬迎
人吠

300 すゝろならむ物の（一九二一1 集190）　殿ヰ人ナトノ走来タラン
ニハイカヽト也

301 あふりといふものをしきて（一九二一7 集190）　一本ムカハキ大
和物語ニハ草ノ中ニ泥障ヲ敷テ女ヲイタキアセリ
又ウツホ第一云カネマサノ大将山ノウツホニ尋
キテ行騰《ムカハキヲ》トキテ苔ノ上ニシキテ女ニ逢タル事アリ

302 心よはき人は（一九二一9 集191）　侍従カ事

303 火あやうしなといふも（一九三4 集192）　誰何火行ト書テ火アヤウシトヨム也夜行スル聲也
304 むこにふしたり（一九三11 集192）　無期臥
305 物はかなけにをひうちかけなとして（一九三12 集192）　経ヨムカケ帯也除期ノ経也
306 いとおしきさまにいひなす人もあらんこそ（一九三2 集193）　匂ヘムカヘトラレタラハサマ〳〵ニ人ノイヒナサン叓モハツカシキト也一筋ニ身ヲナケント思成ヌル叓也
307 ひつしのあゆみよりも（一九三10 集193）　本　今日モ又午ノ貝コソフキツナレ羊ノアユミ近付ニケリ　歩〻近死地人命亦如是経文
308 からをたに（一九三13 集194）　身ヲ河ヘナケン叓ヲフクメリケフスキテシナマシモノヲユメニテモイツコヲハカト君ハトハマシ後撰中将更衣　伊衡卿女
309 たゝいまのひるねして侍る夢に（一九四4 集194）　解夢書云夢見病人死必死

310 とき〳〵たちよらせ給人の（一九四6 集195）　薫ノ北方二宮カタノヿ也
311 君につたへよ（一九五2 集196）　母君ニ伝ヘヨ也
312 あやしく心はしりのするかな（一九五4 集196）　本　人ニアハンツキノナキニハヲモヒヲキテ胸ハシリ火ニ心ヤケヽリ小町　心ハシリムネハシリ火ト同
313 とのゐ人よくさふらへ（一九五5 集196）　身ヲナケニイテヽユカンホトニ殿井人ヲサフラヘトイフヲクルシク聞也
314 いつくにかあらん（一九五7 集196）　メノトノワカナク成タランニイツクニマトハント也
315 いつかたとおほしさたまりて（一九五11 集196）　匂ヘモ薫ヘモ一方ニヲホシ定ヨト也
316 なへたる衣（キヌ）を（一九五12 集197）　忍ヒニイテヽユカン為ニナヘタル物ヲ着給也ソヨメク絹ハ人ノ聞ツケン料簡也

一校了

（紙数八十九丁）

かけろふ

蜻蛉　巻ノ名哥ニモ詞ニモ見エタリ　薫廿四才ノ三月ヨリ夏秋迠ノヿ也

（浮舟末同時）

1かしこには（一九三1 集201）　浮舟ノ巻ノ末ニヒメ君ノ身ヲ失ハントヲモヘル叓ハ見エタリ正シク身ヲナケ給ヘル叓ハ又人ノシラヌ叓ソレハ注ニ及スソノ人ノヲハセヌ時ニコソハシメテ求サハキ侍レ物語ノ作サマアリ〳〵ト書ナシタリ

2物かたりの姫君の（一九三1 集201）住吉（イ）（濱松－又）　花鳥ニハ住吉ノ物語ニ姫君ノ母ノ乳母ノ住吉ニ有ケルカ許ニウセテイキケル叓ニヤ　宗祇ノ説ニハ濱松ノ物語ニ中納言トイフ人ノ娘吉野ノヒメ君トイフアリ式ア卿ノミコト云人清水参籠ノアシタヌスミ取給叓トイヘリ

3ありしつかひのかへらす成にしかは（一九三2 集201）　母君ノ使ナリ（イ）　浮舟ノ巻ニ見エタリ

4また人をこせたり（一九三3 集201）（又）

5さらに思ひうるかたなくて（一九三5 集201）　思ヒ得ルナリ

6かの心しれるとちなむ（一九三5 集201）　右近侍従カ叓也

7夢にたにうちとけてもみえす（一九三8 集202）　奥入恋シサヲ

何ニツケテカナクサマンヌル夜ナケレハ夢ニタニ
見ス
8 物へわたらせ給はんことはちかかなれと（一九三一9 集202）　薫
ヘノ《子》叓也先ソノマヘニ母ノモトヘワタサント也
9 わかきことものやうなり（一九三二1 集202）
10 たゝいかさまにせん／＼と（一九三二4 集203）　本ワスレナント
ヲモフモ物ノカナシキハイカサマニシテイカサマ
ニセン
11 いかに思ならむ（一九三二6 集203）　匂ノ心中ナリ
12 ろなうさはかしう（一九三三4 集204）　勿論也
13 雨すこしふりやみたれと（一九三三8 集204）　（浮—翌日）
14 いとあさましおほしもあへぬさまにて（一九三三14 集205）　侍従
カコトハ
15 ひとよいと心くるしと（一九三四3 集205）　匂ノ浮舟ニモアハテ
立帰給シ叓也
16 （／＼）たいしやくもかへし給なり（一九三四11 集206）　帝釋　（浄
蔵—宋玉—河〇《（マヽ）》）菩薩聠《エン》子経云聠子父母盲目タリ

入山中父母ヲヤシナフ有二迦夷国王一入山射猟引射
鹿箭誤中聠子胸梵四天王即従第四天上来以神薬灌
聠口中薬入聠箭自抜出使活如故——
17 ま《（又）》たさりともと（一九三五2 集206）
18 君たちにたいめせよ（一九三五3 集206）　侍従右近ヲサシテイヘ
リ
19 （／＼）人のみかとにもふるきためしとも（一九三五4 集207）　楊貴
妃帰唐帝思李夫人去漢王情順
20 はしめよりしりそめたりしかたに（一九三五11 集207）　薫ノヿ
21 人しれぬさまにのみ（一九三五12 集207）　匂ノ叓ヲ人シレス深ク
浮舟ノ心ヨセシヿ
22 心とみ《（身）》をなくなし給へる（一九三五13 集207）
23 あなかたしけな今さらに（一九三六2 集208）　侍従カ詞
24 かゝることゝものまきれありて（一九三六9 集208）　匂ユへ物思
乱タル叓ヲハ母君ノシラヌ叓也
25 （／＼）おにやくひつらん（一九三六10 集209）　伊勢物語——又江談
ニ小松帝時仁和三年八月武徳天《（マヽ）》松原有鬼食人是則

大ナル恠也同廿六日ニ帝崩御

26きつねめく物やとりもていぬらん（一九三六11 集209） 寛平年中備中国ニ賀陽ノ良藤狐ニトラレテ十三日衾（マヽ）ノ下ニ有シ叓アリ但證跡ヲ引ニ及ストアリ

27さてはかのおそろしと思ひきこゆるわたりに（一九三六12 集209） 女二宮ノ御方サマノ御メノトヤウノ人ヤ大将殿ノムカヘ給ヘシト聞テタハカリ出シテ失ヒタルラント思也

28いつこにも〱（一九三七8 集210） 薫ト匂トノ乛

29いとやさしき程ならぬを（一九三七11 集210） 此事ヲ母君ニキカセテモ女君ワカ心トシ玉ハヌ叓ナレハハツカシクモナキ叓ナレハ子細ヲ母ニ聞セテ思ヲ少シハルケサセント思有シ叓ナト語也

30聞心ちもまとひつゝ（一九三八2 集211） 母君ノ叓也

31かは（川）になかれうせ賜にける（一九三八2 集211）

32車よせさせて（一九三八8 集211） 上孝武天皇曰吾聞黄帝不死今有冢何也 或《アルヒト》對曰黄帝已僊上天群臣葬二其衣冠一史記イフ心ハ黄帝天ニノホリ給シニノコリトヽマル人ナケキノアマリニヌキヲキ給ヘル衣冠ヲヤキテ御カタミニ冢ヲツクリタル乛也（孝武―日本武―）

33大夫うとねりなと（一九三八12 集212） 右近大夫也カホルノ殿ヰ人也

34ゐ中人ともは（一九三九3 集212） 田舎人ナトハ殊更カ様ノ叓ハキラ〱シクスルニ爭カヤウニナヲサリニスルト也

35れいのさほうなと（一九三九4 集212） 入棺拾骨ナト様ノ乛也

36かたへおはする人は（一九三九6 集213） 兄弟ナトアル人ハソノ兄弟ノ為ニ叓〻敷ハセヌト也

37たゝ今は（一九四〇2 集214） 後〻ハ有トモ當座ハコヽノ叓ヲハカクサント也只今薫ノ聞給ヒ折檻シ給ハヽ無人ノ悲ミハ覚ント也

38おほくらの大輔（仲信（イ））して（一九四〇14 集215） 大内記ミチサタカシウト也

39思はすなるすちのまきれあるやうなりしも（一九四一1 集215）

匂へ密通ノ〡

40宮の御かたにも（一九四一7 集215）　女二宮ノ〡

41人の心をおこさせんとて（一九四一14 集216）　天台云苦樂《ト》由《トヨル》レ佛ニ不レ関《アツカラ》二衆生ニ一　倶舎論ノ心ニヨラハ四善根ノ中ノ第三ノ忍位ハ忍不堕悪趣トテ悪趣ノ不生ヲ得位《ウルクラヒ》也菩薩ハ衆生利益ノタメニ未断惑ニシテ不レ得二悪趣ノ不生ヲ一也所以為レ利二益地獄ノ衆生ヲ一カナラス致生シテ生《スル》二地獄ニ一也雖二致生一方便シテ慈悲ヲモテ致生スルナリ一致《セツ》多生トテ一ヲ致シテ多ヲ生《イクル》也所謂猫アヒヒ（マヽ）ハ鷹ノコトキモノヲ致シテソノ業ニヨリテ地獄ニヲツトイヘトモ方便ノ慈悲ヲモテ致スルカユヘニ菩薩ノ致生ト凡夫ノ造業トハニサル也

42その比式ア卿の宮ときこゆるも（一九四三13 集217）　（優弟）カケロフノ式ア卿系圖ニアリ桐壷御門御子六条院ノ御弟カホルノヲチニアタリテ軽服ヲ着給也

43心のうちの哀に思よそへられて（一九四三14 集218）　匂ノ心中也浮舟薫ノ本臺ナラハ軽服ヲ著シ給ハント思ヒヨソヘラレ哀ニ見給也

44すこし面やせて（一九四三1 集218）　薫ノ〡

45おとろ〳〵しき心ちにも（九四三5 集218）　匂ノ詞

46かならすしもいかてか心えむ（一九四三9 集218）　泪ノヲツルモ必浮舟ノ叓ヲ思フトハ争カホルモ心得給ハント也

47たゝめめしく心よはきとやみゆらむと（一九四三9 集218）　花鳥ニハコメカシク又メニタツ心也トアリ宗祇ノ説ニハ女〻敷叓也

48この君はかなしさは（一九四三12 集219）　カホルヲ匂ノ思イ給フ也

49こよなくもおろかなるかな（一九四三12 集219）　匂ノ心中

50空とふとりのなきわたるにも（一九四三13 集219）　可憎病鵲半夜驚人薄媚狂鶏三更唱暁

51もし心えたらむに（一九四三14 集219）　浮舟ノ〡ニヨリ心ヨハキ様ト薫ノ推量セラレタランニト也

52物のあはれも（一九四四1 集219）　薫ノ物ノ哀ヲモ知タル人ノカクツレナク悲歎ノサマニモ見エヌニナトテ我カク

心ヨハキソトカホルヲウラヤマシク思給也

53（〳〵）まきはしらはあはれなり（一九四3 集219）（ワキモコカ）
キテハヨリタツ槙柱ソモムツマシヤユカリトヲモ
ヘハ

54いまは中〳〵の上らうに（一九四6 集219） ワカ身ノヿヲノ給
ヘリ大将ニ成給事也

55これもいとかうはみえたてまつらし（一九五2 集220） 薫ノヿ
心ヨハキサマニハ見エシト思ヲト也

56つれなくて（一九五4 集221） 匂ノヿツレナキサマニモテナシ
給也

57いと哀なることにこそ（一九五4 集221） 匂ノ詞

58をのつからさもや侍けん（一九五8 集221） 浮舟御目ニモカケ
タキ人ト也ヲノツカラサモヤトハ自然又御覧シモ
ヤシケント也心アリテノ給詞也

59御心ちれいならぬほとは（一九五9 集221） 御旲例ノ時分カヤ
ウノ物語モ所詮ナキ叓ト也

60よ（世）の事きこしめしいれ（一九五9 集221）

61いみしくもおほしたりつるかな（一九五11 集221） 匂ノヤウタ
イヲカホルノ思給心中也匂ノ大儀ノ人ニテ浮舟ノ
キミニ是ホトニ心ヲマトハシ給叓ト也浮舟ノヲホ
エモ有ケルヨト也

62（〳〵）人木石にあらされはみななさけあり（一九六6 集222） 人
非木石皆有情不如不遇傾城色白氏文集 人非木石豈
忘深恩游仙屈

63なを〳〵しくて（一九六8 集222） 腹カラ有人ハ跡ニ残リタル
ヲトヽイノタメ後ノワサヲ叓ソキテスル叓トイヒ
傳タル叓也

64なか《長》こもりし給はんも（一九六10 集222） 卅ケ日ノ穢ニフルヽ
叓也

65月たちて（一九六11 集223） 四月ニ成タル也

66（〳〵）やとにかよはゝと（一九六13 集223） 本ナキ人ノ宿ニカヨ
ハヽ時鳥我《ワレ》カクコフトナキテツケナン古今

67北の宮に（一九六14 集223） 二条院ノヿ也三条ヨリ北ニアタレ
ハ也 匂六条院ヨリ二条院ヘヲハシタルヿ也

68しのひねや（一九四七2 集223）　拾シテノ山越テキツラン時鳥
時鳥ニワカ身ヲヨソヘテヨメリ我心ニカヨヒ給
ハヽ忍ヒテ泣給ハント也

69たち花の（一九四七5 集223）　返哥ノ心ハワレハ自然ト鳴タル物
ヲ如何ニシテワカ心ニカヨハヽナトアル也陳法ノ
心也

70哀にあさましきはかなさの（一九四七6 集224）　中ノ宮心中也

71こと〳〵しくうるはしくて（一九四七11 集224）　六条院夕霧ノ御
所ノ叓也

72れいの人々めして（一九四七14 集224）　時方ナトノヿ

73大夫もなきて（一九四九1 集226）　（左衛門時方）

74君たちをも（一九四九3 集226）　浮舟ノ存命ナラハ如何ニシテカ
ヤウニ急キサソヒ申サント也

75いみあへさせ給ふましき御けしきになむ（一九四九10 集227）　深
キ周章ニテイミケカレナトノ叓ヲモヲオサヌ也

76我よりかみなる人なきにうちたゆみて（一九四九14 集227）　我ヨ
リ上ノ女房衆ノナキ叓也服衣ニモ浅深アル也

77かの巻数《クワンス》に（一九五〇13 集228）

78あなたもてはなるへくやはと（一九五一1 集228）　中ノ宮モヨ
ソ人ニハナキヲコヽニアレカシト也

79ひとよろひ（一九五一4 集229）　一双一ツヰ也

80たゝこの人に（一九五一6 集229）　叓多ケレト侍従ニ似合タル音
物ヲシ給也

81もとよりおほすさまならて（一九五三6 集232）　遠国ニテソタチ
給叓

82よはなれたる御すま居（一九五三6 集232）　宇治ノヿ也

83その御ほいかなふへきさまに（一九五三10 集232）　京ヘムカヘ給
ハンノ叓

84心えぬ御せうそこ侍りけるに（一九五三13 集232）　薫ヨリ波越ル
比トモシラスノ哥ノ叓ヲイヘリソレニヲホシマト
ヒシト也

85まきれつる御心もうせて（一九五四7 集233）　如何ヤウニシテウ
セタルト不審シタル叓モハレタル心ナリ

86我は心に身をもまかせす（一九五四8 集233）　イナセトモイヒハ

ナタレスウキ物ハ身ヲ心トモセヌ世ナリケリ後撰
伊勢

87けせうなるさまに（一九四8 集233）　アラハナル叓也アラハニ
モテナサレ所セキ身ノサマ也

88今ちかくて（一九四9 集233）　京ヘワタサン叓

89中〳〵わくるかたありける（一九四11 集233）　匂ヘ密通ノヿ

90（又）また人のきかはこそあらめ（一九四12 集234）

91なかめやすらひて（一九五3 集234）　薫ノ御返答ヲ思案シヤス
ラウサマ也

92この宮のうへの御かたに（一九五3 集234）　京ニテノコト（イ）

93かのあやしく侍しところに（一九五6 集234）　母君ノカクシ置
シ所ヲ云也　三条（イ）

94たゝこのきさらきはかりより（一九五7 集234）　卯ツチナト奉
ラセラレシ時ヨリ匂宮ハ知給ヘル也

95からそいはんかし（一九五11 集235）　薫ノ心中也匂ニ実義有ト
モカヤウニコソイハメト也

96かならすふかきたにをも（一九六1 集235）　本世中ノウキタヒ
コトニ身ヲナケハ

97（又）また心うくて（一九六3 集235）

98ひとかたとつけそめたりしさへゆゝしく（一九六5 集236）　人
形ハ水ニナカス物ナレハ也

99後のうしろみもいとあやしく（一九六6 集236）　葬送ノ叓也後
ノ叓ヲコトソキタルモカラモナケレハ埋ナルト也

100さはかりの人のこにては（一九六8 集236）　母君ナトニ不相應
ニ生レ出タル人ト也

101忍ひたる事は（一九六8 集236）　匂ハ密通ノヿヲハ知スワカ等
閑ニシツルト母君ハヲセハント也

102御くるまのしちをめして（一九六11 集236）　サスカケカレナレ
ハ家ノ中ヘ入給ハヌヿ也

103我もまた（又）（一九七1 集237）

104あさりはいまはりし也けり（一九七1 集237）　律師

105つみいとふかゝなるわさとおほせは（一九七3 集237）　水ヘ入
テ死ヌル人ハスクヰカタキト云経説有也

106いつれのそこのうつせにましりにけん（一九七10 集238）　花鳥

ニ云ウツセハウツセ貝也八雲御抄ニモ源氏ヲヒカ
レタリ河海ニハウツセハムナシキ瀬トアリヲホツ
カナシ
107 また(又)これもいかならん（一九五七12 集238）
108 あさましき事は（一九五八1 集238）　薫ノ文章也
109 かの大蔵の大輔（一九五八6 集239）　(仲信)カ叓
110 心のとかに（一九五八6 集239）　口上ノ詞也
111 心さしあるやうには（一九五八7 集239）　心サシ薄キトヲモハレ
タル也
112 せめてよひすゑたり（一九五八11 集239）　薫ノ使ヲヨヒスエ母君
ノ見参スル叓也
113 としころは（一九五八13 集239）　細〻モ宇治ヘヲハセヌヿ
114 かたしけなき御ひとことを（一九五八14 集239）　ムカヘ給ハント
ノ給シヿ也
115 なへてろく《禄》なとは（一九五九5 集240）
116 か(薫)の君に奉らむと（一九五九6 集240）
117 よきはむさいのおひ（一九五九6 集240）　斑犀帯四位五位ノ人常
ニ用也
118 殿に御らんせさすれは（一九五九8 集240）　音物ヲ主人ニ見スル
叓礼義也
119 いとすゝろなるわさかな（一九五九8 集240）　慮外インキンナル
刷ナルト也
120 けにことなきゆかりむつひ（一九五九12 集241）　浮舟ノユカリニ
ソノ兄弟ナトノコトヲ尋ノ給ヿ也薫ノ心中也
121 ひとりのこを（一九六〇3 集241）　母君ノヲモヒシルホトニセメ
テノ叓ニユカリヲモ丶テナサント也
122 よき人かしこくして（一九六〇10 集242）　常陸介ノヿ
123 をのれも殿(トノ)人にて（一九六〇11 集242）
124 おはせし世には（一九六一1 集242）　浮舟存命ナラハヒタチノ子
ナトノ叓ハ尋ネシト也
125 人のそしり（一九六一3 集243）　人ノ批判ヲモ深クヲホシメサヌ
叓也
126 いかなりけんことにかは（一九六一4 集243）　身ヲナケタルカ又
如何様ニ成タルトヲモヘトイツカタニツケテモ罪

ノカロム叓ヲセント思召也
127（〳〵）六十そうのふせなと（一九六一5 集243）　花鳥三代実録云貞観十五年七月五日辛未六十僧於紫宸殿限以三日轉讀大般若経此外六十僧ヲメス例多シ七僧モ六十僧ノ中ニ可有也　河海云六波密(マヽ)六道ニ當テ被行欤
128（〳〵）(法會七〻)七そうのまへの事（一九六二1 集244）　食物ノヿ
129きさいの宮の（一九六二8 集245）　(明)石ノ中宮
130(今上ノ)二の宮なむ式ア卿になり給にける（一九六二8 集245）
131この宮はさう〳〵しく（一九六二9 集245）　(匂)ノヿ
132(今上ノ)一品の宮の御かたを（一九六二10 集245）
133こさい将の君といふ人の（一九六二12 集245）　(一品宮)ニアル女房ナリ
134この宮もとしころ（一九六二14 集245）　匂モ心ヨセ給叓
135いといたき物にし給て（一九六三1 集245）　薫ニ語フ叓ヲイヒヤリ給也
136まめ人は（一九六三2 集245）　匂ニナヒカヌ叓浮舟ノ匂ニナヒキタルヲフクミテノ給ヘリ

137あはれなる（一九六三5 集246）　小宰相ノ哥哀ハ知ナカラ数ナラヌ身ナレハ浮舟ノ哀ヲモトハヌト也
138（〳〵）かへたらは（一九六三5 集246）　引哥不勘トアリ浮舟ニワカ身ヲカヘタラハ物ハヲモヒ給ハシト也
139つねなしと（一九六三8 集246）　人ノシルホトノ色ニハ出ヌ歎キヲヨクヲシハカリ給ト也
140よ(世)をみるうき身たに（一九六三8 集246）
141このよろこひ（一九六三8 集246）　小宰相ノトフラヒノ悦也
142いとはつかしけに（一九六三9 集246）　薫ノヿ
143なへてかやうになともならはし給はぬ（一九六二10 集246）　カホルノ大方ノ人ニハカヤウニモナクツレナクヲハスル叓也
144見し人よりも（一九六三13 集246）　浮舟ヨリモ心ニクキ人ト也
145なとてかくいてたちけんさるものにて我もおいたらまし物を（一九六三14 集246）　ナトタヽノ仕人ノ順據ニ出ケント也ワカ思人ニモシテヽサシヲキ度ト也サレトサヤウノ叓ハ色ニモ出シ給ハヌト也　薫ノ心(イ)

146 御は（八講）からせらる（一九六四1 集247）（中宮）ノ御八講ナリ八日供養スルナリ

147 五巻の日なとは（一九六四3 集247）五ノ巻竜女成仏

148 いつか《五日》といふあさゝ《朝座》にはてて（一九六四4 集247）八日ナレト是ハ五日ニハツル也五日ハ結願ノ日也

149 御しつらひあらたむるに（一九六四5 集247）朝座ハテヽヤウ〱御装束モトノコトクアラタムルヲイフ也

150 姫宮おはしましけり（一九六四7 集247）一品宮

151 物きゝご゜うして（一九六四7 集247）コウハ困《コン》也コンノ声ヲコウトイフ物ニ聞クタヒレタルヿ

152 ひをものゝふたにをきて（一九六四14 集248）仁徳天皇ノ御代ヨリ叓起レリ六月ノヿ也

153 て（手）にひをもちなから（一九六五1 集248）

154 いとあつさのたへかたきひ《日》なれは（一九六五4 集248）

155 まことにつちなとの心ちそするを（一九六五7 集249）顧左右前後粉色如土長恨哥

156 きなるすゝしのひとへ（一九六五8 集249）小宰相ノヿ

157 中〱物あつかひに（一九六五9 集249）小宰相ノ詞

158 この心さしの人（宰）とはしりぬる（一九六五10 集249）

159 御て（手）をさしやり賜て（一九六五13 集249）

160 あけなからおりにけるを（一九六六6 集250）障子ヲアケテトホリテタテヌ叓下﨟ノワサ也

161 左の大殿の（一九六六10 集250）夕霧ノヿ

162 ひとへもはかまもすゝし《生》なめりと（一九六六12 集251）薫ノ著給ヘルナヲシ姿ヲイヘリヒトヘモハカマモスヽシナレハサヤメカヌニヨリテ聞ツケ給ハヌトニヤトヲモヘリ

163 そのかみよ（世）をそむきなましかは（一九六七1 集251）

164 女宮の御かたち（一九六七4 集251）女二ノ宮ノヿ

165 あなたにまいりて（一九六七8 集252）女一宮ノ薄物ヲ著シ給ヘハウスキ物ヲ女二ニキセ申テ女一宮ニ思ヒヨセンノ心ナリ

166 大貮に（一九六七8 集252）（一人）

167 はうそくに（一九六七12 集252）傍則也モノ〱シカラヌスカタ

ヲイフ也
168 たゝ今はあえなむ（一九六七13 集252） 敢 ココニテハ似合給ハ
ンノ心也
169 御くしのおほさ（一九六七14 集252） 御クシノ多クスソニタマリ
タルヲイフ也
170 ひ《氷》めして（一九六八1 集252）
171 おほ宮の御まへに（一九六八7 集253） 女二ノ宮ト薫ノタハフレ
叓共也
172 ま《（又）》たのあしたに（一九六八10 集253）
173 丁子にふかくそめたるうす物（一九六八11 集253） 河海云西宮左
大臣六月比丁子染帷ヲ著シ給ト旧記ニ見エタリ
174 こまやかなるなをしに（一九六八11 集253） 夏ノ直衣コキ花田ニ
ソメタル心ニヤ
175 女の御身なりの（一九六八12 集253） 匂ノサマ女一宮ニモヲトリ
給ハヌ躰也
176 ゐをいとおほくもたせて（一九六九1 集254） 中宮へ匂ノ持参シ
玉フ（イ）

177 女はうしてあなたに（一九六九1 集254）、 一品ノ宮へ（イ）
178 この里に《女二（イ）》（一九六九3 集254） 薫ノ中宮へ申給詞也雲ノ上ハナレ
テトハ女二ノ禁中ヲ離レテワカ所ニヲハスルヿ也
179 姫宮の御かたより（一九六九4 集254） 女一宮ヨリ也
180 あやしくなとてか（一九六九7 集254） 中宮ノ御返事
181 それよりもなとかは（一九六九10 集255） ソナタヨリモ何トシテ
御音信ナキト也
182 かれよりはいかてかは（一九六九10 集255） 薫ノ返事
183 もとよりか《（マヽ）》すまへさせ給はさらむをも（一九六九10 集255） 本ハ
御悃切也共只今改メテモ御意アラン叓ハ嬉シカラ
ント也
184 さもきこえなれ給にけむを（一九六九12 集255） 中宮ノ内ニテハ
近カリシニツケテ時〻モトノ給詞ニツキテイヘリ
マヘニハナレキコエ給テ只今打捨事カラキト也是
モ薫ノ女一宮ニ心ヲカケ給ニヨリテカクノ給ヘリ
185 すきはみたるけしきあるとは（一九六九13 集255） 中宮ハ薫ノス
キ心有テノ給トハ知給ハヌ也

186 ひとよの心さしの人（辛）にあはむ（一六九14 集255）　小宰相カヿ也

187 ありしわた殿も（一七〇3 集255）　女一宮見給シヿ也

188 大かたにはまいりなから（一七〇4 集255）　大方ニハマイレト女一宮ニハ見参申サヌ叓ト也

189 ありつかすと（一七〇6 集256）　コヽヘ参事ヲ女房衆ウヰ〱シク見給ハント也

190 おいの君たちのかたを（一七〇7 集256）　夕霧ノ君タチハ薫ノヲイニアタレリ

191 姫宮はあなたにわたらせ給にけり（一七〇10 集256）　一品ノ宮ハ中宮ノ御カタヘワタラセ給ト也

192 大宮（明）大将のそなたに（一七〇10 集256）

193 御ともにまいりたる大納言のきみ（一七〇11 集256）　女一ノ宮ノ御トモ也

194 まめ人の（一七〇12 集256）　中宮ノ詞マメ人ノ心カケンニアサキ人ナトハイカヽト也サレト小宰相ハ心ニクキ人ナレハ心易キト也

195 故（小）宰相なとは（一七〇14 集256）

196 人よりは心よせ給て（一七一1 集256）　小宰相ニ薫ノ心ヲヨセ給叓大納言ノ中宮ヘ申詞也

197 れいのめなれたるすちには侍らぬにや（一七一3 集257）　心ヲヨセ給ヘトナレ〱シクハシ給ハヌト也

198 宮をこそいとなさけなく（一七一3 集257）　匂ヲハ情ナキ人トヲモヒテ小宰相ノナヒカヌヿ也

199 宮（大宮（イ））（明）もわらはせ給て（一七一5 集257）

200 いとあやしきことをこそ（一七一6 集257）　大納言ノ中宮ヘ申詞也

201 をはともはゝ（母）ともいひ侍なるは（一七一8 集257）　浮舟ノ君ノ祖母共又母トモ人ノイフ也

202 宮（明）もいとあさましうおほして（一七一14 集258）　中宮ノ浅間敷思食也

203 かくうち（宇治）の宮のそう《孫》の（一七二3 集368）

204 いさやけすは（一七二4 集258）　大納言ノ詞カシコニ侍ケル下ハラハ宇治ニアル下ワラハノヿ

205 さらにかゝる事（一七二8 集259）　中宮ノ詞

206 大将とのうちまさりておかしきともあつめて（一九七三13 集259） 薫ヨリモ又一品ノ宮ヘ絵ヲ奉ラル丶也

207 （〳）せりかはの大将のとを《十を》君の（一九七三14 集259） 今ノ世ニ絶タル物語也カホルモ當官大将ニテヲハスレハ女一宮ニ心ヲカケ給ユヘニ思ヒヨソヘ給也

208 かはかりおほしなひく人の（一九七三1 集259） 物語ノコトク宮ノワレニ打ナヒキ給ヘカシト也

209 いとわつらはしけなるよ《世》なれは（一九七三4 集260）

210 むかしの人も物し給はましかは（一九七三6 集260） （総）角ノヿ

211 また《又》さ思ふ人ありと（一九七三7 集260）

212 わかけしきれいならすと（一九七三13 集260） 波コユル比トモシラスト浮舟ヘ送リシ哥ノヿ也

213 たいの御かたはかりこそは（一九七四5 集261） 一条院ノ上モ浮舟ニ深クモナレ給ハヌ人ナレハ浮舟ノヿ匂ノサノミノ給ハヌヿ

214 御心はさる物にて（一九七四13 集262） 匂ノ御心ノ叓也

215 いとよかなり（一九七五1 集262） 侍従ノヿ中宮ヘマヒラントイフ叓ヲ匂ノ能ヿト思給也

216 みたてまつりし人に（一九七五6 集262） 浮舟ニ似タルハナキト也

217 式ア卿の宮の御むすめを（一九七五7 集263） カケロフノ式ア卿ノヿ

218 御せうとの侍従もいひて（一九七五12 集263） （宮ノ君ノ）侍従モ宮ノ兄弟也

219 姫宮の御具にて（一九七五13 集263） 一品ノ宮トヲナシ比ノ人ト也

220 宮の君《キミ》なとうちいひて（一九七五14 集263） 式ア卿ノ女（イ）

221 裳はかりひきかけ給そ（一九七六1 集263） 時ノ変化ノサマ哀ナルト也

222 この君はかりや（一九七六1 集263） 宮ノ君ヲ匂ノ浮舟ノ形見ト思ヨソヘ給也

223 ちゝみこははらからそかし（一九七六2 集263） 式ア卿ト八宮ハ（イ）父宮ハウハソクノ宮ト御兄弟ナレハハナレヌ人ナレハ也

224 春宮にやなとおほし（一九七六4 集264） 此ヒメ君ヲ春宮ヘマヒ

ラセン又薫ヘユツランカナト式ア卿存命ノ時有便事ヲカホルノ思出給也

225 水のそこに身をしつめても（一九六5 集264）　カヤウニ宮ノ君ナトヤウニナカラヘテヲトロヘンヨリハ中〳〵浮舟ノ身ヲナケシモマサリタル叓ト也

226 人よりは心よせきこえ給へり（一九六6 集264）　宮ノ君ニカホルノ心ヨセ給ヿ也

227 この院におはしますをは（一九六7 集264）　六条院ヲハ中宮モ禁中ヨリ住ヨクシ給也

228 人めにはすこしおいなをりし給かな（一九六13 集264）　少シヲトナシク成給ヿ也

229 宮[后(イ)]うちにまいらせ給なむとすれは（一九六14 集264）　中宮禁中ヘマヒリ給ハント也

230 この宮そ（一九七3 集265）　匂ノヿ

231 かゝるすちはいとこよなくもてはやし給（一九七3 集265）　匂遊宴ノカサリニ成給ヿ

232 大将の君は（一九七4 集265）　好色ニ入タヽヌヿ也

233 しはし御はてをもすくさす心あさしと（一九七11 集266）　侍従カウキ舟ノ一周忌ヲモ見ハテスシテ中宮ヘマヒリタルヿ薫ノ御心ノハツカシキ也

234 さるへからむこと（一九七14 集266）　心ノアタナラヌ叓ヲ女房タチニヲシヘントタハフレテ薫ノヽ給ナリ

235 むつましく思きこゆへきゆへなき人のはち聞え侍らぬにやは（一九八3 集266）　ムツマシキユヘモナキ人ハハツカシクモナキト也

236 物はさこそはなか〳〵侍るめれ（一九八3 集266）　シル人ニテナキ人ハ中《中》〳〵ハツカシクモナキヿ也

237 かはかりにおもなく（一九八5 集267）　ヲモナクハヲモテツレナキ心也　カハカリノ身ニテハチカヽヤカンハ中〳〵身ニ似合ヌトイヘル心也

238 はつへきゆへあらし（一九八6 集267）　薫ノ返事此返答ニテ聞エタリ

239 からきぬはぬきすへしをしやり（一九八7 集267）　スタレノ内ノ女房衆ノヤウ躰也

240 をみなへし（一九六八12 集267） 女房衆ノ多クアツマリタルヲ薫ノヨミ給ヘル也ワレカヽル女ノ多キ所ニアリトモアタナハタヽシト也

241 弁のをもと《(一人)》（一九六九3 集267）

242 おきな事（一九六九4 集267） 翁言 薫ノアタナル叓ナキト老人カマシク詞ノニクキト也

243 旅に《ねイ》して（一九六九5 集268） コヽニ旅ネヲシ給テコソ御心ノウツリウツラヌヲモシラメト也

244 なにかはつかしめさせ給（一九六九7 集268） 弁ノヲモトノ返答也コナタハ大方ノ野ヘノ叓ヲコソイヘ何カコヽニネ給ヘトハイハント也

245 心なしみちあけ侍りなんよ（一九六九9 集269） 女房衆ノツホネ〳〵ヨリ中宮ヘマヒル道ニカホルノヰ給叓也

246 わきてもかの御物はちのゆへ（一九六九10 集269） 我ナラテモハチ給ハン人ハアラント也

247 をしなへてかくのこりなからむ（一九六九11 集269） 弁ナトヲモテツレナク薫ヘ返答スルヿヲ思フ也

248 （〱）な《(中)》かについてはらわたたゆるは秋の天（一九六九14 集269） 太底《(マヽ)》四時心惣苦就中腸断是秋天白楽天

249 かの御かたの中将の君（一九八〇3 集269） （一品）ノ宮ノ御カタ也（一人）

250 なをあやしのわさや（一九八〇3 集269） 薫ノ心中也打ツケナトニ女房ノ名ヲタシカニイヒタルヿ心浅キ思召也匂ニハ女房達モ隔心ナクテカヤウナルカト也

251 な《名》さしよと（一九八〇4 集270）

252 女はさもこそまけ奉らめ（一九八〇6 集270） 匂ノ好色ニヲリタチ給ヘハ女モミナマケテナヒキヌラント也

253 わかさもくちおしく（一九八〇6 集270） リモハ詞也一品ノ宮ノ御カタニカホルノウト〳〵シキ叓ヲミツカラノ給ヘリ

254 いかてこのわたりにも（一九八〇7 集270） 薫ノ思給ヤウハ一品ノ宮ノ御方ニ匂ノワリナク思給ヘラン人ニ語ヒツキテ御心ヲサハカシテ思シラセ奉ラハヤト思給也

255 されとかたいものかな（一九八〇10 集270） 論語云難乎《カタイカナ》有《ヿ》恒《ツネ》

256 たいの御かたの（一九八〇10 集270）　中ノ宮ノ匂ヲ心ヨカラス思
給ト也

257 いとひむなきむつひになり行（一九八〇11 集270）　薫ノワカ御叓
也

258 すこしはすきもならははや（一九八一1 集271）　好色心ヲ習度ト
也

259 姫宮（一九八一2 集271）　女一宮ノヿ

260 かく〳〵ねたましかほに（一九八一5 集271）　故〻将《モテ》ニ織《ホソキ》手《ヲ》一時《ヨリ》
〳〵弄《ツマナラス》ニ小緒《ホソキヲ、》一耳聞《ニ》猶《クモ》気絶《タエントスル》　眼見《トキ》若《イカハカリカ》為
憐《ヲモシロカラン》　遊仙屈

261 〳〵にるへきこのかみやは（一九八一6 集271）　カホルノ北方ニ
一品ノ宮ハコノカミニテヲハスレハイヘリ

262 まろこそ御〳〵はゝかたのおちなれ（一九八一7 集271）　容貌《ヨウハウノ》《カホハセハ》似《リ》
レ舅《ヲヂニ》潘安仁之外《ハヽカタノメイナレハ》甥《イキサシハ（マヽ）》　如レ兄崔李珪之《シヤクリ》小　妹《ヲトイモウトナレハナリ》
同　大将ハ明石ノ中宮ノ御弟ナレハ一品宮ニハ母
カタノヲヒ（マヽ）ニ当レルナリ

263 れいのあなたにおはし（女一（イ））ますへかめるに（一九八一8 集272）　一品
宮ノ中宮ノ御カタニヲハスルヿ

264 なに（何）わさをか（一九八一9 集272）

265 この御さとすみのほとに（一九八一9 集272）　六条院ノヿ

266 りちのしらへは（一九八一13 集272）　呂ハ春律ノ調子ハ秋ニ叶タ
ル心也

267 なか（中）〳〵なりと（一九八一14 集272）

268 あかしのうらは（一九八二3 集272）　アカシノ中宮ノ繁栄ノ叓

269 ましてならへてもち奉らけと（一九八二4 集272）　女一宮女二宮
ヲナラヘテ持奉ラン叓ハ有カタカラントカホルノ
思給ヘル也

270 これもまたおなし人そかし（一九八二6 集273）　宮ノ君ノイツレ
ニモヲトラヌ上﨟ノ人トナリ

271 みこの昔心よせ給し物を（一九八二7 集273）　故式部卿ノ薫ニ心
サシマシ〳〵ケルヿ也

272 中〳〵みな人きこえさせふるしつらむ事を（一九八二11 集273）
ワカ宮ノ君ニ心ヲヨスル叓ハ人モ聞フルシタルヿ
ヲ今ハシメタルヤウニマネフ人モヤアラント也

273 ことよりほかをもとめられ侍と（一九二12 集273）　本　思テフ
叓ヨリホカニ又モカナ君ハカリヲハワキテシノハ
ン　花鳥云スナハチ古哥ノ詞ヲトリテ思テフトイ
フ心也又心ノ中ハ詞ニモイハヌユヘニコトヨリホ
カニトイヘルニヤ

274 君にもいひつたへす（一九二13 集273）　薫ノヽ給叓ヲヒメ君ニ
モ傳ヘスワカ返答ヲスル也

275 御しりうことをも（一九三1 集274）　宮ノ君ハウシロヿニモ薫
ノ叓ヲハ御懇切ナルト也

276 なみ〳〵の人めきて（一九三1 集274）　カホルノ詞

277 君をひきゆるかすへけれは（一九三5 集274）　薫ヘ直ニ御返事
ヲモシ給ヘト女房衆ノ引動スヿ也

278 （〽）まつ（松）もむかしのと（一九三5 集274）　本　タレヲカモシル
人ニセン高砂ノ松モ昔ノ友ナラナクニ　姫君ノ詞
モトヨリナトノ給スチハ薫ノモトヨリトノ給叓ニ
モトツキテイヘリ

279 なへてのかゝるすみ家の人と思はゝ（一九三7 集274）　常ノツ
ホネ住ノ女房ナトナラハカヤウノ直ノ返叓ハヨカ
ルヘキ也宮ノ君ナトホトノ人ニハ似合サル叓トチ
ト見ヲトシ給也

280 この人そまた（又）れいのかの御心匂ノ（イ）みたるへき（一九三10 集275）　此
宮ノ君匂ノ心ヲ乱サン人ト也薫ノ心中也

281 これこそは（一九三11 集275）　ソレハ勿論タクヒモアラント也
八宮ノ御娘タチノ山里ニテソタチナカライツレモ
タクヒナキ叓ト也

282 あやしかりけることは（一九三12 集275）　宇治ノウハソクノ宮
ノヿ

283 かけろふの物けかなけにとひちかふを（一九四3 集275）　後撰
哀トモウシトモイハシカケロフノ有カ無カニケヌ
ル世ナレハ　有ト見テタノムソカタキカケロフノ
イツトモシラヌ身トハシル〳〵

284 （〽）あるかなきかと（一九四4 集276）　タトヘテモハカナキ物
ハカケロフノアルカナキカノヨニコソアリケレ
カケロフニ二ノ儀アリ一ハ陽焔ヲイフ春ノ陽気ノ

煙ノヤウニ見ユルヲイフカケロフノモユル春ヘトヨメルハ是也一ハ蜻蛉トイフムシ也ハカナク命ミシカキ物也軒ハニアソフナトヨメルハ是也此哥ハ両ヘカネテヨメリコト葉ニ物ハカナクトヒチカフトアレハ也　夏ノ月光ヲマシテヽルトキハナカルヽ水ニカケロフソタツ

一校了

（紙数七十二丁）

手ならひ

手習　巻ノ名詞ニアリ廿四才ノ秋ヨリ廿五ノ春迠ノ叓アリハシメノ年ハ蜻蛉ト同年ノ叓ナリ同時ノ叓ヲ両方ヘ書ワケタリ

（浮舟末同日ヨリ次年マテ）

1そのころ（一六九九1 集279）　當今ノ御代ヲサシテイヘリ

2（＼）なにかしそうつとかいひて（一六九九1 集279）　ナニカシノ僧都トハ恵心院ノ源信僧都ニ思ヒナスラヘテイヘリ此僧都ハ慈恵僧正ノ弟子ニテ横川ニ仕給テ顕蜜（マヽ）ノ教ヲヒロメハヘリ

3五十はかりの（＼）いもうとありけり（一六九九2 集279）　五十アマリノ妹トイフハ安養ノ尼トイヒシ人ニタトヘリ世栄ヲイトヒ往生セシ人ナリ此物語小野ノ尼ト云テ手習君ヲ養シ人也

4ふるきくはん有て（一六九九2 集279）　恵心僧都ヲハ其母ノ初瀬観音ニ祈精シテマウケタル人ナリ

5うち《宇治》のわたりに（一六九九6 集279）

6（＼）山こもりのほいふかく（一六九九8 集279）　僧都妹安養尼終焉之時者必可来會之由僧都契約云々　病之時下松ノ邊《ヘン》マテヲリ再會ス千日篭山ノ中也

7みたけさうし侍るを（一六九九11 集280）　金峯山精進ニハ後夜於

庭前礼拝金峯山百度ス云々

8 をもくなやみ給ふはいかゝ（一八九11 集280）　ツヨク老年ノ人ナレハコヽニテ死タラハ精進ノサハリナラント也

9 なか《中》ゝみ《神》ふたかりて（一八九13 集280）　尼ノ里小野ヘノ亅

10 （〱）こすさく院の（一八九14 集280）　寛平法皇ノ亅

11 御両《（御リヤウ）》にて（一八九14 集280）　平等院ノ在所ナリ

12 おはしまさはゝや（一九〇3 集280）　此院寺ノ亅也ヲハシマサハ尤御同心アレト也

13 いんをつくりつゝ（一九〇14 集281）　印ヲ結フヲツクルト云也

14 かしらのかみあらは（一九〇14 集282）　花鳥云狐ノ女ニ反化セルナラハヲノカ乃ヲカミニナシテフトキカツラナト見スヘキトイフ心ニヤ　楽府ノ古塚ノコトハニ頭《ハ》反雲鬟面《ハ》反粧大尾《ハ》曳《テ》作ニ長《キ》紅裳　當流ニハ法師ノ髪アラハヲヒフトルホトヲソロシカラント也ハンクハイナトノ叓叶ヘリ

15 （〱）きつねの人にへんくゑするとは（一九一5 集282）　（古塚ー）（妖通）

16 みつし所なと（一九一7 集282）　食物調スル所也公私共ニ稱スル名也

17 ひさうのけしからぬものにあらす（一九一11 集283）　ハケ物ノ叓也　妖《ヨウ》《ハケ物》

18 こたまやうのもの（一九一14 集283）　樹神《コタマ》

19 ひたひをしあけて（一九二2 集283）　下賤ノ髪ナトヽリツクロハヌ体也

20 きつねのつかうまつるなり（一九二4 集283）　妖通報通神通ナトイフ差別アリ狐狸ナトノ人ニ着スルヲハ妖通トイフモト獣ニテアルカ希有ニ人ニハクルハ妖怪ナル通トイフ也

21 むかしありけむめもはなもなかりけん（一九二13 集284）　朱ノ盤トイフ絵物語アリ文殊楼ノ目ナシ鬼ノ叓ヲカケリ山師《（マヽ）》ナルニヨリテ聞ツケタル亅ヲイヘリ

22 （〱）めおに《（朱ノ盤ー）》ゝやあらむ（一九一13 集381）　目鬼　文殊楼無目児叓欤

23 いかきさまを（一九二13 集284）　辛《イカシ》《カラシ》

24 おにゝも神にも両《リヤウ》せられ（一九三6 集285）

25 人にはかりこたれても（一九三7 集285）　人ニタハカラレタル
心ナリ

26 よこさまのしにをすへき（一九三7 集285）　非分ノ死ヲイフ也
薬師経ニ九ノ横死ヲ出セリ

27 しはしゆ《湯》をのませ（一九三8 集285）

28 御車よせて（一九四1 集286）　尼君是マテハイマタ宇治院ニ移
リ侍ラヌ也

29 しかく〵のことをなむ（一九四4 集286）　僧都ノ詞

30 六十にあまるとし（一九四4 集286）　ロクチウヨニク（マヽ）セ

31 （〵）をのかてらにて（一九四5 集286）　妹ノ尼君ノ詞也

32 たゝ我こひかなしふむすめのかへりおはしたるなめり
（一九四9 集287）　僧都ノ妹ハ右衛門督トイフ人ノ妻ニテ
有シカムスメノカナシヒノアマリニ道心ヲコシテ
尼ニナレルヨシ見エタリ

33 めをほのかに見あけ゜たるに（一九四11 集287）　見ヒラク也目ヲ
見上也両説用

34 かみなとの御ために（一九五2 集287）　神ニ祈念ノヿ也

35 かりの物にや（一九六4 集289）　権化ノヿ

36 ふたりの人を（一九六4 集289）　浮舟ト大尼ヲ加持スルヿ也

37 こ八の宮の御女（ムスメ）（九六7 集289）

38 宮の御女（ムスメ）もち給へりしは（一九六13 集290）

39 ひえさかもとにをのといふ所に（一九七5 集290）　此小野ハ大
原ノ山ナリ

40 けしやくことせさせ給（一九八5 集292）　邪気祈精之護摩壇ニ
芥子焼叓有也

41 四五月も過ぬ（一九八6 集292）　見ツケタルヿハ三月ノ叓也

42 あか佛《ほとけ》（一九八8 集292）　アカホトクハワカ仏也僧都ヲイフ詞
也山篭ノ誓アリトモ京へ出給ハンコソアラメ坂本

43 こうつきにけりと思はん（一九八12 集292）　命業尽
沾ハ何カクルシカルヘキト也

44 おほなく〵なく〵の給へは（一九九1 集293）　コヽマテハ妹
ノ尼詞

45 見つけしより（一九九1 集293）　僧都ノ詞

源氏物語聞書　手ならひ（46～65）

46 御よそめい《ようめいイ》かな（一九九九3 集293）　容顔美麗ノヿ

47 くとくの〳〵むくひにこそ（一九九九3 集293）　法花経（随㐂功徳）品ニ面目悉端厳為人所㐂見

48 〳〵えむにしたかひてこそ（一九九九6 集293）　（仏種従）縁‐起之也

49 〳〵むさんのほうしにて（一九九九11 集294）　（唯識）論云々　何無暫不㆓顧自法㆒軽㆓拒《コスル》賢善《ヲ》㆒為《ス》㆑性《ト》能障礙暫生㆓長悪行《ヲ》㆒為《ス》㆑業《ト》

50 〳〵女のすちにつけて（一九九九11 集294）　（安楽行〳〵──）

51 てうせられて（二〇〇〇4 集294）　調伏

52 をのれはこゝまてまうてきて（二〇〇〇4 集294）　物ノケノ詞　貞観七年染殿后御悩相應和尚加持シ祈念ノ例也

53 かたへはうしなひてしに（二〇〇〇7 集295）　ウシナフトハアケ巻ノ叓此人ハ浮舟ノヿ

54 つきたる人（二〇〇〇10 集295）　物ノケツキタル人童アノ叓也

55 物いさゝかまいるおりもありつるを（二〇〇二14 集297）　已前ハ物ノケノ食叓ヲモシタル也中〳〵平人ニ成テハサヤウノ叓ナキ也

56 うちはへぬるみなとし給へることは（二〇〇三1 集297）　温気也

57 〳〵ひとゝせたらぬつくもかみおほかる所にて（二〇〇三14 集299）　髪トイフヨリイヘリ年寄タル女トモノヲホクアルヲイフナリ

58 天人のあまくたれるを（二〇〇三1 集299）　マコトノ天人ニテ天へ帰ランカトアヤウクヲモフ也

59 このあるしも（大尼）（二〇〇三12 集300）　僧都ノ母君ヲイフ也

60 むすめのあま君は（二〇〇三12 集300）　小野尼ハ右衛門ノ後室也

61 むかしの山さとよりは（二〇〇四6 集301）　宇治川ヲハアラマシキ水ノ音トイヘリ小野ノハ音無ノ瀧ト云ヘシ

62 水のをともなこやかなり（二〇〇四6 集301）　和也

63 所につけたる物まねひしつゝ（二〇〇四8 集301）　田哥ナトウタフヿ

64 あま君そ月なとあかきよ（夜）は（二〇〇四12 集301）

65 むかしもあやしかりける身にて（二〇〇四14 集302）　浮舟ノ詞田舎住ニテ管弦ニモ触ヌ叓也

66 身をなけし（三〇五5 集302）　引哥ニ及ス　流ユクワレハミク
ツトナリハテヌ君シカラミトナリテトヽメヨ　菅家
67 われかくて（三〇五9 集302）　月ノ都月宮ノ叓ニハナシ
68 をのつからよ《（世）》にありけりと（三〇六3 集303）
69 いかなるさまにてさすらへけむなと（三〇六5 集303）　薫ナト
ノヲモヒヤリ給ハンヿ也
70 むかし見し宮ことりににたる事なし（三〇六7 集304）　都鳥ニ
別シテ用所ナシ都ノ人トイハンヲカヤウニ書也
71 世中にあらぬ所はこれにやあらむ（三〇六8 集304）　拾遺　世中
ニアラヌ所モエテシカナ
72 むかしのむこの君今《（キミイマ）》は中将にて（三〇六11 集304）
73 せんしの君《（キミ）》（三〇六11 集304）　禅師君
74 さきうちをひて（三〇六13 集304）　中将モ小随身ヲメシクスル
ニヨリ前ノ聲ヲ発スル也
75 忍ひやかにおはせし人の御さまけはひそ（三〇六14 集304）　匂
ノ叓ヲ思出シ給也
76 あなかちにすみはなれかほなる御ありさまに（三〇七10 集305）
ヲノヽヲクニ尼君ノ住叓ヲイヘリ
77 みなはふきすてゝ（三〇七12 集306）　略省《ハフク》 同
78 山こもりの御うらやみは（三〇七12 集306）　尼ノ詞山篭ヲ浦山
シクナトイフハ當世ノ習ヒニテ心ニハ思入ネトモ
イフ叓ナルト也
79 世になひかせ給はさりけると（三〇七14 集306）　昔ノヿヲヲホ
シワスレヌハ世中ノ変化ノ習ヒニ應セヌ心ナルト
也
80 人〻に水《（スイ）》はんなとやうの物〻はせ（三〇八1 集306）　水飯
81 はすのみ《実》など《（マヽ）》やうの物（三〇八1 集306）　蓮子《レンシノサカツキ》 遊仙屈　蓮子
数盃妾今酒柘枝一曲試春歓　楽天ノ跡　又荳子ノ
中ニ藕実モナカルヘキニアラスサカツキヲハスノ
ミトイハンモアマリニ上手メキタル欤
82 いふかひなくなりにし人よりも（三〇八3 集306）　尼君ノムス
メノヿ
83 はかまもひはたいろに（三〇八8 集307）　檜皮色ハ面蕪方ニ黒
ミアリツラ花田也

84こは〳〵しくいらゝきたる物とも（二〇〇八10 集307）　ハリタテ
タル物ノヿ
85むかしのさまにて（二〇〇八13 集307）　浮舟ヲ中将ノ北方ニナシ
度ト也
86（尼）少将といひし人の（二〇〇九2 集307）
87むかし人はいとこよなう（二〇〇九10 集307）　少将ノ尼ノ心中也
88（〳〵）なにゝほふらむと（二〇一〇3 集309）　本　コヽニシテ何ニ
ホフラン女郎花人ノ物イヒサカニクキヨニ
89（ヒケノ子 鬚息）とう中納言の御あたりには（二〇一〇6 集309）　鬚黒大臣息小野
ノ聟ノ中将タヽイマ此人ムコ君タルニヤ
90おやの殿かちに（二〇一〇7 集309）　中将ノヿ
91あらぬ世にむまれたらむ人は（二〇一〇14 集310）　生ヲ轉シタル
ヤウナルト也
92むかし思いてたる御まかなひの（二〇一二1 集312）　モテナシノ
ヿ賄賂
93（世）よにありと（二〇一二6 集312）
94うちつけ心ありて（二〇一二8 集312）　カヽル山中ヘハタトヒ慮
外ニマヒリタリトモカコチ申サント也浮舟ニ心ヲ
ヨセカクイフ也
95あたし野の（二〇一三12 集313）　承暦哥合ニサカ野ヲ過テアタシ
野迠行ケンモアチキナシトイヘリ是名所歟
96いと心にくきけつき給へる人なれは（二〇一三13 集313）　中将ノヿ
97（〳〵）まつちの山の（二〇一三7 集314）　イツシカト待チノ山ノ桜
花マチイテヽヨソニキクカヽナシサ 後撰　本誰ヲ
カモ待チノ山ノヲミナヘシ秋ヲチキレル人ソアル
ラシ 小町　契シ人アルヤウ也ト推量シテ此本哥ヲ
イヘリ
98（世）よに心ちよけなる（二〇一三11 集314）
99くしたる人の心からにや（二〇一三11 集314）　苦也世間ニ心チヨ
ケニ栄花ニホコル人ハ佗人ノ心ニハ入ヌト也浮舟
ノ深ク物思サマナルニ心ヲヨセテカクイヘリワカ
等類ノ人気ニ入也
100心ちよけならぬ御ねかひは（二〇一三13 集314）　尼公ノ返事也此
詞ニテ聞エタリ

101うたゝあるまて（三〇三14 集315）　ウタテ也　本花ト見テヲラ
ントスレハ女郎花
102よをうらみ給めれは（世）（三〇四1 集315）
103（╲）炑を契れるは（三〇四6 集315）　別人ニ契有ト云叓ハスカ
シテノ給カト也
104はやうは今めきたる人にそありける（三〇四11 集316）　ムカシ
ハ色メキタル人ト也
105炑の野の（三〇四13 集316）　コナタヲカコチ給叓モイカヽト也
106（╲）しかのなくねに（三〇五10 集317）　山里ハ秋コソコトニワ
ヒシケレ鹿ノ鳴音ニ目ヲサマシツヽ古今　忠岑
107過にしかたの（三〇五11 集317）　中将ノ詞過ニシカタトハマヘ
ノ妻ノ叓
108今はしめて（三〇五11 集317）　浮舟ノ叓
109（╲）みえぬ山路にも（三〇五12 集317）　本　世ノウキメ見エヌ
山路ニイランニハヲモフ人コソホタシナリケレ
ワレニウチナヒキホタシニモ成給ヘカシト也ホタ
シニモナリ給フマシキ人トウラメシクヲモフ叓也

110あたらよを御らんしさしつる（三〇五13 集318）　アタラ夜ノ月
ト花トヲ同シクハ哀シレラン人ニ見セハヤ
111（╲）をちなるさとも（朱）（三〇五14 集318）　河海花鳥ニモ引哥未勘
トアリウトく〵シキヤウノ叓ナリ中将ヘノ返叓也
112ふかき夜の（三〇六5 集318）　尼ノ哥
113いつらくぞ゚゚たち（三〇六11 集319）　ウツホノ物語ニモ此詞アリ
京クソタチトモイヘリ童女ノ通稱成ヘシ今ノ世ニ
何コソトイフカコトシ五音相通ナリ古今作者ニ屎
アリ又貫之之童名内教坊ノ阿古屎云故也紫明
114かゝる人（三〇六12 集319）　浮舟ノ叓
115はんしきてう（三〇六13 集319）　盤渉調　坐客聞テ二此聲ヲ一形神若
レ無レ主行客聞二此聲一駐レ足不レ能レ擧嗟ア〻俗人ノ耳好テ
レ今不レ好ヲレ古所以コノユヘニ北窓ノ琴日〻生ニナス二塵土ヲ一文集泰中吟
116今やうは（三〇七2 集319）　當世ヤウヲハ中く不用ト也上古
ノ体ヲメツラシクヲモフト也
117今はこのますなり行物なれは（琴）（三〇七3 集319）
118松かせもいとよくもてはやす（三〇七3 集319）　松風入夜琴

119 よゐまとひもせすおきゐたり（三〇七5 集320）　大尼君ノヿ也

120 女《おうな》はむかしあつまことをこそは（三〇七5 集320）　世上ノ女ノヿヲイヘリ

121 さるはいとよくなることもはへり（三〇七8 集320）　能鳴調ノヿ

122 いとあやしきことをも（三〇七9 集320）　中将ノ詞

123 ほさちなとも（三〇七10 集320）　菩薩

124 とのもりのくそ（三〇七12 集320）　主殿コソ也

125 たゝ今の笛のねをもたつねす（三〇七14 集321）　笛ノ調子ヲモ不聞合我儘ニ引サマ也

126 たけふちゝりく\たりたむならと（たけふちちりく\晴本（イ）たりたんなちりく\なりなとイむ無晴本（イ））（ちゝりく\たなゝと）（三〇八2 集321）　本　笛ノ音ノ春ヲモシロク　笛ノ音ヲ唱哥ニイヒテ弾也

127 よへはかたく\心みたれ侍しかは（三〇八10 集322）　中将ノ文章也翌朝ノヿ也

128 いそきまかてはへ《侍》し（三〇八10 集322）

129 わすられぬ（三〇八12 集322）　上句ハ昔ノ妻ノヿツラキフシトハ浮舟ノヿ

130 しのはれぬへくは（三〇八13 集322）　堪忍スヘキ思ナラハスキく\シキ叓ハイハシト也

131 おい人のとはすかたりに（三〇九2 集322）　トハス語ニモ人ノ思ヒハヲシハカリ給ヘカシト也アマリツレナクヲハスルト也

132 おきの葉に（三〇九3 集322）　本 後撰　荻ノ葉ニ吹過テ行秋風ノ又タカ里ヲヲトロカスラン　浮舟ノ心中也

133 なをかゝるすちの事（三〇九5 集322）　人ニ思ヒハナタルヽヤウニトク尼ニナシ給ヘト也

134 いさ給へひと《人》やはしらむ（三〇九13 集323）

135 はかなくて（三一〇7 集324）　二本ノ杉トヨメルハ匂薫ノヿト花鳥ニアリソレハ入過タル説トナリ

136 ふる川の（三一〇11 集324）　ウキ舟根本ハシラヌ人ナレトムスメノ形見ニ見ルト也

137 あさましきことを（三一〇14 集325）　浮舟ノ心中也

138 いときせいたいとくになりて（三一一8 集326）　キセイ大トク

備前国掾橘良利　肥前国藤津郡大村人也出家名寛蓮為亭子院殿上法師亭子法皇山フミシ給時御供シケルヨシ大和物語ニ載侍リ碁ノ上手ナルニヨリ碁聖トイヘリ

139 玉にきすあらん心ちし侍れ（三〇二14 集326）　毛詩曰白圭之玷尚可磨也斯言之玷不可為《ヲサム》也　玷《タマノキズ》

140 心には（三〇三2 集327）　浮舟独ヨミタル哥也

141 しみつかむ事のやうに（三〇三5 集327）　本古サヽノ葉ニヲク初霜ノ夜ヲサムミシミハツクトモ色ニイテメヤ

142 おはせぬよしをいへと（三〇三6 集327）　浮舟モ初瀬ニ参給ヨシヲ中将ニイヘト書ノ使ノヲハスル叓ヲ中将ニ聞セタルヘキトナリ

143 御こゑも聞侍らし（三〇三8 集327）　御聲ヲ聞侍ル事ハナクトモケ近クテ人傳ニモキコエント也

144 をのつから御心もかよひぬへきを（三〇三11 集328）　ワレモ物思ヒノアレハ御心ニモカヨハン物ヲト也

145 （〳〵）ひとつはしあやうかりて（三〇三14 集329）　花鳥河海ニモ此叓縁未勘得ト也

146 こもき（三〇四1 集329）　姫君ノトモニキタルワラハノ名也

147 ほかけに（三〇四5 集330）　大尼ノ体也

148 しなましかは（三〇四12 集330）　冥途ニテ鬼ナトニセメラレン叓也

149 さるかたに思さため給へりし人につけて（三〇五2 集331）　薫ニ會合ノヿ

150 こしまのいろをためしに（三〇五5 集331）　匂ト語ヒ宇治河ニテノ匂ノ哥ノヿ

151 はしめよりうすきなからも（三〇五6 集331）　薫ノヿ　拾夏衣ウスキナカラソタノマルヽヒトヘナルシモ身ニチカケレハ

152 からうして鳥のなくを聞て（三〇五10 集332）　行基ノ御哥　山鳥ノホロ〳〵ト鳴聲キケハ父カトソ思フ母カトソヲモフ

153 まかなひもいと心つきなく（三〇五14 集332）　食物ノ無調見苦敷体也

154 （今）一品の宮の（二〇二六3 集332）

155 （〳〵）かゝれとてしもと（二〇二七1 集334）　タラチネハカヽレトテシモ烏羽玉ノワカクロカミヲナテスヤアリケン

後撰　僧正遍昭

156 まろなるかしらつき（二〇二七2 集334）　円頂トハ法師ヲ云也

157 しかこゝにとまりてなむ（二〇二七5 集334）　母君ノ詞

158 ふいにて見奉りそめてしも（二〇二七7 集334）　不意

159 （世）よをそむき給へる（二〇二七11 集335）

160 世中に侍らしと（二〇二七11 集335）　浮舟ノ返答

161 たい〳〵しき物になむと（二〇二八4 集335）　タエ〳〵シキト云

本不用

162 はしめみつけ奉りし（二〇二九8 集338）　宇治ニテ姫君見ツケシヿ

163 あなあさましや（二〇三〇5 集339）　少将ノ尼ノ詞

164 （〳〵）るてん三かいちう（二〇三〇8 集339）　流轉三界中恩愛不能

断　弃恩入無為真実報恩者

165 とみにせさすへくもなく（二〇三〇11 集339）　髪ノヿ

166 かきりそと（二〇三一13 集341）　哥一首ニテ心中述カタケレハ二

首ヨメリサテヲナシスヂノヿトカケリ

167 きこえんかたなきは（二〇三二5 集342）　文章也押返シ文ニ哥ヲ

流ラレタル也

168 よひにさふらはせ給（二〇三三11 集344）　夜居ニ間夜居也

169 けい《啓》し給（二〇三四4 集345）

170 けうの事をなむ見給へし（二〇三四5 集345）　希有ノヿ

171 宰相の君しも（二〇三四11 集345）　小宰相ノヿ

172 しらすさもやかたらひ侍らむ（二〇三五7 集346）　僧都ノ詞カタ

ラフ人モヤアラン我ハシラヌト也

173 （〳〵）りうの中より佛むまれ給はすはこそ（二〇三五9 集346）　竜

女成仏ヿ

174 この御まへなる人も（二〇三五11 集347）　小（宰）相ノヿ

175 よくもあらぬかたきたちたる人（二〇三五13 集347）　シタ男ナト

ノヿ

176 （中）宮はそれにもこそあれ（二〇三六1 集347）

177 中〳〵かゝる御ありさまにて（二〇三六5 集347）　中〳〵トイフ

字能叶ヘリ

178 (／＼)葉のうすきかことし(二〇三六13 集348) 陵園妾〻〻〻顔色
如花命如葉薄将奈何文集 芭蕉はしやう(イ)
179 松門暁にいたりて(二〇三六14 集349) 松門暁到月徘徊同
風蕭瑟同 長扁ノ詩也 枯城(イ)
180 (／＼)ひねもすに吹かせのをとも(二〇三七2 集349) (柏城)終日
ハトアルモ心同歟
181 我も今は山ふしそかし(二〇三七3 集349) 浮舟ノ心中也
182 はるかなる軒はより(二〇三七4 集349) 夢浮橋ノ巻ニハ谷ノ軒
183 くろたにとかいふかたより(二〇三七6 集349) 黒谷叡山ニアリ
184 木からしの(二〇三七14 集350) ソコノ心ハ浮舟ノ尼ニ成給〻也
185 かみはいつえのあふきをひろけたるやうに(二〇三八6 集351)
冬扇有三重五重云〻 桜ノ三重カサネナトアリシ類
也
186 すゞはちかき木丁に(二〇三八12 集351)
187 我したらむあやまちのやうに(二〇三八12 集351) 我尼ニナシタ
ルヤウニ悔シクヲモフ也
188 よのつねのさまには(二〇三九5 集352) 常ノ人ニテヲハセハ憚
189 今ひとつ心さしをそへて(二〇三九7 集352) 浮舟ニ心ヲヨスル
事モアランニ尼ニテハ中〻心易カタラハレントモ也
190 このあま君も(二〇三九10 集353) 少将ウキ舟ニハナレヌ人カト
事
也中将ノ心中ニ心得カタキト也
191 こなたにも(二〇四〇2 集353) 浮舟ノカタヘノ事
192 大かたの(二〇四〇4 集353) (中将)大方ノ世ヲイトヒ尼ニ成給
ヘトワレヲイトヒテカヤウニナリ給ヤウナリト也
193 いとふにつけたるいらへはし給はす(二〇四〇7 集354) 一クサ
ノミマス田ノ池ノネヌナワハイトフニハユル物ニ
ソアリケル
194 くち木なとのやうにて(二〇四〇8 集354) 形固《ハニ》可レ使《シム》レ如ニ橋木一
195 水の音せぬさゝ心はそくて(二〇四〇14 集354) 面白書サマ也
若菜
196 わかなをおろそかなるかこにいれて(二〇四一4 集355)
197 雪ふかき(二〇四一8 集355) 哥ノ心ハ尼君ヲヒトヘニウチタノ
ムヨシ也
198 (／＼)はるやむかしの(二〇四一10 集356) 月ヤアラヌ

199 あかさりしにほひのしみにけるにや（三〇四一11 集356）　アカサリシ君カニホヒノコヒシサニ奋ノ花ヲソケサハヲリツル

200 袖ふれし（三〇四一14 集356）　匂ノ〻ヲ思イテタル也

201 こなたにきて（三〇四二3 集357）　コナタニキテトハ僧都ノ妹ノ居タルカタヘ也

202 ひたち（二人）の北のかた（三〇四二5 集357）　紀伊守ノ妹ノ〻也

203 年月にそへては（三〇四二6 集357）　アマノ返答

204 さうそく一くたりてう《調》し侍るへきを（三〇四三1 集358）

205 はしめのはたいみしかりき（三〇四三6 集358）　アケ巻ノ〻アケ巻死去ユヘ周章ノアマリ

206 すけもし給つへかりき（三〇四三6 集358）　出家

207 見し人は（三〇四三11 集359）　薫ノ宇治ニテヨミ給哥ヲカタル也

208 世中の一（イチ）の所も（三〇四三13 集359）　左大臣一上ヲ一ノ所トイフ也或ハ一ノ人トモイフ也　又執柄《シッヘイ》家一座故稱一人

209 物をいとうつくしくひねらせ給へは（三〇四四12 集360）　絹ノ一重ヲミヽヲヒネル〻也

210 過にしかたの事は（三〇四五5 集361）　娘ノ〻ハヤウ〳〵忘行ニ絹アヤナト染縫トキー思ヒ出ルト也娘ノサヤウノ叓ヨクセシ〻也

211 しかあつかひ聞え給けむ人（三〇四五9 集361）　母君モマタ世ニヤヲハスラントイフ心也ワカムスメハ眼前ニ死タル人ナレトワスレテハイツクニヲハスラントヲモフト也サコソ御行エヲシノフ人多カラント也

212 見し程まては（三〇四五12 集362）　母ノ〻

213 大将はこのはてのわさなとせさせ給ひて（三〇四五14 集362）　ウキ舟ノ一周忌ノ〻也

214 からふりしたるは（三〇四六2 集362）　元服ノ〻

215 くら人になし（三〇四六2 集362）　右近将監也カホル大将右也

216 きさ《明》いの宮にまいり給へり（三〇四六4 集362）

217 たれも心のよるかたのことは（三〇四六6 集363）　アケ巻ニ心ヨセシ〻

218 なをうちつゝきたるを（三〇四六12 集363）　アケ巻ト浮舟ノウチツヽキウセ給〻中宮ハ僧都ノ語給フヲフクミテノ

給ヲ薫ハ別ニ推量シ給也
219 又まろはいとおしきことそあるや（二〇四七8 集364） 匂ノ叓ヲフクミ中宮ノ丶給ヘルヲ小宰相モ心得テヲカシトヲモフ也
220 （中）宮のとはせたまひしも（二〇四七11 集365）
221 きゝてのちも（二〇四七13 集365） 匂ニ密通ノヿ
222 猶あやしと思ひし人のこと（二〇四八2 集365） 小宰相ノ語ヿハ浮舟ノヤウ体ニ似タルヿト也
223 まことに其《ソレ》と尋《タツネ》いてたらん（二〇四八6 集366）
224 思ひいりにけむ道も（二〇四八9 集366） 匂宮ノ聞給ヒテ浮舟ノ出家ニヲモヒ入タル叓ヲサマタケ給ハント也
225 さてさなの給ひそ（二〇四八9 集366） 匂宮ノ中宮ニ浮舟ノ有所隠蜜《マヽ》シ給ヘトアルト也　サノ給ニワレニハ中宮ノ語給ハヌカト也
226 宮もかゝつらひ給にては（二〇四八11 集366） 匂ノ聞ツケカヽツラヒ給ハヽワレハシラスカホニテ尋シト也
227 うつし人になりて（二〇四八12 集366） ウツシ人トハ世ノ常ノ人ヲイフ
228 （　）きなる《(伊ー冉ー陽神也)》いつみのほとりはかりを（二〇四八13 集366） 黄泉ハ日本記ニ伊弉冉尊ノヨミツクニヽ入給ヘルヲ陽神ノトフラヒ給ヿ見エタリソレヲ薫浮舟ノ君ノ叓ニ思ヨソヘリ
229 心とおとろおとろしく（二〇四九3 集367） 自害ナトセン人ノ有サマニテハナカリシト也
230 人のかたり侍しやうにては（二〇四九5 集367） 浮舟ノ心ト身ヲナケント思侍ル叓ハヨセト覚ヘ侍リ人ノイフヤウニ物ニケトラレタル叓ハサセヤ侍ツラント薫ノヲモヒ給也
231 きこえむかたなかりける御心の程かな（二〇四九10 集367） 匂宮イハンヤウナクイロニヲハメレハ浮舟ノヿヲ聞給ヒテハサマアシキ叓アラント也
232 いとをもき御心なれは（二〇四九13 集368） 大宮ノ御心ノヲモくシサヲ薫ノ心ニ思給叓ナリ是ヨリ下ハミナ薫ノ心ヲノヘ侍ル也

233
月ことの八日は（二〇五〇2　集368）　毎月八日ハ六斎日ノ始也其上薬師ノ縁日ナレハ也根本中堂延暦十七年傳教大師建立之本尊薬師如来者大師造立也其已後梵天帝尺四天王忠仁公日光月光幷宇治関白十二神将御堂関白被造副也

一校了

（紙数八十九丁）

夢のうき橋

（内題ナシ、仮ニ外題ヲ置ク）

夢浮橋　巻ノ名詞ニモ哥ニモナシ一部ノ名目ハ四句料簡シテステニ尺シ給ヌ本哥ノ世中ハ夢ノワタリノ浮ハシカウチワタシツヽ物ヲコソヲモヘトイヘルヨリ付侍リ此一巻外題惣ノ外題也有無ノ諸法イツレモ夢ニアラスト云叓ナシ涅槃経ニ生死無常猶如昨夢ト説キ大圓経ニハ始知衆生本来成仏生死涅槃猶如昨夢云々　此物語ノヲコル心サマ全色ニフケリ言ヲカサルニアラス只無常迅速《シンソク》ノコトハリヲアカシ盛者必衰ノ趣ヲシラセンタメ也次ニ浮橋トイフハ伊弉諾伊弉冉尊天ノ浮橋ノ上ニシテ共ノ《ミトノ》夫婦《マクハヒ》シ給テ陰《メカミ》陽《ヲカミ》シ給テ陰　陽《メカミヲカミ》ヲ定メ洲国《クニツス》ヲ生セシワカ国ノハシメ也是皆男女ノ中ラヒヨリ起レリカノ漢家ノ風ヲ移俗ヲ易《カウ》マツリコトモ三百篇ノ中ニモ関雎麟趾ケ爪ノ心ノ作ヨリ鵲巣騶虞ノ徳ニイタルマテ此夫婦ノ道ヲモテ周呂ノ風ヲノヘタリ

陰陽万物ヲ生スル故也一名法ノ師法ノ師ト尋ル道ヲシルヘニテ　カホル廿五才ノ四月五月ノ叓アリ手習ヨリ書ツヽケタリ

涅槃経生死ー　円覚ー　生死ー　世中ハ夢ノワタリ　手習巻末同年

金剛ー　荘園ー

1山におはしまして（二〇五五1 集373）　月ノ八日山ノ中堂ニテ薫ノ経仏供養シ給ヿ也

2また（又）の日は（二〇五五1 集373）

3けむ《験》ものし給けり（二〇五五4 集373）

4をのゝわたりに（二〇五五8 集373）　小野侄《ワタリ》　此処《ワタリ》　遊仙屈

5しか侍り（二〇五五8 集374）　僧都ノ詞

6そのわたりには（二〇五五11 集374）　薫ノ詞

7また（又）尋ねきこえむ（二〇五五14 集374）

8こゝにうしなひたるやうに（二〇五六4 集374）　ワカ失ヒタルヤウニ母ノ恨ト也

9かことかくる人なむ侍を（二〇五六4 集374）　カコトカクル人トハ母ノヿ也

10いかなることにか侍りけむ（二〇五六10 集375）　僧都ノ返事

11この月ころうちくにあやしみ思給ふる人の（二〇五六11 集375）　内〻ニ浮舟ノ叓ヲアヤシミ思ヿ也浮舟ノ叓ヲトヒ給ハンカト也コヽマテ僧都ノ心中ニ思惟ノヿ也

12かしこに侍るあまともの（二〇五六11 集375）　是ヨリ出語也

13らうけにはかにおこりて（二〇五六13 集375）　老気老病ノヿ也一云労気イツレモ用

14（〱）たま殿にをきたりけん人（二〇五七3 集376）　續日本記云大寶貳年十二月辛酉日殯《ビン》南殿大上（マヽ）天皇崩持統ナトアリ或又魂殿トモ云歟礼記ニハ殯宮トイヘリ聖徳太子令入定所ヲ夢殿トイヘルモ同叓也此叓若《モシ》呂后高祖后叓ヲイヘル歟彼后ノ山陵ヲ数百年ノ後赤眉ノ黨ノ寶ヲトランカタメニホリヲコスニ死人形美麗ニシテ如存仍赤眉ノ黨是ニメテヽ千人犯之云〻後漢書ニ見エタリ唐土ニハ死人ノ口ニ玉ヲフクメシメテウツミヌレハ年ヲフレトモ形骸不爛壊云〻我朝ニモ上古ハ帝崩給時玉ヲフクマセ奉ケリ是皆河海ノ注尺ナリ花鳥ニ云魂殿ハ山作所ヲイフ也後漢書呂太后ノヿ不當也玉殿ニヲキタリケン人ノタトヒトイフハタトヘハ人ノ死スルヲステニ入棺シテ火屋ナトニヲキタルカケウニシテヨミ帰ルヿ有ヘキ也サテ當流ニハ宇治ノ皇子崩シ給時難波皇子ア

ハテヽヲハセシ時宇治ノ皇子少シヨミカヘリ給物ナトノ給シヿ少シ當ラント也宇治ニテノ叓ナレハ也

15 念仏をも心みたれすせさせむと（二〇五七6 集376）　一心不乱阿弥陀経

16 てんくこたまなとやうのもの丶（二〇五七8 集376）　天狗ト云ハ星ノ名也本朝ニ用所ハ天魔ノ類トイヘリ

17 三月はかりは（二〇五七10 集376）　ヤヨヒトイフ説アリ三月トヨメリ三ケ月ヲ用手習ニテヨ月イツ月七過ヌトイフ首尾アリ弥生ヲ用ル説ニテハ手習ニテモ四《シ》五《コ》月ト讀ヘシ河海ニ委見エタリ

18 かのさかもとに身つからおり侍て（二〇五八2 集377）　已前ノ恵心僧都千日ノ山籠ノトキ西坂本マテ下山セラレケルヿヲ思テイフニヤ

19 こしむ（二〇五八2 集377）　護身

20 らうしたりける物の気（二〇五八3 集377）　霊又領シタル物気《ケ》也

21 かくまてみゆへきことかは（二〇五八13 集378）　僧都ノ心中也是ホトニ薫ノ思給人ヲアマニナシタルヿコト也

22 わかむとをりなといふへきすちにやありけむ（二〇五九3 集378）　王家無等倫　八十之子孫日本記王之子孫也

23 こ丶にもともとよりわさと思ひし事に（二〇五九4 集378）　我ハモトヨリ北方ナトヤウニモセスハカナクテ見ソメタル人ト也

24 をもきつみうへき事は（二〇六一7 集381）　聞出タリトモレンホノ儀ハアルマシキ叓也

25 す丶ろなるやうに（二〇六二1 集382）　浮舟ノ君加持シテ人ニナシヽ叓ヲフクメリ

26 すこしたちあかれて（二〇六二3 集382）　アナタヘ行ケルヿト也分散ノヿ

27 あをはの山にむかひて（二〇六二4 集382）　青葉ノ山　非名所八雲御抄ニ見ユ

28 （ ）ほたるはかりを（二〇六二4 集382）　宇治ノ螢ノヿ近代ノ叓也サレト上代モ螢アラント也宗祇ノ説也　招月カタニハ浮舟ノ宇治ニ居タル叓ハ九月ノ末ヨリ翌年

ノ三月沾ノ〆也螢アルヘカラス昔ヲホユルトハ東国ノ夏ナルヘシト云々

29谷の軒端より（二〇六二5 集383）　河海ニ云谷ノ軒端不審ナルニヨリ谷ノキハト直シタル本モアリ今案之谷ノ軒端トハ谷ノ端也軒《ハシ》モ家ノ端ナリ谷ノ戸トモイフ谷ニ戸アルヘキニテモナシイツレモ似セモノ也山アヒナトヨリ見ユル所ヲ谷ノ端トイヘル歟　夕霧巻ニヒサシノ軒トアリ手習巻ニモハルカナル軒端トアリ是又ヲナシ風情也花鳥云谷ノ軒ハヽタヽ谷ニアル家ノ軒成ヘシムカヒノ山ヲクタル人ノ軒ノハツレヨリ見ユルトイハンモタカヒ侍ヘカラサルニヤ

此説ヲ用

30ひきほしたてまつれたりつるかへりことに（二〇六二8 集383）

引干海草也

31御あるしのこと（二〇六二9 集383）　飯ヲアルシトイフ也日本記ニ主《アルシ》トイフ所ニ先《ニス》レ飯《ヲ》トイヘリ

32このよ（世）とをく（二〇六二10 集383）

33まことにさにやあらむ（二〇六二11 集383）　浮舟ノ心中也

34あみた佛（ホトケ）に（二〇六二14 集383）

35よかはにかよふ人のみなむ（二〇六二14 集383）　コヽヘ態クル人ハ稀ナルト也横川ヘノ往来ノ人ハカリヲ見ルサマ也

36また（又）の日（二〇六三2 集384）

37あこかうせにしいもうと（二〇六三5 集384）　吾子　古今ニ天テル御神ノコノカミナリノ順ナリ

38おやのみ思の（二〇六三8 集384）　御思

39をゝと（二〇六三11 集385）　ヲヽハ唯也イラフル声也ワラハヘノ体也

40おくし侍てなむ（二〇六三14 集385）　臆

41しなやかなる（二〇六四8 集386）　差是《シンシト》《シナヤカ》白氏文集　アサヤカナル体也

42かやうにては（二〇六四9 集386）　ヒメ君ニシタシキ〆

43にうたうの（二〇六四11 集386）　入道

44山よりとて名かき（二〇六四11 集386）　艶書ニハ名ヲカヽス僧都

ノ文ナレハ名ヲカケリ
45 もとの御契あやまち給はて（二〇六五3 集387） 女ニタチカヘリ
給ヘト也
46 あいしふのつみを（出家）（二〇六五4 集387） 愛執罪
47 （〳〵）一日のすけのくとく（二〇六五4 集387） 心地観経ニ云一日
一夜出家修道二百万劫不堕悪趣
48 こと〳〵には（二〇六五5 集387） 盡
49 このこきみ聞え給てん（二〇六五6 集387） 小君カヿ
50 すこしとさまに（二〇六五8 集388） 外様《トサマ》
51 よ（世）を思ひなりし夕くれに（二〇六五9 集388）
52 うちにも時〻（二〇六五11 集388） 宇治
53 いとおかしけにて（二〇六六1 集388） 小君ノスコシ浮舟ニ似タ
ルヿ也
54 うちにいれ奉らむと（二〇六六2 集388） 御簾ノ内也
55 けにへたてありと（二〇六六5 集388） 浮舟ノ詞
56 たゝひとり物し給し人の（二〇六六11 集389） 母ノヿ
57 かの人もしよ（世）に物し給はゝ（二〇六六14 集389） 是モ母ノヿ

58 このそうつのゝ給へる人（二〇六七1 集389） ニホフノヿ
59 いとかたいことかな（二〇六七3 集390） 尼公ノ返答
60 さはききつれと（二〇六七7 集390） サハ聞ツレト也．説サハ《騒》キ
来ツレト也是ヲ用
61 けそうの人なむ（二〇六七11 集390） 顕證人又見所人　花鳥云ソ
ハアタリノ人ヲ云也
62 おほしへたてゝ（二〇六七12 集390） 小君ノ詞
63 さらに聞えんかたなく（二〇六八7 集392） 薫ノ文章也
64 よ（世）の夢かたり（二〇六八9 集392）
65 のりの師と（二〇六八11 集392） 仏道ヲタツヌルヿ也
66 あやしういかなりける夢にかと（二〇六九5 集393） 薫ノ文ニ浅
マシカリシ世ノ夢語トノ給ヒシ叓ヲイヘリ
67 見奉る人もつみさり所なかるへし（二〇六九8 集393） 花鳥云ツ
ミハトカ也トカハノカレンカタナキト也河海ノ説如
何ト也
68 あるし（二〇六九10 集393） 尼公ノヿ
69 物のけにや（二〇六九11 集393） 尼公ノ小君ニカタル詞也

70 うつしかたれとも（二〇七〇5 集394）　小君ノイフ叓ヲ浮舟ニウツシカタル也

71 雲のはるかにへたゝらぬほとにも（二〇七〇6 集394）　至テ山家ニハナキ叓ヲイヘリ　アフコトハ雲井ハルカニナルカミノヲトニ聞ツヽ恋ヤワタラン古今貫之

72 人のかくしすへたるにやあらむと（二〇七〇11 集395）　如何ナル人モカクシ置タルニトワカ御心習ヒニ思召也　ウチニカクシ給ヘル心習ヒ也

73 わか御心の思ひよらぬくまなく（二〇七〇12 集395）　ヲモヒメクラシ給ヿ也

74 おとしをきたまへりしならひに（二〇七〇12 集395）　落置也打ステヽヲクヿ也玉葛ノ巻ニヲトシアフサストアリ

75 本にはへめる（ナシ 集395）　有本ニカヤウノ叓有ト也我書タルヤウニセヌ也スエヲアリサウニ書残シタルヿ無始無終ノ理也

夢庵御真筆ニテ再校早

（紙数廿四丁）

二校了

永青文庫蔵細川幽斎筆源氏物語解題

はじめに

『源氏物語』が享受される中で、室町時代も後期ともなると多種多様の古注釈書が書き著され、それらが相互に引用を始め、やがて、一定の意図の元に集成される形を取り始めた。古注釈同士が複雑な引用関係にあり、また、古注集成型のそれは、莫大な注釈の分量を有するようになった。しかし、一方では、戦乱の世にあって失われたものも少なくない。

そのような時代に著された『岷江入楚』は、中院通勝が十年の歳月を費やした、室町末期最大の源氏物語古注釈である。成立には、『岷江入楚』の序跋より知られる以下のような経緯があった。

天正八年（一五八〇）六月、正親町天皇から勅勘を蒙り、通勝が丹後に身を寄せた。そこで幽斎との出会いがあり、通勝は、幽斎の源氏諸注の集成のかねてよりの素志を引き継ぎ、それを完成させたのである。

現在、通勝自筆の『岷江入楚』は京都大学付属図書館中院文庫に僅か四帖（「空蝉」「夕顔」「末摘花」「紅葉賀」〈中院／Ⅴ／33〉）が遺されるのみである。

一方幽斎には、熊本大学附属図書館寄託永青文庫蔵細川幽斎筆源氏物語（〔戌十〕本稿では『幽斎本』と略称）が存する。惜しくも、「若菜下」は失われ山崎宗鑑による後補であるが、五十三帖は幽斎自筆と伝えられる。

この幽斎本源氏物語は、長谷川強・野口元大『北岡文庫解説目録』(1)の中で、昭和三十六年に紹介がされ、その本文が小学館の日本古典文学全集の校合本の一本としてあげられていることで世に知られた。その本文自体も重要なのだが、極細の筆にて、数多の書き入れ注を伴っていることが特に注目される。

本書は、通勝自筆の『岷江入楚』が四帖に限られる中、幽斎の源氏学ひいては、『岷江入楚』へ至る当時の源氏享受の様相を知るには不可欠のものと思われるので、書誌的事項についての報告を行うと共に、書き入れの性質や成立について纏めておきたい。

一、書誌的事項

○寸法　縦二三・三糎×横一六・一糎。一面八行。字高一九・五糎。
○表紙　天が青、地が紫の打曇り。金泥にて草花文様・林泉文様・霞文様等を描く。
○中央に、一四・二糎×三・六糎の題簽に巻名を墨筆にて記す。題簽は、鶯色に金泥霞模様。
○前後見返し共に、布目紙に金銀切箔散らし。
○朱糸四本取りにて、四つ目袋綴。
○紙質　桐壺より竹河にかけては、斐楮混ぜ漉き。宇治十帖・若菜下のみ楮紙。
【簞笥の覚え】縦四〇・八糎×横二一・八糎×奥行二八・八糎。〔二段抽出の内法〕二段共、縦一七・九糎×横一八・三糎×奥行二四・七糎。紅梅蒔絵（外側）。白梅蒔絵（抽出前面）。共に金霞を背景にした茶褐色漆箱。

○附属文書類

一、【包紙】「源氏物語目録」

【折本】「光源氏物語目録」と外題。五十四帖の巻名を記した末に、神田道僖印を伴う「細川玄旨法印源氏物語五十四帖全部／内わかな下山崎隠士宗鑑」の極札を貼付。表紙金泥にて草花文様などを描いたかと思われる。源氏物語本体と同一の趣。題簽も同一色。見返し、輪繋ぎの、輪中央に四弁の花を据える。更に、見返し中程部分には、鶴を描く。金箔張り。本文鳥の子紙に草花文様・林泉文様などを金泥で描く。

二、【上包紙】「源氏物語全五十四帖細川幽齋法印玄旨自筆垢着所持本目録」と上書き。

【内包紙】「堀河但馬守殿豊岡右京大夫」と上書きし、折り綴じ目に「尚資」と記す。

【堀河但馬守殿宛證札】

未餘寒々候弥無御別条之由

珍重存候抑舊臘被拝見候

源氏物語細川幽斎筆先達而

冷泉故入道一覧在之彼方

所持之本とも被引合候處

無相違旨被及返哥候由

尚又今度烏丸入道卜山にも
一覧之事下官より頼遣候様ニ
被参則見せ申候處冷泉
故入道同意殊勝ニ被存候由
返哥候此旨先方江可然
被参傳候様ニと存候出来早々
可申入處彼是打続取紛候事共
在之及遅々候此段御宥恕
可給候也
二月六日
堀河但馬守殿　　尚資

三、【外包紙】「源氏物語鑑狀」と上書。
【内包紙】
冷泉前大納言入道澄覚
烏丸前大納言入道卜山　鑑定
豊岡三位右京大夫尚資　證札

【證鑒】冷泉前大納言入道澄覚 為村卿

烏丸前大納言入道卜山 光胤卿

【證札】

豊岡三位右京大夫尚資卿

近衛龍山公自筆源氏物語　両公真筆尓而玄旨法印手ラ校了

久我牡丹花老人夢庵自筆源氏

源氏物語　五十四帖 玄旨法印所持本栃付　全部

細川幽斎法印玄旨筆

毎帖有細釋同筆

内

若菜　下巻　一帖　補闕

山崎宗鑑筆

外題　千種中納言有敬卿

目録 一帖 同筆

古筆證札　神田道僖 養心斎

【伝来】

該書が幽斎筆であることを示すものとして、堀川但馬守宛の豊岡尚資證札及び、神田道僖の證札とが存する。前者は、冷泉為村、烏丸光胤にも見せ、冷泉家本とも照合し幽斎筆であることを証している。

また、神田道僖は、近衛龍山（前久、一五三六～一六一二）、肖柏（夢庵、一四四三～一五二七）の真筆本を以て幽斎自らが校合した旨を記している。伝来とは少しかけ離れるのだが、本文について触れておきたい。小学館日本古典文学全集本解題にも触れられるとおり、それらは、「桐壺」「帚木」「夢浮橋」のそれぞれに記される次の奥書から推したものと察せられる。

近衛殿様御真筆ニテ両度校合畢　（桐壺）

近衛殿様御真筆ニテ両度校合畢　（帚木）

夢庵御直筆ニテ再校畢　（夢浮橋）

全集本解題は、その奥書が「龍山公」「関白殿」とせずに、「近衛殿様」とすることに着目。前久とした場合、前久の生前、かつ出家（天正十年〈一五八二〉六月二日）以前と見られる。とすると天文十二年（一五四三）生まれの幽斎、四十九歳以前の書写とされる。

また、「近衛殿御真筆」と「夢庵御直筆」との関係について疑問を呈され、この本の本文は、校訂の跡を辿って読むと、「夢浮橋」のみならず、すべての巻が肖柏本と一致するとされる。「近衛殿御真筆」が如何なるものか今わからないが、例えば、永青文庫には寄合書の『源氏物語』が存在し「近衛前久」も関わる。このようなことと関係があるのかもしれない。

因みに、「行幸」の十八丁表と裏は同一の本文を誤って再記しているが、両者字面が殆ど完全に一致し、字母の差異二、三字に止まる。このことから、書本の正確な写しと判断できる。また、「若菜上」にも同様の例がある。

また、先の道僖證札によると、その題簽筆者は千種中納言有敬とする。有敬の権中納言在任は、享保二十年（一七三五）から元文三年（一七三八）である。有敬と見ることの根拠は同じく全集本解題は疑うが、このころに一旦後補があったのであろうか。

【各冊の書誌】

第一冊

〔外題〕きりつほ〔内題〕なし。〔丁数〕墨付三四丁。後遊紙一丁。

〔付箋〕料簡の「観音ノ化身」から「寛弘ノハシメニ出来」は七行にわたるが、この箇所は同質紙を糊にて貼付けたものである。

巻末に「近衛殿様御真筆ニテ両度校合畢　紙数三十三丁（以上朱筆）」「二校了（以上墨筆）」。

第二冊

〔外題〕はゝき木〔内題〕打ち付けに、「はゝ木ゝ」と記す。以下の巻も〔内題〕は全て打ち付け。〔丁数〕墨付五九丁。後遊紙一丁。

巻末に「近衛殿様御真筆ニテ両度校合畢　紙数五十八丁（以上朱筆）」「二校了（以上墨筆）」。

第三冊

〔外題〕うつせみ〔内題〕うつせミ〔丁数〕墨付一五丁。
「一校了」と巻末に記す。

第四冊

〔外題〕夕かほ〔内題〕夕かほ〔丁数〕墨付五九丁。後遊紙一丁。
巻末に「近衛殿御真筆ニテ両度校合畢　紙数五十八丁（以上朱筆）」「二校了（以上墨筆）」。

第五冊

〔外題〕すゑつむ花〔内題〕すえつむ花〔丁数〕墨付四〇丁。後遊紙一丁。
巻末に「一校了」と記す。

第六冊

〔外題〕わかむらさき〔内題〕「若むらさき」と打ち付けに記し、その隣に「御墨付　六十一枚《わかむらさき》」と記す七・六糎×一・八糎の楮紙を貼付ける。この紙片には割り印が二つある。一つは不明。一つは、「珊蘭（不明）」カ。〔丁数〕墨付六二丁。後遊紙一丁。

第七冊

〔外題〕もみちの賀〔内題〕もみちの賀〔丁数〕墨付三二丁。

第八冊

〔外題〕花のえん〔内題〕花のえん〔丁数〕墨付一五丁。

第九冊

〔外題〕あふひ〔内題〕あふひ〔丁数〕墨付五七丁。

第十冊

〔外題〕さか木〔内題〕さか木〔付箋〕なし。〔丁数〕墨付五二丁。遊紙なし。〔付箋〕五二丁表に一枚。「上占掩韻ヲ為宗不好連〔句云〕云　当時絶タル物也」ノ〔句云〕の部分は同質の紙片を貼付したもの。

第十一冊

〔外題〕はなちる里〔内題〕花ちるさと〔丁数〕墨付六丁。後遊紙一丁。

第十二冊

〔外題〕すま〔内題〕すま〔丁数〕墨付五六丁。

第十三冊

〔外題〕あかし〔内題〕あかし〔丁数〕墨付五一丁。後遊紙一丁。

第十四冊

〔外題〕みをつくし〔内題〕みほつくし〔丁数〕墨付四一丁。後遊紙一丁。

第十五冊

〔外題〕よもきふ〔内題〕よもきふ〔丁数〕墨付二九丁。後遊紙一丁。

第十六冊

〔外題〕せきや〔内題〕せき屋〔丁数〕墨付七丁。後遊紙一丁。

第十七冊

〔外題〕絵あはせ〔内題〕「ゐあはせ」と記し、その隣に「御墨二十四枚《ゐあはせ》」と記す七・六糎×一・八糎の楮紙を貼付ける。
この紙片には割り印が二つある。「若紫」のものとは同一ではない。

第十八冊

〔外題〕まつ風〔内題〕松かせ〔丁数〕墨付二六丁。後遊紙一丁。

第十九冊

〔外題〕うす雲〔内題〕うす雲〔丁数〕墨付三八丁。後遊紙一丁。

第二十冊

〔外題〕あさかほ〔内題〕あさかほ〔墨付〕二六丁。

第二十一冊

〔外題〕をとめ〔内題〕をとめ〔墨付〕六三丁。後遊紙一丁。〔付箋〕一一丁表に「本朝麗藻」の箇所六行分二〇・一×五・七糎。後ろから二丁分は後補か。別筆。

第二十二冊

〔外題〕玉かつら〔内題〕たまかつら〔墨付〕五〇丁。

第二十三冊

〔外題〕はつね〔内題〕はつね〔墨付〕一九丁。

第二十四冊

〔外題〕こてふ〔内題〕こてう〔墨付〕二六丁。後遊紙一丁。

第二十五冊
〔外題〕ほたる〔内題〕ほたる〔墨付〕二四丁。後遊紙一丁。〔付箋〕一六丁裏に「仏ノイトウルハシキ」の箇所一〇行分二〇・五糎×九・四糎。一七丁表に「サトリナキ物ハ」の箇所九行分二〇・五糎×八・四糎。一八丁裏ニ「イヒモテユケハ」の箇所一二行分、二〇・五糎×一一・三糎。一九丁表に「彼ノ章末」の箇所八行分、二〇・五糎×八・〇糎。
第二十六冊
〔外題〕とこなつ〔内題〕とこなつ〔墨付〕三九丁。後遊紙一丁。
第二十七冊
〔外題〕かゝり火〔内題〕かゝり火〔墨付〕六丁。
第二十八冊
〔外題〕野分〔内題〕のハき〔墨付〕二三丁。巻末に「一校了」と記す。
第二十九冊
〔外題〕みゆき〔内題〕ミゆき〔墨付〕三五丁。〔付箋〕二丁裏に「ヲホ原野ノ行幸トテ」の箇所一四行分、二〇・五糎×一二・二糎。三丁表に「タカニカヽツライ給ヘルハ」の箇所二〇・五糎×七・一糎。
第三十冊
〔外題〕ふちはかま〔内題〕ふちはかま〔墨付〕一七丁。
第三十一冊

〔外題〕まきはしら〔内題〕まきはしら〔墨付〕四七丁。

第三十二冊

〔外題〕梅かえ〔内題〕むめかえ〔墨付〕二二丁。後遊紙一丁。〔付箋〕二〇丁裏に、「女ノ事ニテナンカシコキ人」の箇所一二行分。一三・五×一〇・五糎。

第三十三冊

〔外題〕藤のうら葉〔内題〕藤のうらは〔墨付〕二九丁。後遊紙一丁。〔付箋〕一二丁裏に、「サカシキ人モ女ノスチニハミタルヽタメシアルヲ」の箇所一九・五×六・五糎。一七丁表に「カツラヲヽリシ人」の箇所一二・九×七・二糎。

第三十四冊

〔外題〕わかな上〔内題〕若なの上〔墨付〕一一四丁。

第三十五冊

〔外題〕わかな下〔内題〕若なの下〔墨付〕一四九丁。後遊紙一丁。すべて本文は別筆であり、書き入れなし。

第三十六冊

〔外題〕かしは木〔内題〕かしは木〔墨付〕四七丁。

第三十七冊

〔外題〕よこ笛〔内題〕よこふえ〔墨付〕二二丁。後遊紙一丁。

第三十八冊

〔外題〕すゝむし〔内題〕すゝむし〔墨付〕一八丁。

第三十九冊
〔外題〕ゆふきり〔内題〕夕きり〔墨付〕七七丁。遊紙一丁。
第四十冊
〔外題〕御法〔内題〕御のり〔墨付〕二四丁。
第四十一冊
〔外題〕まほろし〔内題〕まほろし〔墨付〕二九丁。
第四十二冊
〔外題〕にほふ宮〔内題〕かほる中将〔墨付〕一八丁。後遊紙一丁。
第四十三冊
〔外題〕こうはい〔内題〕こうはい〔墨付〕一七丁。後遊紙一丁。
第四十四冊
〔外題〕竹河〔内題〕竹かハ〔墨付〕四六丁。後遊紙一丁。
第四十五冊
〔外題〕はしひめ〔内題〕はしひめ〔墨付〕四九丁。後遊紙一丁。
第四十六冊
〔外題〕しゐかもと〔内題〕しゐかもと〔墨付〕四五丁。後遊紙一丁。
第四十七冊

〔外題〕あけまき〔内題〕あけまき〔墨付〕一一三丁。後遊紙一丁。

第四十八冊

〔外題〕さわらひ〔内題〕さわらひ〔墨付〕二五丁。後遊紙一丁。

第四十九冊

〔外題〕やとり木〔内題〕やとり木〔墨付〕一六一丁。後遊紙一丁。

第五十冊

〔外題〕あつまや〔内題〕あつま屋〔墨付〕八九丁。後遊紙一丁。

第五十一冊

〔外題〕うきふね〔内題〕うきふね〔墨付〕九〇丁。後遊紙一丁。

第五十二冊

〔外題〕かけろふ〔内題〕かけろふ〔墨付〕七三丁。後遊紙一丁。

第五十三冊

〔外題〕手ならひ〔内題〕手ならひ〔墨付〕九〇丁。後遊紙一丁。

第五十四冊

〔外題〕夢のうき橋〔内題〕ゆめのうき橋〔墨付〕二五丁。

二、幽斎本の書き入れの性質

『幽斎本』の研究に先行するものとして徳満澄雄氏の論攷がある。(2) 氏は書き入れの特徴から六つの枠組みがあることを論じられた。長い引用になるが氏の位置づけを見ておきたい。

⑴桐壺巻より花散里までは、全部、無記名註であるが、その大部分は、紫明抄・河海抄・和秘抄・花鳥余情の註釈を、適当に取捨選択して、そのままの文章で書き入れたものである。しかし、先行註釈書のいずれにも見えない註（以下「独自注」と称する）が若干ある。その他、ごく少数ではあるが、三条西実隆の説・宗祇の説・兼載の説・哢花の説が存する。

⑵須磨巻より松風巻までは、⑴と同様な記名註と、無記名註が混交している。無記名註の中には、ごく少数、紫明抄・和秘抄の註釈と合致するものがあるが、その大部分は、弄花抄の註記と、文章の端々まで合致する。しかし、これは弄花抄を引用したものではなく、弄花抄の親本である肖柏聞書である。

⑶薄雲巻より野分巻までは、大体において前項⑵と同様であるが、記名註として、宗祇講釈による聞書である「聞書」の名がみえる。しかし、これは弄花抄の注記と一致しない。一方、無記名註のほとんどが弄花抄と合致する。

⑷行幸巻より藤裏葉巻までは、記名註が無記名註より圧倒的に多くなり、無記名註は、弄花抄と全然一致しなくなる。聞書の註が多い。

⑸若菜上巻は、「聞書」とある記名註が一箇所あるだけで、他はすべて無記名註である。その性格は⑴項と同様である。

⑹柏木巻より夢浮橋までは⑴と同様である。但し、註記の密度が低くなっている。

右の徳満氏の調査からも、『河海抄』『花鳥余情』『紫明抄』『和秘抄』『弄花抄』などからの引用が多くあることがわかる。ただし、『岷江入楚』には『紫明抄』を載せないが、『幽斎本』には書き入れられる。このことは既存の注釈書に対する『岷江入楚』との相違を示している。

徳満氏は、「聞書」とあるものは、文明七年の宗祇講釈による肖柏聞書であり、無記名注で『弄花抄』と一致するものは、追聞書（肖柏の宗祇講釈による第二次聞書）の注とされた。

しかしながら、この位置づけには問題が在るようで、無記名注については、伊井春樹氏[3]によって、『弄花抄』からの引用であると結論づけられたものである。

さらに、「聞書」を伴う注については、徳満氏の云う「宗祇講釈」ではなく、紹巴あるいは猪苗代兼如の講釈であったであろうという見通しが以下の二つの注からつけられる[4]。

風ノチカラケタシスクナシ称明院（マヽ）御説本語ノ心ニテ源氏ニヲシケタレタル無念ノ心也風ノ力源氏ニタトフモロキ葉ヲ女御ノヲシケタレ給ニタトフ聞書　（『幽斎本』乙女）

弄花ニハ宮ノ心トアリ称名院殿大将ノ心ト也只ヒケ黒ノ北方ヘ仰ラルヽヨキト也聞書　（『幽斎本』真木柱）

右の注は、『長珊聞書』、あるいは『紹巴抄』と重複しており、いわば、幽斎と同時代人の兼如（兼如については古今伝授も受けている）あるいは紹巴という二人の連歌師の講釈であると想定される。そして、その書き入れの成立年次は称名院という、公条の諡号を有することから、永禄六年（一五六三）以降だといえよう。

因みに、実践女子大学常磐松文庫蔵『九条家本源氏物語聞書』[5]の乙女巻の追記の箇所に次のような項が在る。

元亀三九月勝竜寺にて藤孝御所望にて紹巴講釈アリ末座に侍りて聴聞

藤孝—つまり幽斎は、紹巴から講釈を受けている。この箇所で聴聞というのは通勝のことである。この記事は幽斎の源氏学の初期にあたり、連歌師からの講釈によって源氏を学び始めたことが窺える。

一方、兼如もまた、紹巴を師匠とし、『源氏物語』を学んだ。それは、次の黒田文庫蔵『源氏物語』(6)の奥書から知られている。

此源氏物語は是斎兼如とて兼載のゆかり同じ長珊ニ条西殿逍遥院殿に聴聞の行末をしたひ、奥州にて聞えたるに、猶あきたらすして、五とせはかり、草庵のかたはらにかりねして、夢のうき橋ニたひよみわたしけるに、所々説あるとて、相伝の本に他筆をかり一部うつして校合の次しるすものなり　時に天つ正しき空七かへりのほとけに水そそきてたてまつる又の日　紹巴判

これには、綿抜豊昭氏(7)に考察がある。兼如と紹巴との接触を示す初見資料として、永禄十一年(一五六八)十二月二十五日興行の「漢和百韻」(広島大学蔵)を掲げた上で、右の奥書より「天つ正しき空七かへり」は天正七年、「ほとけに水そそきてたてまつる又の日」は四月九日、から「五とせはかり」前、つまり「天正三年頃」に本格的に兼如は紹巴に師事したと見られる。

ここでは「夢のうき橋ニたひよみわたしけるに」とあることから、「夢浮橋」についてのみというよりは『源氏物語』を二度に渡って紹巴から学んだのかもしれない。

金子元臣氏所蔵『紹巴本源氏物語』「夢浮橋」奥書には、

此源氏物語物応酬兼如及両度予講釈半、全部感得畢、兼載之余慶不浅者也。

于時天正四臘八　紹巴（花押）

とあり、幽斎もまた紹巴から源氏の解釈の手ほどきをうけた可能性が大きい。

また(1)に散見する三条西家の人物名を伴う注については、それらが、三条西家の注釈書には見られないものもあることから「秘説」である可能性がある。それは、九条稙通の講釈[8]に拠るものであろう。

夙に九条稙通から幽斎が『源氏物語』の伝授を受けたことが以下の誓詞から知られている。

源氏物語一部之義、称名院殿講談之御抄出並三光院殿御口決等、禅定殿下御説、謾不可令漏脱、若於背此旨者、可罷免住吉玉津嶋両神、石山薩埵之御罰者也。仍起請文如件。

天正十六年閏五月七日　法印玄旨

唐橋殿

さらに、(6)の「若菜上」「柏木」の巻以降は、無記名注が殆どである。徳満氏の述べられるように注釈書を取捨選択したものも見受けられるのだが、極めて独自な性格を持つ注が多くなり、位置づけは簡単ではない。

これらの書き入れは先行注釈書、あるいは手控えの本を座右に書き入れられていった形跡が窺われる。

例えば、夕顔巻の一八丁表（本文57頁）には四行目と五行目の間に、

とそこはかとなくまとはしつゝさすかにあはれにみで
哀ニ見テハ　人ノケハヒイトアサマシクコヽニ初メテ夕顔ノ性ヲ書出ス也
はえあるましくこの人の御心にかゝりこれはひんな

と注を付けるが「人ノケハヒ」以下を擦り消している。これは一八丁裏五行目に、

コヽニ初メテ夕顔ノ性ヲ書出ス也
思さまし給ふ人のけはひいとあさましくやはらかに

と清書されている。この書き入れは、『岷江入楚』の「箋これより夕顔上の躰をいふ」にもっとも近い注で、『山下水』に「夕顔行跡」とされるものとも通じ、それが実枝説であることがわかる。

あるいは、須磨巻三三丁裏六行目と七行目の間（本文161頁）に、

伊勢嶋やしほひのかたにあたりてもいふかひ
伊勢人ノ波ウヘコク　イセ人ハアヤシキ物ソ此哥ヲモテヨミ玉フニヤ
なきはわか身なりけり物を哀とおほしけるまゝに

と書き入れ、擦り消すが、これは、三四丁裏に、
イセ人ハアヤシキモノソ此哥ヲモテヨミ玉フニヤ
／伊勢人の浪のうへこくをふねにもうきめは

と清書される。

目移りの一種とおぼしい事柄であるが、手元に何本かの注釈書等を置き、書き入れていったと推される。『幽斎本』の書き入れの性質の枠組みについては、大まかには以上のようであると思われる。『幽斎本』の生成年次については、「聞書」を伴う注について先述の通り公条没後の永禄六年（一五六三）以降との見通しが立つのだが、この方向からの考察は一旦措いて、『河海抄』との関係より『幽斎本』の成立年次を推定してみたい。

三、書き入れの成立年代について――『河海抄』との関わりより

幽斎の『源氏物語』に関する文学事跡は、伊井春樹氏による『源氏物語古注釈・享受史事典』(9)の索引の幽斎の項目を見るに、九本の古注釈の奥書等に名を残し、同著の中の「享受史」では、八カ所が掲出されている。

その中で、幽斎の奥書を伴う『源氏物語』の古注釈、すなわち『河海抄』（午卅六―九印。以下本稿では『北岡河海抄』と

する）『花鳥余情』（午卌六―九印）『源語秘訣』（午卌六―九印）の奥書は貴重である。それぞれ、幽斎の手にかかる奥書年次を順次掲げておきたい。

『花鳥余情』

此抄以三条羽林実条御家本遂書写校合、尤可証本者也、

天正七年仲春　日　幽斎玄旨（花押）

『源語秘訣』

此抄号源語秘訣於三光院殿、右奥書之御本逍遥院殿御筆拝見之時、強而申請之書写校合畢、尤彼物語此極秘何物如之哉、併守奥書之旨堅可禁外見矣、

天正十年八月五日　兵部侍郎藤孝（花押）

『河海抄』

此抄出申請三条羽林実条御家本（逍遥院内府御自筆）借数多之手令書写逐一加勘校畢、尤可謂正本者也、堅可禁外見耳、

天正十七年孟秋中七　幽斎玄旨（花押）

三条西家蔵本の書写は、この奥書に見る限りでは、天正年間に集中しており、下限は『河海抄』の天正十七年（一五八九）であることが見て取れる。

この奥書の書かれた年次がすなわち書き写された時期であることを正確に示す記事に、『北岡河海抄』の第一冊末（桐壺巻末）には、覆勘本系に見られる奥書の実隆識語に続いて「以右筆書写了、天正十七年仲春中三　素然（花押）」と通勝の自署があり、さらに、「同十六日朱校了」とある。やはり、幽斎奥書の天正十七年に書写されたと思われる。

そこで、『幽斎本』所引の『河海抄』の書き入れを検討することによって、『幽斎本』に、その注が書き入れられた時期として、天正十七年以降という年次が、新たな目安として示されることになるはずである。

幽斎が三条西家から借り出して書写させたのは、覆勘本系とされる。それは『北岡河海抄』には中書本にはみられない「或説」を付す注が存在していることからもわかる。

もし、『幽斎本』所引の『河海抄』は、覆勘本系であると判断できる箇所が散見することがわかれば、奥書に云う天正十七年以降に書き入れられたものとの可能性が高くなる。

順に『幽斎本』『北岡河海抄』、中書本とされる『伝兼良筆本』(10)の順に掲げて比較しておきたい。

顕著な「夕顔」の巻の例を引いてみたい。

きりかけたつもの　壁ノヲホイナトノ心也　(『幽斎本』)

きりかけたつ物　紫明抄云、公良三位か説なとゝて秘事けにいひたけれとも強《アナカチ》不然歟

大嘗会のしとみやと云物也いま鎮座の前に立之

裏書云私云へいのおほいを切懸てしたる也

俗ニヘイノヲホヒヲキリカケト云歟　(『北岡河海抄』)

きりかけたつもの

紫明抄云、公良三位か説とていひたれとも不然歟

大嘗会のしとみ屋と云物也いま鎮座の前に立之　(『伝兼良筆本河海抄』)

また、「末摘花」の例も明快である。

きしき官の　儀式官　弁大内記等体云々　（『幽斎本』）

きしきくわんのねりいれたる　儀式官　弁《ベン》　大内記等躰云々　（『北岡河海抄』）

きしきくわんのねりいれたる　儀式官　（『伝兼良筆本河海抄』）

右に掲げた例からも『幽斎本』の書き入れは、『北岡河海抄』の成立以降、つまり、天正十七年以降に行われた可能性が高いといえよう。

天正十七年というと『岷江入楚』の料簡の「時代」の項が想起される。

寛弘初《ニ》造《ル》レ之、康和《ノ》末《ニ》流布《ス》、自寛弘元甲辰天正十八庚寅迄は五百七十五年也、至永禄十二庚午五百五十五年也、寛弘ヨリ康和ノ間百余年ハカリ歟云々、されともことに世にもてあそふ事は五条三位俊成卿、京極黄門定家卿の頃よりと云々、

右の「天正十八庚寅迄は五百七十五年也」という記事から井上宗雄氏[11]は、『岷江入楚』は天正十七年に準備を始め、十八年から執筆に着手したとされる。さらに伊井春樹氏[12]が、慶長三年に完成したそれはその十年前に着手されたことから、井上氏の説を補強された。

先にもみたように、天正年間は九条稙通からの伝授を受けると共に、三条西家から『源氏物語』の古注釈を借り書写させ、幽斎の源氏学の中でも中核となる時期であった。

まとめ

これまでのことを俯瞰してみると、『幽斎本』には大まかにみて二つの系統の源氏学が反映されているといえる。つまり、

(1)幽斎が連歌師からの講釈によってその解釈を学んだ極めて初期の段階のもの。

(2)天正期の稙通からの伝授を受けると同時に、三条西家から古注釈を借り出しその収集に努め、古注集成の志を抱いた幽斎の源氏学の中核をなすもの。

それらが、幽斎の生涯を通じて最も手近にあったとされ垳付本と称されることもあるこの『源氏物語』の本文の間に何回かにわたって、書き入れられていったのである。

幽斎の源氏学は、慶長三年（一五九八）成立の『岷江入楚』に結実され、慶長十四年（一六〇九）智仁親王に「源氏物語三箇大事相伝切紙」を伝える円熟期を迎えたことは言うまでもない。

室町時代の掉尾を飾る『岷江入楚』が公の為のものであるならば、この『幽斎本源氏物語』はその礎を築いた細川幽斎の極めて私的な源氏学の有様を今に伝える貴重な伝本といえよう。

〔注記〕

（1）長谷川強・野口元大『北岡文庫蔵書解説目録――細川幽斎関係文学書――』熊本大学法文学部国文学研究室　昭和二十六年十二月

(2)徳満澄雄「細川幽斎筆「光源氏物語聞書」について――弄花抄の成立事情についての考察――」『国語と国文学』昭和四十五年七月
(3)伊井春樹『源氏物語の古注釈の研究　室町前期』桜楓社　昭和五十五年十一月
(4)徳岡　涼「伝細川幽斎筆『源氏物語』の書入れについて」『上智大学国文学論集』三一号　平成十年一月
(5)徳岡　涼「常磐松文庫蔵『九条家本源氏物語聞書』解題」『年報』第二十号　平成十三年三月
(6)今井源衛・棚町知弥・中野三敏「秋月郷土館「黒田文庫」報告」『語文研究』第四二号　昭和五十一年十二月
(7)綿抜豊昭『近世前期猪苗代家の研究』新典社研究叢書114　平成十年
(8)徳岡　涼「九条稙通と細川幽斎の源氏学」『実践國文学』(57号　平成十二年三月)　のち『國文学年次別論文集 中古編』同朋出版　平成十二年
(9)伊井春樹『源氏物語古注釈・享受史事典』東京堂出版　平成十三年
(10)玉上琢弥『天理図書館善本叢書　河海抄 伝兼良筆本』解題　八木書店　昭和六十年五月
(11)井上宗雄「也足軒・中院通勝の生涯」『国語国文』　昭和四十六年十二月
(12)注(1)に同じ。

〔参考文献〕

綿抜豊昭「牡丹花肖柏年譜稿」『連歌俳諧研究』第六一号　昭和五十九年一月
中葉方子「静嘉堂文庫本『源氏露』をめぐって」『関西大学国文学』七五号　平成九年三月
本田義彦「幽斎公筆源氏物語の研究――桐壺――」『国語国文学研究』(熊本大学)　昭和四十四年十二月
井上宗雄「文人としての細川幽斎」『細川幽斎忠興のすべて』米原正義編　新人物往来社　平成十三年

事項索引

凡　例

一、この索引は『源氏物語聞書』の、それぞれ主要な事項を原則として訓読により五十音順に配列したものである。読みは歴史的仮名遣いによる。濁音表記は明示されたもののみである。

一、事項の下に、各帖の名称と注解部分の番号を入れ、漢数字で頁を示した。

一、事項は、表記の異同のあるものについてもできるだけまとめた。

ア

イ

事項索引（イ）

ウ

エ

オ

カ

キ

ケ

コ

サ

シ

ス

セ

ソ

タ

チ

ツ

テ

ト

ナ

ヌ

ネ

ノ

ハ

ヒ

四

ミ

ム

メ

モ

ユ

ヨ

ラ

リ

ル

レ

ロ

ワ

源氏物語聞書（細川幽斎選集１）
平成十八年七月二十日　発行
定価　一五、〇〇〇円（税別）
担当編者　野口元大
発行者　徳岡涼
発行者　太田史
発行所　東京都豊島区北大塚一―一四―六
続群書類従完成会
電話　〇三（三九一五）五六二一
振替　〇〇一二〇―二―六二六〇七
ISBN4-7971-1701-X